Ein dreizehnjähriger Schüler aus Aurich ist tot. Gestorben an einer Überdosis Heroin. Der, der dafür verantwortlich ist, wurde gerade freigesprochen. Aus Mangel an Beweisen. Als Dr. Bernhard Sommerfeldt alias Dr. Ernest Simmel, Leiter einer Kurklinik in Norden, die Schlagzeile in der Zeitung sieht, ahnt seine zukünftige Ehefrau Frauke, dass es mit dem ruhigen, beschaulichen Leben in Norden so schnell nichts werden wird. Denn beide spielen nicht nur Golf, sie sind auch ein mörderisch gutes Team.

»Er ist ein Entertainer der Worte, und er ist ein Schriftsteller, der seine Figuren vor den Zuhörern zum Leben erweckt, damit ein Kennenlernen zwischen Leser und Buchfigur ermöglicht wird.«
Salzgitter Zeitung, Heike Heine-Laucke

Klaus-Peter Wolf, 1954 in Gelsenkirchen geboren, lebt als freier Schriftsteller in der ostfriesischen Stadt Norden, im selben Viertel wie seine Kommissarin Ann Kathrin Klaasen. Wie sie ist er nach langen Jahren im Ruhrgebiet, im Westerwald und in Köln an die Küste gezogen und Wahl-Ostfriese geworden. Bislang sind seine Bücher in 26 Sprachen übersetzt und über vierzehn Millionen Mal verkauft worden. Mehr als 60 seiner Drehbücher wurden verfilmt, darunter viele für »Tatort« und »Polizeiruf 110«. Der Autor ist Mitglied im PEN-Zentrum Deutschland. Derzeit werden mehrere Bücher der Serie mit Ann Kathrin Klaasen prominent fürs ZDF verfilmt und begeistern Millionen von Zuschauern.

Weitere Informationen finden Sie auf www.fischerverlage.de

KLAUS-PETER WOLF

Ein mörderisches Paar

DAS VERSPRECHEN

Ostfriesenkrimi

FISCHER Taschenbuch

Aus Verantwortung für die Umwelt hat sich der S. Fischer Verlag zu einer nachhaltigen Buchproduktion verpflichtet. Der bewusste Umgang mit unseren Ressourcen, der Schutz unseres Klimas und der Natur gehören zu unseren obersten Unternehmenszielen.

Gemeinsam mit unseren Partnern und Lieferanten setzen wir uns für eine klimaneutrale Buchproduktion ein, die den Erwerb von Klimazertifikaten zur Kompensation des CO_2-Ausstoßes einschließt.

Weitere Informationen finden Sie unter:
www.klimaneutralerverlag.de

FSC www.fsc.org MIX Papier | Fördert gute Waldnutzung FSC® C083411

Originalausgabe
Erschienen bei FISCHER Taschenbuch
Frankfurt am Main, Mai 2023

Satz: Dörlemann Satz, Lemförde
Druck und Bindung: CPI books GmbH, Leck
Printed in Germany
ISBN 978-3-596-70755-3

Die tun alle so schlau, als wüssten sie Bescheid, hätten einen Plan, als könnten sie uns die Dinge erklären. Aber das stimmt nicht. Sie improvisieren. Alle. Immer. Und hoffen, dass es keiner merkt.

Frauke

Wenn du recht hast und alles gut läuft, brauchst du keine Freunde!

Dr. Bernhard Sommerfeldt

Diese Anglizismen in der deutschen Sprache sind für mich ein No-Go.

Hauptkommissar Rupert, Kripo Aurich

Dr. Bernhard Sommerfeldt hatte eine gefälschte Heiratsurkunde besorgt und ein in Leder gebundenes Stammbuch. Er hieß darin Ernest Simmel, und sie war eine geborene Winterberg. Doch Frauke bestand auf einer romantischen Hochzeit. Am besten eine Trauung auf einer Insel in einem Leuchtturm. Sie wollte einen echten Standesbeamten für den Neuanfang.

Er sah ihre Enttäuschung, als sie im Stammbuch blätterte. Er hatte als gemeinsamen Familiennamen Simmel eintragen lassen, war aber sofort bereit, ihren neuen Namen anzunehmen, der natürlich genauso unecht war wie seiner.

Er hatte seinen Namen so oft im Leben gewechselt, es spielte keine Rolle mehr für ihn, wie er hieß. Wichtig war nur, dass er ihn sich merken konnte und nicht im Hotel mit einem Namen unterschrieb, der nicht im Ausweis stand.

Doch darum ging es ihr nicht. Namen waren auch für sie nur wie Bilderrahmen, die man wechseln konnte. Hauptsache, das Gemälde darin war echt.

Sie schmollte: »Ich war jahrelang Miet-Ehefrau für zig verschiedene Typen. Die meisten waren verheiratet und brauchten mich nur für den Urlaub, die Geschäftsreise oder als Übergang zwischen zwei Ehen …«

»Aber du warst doch auch mal richtig verheiratet.«

»Ja, mit einem Riesenarsch. Erinnere mich bitte nicht an den.«

Sie hob den rechten Arm und schlug dann mit der flachen Hand demonstrativ auf den Frühstückstisch. Die Teekanne hüpfte auf dem Stövchen. Die Tassen klirrten auf den Untertellern. Ostfriesische Rose. Ihr Lieblingsservice.

Die Möwe auf der Balkonbrüstung glaubte, der Wutanfall gelte ihr. Sie flatterte erschrocken weg.

Sommerfeldt biss in den Rosinenstuten und kaute langsam, um Zeit zu gewinnen.

Sie sagte trotzig: »Ich will eine richtige Hochzeit! Ein weißes Kleid! Einen Bräutigam, der mich über die Schwelle trägt und …«

»Aber«, wandte er ein, »das bedeutet, wir müssen Papiere beim Standesamt vorlegen. Abschriften aus Geburtsregistern, aus dem Personenstandsbuch, und wenn du auch noch kirchlich heiraten willst …«

Da lag wenig Zweifel in seiner Stimme. Es war mehr Spott, als könne das ja überhaupt nicht sein. »Dann bräuchten wir auch noch Tauf-, Firmungs- oder Konfirmationsbescheinigungen«, lachte er. »Außerdem Bestätigungen, dass wir ledig sind, und irgendein Geistlicher muss uns das alles auch noch glauben. Dazu kommt …«

Sie unterbrach seinen Redeschwall: »Natürlich will ich kirchlich heiraten.«

Er war baff. »Ich bin ein Serienkiller und du …« Er sprach es vorsichtshalber nicht aus.

»Na und? Träumen wir deswegen nicht vom Glück? Sollen wir immer nur finster gucken und keine Sehnsüchte mehr haben?« Sie verschränkte die Arme vor der Brust und schob ihr Kinn vor: »Ich will eine Leuchtturmhochzeit. Nimm mich richtig oder gar nicht!«

Er gab zu bedenken: »Wir bräuchten dann auch Trauzeugen.«

»Und wenn schon. Haben wir keine Freunde?«

»An wen denkst du da?«

»Es müssen ja keine Gangster sein, die in deiner Klinik einen Drogenentzug gemacht haben oder denen du eine Schusswunde genäht hast.«

»Sondern?«

»Ich dachte eher so an ganz seriöse Leute.«

»Seriöse?« Er sprach das Wort aus, als suche sie dreibeinige Zyklopen.

»Ja, halt normale Menschen.«

Er guckte nur.

»Menschen wie dich und mich«, erklärte sie.

Er lachte: »Wir sind nicht seriös und auch nicht normal. Überhaupt ist mir schon das Wort suspekt.« Er verzog den Mund und sprach es angewidert aus: »Normal ... Wen meinst du damit? Rupert?«

Jetzt hatte er sie erwischt.

»Du schlägst ausgerechnet einen Kommissar vor, dessen Miet-Ehefrau ich war?«

Sommerfeldt schüttelte den Kopf. »Du warst nicht die Ehefrau des Kommissars, sondern des Gangsterbosses, den er gespielt hat. Frederico Müller-Gonzáles.«

Sie winkte ab. »Kalter Kaffee.« Nach einer kurzen Zeit des Nachdenkens gestand sie: »Ich war mal richtig verknallt in ihn ... glaub ich ... bevor ich dich kennengelernt habe.«

Er nippte am Tee und goss nach. Die Möwe beäugte den Frühstückstisch jetzt von der Dachrinne aus. Da lagen noch frische Brötchen im Korb und Käse aus der Krummhörn.

Sommerfeldt erinnerte sie daran: »Er hat mich als Kommissar gejagt.«

Sie wehrte ab: »Ach was, hör doch auf! Ihr seid Best Buddys.«

Sie guckte zum Himmel, als müsse sie Gott oder zumindest einen Engel sprechen. »Der Serienkiller und der Hauptkommissar! Was für ein Dreamteam.«

Die Möwe fühlte sich gemeint und verstand Fraukes Worte wohl als Einladung. Sie setzte zum Sturzflug auf den Frühstückstisch an. Sommerfeldt sprang auf und fuchtelte mit den Armen überm Tisch herum. Federn flogen durch die Luft. Die Teekanne fiel vom Stövchen. Die Möwe stahl ein Brötchen und floh in Richtung Deich.

Sommerfeldt sah ihr nach, als wäre er am liebsten hinterhergeflogen.

Solch kleine Widrigkeiten des Küstenlebens nahm Sommerfeldt gelassen hin. Er saugte mit einem Handtuch die Teepfütze vom Holztisch auf und schmunzelte.

»Geht's uns nicht gut?!«

»Schlechten Menschen, sagte meine Mutter oft«, antwortete Frauke, »geht es immer gut.«

Sommerfeldt tat beeindruckt und wrang das Handtuch über dem Balkon aus. Der Tee tropfte auf das Dach des dunkelblauen Bentleys, der unten parkte.

Frauke fügte nachdenklich hinzu: »Und der Teufel scheißt immer auf den größten Haufen. Das war auch so ein Spruch von ihr.« Sie lachte. »Ich habe mir das als Kind immer bildlich vorgestellt.«

»Deine Mutter war eine kluge Frau.« Sommerfeldt deutete auf das Haus und das Anwesen drumherum: »Ich bin ein schlechter Mensch, und es geht mir wahrlich gut. Ich bin Leiter dieser Privatklinik hinterm Deich. Ich habe«, er zeigte auf sie, »eine bezaubernde Frau. Und ich wohne im Weltnaturerbe.«

Sie schüttelte den Kopf. »Du«, sagte sie und strahlte ihn an,

»bist kein schlechter Mensch! Du bist der beste Mensch, den ich kenne.«

»Deshalb muss ich ja auch unter falschem Namen hier leben. Ich werde auf drei Kontinenten gesucht.« Er berührte sein Kinn. »Und ohne die Gesichts-OP könnte ich mich nicht frei bewegen …«

»Ja, gut«, gab sie zu, »du hast ein paar echt miesen Typen zu einem Rendezvous mit ihrem Schöpfer verholfen …«

»Genau genommen, meine Kirschblüte, war das nicht ganz legal.«

Sie küsste ihn. »Aber dafür liebe ich dich.«

Er sah ihr in die Augen und ging vor ihr auf die Knie.

»Wird das jetzt ein richtiger Heiratsantrag?«

»Ja, denkst du, ich will den Boden wischen?«

Sie freute sich: »Nein, ich glaube, du willst nur mit mir ins Bett.«

Er guckte, als müsse er darüber nachdenken, und sagte dann sehr bedächtig: »Nein. Was denkst du von mir? Meinetwegen können wir auch den Küchentisch nehmen oder den Schaffellteppich vor dem Kamin.«

Die Möwe war mit zwei Freunden zurückgekehrt. Sie witterten ihre Chance und formierten sich zu einem Angriff. Der Käse aus der Krummhörn duftete im Nordwestwind einfach zu gut, und knutschende Pärchen waren leicht auszutricksen. Dieses Wissen wurde von Möwengeneration zu Möwengeneration weitergegeben.

»Man kann heutzutage auch schon ohne Trauzeugen heiraten, glaube ich. Aber das will ich nicht. Es fühlt sich falsch an. Ich will raus aus der Anonymität und es am besten vor der ganzen Welt bekennen: Ja, ich liebe diesen Mann und will mit ihm zusammenbleiben!«

»Ich fühle mich geehrt, Schönste«, sagte er. Weiter kam er nicht. Die Möwen griffen an.

Sie hatten zwar noch keinen Termin für die Trauung festgelegt, aber Frauke war bereits mit Monika Tapper verabredet, um die Hochzeitstorte zu besprechen. Für sie war das wichtig. Alles sollte passen.

Für Dr. Bernhard Sommerfeldt benahm sie sich wie ein Teenager. Sie holte da etwas nach, das sie lange vermisst hatte. Er wäre auch gern mit zu ten Cate gegangen, obwohl er sich kaum vorstellen konnte, viel zur Planung einer Hochzeitstorte beitragen zu können. Aber es ging nicht. Er hatte dringende Termine.

In der Klinik hatte er geschickt dafür gesorgt, dass er nicht für jeden Kleinkram zuständig war. Der Laden lief auch gut ohne ihn. Fast reibungslos. Mit Schwarzgeld als Schmiermittel. Nirgendwo wurde das Pflegepersonal besser bezahlt als hier. Es gab offizielle Gehälter am oberen Rand der Tarifverträge. Dazu dann monatliche Bargeldzahlungen, meist zwei- bis dreitausend Euro, in einem Briefumschlag – natürlich steuerfrei. Das Ganze wurde *Treueprämie* genannt. Von der Putzkolonne bis zu den Security-Leuten profitierten alle davon.

Es hatte sich herumgesprochen, dass Ärzte in der *Klinik hinterm Deich* fürstlich entlohnt werden wurden. Dr. Sibylle Birk, Spezialistin für Plastische-Rekonstruktive und Ästhetische Chirurgie, die er unbedingt in seinem Team haben wollte, weil sie ihn mit Erfolg operiert hatte, gehörte nun auch endlich dazu. Sie war durch einen Vermögensberater in Schwierigkeiten geraten, der wohl mehr sein Vermögen im Sinn gehabt hatte als ihres. Das Finanzamt verlangte das Geld von ihr zurück, mit dem ihr Berater durchgebrannt war.

Dr. Sommerfeldt rettete sie mit zwei Millionen und einer zusätzlichen Bürgschaft. Jetzt arbeitete sie für ihn, die Asche ihres Vermögensberaters war in der Nordsee verstreut worden.

Sommerfeldt hatte ein Gespür für hoch qualifizierte Fachleute, die dringend Hilfe brauchten. Zu seinen besten Mitarbeitern zählten ein koksender Zahnarzt und ein spielsüchtiger Facharzt für Hämatologie und Onkologie.

»Warum willst du nicht mit? Es macht keinen Spaß, die Hochzeitstorte alleine auszusuchen. Monika hat mir extra einen Abendtermin gegeben, damit wir alleine sind und …«

»Ich habe noch einen Hausbesuch zu machen.«

Frauke sah ihn erschrocken an und machte eine abwehrende Geste: »Du hast doch versprochen, es sein zu lassen!«

»Ich kann das nicht, Kirschblüte. Ich muss es einfach tun.«

»Aber du wolltest damit aufhören!«

»Wenn man herausgefunden hat, wer man ist, dann muss man versuchen, es zu sein. Mit allen Konsequenzen. Und ich bin nun mal Dr. Bernhard Sommerfeldt.«

Es war typisch für ihn, dass aus seinem Jackett entweder ein Taschenbuch herausragte oder eine Tageszeitung. In diesem Fall war es die Nordwestzeitung.

Sie fischte die Zeitung aus seiner Jacke, schlug sie auf und klatschte auf das Titelbild: »Was ist wichtiger als unsere Hochzeitstorte?«, fragte sie. »Lodwijk van Eeden?«

Er grinste auf dem Bild wie ein Feuermelder, der darum bat, eingeschlagen zu werden. Frauke las den Artikel nicht. Die Überschrift sagte alles: *Freispruch für Lodwijk van Eeden.*

Sommerfeldt versuchte, die aufgebrachte Frauke zu beruhigen. Er wollte sie in den Arm nehmen, doch sie wich ihm aus, als könne sie seine körperliche Nähe gerade nicht ertragen.

»Warum du?«, fragte sie. »Es gibt Leute, die werden dafür bezahlt, diesem Typen das Handwerk zu legen.«

»Ja. Aber sie haben versagt.«

Sie formulierte es hart: »Ist er dir wichtiger als unsere Zukunft?«

Sommerfeldt schüttelte den Kopf. »Nicht er. Aber seine zukünftigen Opfer.«

»Ich weiß«, zischte sie. »Er hat den Heroinverkauf auf den Schulhöfen im ganzen Land organisiert.«

»Und man kann ihm mal wieder nichts nachweisen, weil alle Zeugen umkippen und Polizisten sich plötzlich nicht mehr so richtig erinnern. Stell dir vor, unser Kind würde auf dem Schulhof angefixt.«

Frauke hob abwehrend die Hände und verzog den Mund: »Also gut. Den noch.«

Er lächelte zufrieden: »Es ist wunderbar, eine Frau zu haben, die einen versteht.«

Sie nahm das Kompliment geschmeichelt an, stoppte ihn aber gleich: »Den *einen* noch! Und dann ist Schluss, Bernhard! Verstehen wir uns richtig?«

Er küsste sie, aber nicht so leidenschaftlich wie sonst, sondern fast schon flüchtig, als sei er längst mit anderen Dingen beschäftigt.

Er ging in sein Zimmer wie ein meditierender Mönch. Sie folgte ihm, blieb in der Tür stehen und sah zu, wie er das passende Messer aussuchte. Sechs lagen vor ihm. Sie wusste, dass er das Einhandmesser nehmen würde, bevor er es berührte. Er betrachtete es fast so zärtlich, wie er sie sonst ansah.

Alle Messer waren gepflegt und geschärft. Trotzdem zog er die Klinge noch zweimal über den grauen Schleifstein, der wie ein phallisches Kunstwerk auf seinem Schreibtisch stand.

»Gibst du ihm noch eine Chance?«, fragte sie.

Er drehte sich nicht zu ihr um, sondern antwortete in Richtung Klinge: »Sollte ich?«

Frauke kam sich selbst ein bisschen lächerlich dabei vor, die Hochzeitsplanungen mit der Torte zu beginnen. Sie wehrte sich gegen die innere tadelnde Stimme. Seit sie versuchte, ein bürgerliches Leben zu führen, war diese Stimme immer öfter da und nörgelte an ihr herum, so als sei etwas mit ihr nicht in Ordnung, und als seien all ihre Entscheidungen fragwürdig, wenn nicht gar falsch.

Sie stand vor dem Spiegel und sagte zu sich selbst: »Jeder beginnt das eben auf seine Weise. Die einen mit einer Gästeliste, weil sie nicht wissen, wen sie alles einladen können, wer wen nicht leiden kann, aber doch dabei sein muss … Die anderen planen zunächst ihre Flitterwochen oder suchen sich das Brautkleid aus. Und ich will eben zuerst eine Torte.«

Natürlich sollte sie mehrstöckig sein, aber nicht nur gut aussehen, sondern auch toll schmecken. Leicht. Fluffig. Ein fruchtig-süßes Versprechen auf die Ehe.

Sie fuhr mit dem Rad zu ten Cate. Es war nicht weit von der Klinik hinterm Deich bis zur Osterstraße.

Sie radelte auf der dem Meer zugewandten Seite am Deich entlang. Hunderte Schafe grasten neben ihr. Sie hielt an und machte Fotos von einer Mutter, an die sich zwei Lämmchen kuschelten. Etwas an diesem Bild berührte sie sehr.

Die sonst so scheuen Tiere sahen ohne jedes Misstrauen zu ihr hoch. Es war fast, als würden sie sie auffordern mitzukuscheln. Sie hielt trotzdem Abstand. Sie wollte auf keinen Fall zum Störenfried werden.

Der Wind spielte mit ihren Haaren. Über dem Watt kreischten Möwen. Sie konnte den Blick nicht von den Schafen wenden. Eine Träne löste sich. Der Wind trocknete sie auf ihrer Wange. Sie versuchte, sich einzureden, ihre Augen würden tränen, weil der Wind so scharf war. Doch sie wusste, dass es nicht stimmte.

Warum, dachte sie, kommen wir als Erstes darauf, Rupert zum Trauzeugen zu machen? Wir arbeiten mit so vielen Menschen zusammen. Haben wir in der Klinik keine Freunde? Wir sind im Golfclub Schloss Lütetsburg. Wir nehmen an Turnieren und Grillabenden teil. Da sind so nette Paare. Einige sind mehr als gute Bekannte, würden sich bestimmt selbst als Freunde bezeichnen.

Sie waren beliebt, denn sie waren witzig, großzügig, und sie lebten gern. Warum, fragte sie sich, kommen wir trotzdem zuallererst auf Rupert?

Sie wusste die Antwort, und sie tat ihr weh: Rupert war der Einzige, der genau wusste, wer sie wirklich waren. Für alle anderen lebten sie eine Fassade.

Sehnte sich nicht jeder nach Menschen, bei denen man sein konnte, wer man wirklich war? Als Ernest Simmel und Frauke Winterberg waren sie ein anerkanntes, beliebtes Pärchen. Doch wer würde noch zu ihnen halten, wenn die Wahrheit herauskäme?

Das Mutterschaf erhob sich, und die beiden Lämmchen folgten ihm. Sie trotteten hinter der Herde her.

Sie wissen, dachte Frauke, wo sie hingehören. Ist das nicht

ein Grundbedürfnis aller Menschen? Selbst von so komischen Gestalten wie Bernhard und mir …

Sie hatte den Vornamen Frauke, den ihr eigentlich Rupert gegeben hatte, weil er so schön an die Küste passte. Als Frauke wurde man hier sehr schnell angenommen. Vielleicht brauchte sie das gerade sehr – dieses Gefühl des Angenommenseins.

Sie radelte gegen den ablandigen Wind in die Stadt.

Nein, das Jugendstilhaus am Küstenkanal in Oldenburg gehörte ihm ebenso wenig wie der Porsche Cayenne vor dem Eingang oder der Mercedes in der Garage. Offiziell besaß er gar nichts. Die Drogen hatten ihm schließlich auch nicht gehört.

Er war mittellos und hatte vermutlich Anspruch auf Hartz IV, aber er beantragte nichts für sich. Der bürokratische Aufwand war ihm zu groß, die Fragen zu lästig. Er mied staatliche Stellen. Er nutzte immer nur Wohnungen und Autos, die seine Freunde ihm zur Verfügung stellten. Er lebte wie Playboys gerne leben würden, wenn sie skrupellos genug wären und genug Geld hätten.

Er umgab sich mit Freunden und Freundinnen, die zwanzig, dreißig Jahre jünger waren als er. Die meisten gingen noch zur Schule, waren in der Ausbildung oder hatten gerade angefangen zu studieren.

Dies sollte sein großer Tag werden. Eine Feier mit Freunden. Er hatte diesem lächerlichen Rechtsstaat mal wieder gezeigt, wo es langging. Er fühlte sich unbesiegbar. Beschämt, wie kleine Jungs, die man beim Rauchen erwischt hatte, hatten die Polizisten die Bühne des Gerichts verlassen. Ihre Aussagen waren zu Müll geworden, die Anklagepunkte gegen ihn zu Staub zerfallen. Die einen waren zu blöd, ihn zu kriegen, und die, die schlau genug waren, schlugen sich am Ende auf seine Seite. Zeugen, die sich nicht richtig erinnern können, sind halt keine brauchbaren Zeugen. Er sollte sogar eine Entschädigung bekommen.

Es gab zwei Feiern. Eine mit seiner aktuellen Liebschaft und ihren zwei pubertierenden Kindern. Bei der Familienfeier gab es ein veganes Abendessen und alkoholfreie Getränke. Mit seinen Kumpels Schampus und die besten Huren der Stadt.

Sie wollten so richtig die Sau rauslassen.

Lodwijk küsste nach dem Essen seine Michelle und versicherte ihren Kindern, dass ein rechtschaffener Mann die Gesetze nicht zu fürchten habe, die Polizei sein Freund sei, und Gerichte, sagte er, ohne dabei zu grinsen, seien dazu da, die Willkür des Staates einzuschränken. »Ihr habt ja in meinem Fall gesehen, was aus den bösartigen Verleumdungen geworden ist.«

Sommerfeldt folgte ihm und wartete auf eine Gelegenheit. Die Feier sollte in einem Nachtklub stattfinden, der Lodwijk van Eeden über Strohmänner gehörte.

Sommerfeldt fragte sich, was dafürspräche, dem kleinen Drecksack erst noch ein bisschen Spaß zu gönnen und ihn dann im Séparée abzufangen. Oder sollte er ihn sich jetzt schon vorknöpfen?

Er hatte den Porsche Cayenne genommen. Er würde bestimmt nicht später angetrunken und nach Hurenparfüm riechend zurück in die Wohlanständigkeit seiner neuen Familie kommen wollen. Er würde in der Stadt schlafen und erst sauber, frisch geduscht, zum Frühstück oder gar erst zum Mittagessen erscheinen und ihnen von einem arbeitsreichen Tag erzählen.

Er hatte immer Pläne, mit denen er alle einlullte. Er arbeitete angeblich an ganz großen Erfindungen – einem Auto, das mit Leitungswasser fuhr –, und außerdem war er einer großen Sache auf der Spur. Er hatte herausgefunden, dass es ein Krebsmittel gab, mit dem alle Menschen geheilt werden könnten. Doch die Pharmaindustrie hielt es zurück. Es war ein Naturmittel, preiswert herzustellen, und würde Milliardengeschäfte kaputtmachen. Weil er dieses Wissen besaß, hatte er so viele Feinde, die ihn ständig vor Gericht zerrten und ihm schlimme Dinge andichteten.

Einige wohlhabende Frauen unterstützten ihn bei seinem Kreuzzug gegen dieses Menschheitsverbrechen.

Sommerfeldt stellte sich vor, ihn an die Stange zu binden, an der im Klub sonst grazile Germanistikstudentinnen tanzten, um ihr Studium zu finanzieren. Sie wechselten sich mit Crack-Huren und Zwangsprostituierten ab. Die Szene war bunt.

Vielleicht war es richtig, genau hier ein deutliches Signal zu setzen. Die Gefahr, dabei entdeckt zu werden, war allerdings groß. Vermutlich liefen die Vorbereitungen im Klub schon auf Hochtouren. Er hätte es gern so gemacht, aber aus Sicherheitsgründen entschied er sich für den Parkplatz gegenüber vom Klub, wo Lodwijk van Eeden den Porsche parken würde.

Als dieser ausstieg, begrüßte Sommerfeldt ihn freundlich. »Hallo! Schön, dich wiederzusehen.«

Lodwijk griff sofort in seine Jackentasche. Er trug immer einen Elektroschocker und Pfefferspray bei sich, Waffen, die jeder Richter als defensiv wertete. Er berechnete bei allem, was er tat, immer gleich eine juristische Verteidigungsstrategie mit ein.

Als er die Hand in der Tasche hatte, griff Sommerfeldt das Revers seiner Jacke und zog es ihm über die Schultern. Für Sekunden stand van Eeden wie gefesselt da. Sommerfeldt trat ihm in die Weichteile.

Mit weit aufgerissenem Mund und schreckensstarren Augen kniete Lodwijk van Eeden vor ihm. Sommerfeldt fuhr mit der Klinge des Einhandmessers über Lodwijks Hals und Wange, als wolle er ihn rasieren.

Sommerfeldt nahm ihm den Elektroschocker und das Pfefferspray ab, wie Erwachsene Kindern Spielzeug wegnehmen, das für ihr Alter noch zu gefährlich ist.

Sommerfeldt sah sich das Pfefferspray an und lächelte: »Das tut bestimmt sauweh, wenn man es in die Augen bekommt, oder?«

Lodwijk rechnete damit, dass Sommerfeldt sein Gesicht damit besprühen würde, schloss vorsichtshalber die Augen und drehte seinen Kopf weg.

»Och Gott«, grinste Sommerfeldt, »du hast Angst davor? Du musst keine Sorgen um dein Augenlicht haben. Ich will doch, dass du siehst, was passiert. Eigentlich wollte ich dich ja an der Tanzstange töten, aber ich habe eine viel bessere Idee. Komm, steig ein. Du fährst.«

Sommerfeldt bugsierte Lodwijk van Eeden auf den Fahrersitz. Seine Hände zitterten so sehr, dass Sommerfeldt sich fragte, ob van Eeden überhaupt in der Lage war, den Wagen zu steuern.

Er nahm hinter ihm Platz, hielt die Klinge gegen seinen Hals gedrückt und raunte in sein Ohr: »Nun beruhige dich erst mal.

Wir wollen doch keinen Unfall bauen. Und es wäre doch auch schade, wenn Blut auf die schönen Sitze käme.«

»Ich bin freigesprochen worden«, krächzte van Eeden.

»Ich weiß«, lachte Sommerfeldt, »deshalb bin ich ja hier. Weißt du noch, was ich dir bei meinem letzten Besuch gesagt habe?«

Lodwijk van Eeden nickte vorsichtig. Dabei schnitt die Klinge in seine Haut. »Ich hab mich daran gehalten, ganz bestimmt! Ich habe nichts gemacht!«

»Ah, so weit erinnerst du dich also noch? Du hast mir versprochen, damit aufzuhören. Du hast alles bereut. Du wolltest ein anständiger Mensch werden, und vor allen Dingen wolltest du dich von Schülern fernhalten. Keine Teenie-Disco mehr. Keine Drogen an Minderjährige. Hatten wir nicht sogar darüber gesprochen, dass dieser Drogenscheiß insgesamt aufhören sollte?«

»Ja. Ja. Haben wir. Ich habe auch wirklich nichts gemacht …«

»Och, nun jammere nicht rum. Ich hab nichts gemacht … Es geht doch hier nicht um einen Kinderstreich. Ein dreizehnjähriger Junge aus Aurich ist tot. Glaubst du wirklich, das lasse ich dir durchgehen?«

»Es war eine Überdosis. Ich kann nichts dafür! Ich hab denen nur gutes Zeug verkauft.«

»Du hattest mir aber versprochen aufzuhören. Damals hattest du übrigens dasselbe Messer am Hals. Spürst du es? Die Klinge war damals schon der Meinung, ich sollte mich auf deinen Blödsinn nicht einlassen und die Sache ein für alle Mal beenden.«

»Ich habe mich daran gehalten. Wirklich. Lange! Aber dann … Ich bin ein schwacher Mensch! Ich kenne so viele

Leute noch aus der Zeit … Sie haben Druck auf mich ausgeübt. Man kann da nicht einfach aufhören …«

»Aber du wusstest schon, dass ich kommen würde, wenn du dich nicht an unsere Abmachung hältst. Ich habe es dir ganz deutlich gesagt. Ich schenke dir dein Leben, wenn du ein neues anfängst und das nutzt. Die alten Fehler darfst du kein zweites Mal machen, sonst hole ich dich zu meinem Freund, dem Teufel. Der wartet auf Nachschub … Frisches Fleisch. Typen wie dich hat er besonders gern.«

Lodwijks Hände krampften sich ums Lenkrad. »Bitte, Gnade! Ich dachte, du wärst weg. Ich dachte, du wärst geflohen. Südafrika, Lateinamerika … Die Zeitungen waren voll davon. Was machst du hier in Deutschland? Die kriegen dich doch sofort … Ich kann dir helfen! Ich kann Papiere besorgen, ich kann …«

Sommerfeldt lachte herzhaft. »Ist dir gar nicht aufgefallen, dass ich anders aussehe? Ich brauche nichts von dir. Die Waren, die du anzubieten hast, sind mir nicht gut genug. Ich würde weder Drogen von dir kaufen noch falsche Papiere.«

Sommerfeldt griff über den Sitz und fühlte van Eedens Herzschlag: »So, ich glaube, jetzt geht es dir besser, und du kannst uns zu der Schule fahren.«

»Welche Schule?«

»In welche Schule ist Finn-Leandro Bagger denn gegangen? Ich denke, wenn sie deine Leiche dort finden, wird auch dem letzten Staatsanwalt klarwerden, dass du etwas mit der Sache zu tun gehabt hast.«

»Du bringst mich um, damit das Urteil gegen mich korrigiert wird?«, kreischte er.

»Nein, damit deine Kumpels wissen, was ihnen blüht, wenn sie sich nicht von Schulhöfen fernhalten. So. Jetzt fahre uns nach Aurich an die IGS. Ihr habt auch in Norden an der Berufsschule verkauft, am Ulrichs-Gymnasium und in Oldenburg an der IGS Kreyenbrüc. Habe ich noch was vergessen? So, jetzt fahr los!«

Er schaffte es nicht, den Wagen anzulassen. Er versuchte, es hinauszuzögern. Sommerfeldt vermutete, dass van Eeden die Hoffnung hatte, seine Kumpels würden bald hier ankommen und die Situation sofort erfassen.

Sommerfeldt piekste ihm in den Oberarm: »Fahr los!«

Er tat es sofort.

Eine Weile schwieg Sommerfeldt und gab höchstens mit dem Finger Anweisungen, ob van Eeden nach rechts oder links fahren sollte. Dann sagte er: »Weißt du, eigentlich müsste ich dich in Stücke schneiden und vor jede Schule einen Teil von dir legen. Den rechten Arm für die Berufsschule Norden, den linken fürs Ulrichsgymnasium, ein Bein nach Oldenburg – es könnte wie ein Puzzlespiel werden. Wenn sie alle Orte abfahren, können sie dich wieder zusammensetzen.«

Lodwijk van Eeden verursachte fast einen Auffahrunfall. Sommerfeldt klatschte von hinten mit der Hand gegen seinen Kopf. »Glaubst du, dass du so billig aus der Nummer rauskommst? Es gibt einen Unfall, und die Polizei kommt? Ich kann dich auch gleich hier umlegen.«

»Ich könnte das alles wiedergutmachen. Ich könnte den Eltern Geld geben, ich …«

»Geld … Du glaubst allen Ernstes, man könnte das mit Geld wiedergutmachen? Nein, es gibt nur eine Konsequenz, mein Lieber. Das Ganze darf sich nie mehr wiederholen. Und deswegen wirst du sterben. So spektakulär wie möglich.«

»Mir ist schlecht«, behauptete van Eeden.

»Mir ist die ganze Zeit schlecht, wenn ich an Typen wie dich denke«, bestätigte Sommerfeldt.

»Ich glaube, ich muss kotzen.«

»Ja, meinetwegen. Ist ja dein Auto.«

Tatsächlich würgte van Eeden jetzt und hustete. Er lenkte den Wagen an den Seitenstreifen, riss die Tür auf und übergab sich. Sommerfeldt filmte ihn dabei.

»Eigentlich gefällt mir das«, sagte Sommerfeldt. »Der kleine Finn-Leandro Bagger ist auch an seinem eigenen Erbrochenen erstickt. Sie sollten es auch auf deinen Klamotten und in deinem Mund finden. Solche Symbole verstehen deine Kumpels doch bestimmt, was meinst du? – So, jetzt gib mir mal dein Handy. Wir werden ein kleines Filmchen für deine Freunde machen. Sag ihnen, dass sie mit dem Scheiß aufhören sollen, weil sie sonst der Teufel holt. So wie dich.«

Lodwijk wischte sich den Mund ab. »Was soll ich?«

Sommerfeldt nahm ihm das Handy ab und hielt es vor sein Gesicht. »Siehst du, die Gesichtserkennung funktioniert. So, und nun machen wir ein kleines Video«, freute Sommerfeldt sich. Er hielt die Klinge des Einhandmessers zwischen den Zähnen, während er mit beiden Händen das Handy führte und filmte.

Lodwijk erkannte in seiner Angst seine Chance. Er hatte jetzt zwei Möglichkeiten: Entweder genau das zu tun, was Sommerfeldt von ihm verlangte, oder ihn anzugreifen und zu versuchen, ihn niederzuringen. Weglaufen war keine Option. Er musste befürchten, dass Sommerfeldt schneller war.

Er zögerte zu lange. Sommerfeldt senkte das Handy, nahm das Einhandmesser und holte zu einem Stich aus.

»Okay. Wenn du nicht kooperativ bist, dann …«

»Nein, nein, nein, um Himmels willen! Ich sage ja, was du hören willst.«

Sommerfeldt reichte ihm das Handy: »Mach ein Selfie-Video. Soll ich dir den Text vorgeben oder weißt du selbst, wie man mit deinesgleichen spricht?«

»Ja, was soll ich denn genau …«

»Sag es mit deinen Worten. Sie sollen aufhören. Sonst hole ich sie. Aber wehe, du erwähnst meinen Namen. Sage: der Teufel.«

Lodwijk schluckte. Er sah sich nach Hilfe um, doch hier war weit und breit niemand. In Häuserschluchten kann man so einsam sein wie in den Bergen.

Sommerfeldt ließ die Klinge quer über Lodwijks Wange sausen. Über seinem rechten Wangenknochen klaffte eine drei Zentimeter lange Wunde.

»Ich mach's ja, ich mach's ja!«, schrie Lodwijk und stammelte: »Hört auf damit! Leute, ich beschwöre euch, lasst es sein, sonst kommt euch der Teufel holen.«

Sommerfeldt nickte zufrieden. »So. Und jetzt schickst du das an deine Kumpels. Ist doch ein schönes kleines Video geworden.«

Lodwijk presste seine Hand gegen die Wunde im Gesicht, um die Blutung zu stoppen.

»Du wirst doch noch die Sitze vollsauen«, sagte Sommerfeldt und hielt Lodwijk ein Taschentuch hin.

Sommerfeldt nahm ihm das Handy ab: »Ich kann es natürlich an deine gesamte Adressenliste schicken, aber Michelle und deine anderen Freundinnen werden sich bestimmt sehr erschrecken. Das ist doch eigentlich unnötig. Wer von deinen Kumpels braucht diese Ermahnung?«

Lodwijk schluckte. »Mihailo …«

Sommerfeldt grinste. »Ach, der Serbe ist auch wieder mit dabei. Ich dachte, der sitzt noch.«

»Nein, schon lange nicht mehr. Der darf sich nur in Köln nicht mehr sehen lassen. Tarek und Siggi …«

Sommerfeldt konnte mit jedem Namen etwas anfangen. »Okay«, sagte er, »dann schicken wir die kleine Ermahnung mal an die drei.« Er scrollte durch die Kontaktliste: »Was ist mit Doc Holliday?«, fragte er.

»Der macht nicht mehr mit. Der ist seriös geworden. Der hat geheiratet und ...«

»Na, dann wollen wir ihn mal auf dem Weg bestärken. Dann weiß er wenigstens, dass er es jetzt richtig macht«, überlegte Sommerfeldt und schickte auch an Doc Holliday das Video.

Er sah sich den kurzen Film noch einmal an und zeigte ihn auch Lodwijk: »Guck mal, das ist ganz gut so, mit dem Schnitt im Gesicht. Das macht es eindrucksvoller, findest du nicht? So. Und jetzt ändern wir mal den PIN-Code, damit ich dein dummes Gesicht nicht brauche, wenn ich dein Handy benutze.«

Lodwijk van Eeden hatte in letzter Zeit lernen müssen, dass er körperlich nicht wirklich fit war. Die jungen Männer heute trainierten härter, kombinierten verschiedene Kampfsportarten, und viele schluckten auch Anabolika, um stärker zu werden. Das Grobe lag Lodwijk nicht. Er ließ sich lieber beschützen, und wenn es hart zur Sache gehen musste, dann gab es immer Leute, die das für ein paar Euro erledigten. Doch jetzt blieb ihm nichts anderes übrig. Mit dem Mut der Verzweiflung griff Lodwijk Dr. Sommerfeldt an.

Sommerfeldt hatte es eigentlich noch nicht vorgehabt, doch jetzt erledigte er die Sache gleich hier am Straßenrand. Er stach zu. Nur ein einziges Mal. Die Klinge drang tief in Lodwijk van Eedens Herz ein.

Sommerfeldt zerrte ihn zur Beifahrerseite, platzierte ihn auf dem Sitz und fuhr dann mit dem Toten nach Aurich. Er wollte ihn zunächst auf dem Schulhof ablegen, überlegte es sich aber noch einmal anders, weil er nicht vorhatte, die Schüler zu sehr zu erschrecken. Stattdessen brach er ins Gebäude ein und schleppte die Leiche bis ins Lehrerzimmer. Dort legte er Lodwijk van Eeden auf den Tisch. Leider war es ihm nicht möglich gewesen, seine Arbeit zu verrichten, ohne eine Blutspur im Flur zu hinterlassen.

Er wusch sich auf der Toilette, reinigte seine Sachen und verließ die Schule aufrecht wie ein Lehrer nach getaner Arbeit.

Er fuhr zurück nach Oldenburg, stellte dort in der Nähe des Klubs den Porsche ab und fuhr mit seinem Fahrzeug zurück zur Klinik hinterm Deich.

Er fühlte sich gut, wie nach einer geglückten, lebensrettenden Operation.

Als Frauke vom Besuch bei Monika Tapper zurückfuhr, war sie in einer merkwürdigen Stimmung. Einerseits glücklich und trotzdem auf eine tiefe Art traurig.

Sie hätte sich ihr so gerne anvertraut. Monika sah aus, als könne man ihr einfach alles erzählen. So eine Freundin wünschte sie sich, doch es war ein Unterschied, ob man einer Freundin von seinen Ängsten erzählte, seinen Eheproblemen und sich innerlich ganz öffnete oder ob man zugab, jemand ganz anderes zu sein. Sie machte andere ja gleich zu Mitwissern, zu Komplizen. Nein, das konnte sie ihr nicht antun. Auch ihre beginnende Freundschaft würde auf einer Lüge basieren.

Auf dem Radweg an der Norddeicher Straße wurde ihr klar, dass sie immer so gelebt hatte. Sie war immer die Person, für die sie sich gerade ausgab. Als solche schloss sie Freundschaften, bekämpfte ihre Feinde. Es kam ihr so vor, als hätte sie oft auch als eine andere Person geträumt.

Wie viele Personen kann man sein? Wie viele Existenzen führen, ohne sich selbst zu verlieren?

Überhaupt, musste man sich nicht erst finden, bevor man sich verlieren konnte?

Hier in Ostfriesland, mit Sommerfeldt, bekam sie vielleicht zum ersten Mal im Leben ein Gespür dafür, echt zu sein. Aber auch das fühlte sich wieder wie eine Lüge an.

Sie dachte an den Mann, den sie liebte und der sie so nahm, wie sie war. In jeder Minute ihres Lebens. Konnte es ein größeres Glück überhaupt geben?

Er warf ihr nichts vor. Er urteilte nicht. Er nahm sie an. Doch er erwartete das Gleiche von ihr. Er wollte frei sein und trotzdem eng mit ihr verbunden.

Das hörte sich schön an, doch hieß es auch, dass sie akzeptieren musste, dass er heute Abend einen Mord beging?

Sie wollte das nicht. Er sollte damit aufhören.

Würde ihre Liebe das aushalten?

War sie in der Lage, es ihm zu verbieten, so wie andere Frauen ihren Männern verboten, das Haushaltsgeld beim Pferderennen zu verwetten, der Nachbarin hinterherzusteigen oder beim Geburtstag der Schwiegermutter in die Erdbeerbowle zu pinkeln?

Sie musste jetzt noch lachen, wenn sie daran dachte. Eine ehemalige Klassenkameradin, die sie auf Borkum getroffen hatte, hatte ihr davon erzählt, dass ihr Mann seine Schwiegermutter so sehr hasste, aber nicht in der Lage war, es auszusprechen. Stattdessen verhielt er sich geradezu unterwürfig. Bei Familienfeiern betrank er sich, und wenn er dann genug intus hatte, pinkelte er heimlich in die Bowle. Er selbst trank ohnehin lieber Bier. Sie hatte ihn zweimal dabei erwischt, und er gestand, es schon öfter getan zu haben. Es war ein Geheimnis zwischen ihr und ihrem Mann. Dadurch hatte sie Macht über ihn. Sie hatte es ihm verboten und das Versprechen abgenötigt, so etwas nie wieder zu tun.

Frauke fragte sich jetzt, ob die beiden noch verheiratet waren. Sommerfeldt würde sich nichts verbieten lassen. Das war ihr ganz klar. Sie hatte ihm damals diese Geschichte erzählt, und noch jetzt konnte sie sein schallendes Lachen hören. Er fand das alles köstlich und sagte: »Jeder findet eine Form, sich zu wehren. Die einen heimlich, die anderen fangen stattdessen offenen Streit an.«

Sie fragte sich: Wenn ich von ihm verlange, mit dem Morden aufzuhören, wird das dann das Ende unserer Beziehung sein? Hatte sie überhaupt das Recht dazu, es zu tun? Wer war sie, von ihm zu verlangen, wie er leben sollte?

Für ihn waren das keine Morde. Bei einem Besuch in der Kunsthalle Emden, als sie gemeinsam vor dem Gemälde *Die blauen Fohlen* von Franz Marc standen, hatte er es ihr auf geradezu poetische Weise erklärt, wie sie fand: »Weißt du, Kirschblüte, so wie ein Maler immer weiter an seinem Bild arbeiten muss und es verbessern will, so geht es mir auch. Wenn ich diese Welt sehe, dann schaue ich darauf wie ein Maler auf seine Zeichnung. Manchmal radiere ich etwas aus, etwas, das die Schönheit und die Harmonie stört.«

Niemand von den anderen Besuchern, die das damals möglicherweise gehört hatten, wäre auf die Idee gekommen, dass er darüber gesprochen hatte, einen Vergewaltiger ins Jenseits zu befördern, der es immer wieder schaffte, die Frauen so unter Druck zu setzen, dass sie die Anzeigen gegen ihn zurückzogen.

Sommerfeldt hatte das Gefühl, die Welt besser zu machen, ja zu verschönern. Es war für ihn so etwas wie ein künstlerisches Gestalten der Wirklichkeit.

Doch es war nicht richtig. Es war Mord. Er setzte sich über alle Regeln der Gesellschaft hinweg. Nie hätte er eine Partei gewählt, die für die Todesstrafe war, niemals hätte er einem Staat zugebilligt, die Entscheidung über Leben und Tod zu fällen. Doch er selbst nahm sich das Recht heraus.

Was wird werden, fragte sie sich, wenn ich ihn vor die Alternative stelle: Entweder, du hörst auf, oder das war's mit uns beiden.

Sie trat immer schneller in die Pedale. Als sie in der Klinik hinterm Deich ankam, war er noch nicht zurück. Vielleicht, dachte sie, tötet er ihn gerade jetzt.

Sie musste etwas tun. Sie wusste nicht wohin mit ihren Emotionen. Sie lief die Treppen hoch, wollte in ihr Zimmer gehen und lesen, doch das funktionierte jetzt nicht. Sie tigerte herum, als sei diese große Klinik ein Käfig, den sie nicht verlassen konnte. Wie um sich selbst zu beweisen, dass sie frei war, schnappte sie sich ihre Golftasche, stieg in den großen SUV und fuhr nach Lütetsburg, um ein paar Bälle zu schlagen. Ja, das war jetzt genau das Richtige.

Sobald sie an Golf dachte, hörte sie seine Stimme: »Eigentlich«, hatte Sommerfeldt ihr oft mit diesem belehrenden Tonfall gesagt, der ihr manchmal auf den Keks ging, »schlägt man die Bälle nicht. Es geht nicht um Kraft, sondern man führt einen Schwung aus, der …«

Sie schüttelte sich. Sie wollte ihn und seine Weisheiten jetzt loswerden. Sie hatte Angst, dass er gerade ihr schönes, neues Leben zerstörte. Sie fühlte sich nicht berechtigt, ihn zu stoppen, gleichzeitig musste sie es tun. Sie versuchte, wieder an Golf zu denken, um etwas zwischen sich und ihre Angst zu bringen.

Sie wollte jetzt keine sauberen Bewegungsabläufe üben. Sie

wollte Bälle schlagen. Ja, genau darum ging es. Einen Punkt zu haben, auf den sie mit einem Eisen einprügeln konnte. Sie wollte sehen, dass das, was sie tat, eine Wirkung erzielte.

Als sie in Lütetsburg am Schloss ankam, war es bereits dunkel. Nein, sie vergaß nicht, den Wagen abzuschließen. Sie ließ ihn trotzig offen, so als solle sich nur mal einer trauen, ihr Auto zu klauen. Der würde sich eine Menge Ärger einhandeln.

Sie fühlte sich streitlustig, wollte aber gleichzeitig mit niemandem Ärger.

Kann man streitsüchtig und harmoniebedürftig gleichzeitig sein?

Sie ging am Restaurant vorbei auf die Driving-Range zu. Draußen saßen die letzten Gäste. Jemand winkte ihr, doch sie reagierte nicht. Sie wollte alleine sein. Sie zog sich mit ihrer Karte am Automaten ein paar gelbe Golfbälle. Es tat schon gut zu hören, wie sie in den Korb fielen.

Sie stand hier geschützt, überdacht und hatte gleichzeitig die Freiheit des Platzes vor sich. Schilder markierten Entfernungen auf dem Grün. 50, 70, 100, 120, 150. Auf dem Platz, beim Spiel, war man für alle sichtbar, doch hier aus der Sicherheit des überdachten Übungsgeländes agierte sie sozusagen anonym. Es kam ihr vor wie ein Symbol für ihr Leben. Nicht gesehen werden, sicher sein und trotzdem weite Bälle schlagen können.

Sie legte den ersten aufs Golf-Tee, wählte ein Neuner-Eisen, nahm Schwung und traf den Ball viel zu weit oben. Der kleine Kunststoffstift fiel um. Der Ball schoss keine dreißig Meter weit zur Seite weg.

Obwohl er nicht anwesend war, hörte sie Sommerfeldts Lachen: »Man nimmt kein T-Stück beim Neuner- Eisen. So, wie du drauf bist, nimm den Driver und konzentrier dich.«

Sie sah sich um. Er war so sehr in ihr, sie nahm ihn überallhin mit. Selbst jetzt, hier, war sie nicht allein.

Sie wurde immer wütender. Sie zog den Driver heraus, wog das Schlaggerät in der Hand, als hätte sie vor, jemandem den Schädel einzuschlagen. Sie baute das T-Stück neu auf und ballerte mit aller Kraft den nächsten Ball ins Flutlicht hinein. Es tat ihr gut, dem Flug zu folgen, den Aufschlag bei 120 zu sehen. Es ging ihr gleich besser.

Sie nahm den nächsten Ball aus dem Korb.

»Wir müssen reden, Bernhard«, sagte sie, als sei er der Ball. »Wenn wir uns ein neues Leben aufbauen wollen, müssen wir das alte beenden.«

Nach zehn Bällen fühlte sie sich besser. Nach zwanzig gut. Nach dreißig spürte sie ihre Muskeln. Ein Ziehen im Rücken, ein Kribbeln bis in die Waden. Sie hatte genug für heute.

Auf dem Rückweg zum Parkplatz rief ein Pärchen: »Huhu, huhu, Frauke!« Sie sah stur auf den Boden und reagierte nicht. Dann, als sie schon die Golfschläger in den Wagen verladen hatte, kam sie sich unhöflich, ja fast gemein vor. Sie ging noch einmal ein paar Meter in Richtung Restaurant, winkte und log laut: »Hallo, ich hab euch gar nicht gesehen!«

Wenn sie ehrlich mit sich war, musste sie zugeben, dass sie die Namen des Pärchens vergessen hatte. Sie hatten mal gemeinsam ein Turnier gespielt.

Sie fuhr zurück zur Klinik hinterm Deich und fragte sich: Warum gehe ich so wenig auf Menschen zu? Warum bin ich oft so ablehnend? Das sind doch Beziehungsangebote. Warum nehme ich sie nie an?

Vor der Klinik unterm Balkon parkte immer noch der dunkelblaue Bentley. Es war ungewöhnlich, hier einen Wagen abzustellen. Eigentlich gab es andere Parkplätze.

Ein Mann wischte in der Dunkelheit an der Scheibe herum. Ein kurioser Anblick.

Sie lief an ihm vorbei zum Eingang. Auf seiner Höhe blieb sie stehen, vielleicht weil sie die Unhöflichkeiten, die sie dem Golfpärchen angetan hatte, wiedergutmachen wollte, wenn auch an einer anderen Person.

Die Haare des Mannes waren bis weit über seine Ohren hin abrasiert. Er trug aber einen Bart in der gleichen Länge wie sein Kopfhaar. Es sah schwarz und stachelig aus. Er hatte etwas von einem Igel an sich, fand sie.

Er roch nach kaltem Zigarrenrauch.

Männer im Nadelstreifenanzug wuschen normalerweise nachts auf der Straße keine Autos. Sie fand es lächerlich. Ihr fiel aber gleich das Möwenabenteuer mit Sommerfeldt beim Frühstück ein.

Sie fragte: »Möwenkacke?«

Der Bentley-Fahrer roch an seinem Lappen und konterte: »Nee, eher schwarzer Tee mit Milch und Zucker.«

»Wer macht denn so was?«, grinste sie.

»Kann nur jemand von da oben runtergekippt haben«, behauptete er und zeigte auf den Balkon.

Sie schüttelte den Kopf: »Das kann nicht sein. Da wohnt der Chef.«

Sie wollte rein, doch es gab einen irritierenden Moment, als der Mann sie ansah. Er war garantiert nicht der Besitzer des Fahrzeugs, sondern eher ein Fahrer. Vielleicht ein persönlicher Assistent, wie einige Manager ihre Bodyguards nannten. Viele Patienten in der Klinik waren es gewohnt, sich fahren, schützen und umsorgen zu lassen. Es gab immer Leute, die mit Personal anreisten. Man wusste dann nie genau, ob es sich um Popstars handelte, Wirtschaftsbosse oder Ganoven.

Sie ging in Sommerfeldts Büro und kontrollierte die Gästeliste. Aber da war kein bekannter Name. Niemand, für den sie mal die Miet-Ehefrau gespielt hatte.

Sie verspürte das Bedürfnis, heiß und dann sofort kalt zu duschen. Sie tat es augenblicklich.

Sommerfeldt hatte schon ein paarmal davon geschwärmt, noch ein Stockwerk aufs Haus aufzusetzen. Er hatte ihr eine Badewanne versprochen, mit Blick aufs Meer. Doch die Baugenehmigung dafür zu erhalten, war gar nicht so einfach. Aus dem Haus gab es bis jetzt nur einen Blick auf den Deich. Aber manchmal, in lauen Sommernächten, stieg sie aufs Dach, setzte sich dorthin und konnte die Lichter auf Juist sehen.

Es war noch mal anders, als auf dem Deich zu sitzen. Hier oben – auf den von der Sonne aufgewärmten Dachpfannen – zu thronen, das hatte etwas Wagemutiges, etwas Verbotenes. Und hier würde sie ganz sicher niemand stören, bis auf ein paar Dohlen, die ihre Anwesenheit interessant fanden, doch von denen fühlte sie sich nicht gestört, selbst wenn sie an ihrer Kleidung herumpickten.

Unter dem flauschigen Bademantel war sie nackt. Der Wind trocknete ihre feuchten Haare.

Sie fragte sich, ob der Fahrer sie erkannt hatte. Diese Angst trug sie immer mit sich herum, dass irgendjemand sie auf ihre Vergangenheit ansprechen könnte.

Sommerfeldt nahm das in ihrem Fall ziemlich gelassen. Schließlich wurde sie nicht von der Polizei gesucht. »Wenn dich jemand erkennt, weil du mal für Geld mit ihm im Bett warst, wird ihm das peinlicher sein als dir, meine Gute. Der Mensch hat einen freien Willen. Der war bereit zu zahlen, und du warst bereit, das Geld zu nehmen. Also was soll's? Geh selbstbewusst damit um.«

Aber das fiel ihr nicht leicht. Sie wollte nicht die gewesen sein, die sie einmal war. Jetzt, hier oben auf dem Dach, fragte sie sich: Wer wäre ich ohne all diese Erfahrungen? Wäre ich dann überhaupt ich selber oder eine ganz andere Person? Wer sind wir, wenn nicht die Summe all dessen, was wir mal gedacht, gesagt und getan haben?

Sie gab niemandem die Schuld. Vielleicht war auch alles einfach richtig so. Vor die Wahl gestellt, würde sie – so vermutete sie – wieder alles genauso machen.

Sie zog den Bademantel fester um ihren Körper und reckte das Gesicht in den Wind. Sie atmete tief durch. Ist das Freiheit?, fragte sie sich.

Die Lichtkegel von Scheinwerfern bewegten sich aus Richtung Greetsiel auf die Klinik zu. Hier fuhren nachts nicht viele Autos. Das da war ihr Bernhard.

Wahrscheinlich hatte er sich nach getaner Tat im Meer gereinigt. Vermutlich gar während sie unter der Dusche stand. Sie fühlte sich verbunden mit ihm.

Er stellte den Wagen ab, trommelte einen Takt aufs Autodach und ging leichtfüßig, ja beschwingt, auf die Klinik zu.

Er hat es getan, dachte sie. Und es geht ihm großartig.

Sabine Ahlers wurde heute 55. Sie war Lehrerin aus Leidenschaft und wollte diesen Geburtstag mit ihren Kollegen feiern. Es gab inzwischen zwei Fraktionen, die sich sprachlich immer weiter auseinanderdividierten. Die einen genderten bewusst. Die anderen beharrten darauf, dies sei eine Verballhornung der deutschen Sprache. Und dann gab es noch einen jungen Kollegen namens Wilko Schmidt, der von allen Will Smith genannt wurde. Der Hollywoodschauspieler gab nicht nur gerne den Actionhelden, sondern hatte auch bei einer Oscarverleihung den Moderator geohrfeigt, der sich über seine Frau lustig gemacht hatte.

Wilko genderte nur dann laut und deutlich, wenn er das Gefühl hatte, es würde lächerlich klingen. Er sagte: *Bürger:innensteig* oder *Nutt:innen.*

Sabine Ahlers brauchte Harmonie. Sie hob keine Beziehungsgräben aus. Sie schüttete sie lieber zu oder baute Brücken. Sie wollte ein schönes Gemeinschaftserlebnis schaffen. Ihr Geburtstag war da ein guter Anlass.

Sie hatte Muffins gebacken. Das war alles nicht mehr so einfach wie früher zu Beginn ihrer Schullaufbahn. Da brachte man einfach einen selbstgebackenen Gugelhupf mit oder eine Platte Apfelkuchen und fertig.

Heute musste man Rücksicht nehmen. Sie tat es. Es gab zu viele Abneigungen, Vorlieben und Allergien.

Sie hatte glutenfreie Karottenmuffins gemacht.

Außerdem zuckerfreie Bananenmuffins mit Ei und Nüssen.

Blaubeermuffins ohne Ei.

Vegane Zitronenmuffins.

Und dann noch welche mit dicken Schokostückchen drin, Kakaopulver, Zucker, Milch, Öl, Eiern – sogar mit Mehl und Backpulver.

Von einigen Kollegen wurden sie die »richtigen Muffins« genannt, von anderen »die ungesunden« oder auch »Kalorienbomben«.

Sabine hatte alle Muffins gekennzeichnet und natürlich auch an die Kollegin mit der Haselnussallergie gedacht. Schließlich sollte sich jeder gesehen fühlen und niemand ausgeschlossen werden.

Sie balancierte alles vorsichtig auf zwei Holztabletts vom Auto zum Lehrereingang. Sie hatte Servietten dabei und eine bunte Tischdecke. Da sie strikt gegen Alkohol im Lehrerzimmer war, schleppte sie statt Sekt Säfte ins Gebäude.

Wilko Schmidt kam heute schon etwas früher, weil er noch Kopien machen wollte. Er hielt mit seinem Rennrad neben Sabine und grüßte mit diesem süffisanten Lächeln, das er selbst für unwiderstehlich hielt: »Na, junge Frau, darf ich Ihnen behilflich sein?«

Sie gab die schweren Saftflaschen gerne ab. Er war nicht uninteressiert am Gebäck, denn die Muffins dufteten gut. Er mochte dunkle Schokolade, sagte aber spitz: »Ich hoffe, die Schokolade wurde fair gehandelt. Ich achte ja immer auf das Fairtrade-Siegel.«

Sabine bekam gleich ein schlechtes Gewissen, weil sie einfach eine Zartbitter-Schokolade verwendet hatte, die eine Nachbarin ihr als Dankeschön fürs Blumengießen und Katzehüten geschenkt hatte.

Es war für Sabine Ahlers, als sei sie plötzlich in eine Parallelwelt geraten oder in einen Albtraum gerutscht. Sie hatte in diesem Lehrerzimmer schon viel erlebt. Triumphe und Niederlagen. Freundschaft und Unterstützung genauso wie Intrigen und Streit. Aber noch nie hatte dort eine Leiche gelegen.

Hatte sie eine Halluzination? War sie verrückt geworden? Kam das alles nur vom Stress? Die Gedanken jagten durch ihren Kopf. Waren die letzten Tage einfach zu viel für sie gewesen? Oder lag dort wirklich ein Toter?

Sie drehte sich zu Wilko Schmidt um und wollte ihn fragen, ob er dasselbe sah wie sie, doch sein Gesicht war für sie Antwort genug.

Sie hielt die Serviertabletts nicht mehr in der Waage. Die

Muffins fielen zuerst auf den Boden, dann die Tabletts und schließlich Frau Ahlers selbst.

Ein Toter im Lehrerzimmer … Da ging bei Ann Kathrin Klaasen sofort das Kopfkino los. Rächte sich ein ehemaliger Schüler für erlittenes oder eingebildetes Unrecht? Oder wollte ein gestresster Pädagoge durch Selbstmord auf die unhaltbare Drucksituation aufmerksam machen?

Kündigte sich eine neue Art von Terror an? Statt Amoklauf gezielte Attacken gegen einzelne Repräsentanten des verhassten Systems?

Sie sah eine Menge Ärger und viele Presseanfragen auf ihre Abteilung zukommen. Die Mordkommission galt immer noch als Königsdisziplin in der Polizeiarbeit, aber dort stand man auch unter besonderer Beobachtung durch die Öffentlichkeit.

Sie fragte sich, woher der erste Anruf kommen würde: aus dem niedersächsischen Kulturministerium oder aus dem Innenministerium.

Alle würden sich Sorgen machen und versuchen, sich einzumischen, ohne dass es nach Einmischung aussah.

Der erste Anruf kam dann aber von Holger Bloem. Der Journalist fragte: »Ist das wahr? Ein ermordeter Lehrer?«

Ihre Gegenfrage war: »Wer sagt das?«

»Ein Schülerzeitungsredakteur, der mal ein Praktikum bei uns gemacht hat und offensichtlich eine Festanstellung als Redakteur sucht.«

Ann Kathrin blieb kurz angebunden. »Ich bin unterwegs zur Schule.«

Er nahm ihr das nicht übel. Bei Mord stand sie ab dem ersten Moment unter großer Anspannung. »Gut, dann sehen wir uns gleich da, Ann«, sagte er und beendete das Gespräch.

Sabine Ahlers kannte den Toten. Sie konnte zunächst gar nicht glauben, dass es wirklich Lodwijk van Eeden war. Sie hielt das für reines Wunschdenken und schämte sich dafür, weil man doch niemandem den Tod wünschen durfte.

Wilko Schmidt bestätigte es ihr: »Das ist das Schwein!«

Er schraubte sich einen Schokomuffin rein. Er brauchte jetzt Zucker, und das sagte er auch.

Obwohl Sabine die Muffins gebacken hatte, musste sie sich beim Anblick fast übergeben, als sie sah, wie gierig sich Wilko den Mund vollstopfte. Sie schüttelte sich: »Wie kann man nur …«

Es ging ihr gleich wieder besser, als sie eine Aufgabe für sich erkannte. Den Schülerinnen und Schülern musste der Anblick erspart bleiben. Das Lehrerzimmer galt zwar als Tabu, doch nicht jeder respektierte die Schutzzone für Lehrkräfte. Manchmal wurden Krankmeldungen abgegeben, oder jemand kam mit Fragen oder Beschwerden.

Da in der Polizeiinspektion Aurich eine Frühbesprechung anberaumt worden war, konnte Ann Kathrin Klaasen Minuten nach der Meldung schon vor Ort sein. Mit ihr kamen zwei Lehrerinnen und ein lärmender Schülerpulk ins Gebäude.

Ein Polizeiwagen auf dem Schulhof sorgte für Aufmerksamkeit. Ein Uniformierter am Eingang ließ bei einigen die Sorge nach Taschenkontrollen aufkommen. Ein Suchtmittelspürhund war nicht zu sehen.

Vor dem Lehrerzimmer stand schon eine uniformierte Auricher Kollegin. Sie schützte den Tatort und ließ niemanden hinein, obwohl ein Pädagoge heftig protestierte, er benötige sein Unterrichtsmaterial. Er ereiferte sich, als sie ihm den Zugang verweigerte. Sogar das Wort *Polizeistaat* fiel.

Sie war erleichtert, als Ann Kathrin auf sie zukam. Sie nickte ihr freundlich zu.

Minuten später traf auch schon die Spurensicherung ein.

Ann Kathrin überließ ihnen den Toten und das Lehrerzimmer. Sie selbst unterhielt sich in einem leeren Klassenraum mit Sabine Ahlers und Wilko Schmidt.

Ann Kathrin stellte sich vor und notierte ihre Namen.

Frau Ahlers sagte mit trockener Stimme: »Ich fürchte, ich kenne den Toten.«

»Ich auch«, bestätigte Wilko Schmidt.

»Ein Kollege?«, fragte Ann Kathrin.

Wilko lachte bitter. »O nein. Ein Dreckschwein. Er hat Heroin verkauft, Crack und den ganzen Dreck. Auch an unsere Schüler. Der hier ist verantwortlich für den Tod von Finn-Leandro.«

Sabine seufzte: »… und erst gestern freigesprochen worden.«

Wilko spottete, als sei er durch so viel Inkompetenz der Justiz persönlich gekränkt worden: »Aus Mangel an Beweisen …«

In Ann Kathrin klingelten sofort alle Alarmglocken, aber äußerlich blieb sie ruhig, ganz auf die beiden Menschen konzentriert, die die Leiche gefunden hatten.

An Sabines Kleidung klebten Kuchenkrümel. An Ellbogen und Rücken pappten größere Muffinreste. Der zuckerfreie Bananenmuffin mit Ei und Nüssen klebte besonders gut.

Sie zupfte immer wieder an ihrer Kleidung herum, gab dann

aber mit einem Gesicht auf, als spiele das alles eh keine Rolle mehr.

»Na, den Geburtstag werde ich jedenfalls so bald nicht vergessen.«

Ann fragte nach: »Es handelt sich also bei dem Toten Ihrer Meinung nach um Lodwijk van Eeden? Kannten Sie ihn persönlich?«

»Ich habe ihn angezeigt«, behauptete Wilko Schmidt nicht ohne Stolz.

Sabine setzte vorwurfsvoll nach: »Und die Anzeige dann auch brav wieder zurückgezogen.«

Ann Kathrin ließ das Gespräch laufen. Manchmal kam dabei am meisten für die Ermittlungen heraus. Die beiden standen unter Stress und wollten sich erleichtern. Ann hörte ihnen genau zu.

Wilko Schmidt atmete schwer. Sein Brustkorb blähte sich auf. Er geriet in eine Verteidigungsposition. Er wollte nicht als Feigling dastehen: »Meine Autoreifen wurden zerstochen. Alle vier! In der Garage! Meine Katze lag gehäutet im Garten. Und …« Er sprach nicht weiter, sondern suchte ein Foto davon auf seinem Handy. Er wischte immer wieder über den Bildschirm. Er gab auf, kämpfte mit sich und schnaubte.

»Und?«, ermunterte Ann Kathrin ihn.

»Jemand ist in meine Wohnung eingebrochen, hat aber nichts mitgenommen, sondern nur etwas dagelassen.« Er guckte zu Sabine. Es entstand der Eindruck, als sei es ihm unangenehmer, es vor seiner Kollegin auszusprechen als vor der Kommissarin. »Einen Stick mit Kinderpornographie. Er steckte in meinem Computer, als würde er da hingehören … Kinderpornographie!« Er hob den Zeigefinger. »Bei einem Lehrer! Das wäre das Aus für mich …«

Sabine Ahlers hielt sich erschrocken eine Hand vor den offenen Mund.

Er fuhr fort: »Die wollten mir demonstrieren: Wir können dir alles anhängen und dich locker fertigmachen. Jederzeit.«

Ann Kathrin fragte: »Die?«

»Na, der Lodwijk und seine Bande. Das sind fast alles Kids. Die wirken erst mal harmlos, sehen nicht aus wie Schwerverbrecher. Kommen überall rein. Niemand verdächtigt sie. Und er hat die alle vollkommen an der Angel. Sie gehören ihm, denn er verteilt den Stoff. Sie tun alles, was er will. Und sie fixen Freunde und Klassenkameraden für ihn an. Das verbreitet sich wie eine Seuche ... Den meisten kann man nicht mal etwas anhaben, wenn es auffliegt, denn sie sind ja noch gar nicht strafmündig.«

Sabine Ahlers hustete. »Aber damit ist ja jetzt wohl Schluss. Gott sei Dank!«

Ann Kathrin guckte Frau Ahlers nur an. Die verteidigte sich sofort: »Da können Sie jetzt von mir denken, was Sie wollen, Frau Kommissarin, aber ich bin froh, dass der Spuk vorbei ist. Da musste einer kommen, der die Sache beendet. Einer, der stärker war als wir alle.«

»Und ich sehe es Ihnen doch an – Sie wissen auch, wer es war«, sagte Ann Kathrin Klaasen.

Wilko Schmidt sprach es aus: »Herr Bagger natürlich. Der Vater. Wer denn sonst? Ich hätte ihm das gerne erspart, aber ich bin für so etwas nicht gemacht. Ich bin Pazifist. Kriegsdienstverweigerer.«

Ann Kathrin versuchte, die Aussage zu konkretisieren. Sie sah, dass Sabine Ahlers bei jedem Wort, das Wilko Schmidt aussprach, nickte.

»Sie verdächtigen den Vater nur so, aus dem Bauch heraus? Oder wissen Sie etwas?«

»Er hat es am Grab seines Sohnes geschworen«, sagte sie. »Laut und deutlich. Alle haben es gehört. Er hat sogar drei Finger hochgehoben, damit es jeder sehen konnte. *Ich bringe das Schwein um.* Er hat dem Sarg hinterhergerufen: *Dein Tod soll nicht umsonst gewesen sein, Finn!* Und wissen Sie, was dann passiert ist?«

Ann Kathrin schüttelte den Kopf.

»Es haben ein paar Leute Beifall geklatscht.«

»Ich gehörte zu ihnen«, sagte Wilko Schmidt. »Ich bin zwar nicht stolz darauf, aber Sie kriegen es ja sowieso raus. Ich habe ihm Beifall geklatscht.«

Kopfschüttelnd murmelte Ann Kathrin: »Offener Applaus am Grab, bei der Beerdigung … für eine Morddrohung.«

Rupert hatte Frau Professor Dr. Marion Hildegard seit fünf Jahren nicht mehr gesehen. Als er vor der Rechtsmedizin in der Pappelallee in Oldenburg den Wagen abstellte, ging sie vor ihm her zum Eingang. Sie hatte ihn noch nicht bemerkt.

Er erkannte sie sofort an ihrem knackigen Po. Das waren zwei Melonen, keine Pfannkuchen. Sie hoben durch ihre prächtigen Rundungen den Rock hinten ein bisschen an.

Sie trug privat gern italienische Kleidung. Ihre blonden Haare hüpften bei jedem Schritt auf und ab und tupften dabei kurz auf ihre Schultern wie auf ein Trampolin. Sie musste diesen Gang lange geübt haben, und so einen Körper bekam man auch nicht geschenkt. Darin steckten viel Arbeit und vergossener Schweiß im Fitnessstudio.

Das flößte Rupert Respekt ein und erinnerte ihn daran, dass er zum letzten Mal vor sechs – oder waren es schon acht – Wochen morgens ein paar Liegestütze gemacht hatte.

Muskeln bildeten sich zurück, wenn sie nicht benutzt wurden. Er beschloss, mal wieder Rad zu fahren, statt immer den Wagen zu nehmen. Er befürchtete, sonst für Frauen wie Frau Professor Dr. Hildegard uninteressant zu werden. Nicht, dass er vorhatte, sie anzugraben … Das nun gerade nicht.

Frauen mit Professor- oder Doktortiteln schüchterten ihn zu sehr ein. Allein die Vorstellung, dass sie vielleicht gebildeter waren als er und ihn für blöd hielten, wirkte sich auf seine Potenz aus. Er schrumpfte in ihrer Gegenwart als ganze Person irgendwie zusammen.

Noch schlimmer wurde es, als sie sich umdrehte und ihn freundlich begrüßte. Andere Menschen wurden älter, und das sah man auch. Bei ihm zum Beispiel.

Frau Professor Dr. Hildegard hatte offensichtlich eine Methode gefunden, den Alterungsprozess aufzuhalten. Sie wirkte fünf, wenn nicht gar zehn Jahre jünger als bei ihrer letzten Begegnung. Er fand, dass ihre lebensbejahende Ausstrahlung ihren Beruf, den täglichen Umgang mit Leichen oder Opfern von Verbrechen, konterkarierte.

»Sie kommen zu früh«, lachte sie. »Ich brauche ein, zwei Stunden. Ich bin ja noch nicht einmal umgezogen.«

»Ich dachte, ich kann dabei zugucken …«

Sie blickte ihn kritisch an.

Er stammelte: »Äh … ich meine natürlich nicht, wenn Sie sich umziehen … ich dachte, bei der Untersuchung …«

Er versuchte, ihr ein verständnisvolles Lächeln zu entlocken. Er war gut in so etwas. Mit den Augen konnte er manchmal mehr reißen als mit coolen Sprüchen. Seine Blicke zeigten oft Wirkung. Er verließ sich aber manchmal zu sehr darauf.

Sie tippte mit dem Zeigefinger vor seinem Gesicht in die Luft, als sei da irgendein Knopf, den sie drücken wolle. »Ich würde Ihnen das gerne ersparen. Die meisten Ihrer hartgesottenen Kollegen fallen bei einer Obduktion um und behindern dann meine Arbeit. Es ist kein schöner Anblick für Laien, wenn so eine Leiche aufgeschnitten wird. Sie müssen sich das so vorstellen …«

Rupert winkte ab: »Schon gut, schon gut. Ganz so genau wollte ich das ja gar nicht wissen.«

Sie ging voran und schloss auf. Noch im Flur sagte sie: »Alles, was Sie interessiert, ist doch die Frage: *Sommerfeldt? Ja oder nein?*«

Rupert fühlte sich durchschaut. »Wie kommen Sie denn darauf?«

Sie zählte es auf: »Er ist immer noch frei. Niemand weiß, wo er sich aufhält. Leichen pflastern seinen Weg, wie man so schön sagt. Wenn er weitermacht, werden die Toten uns eines Tages direkt zu ihm führen.«

»Der Doktor ist doch nicht verblödet und …«

»Nein, blöd ist er bestimmt nicht. Aber so einer hört auch nicht auf.«

»Warum nicht?«

»Weil es sein Wesen ist.«

Rupert wollte ihr nicht in die Augen sehen, aber ein Stückchen tiefer auf ihren Busen wollte er auch nicht glotzen, darum sah er auf seine Schuhe.

Seine Unbeholfenheit amüsierte Frau Professor Dr. Hildegard. Sie verfiel ins Dozieren: »Ich denke, er kann gar nicht anders. Er braucht das, um sich zu spüren.«

Sie stoppte ihre Ausführungen. Sie hatte keine Lust, jetzt einen Vortrag zu halten, wusste aber, dass sie kurz davor war. Sie unterrichtete gern, und das kam in letzter Zeit zu kurz.

Sie führte Rupert in den Untersuchungsbereich, wo Lodwijk van Eeden auf einem silbernen Tisch lag. Sie zog sich einen weißen Kittel über und andere Schuhe an. Rupert drehte ihr demonstrativ den Rücken zu und begutachtete Lodwijk.

Das künstliche Licht ließ den Raum kälter wirken. Hier begann Rupert regelmäßig zu frieren. Es gab Orte, an denen er lieber war.

Sie redete, während sie sich hinter ihm umzog. Dabei setzte sie ihre Aufzählung fort: »Er hat sich wieder einen ausgesucht, den wir aus seiner Sicht haben laufen lassen. Er hat ihn getötet, bevor er weiteren Schaden anrichten konnte …«

Das Geräusch, als sie sich die Gummihandschuhe überstülpte, ließ einen Schauer über Ruperts Rücken laufen. Sie trat von hinten an ihn heran. Sie stand jetzt ganz nah neben ihm. Er konnte ihre Hautcreme riechen. Seine Frau Beate benutzte die gleiche, mit ein bisschen Kokosöl und Kakaobutter. Bei ten Cate gab es Gebäck, das roch so ähnlich, nur besser, dachte er. Bei ten Cate wurde seine Zunge auch nicht pelzig davon. Er trank dazu meist einen doppelten Espresso, und auch jetzt hätte er gern einen gehabt. Aber die Rechtsmedizin unterschied sich von einem gemütlichen Café gewaltig.

Sie deutete auf die Stichwunde über dem Herzen: »Ein typischer Sommerfeldt«, stellte sie fest. »Exakt zwischen den Rippen durchstochen. Kein Herumstochern. Keine Wutattacke. Kein Übertöten. Ein gezielter, genau platzierter, tiefer Stich ins Herz und fertig.«

Sie versuchte, Rupert gestisch dazu zu bewegen, den Toten anzuschauen.

»Ein Nachahmer also«, wandte Rupert ein.

Sie legte ihren Kopf schräg und kam Rupert so noch näher. »Ja, meinetwegen. Dann aber auf jeden Fall jemand mit medizinischer Vorbildung. So ein Stich ist kein Zufallstreffer. Er hat ihn aber vorher gekennzeichnet.«

Jetzt sah Rupert dem Toten ins Gesicht. »Es ist zu einem Kampf gekommen«, folgerte er.

»Nein«, sagte sie, »so sieht es für mich nicht aus.« Sie begutachtete Lodwijks rechte Hand. »Er hat keinen Schlag ausgeführt. Zumindest keinen kräftigen. Er hat auch nicht versucht, ins Messer zu greifen. Ich glaube, der Mörder hat ihm erst ein bisschen Angst gemacht, und als das nicht reichte, zugestochen. Für mich sieht das sehr nach Dr. Bernhard Sommerfeldt aus. Ich habe sechs seiner Opfer auf dem Tisch gehabt. Ich kenne seine Arbeit.«

Ihre Aussage gefiel Rupert nicht. »Das bestreitet ja niemand«, murmelte er.

Bevor sie mit ihrer eigentlichen Arbeit begann, machte er sich auf den Weg zurück nach Norden.

Er war wütend auf Sommerfeldt und kurz davor, ihn einfach anzurufen und am Telefon anzubrüllen. Doch was sie zu besprechen hatten, sollte lieber unter vier Augen geschehen. Keine noch so sichere Leitung schien Rupert jetzt sicher genug zu sein.

Er fuhr direkt durch zur Klinik hinterm Deich. Rupert parkte hinter dem dunkelblauen Bentley.

Am offenen Fenster stand Frau Dr. Birk und rauchte eine Filterzigarette. Das tat sie nach jeder gelungenen Operation. Sie wusste, was sie sich damit antat, aber sie genoss es trotzdem. Es war wie eine Belohnung und gleichzeitig eine Strafe, weil sie so ein böses Mädchen gewesen war.

Der Security-Mann am Eingang kannte ihn und winkte ihn durch. Rupert rannte dorthin durch, wo Sommerfeldt sich am liebsten aufhielt, wenn er nicht am Deich oder auf dem Golfplatz war. Keineswegs in seinem Büro, sondern in seiner Bibliothek.

Dort saß er auch, in einen dicken Roman vertieft, neben sich ein Glas ostfriesisches Leitungswasser. Er war mit sich und der Welt zufrieden, als Rupert hereinplatzte und rief: »Sag mal, bist du völlig bescheuert?«

Sommerfeldt legte den Zeigefinger über seine Lippen und machte: »Pssst! Dies ist eine Bibliothek. Kannst du nicht lesen? Draußen an der Tür steht: *Ruhe!*«

»Du bist doch ganz alleine. Wen soll ich denn hier stören?«

»Mich.«

Rupert stemmte seine Fäuste in die Hüften: »Warst du das in Aurich? Hast du diesen Lodwijk ins Lehrerzimmer gelegt?«

»Ja«, grinste Sommerfeldt zufrieden und nahm einen Schluck Wasser. Er sah Rupert an, als würde er Lob erwarten.

Rupert klemmte jetzt beide Daumen hinter seine Gürtelschnalle und holte Luft. Er hatte vor, Sommerfeldt so richtig die Meinung zu geigen. Der merkte das natürlich und erklärte sich: »Ich habe damit dem Drogenhandel in Ostfriesland einen härteren Schlag versetzt als ihr alle zusammen in den letzten zehn Jahren. Ich erwarte ja nicht, dass du mir einen Orden verleihst, aber ein bisschen Anerkennung hätte ich dafür schon verdient, finde ich.«

Rupert änderte seine Haltung. Er hob die Arme hoch in die Luft und rief: »Ich glaub es nicht!« Dann stampfte er wütend auf den Boden und drehte sich einmal um die eigene Achse. »Willst du das alles hier verlieren? Die Klinik, den neuen Namen«, er sang ihn fast: »Ernest Simmel!« Dann tippte er sich gegen die Stirn: »Wie bekloppt muss man eigentlich sein, um sich Ernest Simmel zu nennen? Da kann doch jeder dran riechen. Ernest Hemingway und Johannes Mario Simmel.«

»Beruhige dich. Ich bin ein anerkanntes Mitglied dieser Gesellschaft.«

»Ich soll mich beruhigen?«

»Ja. Setz dich. Trink was. Lies was. Komm runter, Mensch!«

»Ich komme in Teufels Küche, wenn herauskommt, dass wir befreundet sind … na ja, sagen wir, uns kennen. Ich müsste den Kollegen sagen, dass ich …«

Sommerfeldt wehrte ab: »Freunde stehen zusammen und verraten sich nicht gegenseitig. Ich könnte deinen Kollegen auch ein paar Dinge über dich erzählen, die du lieber …«

Rupert faltete die Hände und flehte: »Herrgott, du kannst doch nicht nach der gleichen Methode Leute umlegen wie sonst. Gib ihnen doch wenigstens die Möglichkeit zu glauben, es sei jemand anderes gewesen. Dieser typische Herzstich«, Rupert deutete an, wo er hingehörte, »das muss doch nun wirklich nicht sein.«

Sommerfeldt stand auf und lachte schallend. »Der Herr Hauptkommissar kommt und schlägt mir eine neue Tötungsmethode vor?«

»Ja, meinetwegen. Wenn du so willst, dann sieh es so.«

»Lass uns«, bat Sommerfeldt, »einen Deichspaziergang machen oder eine Runde Golf spielen und dabei alles in Ruhe besprechen.«

»Von wegen in Ruhe besprechen! Du hast ein Riesenfass aufgemacht mit diesem Lodwijk.«

Sommerfeldt winkte ab: »Natürlich werden sie zunächst sagen, ich sei es gewesen und ich wäre zurück. Wahrscheinlich sitzen Lasse Deppe oder Aike Ruhr schon am ersten Bericht für die NWZ und versuchen, schneller zu sein als Holger Bloem. Das lässt die alte Legende wiederaufleben und wird viele böse Jungs an der Küste erschrecken. Sie werden sich fragen, ob sie wirklich die richtigen Jobs haben, weil jeder Angst hat, der Nächste zu sein. Und genau das, mein Lieber«, er zeigte auf Rupert, »wollte ich erreichen.«

Rupert schüttelte den Kopf: »Sie werden dich wieder jagen, und ich bin einer von denen, die dich jagen müssen. Soll ich meine Kollegen die ganze Zeit belügen? Kannst du nicht einfach ein ruhiges, friedliches Leben führen und gut ist? Muss die Sache wieder heiß werden?«

Sommerfeldt stichelte: »Du redest wie Frauke. Hilf ihnen lieber, auf die Idee zu kommen, dass ich einen Nachfolger habe. Einen, der meine Arbeit fortführt. Dann suchen sie einen anderen, und alle Schweinehunde von hier bis Münster wissen, dass ihre große, sichere Zeit zu Ende ist. Niemand wird glauben, dass ich so blöd bin zurückzukommen, um hier weiterzumachen.«

»Ja, dass du so blöd bist, hab nicht mal ich geglaubt.«

Frauke öffnete die Tür und wirkte erfreut, Rupert zu sehen. Das alte Knistern, das sie mal verspürt hatte, wenn sie sich begegneten, gab es nicht mehr, aber er war immer noch jemand, dem sie sich sehr nahe fühlte. Sie vertraute ihm, obwohl er sie so oft belogen hatte. Doch er gehörte zu den Menschen, die ihr niemals vorgeworfen hatten, dass sie mal eine Miet-Ehefrau gewesen war.

»Ich wollte«, frohlockte sie, »dich einladen.« Sie umarmte ihn. »Nein, verzeih, nicht ich, wir beide wollten dich einladen, Rupi.«

»Schmeißt ihr 'ne Party? Weil es gerade so gut läuft? Hat einer Geburtstag?«

»Nein. Wir wollen heiraten. Und du sollst unser Trauzeuge werden.«

Das saß. Rupert musste sich setzen. Er glotzte die beiden ungläubig an.

Sommerfeldt hielt ihm das Wasserglas hin, aus dem er selbst gerade noch getrunken hatte. Rupert nahm es und leerte es mit einem Zug.

»Heiraten?«

Sommerfeldt nickte. »Hm.«

»So richtig öffentlich, mit Trauzeugen, Feier und allem Pipapo?«

»Na klar. Wie denn sonst?«, fragte Frauke.

Maximilian Bagger hatte zusammen mit seinem Sohn Finn-Leandro drei Aquarien gepflegt. Sie hatten Welten geschaffen für ihre Fische. Es gab ein 400-Liter-Becken und zwei 200-Liter-Becken. In dem großen Gesellschaftsbecken hielten sie Skalare, einen Schwarm Neonfische, Black Mollies, Schwertträger, mehrere kleine Welse und Saugschmerlen, die Finn-Leandro gern Scheibenputzer genannt hatte. Es war ihnen sogar gelungen, Diskus-Buntbarsche zu züchten. Sie hatten, bevor Finn-Leandro süchtig wurde, Pläne gehabt, ein Meerwasserbecken anzulegen. Sie lasen viel über Meerwasserfische und Korallen. Große Bildbände über Aquaristik stapelten sich unter dem 400-Liter-Aquarium.

Ein 200-Liter-Becken war jetzt vollkommen trocken. An der Scheibe deutete sich ein Riss an. Unten drin lagen nur noch Sand und eine Mangrovenholzwurzel, die früher den Welsen als Versteck gedient hatte.

Das 400-Liter-Becken war trotz der immer noch aktiven Scheibenputzer veralgt. Die Scheiben wurden zu fast undurchsichtigen Grünflächen. Maximilian Bagger fing nicht einmal mehr die toten Fische heraus. Alles hatte irgendwie seinen Sinn verloren.

Er gehörte zu den Menschen, die ihr Zuhause als Schutzburg empfanden gegen die Boshaftigkeiten der Welt. Doch dann war das wirklich Böse eingedrungen in diese Wände und hatte alles zunichtegemacht.

Seine Frau Hannah befand sich zum dritten Mal seit dem Tod ihres Sohnes in der Psychiatrie. Sie hatte auch diesmal wieder selbst ihre Einweisung veranlasst. Inzwischen war die Psychiatrie zu ihrem Schutzraum geworden.

Herr Bagger öffnete Ann Kathrin Klaasen. »Kommen Sie herein«, sagte er. »Ich habe Sie erwartet.«

Er führte sie ins Wohnzimmer, das er notdürftig aufgeräumt hatte. Es gab zumindest einen Sessel, in dem nichts lag. Er schien sämtliche lokalen Tageszeitungen zu lesen und alles auszuschneiden, was seinen Sohn oder den Prozess gegen Lodwijk van Eeden betraf.

Ann Kathrin schätzte ihn auf Anfang fünfzig. Er war ein stattlicher Mann mit einem leichten Bauchansatz. Fotos an den Wänden zeigten, dass er früher mal geboxt hatte. Sie vermutete, dass er kräftig genug war, um Lodwijk van Eeden getötet und in die Schule getragen zu haben.

Er bot ihr zwar den Platz im Sessel an, doch sie blieb lieber stehen. Der Zustand der Aquarien sagte ihr einiges. Nun wollte sie auch noch etwas über ihn erfahren, indem sie an das Buchregal ging.

Ein Riesenbildband über Muhammad Ali, einige Bücher übers Boxen, Liebesromane, Kinderbücher … Die Bücher über Zierfische befanden sich neben Aquaristikratgebern unter den Aquarien.

Er ging zum Kühlschrank und holte eine Flasche Prosecco heraus. Er hielt sie hoch und fragte: »Stoßen Sie mit mir drauf an, dass das Schwein seine gerechte Strafe bekommen hat?«

Sie wusste nicht, ob das ein Scherz sein sollte, oder ob er es ernst meinte.

Er holte aus dem Wohnzimmerschrank zwei Sektgläser.

»Ich trinke nicht im Dienst«, sagte sie sachlich, »und außerdem erscheint es mir auch ein bisschen pietätlos, darauf anzustoßen, dass jemand ermordet wurde.«

»Ach«, lachte er bitter, »mit dieser Meinung stehen Sie wohl ziemlich alleine da. Erschien es Ihnen auch pietätlos, diesen Verbrecher die ganze Zeit frei rumlaufen zu lassen? Können Sie sich vorstellen, was das für die Opfer bedeutet, für Menschen wie meine Frau und mich? Und all die anderen Eltern da draußen, die Angst um ihre Kinder haben?«

Er öffnete die Flasche tatsächlich. Seine Hände waren ruhig und kraftvoll. Er hielt den Korken. Es machte nur kurz *Plopp*. Er goss beide Gläser voll.

»Haben Sie«, fragte Ann Kathrin direkt, »Herrn van Eeden getötet?«

Er sah aus, als müsse er erst über die Frage nachdenken. Sein Gesicht hellte sich auf, als fühle er sich geschmeichelt.

Er nahm einen Schluck. Ihr Glas stellte er, da sie es nicht annahm, auf den Tisch, zwischen die Zeitungsstapel.

»Sie sehen das völlig richtig, Frau Klaasen. Das wäre meine Aufgabe gewesen.«

»Das habe ich nicht gesagt. Es ist die Aufgabe des Staates, Verbrecher zu überführen und …«

»Ja«, lachte er. »Das ist die Aufgabe des Staates, der sie leider nicht so richtig wahrnimmt – oder wie sehen Sie das?«

Sie wollte sich auf keine Diskussion darüber einlassen. Sie stellte fest: »Sie haben ein Motiv, und Sie haben prophezeit, ihn umzubringen. Deshalb bin ich hier.«

»Wenn Sie einen Schuldigen brauchen, können Sie mich gerne festnehmen. Mein Leben ist sowieso für den Arsch. Ich habe hundertmal mit dem Gedanken gespielt, es zu beenden. Ich glaube, es wäre gar nicht so schlecht, wenn Sie mich jetzt mitnehmen würden. So ein Prozess ist doch mal ganz spannend. Werde ich zu einer höheren Strafe verurteilt werden als der Mann, der meinen Sohn auf dem Gewissen hat und viele andere Jugendliche ebenfalls? Wird der Staat, wenn er schon nicht mit den Kriminellen fertigwird, wenigstens gegen die Väter der Opfer vorgehen?«

Sie korrigierte ihn scharf: »Der Staat geht nicht gegen die Eltern von Opfern vor. Ich selbst bin zum Beispiel im Weißen Ring. Wir sind engagiert in der Hilfe für Opfer und …«

»Papperlapapp!« Er leerte sein Glas mit einem Zug.

Ann Kathrin sah sich das traurige 400-Liter-Becken an. Sie sagte nichts. So wollte sie die Situation beruhigen.

Wenn ich eine Weile schweige, dachte sie, wird er vielleicht in einen Redefluss kommen. Die meisten Menschen warteten nur darauf, dass ihnen jemand zuhörte und sie endlich auspacken konnten. Durch Fragen wurden sie oft nur blockiert.

»Ja, ich weiß«, sagte er, »die Fische werden sterben. Und wissen Sie was? Es ist mir egal. Wenn Sie mir erzählt hätten, dass ich irgendwann so etwas sagen würde, hätte ich Sie ausgelacht. Die Fische, die Aquarien, das war meine Welt. Nein, unsere. Die von Finn-Leandro und mir. Meine Frau hatte immer nur Sorge wegen des hohen Stromverbrauchs. Sie fürchtete auch, so ein Aquarium könne mal platzen, und die Fische würden dann hier herumliegen. Ja«, spottete er, »können Sie sich das vorstellen? Die größte Angst meiner Frau war, es könnte nass werden im Wohnzimmer, die Teppiche würden aufquellen und die Fische hier auf dem Boden liegen. Was wir uns als größte Katastrophe für unser Leben ausmalen, das erzählt viel über uns, finden Sie nicht? Das war ihre Angst. Ich musste die Aquarien sogar versichern.«

»Ist das Ihre Frau?«, fragte Ann Kathrin und deutete auf ein Bild, das Herrn Bagger mit einer strahlenden Frau zeigte. Das Bild musste gut zwanzig Jahre alt sein.

»Ja, das war sie. Aber so ist sie heute nicht mehr. Es kommt mir vor, als sei ihre Seele aus dem Körper getreten. Sie war wirklich meine große Liebe, und mit ihr wollte ich alt werden. Wir haben uns prima verstanden, wir waren sexuell kompatibel. Mein Gott, wir hatten ein Leben … Es ging uns gut … Bis zu diesem Tag, als wir zum ersten Mal unseren Sohn zugedröhnt gefunden haben.«

Er setzte sich in den Sessel, den er ihr angeboten hatte, und stöhnte: »Damals dachten wir noch, das seien Jugendsünden, und jeder schlägt mal über die Stränge. Alle Jugendlichen kommen heutzutage in Kontakt mit Drogen. Sie müssen ja auch irgendwie lernen, damit umzugehen …« Er winkte ab. »Alles Scheiße. Das weiß ich jetzt. Man muss sie davor schützen und die Typen, die an ihrer Zerstörung verdienen wollen, stoppen. Mit aller gebotenen Härte!«

»Und Sie haben ihn gestoppt?«

Er hielt ihr die Hände hin, als würde er erwarten, dass sie ihm Handschellen anlegte. »Nehmen Sie mich mit, Frau Klaasen. Es ist doch im Grunde eine Ehre, von einer so berühmten Kommissarin verhaftet zu werden. Für viele sind Sie eine Heldin. Und jetzt werde ich zu einem Helden, weil ich Ihre Arbeit beendet habe.«

Da sie nichts tat, legte er seine Hände auf seine Knie und nickte verständnisvoll: »Sie brauchen natürlich keine Handschellen. Ich gehe auch so mit. Ich laufe nicht mehr weg.«

»Wenn Sie es nicht waren«, fragte Ann Kathrin, »wer kann es dann gewesen sein?«

Als hätte er nur auf die Frage gewartet, antwortete er geradezu erleichtert: »Einer, der nicht so dumm ist wie ich und zu lange wartet.«

Ann Kathrin konkretisierte seine Antwort: »Sie meinen, ein anderer Vater oder eine Mutter, deren Kind …«

Er nickte. »Ja. Oder glauben Sie, dass es der Bundespräsident war?«

Frauke staunte. Es war gar nicht so einfach, beim Standesamt einen Termin zu bekommen. Hochzeiten waren keineswegs out. Im Gegenteil. Vielleicht lag es an den unsicheren Zeiten, dass sich immer mehr Menschen das Ja-Wort geben wollten. Einige zum zweiten oder zum dritten Mal. Die Welt schien auf der Suche nach Glück, Geborgenheit und Zweisamkeit zu sein.

Eine Hochzeitstorte auszusuchen, ein Brautkleid oder einen geeigneten romantischen Ort für ein Eheversprechen, waren ein die Phantasie anregendes Vergnügen. Dann kam die Bürokratie. Die Terminplanung. Der Lebensalltag halt.

Sommerfeldt schlug Dänemark vor. Dort solle alles schneller gehen, behauptete er. Auch die Niederlande brachte er ins Spiel. Sogar Polen, Estland, Frankreich und England. Alle Länder hatten eins gemeinsam: Überall war seine Biographie erfolgreich veröffentlicht worden.

Frauke war sich nicht sicher, ob er vielleicht sogar überall ein Konto besaß oder ob es einfach nur sein Ego streichelte, in einem Land zu heiraten, in dem viele Menschen etwas von ihm gelesen hatten.

Aber sie wollte auf Wangerooge heiraten. Und zwar dort im Leuchtturm. Oder auf Borkum, an einem schönen, sonnigen Tag. Der Nordwestwind sollte ihre Haare flattern lassen und das Brautkleid bügeln. Auch das Teemuseum in Norden oder den Freundschaftstempel im Lütetsburger Park, nah beim Schloss, zog sie in Betracht.

Aber dann entschied sie sich sehr klar: je näher am Meer, umso besser. Am liebsten hätte sie barfuß im Watt geheiratet.

Sie saß auf der dem Meer zugewandten Seite des Deiches im Gras. Sie nannte die Stelle *mein Büro*. Wenn sie sich aufrecht hinsetzte und den Kopf reckte, konnte sie die Klinik sehen, die für sie Sicherheit bedeutete. Gleichzeitig lag vor ihr das Meer. Es versprach ein abenteuerliches und abwechslungsreiches Leben.

Sie nahm gerne eine Thermoskanne Kaffee mit in ihr *Büro*. Die Ausstattung ihres *Büros* bestand aus einer blau-weißen Decke und einem Kaffeebecher. Die Arbeit erledigte sie mit dem Handy. So stielte sie Immobiliengeschäfte ein oder plante ihre Hochzeit.

Dieser phantastische Anblick machte sie oft hungrig. Meist nahm sie sich in einem Korb einen Apfel mit, eine Möhre oder eine Gurke. Manchmal Erdbeeren oder Kirschen. Immer etwas Frisches. Dazu ein Croissant und immer eine *Deichgräfin*. Die Kugel mit der herben Kuvertüre, gefüllt mit Marzipan aus Mittelmeermandeln, Himbeeren und Champagnercreme, mochte sie noch lieber als die *Deichgraf*-Kugeln. Die *Deichgräfin* war tatsächlich irgendwie weiblicher, fand sie.

Zwei Möwen, denen sie inzwischen Namen gegeben hatte, Akim und Sigurd, nahmen jeweils links und rechts neben ihrer Decke Aufstellung, wie zwei aufmerksame Bodyguards, die sie bewachten. Ihre Beine waren ständig in Bewegung, als sei es die Aufgabe der Möwen, den Deich festzutreten.

Frauke schälte einen Apfel mit dem Ehrgeiz, eine ganz lange, spiralenförmige Schlange zu produzieren. Sie hatte das schon in ihrer Kindheit so gemacht, manchmal im Wettbewerb mit anderen. Wer die längste Schlange vom Apfel schnitzte, hatte gewonnen.

Ihre Instinkte waren offensichtlich nicht mehr so gut wie früher. Vielleicht hatte sie sich zu sehr an das ruhige Leben in Norddeich gewöhnt. Jedenfalls bemerkten die Möwen das Kommen der Gefahr noch vor ihr. Akim an ihrer rechten Seite flatterte zuerst los, dann Sigurd. Sie stießen *Kiu-Kiu*-Schreie aus und kreisten über Frauke.

Ein männlicher Körper warf einen Schatten über Fraukes Gesicht. Sie blinzelte zu ihm hin.

Warum habe ich ihn nicht bemerkt, fragte sie sich. Das wäre mir früher nicht passiert. Werde ich träge?

Er strich sich zunächst über den fein rasierten Bart, dann über die stachelige Frisur und legte sich in seinem silbergrauen Anzug auf ihre Decke. Er machte es sich gleich gemütlich und zog seine für die Küste völlig unpassenden schwarzen Lackschuhe aus. Er trug sie barfuß und reckte jetzt seine Zehen im Wind.

»Ich heiße Boris«, sagte er und zuckte mit den Schultern, als täte es ihm leid. »Meine russische Mutter bestand darauf, dass ich den Vornamen meines Großvaters bekam. Er ist im Kampf gegen die Deutschen gefallen, und sie hat einen geheiratet. Kannst du dir vorstellen, was das heißt? Auf eine deutsche Schule zu gehen, alles dafür zu tun, als deutscher Junge anerkannt zu werden und dann einen russischen Nachnamen zu haben? Ich heiße Boris Karpow-Müller. Boris geht ja noch«, beschwerte er sich. »So hießen viele, wegen Boris Becker oder vielleicht Boris Pasternak. Aber Karpow-Müller – herzlichen Dank! Mein Vater hat keine Elternabende besucht. Dem ging das am Arsch vorbei. Aber meine Mutter ... eine schöne russische Frau mit russischem Akzent ... Glaub mir, die sahen alle in ihr ein Sexualobjekt. Nicht nur die Väter, auch meine Klassenkameraden. Weißt du, was ich da gelernt habe?« Er beantwortete seine Frage selber: »Zu kämpfen und mich durchzusetzen.«

Sie sah ihn nur an und überlegte, was jetzt zu tun war. Es gab Zeiten, da hätte sie ihm das Obstmesser zunächst in den Oberschenkel gerammt, um ihn am Weglaufen zu hindern, und ihm dann den Hals durchstoßen. Doch diese Zeiten waren vorbei.

Sie sah ihn einfach nur wütend an.

Er langte an ihre Brust und prüfte mit Kennermiene ihre Festigkeit. Er schien beeindruckt zu sein.

Sie saß starr wie eine Schaufensterpuppe. So fühlte sie sich auch, als würde sie plötzlich versachlicht werden. War das sein Ziel?

»Die fühlen sich ja komisch an«, kritisierte er.

»Das kommt Ihnen nur so vor, weil sie echt sind.«

Die *Kiu-Kiu*-Schreie der Möwen wurden lauter. Es war, als würden sie ihre Freunde zu Hilfe rufen.

Er zog seine Hand wieder zurück, saß grinsend da, als hätte

er einen Sieg errungen. Er fingerte ein silbernes Zigarettenetui aus seiner Jacke. Er öffnete es und als er sich die Zigarette zwischen die Lippen schob, knallte sie ihm eine. Das Zigarettenetui flog ins Gras. Die Filterlose zerbrach zwischen seinen Lippen. Ein Teil davon klebte jetzt an seiner linken Wange. Tabakkrümel hingen in seinem Bart.

Ihre Reaktion war spät gekommen, dafür traf sie ihn unvorbereitet und heftig.

Er putzte sich das Gesicht ab und lachte: »Stell dich nicht so an. Auch wenn du jetzt auf anständige Frau machst und hier das seriöse Hausmütterchen spielst, ich weiß genau, wer du bist. Was würde wohl der Typ dazu sagen, den du gerade melkst?«

Er weiß also nicht, dass Ernest Simmel in Wirklichkeit Dr. Bernhard Sommerfeldt ist, dachte sie erfreut. Sonst würde er so eine dämliche Frage nicht stellen. Er denkt, ich sei mit irgendeinem spießigen Akademiker verheiratet, der es auf der Karriereleiter ziemlich weit gebracht hat und nichts mehr fürchtet, als seinen guten Ruf zu verlieren.

Sie sah ihm in die Augen. *Wenn du wüsstest … Mein Mann würde dich vermutlich auf der Stelle töten, wenn er wüsste, welche Frechheit du dir mir gegenüber herausgenommen hast.*

Das sagte sie natürlich nicht. Stattdessen behauptete sie: »Wir werden heiraten.«

»Na klar. Umso wichtiger ist es jetzt für dich, dass der Herr Klinikleiter nicht herausfindet, wer du in Wirklichkeit bist.«

»Was willst du von mir? Geld?« Sie betonte das *du.*

»Ich habe mich immer gefragt, was solche Miet-Ehefrauen draufhaben, dass Männer, die sich alles leisten können, bereit sind, so viel Kohle für sie hinzulegen. Was hast du bekommen? Zehntausend im Monat? Zwanzig?«

Sie beantwortete seine Frage nicht, sondern ließ ihn einfach darauf hängen.

»Du hast mich nie beachtet«, fuhr er fort. »Für Typen ohne Geld hattest du einfach keine Augen, was? Ich war dein Kofferträger, ich habe auf dich aufgepasst.«

»Ich erinnere mich nicht an dich. Und ich würde es auch vorziehen, wenn wir uns wieder siezen könnten.«

Den Witz fand er gut.

Akim und Sigurd kreisten immer noch mit gehörigem Abstand über ihnen, doch eine Elster wurde von dem silbern glänzenden Zigarettenetui angelockt.

»Natürlich hast du mich nicht zur Kenntnis genommen«, stichelte er. »Weil ich nicht nach Geld gestunken habe wie deine Macker. Und so was riechst du doch auf zig Kilometer, stimmt's?« Er schnüffelte herum, als sei er zum Straßenköter geworden und jetzt auf der Suche nach einer läufigen Hündin.

Die Elster schnappte sich das Zigarettenetui und floh damit. Zwei Zigaretten fielen heraus. Der Nordwestwind blies sie über den Deich ins Landesinnere.

»Zunächst mal«, sagte er, »schlage ich vor, dass du nett zu mir bist. So nett, wie du es zu deinen Typen warst. Ich durfte das ja beobachten. Glaub mir, da wird man neidisch. O Mann, ich war so scharf auf dich! O Mann! Wie du ihn umgarnt hast... Das ist eben der Unterschied zwischen so einer edlen Miet-Ehefrau, wie du sie gegeben hast, und irgendwelchen Vorstadthuren. Bei dir sah alles so echt aus, so als wärst du richtig verknallt in ihn. Und er hat sich gefühlt wie der Auserwählte. Das wünsche ich mir auch. Dein Klinikheini muss nichts davon mitkriegen. Das kann ganz heimlich zwischen uns beiden laufen. Ich bin sowieso noch eine Weile hier. Ich denke, du kommst ab und zu abends zu mir, und wir haben

Spaß zusammen. Bring eine gute Flasche Rotwein mit. Es muss kein Champagner sein.« Er griff sich an den Magen. »Weißwein und diese Puffbrause vertrage ich nicht. Ich bin mehr für die harten Sachen gemacht. Brandy, Rum, Whisky. Und wenn schon was Süffiges, dann wenigstens Rotwein. Und ein bisschen Schmerzensgeld kannst du mir schon zahlen für die Leiden, die ich damals erlitten habe.«

Er stand auf und sah rüber zur Klinik. »Wie viel ist der Laden wert, hm? Du wirst millionenschwer sein, wenn du diesen Dr. Simmel wirklich heiratest. Pass auf, dass er dich beim Ehevertrag nicht bescheißt. Dann kannst du dich nach ein, zwei öden Jahren scheiden lassen, und die Hälfte von dem Ding gehört dir. Aber es ist noch ein weiter Weg, bis du an die ganze Kohle kommst. Und da solltest du nett zu mir sein.«

Er näherte sich ihr, so dass ihr Kopf auf der Höhe seiner herunterhängenden Hände war. Er griff ihr ins Gesicht und streichelte ihr mit dem Daumen über die Nase. Dann versuchte er, ihr den Daumen zwischen die Lippen zu schieben.

Sie drehte den Kopf zur Seite.

»Guck mal, wie viel du locker machen kannst für mich. Weißt du, ich will in diesem Job nicht versauern. Ich möchte mich gerne selbständig machen, mit einem Security-Service. So einem mit allem Drum und Dran. Gepanzerten Wagen, gut ausgebildeten Kräften – am besten Frauen. Ja, guck ruhig, die Zeit der Muskelprotze ist vorbei, ich weiß. Im Grunde bin ich längst auf dem absteigenden Ast. Heute lassen sie sich lieber von blonden Schönheiten beschützen. Wenn ich mir dich so anschaue, dann bist du mein Lottogewinn.«

Über ihnen tobte jetzt ein Kampf. Die Möwen griffen die Elster an. Das Zigarettenetui fiel herunter. Er sah es durch die Luft segeln und lief hin.

Frauke fand, dass ihn das kleinmachte. Irgendwie zur lächerlichen Figur. Und die Möwen setzten noch den i-Punkt obendrauf. Es war, als würde ein Zielscheißen beginnen. Vier Möwen feuerten ihren Kot gleichzeitig ab, zwei davon ins Ziel.

Der weiße, klebrige Schleim kam in seinen gegelten schwarzen Haaren gut zur Geltung und ätzte sich auch in den Stoff seines Anzugs.

Er wollte etwas Möwenkacke von seiner Schulter und seinem Revers putzen, verrieb damit aber alles nur noch mehr. Er fluchte, und sie lachte: »Steht dir gut, Boris. Deine Mama wäre bestimmt stolz auf dich!«

Schon war er wieder bei ihr. Wütende Blicke aus kalten Augen trafen sie. Er streckte den Arm nach ihr aus, doch sie war schneller, griff sich seine Schuhe und warf sie, so weit und so hoch sie konnte.

»Hau ab!«, rief sie. »Hau ab! Du weißt nicht, mit wem du dich anlegst!«

Er klatschte ihr Beifall. »Bravo! Bravo! Welche Leidenschaft! Das fängt ja toll an. Ich wette, du hast im Bett einiges drauf. Ich werde dich in vollen Zügen genießen.«

Er zog die Anzugjacke aus und warf sie ihr zu. Sie schnappte sie aber nicht, sondern ließ sie ins Gras fallen.

»Wenn du mir die Jacke wiederbringst, ist die tipptopp. Dafür habe ich Zweieinhalbtausend bezahlt.«

Sie lachte: »Du siehst aber trotzdem darin aus wie ein Oberkellner!«

Von seinen Haaren tropfte etwas herunter. Zähneknirschend zischte er: »Das wirst du mir büßen, verdammtes Luder. Das wirst du mir büßen. Ich kann auch anders!«

Sie bückte sich nach dem geschälten Apfel und biss hinein.

Er rannte über den Deich und sammelte seine Schuhe ein.

Dabei trat er in eine scharfkantige Muschel. Sein dicker Zeh blutete jetzt. Er humpelte, die Schuhe in der Hand, zur Klinik zurück und setzte sich in den dunkelblauen Bentley.

Er öffnete den Verbandskasten und verarztete seinen blutenden Zeh.

Frauke schlenderte vom Deich herunter auf ihn zu. Sie wollte ihm zeigen, dass sie keine Angst vor ihm hatte. Sie blieb vor ihm stehen, lehnte sich an die offene Autotür und sah ihm zu, wie er versuchte, das passende Pflaster zu finden.

»So was kann sich schnell entzünden. Diese Muschelschalen sind voller Bakterien. Ich hoffe, du bist gegen Tetanus geimpft.«

Er antwortete nicht, sondern funkelte sie nur an. »Das wird dir noch leidtun«, behauptete er.

Sie sagte: »Du parkst hier direkt vor einer Klinik. Wir haben eine sehr gute Chirurgin. Soll ich dir einen Termin bei ihr machen oder möchtest du lieber gleich zu meinem Mann gehen? Ich meine, falls das da«, sie wies auf seinen Fuß, »geklammert werden muss.«

»Hau jetzt ab und lass mich in Ruhe! Heute Abend um zehn kommst du zu mir und verwöhnst mich mit deinen Künsten. Überrasch mich mit Geschenken. Oder um halb elf bist du schon erledigt und dieses ganze schöne, verlogene Leben hier ist vorbei.«

Sie biss noch einmal in ihren Apfel und schmatzte genüsslich. *»One apple a day keeps the doctor away«*, lächelte sie vieldeutig.

Frank Weller versuchte, von seiner Ehefrau Ann Kathrin zu lernen. Sie galt zu Recht als Top-Kriminalistin. Es war nicht immer leicht für ihn, neben einer Legende zu leben. Sie hatte als Fahnderin einen internationalen Ruf. Niemand hatte mehr Serienkiller gestellt als sie. Sie trat in Talkshows auf, gab Seminare, und es wurde viel über sie geschrieben. Manche sagten spöttisch, sie sei ein *Liebling der Medien.*

Er stand meist ganz gern in ihrem Schatten. Sie fing viel von dem Druck auf, der auf allen lastete. Sein Lieblingsspruch war, in Abwandlung eines bekannten Sprichworts: *Hinter jeder erfolgreichen Frau steht ein starker Mann.*

Kriminaldirektorin Elisabeth Schwarz hatte mal behauptet, hinter jeder erfolgreichen Frau stehe nur ein tyrannischer Vater. Angeblich habe Sigmund Freud das gesagt. Weller hielt es für ein Kuckuckszitat. Er hatte Freuds gesammelte Schriften als E-Book für 99 Cent heruntergeladen und digital nach dem Zitat gesucht, aber den Satz bei Freud nicht gefunden.

Auf Ann Kathrin bezogen war es auch falsch. Sie hatte einen wohlwollend-freundlichen, eher zu nachgiebigen als tyrannischen Vater gehabt. Er selbst dagegen hatte seine Kindheit als Albtraum in Erinnerung. Nie konnte er den teilweise absurden Anforderungen seines Vaters genügen. In den Augen seines Erzeugers war er von Anfang an ein Versager gewesen. Nicht gut genug. Eine Peinlichkeit als Sohn.

Wäre die Aussage also richtig, hätte aus ihm ja ein erfolgreicher Mann werden müssen. Oder zumindest ein ehrgeiziger. Aber er pfiff auf Ruhm und Anerkennung von oben. Er las lieber Kriminalromane, spielte mit Freunden Skat – leider in letzter Zeit viel zu selten – oder fuhr an der Küste Rad. Ein guter Matjes oder ein Krabbenbrötchen waren ihm wichtiger als eine Beförderung. Er wollte gut sein, um die Bösen aus dem

Verkehr zu ziehen, damit die Guten in Frieden sicher leben konnten.

Er hatte Anns Sätze im Kopf, den sie manchmal am Ende anstrengender, aber erfolgreicher Ermittlungen sagte: *Es stand im Grunde alles schon in den Akten. Beim sorgfältigen Lesen hätten wir es früher merken müssen. Aktenstudium ist alles. Wir haben die vorhandenen Fakten fehlinterpretiert.*

Er saß zu Hause im Distelkamp im Strandkorb und las Akten. Hier störte ihn niemand. Nur ein Blaukehlchen hüpfte die ganze Zeit durch den Garten und suchte aufgeregt etwas zwischen den Rosen, so, als hätte es hier etwas verloren. Der schöne Vogel erinnerte Frank auf absurde Weise an Ann Kathrin, wenn sie ihr Handy suchte oder ihren Twingo-Schlüssel.

Er hatte sich mit den Akten unterm Arm bei Marion Wolters abgemeldet. Er hoffte auf einen ruhigen Abend. Die Prozessunterlagen gegen Lodwijk van Eeden waren aufschlussreich. Fast alle Aussagen, die Schüler, Lehrer oder Eltern bei der Polizei gemacht hatten, waren hinterher vor Gericht relativiert oder komplett zurückgezogen worden. Irgendein Virus musste wohl in Ostfriesland grassiert und Gedächtnislücken ausgelöst haben.

Die Aussagen lasen sich, als hätte niemand ein Interesse daran, Lodwijk van Eeden zu schaden.

Eine Schülerin namens Leevke Schüssler behauptete, sie hätten die Drogen zwar immer in van Eedens Wohnwagen gefunden und dort auch Geld dafür deponiert, aber er habe von all dem gar nichts gewusst. Sein Vertrauen sei sozusagen von ihnen missbraucht worden. Der Wagen sei immer offen gewesen. Van Eeden ließ darin herumstromernde Jugendliche übernachten. Wer zu Hause Probleme hatte, konnte dorthin.

Es waren auch immer Getränke im Wohnwagen und ein paar Konserven. Weller las, dass minderjährige Liebespärchen ihn auch gern als Absteige nutzten.

Die Jugendlichen beschrieben Lodwijk van Eeden praktisch als Wohltäter. Ein selbstloser Freund junger Menschen. Verständnisvoll und großzügig. Für einige eine Vaterfigur, an der sie sich orientierten.

Er wurde als jemand dargestellt, der die Jugendlichen ernst nahm und mit ihnen diskutierte. Ja, ein paar junge Männer gaben auch zu, Lodwijk habe ihren Geburtstag mit ihnen in einem Oldenburger Nachtklub gefeiert. Ein, zwei Gymnasiastinnen hatten dort auf seine Vermittlung hin gekellnert und sich etwas nebenbei verdient.

Seine *Special Friends,* wie Lodwijk sie genannt hatte, durften auch schon mal mit seinem Porsche Cayenne über die Autobahn düsen.

In ihren ersten Aussagen bei der Polizei hatten einige Eltern ihrem Hass und ihrer Sorge Luft gemacht. Vor Gericht wandelte sich dann alles. In zwei Fällen wurde Lodwijk sogar zum Nachhilfelehrer, der den Schülern zu besseren Noten verhalf.

Es gab zwei Möglichkeiten, das Ganze zu interpretieren: Entweder, Lodwijk van Eeden war ein skrupelloser Drecksack, der Jugendliche abhängig machte und ausnahm, oder aber die Angaben von Leevke Schüssler waren korrekt. Auch diese Möglichkeit zog Weller in Betracht. Dann war die Gutmütigkeit eines netten Kerls von raffinierten Schülern und Drogendealern ausgenutzt worden.

So ähnlich sah es ja auch das Gericht, zumindest ließ es sich nicht ausschließen. Tat es Schülern und Eltern einfach leid, dass sie diesen unschuldigen Mann so sehr reingezogen hatten? Musste Lodwijk van Eeden sterben, weil die richtigen Drogendealer Angst hatten, er könne inzwischen zu viel über sie wissen? Hatte er gar versucht, sie zu erpressen?

Weller stellte sich einen Mann vor, der sich gern mit Jugendlichen umgab, um seinen eigenen Alterungsprozess auszublenden. Vor jungen Mädchen spielte er den tollen Hecht, Jungs konnte er mit seinen Sprüchen und seinem Geld beeindrucken. Ein Hallodri, der bei wohlhabenden Witwen unterkroch oder Frauen tröstete, die lukrative Scheidungen hinter sich hatten. Aber das alles befriedigte ihn nicht wirklich, er brauchte den Kontakt zu jungen Menschen.

Weller musste sich selbst eingestehen, wie gut es ihm manchmal tat, mit jungen Leuten zusammen zu sein, die etwas von ihm wissen wollten. Seine Fehler und Niederlagen wurden plötzlich zu Erfahrungen, die aus ihm einen weisen Mann machten.

Das alles war durchaus denkbar. Lodwijk van Eeden gab freundlich den Schlüssel für seinen Wohnwagen ab, und da fanden dann nicht nur fröhliche Partys statt und hoffentlich einvernehmlicher Sex, sondern da liefen auch die Drogendeals. Vielleicht war van Eeden auch pädophil und suchte deshalb Kontakt zu Jugendlichen. Er eröffnete ihnen Möglichkeiten, und so kam er ihnen näher.

Weller konnte sich das durchaus vorstellen. Je nachdem, wie man die Fakten bewertete, war das eine wie das andere möglich.

Seit er Hannah Arendt gelesen hatte, musste er bei Zeugenaussagen immer wieder an ihren Satz denken: *Lügen erscheinen dem Verstand häufig viel einleuchtender und anziehender als die Wahrheit, weil der Lügner den großen Vorteil hat, im Voraus zu wissen, was das Publikum zu hören wünscht.*

Die deutsch-jüdische Historikerin, die aus Nazi-Deutschland in die USA geflohen war, hatte ihn mit ihren Schriften zu den Ursprüngen totaler Herrschaft und zum Antisemitismus nachhaltig beeindruckt. Weller hatte sich in Hannover-Linden sogar mal ihr Geburtshaus angesehen.

Sie meinte mit ihrem Satz vermutlich politische Redner, doch für Weller ließ sich das auch auf Angeklagte, Gespräche bei der Polizei, ja Zeugen vor Gericht, übertragen. Wer das sagte, was die anderen gerne hören wollten, hatte einfach die besseren Karten.

Was bedeutete es in diesem Fall? War ein fieser Erwachsener, der skrupellos unschuldige Jugendliche verführte und ausbeutete, leichter für uns zu nehmen als zügellose Kids, die einen netten Mann reinlegten, der nicht aushalten konnte, dass er keiner mehr von ihnen war?

Weller klappte die Akte zu. Er hatte vor, Ann Kathrin heute *Matjes Hausfrauenart* mit Kartoffeln zu servieren. In einigen Restaurants nannte man sie jetzt anders: *Matjestopf* oder *Matjes nach Art des Hauses.* Weller grinste darüber. Für ihn hießen sie auch *Matjes Hausfrauenart,* wenn er, der Hausmann, sie für sich und seine Frau zubereitete. *Hausfrauenart* hieß für ihn nur, dass sie selbstgemacht waren, so wie *Spaghetti alla Mamma* oder die Brötchen in der Bäckerei Grünhoff, die *Opa Hinnis* genannt wurden.

Das Geheimnis, warum seine Zubereitung so besonders gut schmeckte, lag an der Apfelsorte, die er verwendete. Säuerliche Äpfel. Am liebsten den *Finkenwerder Herbstprinz,* auch *Roter Hasenkopf* genannt. Und rote Zwiebeln.

Er probierte die Äpfel vorher. Sie mussten eine gute Säure haben, und er hätte niemals gekaufte Mayonnaise verwendet, sondern er rührte seine Hausfrauensoße mit Schmand,

Schlagsahne, saurer Sahne und einer ordentlichen Portion Dill an. Zitrone gehörte hinein und natürlich eine Prise Zucker.

Er freute sich auf die Zubereitung und wollte gerade eine WhatsApp an Ann Kathrin schicken: *Liebste, ich mach uns heute Abend Matjes Hausfrauenart,* da meldete sich Marion Wolters aus der Einsatzzentrale: »Ich fürchte, du musst noch mal raus, Frank«, sagte sie. »Ich habe zig Anrufe von Zeugen, Leute, die was vom Hörensagen wissen oder schon immer der Meinung waren, dass …«

Weller stöhnte. Das war bei jedem Mordfall so. Marion Wolters' Aufgabe war es, das ermittelnde Team gegen diesen Unsinn abzuschotten. Sie filterte erst mal alles, was hereinkam. Es war ein gefährlicher Job. Ein Schleuderposten, denn es bestand jederzeit die Möglichkeit, dass sie etwas als blödsinnig aussortierte, das sich hinterher als entscheidender Hinweis entpuppte.

Sie war sich ihrer Verantwortung sehr bewusst. Sie hielt den Kollegen in den ersten Tagen den Rücken frei und riskierte dabei, zur Zielscheibe zu werden.

»Hier ist ein Hinweis, dem wir nachgehen sollten. Und ich finde, das hat auch nicht Zeit bis morgen.«

Wenn Marion fand, dass etwas eilig war, nahm Weller es sofort ernst: »Nämlich?«

»Mich hat ein Mann angerufen, der angeblich eine Videobotschaft vom bereits verletzten Lodwijk van Eeden bekommen hat. Wenn das stimmt, was er sagt, ist das Video kurz vor van Eedens Tod gemacht worden. Er kündigt angeblich darin an, wer der Nächste ist.«

Weller sprang aus seinem Strandkorb. »Hast du das Video?«

»Er hat versprochen, es zu schicken, aber das ist schon eine halbe Stunde her, und bis jetzt ist nichts bei mir angekommen. Ich habe zurückgerufen, aber …«

»Wie heißt er, und wo wohnt er?«, fragte Weller.

»Im Moment ist er mit seiner Frau in Bensersiel. Sie machen da Urlaub. Er will aber nicht, dass sie etwas davon erfährt. Er kommt zu uns nach Norden. Er weigert sich aber, die Polizeiinspektion zu betreten. Er sagt, da kriegen ihn keine zehn Pferde rein.«

»Wo kann ich ihn treffen, Marion?«

»Er sagt, er kommt zum Haus des Gastes, auf die blaue Brücke. Du sollst den Turm hochgehen und oben auf ihn warten. Dann spricht er dich an.«

Weller fluchte: »Ja, das ist doch hier kein Rendezvous!«

»Ich glaube, Frank, der Mann hat Angst. Todesangst …«

»Okay. Ich kann in ein paar Minuten da sein.«

Besorgt fragte Marion: »Soll ich Kollegen schicken? Wir könnten in Aurich ein Mobiles Einsatzkommando zusammenstellen, um eine Verhaftung …«

»Wenn er solche Angst hat«, sagte Weller, »sucht er unseren Schutz. Wir müssen ihn nicht noch mehr einschüchtern.«

»Zieh dir was Warmes an. Das ist 'ne windige Ecke«, riet Marion.

Mit dem Fahrrad wäre Weller vermutlich schneller an der blauen Brücke gewesen und hätte auch näher ranfahren können als mit dem Auto, doch er nahm den Citroën Picasso, der dringend mal wieder gewaschen werden musste, denn so hatte er wenigstens die Möglichkeit, den Mann irgendwohin zu bringen, und sei es in die Polizeiinspektion.

Weller stellte sein Auto lieber in den Regen, als in eine Waschanlage zu fahren oder gar selbst Hand anzulegen. Er fand eine Naturwäsche umweltfreundlicher, aber es hatte schon lange nicht mehr geregnet. In allen Ritzen klebte Sand, als wäre er mit dem Auto eine Sahara-Rallye gefahren.

Weller sah zum nachtblauen Himmel und rief: »Lass es mal wieder regnen, Gott! Die Gärten brauchen es, die Bauern und mein Auto auch!«

Wahrscheinlich, dachte er, beten Hunderttausende Touristen im Moment genau für das Gegenteil. Sie wollen im Urlaub keine Regenwolken. Aber die gehörten eben auch zu Ostfriesland.

Er parkte am Yachthafen und lief am Schwimmbad vorbei zur blauen Brücke. Es war ein lauer Sommerabend. Die Nordsee lag da wie ein Teich. Kaum Bewegung. Welch seltener Anblick!

Unten an der Wasserkante saßen Touristen und genossen den Ausblick. Wenn mal ein kurzer Windstoß von Nordwesten kam, brachte er die Gerüche des Meeres zu ihnen. Es war dann wie in einem guten Restaurant, wenn sich die Tür zur Küche öffnet und der Duft aus der Küche in den Speisesaal strömt. Der Appetit wächst, Sorgen verfliegen, und die gute Laune kommt über die Nase ins Gemüt.

Weller sah den Mann schon von weitem oben auf dem Turm stehen. Er guckte nicht in Richtung Meer wie alle anderen, sondern schaute auf die Brücke und den Gehweg. Weller winkte sogar und kam sich gleichzeitig dämlich dabei vor. Ein Polizist, der zur Befragung eines Zeugen oder einer bedrohten Person geht, winkt nicht und ruft auch nicht *Huhu,* aber genau das war das Problem für viele Menschen an der Küste. Die Urlaubsregion färbte einfach ab. Man lebte da, wo andere

Urlaub machten, und man nahm zunehmend deren Verhaltensweisen an.

Der Mann trug ein typisch ostfriesisches blau-weiß gestreiftes Fischerhemd, die oberen zwei Knöpfe offen und ein dunkelblaues Piratenkopftuch, im Nacken gebunden. Er passte von der Kleidung her wunderbar in die touristische Welt, nur machte er nicht gerade einen entspannten Eindruck, sondern guckte wie jemand, der am Rand eines Vulkans steht und Angst hat, hineingestoßen zu werden.

So, wie Weller in ihm sofort den Anrufer erkannt hatte, wusste der Mann gleich, wer – zwischen all den Urlaubern – der Polizist war.

Weller stellte sich vor: »Hauptkommissar Weller.«

»Nicht so laut«, erwiderte der Mann und deutete mit dem Kopf an, Weller solle ihm an eine ruhigere Stelle folgen.

Unten bei den Strandkörben ertönte ein Pfiff, und jemand rief: »Wo bleibt ihr denn?«

Die Menschen verließen den Aussichtsturm voller Vorfreude auf eine besondere Feier. Eine Silberhochzeit, dort, wo das Paar sich kennengelernt hatte.

Schon waren Weller und sein Zeuge allein auf dem Turm.

Sie standen nebeneinander. Weller blickte in Richtung Juist, der Mann in Richtung Norderney.

»Darf ich das Video, das man Ihnen geschickt hat, mal sehen?«, fragte Weller. »Sie hatten versprochen, es an uns zu schicken, aber es ist nie angekommen. Man kann heute Deep Fake Videos herstellen. Das kriegt jeder Zwölfjährige mit der richtigen Software hin …«

Er reichte Weller sein Handy. Seine Hand zitterte.

Weller hielt das Video sofort für echt. Er sah die Angst in Lodwijk van Eedens Augen.

Manchmal hatte Weller das merkwürdige Gefühl, auch bei Filmen etwas riechen zu können. Wenn Eindrücke sehr stark waren, geschah etwas in seinem Gehirn. Er traute sich kaum, es jemandem zu erzählen, aber bei Kochsendungen konnte er manchmal das brutzelnde Fleisch in der Pfanne riechen. Zwiebeln konnten ihm Tränen in die Augen treiben, obwohl sie nur auf dem Bildschirm zu sehen waren. Und jetzt kam es ihm vor, als könne er Lodwijks Angst riechen.

»Der Täter«, stellte Weller klar fest, »kennt Sie also, hat Ihre Telefonnummer und möchte, dass Sie mit irgendetwas aufhören.« Weller drehte sich jetzt so, dass er nicht mehr zur Insel Juist blickte und auch nicht aufs Handy, sondern direkt in das Gesicht seines Gegenübers. Er versuchte, Augenkontakt zu halten, was dem anderen unangenehm war.

»Wenn Sie nicht in die Polizeiinspektion kommen wollen, dann erzählen Sie es mir eben hier. Ich muss alles wissen. Fangen wir mal mit Ihrem Namen an.«

»Ich heiße Gerald Hirschfeld, werde aber seit meiner Kindheit von allen Doc Holliday genannt.«

»Doc Holliday? Sind Sie Zahnarzt?«

»Nein. Wissen Sie nicht, wer Gerald Hirschfeld war?«

»Nein.«

Hirschfeld stöhnte. Er hatte eigentlich andere Sorgen, doch irgendwie tat es auch gut, über solche – für ihn längst langweilig gewordenen – Dinge zu sprechen.

»Er hat den Film *Doc* gedreht. Einen Western. Kennen Sie bestimmt. Es war die Entmystifizierung der alten Westernhelden. Frank Perry führte die Regie. Stacy Keach war als Doc Holliday großartig, genau wie Faye Dunaway als Kate. Harris Yulin spielte Wyatt Earp. Und Gerald Hirschfeld war eben der Kameramann. Und seitdem werde ich …«

»Ach so«, sagte Weller, »denn Sie sehen überhaupt nicht aus wie Stacy Keach, falls ich mir den Einwand erlauben darf. Aber nun – wer droht Ihnen und warum?«

»Das weiß ich nicht.«

Weller verzog spöttisch den Mund. »Sie können mich natürlich gerne verarschen und sich selbst eins in die Tasche lügen. Aber ich werde Ihnen die Wahrheit sagen: Sie befinden sich in Gefahr. In großer Gefahr. Und das wissen Sie auch. Ich würde diese Drohung ernst nehmen.«

Gerald Hirschfeld hob die Arme, als würde er sich ergeben, zeigte seine leeren Handflächen, schüttelte die Finger und beteuerte: »Sie werden einiges über mich in den Akten finden. Ich habe eine Menge Mist gebaut im Leben. Ich bin wahrlich nicht stolz darauf. Aber ich habe meine Strafe erhalten, und ich habe mich verändert. Ich bin ein neuer Mensch, Herr Kommissar.«

Weil Weller die alte Leier kannte – kaum waren Schwerkriminelle im Gefängnis, schon fanden sie ihren Weg zu Gott, was er ihnen aber zumindest in der Geschwindigkeit nicht abnahm –, fragte er: »Und jetzt sind Sie ein frommer Christ geworden, oder was?«

»Nein, das nicht. Und vielleicht muss ich später für meine Taten auch in der Hölle schmoren. Aber jetzt, hier auf Erden, habe ich eine zweite Chance verdient, finde ich. Herr Kommissar, ich bin verheiratet, ich habe ein Kind – also, es ist nicht mein eigenes, ich habe eine alleinerziehende Mutter geheiratet. Claudia. Sie ist die große Liebe meines Lebens. Ich versuche, der Kleinen ein guter Vater zu sein. Ihr richtiger ist ein Arsch, so wie ich mal ein Arsch gewesen bin.«

Das klang ehrlich für Weller. »Haben Sie mal etwas mit Lodwijk van Eeden zu tun gehabt? Waren Sie vielleicht Partner?«

»Partner ist vielleicht übertrieben. Herrgott, ja, ich habe ihm Stoff geliefert. Lodwijk ist im Grunde ein kleiner Fisch gewesen, also aus der Perspektive der großen Händler betrachtet. Er hat Mulis angeworben.«

»Mulis?«

»Unverdächtige junge Leute, die sich mit dem Rucksack auf dem Rücken einen schönen Urlaub machen. Ich glaube, Backpacker nennt man die heute. Und wenn sie zurückkommen, dann transportieren sie Drogen für uns im eigenen Körper.«

»Sie schlucken das Zeug.«

»Ja, klar, und später kacken sie es wieder aus. Eine super Methode, einiges durch den Zoll zu kriegen. Es sei denn, so ein Plastiktütchen platzt mal.«

Weller schüttelte sich.

»Ja, ich sagte schon, ich bin nicht stolz drauf. Aber ich bin ausgestiegen. Schon vor gut drei Jahren.«

»Und warum«, wollte Weller wissen, »schickt Ihnen dann irgendjemand dieses Video?«

Hirschfeld sah aus, als wisse er es genau. Er wischte sich mit dem Handrücken über die Lippen und gestand dann: »Eine junge Frau, Verena Soundso, knapp zweiundzwanzig, ist auf dem Rückflug von Nepal gestorben. Genauer gesagt, elendig verreckt.«

»Weil so ein Beutel geplatzt ist.«

»Ja klar. Ihr Bruder ist völlig ausgerastet. Er hat mein Auto angezündet und im Hustadtring, das ist in Bochum-Querenburg, da war meine Wohnung, eine Demo organisiert. Mahnwachen und all so 'n Scheiß. Das ist eine Hochhaussiedlung, in der Nähe der Uni. Ich konnte da nicht mehr bleiben. Ich musste echt weg, ich habe Angst gekriegt.«

»Und derjenige, glauben Sie, hat sich jetzt Lodwijk van Eeden geholt und kommt als Nächstes zu Ihnen?«

Er faltete die Hände wie zum Gebet. »Bitte, Herr Kommissar, ich weiß es doch nicht! Aber ich schwöre Ihnen: Ich habe mich vollkommen losgesagt. Ich führe ein ganz normales Leben. Ich zahle Steuern … Ich lebe immer noch in Bochum … aber zusammen mit meiner Frau und meiner Tochter Leni. Wir machen hier nur gerade Urlaub. Sie ist so eine Ostfriesland-Verrückte. Wenn sie nicht mindestens einmal im Jahr an die Nordsee kann, dann wird sie krank … Ich meine das ganz ernst. Sie hält das seelisch irgendwie nicht aus. Eigentlich müsste sie hierhinziehen. Hier blüht sie immer auf.«

»Wie ist der Name des Bruders, der es auf Sie abgesehen hat?«

»Fabian Link. Er ist ein Bulle.«

Weller lachte: »Ein Kollege?!«

Unter ihnen lärmten zankende Möwen.

Die beiden gingen die Wendeltreppe hinunter, während sie sich weiter unterhielten.

»Ich glaube, Fabian Link ist nicht mehr bei euch. Keine Ahnung, ob ihr ihn rausgeschmissen habt oder er freiwillig gegangen ist. Jedenfalls arbeitet er jetzt in einer Organisation gegen die Legalisierung von Haschisch und anderen Drogen.«

»Verständlich«, sagte Weller. Zum ersten Mal während des Gesprächs sah Weller ein überlegenes, fast arrogantes Lächeln über Geralds Gesicht huschen. Gesichter und Körperhaltungen sagten oft mehr als Worte.

Weller hakte nach: »Was ist daran so komisch?«

»Ach, Herr Kommissar, was glauben Sie denn, wer der Hauptsponsor dieser Anti-Legalisierungskampagnen ist?«

»Die katholische Kirche?«, riet Weller. »Das Gesundheitsministerium? Ich weiß es nicht.«

»Die internationalen Drogenkartelle haben ein großes Interesse daran, dass alles verboten bleibt. Über Mittelsmänner werden …«

»Das ist jetzt nicht Ihr Ernst!«, empörte Weller sich.

»Sagen Sie bloß, Sie hatten keine Ahnung? Auch wenn man das Richtige tut, Herr Kommissar, hat man dabei nicht immer die richtigen Freunde und Bündnispartner. Trau, schau, wem.«

»Ich werde Sie«, sagte Weller, »unter Polizeischutz stellen.«

Gerald Hirschfeld wehrte ab: »Nein, nein. Die Staatsmacht und ich, das passt echt nicht zusammen. Ich gewöhne mich gerade erst daran, ein normales Eheleben zu führen. Nein, nein, lassen Sie mal gut sein. Ich werde für mich selbst sorgen. Vielleicht könnten Sie mir eine Schusswaffe geben, zur Selbstverteidigung. Ich meine, eine legale. Und dann nehmen Sie diesen Irren hopp, so schnell wie möglich.«

»Wir sind in der Lage«, betonte Weller, »Zeugen und bedrohte Personen zu schützen.«

Zwei Jogger kamen ihnen entgegen. Gerald Hirschfeld verhielt sich, als würde er einen Angriff von ihnen erwarten. Weller ahnte, wie der Mann sich fühlen musste, und bot ihm noch einmal Polizeischutz an. Doch er stieß erneut auf eiserne Ablehnung: »Machen Sie Ihre Arbeit, Herr Kommissar. Holen Sie sich Fabian Link. Er hat Lodwijk auf dem Gewissen.«

Weller hob die Hände zum Himmel und ließ sie wieder fallen. »Ja, vielleicht Ihr Fabian Link. Vielleicht auch jemand anders. Ich glaube, wenn es hier um einen Rachefeldzug geht, dann gibt es verdammt viele Menschen, die einen Grund haben, Leute wie Sie oder Lodwijk van Eeden zu erledigen.

Das ist genau unser Problem. Viele haben ein Motiv. Aber ein Motiv macht aus einem Menschen noch keinen Täter. Dazu gehört viel mehr. Skrupellosigkeit. Aber wie viel Hass und Verzweiflung müssen zusammenkommen, bis jemand einen Rachefeldzug beginnt? Ihnen ist schon klar, dass er den Mord an Ihnen hiermit angekündigt hat?« Weller zeigte auf das Handy. »Warum haben Sie es meiner Kollegin eigentlich nicht geschickt?«

»Aber Herr Kommissar, das habe ich doch sofort getan …«

Weller tippte im Gehen eine Nachricht an Marion Wolters: »Guck im SPAM-Ordner nach.«

Sekunden später kam von ihr die Antwort. Es war nur ein erhobener Daumen.

Boris Karpow-Müller hatte bereits eine Line Koks in der Nase. Für ihn gab es kein besseres Aphrodisiakum. Er freute sich auf Frauke und ihre Liebeskünste.

Er konnte sich zwar nicht vorstellen, dass sie Dinge draufhatte, die er noch nicht kannte, trotzdem hatte er ein ganz kribbeliges Gefühl. Sie war eine besondere Frau, eine von der Sorte, an die er normalerweise nicht herankam.

Es gefiel ihm, dass er sie in der Hand hatte. Liebe auf Augenhöhe war ihm fremd. An so etwas glaubte er nicht. Er musste eine Frau kontrollieren können, um sich beim Sex wirklich gehen zu lassen. Entweder musste er sie mit Geld beherrschen, mit seinem Einfluss, mit Drogen, oder sie musste erpressbar sein und ihm völlig ausgeliefert.

So war es jetzt für ihn mit Frauke. Er glaubte, sie würde alles tun, um ihm zu gefallen, denn er konnte ihr das Geschäft ihres Lebens kaputtmachen.

Er mochte solche Heimlichkeiten. Er fühlte sich dem Klinikleiter Simmel gegenüber jetzt schon überlegen. Wenn er Frauke erst einmal gehabt hatte, würde er ihm ganz anders begegnen, in dem Wissen, dass er ihn besiegt hatte.

Er würde sich hier eine schöne Zeit in der Klinik machen, während er eigentlich nichts zu tun hatte. Er war dazu da, seinen Boss herumzufahren, ihn und den Bentley zu beschützen, mal eine Tür zu öffnen oder zu schließen. Eigentlich sollte er nur seinen Chef aufwerten, als Bodyguard und Fahrer. Doch der hatte sich hier eingenistet und fühlte sich bei Bädern und Massagen wohl. Das ausführliche Wellnessprogramm der Klinik hinterm Deich machte seinen Chef wunschlos glücklich.

Er hatte ihn bisher nur einmal samstagmorgens nach Norden zum Markt gefahren und einmal nach Greetsiel zu einer Geschäftsbesprechung auf der Außenterrasse des Greetsieler Restaurants Seestern.

Bei dem Treffen hatte der Chef überhaupt keinen Schutz nötig gehabt. Es war wohl eher eine alte Freundin, die er traf, und deren Ehemann. Sie plauderten über alte Zeiten, und er gab ein bisschen damit an, was aus ihm geworden war. Genau dafür brauchte man ihn: den Mann mit dem russisch-deutschen Namen und dem beeindruckenden Körperbau. Er war ein Repräsentationsstück, genauso wie der Bentley.

Er fand es jämmerlich.

Er brauchte einen Ausgleich für diese Demütigungen, und heute würde er ihn bekommen.

Er spannte seine Muskeln an und griff sich in den Schritt. Er sah auf die Uhr.

Wenn sie nicht pünktlich ist, dachte er, dann gehört das

auch zum Spiel. Dann macht es ihr Spaß, und sie möchte ein böses Mädchen sein, dem ich dann gehörig den Arsch versohle. Sozusagen zum Warmwerden.

Sie rief ihn an. Zorn wallte in ihm auf.

Wenn du jetzt irgendeine Ausrede parat hast, Mädchen, dachte er, dann …

Ihre Stimme klang am Telefon hocherotisch. »Hallo, mein Hengst«, sagte sie.

»Du hörst dich an, als ob du schon feucht wärst.«

»Ich würde es freudige Erwartung nennen.«

»Wo bleibst du denn dann? Es ist jetzt zweiundzwanzig Uhr. Ich bin kein Mann, den man warten lässt.«

Sie stöhnte lustvoll, als würden seine Worte sie scharfmachen. »Das würde ich mir nie erlauben, mein Gebieter.«

Das gefiel ihm.

»Wenn du etwas Besonderes erleben willst«, sagte sie, »dann schlage ich dir ein Spiel vor.«

»Du willst Spiele spielen? Nur zu! Ich steh drauf!«

»Ich mache es gern im Freien. Dafür ist Ostfriesland genau das richtige Gelände, weißt du. Hier, wo es den Wechsel der Gezeiten gibt. Ebbe und Flut. Wo die Naturgewalten aufeinanderprallen. Hier gibt es magische Orte, aufgeladen mit viel Energie …« Sie atmete wohlig aus.

In seiner Vorstellung spielte sie während des Gesprächs an sich rum. Offensichtlich gehörte sie zu den Frauen, die dominiert werden wollten. Es gefiel ihr, dass sie keine Wahl hatte und dass er sie beherrschte.

Sie stöhnte: »… mit sexueller Energie. Orte, an denen die alten Häuptlinge Orgien gefeiert haben. Mit verführerischen Hexen.«

Er wurde schon beim Zuhören hart.

»Vertrau dich mir an«, hauchte sie. »Du wirst es nicht bereuen. Ich kenne Orte, da sprießt Wollust aus der Erde wie anderswo Spargel.«

»Worauf warten wir noch?«, drängelte er. »Lass uns hinfahren.«

Er hatte Angst zu kommen, bevor es überhaupt richtig losging, wenn sie jetzt weiterredete, mit dieser Stimme, die seinen Körper vibrieren ließ.

»Fahren wir mit dem Rad, oder nehmen wir deinen Bentley?«

Damit holte sie ihn runter. Es war eine Bruchlandung. Er durfte den Wagen nicht privat benutzen. Der Bentley sollte sichtbar, sauber, vor der Klinik parken, sozusagen als Aushängeschild seines Chefs.

Am liebsten hätte er sie angebrüllt: *Das ist nicht mein Bentley, du blöde Kuh! Ich bin nur der Fahrer!* Doch damit wäre endgültig alles entzaubert worden.

Mit dem Rad herumzufahren konnte er sich jetzt auch nicht vorstellen. Das hatte so etwas Profanes an sich.

»Wir nehmen deinen Wagen«, bestimmte er. »Und du fährst.«

»Ich warte hinterm Haus auf dem Parkplatz«, sagte sie. »Und ich habe alles dabei, was wir brauchen. Selbstverständlich auch einen edlen Rotwein aus der Sammlung meines Gatten in spe. Das Fläschchen kriegst du nicht unter fünfhundert, und dann auch nur, wenn du Beziehungen hast.«

Fast hätte er seine Kanone im Zimmer gelassen, so aufgeregt war er. Doch noch bevor er die Tür hinter sich zuschloss, überlegte er es sich anders. Mit der Waffe am Körper fühlte er sich einfach besser. Kraftvoller.

Er legte das Schulterholster an.

Frauke fuhr einen unscheinbaren silbergrauen Golf, allerdings mit ziemlich viel Power unter der Haube. Sie trug einen atemberaubend kurzen Rock, der links noch einen Schlitz hatte, aber keine High Heels, sondern weiße Söckchen und dazu flache Sportschuhe in der Farbe des Rocks. Ihr T-Shirt war weiß, und nur an der linken Hand trug sie einen Handschuh.

Ihr Haare waren wild, als sei sie gerade aus dem Bett gekommen. Das Unfrisierte hatte etwas Geiles, fand er. Es machte eine Wildkatze aus ihr.

Sie fuhr einen Wagen mit Schaltgetriebe und das sehr sportlich. Er konnte den Blick nicht von ihren Beinen lassen, wenn sie die Kupplung trat.

»Willst du auch ein bisschen Koks?«, fragte er. »Oder einen Joint als Starter?«

»Ich bin naturstoned«, lachte sie. »Mich törnt die Nordseeluft an. Was anderes brauche ich nicht. Außer vielleicht …«, sie lachte, »einen Kerl mit Stehvermögen.«

Sie fuhr in Richtung Greetsiel. Sie spielte eine besondere Playlist ab. Im Radio stöhnte Jane Birkin gerade *Je t'aime… moi non plus.*

»Solche Songs«, schwärmte er, »gab es in den Siebzigern! Mein Gott, sind die Zeiten inzwischen verklemmt geworden!«

»Stimmt«, sagte Frauke. »Die gute Jane Birkin hatte inzwischen auch schon einen Schlaganfall und geht auf die achtzig zu. Aber sie ist immer noch eine wunderbare Frau, und ihr Gestöhne macht einen noch heute verrückt. Sie singt immer noch die Songs ihres Serge Gainsbourg. Und sie selbst schreibt auch Lieder.«

Sie bog in einen Feldweg ein und steuerte auf ein kleines Gehöft zu, das von Bäumen umgeben war.

»Deine Liebeslaube?«, fragte er.

Sie lächelte nur. Sie stieg aus und nahm einen Koffer von der Rückbank.

»Hast du da noch ein paar scharfe Klamotten drin?«, fragte er voller Vorfreude.

Sie lächelte: »Das ist mein BuKo – Beischlaf-Utensilienkoffer.«

Sie ging voran. Er folgte ihr.

Frauke zeigte nach vorn. Der Mond sah ihnen zu. Hoch am Himmel zog eine V-Formation von gut vierzig Wildgänsen in Richtung Norderney.

Frauke deutete nach vorn: »Da hinten, siehst du den großen, einsamen Kastanienbaum da?«

»Klar.« Am liebsten hätte er ein Foto geschossen, so beeindruckend fand er das Bild. Aber er beherrschte sich. Es ging jetzt um etwas anderes. Hier unterm freien Himmel, wo der Wind die Nordseeluft übers Gras jagte, würden sie sich lieben …

»Direkt unter dem Baum haben früher Rituale stattgefunden. Ich habe es in alten Büchern gelesen«, geheimnisste Frauke. »In Vollmondnächten haben dort vollbusige Teufelsanbeterinnen Männern die Lebenssäfte ausgesaugt.«

»Das klingt vielversprechend«, freute er sich.

»Es sind uralte Geschichten. Die Frauen zogen abends durch die Dörfer, überfielen einsame Männer und schleppten sie hierhin, um sie dann im Schein des Lagerfeuers zu vernaschen.«

Er spann die Geschichte gleich weiter: »Na klar. Wahrscheinlich waren ihre Männer auf See, und sie waren notgeil.«

Frauke bestätigte diese Idee. »Etwas davon«, sagte sie, »ist hiergeblieben. In dem Baum oder in der Erde. Selbst Eichhörnchen kommen hierher, um sich zu paaren, Störche und Maulwürfe. Wasser. Luft. Erde. Alle Elemente sind zusammen, ja prallen aufeinander.«

»Fehlt nur noch das Feuer«, sagte er.

Sie schüttelte den Kopf. »O nein. Das brennt in uns.«

Ungeduldig wollte er wissen: »Was werden wir jetzt machen?«

Sie öffnete den Koffer. Er sah Handschellen, Peitschen, Dildos und ein langes, geflochtenes Hanfseil.

»Wenn du richtig Spaß haben willst«, sagte sie, »dann lässt du dich jetzt von mir anbinden.«

»An den Kastanienbaum?«

»Ja.«

»Und dann?«

»Versuch nicht, alles vorher zu wissen und zu erfragen. Lass dich ein auf das Abenteuer. Lass dich hineinfallen. Lass mich nur machen. Wenn ich dich erst angebunden habe, dann …«

Er kapierte: »Ah, so wie die alten Hexen es gemacht haben, hm? Wenn sich die Männer nicht mehr wehren konnten, haben sie sie leergesaugt.«

»Lass dich überraschen«, lächelte sie.

Er war nur zu bereit. Er lehnte sich an den Baum und glaubte, die erotische Energie sofort zu spüren.

»Es kribbelt jetzt schon überall. Es klingt unglaublich, aber wenn man den Baum nur berührt, fließt bereits sexuelle Energie durch einen durch. Und ich dachte echt, ich kenne schon alle Tricks. Aber mit einer Hexe habe ich es noch nie getrieben.«

Sie band seine Hände fest. Seine Brust spannte sich jetzt. Er trug immer noch das Schulterholster mit seiner Waffe, aber er konnte sie schon nicht mehr ziehen. Trotzdem fand er es erregend, die Pistole zu spüren. Wehrlos kam er sich vor, obwohl er gleichzeitig bewaffnet war.

Sie befestigte auch noch seine Beine, fragte ihn zweimal, ob es auch nicht zu stramm sei.

Er verneinte.

Dann leckte sie ihm über den Hals, knabberte an seinem Ohr und flüsterte: »Genieß es. Was jetzt passiert, wirst du so bald nicht vergessen.«

Er schloss die Augen. »Ja«, stöhnte er, »ja!«

Sie drehte sich um und rief in Richtung Haus: »Wir sind so weit!«

Boris riss die Augen auf und sah einen Mann aus dem Schatten der Bäume treten. Eine dunkle Gestalt in der hellen Sommernacht. Er trug etwas mit sich. Fünfundzwanzig, vielleicht dreißig Meter vor der Kastanie blieb er stehen. Jetzt erkannte Boris ihn. Es war Ernest Simmel, der Klinikleiter.

»Was will denn der hier?« Boris zerrte an den Fesseln. »Wollt ihr mich reinlegen? Oder soll das hier ein Dreier werden?«

Er bekam keine Antwort, stattdessen ging Frauke auf Sommerfeldt zu.

Boris rief hinter ihr her: »Hey, hey, hey! Ich habe ja nichts gegen einen Dreier! Aber mit zwei Frauen, nicht mit zwei Männern! Sind denn alle hier in Ostfriesland bekloppt?«

Sommerfeldt kam zu ihm. Boris Karpow-Müller sah jetzt, dass der Klinikleiter Golfschläger bei sich hatte.

»Spielen Sie«, fragte Sommerfeldt freundlich, »Golf?«

Karpow-Müller schüttelte den Kopf.

»Sollten Sie aber. Das beruhigt. Es ist wie Meditation. Sie haben die Ehre, jetzt an einer Übungsstunde teilzunehmen. Frauke muss dringend ihre Schwungtechnik verbessern. Bei ihr geht das Pitchen immer ins Chippen über und umgekehrt.«

Jetzt wurde Boris Karpow-Müller klar, dass Frauke keineswegs irgendeine sexuell besonders aufreizende Kleidung angezogen hatte, sondern einfach ihre Golfklamotten, auch wenn sie darin schärfer aussah als so manche Stripperin an der Stange. Es lag nicht an der Kleidung, sondern an der Frau, die darin steckte.

Er konnte nicht fassen, was jetzt passierte, doch er ahnte, dass es nicht gut für ihn werden würde. Das hier würde nicht in einem ultimativen sexuellen Abenteuer enden, sondern eher im Krankenhaus, beim Zahnarzt oder, wenn es schlimm kam, auf der Intensivstation.

Nein, der Klinikleiter war nicht der Mann, der einfach mit einem Golfschläger einen angebundenen Gefangenen verprügelte. Dazu war er ein viel zu feinsinniger Geist.

Er ließ zehn Bälle jeweils im Abstand von knapp einem halben Meter auf den Rasen fallen und lud Frauke ein, sich einen Schläger auszusuchen. Sie wählte ein Siebener-Eisen und stellte sich schulterbreit neben einen Ball.

Sommerfeldt erklärte in Boris' Richtung: »Beim Chippen fliegt der Ball flach und rollt dann lang aus. Er würde praktisch vor deinen Zehen landen oder zwischen deinen Beinen. Beim Pitchen dagegen ist der Ballflug wesentlich höher, dafür rollt er nur ganz kurz. Beim Chippen kommt der kleine Hebelschwung, ohne dass die Handgelenke eingesetzt werden. Beim Pitchen dagegen ist die Ausholbewegung viel größer. Mit einem guten Pitch könnte sie dir die Kniescheibe zerschmettern. Was meinst du, Frauke? Wollen wir das mal versuchen?«

Sie stand ganz konzentriert, holte aus, schlug aber nicht den Ball, sondern machte nur ein paar Probeschläge durch die Luft und riss dabei die Grasnarbe auf.

Sommerfeldt korrigierte vorsichtig ihre Haltung: »Bring die linke Schulter hinter den Ball.«

Als sie den ersten Golfball in seine Richtung schlug, schloss Boris die Augen und biss auf die Zähne. Er erwartete den Schmerz. Doch der Ball krachte über ihm zwischen Blätter und Äste und fiel dann, mehrfach auf Holz auftupfend, nach unten.

»Ihr seid ja verrückt!«, brüllte Boris.

»Ja, das kann man so sehen«, antwortete Sommerfeldt. »Aber im Prinzip üben wir hier nur ein paar gute Golfschläge. Das ist ein Sport mit sehr vielen Regeln, weißt du. Würde dir auch guttun. Beim Golfen lernt man, seinen Körper zu beherrschen und sich an Regeln zu halten.«

»Regeln? Was für Regeln?«, schrie Boris.

»Siehst du«, lachte Sommerfeldt und stupste Frauke an, »er kennt die Regeln nicht mal. Wir müssen sie ihm beibringen. Du hast vergessen, ihn zu warnen. Auch wir müssen uns an die Regeln halten, Kirschblüte.«

Sommerfeldt stellte sich selbst vor den nächsten Ball in Positur und machte ein paar Lockerungsübungen. »Man darf«, rief er laut, »Frauen nicht zum Geschlechtsverkehr nötigen! Man darf weder seine Macht ausspielen, noch ist es in Ordnung, wenn man versucht, sie zu erpressen. Hat dir das wirklich niemand beigebracht? So, und jetzt kommt ein Pitch, als müsste ich den Ball über einen Bunker schlagen, damit er aufs Grün kommt.«

Sommerfeldt holte aus und rief laut: »Fore!«

Boris Karpow-Müller hatte lange in einem Boxstudio trainiert. Er hatte auch gelernt einzustecken. Ihm waren von seinem Trainer Nehmerqualitäten bescheinigt worden. Sein muskulöser Körper hielt einiges aus. Doch als der Ball ihn auf der Brust traf, schrie er vor Schmerz. Es war nicht wie ein Faustschlag, auch nicht wie ein Faustschlag ohne Handschuhe, sondern es fühlte sich eher an wie ein Geschoss, das tief eindringt in den Körper.

Er hustete.

»Zu hoch«, sagte Frauke fachmännisch, »oder?«

»Hört auf! Aufhören!«, flehte Boris.

»Das sind schon die richtigen Worte. Aufhören – darum geht es. Du musst aufhören, solch schlimme Sachen zu tun. Kapierst du das?«, fragte Sommerfeldt.

Boris nickte. »Ja. Klar. Natürlich.«

Sommerfeldt zeigte mit dem Golfschläger in seine Richtung: »Sag mal, Schönste, hat der etwa noch seinen Ballermann bei sich?«

»Ja«, bestätigte sie.

»Hilft dir nicht, was?«, sagte Sommerfeldt. »Wer braucht denn beim Golf eine Pistole? Überhaupt mag ich diese lauten Waffen nicht, weißt du? Knallschützen, also Typen wie du, die mit einer Knarre rummachen, haben doch eh ihr musikalisches Gehör schon vor Jahren verloren, oder nie eins gehabt. Was meinst du?«

Sommerfeldt wandte sich an Frauke: »Jetzt versuche mal, seine linke Kniescheibe zu treffen. Das ist wie die Fahne beim Golf, weißt du? Ganz in Ruhe. Denk an deine Schulter. Achte auf die Handgelenke. Schön Schwung holen. Ganz locker bleiben. Und dann – jetzt gibt es nur noch den Ball und dich, und du gibst ihm die Richtung, so wie du deinem ganzen Leben eine Richtung gibst.«

Frauke machte drei Probebewegungen. Jetzt stampfte sie abwechselnd links und rechts ins Gras, indem sie ihr Gewicht jeweils verlagerte. Sie musste an ihre Möwen Akim und Sigurd denken, die so den Deich festtrampelten. Was immer das für Signale waren, sie fühlte sich jetzt mit den Möwen verbunden. Alles wurde plötzlich ganz einfach und leicht.

Der Ball zischte ab.

Sommerfeldt rief: »Fore!« und verfolgte interessiert die Flugbahn. Der Ball traf.

Boris jaulte vor Schmerz.

»Nein«, tadelte Sommerfeldt, »nicht die rechte Kniescheibe. Die linke!«

»Ihr Schweine, ihr gottverdammten Schweine!«, schimpfte Boris.

»Ich hab doch »Fore!« gerufen. Warum gehst du denn nicht aus dem Weg?« Zu Frauke sagte er dann: »Der Kerl versteht einfach die Golfsprache nicht. Auf der ganzen Welt wissen die Menschen, was das bedeutet. Wenn jemand ›Fore‹ ruft, heißt das, ›Achtung, da kommt ein Ball. Du bist im Weg. Zieh den Kopf ein. Schütz dich‹«.

»Wie soll ich denn aus dem Weg gehen?«, brüllt Boris. »Ihr habt mich doch hier angebunden!«

Sommerfeldt lächelte. »Oh, stimmt. Hatte ich ganz vergessen – das ist aber echt blöd für dich.«

Er ging auf Boris zu. »Du hast es immer noch nicht kapiert, hm? Hier gibt es kein Grün, auf dem wir einlochen können. Wir spielen hier nicht, um ein Turnier zu gewinnen. Es ist nur eine Übung für uns, nichts weiter. Und für dich auch. Und bevor du nicht kapiert hast, worum es für dich hier geht, werden wir auch nicht aufhören. Wenn wir die Bälle verschossen haben, lege ich zehn weitere hin. Und dann werde ich dich bitten, deinen Mund zu öffnen. Wenn es ihr gelingt, dort einmal richtig einzulochen, oder falls sie nicht trifft, kannst du auch versuchen, den Ball zu schnappen, ein Treffer reicht mir schon – dann ist das Spiel aus, und wir machen dich los. Es sei denn, dir fällt vorher ein, warum du in dieser Situation gelandet bist. Und dann, mein Lieber, dann wirst du die Dame um Verzeihung bitten. Auf Knien, versteht sich. Und in Zukunft, das kann ich dir sagen, wirst du immer dann, wenn du versuchen willst, eine Frau gegen ihren Willen dazu zu bringen, sich mit deinem runzligen Schwanz zu beschäftigen, dann wirst du keine geilen Bilder in deinem Kopf haben, sondern du wirst einen Golfball auf dich zufliegen sehen und den Ruf hören: ›*Fore!*‹«

Er drehte sich um und ging zu Frauke. »Bist du so weit, Kirschblüte? Jetzt aber das richtige Knie. Du hast auch nicht seine Kniescheibe getroffen, sondern nur seinen Oberschenkel. Komm, versuch's noch einmal.«

»Aufhören«, rief Boris Karpow-Müller, »bitte, aufhören! Ich sehe es ja ein! Ich werde es nie wieder tun! Und ich werde auch niemandem erzählen, wer du in Wirklichkeit bist, Frauke!«

Sommerfeldt küsste Frauke auf die linke Wange und flüsterte: »Ist er nicht süß? Wir sollten aber nicht zu früh damit aufhören. Ich finde, er hat noch ein paar Bälle verdient, damit er das hier nicht so schnell vergisst und seine Lektion wirklich lernt.«

Frauke nickte.

Sommerfeldt rief zu Boris: »Ich weiß, dass du jetzt Angst hast. Sing ein Lied. Gesang hilft der Seele immer. Dann schöpft man Mut.«

»Es reicht«, rief Boris, »hört doch auf! Es reicht!«

»Ja, dir vielleicht. Ich glaube dir ja, aber weißt du, Frauke muss einfach noch ihre Schwungtechnik verbessern. Ich habe es dir doch schon ein paarmal erklärt.«

Frauke holte schwungvoll aus.

Sommerfeldt rief: »Fore!«

Der nächste Ball flog knapp am Kastanienbaum vorbei. Boris Karpow-Müller konnte das Zischen rechts neben sich hören.

Sommerfeldt nahm sich einen anderen Schläger, brachte sich in Positur und sagte laut: »Also, ich habe noch keine Entschuldigung von ihm gehört, du, Schönste?«

Sie schüttelte nur den Kopf.

Sommerfeldt schoss den Ball ab. »Fore!«

»Ich bin angebunden, verflucht! Ich kann nicht aus dem Weg gehen!«

Frauke erklärte Boris die Situation aus ihrer Sicht: »Es wäre trotzdem ein Regelverstoß, den Ball in deine Richtung zu schlagen, ohne dich zu warnen. So etwas tut man einfach nicht. Auf jedem Golfplatz gelten Regeln. Wie im Leben. Das hat er doch versucht, dir zu erklären, oder?«

»Ja«, freute Sommerfeldt sich, »ja, das war seine linke Kniescheibe!«

Es fühlte sich für Boris Karpow-Müller so an, als könne er nie wieder laufen. Der Schmerz jagte durch den ganzen Körper, bis hoch in die Haarwurzeln und wieder zurück in die Zehenspitzen.

»Ich bitte um Verzeihung«, flehte er. »Ich bitte um Verzeihung! Es tut mir leid, es tut mir so schrecklich leid!«

Tränen schossen aus seinen Augen. Seine Lippen zitterten.

»Ja«, stellte Sommerfeldt ruhig fest, »das geht jetzt schon alles in die richtige Richtung. So, Frauke, und nun versuch es mit seinem Kopf. Mach den Mund auf«, forderte er Boris auf, doch der presste seine Lippen fest aufeinander.

»Bitte lasst mich leben«, presste er hervor.

»Unsere Trainingsstunde ist noch nicht zu Ende«, stellte Sommerfeldt sachlich fest.

Frauke fragte: »Meinst du, ich sollte es lieber mit dem Driver versuchen?«

Sommerfeldt schüttelte den Kopf und gab zu bedenken: »Damit schlägst du viel zu hoch. Der Ball kommt erst hinterm Baum runter. Auf diese Distanz ist das Siebener-Eisen echt besser.«

»Bitte, bindet mich los, damit ich sie auf Knien um Verzeihung bitten kann!«

»Das ist nicht meine Entscheidung«, sagte Sommerfeldt, »sondern ihre. So, wie es ihre Entscheidung ist, mit wem sie ins Bett geht und wer sie anfassen darf.«

»Ich finde, er hat genug«, sagte Frauke. »Das wird ihm eine Lehre sein.«

Sommerfeldt küsste seine Frauke auf die Wange: »Du bist einfach zu gut für diese Welt, Kirschblüte. Ich würde ihm gern noch ein paar Kopfbälle verpassen.«

»Lass ihn«, bat sie. »Ich glaube, der hat seine Lektion gelernt.«

Sommerfeldt verzog ungläubig die Lippen.

Gemeinsam gingen sie zu Boris Karpow-Müller. Frauke schnitt die Fesseln los.

Boris sackte zusammen, weil er keine Gewalt mehr über sein linkes Bein hatte. Auf Knien bat er mit zum Gebet gefalteten Händen Frauke weinend um Verzeihung.

»Ich weiß nicht, ich weiß nicht«, sinnierte Sommerfeldt, »das ist mir irgendwie noch nicht ernsthaft genug.«

Sommerfeldt berührte ihn mehrfach mit dem Golfschläger, als wolle er die Festigkeit seiner Muskeln prüfen und sagte: »Wirst du ein besserer Mensch werden?«

»Ja, ja, ja«, rief Boris, »ich werde ein besserer Mensch werden! Ich werde ein neues Leben beginnen! Ganz bestimmt!«

Sommerfeldt ging einmal um Boris Karpow-Müller herum. Seinen Golfschläger hielt er lässig auf die Schulter gelehnt. Er fragte: »Mit welcher Hand hat er eigentlich deine Brust berührt?«

Sie deutete auf seine rechte Hand.

Boris Karpow-Müller ahnte, was jetzt kommen würde. Er versuchte, die Hand wegzuziehen. Doch Sommerfeldt ließ den Golfschläger ansatzlos auf seine Finger sausen.

»Man berührt eine Frau nicht gegen ihren Willen. Kannst du dir das merken, Doofmann?«

Sommerfeldt verarztete Boris in der Klinik hinterm Deich gleich selbst.

Patienten, gerade wenn sie Schmerzen hatten, sich Hilfe erhofften, aber Angst vor neuen schlimmen Schmerzen dabei in ihnen aufstiegen, wurden oft zu kleinen Kindern. Sie waren dann folgsam oder gaben zumindest vor, es zu sein. Eine gute Gelegenheit, auf böse Buben einzuwirken, fand Sommerfeldt.

Er widmete sich Boris Karpow-Müllers Fingern. Sie mussten geschient werden. Der Mittelfinger war dreimal gebrochen. Er sah aus wie ein auf den Boden gefallenes Z.

Sommerfeldts Praxis verfügte über sehr effektive schmerzstillende Medikamente. Aber er setzte sie heute nur sehr zögerlich ein. Er zeigte stattdessen gern sein gut sortiertes Chirurgenwerkzeug vor.

Boris hätte die Möglichkeit gehabt, mit der linken Hand ein

Chirurgenmesser zu greifen. Ein Skalpell und eine Lanzette lagen in greifbarer Nähe. Aber er wagte kaum hinzugucken.

Dr. Bernhard Sommerfeldt machte ihn auf das Chirurgenbesteck aufmerksam. Er sprach sachlich, so als würde er einen Assistenten ausbilden: »Früher wurde das chirurgische Schneidwerkzeug nach jedem Einsatz gereinigt, desinfiziert und neu geschliffen. Heute verwenden wir Einmalklingen. Trotzdem habe ich aber Lieblingsgriffe. Den hier zum Beispiel. Er liegt so schön in der Hand. Ich wechsle Klingen manchmal auch während der Operation. Dieses billige Wegwerfzeug wird oft schon nach wenigen Schnitten stumpf. Und stumpfe Messer reißen viel hässlichere Wunden als scharfe«, belehrte er ihn.

Boris nickte. Er war leichenblass. Bei dem Licht hier schillerten seine schwarzen Haare bläulich.

Sommerfeldt tippte gegen seine Lippen. »Deine Zähne sollte ich mir beim nächsten Mal auch angucken. Ich bin zwar kein Zahnarzt – aber was heißt das schon? Mit ein bisschen gutem Willen und einer Bohrmaschine geht alles …«

»Bitte …«, flehte Boris.

Sommerfeldt hatte Spaß dabei, ihm ein bisschen Angst zu machen.

Frauke saß mit baumelnden Beinen auf einem Kühlschrank. Sie aß Erdbeeren aus einer Glasschüssel. Frauke stellte die Erdbeerschüssel ab. Sie spielte mit Boris' Schusswaffe. Dabei richtete sie die SIG Sauer immer wieder spielerisch auf seinen Kopf.

»Im Grunde ist das ja eine Scheißpistole für einen Anfänger wie dich. Kein außen liegender Sicherungshebel. Fertig durchgeladen, immer sofort schussbereit. Das ist echt nichts für Amateure, Mensch! Außerdem ist die Waffe nicht richtig gewartet. Das Magazin klemmt. Der Schlitten ist verklebt. So eine Pistole muss man auch pflegen! Man zerlegt sie und säubert sie. So mies, wie du mit mir umgegangen bist, so gehst du auch mit deiner Knarre um. Du benutzt alles nur. Du kennst den Wert der Dinge nicht.«

Boris zog jedes Mal den Kopf ein, wenn der Lauf in seine Richtung zeigte.

»Weißt du«, fragte Sommerfeldt, »was dein größter Fehler war?«

Boris guckte ihn wissbegierig an.

»Du dachtest«, fuhr Sommerfeldt fort, »sie erzählt mir nichts. Sie schämt sich und schweigt. Stimmt's?«

»Ja«, gestand er und brüllte vor Schmerz, weil Sommerfeldt seinen gebrochenen Mittelfinger richtete.

»Aber wir haben voreinander keine Geheimnisse. Das ist das große Geheimnis unserer Liebe, und deswegen haben es Schweinehunde wie du so schwer mit uns, verstehst du? Das alles funktioniert nur bei Paaren, die Heimlichkeiten voreinander haben.«

»Stimmt, Süßer«, lachte Frauke. »Sag ihm ruhig, dass er sein Leben nur mir zu verdanken hat.«

»Hat er«, bestätigte Sommerfeldt. Zu Boris sagte er hart: »Ich wollte dich mieses Stück Scheiße einfach zu deinem Schöpfer zurückschicken. Mit einem Aufkleber auf deinem Arsch: *Erde an Gott: zu unserer Entlastung an Sie zurück.* Ich meine, ich kann ja nicht warten, bis du dich mit deinem schlechten Tabak selbst umgebracht hast.«

Frauke hatte ihren Spaß und aß jetzt wieder Erdbeeren. Die SIG Sauer landete in der Erdbeerschüssel.

»Ich habe ihn gebeten, dir eine zweite Chance zu geben. Er wollte zunächst nicht mitziehen, sagte: *Och nö, wie viel zweite*

Chancen soll der denn noch bekommen? Aber ich habe ihm gesagt, dass du drei Monatsgehälter an unser Hospiz in Hage spendest und ab dann monatlich fünfhundert Euro.«

»Klar, sicher, natürlich!«, versprach Boris Karpow-Müller, erstaunt darüber, sich so billig freikaufen zu können. Und fünfhundert Euro pro Monat, das bedeutete ja auch, Simmel hatte vor, ihn leben zu lassen.

»Bescheiß uns nicht«, mahnte Sommerfeldt. »Ich werde deinen Chef fragen, wie viel du verdienst. *By the way:* Du kündigst gleich morgen früh per WhatsApp, und du verlässt Ostfriesland.«

»Hat er nur Ostfrieslandverbot oder ist ganz Niedersachsen für ihn gesperrt?«, fragte Frauke gespielt naiv.

»Ostfrieslandverbot«, stellte Sommerfeldt klar und wirkte dabei sehr großzügig, wie ein König, der sein Land verschenkt.

»Meinst du wirklich?«, protestierte Frauke und verzog die Lippen. »Ich finde, das schöne Ammerland sollte für ihn auch tabu sein.«

»Okay«, willigte Sommerfeldt ein und weitete das Gebiet gleich aus: »Wenn du dein dummes Gesicht noch einmal in Ostfriesland, im Ammerland oder in Friesland sehen lässt, bist du ein toter Mann. Darüber gibt es keine Diskussion. Keine Kompromisse. Betrittst du den Boden, bist du tot. Ach, und wenn wir gerade dabei sind, ich finde, im Wurster Land hast du auch nichts zu suchen. Wremen ist so schön, wir fahren da manchmal hin.« Sommerfeldt klopfte gegen Boris' Kopf: »Kannst du dir das merken, Doofmann? Wenn du dich dahin verläufst, dann«, Sommerfeldt machte eine Handbewegung, als würde er seinen Hals durchschneiden, und fragte Frauke: »Meinst du, dieser schlecht frisierte Idiot hat das kapiert?«

Boris Karpow-Müller nickte eifrig und wischte sich eine Träne aus dem Gesicht.

Sommerfeldt klatschte ihm noch einmal gegen den Kopf: »Dich habe ich nicht gefragt.«

Karpow-Müller sprach mit fast kindlicher Stimme: »Wer sind Sie?«

Sommerfeldt antwortete ihm: »Ich heiße Ernest Simmel. Ich leite diese Privatklinik. Ich liebe meine Frau und die Literatur, das Golfspiel, und Typen wie dich nutze ich gerne als Punchingball oder zum Golftraining …«

Frauke erkundigte sich: »Wolltest du nicht auch mit dem Bogenschießen beginnen, Liebster? Du hast doch gesagt, das ist wie Meditation.«

Sommerfeldt nahm die Idee erfreut auf: »Ja. Gerne.« Er stieß Boris an: »Beim nächsten Mal darfst du dann wählen: Golf, Bogenschießen oder Messerwerfen … Überleben wirst du es ja sowieso nicht.«

Sommerfeldt wollte ihn wegschicken, doch Frauke setzte sich für ihn ein: »Komm, gib der Heulsuse ein kleines Schmerzmittel. Nicht zu viel. Aber ein bisschen. Er soll ja noch etwas spüren. Und sag ihm die ganze Wahrheit.«

Sommerfeldt zog eine Spritze auf und schwieg.

»Was für eine Wahrheit?«, wollte Boris wissen.

»Nun«, erklärte Frauke, »du hast versprochen, ein besserer Mensch zu werden. Das tun alle, die er in der Mangel hat. Er gibt auch jedem eine zweite Chance. Aber dann kommt das Problem.«

Boris' Lippen bebten vor Angst, als er fragte: »Welches Problem?«

»Nun«, antwortete Frauke, »er kommt hin und wieder zu seinen Patienten. Er macht sozusagen Hausbesuche … Und wenn sie dann nicht brav waren, ja, dann lernen sie ihn von seiner dunklen Seite kennen. Die hat er nämlich auch. Er ist nicht immer so nett zu dir wie heute. Er kann auch richtig böse werden.«

Sommerfeldt gab ihm die Spritze.

Boris hatte plötzlich eine Erkenntnis, nachdem sein Gehirn zunächst aus Angst viele kluge Gedanken blockiert hatte: »Du bist dieser Dr. Bernhard Sommerfeldt, stimmt's?«, fragte er nach.

Sommerfeldt grinste: »Du denkst auch, es gibt nur den einen? Ich hasse Leute, die Frauen und Kinder schlecht behandeln, genau wie er, das stimmt schon. Es beleidigt mich als Mann. Ich darf das nicht zulassen. Das habe ich mit diesem Sommerfeldt gemeinsam. Aber wir sind viele. Und wir haben ein Auge auf dich. Wir können es nicht auf uns Männern sitzen lassen, dass es Arschlöcher wie dich gibt, verstehst du? Du beleidigst dein ganzes Geschlecht. Und das lassen wir uns nicht länger gefallen.«

»Ja«, freute Frauke sich, »einige von eurer Sorte gibt es schon. Zum Glück, denke ich.«

Polizeidirektorin Elisabeth Schwarz nahm die neue Brille ab und rieb sich die roten Druckstellen am Nasenrücken. Sie schloss kurz die Augen, als sei sie es leid, das Elend dieser Welt zu sehen.

Mit ihr am runden Tisch im Besprechungsraum saßen Ann Kathrin Klaasen, Frank Weller, Marion Wolters, Polizeipsychologin Elke Sommer, Rupert und die Pressesprecherin Rieke Gersema.

Die Chefin reckte sich und seufzte: »Also, dann fasse ich mal zusammen: Wir haben ein Heer von Verdächtigen. Sprich, Menschen mit einem nachvollziehbaren Motiv.«

»Ja«, bestätigte Ann Kathrin, »die meisten sind begeistert darüber, dass Lodwijk van Eeden nicht mehr lebt.«

Weller griff zum Teller mit den Keksen und zog ihn näher zu sich. »Was mir mehr Sorgen macht«, sagte Weller kauend, »ist dieses Video.«

Die Polizeidirektorin deutete an, dass sie jetzt das Wort hatte und nicht von ständigen Unterbrechungen genervt werden wollte.

»Ja, das ist ein weiterer Punkt, den wir besprechen müssen. Der Täter hat das Video vom Handy seines Opfers verschickt.«

Bei dem Wort *Opfer* verzog Rupert den Mund, als sei der Ausdruck falsch.

Weller bemerkte das und warf Rupert einen warnenden Blick zu. Weil Rupert offensichtlich nicht kapierte, was Weller wollte, ließ der seinen Stift unter den Tisch fallen. Rupert und er bückten sich gemeinsam danach. Ein Trick, den sie schon bei mehreren Besprechungen ausprobiert hatten, um rasch Infos auszutauschen.

Weller zischte unterm Tisch: »Du kannst doch jetzt nicht deine klammheimliche Freude zeigen, Mensch!«

Frau Schwarz kannte die Methode der beiden noch nicht, sich heimlich zu unterhalten. Der Rest am Tisch wusste aber genau, was geschah.

Die Polizeidirektorin schwieg demonstrativ, bis beide wieder aufrecht an ihren Plätzen saßen. Dann fuhr sie fort: »Der Täter droht weitere Morde an und ist im Besitz des Handys, hat also Zugriff auf die gesamte Adressendatei von Lodwijk van Eeden. Also auch auf seine E-Mails und alle Kurznachrichten.«

»Oh«, grinste Rupert, »dann werden aber einige böse Jungs jetzt ganz schön das Zittern kriegen.«

Weller stieß ihn mit dem Fuß an. Rupert korrigierte sich: »Ich meine, das ist ja wirklich eine ganz beängstigende Situation für viele Menschen.«

»Ich gehe auch davon aus, dass er das Video nicht nur an Gerald Hirschfeld verschickt hat, sondern an mehrere Personen aus der Szene«, sagte Polizeidirektorin Schwarz.

Sie wurde von der Psychologin Elke Sommer unterbrochen: »Die trauen sich nur nicht, sich an die Polizei zu wenden, entweder, weil wir längst nach ihnen fahnden oder weil sie vor uns noch mehr Angst haben als vor …« Sie suchte nach dem richtigen Wort. Sie wollte eigentlich *Teufel* sagen, doch das erschien ihr nun in dieser Runde unpassend.

Frau Schwarz gab mit einem Stöhnen ihre Zusammenfassung auf und guckte stattdessen in die Runde. Sie musste sich noch an diese Dienstbesprechungen gewöhnen, bei denen jeder reinredete und das Wort der Chefin nicht mehr galt als das aller anderen. Wobei das schon eine beschönigte Darstellung war. In Wirklichkeit galt ihr Wort sogar weniger. Es gab hier ein merkwürdiges Geflecht von Beziehungen und eine heftige Gruppendynamik.

Ann Kathrin Klaasen war im Grunde die heimliche Chefin, weigerte sich aber, eine zu sein, und wollte die Verantwortung nicht übernehmen.

Rupert hielt sich für den heimlichen Chef, aber auf ihn hörte niemand.

Marion Wolters fand alles, was von Rupert kam, schon aus Prinzip bescheuert.

Weller suchte stets den Ausgleich und wollte vermitteln, stand aber im Zweifelsfall auf der Seite seiner Frau Ann Kathrin. Rupert und ihn verband eine Art Hassliebe.

Rieke Gersema musste der Presse gegenüber die ganze Bande in einem guten Licht dastehen lassen und litt darunter, dass Pressevertreter wie Holger Bloem, Lasse Deppe, Aike Ruhr oder Elisabeth Ahrends lieber mit Weller oder Ann Kathrin als mit ihr redeten.

Elke Sommer durchblickte wirklich vieles, musste in dieser Gruppe aber immer um Anerkennung ringen. Wenn sie dabei war, sprachen die anderen weniger, aus Angst, sich vor ihr zu outen.

Das kannte Elisabeth Schwarz auch von anderen Dienststellen. Wenn eine Psychologin an Besprechungen teilnahm, wurden die anderen oft wortkarg oder verfielen ins Gegenteil und versuchten, sich besonders toll darzustellen.

Rupert beugte sich vor und gab seine Theorie zum Besten: »Sehen wir den Fakten doch unerschrocken ins Auge! Irgendjemand – vielleicht haben sich ja auch einige Betroffene zusammengetan – räumt hier gerade auf und macht seinem Frust Luft. Wer immer es ist, imitiert bewusst Dr. Bernhard Sommerfeldts Tötungsmethode. Das ist wie«, Rupert fuchtelte mit den Händen herum und berührte dabei fast Wellers Gesicht, »wie eine Tradition, an die jemand anknüpfen möchte. So ein Ausruf wie: *Fürchtet euch! Er ist wieder zurück!*«

Elke Sommer nickte.

Elisabeth Schwarz setzte ihre Brille wieder auf. Sie sah sich Rupert genau an. Bei ihm wusste sie nie so recht, ob er dämlich, gerissen oder klug war.

»Wer sagt Ihnen denn«, fragte sie, »dass der falsche Herr Doktor nicht wirklich zurückgekommen ist?«

Rupert räusperte sich und machte eine große Geste, als müsse er die Runde am Tisch erst wieder mit ins Gespräch holen: »Wir kennen ihn, im Gegensatz zu Ihnen, Frau Schwarz, alle persönlich. Wir haben ihn gejagt und überführt.«

Es gefiel ihr nicht, wie er sich und alle anderen am Tisch zu Fachleuten erklärte und sie dadurch zu einer Unwissenden wurde, die keine Ahnung hatte und sich belehren lassen musste. Diese Ostfriesen hatten eine so ungemein lässige Art, aus einer Chefin eine Praktikantin zu machen.

»Und welche Erkenntnisse gewinnen wir aus Ihrem großen Erfahrungsvorsprung?«, fragte Elisabeth Schwarz.

Genau das wollen sie erreichen, dachte sie. Dass ich nachfrage und sie mir dann die Welt erklären können, diese Küstenbanausen …

»Er ist nicht dumm genug, um zurückzukommen und sein Spiel wieder zu beginnen«, stellte Rupert klar.

Die Kriminaldirektorin sah in die Gesichter. Allgemeines Nicken in der Runde.

»Na«, sagte sie spitz, »Sie müssen es ja wissen. Ihnen ist er ja schließlich auch entwischt.«

Betretenes Schweigen war die Antwort.

Ann Kathrin Klaasen räusperte sich: »Wir haben den Gefangenen zu einer Tatortbesichtigung abgeholt. Die Aktion wurde unzureichend vorbereitet und gesichert. Er gab vor, uns zu einer Leiche zu führen. Stattdessen …«

»Sind Sie in eine Falle getappt, ich weiß«, ergänzte Elisabeth Schwarz genüsslich. Und in Ruperts Richtung: »So viel zu seiner Intelligenz oder Ihrer Dummheit – ganz, wie Sie wollen.«

Rieke Gersema klagte, es gäbe bereits mehrere Anfragen, unter anderem vom ZDF und von RTL, ob Sommerfeldt gerade in Ostfriesland sein Comeback feiere.

Weller versuchte, das Gespräch wieder zu versachlichen: »Gerald Hirschfeld ist kein Unbekannter für uns.«

Ann Kathrin und Marion stimmten ihm zu.

Weller fuhr fort: »Er ist in der Szene unter dem Namen Doc Holliday bekannt. Er hat gute Kontakte in die Niederlande. Er war einer der großen Spieler. Angeblich mischt er nicht mehr mit und ist inzwischen seriös geworden.«

Marion Wolters guckte spöttisch, als gäbe es so etwas für sie überhaupt nicht.

Weller sprach weiter: »Van Eeden hat für ihn Mulis besorgt, die Drogen im Körper transportiert haben. Eine junge Frau ist dabei gestorben. Ihr Bruder, ein ehemaliger Kollege von uns, Fabian Link aus Bochum, soll Doc Holliday mehrfach bedroht haben und …«

Ann Kathrin schüttelte den Kopf: »Wir sollten den überprüfen, aber ich glaube, das ist eine Fehlspur.«

»Warum?«, fragte Rieke. »Weil er einmal einer von uns war? Die Presse könnte uns das als Kumpelhaftigkeit, ja komplizenhaftes Verhalten auslegen …«

»Nein«, sagte Ann Kathrin, »nicht, weil er mal bei der Polizei war, sondern weil er offen gegen diesen Gerald Hirschfeld aufgetreten ist. Warum sollte er ihm jetzt heimlich ein Video schicken? Nein, unser Mann arbeitet verdeckt. Er tut so, als würde er im Interesse oder mit Billigung einer höheren Macht arbeiten.«

»Ganz sicher nicht der Staatsmacht«, warf Frau Schwarz ein.

Rupert versuchte, furchteinflößend zu gucken, und setzte sich mit den Fingern Hörner auf: *»Sonst kommt euch der Teufel holen«*, zitierte er.

Weller aß viel zu laut einen Keks, der zwischen seinen Zähnen zerkrachte.

Ann Kathrin wartete, bis wieder Ruhe eingetreten war. »An Ruperts Theorie kann durchaus etwas dran sein.«

Er grinste zunächst Weller, dann Frau Schwarz unverschämt an.

»Bitte«, bat er Ann Kathrin, »fahre nur fort. Wir lauschen gern.«

»Da hat sich im Laufe der Jahre in betroffenen Familien viel Unmut aufgestaut. Sie fühlen sich ungeschützt. Diese verdammten Drogendealer verspotten uns doch. Wir wissen, wo sie es tun, wir wissen, wie sie es machen, und wir kennen die Auswirkungen …«

»Also«, protestierte die Kriminaldirektorin, »ich muss mich jetzt doch mal für die Kolleginnen und Kollegen von der Drogenfahndung stark machen und sie in Schutz nehmen. Die geben täglich ihr Bestes, bis zur völligen Belastungsgrenze …«

»Geschenkt«, warf Weller mit einer abfälligen Handbewegung ein.

»Das tun wir alle«, behauptete Marion Wolters.

»Jedenfalls«, sagte Ann Kathrin, »wenn Ruperts Vermutung stimmt, nimmt da jemand das Recht, oder zumindest seine Vorstellung von Recht, selbst in die Hand und imitiert Dr. Sommerfeldt. Das können wir nicht zulassen. Es gibt ein staatliches Gewaltmonopol.«

»Wir haben«, stimmte Rupert zu, »als Kinder Piraten gespielt oder Cowboy und Indianer.«

Frau Schwarz warf ihm einen tadelnden Blick zu, wie er es sonst nur von Ann Kathrin oder Marion Wolters gewohnt war, wenn er mal wieder Mist redete.

»Oh«, fragte er und hielt sich demonstrativ die Hand vor die Lippen, »habe ich wieder etwas Falsches gesagt? Ich meinte natürlich, *Cowboy und Ureinwohner. Angehörige einer indigenen Volksgruppe.*« Er guckte zu Weller: »Richtig?«

Weller war wenig begeistert.

Rupert setzte zu einer seiner Erklärungen an, mit denen er meist alles nur noch schlimmer machte: »Also, das Wort *Indianer* kommt eigentlich von Kolumbus, weil der Trottel aus Versehen statt nach Indien nach Amerika gesegelt ist. Und als er dann die ersten Menschen sah, hielt er sie für Inder.« Rupert klatschte sich gegen die Stirn und lachte als Einziger.

Frau Schwarz giftete: »Na, hoffentlich haben Sie bei Ihrem Spiel niemanden umgebracht, Herr Hauptkommissar.«

Rupert fühlte sich missverstanden und winkte ab. Dass Ann Kathrin ihm recht gegeben hatte, war Lob genug für ihn.

Ann Kathrin zählte an den Fingern auf, was zu tun war: »Wir können nichts und niemanden ausschließen. Selbst Herrn Bagger, den Vater von Finn-Leandro, dürfen wir nicht von der Liste streichen. Wir müssen Gespräche mit allen Kids führen, die zunächst gegen van Eeden ausgesagt und dann alles widerrufen haben. Ihre Eltern. Ihr Umfeld. Genauso wie ehemalige Kumpels und Geschäftsfreunde von van Eeden. In der Szene wird längst Aufruhr herrschen. Unsere Abteilung sollte mit den Freunden vom Drogendezernat zusammenarbeiten.«

»Freunde«, spottete Marion Wolters.

»Ich mag diese Hippies«, konterte Rupert heiter.

Elisabeth Schwarz gab zu bedenken: »Wir können das, was Kollegin Klaasen vorschlägt, alles gerne machen. Wir müssen, um das in den nächsten achtundvierzig Stunden erledigen zu können, aber unser Personal vervielfachen. Nach achtundvierzig Stunden verringert sich die Chance, den Täter zu überführen, gewaltig, wie ihr alle wisst.« Sie hob Akten hoch, in die sie bisher noch gar nicht hineingesehen hatte, und ließ sie auf den Tisch fallen. »Das wächst uns über den Kopf. Im Grunde ist die Sache viel zu groß für uns. Wir sollten das BKA um Hilfe …«

Weller stöhnte.

Rupert fiel beim Stichwort BKA etwas ein: »Wir sollten auch nicht vergessen, dass hier möglicherweise ein frustrierter Kollege gerade Tatsachen schafft oder sein schlechtes Gewissen beruhigt.«

Die Kriminaldirektorin staunte: »Wie? Schlechtes Gewissen beruhigt?«

Rupert führte seine Gedanken aus: »Na ja, da haben wohl einige Kollegen dem Druck nicht standgehalten und ihre Aussagen bis zur Unkenntlichkeit korrigiert oder sogar widerrufen. Ich stelle mir vor, so etwas lässt einen nicht los. Das ist keine Geschichte, die einen gut schlafen lässt. Es ist«, er suchte das passende Wort, »ein monströses Versagen.«

»Schlecht fürs Karma«, kommentierte Marion Wolters.

Rupert nickte. »Ja, das hält niemand lange aus. Einer hat dann einfach versucht, sich zu erleichtern.«

»Indem er tötet?«, empörte Elisabeth Schwarz sich.

Rupert spielte jetzt den Oberlehrer, der sich darüber freut, dass seine Schülerin es endlich kapiert hat: »Ja, Frau Schwarz. Das ist nämlich so: Der Fromme beichtet. Der Säufer kippt sich einen hinter die Binde. Und ein anderer killt, um sich zu erleichtern.«

Elke Sommer wunderte sich über Ruperts kluge Worte. Sie stimmte ihm zu. »Ich halte es durchaus für denkbar, dass jemand den Mord als eine Art Wiedergutmachung betrachtet, um eine Schande auszuradieren, die er auf sich geladen hat.«

Dr. Sergio Sielmann nannte sich Investor. Er hatte sein Geld mit nicht immer ganz legalen Mitteln gemacht, es in Großstadtimmobilien investiert und, als der Boom kam, alles gewinnbringend wieder verkauft. Jetzt finanzierte er spannende Unternehmungen. Er hatte Geld in zwei Filmproduktionen, einem Event-Management und zwei Weinbergen stecken. Mehrere Gangsta-Rapper sangen und tanzten für ihn, ohne es zu wissen. Er war ein Mann, der gern im Hintergrund die Fäden zog. Er hatte ein paar Musikredakteure in der Tasche, und sie spielten, was er ihnen nachdrücklich empfahl.

Er heilte in der Klinik hinterm Deich seine Divertikulitis aus. Er hoffte, um eine OP herumzukommen. Doch er war auch die ständigen hohen Antibiotikadosen leid. Wenn man Krankheiten für Geld wegkaufen könnte, wäre ihm alleine die Divertikulitis zehn, wenn nicht zwölf Millionen wert gewesen. Aber Dr. Ernest Simmel hatte ihm gesagt: »Man kann Geld nutzen, um es sich leichter zu machen.«

In seiner Position hatte Dr. Sergio Sielmann nicht viele Menschen, mit denen er in Ruhe tiefe Gespräche führen konnte, über das Leben, die Liebe und ob hinter allem vielleicht doch noch ein Sinn steckte.

Sind wir Fressmaschinen in Designeranzügen?, fragte er sich.

Manchmal redete er abends eine Stunde mit Simmel am Kamin oder am Deich. Sie philosophierten miteinander und litten beide am Zustand der Welt.

Sielmann und seine Geschäftspartner hatten schon Waffen in die Ukraine geliefert, als der Bundestag noch darüber stritt.

Aber jetzt hatte er andere Sorgen. Er erschien im Bademantel beim Klinikchef und störte Sommerfeldt eigentlich beim Frühstück. Der saß auf dem Balkon, trank Tee und las die

Tageszeitungen, während er seine Rühreier mit Krabben auf Schwarzbrot genoss.

Sielmann klagte, sein Fahrer und Bodyguard habe per WhatsApp gekündigt und sei abgereist. Er nannte Boris Karpow-Müller abwechselnd *mein Mädchen für alles, den Schönling, mein Faktotum* oder *der Muskelprotz.*

»Zum Glück hat er den Bentley hiergelassen. Ich glaub es ja nicht«, schimpfte Sielmann. »Da haut der einfach so ab! Er schreibt, er habe eine Erleuchtung gehabt und zu Gott gefunden.«

Sommerfeldt bot Sielmann einen Stuhl an und etwas von seinem Krabbenrührei. Sielmann lehnte ab und deutete auf seinen Magen. »Er war mein Mädchen für alles. Eigentlich ein guter Junge. Ein harter Hund. Und dann entdeckt der plötzlich seinen Glauben? Da stimmt doch etwas nicht! Der hat bestimmt ohne mein Wissen Mist gebaut, und jetzt hat er Angst vor der Polizei. Ich habe ihm gesagt, wenn du Ärger mit den Bullen hast, bist du sofort bei mir draußen. So etwas gestatte ich nicht.«

Sommerfeldt winkte Frauke, die auf dem Deich in Richtung Greetsiel joggte. Sie winkte zurück.

»Ach«, sagte Sommerfeldt, »das Wattenmeer ist nicht umsonst zum Weltnaturerbe erklärt worden. Hier finden einige Menschen zu sich. Der Wechsel der Gezeiten hilft, über uns selbst und unsere eingefahrenen Gewohnheiten nachzudenken. Hier kriegen viele den inneren Wandel hin. Die einen nennen das eine Begegnung mit sich selbst, die anderen mit Gott oder dem Teufel. Je nachdem.«

Er schmunzelte. Gestisch bot er noch einmal von dem Rührei an. In der Pfanne auf dem Tisch war noch genug für zwei Personen. Es gab hier Personal und eine sehr gute Küche, aber manchmal bereitete er sich gerne selbst etwas zu. So als müsse er sich erklären, sagte er: »Ich liebe es, Eier in die Pfanne zu hauen – wenn die Zwiebeln schön im Öl rösten. Die Krabben dann dazu …«, er atmete tief ein, »das ist für mich … Leben! Richtig gutes Leben am Meer.«

»Ich würde gerne noch eine Woche verlängern«, schlug Sielmann vor. »Die Massagen tun mir gut und die salzhaltige Luft auch. Ich brauche ein neues Faktotum. Stark genug, mich zu beschützen, klug genug, um mir nicht auf den Keks zu gehen, und es soll sich mit Autos auskennen.«

Sommerfeldt ergänzte: »Und beeindruckend aussehen. Wenn es mit einer Schusswaffe umgehen könnte, wäre das vielleicht auch hilfreich, oder?«

»Sie verstehen mich.«

»Ich würde an Ihrer Stelle auch noch auf gute Manieren Wert legen. Was so einer tut, fällt schnell auf seinen Dienstherrn zurück.«

»Stimmt«, nickte Sielmann. »Saubere Fingernägel sollte so ein Muskelprotz schon haben.«

Sommerfeldt aß Krabben. Er fischte sie aus dem Rührei und verlangte: »Und er sollte wissen, was er anfassen darf und was nicht.«

Tarek, Siggi und Mihailo trafen sich im kleinen Hafen5-Café in Aurich. Es roch nach frisch geröstetem Kaffee. Tarek mochte die *Hafini* so gern. Das waren frisch getoastete belegte Brote.

Siggi aß Räucherlachs.

Mihailo trank nur Wasser und schwitzte. Er hatte Angst, und es gefiel ihm nicht, dass ihm das jeder ansah.

Sie saßen nicht im Café, sondern draußen im Hinterhof unter einem schattenspendenden Sonnendach. Das alles hatte etwas typisch Mediterranes oder auch Ostfriesisches, ganz wie man wollte.

Ein paar lästige Fliegen brummten, angelockt vom Lachs, herum.

Tarek schmatzte. »Solltest du echt mal probieren, Alter. Das Brot wird extra für die hergestellt. Gibt es nur hier.«

Mihailo sah auf seine Fingernägel und kämpfte gegen den Drang, daran zu kauen. Er hatte das in der Therapie bearbeitet und war seit Jahren diese nervöse Angewohnheit aus der Kindheit los. Aber seit er dieses Video bekommen hatte, wurde der Drang, Nägel zu kauen, für ihn unerträglich.

»Das ist Sommerfeldt, ganz klar«, presste er hervor, als würde ihm jemand die Luft abdrücken. Er blickte sich nach rechts und links um und überprüfte den Sitz seiner Waffe.

»Die ostfriesischen Bullen decken ihn nicht nur. Er ist ihr Kettenhund. Der macht uns alle in deren Auftrag fertig, und zum Dank lassen sie ihn frei rumlaufen«, behauptete er.

Siggi nickte und verschlang dann eine Lachsscheibe. Er hielt sie hoch über seinen Kopf und versenkte sie langsam in seinem weit aufgerissenen Mund. Dabei hätte es eine freche Fliege fast zwischen seine Zähne geschafft. Sie entkam im letzten Moment.

Tarek stimmte Mihailo in jedem Punkt zu, wirkte aber weniger ängstlich. »Soll er doch kommen«, tönte Tarek. Er deutete auf die Beule in seiner Jacke. »Er wird die fünfte Kerbe auf meinem Colt.«

Tarek ließ eine Handvoll Kugeln auf den Tisch rollen. Auf jeder stand: *Für Sommerfeldt.*

»Das hier«, prophezeite er, »wird uns zu Legenden machen.«

Mihailo passte die Angeberei nicht. »Einen Scheiß wird das. Wenn wir nicht aufpassen, wird das unsere Beerdigung. Überhaupt – müssen wir uns ausgerechnet hier treffen? In Aurich? Einen gefährlicheren Ort gibt es ja wohl nicht!«

»Doch. Norddeich«, schmatzte Siggi.

Tarek, der sich Mihailo überlegen fühlte, sagte: »Aber weißt du, nur hier bekommt man so gute *Hafini.*« Er biss noch einmal hinein.

Mihailo schimpfte: »Mit deiner großen Fresse kommen wir nicht weiter. Der wird uns umlegen. Ist dir nicht klar, dass hier ein Serienkiller im Auftrag der Polizei, von ihnen logistisch unterstützt, die Drecksarbeit für die Cops macht? Wir sind das Wild, das der jagt.«

Tarek sprach beleidigt, mit breitem Mund: »Logistisch unterstützt …«

»Ja«, behauptete Mihailo, »die lassen den nicht einfach zum Dank frei rumlaufen, die versorgen den mit Infos. Wann wir wo sind. Vermutlich weiß er längst, dass wir uns hier treffen.«

Mihailo stieß Siggi an: »Lass andere doch auch mal zu Wort kommen, du alte Labertasche.«

»Ich hab doch gar nichts gesagt«, verteidigte Siggi sich und aß noch mehr Lachs.

Mihailo stöhnte genervt: »Und was habt ihr vor?«, wollte er wissen.

Siggi sah Tarek an. Der sprach für beide. Er sammelte rasch die Patronen ein, weil andere Gäste kamen und mit ihnen die Bedienung.

Tarek beugte sich vor und flüsterte: »Wir müssen ihn finden, bevor er uns findet. Und dann machen wir ihn kalt.«

Siggi nickte stumm kauend.

»Und wie willst du Schlaumeier das anstellen?«, fragte Mihailo.

Tarek genoss die Aufmerksamkeit. Er nahm einen Schluck Kaffee, stellte die Tasse sorgfältig wieder ab und grinste: »Wir werden ihm eine Falle stellen.«

»Na klasse«, spottete Mihailo, »das nenne ich mal einen Plan.«

Tarek deutete ihm an, er solle leiser sein. Dann erklärte er selbstsicher: »Wir wissen, was ihn anzieht. Wir wissen, wie er denkt. Das ist wie beim Angeln. Wenn du einen Hecht fangen willst, kannst du keine Maiskörner als Köder benutzen.«

»Sondern Fischfetzen oder einen Blinker«, tönte Siggi. Vom Angeln verstand er etwas.

»Die nächsten Tage wird der Herr Doktor nicht überleben«, versprach Tarek. »Wir oder er – das ist hier die Frage.«

Frauke kam aus der Dusche. Sie duftete nach frischen Früchten und rubbelte sich mit einem großen, flauschigen Saunatuch trocken. Das Wort *Nordseeverrückt* war darauf gestickt. Sie ging vom Wohnzimmer auf den Balkon. Auf dem Teppich hinterließen ihre Füße feuchte Abdrücke.

Sommerfeldt machte draußen gerade Liegestütze. Eine Möwe und eine Dohle sahen ihm dabei zu. Sie senkten und hoben die Köpfe, so wie er seinen Körper rauf und runter pumpte.

Er zählte: »Achtundvierzig, neunundvierzig, fünfzig …«

Frauke stand nah bei ihm und blickte zum Deich. Er küsste ihre nackten Füße und guckte zu ihr hoch. Er hatte Lust auf sie. Er sagte es auch.

Sie trocknete sich weiter ab. Sie genoss seine Blicke. Es gefiel ihr, wie sehr er sie wollte. Sie hatte nicht vor, seine Wünsche gleich zu erfüllen. So sehr sie es selbst auch wünschte, wollte sie es doch lieber noch hinauszögern. Das steigerte die Lust meist noch mehr.

Also bot sie ihm eine schöne Show, ließ ihn aber zappeln. Es war ein Spiel zwischen ihnen. Sie spielten es gern.

Er trank gierig ostfriesisches Leitungswasser. Er nannte es *die reine Lebenskraft.* »Wir bestehen bis zu achtzig Prozent aus Wasser«, dozierte er, »deshalb ist es gut, am Meer zu leben, Wasser zu trinken und ab und zu im Regen spazieren zu gehen.«

Die Liegestütze hatten Schweißperlen auf seine Oberarme und zwischen seine Brüste gezaubert. Die Sonnenstrahlen fingen sich darin.

»Ich habe heute einige Patientengespräche. Neuaufnahmen. Danach könnten wir, wenn du Lust hast, nach Groß-Zimmern fahren.«

Sie wunderte sich: »Nach Hessen?«

»Die haben dort eine traumhafte Golfanlage. Sie liegt auf einem Hochplateau mit Blick über den Odenwald. Du kannst beim Spielen zum Spessart gucken und bis zum Taunus. Ein 18-Loch-Platz. Anders als bei uns ist es – sagen wir – leicht hügelig. Ich habe da mal eine Woche im Boardinghouse verbracht, als mir der Boden hier und im Ruhrgebiet zu heiß wurde. War eine schöne Auszeit.«

»Ich habe Termine«, sagte sie knapp und kämmte sich die nassen Haare. Der Wind war ihr Föhn.

»Sag sie ab«, konterte er.

»Die Leute kommen aus Franken, deiner ehemaligen Heimat. Sie wollen hier ein Haus kaufen, und ich habe drei Besichtigungen für sie ausgemacht.«

»Na und? Brauchen wir denn das Geld?«, fragte er grinsend.

»Du nimmst meine Arbeit nicht ernst ...«

»Ja, stimmt. Ich nehme meine auch nicht ernst. Du bist keine Immobilienmaklerin, und ich bin kein Arzt. Wir tun nur so als ob.«

»Aber es ist mehr als Tarnung. Immerhin heilst du die Leute, und ich verkaufe auch in echt Häuser und Wohnungen. Worin besteht eigentlich der Unterschied, ob man nur so tut als ob oder ob man es wirklich macht? Wir machen es doch wirklich.«

Er nahm sie in den Arm und wühlte sich in ihr Saunatuch. Sie küssten sich.

Möwe und Dohle kommentierten das laut.

Unter ihnen fuhr ein Wagen vor, der aus Richtung Norddeich kam. Die zwei gingen ins Haus zurück, um ungestört zu sein.

Sie konfrontierte ihn: »Glaubst du, ich weiß nicht, warum du nach Groß-Zimmern ins Golfareal willst? Das sind sechs, wenn nicht sieben Stunden Fahrt.«

»Ja, aber da kennt uns keiner, da will nicht jemand dauernd etwas von uns, und wir können mal wieder in Ruhe einlochen.«

Sie schüttelte die nassen Haare. Tropfen flogen herum. Einige trafen ihn. Er leckte sie sich vom Handrücken ab.

»Du hast das Handy von van Eeden. Du willst weit weg von Norden, damit wir hier nicht geortet werden können, wenn du es einschaltest. Du wirst in den Großstädten, durch die wir fahren, Köln, Bonn, Mainz, Wiesbaden, Frankfurt ...«, sie brach die Aufzählung ab, »kurz stoppen und da das Handy aktivieren, um die Daten auszulesen, die du brauchst. Oder willst du auch gleich wieder Filmchen verschicken, um Leuten Angst zu machen?«

Er fühlte sich ertappt und freute sich gleichzeitig, weil seine Frau ihn so gut kannte. Ja, er fühlte sich verstanden.

»Stimmt«, gab er zu, »aber ich will auch Golf spielen und mit dir eine schöne Zeit haben.«

So, wie die Kriminalpsychologin Elke Sommer Frank Weller auf dem Flur ansprach, so, wie sie sich hinstellte und ihn anguckte, war ihm nicht klar, ob sie ein dienstliches Gespräch mit ihm suchte oder ob sie gerade dabei war, ihn zu beflirten.

»Wir sollten einmal miteinander reden«, schlug sie vor und weil Rupert ihnen beim Getränkeautomaten zuhörte, fügte sie hinzu: »Allein.«

Rupert schlug gegen den Automaten. »Ja, toll«, schimpfte er, »für meine zwei Euro bekomme ich nur ein digitales Dankeschön? Früher kam wenigstens irgendwas raus. Selten das, was man wollte. Mal Gemüsesuppe, mal 'ne Latte – aber 'n ordentlichen Kaffee gab es hier nur selten. Jetzt sagt der Scheißkasten nur noch *Danke* und das war's?« Er schlug noch einmal dagegen. »Das ist ein Fall für den Staatsanwalt, das Ding!«, fluchte er.

Weller guckte Rupert amüsiert zu. Er hatte das Klicken im Wechselgeldfach gehört. Er wollte ihm zeigen, dass sein Geldstück einfach durch den Schlitz gefallen war.

Elke Sommer deutete an, Weller solle mit ihr kommen und sich nicht um Rupert kümmern.

»Ja, haben wir jetzt ein Date oder was?«, frotzelte Weller und griff an Rupert vorbei zu der Öffnung, über der *Wechselgeld* stand.

Weller fischte das Geldstück heraus, das er darin hatte klimpern hören. »Hast du neulich am Schießtraining teilgenommen?«, fragte Weller.

Rupert nickte.

»Besser, man benutzt die Ohrenschützer auch, Rupert. Der Knall macht einen sonst taub.«

Elke Sommer stieß Weller an. »Gehen wir in dein Büro …«

Weller guckte sich Ruperts Ein-Euro-Münze an. Es war ein silberner Chip für Einkaufswagen. Darauf stand: *Combi.*

Weller drückte Rupert den Chip in die Hand und riet: »Versuch es mal mit richtigem Geld.«

Er ging ein paar Schritte mit Elke Sommer und drehte sich dann noch einmal zu Rupert um: »Euro! Nicht D-Mark!«

»Viel Spaß, ihr Turteltäubchen«, rief Rupert hinter ihnen her.

In Wellers Büro sagte Elke Sommer: »Ich hoffe, wir sind hier eine Weile ungestört.«

»Ja«, erwiderte Weller und fügte vorsichtig hinzu: »Aber Ann kommt bald zurück. Sie führt ein paar Befragungen durch.«

Elke Sommer fummelte am Türschloss herum. »Kann man hier denn gar nicht abschließen?«

»Was soll das werden?«, fragte Weller. »Sex auf dem Schreibtisch?«

Sie lehnte sich gegen die Tür, musterte ihn und begann: »Wenn du jemanden zum Reden brauchst, Frank, dann …«

»Hätte meine Ehefrau immer ein offenes Ohr für mich«, ergänzte er ihren Satz.

Sie warf den Kopf zurück. Sie bemühte sich, dabei nicht beleidigt rüberzukommen. »Du giltst als sehr ruhiger, ja besonnener Vertreter. Du bist als Mann sehr verständnisvoll und gehst, anders als einige deiner Kollegen, sehr respektvoll mit Frauen um. Du bist hochintelligent, stellst dein Licht aber gern schon mal unter den Scheffel –, um diesen alten Ausdruck mal zu benutzen. Du glänzt nicht gern in der ersten Reihe. Alles Angeberische ist dir fremd …«

»Soll das ein Heiratsantrag werden?«

»Ich weiß, dass du verheiratet bist, und wenn man euch zwei miteinander sieht, hat man auch das Gefühl, die Ehe könnte noch eine Weile halten.«

»Bitte, Elke – worum geht es? Versteh mich nicht falsch, du bist wirklich eine attraktive Frau. Aber ich bin nicht nur verheiratet, ich bin sogar glücklich mit meiner Frau. Ich suche nichts für nebenbei. So einer bin ich nicht. Das ist Ruperts Spezialität.«

Sie trat mit dem Fuß auf: »Hör auf mit dem Scheiß. Hast du Lodwijk van Eeden umgebracht?«

Weller lachte laut: »Du verdächtigst mich? Der ist gut! Und ich dachte echt, du gräbst mich an!«

»Das ist nicht witzig, Frank. Du entsprichst genau dem Persönlichkeitsprofil des Täters.«

»Ich?«

»Ja. Du leistest hervorragende Polizeiarbeit, tust aber alles, damit die Ergebnisse Ann Kathrin zugerechnet werden.«

»Ich bin ein Teamplayer.«

»Der Täter tut alles dafür, dass seine Tat Sommerfeldt zugerechnet wird. Er ist nicht auf Ruhm aus. Du giltst, wie bereits gesagt, als besonnen und verständnisvoll. Aber du kannst total ausrasten, wenn es um deine Töchter oder um deine Frau geht.«

»Ja und? So geht es vielen.«

Sie fixierte ihn, als könnte sie mit Blicken seinen Kopf röntgen und seine Gedanken lesen. Er fühlte sich sofort unwohl.

»Im Gegensatz zu vielen anderen kannst du aber mit Waffen umgehen und Spuren verwischen. Du weißt genau, was es bedeuten würde, wenn ein neuer van Eeden auf die Schulhöfe von Ostfriesland losgelassen würde. Du fühlst dich persönlich in deiner Arbeit missachtet und gekränkt, wenn so einer freigesprochen wird.«

Weller seufzte. Er zerknüllte Papier und pfefferte es gegen die Wand. »Ich habe ihn nicht hoppgenommen. Der gehört gar nicht zu unserer Klientel. Das war ein Fall für die Drogen- und Steuerfahnder. Unsere Kunden«, er zeigte auf sich, »sind Mörder oder Totschläger.«

Sie drehte sich plötzlich wie beleidigt weg.

Er nahm nicht an, sie bereits überzeugt zu haben. Er wollte noch etwas Kluges sagen, aber mehr als ein: »Ich war's nicht, Elke, ehrlich!«, kam nicht dabei heraus.

Sie drehte sich zu ihm um und verschränkte die Arme vor der Brust.

Er zeigte auf sie und erinnerte sie an einen Satz, den er sich von einer Schulung *Körpersprache und Gesprächsführung. Die Wirkung beim Gegenüber* gemerkt hatte. Sie selbst hatte den Kurs geleitet.

»*Verschränkt Ihr Gesprächspartner die Arme vor der Brust, bedeutet das nicht unbedingt Ablehnung. Vielleicht schützt sich Ihr Gegenüber auch nur und muss sich selbst zusammenhalten, um nicht zu viel von sich preiszugeben. Manche Menschen stabilisieren sich so. Fahren Sie ruhig fort mit Ihrem Verhör. Vielleicht sind Sie kurz davor, ihn zu knacken. Direkt vor einem Geständnis überkreuzen Verdächtige oft die Arme vor der Brust und pressen sich regelrecht zusammen.* So oder so ähnlich hast du es uns beigebracht.«

Einerseits freute sie sich, dass er so gut aufgepasst hatte.

Die Fortbildung war ja schon gut zwei Jahre her und ihr Part darin nur sehr klein gewesen. Sie hielt viel davon, Polizisten in Körpersprache zu unterrichten. Längst nicht alles wurde mit Worten gesagt.

Andererseits wollte sie sich nicht von ihm analysieren lassen. Sie rieb sich die Oberarme: »Ich mache das, Frank, weil mir in deiner Nähe kalt wird.«

»Hier ist es aber eher schwülwarm«, konterte er und ging zum Fenster, um es zu öffnen.

»Du hast Sommerfeldt immer bewundert«, behauptete sie. »Du magst das, dass einer konsequent sein Ding durchzieht, um Frauen und Kinder zu schützen. Du wärst gern an seiner Stelle.«

Frank Weller atmete am Fenster tief durch. Er ahnte, dass er es bereuen würde, doch er sagte es ihr ins Gesicht: »Ja. So geht es nicht nur mir, sondern vielen Menschen. Aber ich …«, er klopfte gegen seine Stirn, »habe auch genug Grips im Kopf, um zu wissen, was passiert, wenn jeder anfängt, Selbstjustiz zu üben. Dann sind Blutrache, Familienfehden und Gesetzlosigkeiten nicht mehr weit. Ich kann meine Gefühle kontrollieren. Ich bin gegen die Todesstrafe, und ich töte keine Menschen. Ich jage Mörder. Das ist mein Beruf. Der Rest ist Sache der Gerichte.«

Rupert kam mit seinem Kaffeebecher herein: »Stör ich beim Liebesspiel?«, fragte er und zeigte stolz seinen Kaffee vor. »Guckt mal, hat geklappt!«

»Ja, ganz toll«, lobte Weller ihn.

»Und wisst ihr auch, wie ich das gemacht habe?«, tönte Rupert.

Weller riet: »Du hast Geld reingeworfen?«

Elke Sommer verließ den Raum wortlos.

»Ist die Psychotante scharf auf dich?«, fragte Rupert.

Weller holte Rupert runter. »Nein«, sagte er ehrlich, »sie glaubt, es passe zu meinem Persönlichkeitsprofil, dass ich Lodwijk van Eeden getötet habe.«

»Echt?«, staunte Rupert. »Aber du bist doch eher so ein Chai-Latte trinkendes Weichei. Warmduschender Frauenversteher und Literaturliebhaber. Unsere Psychotante hat echt keine Ahnung von Psychologie.«

»Ich trinke keinen Chai Latte«, verteidigte Weller sich. Mit dem Rest konnte er gut leben.«

Tarek, Siggi und Mihailo fuhren auf der Suche nach einem ruhigen Gesprächsort zum Ewigen Meer. Der größte Hochmoorsee Deutschlands bot ihnen genau die Ruhe, die sie suchten. Zumindest hofften sie darauf.

Sie parkten beim Café zum Ewigen Meer. Drinnen gab es gerade eine Ausstellung mit Landschaftsbildern in Öl und Acryl, aber daran hatten die drei Gangster kein Interesse. Sie liefen durch ins Naturschutzgebiet und probierten zunächst aus, ob sie hier Handyempfang hatten.

Sie gingen über morsche Holzbohlen direkt am Wasser entlang. Ein Schild *Durchgang verboten* erfreute sie. Dahinter, so vermuteten sie, wären sie ungestört. Also kletterten sie über die Schranke.

Eine silbergraue Kreuzotter nahm auf den feuchtwarmen Brettern ein Sonnenbad. Das Tier lag zusammengerollt da. Der Kopf war flach, als hätte jemand draufgeschlagen. Das Maul rund.

Siggi glaubte, sie sei tot. Er bückte sich, um sie anzuschauen.

Da stieß sie ihre lange, geteilte Zunge hervor, riss das Maul auf und zeigte ihre Giftzähne.

Siggi sprang zurück und krachte auf den Hintern.

Mihailo zog seine Zastava 99. Niemand sonst benutzte so eine Waffe. Sie ähnelte einer SIG Sauer. Die serbische Polizei nutzte diese Pistole als Dienstwaffe.

»Willst du uns jetzt den Weg freischießen oder was?«, empörte Tarek sich. »Ich denke, wir wollen hier in Ruhe reden, da kannst du ja gleich die Polizei rufen!«

»Glaubst du, ich lasse mich von dem Vieh beißen? Die sind giftig!«

»Gibt es in Deutschland überhaupt Giftschlangen?«, wollte Siggi wissen und kroch mühsam rückwärts. Er kam auf dem glitschigen Weg kaum hoch, wollte aber so viel Abstand wie möglich zwischen sich und die Schlange bringen.

»Mir egal«, tönte Tarek. »Was mich bedroht, muss sterben.«

»Ich denke, ich soll nicht schießen?«, giftete Mihailo.

Tarek zog einen Dolch. »Machen wir es wie Sommerfeldt!«

»Du willst das Vieh doch nicht mit deinem Messer attackieren?! Mensch, das ist viel zu gefährlich!«, behauptete Mihailo.

Während die drei sich stritten, zog sich die in ihrer Ruhe gestörte Kreuzotter zurück. Sie verschwand unter den Holzbrettern.

Siggi jammerte: »Scheiße, ich gehe hier nicht weiter! Wer weiß, wie viele von diesen Viechern noch unter den Brettern sind! Die greifen uns auf einmal an, oder wir fallen in eine Schlangengrube!«

»Schlangengrube«, spottete Mihailo. Er hatte keine Lust, mit Siggi zusammenzuarbeiten. Er galt ohnehin als Einzelgänger. Eigentlich konnte er Menschen nicht leiden. Nur an schönen Frauen fand er Gefallen.

»Wir haben hier Empfang, und hier hört uns keiner«, sagte Tarek. »Wenn die später herausfinden, von wo wir den Anruf abgesetzt haben, kann er hier lange nach uns suchen. Dann fällt er selbst in eine Schlangengrube«, grinste er.

»Du meinst, Sommerfeldt kriegt über unsere Handys heraus, wo wir uns aufhalten?«, fragte Siggi ungläubig.

Tarek tippte gegen seine Stirn: »Denk nach, Alter! Der kriegt alles, was er braucht, von den Bullen. Und die orten Handys mühelos.«

»Brauchen die dafür keinen Gerichtsbeschluss?«, fragte Mihailo.

Tarek reagierte, als hätte er selten so etwas Dummes gehört. »Ja«, sagte er, »im Fernsehen vielleicht.«

»So, dann jetzt raus mit der Sprache: Was ist dein Plan?«, fragte Mihailo.

Tarek wölbte stolz seine Brust. »Ein Freund von mir hat in Norddeich ein Segelboot im Yachthafen liegen.«

»Ich kann nicht segeln«, wehrte Siggi gleich ab.

»Das hat auch einen Motor. Man muss nicht segeln können«, konterte Tarek genervt.

»Aber ich werde auch schnell seekrank«, ergänzte Siggi und machte ein Gesicht, als würde ihm schon bei dem Gedanken daran schlecht.

»Jetzt halt doch endlich mal die Fresse!«, forderte Mihailo scharf und schüchterte Siggi damit tatsächlich ein.

Tarek konnte weitersprechen, ohne von Bedenken unterbrochen zu werden: »Wir werden ihm sagen, dass auf dem Boot ein großer Drogendeal laufen wird, bei dem wir mit dabei sind.«

»Und dann?«

»Er wird aufs Schiff kommen, um dort auf uns zu warten.

Genau so einer ist er. Und dann jagen wir das ganze Ding in die Luft. Ist sowieso meine Aufgabe, mein Freund braucht dringend einen Versicherungsschaden. Einverstanden?«

Seine beiden Gangsterkollegen nickten.

Tarek schickte eine Sprachnachricht auf Lodwijk van Eedens Handy.

Mihailo und Siggi standen bei ihm, sahen ihn aber nicht an, sondern beide guckten nur nach unten auf ihre Füße, weil sie Angst hatten, zwischen irgendwelchen Ritzen würde die Kreuzotter wieder hervorkriechen.

»Lieber Herr Doktor, hier Tarek. Ich habe Ihre Nachricht nur zu gut verstanden. Ich habe mich von allem losgesagt. Ich bin ein anständiger Bürger geworden. Siggi und Mihailo sind die Alten geblieben. Sie bereiten einen großen Deal vor.«

Beide vergaßen jetzt die Kreuzotter und guckten ihn zornig an. Siggi schüttelte nur den Kopf.

»Im Norddeicher Hafen liegt ein Segelboot. Die *Lale Andersen III.* Darauf soll der nächste große Drogendeal laufen. Noch heute Nacht. Sie fahren mit dem Boot aufs Meer raus, in Richtung Eemshaven. Der Deal läuft auf dem Wasser. Ihnen werden dort gut zehn Kilo Heroin übergeben. Wenn sie erfahren, dass Sie den Tipp von mir haben, bringen sie mich um.«

Er schaltete das Handy ab und sah in die empörten Gesichter. »Ja, was guckt ihr so dämlich? Das ist ein genialer Plan, und ihr habt ihm zugestimmt!«

Mihailo zeigte auf Tarek: »Du hetzt ihn auf uns, und du selber bist fein raus und machst dich zu seinem Komplizen?«

Siggi schlug Tarek ansatzlos ins Gesicht. Seine Wange sprang auf, und seine Nase blutete. Auf dem schmalen Holzweg begann ein Boxkampf.

Tarek, der lange als Kickboxer trainiert hatte, versuchte einen Highkick gegen Siggis Kopf. Auf dem glatten Holz rutschte er aus und fiel hin.

Siggi trat ihm in den Magen.

»Hört auf, ihr Arschgeigen!«, schimpfte Mihailo und richtete seine Zastava 99 auf die Kämpfenden. »Das ist genau, was er will: dass wir uns gegenseitig fertigmachen. Im Grunde«, sagte er zu Tarek, »ist dein Plan gar nicht schlecht. Aber wie sollen wir das Ding in die Luft sprengen?«

»Ich habe«, triumphierte Tarek, »genug Plastiksprengstoff im Auto, um einen ganzen Wohnblock hochzujagen.«

Jetzt wunderte sich Siggi über gar nichts mehr. Er stand mit erhobenen Händen, einen Angriff erwartend, fragte aber: »Du bist das? Der diesen Idioten, die die Geldautomaten sprengen, die Mittel besorgt?«

Mihailo grinste: »Oder bist du so tief gesunken, dass du das inzwischen selber machst?«

»Aber wenn das Boot in die Luft fliegt, will ich nicht an Bord sein«, beteuerte Siggi.

Tarek stöhnte genervt und wischte sich Blut von der Oberlippe. »Er wird dabei sein wollen, wenn die beiden Schiffe sich treffen. Er wird auf beiden ein Massaker anrichten, um zu zeigen, dass er wieder da ist. Er will Angst verbreiten.«

»Das gelingt ihm verdammt gut«, sagte Mihailo.

»Er wird sich an Bord verstecken. Da ist Platz genug. Und sobald er drin ist …«, Tarek machte eine große Geste, als würde etwas explodieren. »Boouwwmm!«

Ein paar Tage ohne Klinik und Arbeit reizten Frauke schon. Obwohl all ihre Vermutungen richtig waren, fuhr sie guter Dinge mit ihrem zukünftigen Mann nach Groß-Zimmern.

Sie hörten während der Fahrt das Hörbuch *Totenstille im Watt*, den ersten Teil seiner Biographie. Immer wieder stoppte sie das Hörbuch und fragte ihn: »War das wirklich so?«

Er bestätigte jedes Mal: »Ja. So war es. Wirklich.«

Es gefiel Sommerfeldt, mit ihr den Text zu hören, den er selbst geschrieben hatte. Angeblich waren die Filmrechte verkauft worden, und sie fragte sich schon, wer ihn denn bitte schön spielen sollte. Sie zählte Schauspieler auf. Die Liga, in der sie suchte, sagte etwas über ihn aus, fand er. Er fühlte sich geschmeichelt.

Vom jungen Robert Redford bis George Clooney fielen ihr zahlreiche Namen ein. Es waren fast alles amerikanische Schauspieler, und inzwischen waren sie auch viel zu alt. Doch Sommerfeldt gefiel, mit wem sie ihn verglich und was sie in ihm sah.

In Köln fuhr er von der Autobahn und parkte am Rhein, nah beim Bahnhof. Sie verstand sofort. Wenn der Besitzer des Handys hier geortet wurde, dann konnte er überall sein.

»Du denkst immer noch wie ein Krimineller auf der Flucht«, sagte sie.

»Ich bin ein Krimineller auf der Flucht«, antwortete er.

Er schaltete das Handy ein.

»Woher kennst du den PIN-Code?«

»Ich habe ihn geändert.«

»In 666? The number of the beast?«

»Nein, das war leider zu kurz. In 007666 …«

»Na klasse. Da kommt keiner drauf«, lästerte sie.

Er stellte den Lautsprecher an und hörte mit Frauke die

Sprachnachricht ab. Er freute sich. »Die aufgescheuchte Meute bellt. Sie verraten sich gegenseitig, um sich zu retten. Das ist bei Lumpen so. Wenn sie Angst bekommen, denken sie nur an sich, lassen jeden Kumpel über die Klinge springen, nur um sich selbst zu retten. Loyalität ist für die ein Fremdwort«, sagte er, und in seinem Gesichtsausdruck lag die ganze Verachtung, die er für diese Menschen empfand.

»Und darauf fällst du rein?«, fragte sie fassungslos.

»Worauf?«

»Das ist eine Falle, Mensch! Sie wollen dich an diesen Ort locken, um mit dir abzurechnen.«

Er sah sie ungläubig an.

»Sei nicht so naiv«, forderte sie. Kopfschüttelnd rief sie: »Ich fasse es nicht! Sie wollen bestimmen, wann und wo das Duell mit dir stattfindet. Sie wissen, dass für dich Norddeich dein Revier ist. Hier musst du es als besondere Provokation betrachten. Folglich wollen sie dich dort erledigen, wie ein Stück Wild. Es wird ein Scharfschütze auf dich warten, oder zwei, drei, wenn sie klug sind.«

»Im Yachthafen?«

»Ja, das ist ein guter Ort für Scharfschützen. Mehrere hohe Gebäude. Freies Schussfeld. Du wirst gar nicht lebend bis aufs Schiff kommen. Die Fähnchen an Bord reichen zur Windbestimmung. Es ist nie ganz dunkel, aber es gibt keine irritierende Lichtverschmutzung. Die Verhältnisse vor Ort sind für einen Scharfschützen ideal.«

Sommerfeldt zeigte sich beeindruckt. »Und das bedeutet?«, fragte er nach.

Sie sah ihm fest in die Augen.

»Das bedeutet, dass wir jetzt einfach wie geplant nach Groß-Zimmern fahren und dort in Ruhe Golf spielen, während sich die bösen Jungs in Norddeich hoffentlich den Arsch abfrieren. Es soll heute Nacht an der Küste regnen und ein scharfer Wind aufkommen.«

Sommerfeldt sah auf seine Wetter-App. Starkregen und heftige Böen waren angekündigt. Gar nicht gut für einen Scharfschützen.

»Der Held und sein Wetter«, lachte er. »Eins meiner Lieblingsthemen in der Literatur. Welches Wetter hat der Held und was sagt das über den Autor aus?«

»Häh?«

»Na, liebt der Autor seine Figur, oder hegt er gegen seine Helden unbewusste Aggressionen? Zum Beispiel, weil sie besser sind, als er je werden kann.«

»Bitte«, rief sie, »das hier ist kein Roman! Du bist keine Romanfigur, sondern ein Mensch aus Fleisch und Blut. Die wollen dir ein echtes Loch in den Kopf schießen.«

»Ich bin in der Tat eine Romanfigur«, behauptete er und fügte, als hätte sie es nötig, daran erinnert zu werden, hinzu: »Ich bin sogar eine Bestseller-Romanfigur.«

»Ja, ich weiß, Mensch. Du hast sie selbst geschrieben, und sie erzählt dein Leben. Aber du schreibst jetzt nicht gerade an einer Fortsetzung, sondern das hier findet real statt!«

Sie ärgerte sich, dass sie ihn so belehren musste, aber sie hatte das Gefühl, es sei nötig. Sie kam sich fast vor wie eine Erzieherin, die versuchte, auf einen schwer erziehbaren Jugendlichen einzuwirken.

»Das, was ich in der Trilogie geschrieben habe, ist auch real passiert. Ich erfinde keine Geschichten. Ich erzähle einfach erlebtes Leben … Wenn ich schreibe …«

Es klang sein Bedauern mit, dass er genau das schon lange nicht mehr getan hatte. Seit er mit Frauke zusammen war, fehlte der innere Druck. Er hatte endlich einen Menschen gefunden, mit dem er seine Gedanken und Gefühle teilen konnte. Das Ventil, alles aufzuschreiben, das einmal so wichtig für ihn gewesen war, verlor seine Bedeutung. Das machte ihn einerseits glücklich, andererseits fand er es aber auch sehr schade. Sein Tagebuch, seine Schreibstunden waren viele Jahre lang sein seelischer Ausgleich gewesen. Seine einsamen Selbstreflexionen waren jetzt durch Paargespräche ersetzt worden.

Er machte ein paar Screenshots von Seiten und Listen, die er bei van Eeden interessant fand, und schickte sie auf sein Handy weiter. Er tat es gedankenverloren. Es war wie eine Ersatzhandlung, weil es ihm schwerfiel zu sprechen.

Er deutete ihr an, sie solle schweigen. Dann verschickte er von Lodwijk van Eedens Handy eine Sprachnachricht an Tarek. Er sprach mit dunkler, verzerrter Stimme. Er hatte das lange geübt. Er wusste, wie gruselig er dann klang. So stellten Kinder sich den bösen Mann vor.

»Okay. Ich werde sie mir holen. Und wenn du weiterhin so brav bist, dann verschone ich dich vielleicht, du Wurm. Aber ich beobachte dich! Ich verzeihe keine Fehler. Fürchte dich! Das hilft dir, ein besserer Mensch zu werden. Bei mir gibt es kein …«, er äffte ein heulendes Kind nach, »*tut mir leid … Das wollte ich wirklich nicht … Ich bin nur ein Opfer der Verhältnisse … Ich hatte eine ganz schreckliche Kindheit …*« Er sprach mit seiner furchterregenden Teufelsstimme weiter: »Mich interessiert das einen Scheiß! Ich hole mir dein Herz. Es gibt nichts Schlechtes, außer man tut es …«

Er schickte die Sprachnachricht ab und schaltete das Handy sofort aus.

»Glaubst du, die verstehen deine Anspielung auf Erich Kästner überhaupt? Das sind skrupellose Drogendealer, keine Schöngeister.«

»Ich tue es nicht für Tarek oder die anderen Wichser. Ich tue es für mich. Nur weil wir von Schwachköpfen umgeben sind, müssen wir nicht selbst zu Kulturbanausen werden.«

Er lenkte den Wagen aus der Innenstadt heraus in Richtung Autobahn. Er wollte ohne weitere Diskussionen auf die A 31 in Richtung Ostfriesland.

Als sei alles geklärt, und er suche nur ein spannendes Gesprächsthema, begann er: »Ich frage mich beim Lesen manchmal, warum so viele Autoren ihre Hauptsätze durch ein Komma zum Nebensatz erniedrigen.«

Er machte Frauke damit echt sauer, merkte es aber noch gar nicht.

»Vielleicht«, spottete sie, »wollen sie dem Punkt die Macht nehmen!«

»Aber was hast du denn?«, fragte er. »Ist was? Habe ich etwas falsch gemacht? Dich irgendwie verletzt?«

Sie schnaubte: »Willst du jetzt Smalltalk machen? Es geht um dein Leben!«

»Aber Schönste, das ist kein Smalltalk. Das sind literarische Fragen. Es hat eine große Bedeutung, ob ein Komma zwei Hauptsätze trennt oder …«

»Hör auf«, forderte sie zornig. »Und nenn mich nicht *Schönste*, wenn du dabei bist, dein Leben wegzuwerfen!«

»Das habe ich nicht vor, mein Engel. Ich leiste nur meinen Beitrag zur Verbesserung der Welt.«

Sie stieß heftig Luft aus: »Du wirst also sehenden Auges in die Falle tappen? Dann kann ich statt einer Hochzeit ja wohl besser eine Beerdigung planen.«

»So pessimistisch kenne ich dich gar nicht. Spürst du nicht

auch dieses Kribbeln? Diesen Adrenalinstoß?« Er griff an sein rechtes Bein. »Die Klinge vibriert geradezu an meiner Haut. Sie will gebraucht werden.«

»Du trägst ein Messer im Holster am Schenkel, während wir zum Golf und zur Wellness nach Groß-Zimmern fahren? Für eine kleine romantische Auszeit?«

Er verteidigte sich: »Ich gehe nie ohne mein Einhandmesser.« Er deutete auf die Jackentasche, in der er es ständig bei sich trug.

»Sicher. Und einen Dolch am Schenkel, wie das im Grunde jeder vernünftige Mensch tut.«

»Das ist kein Dolch, sondern ein Wurfmesser«, erläuterte er, machte es damit aber auch nicht besser. »Du weißt doch, wie sehr ich Knallwaffen hasse«, verteidigte er sich.

»Mit *Knallwaffen*«, sie betonte das Wort spöttisch, »werden sie aber auf dich schießen, Schönster.«

Das *Schönster* hörte sich an, als wolle sie mit gleicher Münze zurückzahlen.

Sie fixierte ihn jetzt, um auf seine Reaktion zu achten, während sie vorher aus dem Fenster geguckt hatte, als sei er gar nicht da.

»Sie werden dich aus vier- oder fünfhundert Metern Entfernung mit Präzisionswaffen aufs Korn nehmen. Vom Dach des Hotels Fährhaus aus oder von der Drachenwiese. Wie weit kommst du mit deinem Wurfmesser?«

»Auf zwanzig, dreißig Meter treffe ich sehr genau. Ich liebe allerdings die kürzere Distanz. Vier oder fünf Meter.«

Sie klappte den Sonnenschutz herunter, um in den Spiegel zu gucken und sich selbst ins Gesicht zu sehen. Über dem Spiegel hatte er ein weiteres Messer angebracht. Einen Dolch mit schwarzer Klinge.

»Er liebt die kurze Distanz«, sagte sie zu sich selbst, als hätte sie selten so etwas Lächerliches gehört.

Er hielt sich an die Geschwindigkeitsbegrenzung, fuhr sie aber bis zum Erlaubten voll aus.

»Das ist gut«, lobte er, »sehr gut.«

»Was bitte soll denn jetzt gut sein?«

»Nun, deine kluge Einschätzung der Lage hilft uns. Wir wissen jetzt, wo sie sind. Ich hole mir also erst den vom Dach des Fährhauses. Es ist ja wie ein Aussichtsturm, da hast du völlig recht. Ideal für einen Scharfschützen. Es muss allerdings ein Profi sein, bei dem Wind und der Entfernung.«

Sie stimmte ihm zu: »Es wird ein Profi sein.«

Er schmunzelte: »Dann hole ich mir den auf der Drachenwiese. Obwohl ...«

»Obwohl was?«

»So ein freies Gelände und dazu noch völlig ungeschützt – meinst du wirklich, von dort werden sie es versuchen? Vielleicht wird er doch eher in einem Lkw auf dem Parkplatz sitzen oder auf der Dachterrasse des Restaurants am Yachthafen. Weißt du, das, was wie ein Schiff aussieht ...«

»Ich weiß, welches Restaurant du meinst«, kommentierte sie patzig. »Das Skipperhuus.«

Sie hatte dort ein paar unvergessliche Dinge erlebt.

»Es heißt jetzt anders, ich glaube, Essen & Meer. Aber je nachdem, wo das Segelboot liegt, könnte ein Scharfschütze auch auf dem Utkiek liegen oder auf dem Frisia-Gebäude«, sagte er sachlich.

Sie stellte sich die Situation im Yachthafen vor und ergänzte: »Von der kleinen Polizeistation gleich gegenüber vom Fährhaus ginge es auch. Da drin ist auch die Schiffsmeldestelle oder der Zoll, das weiß ich nicht mehr so genau.«

Er schüttelte den Kopf: »Solche Gebäude meiden die eher. Wohin würdest du gehen?«

Spontan antwortete sie: »Auf das höchste Haus mit der besten Aussicht.«

»Also aufs Fährhaus.«

»Ja, und da ganz nach oben. Oder ich würde nah rangehen. Das wäre dann das Flachdach des Frisia-Gebäudes.«

Sie waren noch nicht beim Rasthof Ems-Vechte, da bestimmte sie: »Okay. Ich übernehme den oben auf dem Fährhaus.«

Er war begeistert: »So gefällst du mir, Geliebte! Ja, das ist meine Frauke! Das ist das schönste Hochzeitsgeschenk, das du mir machen kannst.«

»Dies eine Ding noch«, beteuerte sie und zeigte die zum Schwur erhobenen Finger. »Dann ist endgültig Schluss.«

Er triumphierte: »Andere fahren in die Flitterwochen, wir machen die Welt für alle ein bisschen lebenswerter …«

Sie stimmte ihm zu: »Aber ich brauche eine Knallwaffe auf dem Dach. Mit Schalldämpfer, versteht sich.«

»Wir haben in der Klinik hinterm Deich einiges an Waffen in Reserve«, versprach er.

»Ich weiß. Aber ich würde es auch gerne mal mit einem Bogen versuchen«, überlegte sie.

Er frotzelte: »Ganz nach Belieben. Nur mit Golfbällen musst du erst noch ein bisschen üben.«

Sie fuhren direkt in die Schlechtwetterfront hinein. Ab Emden sah es schon finster aus.

Sommerfeldt wollte vorher noch etwas essen. Frauke bestellte im Fährhaus gleich einen Tisch. Sie fragte nach dem Steinpilzrisotto in Trüffelsauce. Er wollte lieber ein Filetsteak.

Eine Vorbestellung, sagte man ihr, sei nicht nötig. Es sei von allem genug da.

Er kommentierte lachend: »Ein Tisch im Fährhaus. Clever.«

»Dann haben wir es nicht weit«, grinste sie. »Ich fahre mit dem Fahrstuhl hoch, und du gehst zum Hafen rüber. Aber ich will mir vorher noch eine anständige Waffe besorgen.«

Als Weller seiner Frau Ann Kathrin nach Feierabend im Distelkamp von Elke Sommers Verdacht erzählte, tat er es lachend, als sei es ein großer Witz. Doch Ann Kathrin reagierte betroffen: »Und darüber spricht sie mit dir alleine? Sie bezieht in einen begründeten Verdacht weder die Kollegen ein noch mich?«

Weller öffnete eine Weinflasche. Der Korken ploppte heraus. »Ach, komm, Ann – begründeter Verdacht?! Die hat das nur mir erzählt, weil sie es selbst nicht glaubt und sich vermutlich sogar wegen dieser Gedanken schämt.«

Weller verkostete den Wein. Er ließ zwei Zentiliter ins Glas laufen und hielt es schräg. Er drehte es, bis die Innenwand vollständig benetzt war. Er sah den Wein, wie er ölig daran herunterlief. Er betrachtete die Farbe. Der Rand war bräunlich-rot.

Er schwenkte den Wein im Glas mit geschlossenen Augen und roch daran.

Die Farbe schien sich dabei zu ändern. Für Ann sah der Wein jetzt aus wie sauerstoffarmes frisches Blut.

Dann nahm Weller einen Schluck. Sie unterbrach das Ritual nicht. Er fand den Wein vorzüglich, schenkte sich nach und goss auch für sie ein bauchiges Glas voll.

Sie nippte nur höflichkeitshalber daran, stellte das Weinglas dann ab und beteuerte, heute sei ihr nicht nach Rotwein. Außerdem wolle sie noch eine Freundin besuchen.

Der Ausdruck *Freundin* machte ihn sofort stutzig. Üblicherweise sagte sie, wenn sie vorhatte, eine Freundin zu besuchen, deren Namen: *Ich gehe zu Bettina. Zu Monika. Oder zu Rita.* Er wusste dann, wo sie war oder zumindest, mit wem sie unterwegs war. Es spielte zwar keine große Rolle für ihn, er hatte keinerlei Interesse daran, sie zu kontrollieren, denn er selbst hasste es, kontrolliert zu werden. Das hatte er in seiner Kindheit im Übermaß erlebt.

Er ahnte, wohin Ann Kathrin fuhr. Ihre Freundin Rita Trettin, die als Ärztin und Psychotherapeutin in Hamburg eine Praxis betrieb, aber auch in ihrer Heimatstadt Leer eine Wohnung hatte, beriet Ann Kathrin manchmal. Da waren für Weller die Grenzen fließend. Wann redeten Freundinnen über sich und ihre Probleme miteinander und ab wann wurde daraus ein therapeutisches Gespräch?

Er stellte sich vor, dass Ann von Rita wissen wollte, warum Elke Sommer ihr nichts gesagt hatte. Ann versuchte immer, das Verhalten von Menschen zu verstehen.

Er hätte aber nie geglaubt, was Ann dann wirklich tat. Es ging nicht um ihr Verhältnis zu Elke Sommer, sondern sie lud Rita ins Restaurant Pier 23 ein und stellte ihr eine ungeheuerliche Frage: »Kannst du dir vorstellen, dass Frank diesen Lodwijk van Eeden getötet hat?«

Das musste Rita erst einmal verdauen. Mit ihren leuchtend blauen Augen sah sie ihre Freundin an und fragte: »Du verdächtigst ihn? Ernsthaft?«

»Nein, nicht ich. Elke Sommer.«

Rita suchte in der Speisekarte nach einem passenden Getränk. Etwas Alkoholisches schied bei dem Gespräch aus.

»Sie ist eine anerkannte, sehr gute Kollegin«, stellte Rita nachdenklich fest.

»Ja«, bestätigte Ann, »ihre Persönlichkeitsprofile von möglichen Tätern waren oft sehr hilfreich, und sie hat auch Kollegen in Not kompetent geholfen. Gerade nach Schusswaffengebrauch oder anderen schlimmen Erfahrungen.«

Rita nahm einen *Charlie Brown.* Mango. Orange. Limette. Mandel.

Ann Kathrin hatte noch gar nicht in die Karte geguckt und sagte einfach: »Ich nehme das Gleiche. Und eine große Flasche Wasser dazu, bitte.«

Es klang ein bisschen, als sei ihr völlig gleichgültig, was an den Tisch gebracht werden würde. Sie empfand es fast als lästig, überhaupt aussuchen und bestellen zu müssen.

Der alkoholfreie Drink wurde hinter der Theke gemischt, während Rita freiheraus sprach, vorsichtig genug, um Ann nicht zu verletzen, aber doch die Frage ernst nehmend: »Frank und Dr. Bernhard Sommerfeldt haben in der Tat viel gemeinsam.«

Ann Kathrin war sofort elektrisiert.

Rita fuhr fort. Sie begann bewusst mit harmlosen Eigenschaften: »Sie lieben beide die Literatur. Sie können sich folglich, wie alle Leser, sehr gut in andere Menschen oder Romanfiguren hineinversetzen.«

Ann nickte.

Die Getränke wurden gebracht. Rita probierte und war einverstanden. Ann Kathrin rührte ihr Glas nicht an. Rita nickte der Kellnerin zu und goss Ann selbst von dem Wasser ein. Die Kellnerin war aufmerksam und rücksichtsvoll genug, um zu begreifen, dass die beiden Frauen in Ruhe miteinander reden wollten.

Rita setzte ihre Aufzählung fort: »Frank hatte, wie Sommerfeldt, keine ganz leichte Kindheit. Bei ihm war es der überstrenge Vater, bei Sommerfeldt die dominante Mutter.«

Für Ann Kathrin stimmte das alles.

»Beide hassen Verbrechen gegen Schwächere. Sie wollen Frauen und Kinder beschützen. Das ist ein archaischer Instinkt bei ihnen. Vielleicht weil sie selbst als Kinder nicht beschützt wurden. Frank wurde deshalb Polizist. Er jagt, simpel gesagt, die Bösen. In der Mordkommission hat er es hauptsächlich mit männlichen Tätern zu tun.«

»Ja«, nickte Ann Kathrin, »Gewaltverbrechen werden meistens von Männern begangen. Das sieht man auch unschwer in unseren Gefängnissen.«

Rita blätterte in der Speisekarte. Draußen prasselten dicke Regentropfen, mit Hagel durchmischt, auf die Straße.

»Aber es gibt auch große Unterschiede zwischen ihnen. Frank schiebt sich nicht gern in den Vordergrund. Da ist er ganz anders als Sommerfeldt. Der hinterließ von Anfang an bei seinen Taten einen deutlichen Stempel. Er wollte, dass ihm die Morde zugerechnet wurden. Ja, er war in gewisser Weise stolz darauf. Er litt sogar darunter, sich zunächst nicht offen dazu bekennen zu können. Deshalb schrieb er alles auf.«

»So entstand die Trilogie.«

»Genau.« Unvermittelt fragte Rita: »Magst du Sushi?«

»Nun, jetzt nicht. Mir ist richtig kalt innerlich. Wenn überhaupt etwas, dann lieber eine Suppe. Aber erzähl weiter, Rita. Es ist total spannend für mich, wie du das siehst.«

»Natürlich empfindet es im Grunde jeder Ermittlungsbeamte, der seinen Job mit Leidenschaft macht, als narzisstische Kränkung, wenn so jemand wie Lodwijk van Eeden freigelassen wird. Einzelne Zeugen werden terrorisiert und eingeschüchtert. Das muss Menschen wie Frank zur Weißglut reizen. Aber ich glaube trotzdem nicht, dass er es war.«

»Warum nicht?«

»Weil es bei allen charakterlichen Veranlagungen und emotionalen Schwierigkeiten immer noch etwas gibt, das wir nicht unterschätzen dürfen: den freien Willen des Menschen. Seine Gefühle schreien vielleicht: *Bring ihn um,* aber sein Verstand sagt ihm: *Es ist falsch.* Und dann fällt der Mensch eine Entscheidung.«

Ann Kathrin dachte eine Weile nach. Sie rührte dabei in ihrem Drink, immer noch, ohne ihn zu probieren. »Aber wenn sein Verstand sagt, *es ist richtig,* was dann?«, fragte sie heiser.

»Das glaube ich nicht, Ann. Dein Frank ist ein glücklicher Mann. Er liebt dich wirklich. Das sieht jeder, der euch beide miteinander erlebt. Er würde all das nicht aufs Spiel setzen. Er weiß, dass fünfundneunzig Prozent aller Morde aufgeklärt werden. Er will bei dir bleiben. Er will in Ostfriesland leben, denn er braucht den freien Zugang zum Meer. Keine Gefängnismauern. Er hat viel zu verlieren. Dich. Zwei Töchter. Einige gute Freunde … Nein, Ann, sein Verstand wird ihm sagen: *Lass es!*«

Ann Kathrin war zum Heulen zumute. Sie empfand ihrer Freundin gegenüber Dankbarkeit. Sie nahm einen Schluck von ihrem Drink und setzte das Glas hart wieder auf dem Tisch ab. »Jetzt«, sagte sie entschlossen, »habe ich aber doch Hunger.«

Rita schob ihr noch einmal die Speisekarte rüber.

Die Kellnerin, die die zwei beobachtet hatte, verstand das Signal und kam an ihren Tisch.

Maximilian Bagger hätte nicht sagen können, was der Auslöser gewesen war, aber etwas änderte sich plötzlich. Gegen 21 Uhr entschied er sich, sein Leben wieder in die Hand zu nehmen und sich nicht aufzugeben. Er würde kämpfen um alles, was ihm geblieben war, und er würde versuchen, seiner gemütskranken Frau eine Stütze zu sein. Er wusste noch nicht, ob er stark genug dafür war, aber sie brauchte ihn. Sie hatte jeden Halt verloren.

Er begann damit, das 400-Liter-Becken zu reinigen. Er wäre noch nicht in der Lage gewesen, es neu zu besetzen, aber er fing schon mal die toten Fische heraus und reinigte die vermoosten Scheiben des Aquariums.

Es kam ihm so vor, als würde er das Grab seines Sohnes pflegen. Er sprach mit Finn darüber: »Guck mal, wie die Pflanzen wuchern. Die Wasserpest vermehrt sich selbst in der Brühe noch wie blöde. Wahrscheinlich sind es für die Wasserpest sogar ideale Bedingungen.«

Er hörte Finn-Leandro antworten, als würde sein toter Sohn lebendig im Raum stehen. Er hatte den Satz schon mehrfach zu ihm gesagt, damals, als alles noch gut war und es Finn gefiel, seine Eltern zu belehren, weshalb seine Mutter ihn manchmal scherzhaft *Herr Professor* nannte.

»Die kanadische Wasserpest heißt zwar Wasserpest, ist aber eine sehr nützliche Pflanze, weil sie viel Sauerstoff produziert. Sie müsste eigentlich Wasserglück heißen.«

Das war der Moment, in dem Maximilian Bagger begriff, dass er seinen Sohn in sich hatte. Viele gute Momente, viel Lebendiges war in ihm gespeichert. Er konnte Finn hören, riechen, ja ihn sehen. Er wusste, dass sein Kind tot war, doch er spürte, dass diese Aquarien eine Brücke waren in eine Welt, in der Finn sich jetzt aufhielt.

Er würde wieder die Schmuckstücke daraus machen, die sie einst gewesen waren. Funktionsfähige Lebensräume. Gepflegt, gehegt und umsorgt.

Er hörte sich selbst rufen: »Und das Meerwasseraquarium richten wir auch ein, Finn! Mit Fächerkorallen, Anemonen und …« Er ließ die Tränen zu: »Ich werde auf unsere Unterwasserwelt besser aufpassen, als ich es bei dir getan haben, Finn. Versprochen. Ich werde nicht noch einmal versagen. Nicht noch einmal …«

Er war jetzt voller Pläne und Aktivitäten. Er begann, den Scherbenhaufen seines Lebens als Puzzlespiel zu begreifen, das er wieder zusammensetzen wollte, auch wenn ein paar wichtige Teile fehlten.

In der ganz schlimmen Zeit war es gewesen, als ob ihn alle Menschen meiden würden. Kaum jemand verstand mit der Sache umzugehen. Ihre Verhaltensunsicherheit hielt die Menschen fern, als hätte er plötzlich eine ansteckende Krankheit. In seiner Gegenwart verstummten Gespräche beim Bäcker oder in der Schlange im Supermarkt, sobald er sich dazustellte.

Doch ausgerechnet jetzt, da er begann, den Kopf aus der dunklen Brühe des Lebens hochzurecken, klingelte es. Er fühlte sich gestört und blickte durch den Spion. Er rechnete mit der Kommissarin. Kam sie jetzt doch, um ihn zu holen?

Doch vor der Tür stand Wilko Schmidt. Der junge Lehrer, den Finn gern *Will Smith* genannt hatte. Bevor er ihn zum ersten Mal bei einem Elternabend sah, hatte er geglaubt, der Mann sei ein Schwarzer. Er hatte es ihm gesagt, und gemeinsam konnten sie darüber lachen.

Mit ihm hatte er Gespräche über seinen Sohn geführt. Wilko Schmidt war ein Guter, so hatte er damals gedacht. Einer, der ihm helfen und gegen die Drogendealer hart zu Felde ziehen wollte. Doch das waren alles nur Lippenbekenntnisse gewesen. Als es ernst wurde, war aus dem Actionhelden wieder ein ganz normaler Schisser geworden. Wilko Schmidt, der alle Aussagen zurückzog. Galoppierende Gedächtnislücken klafften in seinem Gehirn auf.

Finn hatte den Schauspieler Will Smith besonders in Men in Black-Filmen geliebt. Da arbeitete er bei einer geheimen Behörde, die darauf spezialisiert war, Jagd auf außerirdische Bösewichte zu machen, ohne dass die Welt davon erfuhr. Er und Tommy Lee Jones schützten die Menschheit, ohne dass diese auch nur eine Ahnung davon hatte.

Eine Weile hatte es so ausgesehen, als würde Wilko Schmidt im richtigen Leben zu Will Smith werden, und, statt Aliens zu bekämpfen, die nach der Weltherrschaft strebten, jetzt und hier seine ihm anvertrauten Schüler vor Giftspritzen schützen. Leider hatte er kläglich versagt.

Maximilian Bagger wollte sich keine Erklärungen oder Entschuldigungen anhören. Da halfen ihm die Zierfische besser. Aber Wilko Schmidt sah nicht so aus, als ob er vorhatte, hier zu Kreuze zu kriechen. Im Gegenteil. Er wirkte wild entschlossen, wie jemand, der bereit war zu handeln. So mussten friesische Krieger geguckt haben, wenn sie mit ihrem Spruch *Lever dood als Slav* um ihre Freiheit kämpften.

Er trug einen Kapuzenpullover – von Finn vermutlich *Hoodie* genannt –, auf dem stand: *Eala Frya Fresena.* Steht auf, ihr freien Friesen.

Maximilian Bagger öffnete und dämpfte die Stimmung gleich, indem er auf den Kapuzenpullover zeigte und sagte: »Den hätten Sie mal besser im Gericht getragen. Aber da haben Sie ja stattdessen diesen Anpasseranzug angehabt mit der dämlichen Lederkrawatte.«

»Es ist mir alles so unendlich peinlich«, beteuerte Wilko.

»Und jetzt kommen Sie, um sich zu erleichtern, und wollen Absolution von mir, oder was?«

»Nein, Herr Bagger, wirklich nicht. Ich kann verstehen, dass Sie enttäuscht von mir sind. Ich bin ja selbst enttäuscht von mir. Aber ich habe etwas, das vielleicht weiterhilft ...«

»Mein Sohn ist tot. Der Mann, der ihn auf dem Gewissen hat, auch. Was soll mir bitte schön weiterhelfen?«

»Ich weiß. Aber ich habe Gespräche mit Finn geführt ...«

»Hat ja nicht viel genutzt.«

Wilko Schmidt sah auf seine Füße. »Finn hat mir so einiges erzählt. Lodwijk van Eeden war eigentlich ein kleines Licht. Hier ein König, keine Frage. Aber schon in Bremen oder Hamburg kannte den keiner mehr. Erst recht nicht in Hannover oder – ach ...«, er winkte ab, »das spielt ja eh keine Rolle.«

»Ja«, sagte Maximilian Bagger abwartend, »was soll's.«

»Bitte lassen Sie mich rein.«

Widerwillig trat Maximilian Bagger beiseite und ließ den Lehrer seines verstorbenen Sohnes ins Haus. Er hätte den plötzlichen Schwung und aufkeimenden Lebensmut lieber ausgenutzt, um die Aquarien zu reinigen. Noch im Flur zeigte Wilko Schmidt das Display seines Handys vor. Ein Foto von einem Mann mit teigig verfettetem Gesicht, offensichtlich an Bord eines großen Segelschiffes, war darauf zu sehen.

»Was soll das?«

»Finn sagte mir, das sei der große Boss. Er hat das Bild selbst gemacht, glaube ich. Jedenfalls habe ich es von ihm.«

Maximilian Bagger nahm das Handy und sah sich den Mann genau an. »Und warum haben Sie das nicht der Polizei gesagt?«

Wilko verzog den Mund. »Oh, das habe ich getan. Hat aber

nichts gebracht. Der Beamte hat mir ins Gesicht gegrinst und das überhaupt nicht ernst genommen. Ein Foto von einem x-beliebigen dicken Mann. Kein Name. Keine Adresse. Kein konkreter Verdacht. Das könne eine grundlose Beschuldigung sein, hat er mir gesagt. Ein süchtiger Jugendlicher schützt seinen Dealer, von dem er vollständig abhängig ist, und zeigt seinem Lehrer irgendein Foto, nur um ihn loszuwerden. Das Ganze sei ohne jede Beweiskraft.«

Maximilian Bagger zuckte resigniert mit den Schultern, als hätte er eh nichts anderes erwartet: »Und natürlich hat sich niemand darum gekümmert und weiterermittelt.«

»Natürlich nicht.«

»Und was soll das Ganze dann jetzt bringen?«

»Wir könnten die Person suchen und ihr die Hölle heißmachen.« Wilko packte sein Gegenüber an den Schultern und rüttelte den Mann: »Ich bin dabei, verstehen Sie? Ab jetzt mache ich mit. Ich kann nicht selbst töten. Das schaffe ich nicht. Im Herzen bin ich immer noch Pazifist. Aber ich will auch nicht länger zusehen. Ich helfen Ihnen. Ich kann zum Beispiel recherchieren. Dinge vorbereiten. Ihnen ein Alibi geben oder …«

Maximilian Bagger lachte bitter: »Ach, Sie glauben auch, dass ich es war?«

Wilko guckte entschlossen. »Ich bereue meine Untätigkeit, Herr Bagger. Ich habe mich ins Bockshorn jagen lassen. Ich will kein Schisser mehr sein. Ich bin Ihr Mann! Ich!«

»Gut. Sie können mir helfen, die Aquarien sauber zu machen. Viel mehr ist nicht drin.«

Wilko Schmidt stand beleidigt herum. Er befürchtete, dass die Luft bei ihm schon wieder raus war. Ich halte nicht den geringsten Widerstand aus, dachte er. Ich bin so schrecklich leicht zu frustrieren. Aber einen Versuch machte er noch: »Sie können mir vertrauen, Herr Bagger. Wirklich.«

»Ich vertraue nicht mal mehr mir selbst«, entgegnete Maximilian Bagger.

Sie parkten hinter dem Regina Maris und gingen zu Fuß durch den Nieselregen zum Fährhaus. Sie konnten so die Gegend checken, und ihr Auto befand sich nicht im Fadenkreuz möglicher Scharfschützen.

Sie bewegten sich auf der dem Meer zugewandten Seite des Deiches vorwärts. Die Buhnen waren überflutet. Der Wind peitschte die Wellen weit über die Sitzstufen an der Wasserkante. Vom barrierefreien Zugang zum Watt war nichts mehr zu sehen. In den Salzwiesen klebte Gischt, als seien kleine Wolken vom Himmel gefallen. Einige Strandkörbe waren umgeweht worden. Blitze gabelten sich über dem Wasser und ließen Juist aussehen wie eine versunkene Insel, die kurz – einer Fata Morgana gleich – aus dem dunklen Nichts aufgestiegen war, nur um gleich wieder zu verschwinden. Mehr optische Täuschung als real existierender touristischer Sandhaufen.

Es war eine Vollmondnacht. Jeder war jetzt froh, irgendwo im Trockenen zu sitzen und das Naturschauspiel beobachten zu können.

Sommerfeldt und Frauke betraten fröhlich, aber völlig durchnässt, das Restaurant Fährhaus. Man kannte sie. Sie waren schließlich nicht zum ersten Mal hier. Sie bekamen ihren Stammplatz beim Fenster. Von hier aus konnten sie die ankommenden Gäste, den Parkplatz und die Polizei gegenüber sehen. Da war um diese Zeit schon lange niemand mehr. Warum auch? Wer den Küstenstreifen sichern wollte, brauchte keinen großen Schreibtisch, sondern wache Augen, ein schnelles Auto und am besten noch ein Motorboot. Bis auf die wachen Augen fehlte hier so ziemlich alles.

Die zwei tranken Pfefferminztee und Mineralwasser. Sie saßen sich gegenüber und aßen gierig. Damit der Körper mit Regen und Wind fertigwurde, brauchten sie Energie.

Für Sommerfeldt war das blutige Steak eine Art Vorfreude auf das, was er kommen sah. Er musste sich beherrschen, sonst hätte er Stücke davon mit seinem Einhandmesser abgesäbelt oder es einfach mit den Händen gegessen. Er unterdrückte den Impuls, es vom Teller zu nehmen, festzuhalten und einfach reinzubeißen. Stattdessen benahm er sich zivilisiert und benutzte das Steakmesser.

Frauke lobte ihr Steinpilzrisotto und beobachtete ihn. Er kaute auf dem Steak herum, als würde er einem Gegner mit den Zähnen Fleisch aus dem Körper reißen.

Etwas an ihm, dachte sie, ist wild. Nicht domestiziert. Es ist ein sehr alter Teil seiner Persönlichkeit. Er hat etwas Tierisches an sich. Es scheint nicht oft durch. Es ist überlagert von Bildung, guten Manieren, Sachverstand und seinem Charme. Aber es ist immer da. In seinem antizivilisatorischen Hochmut blitzt es manchmal auf, zum Beispiel, wenn er über Bürokratie redet. Vielleicht lebt er deshalb so gern an der Küste. Nicht nur weil er im Herzen ein Freibeuter ist, sondern weil er die Naturgewalten spüren will, um zu fühlen, wer er selbst ist.

»Wenn wir einen Fehler machen«, mahnte sie, »könnte dies unsere Henkersmahlzeit sein.« Sie stocherte in ihrem Risotto herum und wischte einen Steinpilz heraus.

Er zog sein Hemd am rechten Ärmel ein Stück zurück.

»Ich liebe es«, erinnerte er sie.

Er krempelte den Ärmel ruhig auf und deutete auf seine Haut: »Jetzt fühle ich das Leben. Es kribbelt überall.«

Sie gab ihm ungern recht, aber sie tat es: »Es ist ein bisschen«, sagte sie, »wie beim Roulette, wenn man sein Geld auf eine Zahl gesetzt hat und die Kugel rollt. Nur viel intensiver. Existenzieller.«

Sie war als Miet-Ehefrau mit zwei Spielern zusammen gewesen und hatte sie oft ins Casino begleitet. In pompös edle Säle in Wiesbaden, Baden-Baden oder Monte Carlo, aber auch in üble Spelunken, wo illegale Pokerspiele liefen.

Sie erinnerte sich gern an die Nächte am Roulettetisch. Sie hatte hier einige tausend Euro abgeräumt. Sie spielte gern mit den großen, viereckigen Chips. Nicht mit den runden für zehn, zwanzig oder fünfzig Euro.

Sie stellte sich Sommerfeldt am Spieltisch vor. Würde er den Croupier mit dem Messer kitzeln, wenn nicht die von ihm erhofften Zahlen kamen? Oder würde er alles dem Schicksal überlassen?

Sie schätzte ihn so ein, dass er seinem Glück gern schon mal auf die Sprünge half, wenn es ihm nicht freiwillig hold war.

Sie gestand sich ein, dass auch sie selbst sich auf eine positive Art energiegeladen fühlte. Es war ein Kribbeln auf der Haut und im Körper. Die Angst und der Tatendrang gleichzeitig schufen ein vibrierendes Lebensgefühl. Ja, da war schon etwas dran. In der Gefahr spürte man sich. Alles wurde intensiver.

Sommerfeldt bewegte die Arme, als würde er einen Golfschläger halten und im Sitzen einen Pitch ausführen.

»Das ist jetzt der spannende Moment, direkt nach dem Abschlag, wenn du dem Ball hinterherschaust und hoffst, ihn nah an die Fahne zu bekommen, oder wenigstens aufs Grün.«

»Wir könnten auch Bungeejumping machen, wenn es dir nur um den Kick geht«, sagte sie.

Er schüttelte den Kopf und lächelte darüber. Er schob sich ein großes, heißes Fleischstück zwischen die Zähne, kaute und sprach mit dem blutigen Fleischsaft auf den Lippen: »Es geht doch nicht nur um dieses Lustgefühl. Die Erregungsspitze ist wesentlich mit so einem Sprung identisch, das glaube ich schon. Aber mir geht es auch um die Sinnhaftigkeit, nicht nur um das Freisetzen von Stress und Glückshormonen.«

Sie diskutierten und vergaßen fast, warum sie gekommen waren.

Frauke guckte fast verschämt auf die Uhr. Manchmal schien die Zeit stillzustehen oder gar nicht mehr zu existieren, wenn sie miteinander redeten. Sie wurde zu einer unwichtigen Zahl. Beim Lesen passierte das auch manchmal, wenn sie sich liebten oder beim Sport.

»Ich sollte mal aufs Dach. Wir wollen doch nicht das Auslaufen des Segelboots verpassen.«

Er zwinkerte ihr zu und deutete auf sein rechtes Ohr. »Hol ihn dir und halte mich auf dem Laufenden.«

Sie verließ den Tisch. Ihr Teller war restlos leer. Er bat um die Rechnung.

»So ein Scheißwetter!«, schimpfte Siggi. »Ich hole mir noch den Tod!«

Mihailos Wolfskin-Regenjacke war durchnässt. Er trug darunter noch eine Daunenjacke und einen Pullover. Das nutzte ihm aber nicht viel, denn seine Puma-Laufschuhe hatten sich voll Wasser gesogen. »Das ist gar nicht gut für meine Prostata.

Ich habe gerade erst eine Antibiotikabehandlung hinter mir, und das Zeug schlägt mir immer auf den Magen«, beschwerte er sich.

Sie waren auf dem Frisia-Gebäude Wind und Regen ungeschützt ausgesetzt. Sie konnten die *Lale Andersen III* im Hafen hin und her schaukeln sehen. Bei dem Wetter war kein Mensch unterwegs.

Siggi nieste: »Können wir nicht in einer Kneipe warten? In einem warmen Restaurant oder wenigstens in einem Hotelzimmer?« Er zeigte zum Fährhaus. Einige Zimmer dort waren erleuchtet. »Warum haben wir uns nicht da eingemietet? Wir hätten uns doch ein Zimmer nehmen können! Wir könnten das Scheißschiff auch von dort aus beobachten. Aber nein«, fluchte er, »wir müssen uns ja auf diesem Dach den Arsch abfrieren.«

»Haltet endlich die Fresse«, tönte Tarek. »Ihr seid wirklich Weicheier. Das bisschen Regen!«

Er fror selbst, aber er gab es nicht zu. Er trug einen gelben Ostfriesennerz. Diese Plastikjacke schützte ihn gut, aber er war darin sehr auffällig. Während Siggi und Mihailo mit ihren schwarzen Klamotten fast unsichtbar wurden, glänzte er im Vollmondlicht.

Tarek zeigte die Fernbedienung für die Sprengladung. Sie hatte viel Ähnlichkeit mit Mihailos Fernbedienung fürs Fernsehen. »Wir müssen so nah ran, damit das Ding funktioniert. Bei großer Entfernung geht das nämlich nicht«, erklärte er nun schon zum dritten Mal.

Mihailo war immer noch sauer und akzeptierte diese Ausrede nicht: »Ja klar! Ich kann mit meiner Fernbedienung auch nicht das Fernsehen von meinem Nachbarn umschalten –, obwohl ich das manchmal gern tun würde. Aber sag mir eins, du Intelligenzbestie: Warum lösen wir die Zündung nicht mit einem Handy aus?«

»Genau«, rief Siggi. »Das hab ich mal im Kino so gesehen. Das geht ganz einfach!«

Tarek blaffte ihn an: »Ja! Im Kino! Aber der Typ, der mir den Auftrag gegeben hat, hat mir die Fernbedienung gleich mitgegeben. Glaubst du, ich bastle an der Bombe rum?«

»Der wollte dich nur verarschen«, lästerte Mihailo und fügte hinzu: »Und warum müssen wir uns hier zu dritt nass regnen lassen? Reicht es nicht, wenn nur einer die Fernbedienung drückt?«

»Stimmt«, freute Siggi sich und schielte schon zum Fährhaus rüber.

»Schnauze! Da kommt einer!«

Sie legten sich flach auf das nasse Flachdach, um nicht gesehen zu werden. Lagen praktisch in einer zentimeterhohen Pfütze.

Mihailo flüsterte: »Ist er das?«

»Keine Ahnung. Vermutlich ist es nur einer, der gern bei so einem Schietwetter spazieren geht. Vielleicht braucht der dringend einen Krankenschein und denkt sich, bei dem Wetter kann man leichter drankommen«, maulte Siggi.

»Wenn er in die *Lale Andersen III* steigt, ist er es, und wir sind in null Komma nix das Problem los«, ermunterte Tarek die anderen.

Mihailo kroch so weit vor, dass er das Schiff sehen konnte. »Hauptsache, die brennenden Wrackteile fliegen uns nicht um die Ohren. Ich würde nicht gern so einen Mast an den Kopf kriegen. Weißt du, was solche Dinger wiegen? Wir sind viel zu nah dran.«

In dem Moment lief es Tarek heiß und kalt den Rücken runter: »Hoffentlich ist die Fernbedienung nicht nass geworden«, sagte er sorgenvoll.

Sommerfeldt war ein geübter Fassadenkletterer. Er liebte zwar das flache Land, aber er ging – um fit zu bleiben – immer wieder in Kletterhallen. Beim letzten Mal hatte er ein, zwei Stunden an der Boulderwand im Fitnesspark in Delmenhorst trainiert. Häuserwände mit Fenstervorsprüngen, Balkonen, Feuerleitern, Dachrinnen und Abflussrohren waren für ihn eigentlich kein Problem, sondern eher eine sportliche Herausforderung.

Aber bei dem Regen aufs Utkiek zu kommen, war nicht ungefährlich. Das Restaurant am Deich war auf einen ehemaligen Bunker gebaut worden. Alles war jetzt glatt und glitschig.

Als er es endlich geschafft hatte, piepste es in seinem Ohr. Er hörte über einen kleinen Ohrstöpsel Fraukes Stimme: »Hier oben auf dem Fährhaus ist niemand. Aber ich kann sie sehen. Es sind drei. Einer trägt einen gelben Ostfriesennerz. Sie sind auf dem Dach des Frisia-Gebäudes.«

Er meldete: »Auf dem Utkiek auch Fehlanzeige. Wieso sind die zu dritt auf dem Frisia-Gebäude statt verschiedene Schussrichtungen zu nutzen?«

»Keine Ahnung«, lästerte Frauke, »vielleicht fürchtet sich jeder alleine.«

»Welche Waffen haben sie?«

»Kann ich bei dem Regen nicht erkennen. Ich sehe alles wie durch einen Schleier. Ich komme runter. Wir knöpfen sie uns gemeinsam vor.«

»Nein, bitte bleib oben. Behalte den Überblick, damit ich

später nicht in irgendeinen Hinterhalt laufe oder wir noch eine Überraschung erleben.«

Das sah sie ein. »Und was hast du jetzt vor?«

»Jetzt spiele ich Hemingway auf Großwildjagd.«

»Pass auf dich auf.«

»Sind sie wirklich nur zu dritt?«

Manchmal wusste sie nicht, ob er einfach großspurig daherredete oder ob er wirklich glaubte, was er sagte. Sie ermahnte ihn zur Vorsicht: »Das sind Profis, Ernest.«

Er lachte. »Ja, im Lügen und darin, Drogen an Kinder zu verkaufen. Vielleicht auch noch im einarmigen Bierglas-Stemmen. Aber Profikiller sind das ganz sicher nicht, so dämlich, wie die sich benehmen. Zu dritt auf dem Dach!« Er bekam sich kaum ein: »Alle kleben aufeinander, und einer trägt auch noch einen Ostfriesennerz, damit er ja im Dunkeln nicht übersehen wird …« Er lachte.

Langsam kraxelte er vom Utkiek wieder runter. Er kam am Fenster einer Ferienwohnung vorbei. Eine Familie in kuschligen Schlafanzügen guckte einen Krimi im ZDF. Sie ahnten nicht, was über ihnen und neben ihnen gerade stattfand. Ganz ohne Filmmusik, schlecht beleuchtet, dafür aber in echt.

»Beobachte sie bitte. Sehen sie mich?«

»Nein, sie gucken alle drei in Richtung Hafen. Sie glauben vermutlich ernsthaft, du würdest gleich das Schiff betreten. Vielleicht wartet darin ein Empfangskomitee, und sie wollen dich in die Zange nehmen …«

»Der Typ ist verschwunden«, klagte Mihailo. »Der ist einfach weg.«

»Vielleicht gehört ihm eins der anderen Boote, und er haut sich jetzt in seine Schlafkoje, statt die Nacht in einem sündhaft teuren Hotel zu verbringen«, vermutete Siggi.

»Wer ein Boot im Yachthafen liegen hat, der hat auch genug Kohle für ein Hotelzimmer«, behauptete Tarek.

Siggi hustete und putzte sich die Nase: »Ich kann nicht mehr. Ich krieg eine Grippe. Wir holen uns hier den Tod.«

»Ja«, sagte Sommerfeldt, »das kann schon sein.«

Sie fuhren herum und sahen ihn über sich stehen.

Mihailo griff zu seiner Zastava. Sommerfeldt war mit einem Sprung bei ihm und trat gegen Mihailos Hand, mit der er die Waffe aus dem Holster ziehen wollte. Mihailo brüllte vor Schmerz. »Du hast mir die Finger gebrochen!«

Sommerfeldt verpasste ihm einen Fausthieb auf die Nase und nahm die Pistole an sich. Er richtete sie auf Siggi und Tarek.

Siggi versuchte, sich durch die dicken Klamotten zu seinem Revolver durchzuwühlen.

Sommerfeldt lud die Zastava durch. Das Geräusch, das der Schlitten machte, reichte, um Siggi zu stoppen. Er saß mit nassem Hintern in der Pfütze und hob beide Hände.

Sommerfeldt tastete ihn mit links ab und fischte den Revolver heraus. Er warf ihn im hohen Bogen bis ins Hafenbecken.

Mihailo jammerte noch und pustete auf seine Finger.

Tarek versuchte erst gar nicht zu ziehen. Er beteuerte: »Ich habe Sie angerufen. Ich bin Ihr Freund.«

»Wolltet ihr mich mit diesen Knarren erledigen? Von hier aus?«, wunderte Sommerfeldt sich.

»Nein«, petzte Tarek, »die haben Sprengstoff im Boot versteckt und wollten Sie hochjagen, wenn Sie in die *Lale Andersen …*«

Mihailo semmelte Tarek eine rein. Er traf den deckungslosen Mann voll. Tareks Lippen platzten auf.

»Was bist du denn für ein Kameradenschwein?!«, schimpfte Siggi.

Sommerfeldt amüsierte sich: »Ist das nicht toll? So richtig loyale Freunde zu haben? Das muss doch ein ganz erhebendes Gefühl für euch sein.«

Er nahm auch Tareks Waffe an sich und warf sie, ohne ihr weitere Beachtung zu schenken, zwischen zwei Boote. Sie versank im Schlick des Hafenbeckens.

Sommerfeldt sammelte die Handys der drei ein. Sie gaben sie ihm freiwillig. In seiner Anglerjacke, die er zur Erinnerung an Joseph Beuys trug, hatte er genug Platz.

Er richtete Mihailos serbische Polizeiwaffe auf die drei und verlangte: »Die PIN-Codes für eure Handys!«

Tarek brüllte seine Zahlenkombination als Erster. Sommerfeldt probierte sie aus und grinste: »Na bitte.«

Er sah Siggi nur an. Der hatte zunächst Mühe, sich überhaupt zu erinnern. Sein ohnehin nicht übermäßig aktives Gehirn streikte.

»Ich habe eins mit Gesichtserkennung.«

»Gut«, sagte Sommerfeldt, »wenn dir die Nummer nicht einfällt, dann nehme ich halt deinen Kopf mit. Mir ist es gleich.«

Mihailo brüllte seine Nummer heraus: »1, 2, 3, 4, 5, 6!«

»Clever«, spottete Sommerfeldt, »da muss man erst mal draufkommen.«

Siggi erinnerte sich wieder: »Es ist mein Geburtstag. Mein Geburtstag!«

»Fein. Und wann hast du Geburtstag?«

»Im Sommer.«

»Geht es auch etwas genauer?«

»Ja. Im August. Am 5. August!«

Sommerfeldt probierte alles aus und nickte zufrieden. »So«, sagte er ruhig, »jetzt mal raus aus den nassen Klamotten und rein ins Vergnügen. Ihr erkältet euch sonst noch.«

»Wir sollen uns ausziehen?«, fragte Tarek entgeistert.

»Ja, das hast du aber schnell kapiert!«

»Und dann?«

»Dann überleg ich mir, ob ich euch leben lasse oder samt Segelboot in die Luft jage.«

»Ich habe Kinder«, behauptete Tarek.

»Du hast Kinder?«, zweifelte Mihailo. »Wieso wusste ich denn bisher nichts davon?«

»Genug gequatscht. Ausziehen!«, befahl Sommerfeldt hart.

Er spielte mit der Zastava. Er war froh, sie nicht benutzen zu müssen. Das Ding, so vermutete er, war bestimmt schrecklich laut.

Siggi kam Sommerfeldts Aufforderung als Erster nach. Tarek folgte ihm.

»Was seid ihr drei nur für jämmerliche Gestalten?«, fragte Sommerfeldt. »Hat Gott vielleicht eine Wette verloren, als er euch erschuf? Ihr verkauft Heroin und anderen Dreck an Minderjährige … ihr benehmt euch wie die letzten Idioten … Aber ich hoffe, ihr seid lernfähig. Ich müsste euch eigentlich töten, aber«, er zeigte ihnen sein Einhandmesser, »es wäre fast eine Beleidigung für die edle Klinge, mit dem Blut von solchen Versagern getränkt zu werden.«

»Wir tun alles, was Sie verlangen! Wir wollen sowieso anständig werden«, beteuerte Siggi. Er zitterte und hielt sich die Oberarme fest. Er hatte im Verhältnis zu seinem dicken Bauch merkwürdig dünne Beine.

»Wie heißt denn euer *Big Boss*? Ihr seid doch nur kleine Fische, und das wisst ihr auch. Aber ich habe meiner Klinge den Chef des Ganzen versprochen.«

»Wenn wir das sagen, sterben wir alle«, rief Mihailo.

»Ich kenne den *Big Boss* gar nicht«, log Tarek.

»Ich glaube, er heißt Mister X«, redete Siggi sich raus und lächelte dümmlich.

Das Blut von Tareks Lippen lief jetzt, durch den Regen verdünnt, auf seine entblößte Brust.

»Okay«, sagte Sommerfeldt milde, »dann springt jetzt vom Dach.«

»Aber«, schrie Siggi, »das sind gut zehn Meter!«

»Übertreib nicht so«, beschwichtigte Sommerfeldt und sah runter, »das sind vier, na sagen wir, höchstens fünf Meter.«

»Das ist ein Scherz«, hakte Tarek nach und bemühte sich zu lachen. Es klang sehr verkrampft. »Sie machen sich doch einen Witz mit uns, oder?«

Sommerfeldt schüttelte den Kopf: »Ihr selbst seid der Witz.«

»Aber«, wendete Mihailo ein, »wir werden uns die Knochen brechen!«

Sommerfeldt gab ihm recht: »Ja, vermutlich. Das ist ja auch der Sinn der Sache. Strafe muss sein. Aber keine Angst, Jungs. In der Ubbo-Emmius-Klinik haben sie hervorragendes Fachpersonal. Ich rufe die, gleich nachdem ihr unten seid. Da arbeiten im Rettungsdienst ein paar ganz zauberhafte junge Frauen. Die holen gerne im Hafen nackte Drogendealer ab, die aus dem Nest gefallen sind. Und nun, hopp, hopp, hopp, beeilt euch mal ein bisschen! Ich hab nicht ewig Zeit. *The show must go on!*«

Sie bewegten sich nicht.

»Muss ich euch erst mit dem Messer kitzeln?«

Tarek fragte: »Können wir nicht irgendwie anders bestraft werden?«

»Na gut. Schlagt euch gegenseitig in die Fresse«, forderte Sommerfeldt.

Mihailo tat es augenblicklich. Er traf Siggi ansatzlos. Der stürzte sich auf ihn. Die zwei rangen miteinander.

Tarek stieß sie vom Dach.

Sie klammerten sich in der Luft aneinander, schlugen aber hart unten auf und fluchten und schimpften.

»Das hast du brav gemacht. Aber jetzt bist du dran«, verlangte Sommerfeldt.

»Ich könnte das Schiff hochjagen und behaupten, Sie seien dabei umgekommen.« Tarek zeigte auf die Fernbedienung. »Dann«, so frohlockte er, »sind Sie frei. Jeder hält Sie dann für tot.«

»Ich will aber lieber, dass alle wissen, dass ich lebendig bin, weißt du. Ich will in deinen Kreisen genug Panik verbreiten, dass die zur Vernunft kommen. Klingt widersinnig, funktioniert aber … Also, die Botschaft, dass ich lebe, ist mir lieber.«

»Ich … ich bin Ihr Freund. Ich kämpfe mit Ihnen gegen diese Leute.«

»Du weißt ja nicht mal, was Freundschaft ist. Und jetzt spring!« Sommerfeldt leckte an der Klinge entlang: »Also gut. Wenn du nicht willst …« Er machte eine Bewegung auf Tarek zu. Der sprang und schrie von unten hoch: »Mein Bein! Mein Bein! Ich hab mir das Bein gebrochen!«

»Was ist denn bei euch los?«, fragte Frauke.

Sommerfeldt grinste: »Hier sind ein paar nackte Männer vom Dach gesprungen.«

»Willst du sie leben lassen?«

»Warum nicht, Kirschblüte? Vielleicht haben sie ihre Lektion gelernt. Wir treffen uns am Auto«, schlug Sommerfeldt vor, doch Frauke widersprach: »Nein, ich komme zu euch. Ich will mir das Ganze aus der Nähe angucken.«

»Okay. Aber dann rufen wir 112 an.«

Sie lachte. »Prima. Ich hatte schon Angst, du willst sie bei uns in der Klinik selbst behandeln.«

Er beugte sich vor und guckte nach unten. Er rief den Dreien zu: »Die Starken sind auf der Welt, um die Schwachen zu beschützen, nicht um sie zu unterdrücken! Könnt ihr euch das merken?«

Siggi betrachtete seine rechte Hand. Er hatte versucht, sich damit abzufedern. Das hatte der Hand gar nicht gutgetan. Sein ganzer Arm hing wie eine Fleischwurst an seiner Schulter und ließ sich von ihm nicht mehr bewegen.

»Ein Arzt! Ich brauche einen Arzt!«, stöhnte er.

»Das ist keine Antwort auf meine Frage«, tadelte Sommerfeldt ihn.

Mihailo jammerte: »Ja, das haben wir kapiert. Ist ja gut!«

»Dann wiederhole es!«

Der Regen wurde heftiger. Mihailo stammelte: »Wir sollen bessere Menschen werden und all so 'n Scheiß!«

Tarek zitterte. Er versuchte aufzustehen, es gelang ihm aber nicht.

»Ja«, lobte Sommerfeldt Mihailo, »das ist im Prinzip schon der tiefere Sinn. Aber der Teufel liegt im Detail. Wie lautet der Grundsatz genau?«

Tarek schrie: »Wir sollen die Schwachen beschützen!«

»Gut. Du machst Fortschritte. Schon fast richtig. Ich wiederhole mich nicht gerne, aber blöden Menschen muss man die wichtigen Dinge ja zweimal sagen, damit sie sie mitschneiden. Ich gebe euch jetzt noch eine kleine Erinnerungshilfe.«

Sie sahen fast andächtig zu ihm hoch. Später würde Tarek noch oft davon träumen. Es war, als würde ein Rachegott zu ihm sprechen. Über dem Gott nur der Himmel und sie mitten in der beginnenden Sintflut.

»Die Starken sind auf der Welt, um die Schwachen zu beschützen, nicht um sie zu unterdrücken! Kapiert?«

Alle drei nickten voller Angst.

»Wiederholt das!«

Sie versuchten es. Einer korrigierte den anderen. Sie brüllten sich an und stritten sich.

Frauke erschien und umkreiste die nackten, nassen Gangster. Die Anwesenheit einer Frau schüchterte sie noch mehr ein. Dabei wirkte Frauke wie ein ätherisches Wesen, mehr Erscheinung, ja Halluzination als real existierend.

Der Regen schien sie gar nicht zu treffen oder perlte einfach an ihr ab, ohne sie nass zu machen. Etwas an dieser Frau war unheimlich. Magisch.

Sie redete nicht mit den Dreien, das war weit unter ihrer Würde. Sie sprach nur mit Sommerfeldt. Der hatte sich inzwischen vom Flachdach zu ihnen auf den Boden begeben.

Frauke sagte: »Die können sich das nicht merken. Oder sie verstehen nicht, was es mit ihnen zu tun hat. Sie sind zu dämlich.«

»Was schlägst du vor?«, fragte Sommerfeldt.

»Töte sie.«

»Nein«, schrie Tarek, »nicht! Um Himmels willen!«

»Wir tun alles, was Sie wollen«, behauptete Mihailo.

Sommerfeldt zeigte auf ihn: »Lass den Himmel aus dem Spiel!«

Frauke hatte eine Idee: »Stieg Larsson, der geniale Autor, hat in seiner Krimi-Trilogie Lisbeth Salander …«

Sommerfeldt wusste sofort, worauf sie anspielte und worauf alles hinauslief. Es gefiel ihm. Er erklärte es den Dreien: »Seid ihr Leser?«

Sie verneinten.

»Dachte ich mir«, grummelte er. »Aber vielleicht kennt ihr Banausen wenigstens die Verfilmung.«

»Mir ist kalt«, klagte Siggi. »Es ist windig, und es regnet!«

»Echt?«, fragte Sommerfeldt, als sei ihm das entgangen.

Frauke erklärte ihm die Situation. Sie tat es aber, um die anderen zu erschrecken, ohne mit ihnen reden zu müssen. »Lisbeth Salander ist eine Figur aus Larssons Romanen. Sie wuchs in Heimen auf und wurde von ihrem Betreuer missbraucht und vergewaltigt. Sie hat ihm zur Strafe das Wort *Vergewaltiger* auf den hässlichen Körper tätowiert.«

Die drei kapierten sofort und Tarek schrie: »Ich habe niemanden vergewaltigt! Gucken Sie mich an! Das habe ich doch nicht nötig! Frauen fahren voll auf mich ab! Ich kann sie mir aussuchen!«

Er wusste nicht warum, aber dafür fing er sich von Frauke eine heftige Ohrfeige ein. Plötzlich hatte sie nichts mehr von dem flirrenden Wesen an sich, das sie gerade noch dargestellt hatte. Jetzt war sie sehr real und konnte verdammt hart zuschlagen.

»Also gut«, stellte Sommerfeldt fest, »dann machen wir es so: Ihr tätowiert euch den Merksatz *Die Starken sind auf der Welt, um die Schwachen zu beschützen, nicht um sie zu unterdrücken!* selbst ein. Dann vergesst ihr den Lehrsatz nicht so schnell, und ich komme jeden Einzelnen von euch besuchen. Ich kontrolliere die Tätowierung, und ob ihr euch daran gehalten habt. Wer dagegen verstößt, schmeckt mein Messer.«

Er zeigte es vor und leckte Regentropfen von der Klinge.

In Tareks Phantasie würde er es mit seinem Blut genauso machen. Er begann zu weinen und war jetzt froh über den Regen, der verhinderte, dass jeder seine Tränen sah.

Frauke stellte es noch einmal klar. Sie adelte sie jetzt dadurch, dass sie zu ihnen sprach: »Ihr habt großes Glück. Er ist heute sehr gut gelaunt und wirklich großzügig. Seid dankbar. Aber merkt es euch! Wer ein zu kleines Tattoo hat, stirbt. Wer Drogen an Minderjährige verkauft, stirbt. Wer Frauen mies behandelt, Kinder oder Schwächere, stirbt. Ihr bekommt heute eure allerletzte Chance. Eine weitere wird es nicht geben. Ändert euer Leben! Und bedankt euch beim Meister.«

Siggi rief ihnen tatsächlich ein Dankeschön hinterher, als die zwei in Richtung Deich verschwanden.

Vanessa Kluge war ziemlich aufgeregt. Sie wollte Rettungssanitäterin werden. Schon bei der Jugendfeuerwehr in Norden hatte sie mitgemacht und bei einigen Übungen als lebender Dummy einen Menschen gespielt, der gerettet werden musste. Mit sechzehn – oder, wie sie damals gern sagte, sechzehneinhalb – war sie zur Einsatzabteilung gewechselt.

Sie hatte schon einige Erfahrungen sammeln können. Nicht nur vollgelaufene Keller, auch bei der Bekämpfung von zwei großen Bränden hatte sie bis zur Erschöpfung mitgeholfen. Helfen war ihr Ding. Deshalb wollte sie Rettungssanitäterin werden. Sie durfte heute zum ersten Mal – sozusagen probeweise – mit dabei sein.

Es begann harmlos. Sie wurden zu einem Wohnhaus in Tidofeld gerufen, wo angeblich der Opa einen Herzinfarkt gehabt hatte. Es stellte sich jedoch heraus, dass er nur zu viel von dem selbstgemachten Eierlikör getrunken hatte. Ein Oberschenkelhalsbruch in der Osterstraße war schon schlimmer, und bei einem Auffahrunfall vor dem Bahnhof gab es zwei Leichtverletzte.

Aber was jetzt im Yachthafen zu sehen war, würde sie nie vergessen. Drei nackte Männer mit diversen Knochenbrüchen, keineswegs alkoholisiert, wohl aber sehr verängstigt, offensichtlich unter Schock, gleichzeitig großmäulig und unterwürfig. Sie brauchten warme Decken und schmerzstillende Medikamente.

Es war völlig unklar, was hier geschehen war.

Ein Polizeiwagen rauschte heran.

Vanessa Kluge freute sich, Kommissarin Ann Kathrin Klaasen zu sehen. Die hatte mal in der Schule einen Vortrag über Polizeiarbeit gehalten und speziell junge Frauen motiviert, sich zu bewerben. Vanessa war ein bisschen enttäuscht, dass Ann Kathrin Klaasen sie nicht wiedererkannte, obwohl sie ihr doch damals sogar eine Frage zu den Aufstiegschancen mit Fachhochschulreife bei der Polizei gestellt hatte.

Ann Kathrin fragte die nackten Männer zunächst: »Wo ist Ihre Kleidung?«

Der eine behauptete: »Die haben wir im Meer verloren«, der andere: »Da oben auf dem Dach.«

»Und wie ist die da hochgekommen?«, wollte Ann Kathrin wissen.

»Fragen Sie lieber, wie wir runtergekommen sind«, rief der mit dem unnatürlich verrenkten Bein.

Kommissar Frank Weller versuchte einen Scherz: »Vielleicht sind sie als Engel vom Himmel gefallen.«

Ann Kathrin orakelte: »Komisch, warum muss ich beim Anblick dieser drei Gestalten an Lodwijk van Eeden denken und an Drogen auf Schulhöfen?«

Frank Weller suchte auf dem Dach nach Waffen. Er fand aber nur nasse Kleidung und eine Fernbedienung. Er hob sie hoch und drückte unwillkürlich die Taste mit der Zwei, vielleicht weil er samstagabends gern Kriminalfilme im ZDF sah. Jedenfalls gab es in diesem Moment eine heftige Explosion.

Der Yachthafen war plötzlich hell erleuchtet. Wrackteile flogen durch die Gegend.

Ann Kathrin brachte sich hinter dem Rettungswagen in Sicherheit.

Etwas flog gegen Vanessas Schultern.

Weller guckte fassungslos auf die Fernbedienung. Er weigerte sich anzunehmen, dass er die Explosion ausgelöst hatte.

Es regnete Holz- und Plastikteile. Ein Holzstück fiel ihm auf den Kopf. Ihm wurde kurz schwindlig. Er fragte sich, ob er das gerade wirklich erlebte oder lag er nur im Bett und träumte?

Er knickte in den Knien ein und wäre fast selbst vom Dach gefallen.

Ann Kathrin und Vanessa sahen ihn taumeln und riefen gleichzeitig: »Vorsicht!«

Vanessa wollte zu ihm hoch, um ihm zu helfen. Ann Kathrin hielt sie fest: »Nicht dass Sie auch noch runterfallen. Wir brauchen eine Leiter.«

Ann Kathrin forderte Verstärkung an.

Weller kletterte gegen den Willen seiner Frau vom Dach, bevor die Leiter da war. Er blutete ein wenig an der Stirn. Er sah erschüttert aus, doch das hatte nichts mit den Schrammen am Kopf zu tun. Er war einfach nur verwirrt von der Explosion.

Im Hafenbecken brannten zwei Schiffe, und der Wind wehte den Qualm Richtung Fährhaus.

»Wir müssen«, sagte Vanessa, »die Feuerwehr rufen.«

Frauke und Sommerfeldt bestiegen beim Regina Maris ihr Auto. Er bekam einen Lachkrampf, als er die Explosion hörte.

Aus ihrer Perspektive war der Himmel über dem Hafen beleuchtet, als würde dort gerade die Sonne untergehen. Die zwei fühlten sich großartig. Im Auto küssten sie sich leidenschaftlich.

»Es ist doch ein bisschen«, freute Sommerfeldt sich, »als hätten unsere Flitterwochen schon begonnen, oder?«

Sie stupste ihn an: »Wir haben noch nicht mal einen Hochzeitstermin.«

Frauke zeigte zum Hafen: »Da hättest du an Bord sein sollen«, sagte sie.

Er kicherte: »Ja, aber ich sitze mit dir in unserem Auto, während unsere Gangster der Polizei und dem Rettungsdienst einiges erklären müssen.«

»Und das findest du jetzt witzig?!«

Er klatschte mit der Hand aufs Lenkrad: »Ja, es ist doch köstlich, oder nicht?«

Frauke gab zu, dass da etwas dran war.

»Und weißt du, was das Beste ist?«, freute Sommerfeldt sich. »Ich habe ihre Handys. Jetzt stehen uns all ihre Infos zur Verfügung. So ein Handy, das ist, als könnte man in ihre Seelen und ihre Gehirne gucken. Die meisten Handys wissen mehr über ihre Besitzer als sie selbst.«

»Du meinst, die Handys sind klüger als ihre Besitzer?«

»Klar. Wer kennt denn alle Telefonnummern auswendig, alle E-Mail-Adressen und weiß, was er vor ein paar Wochen geschrieben und wie er es formuliert hat?«

»Und wie ich dich kenne, hast du auch einen Weg gefunden, an ihre Sicherheitscodes zu kommen, oder?«

»Klar. Ich hab die Jungs einfach gebeten, sie mir zu geben.«

Es klang so herrlich harmlos, wie er es sagte. Sie versuchte, in seinem Ton zu bleiben: »Hoffentlich verstößt es nicht gegen den Datenschutz, wenn du jetzt ihre Handys ausliest.«

»Ja«, grinste er, »nicht dass ich mich noch strafbar mache …« Er wischte sich eine Lachträne aus dem Gesicht. »Ich freue mich darauf, in ihre Gehirne zu gucken.«

»Ich bin dabei«, versprach sie. »Spannender als das Fernsehprogramm wird es bestimmt.«

Vor der Klinik sagte er: »Du hast etwas gut bei mir. Du hattest nämlich wirklich recht. Es war eine Falle.«

Holger Bloem hatte selten eine so kuriose Meldung erhalten. Drei nackte Männer im Yachthafen vom Frisia-Gebäude gefallen. Eine Explosion.

Er fragte sich, ob die Pressesprecherin der Polizei, Rieke Gersema, die er als sehr seriös kannte, betrunken war. Oder hatte jemand die E-Mail-Adresse der Norder Polizei gehackt und verschickte jetzt in deren Namen Nachrichten? War diese Meldung überhaupt echt?

Holger witterte eine große Geschichte. Er ahnte, dass es mit dem Mord an Lodwijk van Eeden in Zusammenhang stand. Begann ein Bandenkrieg? Waren sie schon mittendrin? Kam

Sommerfeldt zurück oder schob man dem nur alles in die Schuhe?

Im Netz kursierten schon Gerüchte. Ein paar Leute glaubten, die Polizei selbst stecke dahinter.

Holger rief Rupert an. Aus dem bekam er meist etwas heraus. Auf jeden Fall mehr als aus Rieke Gersema. Sie hielt sich immer sehr bedeckt, aber Rupert gab gern mit seinem Wissen an. Holger, der mit ihm umzugehen verstand, konnte in ihm lesen wie in einem Buch.

»Also, ganz unter uns ... Das hast du jetzt aber nicht von mir ...«, sagte Rupert. »Alle drei Gestalten sind uns bekannt. Drogendealer. Kleine Fische im Grunde. Sie wurden ziemlich übel zugerichtet.«

»Ein Bandenkrieg?«, fragte Holger. »Werden hier Revierkämpfe ausgetragen?«

Rupert flüsterte: »Man munkelt, dass hier eine Spezialeinheit der Polizei aufräumt. Eine Truppe, die es eigentlich gar nicht gibt. Die sogenannten Ninjas. Niklas Eisenmann hat diese Einheit zusammengestellt. Ihre ursprüngliche Aufgabe war es, islamistische Terroristen auszuschalten. Dann haben sie es wohl etwas wild getrieben und wurden aufgelöst. Aber einige von denen machen weiter, gegen Clans und organisierte Verbrecherbanden. So sagt man zumindest. Sie sind außer Kontrolle. Eisenmann hat sie nicht mehr im Griff. Andere sagen, er sei immer noch der Kopf der Truppe. Wenn du etwas rausfindest, Holger, dann vergiss mich nicht ...«

»Klar, ich halte dich auf dem Laufenden, Rupi. Ich versuche mal, Niklas Eisenmann zu interviewen. Er ist ja kein Unbekannter.«

Rupert räusperte sich: »Aber halt mich bitte da raus. Dieses Gespräch hat nie stattgefunden.«

»Klar. Informantenschutz wird bei mir ganz großgeschrieben. Da musst du dir keine Sorgen machen.«

Gerald Hirschfeld, der gern Doc Holliday genannt wurde, brach sofort auf. Nicht einmal seiner Frau Claudia sagte er, was er vorhatte. Wer nichts wusste, konnte auch nichts verraten. Es gab Orte, die er mied. Köln war so eine Stadt. Dort hatte er verbrannte Erde hinterlassen, wie er es selbst ausdrückte. Es gab dort eine Menge Leute, die ihn hassten. Da war nach einigen Geschäften, die schiefgelaufen waren, der Boden für ihn zu heiß.

Aber er wäre jetzt lieber in der Kölner Innenstadt spazieren gegangen, hätte auf der Hohen Straße einen Einkaufsbummel gemacht und im Café Reichard am Dom gefrühstückt, als länger in Ostfriesland zu bleiben. Er begriff, dass es gerade keinen heißeren Ort gab als Norddeich.

Für ihn waren Siggi, Tarek und Mihailo knallharte Profis, mit allen Wassern gewaschen und gewaltbereit. Die schaffte kein einsamer Rächer. Er ging also davon aus, dass er es mit einer Gruppe zu tun hatte. Er konnte sich der Polizei nicht wirklich anvertrauen. Die waren einfach nicht seine Freunde. Zu viele Polizisten hatte er im Laufe seines Lebens belogen, reingelegt und ausgetrickst.

Er sagte seiner Frau, er müsse zur Beerdigung eines plötzlich verstorbenen alten Klassenkameraden nach Süddeutschland. Sie hatte verständlicherweise wenig Lust, ihn zu begleiten. Sie kannte den Klassenkameraden nicht, und allein neun Stunden für die Hinfahrt im Auto zu sitzen erschien ihr wenig verlockend. Da blieb sie doch lieber in Bensersiel.

Er fuhr aber nicht nach Friedrichshafen an den Bodensee, sondern nach Wismar an die Ostsee. Die Hansestadt interessierte ihn eigentlich überhaupt nicht. Nichts verband ihn mit Wismar, außer dass er mal einen Krimi gesehen hatte, der dort spielte. Er war nie dort gewesen. Überhaupt war Mecklenburg-Vorpommern nie sein Jagdrevier gewesen. Hier hatte er folglich nie Schaden angerichtet. Niemand kannte ihn.

Er mietete sich im Krusespeicher ein Apartment im vierten Stock mit Blick auf den Hafen. Es gab im Haus eine finnische Saune, WLAN, und er konnte zu Fuß in die Altstadt oder in ein Restaurant. Er buchte online und nahm sich einen Mietwagen. Er brach sofort auf. Nichts und niemand konnte ihn mit Wismar in Verbindung bringen, deshalb, so glaubte er, würde ihn dort auch niemand suchen und er sei da sicher, zumindest für ein paar Tage.

Er hatte sich ein neues Handy auf den Namen seiner Frau besorgt, wollte es aber so wenig wie möglich nutzen, eigentlich nur, um ihr ab und zu eine Nachricht zu schicken. Er wollte sie nicht verlieren. Ihm war in den letzten Stunden klargeworden, wie viel Halt Claudia ihm gab.

Er hätte gern sein altes Leben ungeschehen gemacht, einfach ausradiert und ein paar andere Entscheidungen getroffen. Er war ein paarmal im Leben einfach falsch abgebogen, und auf der falschen Fahrbahn war es dann schwer, die Kurve zu kriegen oder zu wenden.

Er fuhr innerlich aufgewühlt in Richtung Wismar. Es war nicht nur Angst, die ihn trieb, sondern auch echte Nachdenklichkeit, Reue und Wut auf sich selbst. Wie hatte er nur so dämlich sein können, sein eigenes Leben so zu ruinieren?

Er wollte die Wohnung im Krusespeicher wie ein Kloster nutzen. Als einen Ort zur inneren Einkehr. Er stellte sich vor, am Fenster zu sitzen oder auf dem Balkon, in den Alten Hafen zu schauen und über sein Leben nachzudenken. Er würde die gleichen Fehler nicht noch einmal machen.

Seine Art zu leben und Geld zu verdienen hatte einigen Menschen sehr geschadet. Es gab Opfer, das musste er sich einfach eingestehen. Jugendliche, die er angefixt hatte. Süchtige, die für ihn auf dem Straßenstrich anschaffen gingen, um an Drogen zu kommen, die er ihnen verkauft hatte. Er war ein mächtiger Mann gewesen oder hatte sich zumindest so gefühlt.

Heute fragte er sich, wie er so empathielos gewesen sein konnte. Die ausgemergelten Gesichter seiner Kunden und ihre fiebrigen Blicke verfolgten ihn in Albträumen. Besonders mies war es von ihm gewesen, zwei seiner wohlhabenden Abhängigen nach Entzug und Therapie gezielt wieder in den Rückfall geführt zu haben. Sie waren wie Melkkühe für ihn gewesen, die unerschöpflich Milch gaben. Mit schwachen Eltern, die, geschäftlich erfolgreich, Liebe mit Geldzuwendungen verwechselten und für ihn eine sichere Einnahmequelle waren.

Er hatte, das gestand er sich auf der Fahrt in Richtung Mecklenburg-Vorpommern ein, Leben zerstört. Eine Weile hatte er sich auch mit sexuellen Dienstleistungen bezahlen lassen. Da wurde Sex nach kurzer Zeit das Gegenteil von Liebe. Machtausübung.

Jetzt, da er begonnen hatte, wieder eine richtige Beziehung auf Augenhöhe zu führen, wollte er nicht sterben. Vorher war er immer nah am Tod gewesen, hatte mit dem Tod Tango getanzt, ja so kam es ihm vor. Er hatte mit Gift gehandelt und das Leben missachtet. Auch sein eigenes.

Wismar erschien ihm plötzlich als ein Ort der Verheißung. Versteck und Nest für einen Neuanfang gleichzeitig. Seine

Liebste würde es verstehen, wenn er nach der Beerdigung nicht sofort zurückkam. Er konnte die lange Rückfahrt ins Feld führen, eine Magen-und-Darmgrippe vorschützen oder ihr erzählen, er müsse sich noch um die Familie seines alten Kumpels kümmern. Claudia hätte garantiert Verständnis. Wie er sie kannte, würde sie ihn trösten.

Er musste Zeit gewinnen, bis der Typ gefasst war. Er glaubte immer noch an den Expolizisten Fabian Link als Täter, dessen Schwester als Transport-Muli mit Heroin im Darm elendig verreckt war.

Die Polizei würde mit Hochdruck ermitteln, denn es lag ein großes öffentliches Interesse vor. Fernsehteams drehten schon in Ostfriesland für die Nachrichten. Facebook und Instagram waren voller Empörung und wilder Spekulationen.

Wenn die Polizei selbst mit drinhängt, bin ich erledigt, dachte er. Wenn es dieser Sommerfeldt ist, wie viele schreiben, werden sie ihn kriegen und Fabian Link sowieso. Bis die Sache erledigt ist, verkrieche ich mich im Krusespeicher.

Die Tätowiererin Carmen Fest war einiges gewohnt. Aber so etwas hatte sie noch nie erlebt. Die lädierten Männer sahen für sie aus, wie sie sich heimkehrende Kriegsveteranen vorstellte. Alle hatten mehrere Verletzungen. Bei einem waren die Finger geschient, einer trug einen Arm in der Schlinge, der andere humpelte mit Gips am Bein auf Gehhilfen. Trotzdem hatten sie es mit der Tätowierung eilig. Alle wollten den gleichen Spruch auf der Haut haben.

Sie stellten sich nur mit Vornamen vor. Siggi, Mihailo und Tarek.

Jeder von ihnen hatte blaue Flecken am Oberkörper, an den Armen und im Gesicht.

Carmen fragte sich, ob sie von einer Sekte waren. In der Stadt hatte sie am Markttag einen Stand der *Heiligen der letzten Tage* gesehen. So oder ähnlich hieß die religiöse Gemeinschaft. Junge Männer in hellblauen Anzügen hatten Schriften verteilt. Sie hatte sich nicht wirklich dafür interessiert, aber jetzt fragte sie den, der sich Siggi nannte: »Seid ihr fromm?«

Siggi guckte nur blöd.

Tarek bestätigte: »Ja, und wie«, wirkte aber, als hätte sie ihn mit der Frage überhaupt erst auf die Idee gebracht, fromm zu werden.

Carmen Fest erinnerte sich an ihren Religionsunterricht. Da war mal von sogenannten Flagellanten die Rede gewesen. Irgendeine christliche Bewegung von Leuten, die sich mit Peitschen selbst geißelten, um Buße zu tun für die begangenen Sünden. Wenn sie sich recht erinnerte, ging es auch darum. Böse Leidenschaften in sich selbst zu bekämpfen.

Ja, ihr Lehrer hatte von *bösen Leidenschaften* gesprochen, das wusste sie noch ganz genau. Sie und ihre pubertierenden Freundinnen hatten damals gegrinst und sich gefragt, ob damit Sex gemeint sei.

Gehörten diese drei einer ganz harten Gruppe an, die sich nicht mit Peitschen ein paar Striemen zufügte, sondern gleich mit Knochenbrüchen bestrafte?

Sie fragte vorsichtig nach, während sie den Spruch auf Mihailos rechten Arm tätowierte: »Es geht mich ja nichts an, aber ihr wollt alle denselben Spruch. Ein bisschen merkwürdig ist das schon. Und woher kommen eure Verletzungen?«

Tarek bestätigte: »Ja, es geht Sie in der Tat nichts an.«

Mihailo fand die Nadelstiche ziemlich schmerzhaft. Er verzog das Gesicht.

Carmen half ihm mit einer kleinen Ablenkung. Sie trug ein tief ausgeschnittenes T-Shirt, das ihre Oberweite gut zur Geltung brachte. Auf ihrer linken Brust lachte ein Teufel, auf der rechten grinste ein Engel. Ihre Arme wurden von Schlingpflanzen verziert, deren Blüten wie hungrige Gesichter aussahen.

»Sei doch nicht so unfreundlich zu der Dame«, verlangte Siggi.

Sie lächelte ihn an.

Mihailo jaulte, als habe sie ihm sehr weh getan.

»Hattet ihr alle gemeinsam einen Unfall?«, fragte sie. Und weil die drei offensichtlich darüber nachdenken mussten, was ihnen passiert war, machte sie ihnen Vorschläge: »Seid ihr Flagellanten?« Sie versuchte, bei der Frage ernst zu bleiben, war aber sofort bereit zu lachen, falls es angebracht war.

Siggi versuchte, sich bei Carmen in ein gutes Licht zu rücken. Sie gefiel ihm als Frau, und eine kleine Affäre wäre jetzt genau das Richtige für ihn gewesen, um mit dem Frust der letzten Tage fertigzuwerden. Da Siggi den Ausdruck *Flagellanten* nicht kannte, aber irgendeine sexuelle Ausrichtung dahinter vermutete, sagte er: »Wir sind keine Perversen.«

»Und woher kommen eure vielen Verletzungen?«

»Wir sind«, erklärte Tarek für alle und fand sehr klug, was er sagte, »bei einer Radtour am Deich zusammengekracht.«

Das ergab Sinn, fand auch Mihailo und nickte. »Ja, ist ein bisschen peinlich, war aber so.«

Carmen lachte: »Ach so. Und wisst ihr, was ich für einen Moment dachte?«

»Nein, was denn?«, fragte Siggi.

»Ich dachte, das sind doch hoffentlich nicht diese Vollpfosten, die nackt vom Frisia-Gebäude gesprungen sind.«

Mihailo lachte gequält und zog seinen Arm weg.

»Nein, das sind wir nicht«, behauptete Siggi. »Wer ist denn so blöd und macht so etwas?«

»Keine Ahnung. Vielleicht waren sie zugedröhnt mit irgendwelchen Drogen. So etwas kann einen ja verrückt machen. Eine Freundin von mir ist Rettungssanitäterin, die hat mir das erzählt. Ich habe es erst gar nicht geglaubt, aber es stand auch im Kurier. Leider waren keine Fotos dabei.«

»Wir hatten jedenfalls einen Crash mit den Rädern. Wir nehmen keine Drogen«, erklärte Tarek stolz.

»Wir sind gute Jungs. Wir beschützen die Schwachen, statt sie zu unterdrücken«, tönte Siggi und hoffte, damit bei Carmen zu punkten. »Wenn Sie mal ein Problem haben, dann rufen Sie uns ruhig an. Wir klären das gerne …«, fügte er großspurig hinzu.

Tarek staunte.

Carmen Fest zog ihr T-Shirt ein bisschen höher, um mehr von ihren Brüsten zu verdecken. »Ich bin nicht schwach. Ich kann mir selbst helfen. Ich bin im Boxclub Norden. Elf Kämpfe. Elf Siege. Zehn durch k. o.«

Für Siggi wurde sie schlagartig unattraktiv.

»Ich hätte mein Tattoo lieber auf dem Rücken als auf dem Arm«, sagte Siggi. Er hoffte, dass es dort weniger weh tun würde, aber Tarek ermahnte ihn: »Ich weiß nicht, ob er das akzeptieren wird.«

»Warum nicht?«

»Weil du es dort nicht lesen kannst, und es soll dich doch stets daran erinnern«, sagte Tarek.

Mihailo stöhnte gequält. Er biss auf die Zähne und fluchte.

Carmen fragte sich, von wem die drei redeten, wenn sie *er* sagten. Es musste jemand sein, vor dem sie großen Respekt hatten, ja, vor dem sie sich sogar fürchteten.

»Schreibt man *Schwachen* nicht groß?«, fragte Tarek und zeigte auf Mihailos Arm.

»Was?«

»*Die Starken sind auf der Welt, um die Schwachen zu beschützen* – da muss man doch die *Schwachen* großschreiben und nicht klein, oder?«

Mihailo empörte sich: »Hab ich jetzt einen Rechtschreibfehler auf dem Unterarm?«

Carmen blieb ruhig: »Ich habe die Vorlage von euch. Ich war in Deutsch nicht gut. Im Diktat hatte ich meist nur eine Vier oder sogar eine Fünf.«

»Wer braucht denn heutzutage noch Rechtschreibung?«, lachte Siggi und winkte ab. »Das macht doch die Schreibkorrektur im Handy selbst.«

Carmen verteidigte sich: »Ja, aber meine Tätowiernadeln haben keine Schreibkorrektur.«

Wilko Schmidt durchsuchte das Internet mit Gesichtserkennungsprogrammen. Der Mann, den Finn-Leandro den *Big Boss* genannt hatte, war wohl sehr publikumsscheu. Er entdeckte ihn weder auf Facebook noch auf Instagram.

Aber Maximilian Bagger wurde fündig. Es gab ein Foto im Hamburger Abendblatt und in der NWZ von einem Mann, der diesem *Big Boss* recht ähnlich sah. Er hielt ein Strafgesetzbuch hoch, um nicht erkannt zu werden. Es verdeckte sein Gesicht aber nur zur Hälfte. Neben ihm seine Anwältinnen.

Er hatte die Bundesrepublik Deutschland verklagt. Sein Firmenimperium, zu dem Supermärkte, Hotels, Reisebüros, Logistikzentren und Softwarefirmen gehörten, sei finanziell in Schieflage geraten, weil die Staatsanwaltschaft unhaltbare Verdächtigungen gegen ihn an die Presse durchgestochen hatte, wie die Anwältinnen es ausdrückten. Es ging um geplatzte Kreditzusagen. Die Streitsumme betrug knapp zwei Milliarden Euro.

Sein Name war Willi Klempmann.

Wilko Schmidt konnte sich nicht vorstellen, dass sein Schüler mit diesem hochkarätigen Geschäftsmann, der zweifellos Kontakte zum Rotlichtmilieu und zu ein paar windigen Gestalten hatte, zu tun gehabt hatte. Der spielte doch in einer ganz anderen Liga.

Aber für Maximilian Bagger ergab das alles einen Sinn. Sein Sohn liebte alles Maritime. Er segelte gern und war von Ehrgeiz zerfressen. Finn wollte immer ganz hoch hinaus. Er schrieb an Stars, Wirtschaftsbosse und Politiker. Er wollte von ihnen wissen, wie sie es geschafft hatten. Eine schillernde Figur wie dieser Klempmann musste seinen Sohn fasziniert haben.

Hatte Klempmann Lodwijk van Eeden mit Stoff versorgt? Hatte der zugedröhnte van Eeden vielleicht damit geprahlt, Willi Klempmann zu kennen? War es Finn gelungen, einen Kontakt herzustellen?

Am liebsten hätte Maximilian Bagger diesen Klempmann einfach besucht, um ihn mit seinen Fragen zu konfrontieren. Aber Klempmann schien weder eine Adresse noch ein Telefon zu haben. Keine Homepage. Nichts.

Wilko Schmidt suchte die Adresse der Anwältinnen heraus. Sie arbeiteten für eine Kanzlei in Bremen.

Maximilian Bagger glaubte nicht mehr daran, dass Polizei oder Justiz Gerechtigkeit herstellen könnten. Der Rechtsstaat existierte für ihn nur noch als Behauptung der Regierung. Aber er glaubte durchaus daran, dass Menschen ein Gewissen hatten, und dass diese innere Instanz ihnen – zumindest manchmal, wenn sie krank waren – den Schlaf rauben konnte. Empfand nicht auch ein böser Mensch seine Krankheit als Strafe des Universums?

Er schickte per E-Mail über die Kanzlei das Foto von Willi Klempmann und dazu ein Foto seines Sohnes. Er schrieb nur einen Satz: *Ich weiß, was du getan hast.*

Wilko Schmidt fand das unpassend, ja idiotisch. Er hatte sogar Angst, Willi Klempmann könnte Anzeige erstatten. War das nicht zumindest üble Nachrede? Konnte man es gar als Bedrohung auslegen?

Maximilian Bagger lachte ihn aus: »Schon wieder vorbei, Ihr Bekennermut? Wieder alles nur Lippenbekenntnisse?«

Wilko schluckte. Er schämte sich. Aber vielleicht zeigte sich in diesem Moment das ganze Drama seines Lebens. Er begann immer voller Enthusiasmus, aber bald schon stieß er auf Schwierigkeiten und nicht geahnte Bedingungen oder Konsequenzen. So war er zum Bedenkenträger geworden, zu einem, der Projekte eher ausbremste, als sie voranzutreiben. Der Gedanke machte ihn traurig, weil er plötzlich spürte, dass er sich selbst oft im Weg gewesen war. Aus Angst, etwas falsch zu machen, hatte er oft auch das Richtige nicht getan. Es war ja so viel einfacher abzuwarten, das Handeln anderen zu überlassen und dann an diesen herumzukritisieren.

»Ich bin«, sagte er unvermittelt, »eigentlich ganz anders.«

»So? Wie denn? Ein Draufgänger? Ungestüm und voller Leidenschaft?«

»Hm. So wäre ich gern gewesen. Ich meine, wenn ich später mal im Seniorenheim über mein Leben nachdenke – wer will ich dann gewesen sein? Ein Kleinigkeitenkrämer mit Schiss in der Bux oder …« Er sprach nicht weiter, als würde ihm zu Kleinigkeitenkrämer und Schiss in der Bux gar keine Alternative einfallen.

»Tun wir es einfach«, schlug er vor und fühlte sich heldenhaft. Es war wie ein Aufbegehren gegen seine Mutter, die ihm immer wieder gesagt hatte: *Wer sich in Gefahr begibt, kommt darin um.*

Sie hatte ihn damit nicht etwa davor gewarnt, Autorennen zu fahren oder eine Karriere als Boxer zu beginnen. Nein, ein Regenguss reichte schon aus, und er sollte zu Hause bleiben. Auf der Straße mit anderen zu spielen wurde zum unkalkulierbaren Wagnis. Pauschalreisen in fremde Länder verband sie mit der Sorge um Flugzeugabstürze, Mückenstiche, Schlangenbisse und ungenießbare Speisen, denn unser Verdauungssystem war angeblich für solche Speisen nicht geschaffen.

Als ihr Sohn den Wehrdienst verweigerte, machte er sie glücklich. Endlich waren sie einmal, wenn auch aus völlig unterschiedlichen Gründen, einer Meinung.

»Längst geschehen«, sagte Maximilian Bagger, und es war, als würde er Wilko Schmidt wecken. Er hatte nach dem Satz *Tun wir es einfach* reglos herumgestanden, als könne er nicht glauben, was er gesagt hatte.

Das offene Feuer hatte etwas Reinigendes für die Seele, wie ein Bad im Meer.

Sommerfeldt legte Buchenholz und Birkenscheite nach. Die

Birke verbrannte schneller. Die Buchenscheite glühten länger. Gemeinsam gaben sie eine gute Duftmischung ab. Alle Hölzer hatte er selbst gehackt. Frauke sah ihm gern dabei zu. Auch getrocknete Rosenzweige und die Reste vom Tannenbaum warf er wie eine Opfergabe in die Flammen.

Hinter der Klinik, im Schutz der Nebengebäude, hatte er diese Feuerstelle anbringen lassen. Dicke Bruchsteine, Felsbrocken und Findlinge begrenzten das Feuer.

Sommerfeldt wusste zu jedem Stein eine Geschichte zu erzählen. Er selbst saß auf einem glatten Granitfindling. Ihm gefiel die Vorstellung, dass die eiszeitliche Abdrift den Stein geformt hatte.

Frauke sah sonst gern mit ihm ins Feuer und entspannte dabei. Heute beschäftigte sie sich aber lieber mit den Handys, die Sommerfeldt den Gangstern abgenommen hatte. Sie bemerkte nicht einmal die Igelfamilie, die sich dem Feuer vorsichtig näherte.

In Mihailos Handy fand Frauke Einträge, die sie darüber nachdenken ließen, ob die Bestrafung nicht vielleicht doch zu milde gewesen war. Er hatte zugedröhnte Kinder und Jugendliche gern fotografiert, wenn sie wehrlos dalagen. Er filmte Mädchen wie Jungen, wenn sie durchs Zimmer torkelten und Unsinn redeten. Er hatte richtige Akten angelegt mit Bewertungen wie:

Eltern haben Kohle. BMW.

Immobilien in Düsseldorf.

Armer Schlucker, aber bläst gut.

Doof, aber zuverlässig.

Mutter Betschwester. Vater säuft.

Nix zu holen, aber guter Muli.

Hat Kontakte. Klassensprecher.

Vorsicht! Plaudertasche. Muttersöhnchen.
Zu schade für den Straßenstrich.
Kommt locker an Papis Schwarzgeldtresor.
Schwester auch angefixt.
Rasierte Möse.
Vorsicht!!! Alter bei der Kripo.
Will einer von uns werden.

Sie las Sommerfeldt vor. »Da weißt du genau, was für ein Menschenbild diese Typen haben«, empörte sie sich. »Es geht nur darum, wie sie die Kids am besten ausbeuten können. Sexuell, finanziell oder als Drogenkuriere.«

»Wenn die Eltern das wüssten«, orakelte Sommerfeldt, »was würden die tun?«

Frauke legte eine Hand auf seine. Sie zeichnete die blauen Venen und Sehnen, die auf seinem Handrücken hervortraten, mit ihrem Zeigefinger nach, als suche sie auf einer Landkarte nach einem Weg.

»Ich glaube«, sagte sie, »die Eltern wissen es genau. Sie kennen Mihailos Worte nicht, aber wenn sie ihre Kinder anschauen, müssen sie doch erkennen, dass es hier nicht um harmloses Kiffen geht oder um ein Schnäpschen in der Cola.«

»Und warum tun sie nichts?«

»Weil sie hilflos sind. Ratlos. Die einen wollen verhindern, dass ihre Kinder kriminalisiert werden, und gehen deshalb tunlichst nicht zur Polizei. Die anderen wollen sich nicht zu spießig aufführen und hoffen, es sei nur eine Phase.«

»Wir haben auch die Namen aller Kinder.« Er sagte, wie zu sich selbst: »Irgendwie gehört es auch zum Erwachsenwerden dazu, den Umgang mit Drogen zu lernen. Aber …« Er sprach nicht weiter.

»Aber diese Kids sind in die Hände übler Menschenfänger gefallen«, ergänzte sie seinen Satz.

Er stocherte mit einem alten Golfschläger, den er als Schürhaken benutzte, im Feuer herum, als könne er in der Glut die Lösung aller Probleme finden.

Manchmal hatten Gäste hier auf Fraukes Rat hin ihre Probleme verbrannt. Es war ein befreiendes Ritual. Die einen übereigneten ihre Scheidungspapiere dem Feuer, die anderen Liebesbriefe, Steuerunterlagen, Anklagen, Urteile oder andere Schriftsätze. Jeder, der hier länger blieb, begann im Prozess der körperlichen Genesung, auch innerlich aufzuräumen.

Frauke hatte hier als Patientin begonnen und war inzwischen so etwas wie die hauseigene Psychologin. Menschen sprachen sie an, weil sie durch ihr Auftreten Kompetenz im Umgang mit seelischen Schmerzen und Engpässen vermittelte. Man brachte ihr die Art Vertrauen entgegen, das Menschen genießen, die selbst schon eine Zeit in der Hölle verbracht haben und durch Therapien oder Gespräche irgendwie herausgefunden hatten. Sie wussten, dass es eine Tür gab, denn sie hatten überlebt. Dadurch machten sie anderen Mut.

Frauke war klug genug zu wissen, dass jeder seine eigene Hölle in sich trug und seine eigene Tür finden musste. So individuell wie die Geschichten der Menschen waren, so unterschiedlich auch die Auswege, die sie suchten. Es musste am Ende für den Einzelnen stimmig sein.

Dr. Sergio Sielmann sah von seinem Fenster aus das Feuer. Er suchte gern die Nähe des Klinikchefs und seiner Frau. Am liebsten hätte sich der Investor mit ihnen angefreundet. Er ging runter und fragte, ob er sich dazusetzen dürfe.

Sommerfeldt nickte kaum merklich, denn eigentlich passte es ihm nicht. Er versuchte nur, höflich zu sein.

Frauke steckte die Handys weg und bot Sielmann einen Platz an.

Er sah eine Weile ins Feuer. Der Wind wehte den Rauch genau in seine Richtung. Es schien ihm nichts auszumachen. »Mein Mädchen für alles«, sagte er, vom Qualm eingehüllt, »ist bestimmt nicht religiös geworden. Je länger ich darüber nachdenke, umso mehr glaube ich, dass Boris einfach eine Scheißangst hat. Und ich frage mich, vor wem oder was.«

»Manche«, erklärte Frauke, »bekommen, wenn sie über sich selbst nachdenken, auch Angst vor sich selbst.«

Sommerfeldt nickte. »Manch einer ist sich selbst der größte Feind. Und vor sich selbst wegzulaufen bringt meistens nichts.«

Dr. Sergio Sielmann schwieg eine Weile und starrte ins Feuer. Die Flammen stimmten ihn milde mit sich und anderen. Er hatte ein Leben lang darunter gelitten, dass viele sich von einer Freundschaft mit ihm Vorteile versprachen. Er hatte immer den Verdacht, nicht um seiner selbst willen geliebt zu werden, sondern wegen seines Geldes und weil er in der Lage war, großzügig Privilegien und Jobs zu vergeben.

Zu diesem Dr. Ernest Simmel und seiner Frau hätte er gern eine freundschaftliche Beziehung aufgebaut. Er fühlte sich zu ihnen hingezogen, und genau dem verlieh er Ausdruck, indem er anbot, in die Klinik zu investieren. Er wusste schon im selben Augenblick, dass es ein Fehler war.

»Wenn Sie eine Finanzspritze benötigen, für einen Anbau oder so … Ich könnte mir gut vorstellen, Ihnen unter die Arme zu greifen …« Er sah, während er das sagte, traurig aus, als würde er von einer unheilbaren Krankheit berichten, die ihn ereilt hatte.

Frauke stellte ihm ihre Beobachtung zur Verfügung. »Warum gucken Sie dabei, als würde etwas Schreckliches geschehen?«

»Tue ich das?«, fragte er irritiert.

Sommerfeldt nickte, und Frauke sagte: »Wie ein kleiner Junge, der gleich anfangen könnte zu heulen.«

»Das kommt nur durch das Feuer und den Qualm«, wiegelte Sielmann ab.

»Haben Sie sich oft Freundschaften oder Liebe erkaufen müssen?«, wollte Frauke wissen.

Er zuckte zurück. »Sie sind aber sehr direkt – ich weiß das ja im Grunde zu schätzen ... Woher nehmen Sie Ihre Erkenntnis?«

Frauke sah ihm gerade ins Gesicht. Es war für ihn so, als würden aus ihren Haaren Flammen schlagen.

»Sie sind ein wohlhabender Mann, und Sie zeigen das auch sehr gern. Aber Sie tun es mit einer Verachtung für alle, die sich davon beeindrucken lassen. Sie locken Menschen mit Ihrem Geld und zerstören damit genau die Freundschaft, die Sie eigentlich gewinnen wollen.«

Er klatschte ihr zaghaft traurigen Beifall. »Ja. Das ist das große Drama meines Lebens.«

»Ich will Ihr Geld nicht«, stellte Sommerfeldt klar. »Wir suchen keinen Investor. Wir haben ein dickes eigenes Polster.«

Frauke zeigte auf Sommerfeldt: »Wenn Sie mit ihm reden, ist Ihr Geld im Grunde nichts mehr wert. Und weil Sie genau das wissen, suchen Sie seine Nähe.«

Sielmann konnte sie nicht länger anschauen. Er sah zu Sommerfeldt und versuchte, mit einem Scherz aus der Situation herauszukommen: »Wie halten Sie das mit ihr aus, Herr Simmel?«

Sommerfeldt antwortete: »Man sollte in ihrer Nähe die

Wahrheit ertragen können.« Er fügte hinzu: »Mir hilft ihre Klarheit oft. Mir selbst kann ich etwas vormachen. Ihr nicht.«

»Gern würde ich … um es mal mit Schiller zu sagen: Ich sei, gewährt mir die Bitte, in eurem Bunde der Dritte.«

Sommerfeldt mochte Menschen, die Literatur liebten, und Frauke schätzte Lyrikfans ganz besonders. Die zwei sahen sich an, sagten aber noch nichts.

Sielmann entschuldigte sich: »Ich weiß, das ist vermessen.«

»Hier geht's ja nicht um Gruppensex«, scherzte Sommerfeldt.

»Nein«, bestätigte Sielmann, »ganz sicher nicht. Aber in Ihrer Nähe spüre ich, was das bedeutet: in einen Menschen Vertrauen zu haben.«

»Vertrauen«, behauptete Frauke, »hat man zunächst mal in sich selbst.«

Sielmann hustete. Vielleicht lag es am Qualm, vielleicht auch an dem Gespräch. Es fiel ihm schwer, es auszusprechen: »Ich habe mein Leben einem Bodyguard anvertraut, der mich gerade schnöde verlassen hat …«

»Ja, das tut bestimmt weh«, sagte Frauke.

Sommerfeldt spottete: »Er hat Sie nicht für irgendetwas verlassen, sondern immerhin für Gott …«

Frauke deutete Sommerfeldt an, er solle keine Witzchen darüber machen.

»Seit ich hier bin, steigt die Zahl der Leute, die mich am Arsch lecken können – verzeihen Sie den Ausdruck – täglich.«

Jetzt sah Sielmann im Schein des Feuers aus, als hätte ihn eine tiefe Traurigkeit von innen ausgehöhlt und sein Körper sei nur noch Hülle.

Willi Klempmann fühlte sich eigentlich nur auf seiner Yacht so richtig wohl. Er musste draußen auf dem Meer sein. Das Festland, besonders Großstädte, empfand er als feindlich.

Es gab ein paar große Hotels, die er aufsuchte, wenn er Geschäftliches regeln musste. Das Atlantic in Wilhelmshaven. Das Haverkamp in Bremerhaven. Das Crown Plaza in Hamburg. Das Vier Jahreszeiten auf Borkum. Das Hotel Hanken auf Wangerooge. Das Regina Maris in Norddeich.

Er war ein Gewohnheitstier. Am liebsten an Bord und nie weiter von der Küste weg als unbedingt nötig. Ein Mann in seiner Position hatte viele Feinde und ließ sich gut bewachen.

Er hatte zwölf Millionen für die Yacht hingelegt, aber ihm war inzwischen schon das Doppelte dafür geboten worden. Doch was bedeutete Geld, verglichen mit diesem Schiff?

Seine Schiffscrew bestand aus sechs Personen. Ein Skipper. Ein Steward. Ein Koch, zwei Leibwächterinnen und eine Sekretärin.

Es gab zwei motorisierte Beiboote. Damit wurde manchmal Besuch an Bord gebracht und auch wieder zum Festland zurückgefahren.

Seit Willi Klempmann ein paar Wochen in Untersuchungshaft verbracht hatte, hielt er sich am liebsten außerhalb der Dreimeilenzone auf. Er mochte den Gedanken, dass der Begriff aus einer Zeit kam, als die Kanonen vom Festland nicht weiter reichten, also nach drei Meilen der Einflussbereich des Küstenstaats beendet war.

Heute galten zwar andere Gesetze, aber es tat ihm trotzdem gut, genügend Entfernung zum nächsten Hafen zu halten.

Seine Anwältin Larissa Sokolowa wäre am liebsten gekommen, um mit ihm alles an Bord zu besprechen. Sie wurde in der Kanzlei in Bremen auch gern *Brandbeschleunigerin* genannt, weil sie vor Gericht ein juristisches Feuerwerk abbrannte, das für die Gegenseite zu einem bedrohlichen Eskalationsszenario wurde. So kam man dann schneller zu Kompromissen. Erst ein Katastrophenszenario aufzubauen und dann zu beschwichtigen war ihre Taktik. Sie verstand es, so viel Druck wie möglich zu machen, um dann ganz freundlich eine außergerichtliche Einigung anzubieten.

Klempmann schätzte sie sehr, doch er ließ sich die E-Mail nur am Bildschirm zeigen und beschloss, dies sei kein Job für eine Anwältin, sondern für solche Fälle hatte er einen Mann fürs Grobe. Genauer gesagt, einen Profi, der sich Johann Baptist Reichhart nannte, nach dem letzten bayrischen Henker, der mehr als dreitausend Menschen hingerichtet hatte. Er hatte in der Weimarer Republik begonnen und lief in der Nazizeit zur Höchstform auf. Zu seinen Opfern zählten unter anderem Sophie und Hans Scholl. Nach dem Ende des Faschismus machte er für die US-Militärregierung weiter. Über hundertfünfzig Kriegsverbrecher und Nazigrößen starben durch seine Hand.

Klempmanns Killer identifizierte sich sehr mit Reichhart. Er war für ihn ein Beispiel dafür, dass Töten, gleich für welchen Herrn, ein Handwerk war. Er hatte sich sogar einen katholischen Erziehungsratgeber besorgt, den Reichhart in seiner Nebenbeschäftigung als Verlagsvertreter vertrieben hatte. Das Buch hieß *Von Mädchenglück und Frauenliebe.* Reichhart hatte antiquarisch vierhundert Euro dafür gezahlt, es aber nie gelesen. Er wollte nur etwas von seinem Vorbild besitzen.

Der legendäre sadistische Profikiller Geier hatte lange für Klempmann gearbeitet. Doch da er seinen letzten Auftrag nicht überlebt hatte, war Johann Baptist Reichhart sein würdiger Nachfolger, fand Klempmann.

Reichhart galt als Vollprofi. Seine Auftraggeber konnten genaue Anweisungen geben, was wie geschehen sollte. Er führte alles kalt aus. Gegen einen Aufpreis gab es Filme, Fotos oder auch eine Liveshow per Video.

Willi Klempmann hatte auch diesen Menschen nicht gern an Bord. Ihn umgab der Nimbus des Todes. Er hatte etwas Unheimliches, zutiefst Abgründiges an sich. Manche Menschen begannen in seiner Gegenwart plötzlich zu stottern, anderen brach der Schweiß aus. Ein Vorstadtganove aus Düsseldorf war angeblich mal, als Reichhart ihm die Hand zur Begrüßung schütteln wollte, kollabiert.

Es rankten sich viele Geschichten um den Henker. Nicht alle waren wahr. Gute Profikiller waren wie Markenartikel. Man zahlte nicht nur für ihre Arbeit, sondern auch für ihren Ruf.

Der eine Clan schickte besoffene Schlägerbanden, der andere einen geschätzten Fachmann. Reichhart wurde auch *Präsidentenkiller* genannt, aber keineswegs, weil er einen Staatspräsidenten erschossen hatte. Der Präsident eines Fußballvereins, der eine Menge Feinde hatte, war überfahren worden, und diesen Unfall dichtete man Reichhart an.

Er unternahm nichts dagegen, denn am Ende waren die Legenden, die sich um seinen Namen rankten, Geld wert.

Johann Baptist war vom Flugplatz Ganderkesee mit seiner einmotorigen Turboprop PC-12 nach Borkum geflogen. Meist flog er allein und hatte im Frachtraum sein Motorrad. Er landete auf Borkum und wurde von einem Schlauchboot abgeholt, in dem er zu Klempmanns Yacht gebracht wurde.

Die Personenschützerin stellte sich knapp als Christine vor. Sie war nicht nur eine äußerst attraktive Frau, sie war auch im Nahkampf bestens ausgebildet. Als hervorragende Kickboxerin hatte sie ihren Beruf als Steuerfachwirtin aufgegeben und beschützte Klempmann für mehr als das Dreifache ihres damaligen Monatsgehalts.

Sie tastete Reichhart nach Waffen ab. Er ertrug es nicht nur lächelnd, sondern tat so, als sei es eine erotische Anmache von ihr. Er stöhnte lustvoll. Damit kam er bei ihr gar nicht gut an. Sie wusste, wie gefährlich er war, und wollte ihm nicht die geringste Unverschämtheit durchgehen lassen.

Er machte eine Hüftbewegung in ihre Richtung, als würde er sie bereits penetrieren.

Sie guckte ihn demonstrativ mitleidig an: »Ja, das war bestimmt schwer ... So, wie Sie aussehen, hat Ihre Mutter Sie hoffentlich geliebt, aber danach bestimmt keine andere mehr.«

Er musste sich beherrschen. Er war kurz davor, ihr ins Gesicht zu schlagen. Er stellte sich vor, ihre Lippen würden aufplatzen.

Sie verzog den Mund: »Oh – Ihre Mutter auch nicht? Ich kann sie verstehen. Aber das muss bitter für Sie gewesen sein.«

Sie nahm eine hohe Welle frontal. Gischt spritzte ins Boot. Reichhart wischte sich übers Gesicht.

Christine hatte in Willi Klempmanns Nähe schon einige Schwerkriminelle kennengelernt. Sie wusste, wie sie mit ihnen umgehen musste. Klempmann hatte es ihr von Anfang an gesagt, gleich am ersten Tag: »Sei freundlich, aber klar abgegrenzt. Lass dir nichts gefallen. Die versuchen immer, dich auszutesten. Wer nachgibt, hat verloren. Lass sie spüren, dass du kein Opfer bist. Kein Objekt, sondern handelnde Person. Befehle nimmst du nur von mir entgegen, niemals von jemand anderem.«

»Sie machen«, grinste Reichhart anzüglich, »so einen unbefriedigten Eindruck. Das ist gar nicht gesund. Wenn Sie gern erfahren möchten, wie gut sich eine Frau nach multiplen Orgasmen fühlt, dann sind Sie bei mir an der richtigen Adresse.«

»Toller Anmachspruch«, konterte sie. »Ist darauf schon mal eine reingefallen? Haben Sie vielleicht auch noch magische Kräfte und können durch Handauflegen meine Brüste vergrößern?«

Er reagierte nicht sofort, sondern suchte nach einer passenden Antwort, da stellte sie klar: »Der letzte Magier, der das bei mir versucht hat, ist zu Fischfutter geworden.«

Sie ließ das Schlauchboot absichtlich hin und her wackeln, als könne es jeden Moment kentern. »Manchmal«, warnte sie ihn, »wehen hier plötzliche Böen. Nordsee ist Mordsee, sagt man auch. Sie wären nicht der Erste, der hier über Bord geht.«

Dann kümmerte sie sich nicht mehr um ihren Passagier, sondern steuerte das Boot aus der Dreimeilenzone direkt neben Klempmanns Yacht. Der stand oben an Deck und begrüßte den Gast mit: »Willkommen im Paradies!« So hatte er seine neue Yacht genannt.

Er war ein wurzelloser Mensch, der sich nirgendwo zu Hause fühlte, aber genau danach Sehnsucht hatte. Er empfand dieses Boot tatsächlich als sein Paradies. Doch ohne seine Frau Silvia ging es ihm auch hier nicht lange gut.

Er hatte nicht vor, mit Reichhart zu speisen. Es gab heute Knurrhahn. Dazu Nordseekrabben, Kartoffeln und zerlassene Butter. Er wollte das Gespräch hinter sich bringen und dann alleine essen.

Er bot Reichhart einen Drink an. Er trank Wasser, Reichhart einen Black Island Gin von der einzigen Gin-Manufaktur auf den ostfriesischen Inseln, mit Wasser der Langeooger Süßwasserlinse. Klempmann betonte, dieser Gin schmecke nicht einfach nach Wacholder sondern darin seien auch der Duft von

Hibiskusblüten, Sanddornbeeren, ja sogar Wattqueller enthalten. Nach diesen Worten wäre es fast schon eine Beleidigung gewesen, wenn Reichhart etwas anderes gewünscht hätte.

Obwohl Klempmann so sehr von dem Gin schwärmte, blieb er beim Wasser.

Sie saßen sich am Kapitänstisch gegenüber, in den ein Kompass eingelassen war. Die Nadelspitze zeigte auf Reichhart wie ein Pfeil, der jeden Moment abgeschossen werden konnte.

»Also, machen wir es kurz«, schlug Klempmann vor, nachdem alle am Gespräch nicht Beteiligten den Raum verlassen hatten. »Maximilian Bagger – der Name sagt Ihnen etwas?«

Reichhart bestätigte mit einem Blick. Erst dann fuhr Klempmann fort: »Also, dieser Herr hat mir eine Drohung geschickt. Sein Sohn ist an einer Überdosis gestorben. Lodwijk van Eeden und seine Dilettantentruppe werden zu einem Problem für mich.«

Klempmann warf Fotos auf den Tisch und zündete sich eine kubanische Zigarre an. Der Duft der Cohiba erfüllte den Raum und überdeckte den Fischgeruch aus der Küche sofort.

Reichhart erkannte Tarek, Mihailo, Siggi und Doc Holliday sofort. Das Gesicht von Fabian Link sagte ihm zunächst nichts. Es gab auch noch ein paar andere Fotos, mit denen er nichts anfangen konnte. Er tat aber so, als wisse er Bescheid. Dann dämmerte ihm, wer dieser Link war: ein Exbulle, der sich jetzt als Hobbydrogenfahnder öffentlich feiern ließ.

Klempmann deutete auf Link: »Der macht uns schon viel zu lange Schwierigkeiten. Direkt als es losging, haben wir eine App auf seinem Handy installiert.« Klempmann grinste breit. »Es ist im Grunde unser Handy. Also, er hat es von uns. Sein Diensthandy. Er arbeitet für uns, ohne es zu wissen.«

Klempmann machte eine kleine Pause und wartete auf die Wirkung seiner Worte. Er hoffte, sein Gegenüber damit zu beeindrucken. Da der Henker nicht wirklich reagierte, sondern sein Pokerface bewahrte, erklärte Klempmann: »In dieser Organisation gegen die Legalisierung.« Er sprach das Wort *Organisation* aus, als würde er einen Witz erzählen. »Christine schickt Ihnen später die Zugangsdaten.« Er sah Reichhart an und fuhr eindringlich fort: »Die gesamte Kette zu mir muss unterbrochen werden. Niemand darf am Leben bleiben, der die Ermittlungsbehörden zu mir führen könnte.«

»Reihenfolge?«, fragte Reichhart, erfreut über den großen Auftrag. Sein Vorbild, der echte Reichhart, hatte es angeblich mal auf dreißig Hinrichtungen an einem Tag gebracht.

»Die Reihenfolge interessiert mich nicht. Aber es muss alles sehr schnell gehen. Brauchen Sie Unterstützung? Ich könnte Ihnen zwei junge Talente zur Seite stellen.«

»Nein, danke, ich arbeite lieber allein.«

»Es gibt zwei Verbindungsketten, die gekappt werden müssen«, stellte Klempmann klar. »Die der Dealer und die der Lehrer beziehungsweise Eltern.«

»Schon kapiert. Was ist mit den Kids?«

Reichhart nahm ein kurzes Zögern bei Klempmann wahr. Die Vorstellung, eine Reihe von Schülern umzubringen, war selbst ihm nicht ganz geheuer.

»Lassen Sie es wie Unfälle aussehen. Bei den Kids eine Überdosis oder so, bei unseren Leuten schieben wir es Sommerfeldt in die Schuhe. Aber bei den Eltern brauchen wir Selbstmorde oder Unfälle. Da glaubt kein Mensch an diesen Sommerfeldt.«

Reichhart roch am Gin, nahm einen Schluck und erhob sich. »Ich werde Sie nicht mit Details belästigen. Ich arbeite mich durch, und ich wette, ich werde noch ein paar Namen erfahren.« Er lächelte. »Betrachten Sie die Angelegenheit als erledigt. Mein Preis beträgt pro Person …«

Klempmann hob seine rechte Hand. Reichhart schwieg sofort.

»Ich zahle Ihnen hunderttausend sofort und eine Million, wenn alles erledigt ist. Eine zusätzliche Million kommt in einem halben Jahr, wenn sich bis dahin für mich aus der Sache keine juristischen Schwierigkeiten ergeben haben. Also, arbeiten Sie gründlich.«

»Das werde ich«, versprach Reichhart. Fast hätte er die Hacken zusammengeknallt und die Hand zum militärischen Gruß an die Stirn gelegt.

Christine wartete vor der Tür. Sie händigte ihm einen Jutebeutel aus, darauf stand: *Reif für die Insel.* Darin befanden sich hunderttausend in bar.

Sie zeigte ihm einen Zettel. Darauf zwölf Namen. Er wollte den Zettel an sich nehmen, doch sie zog ihn sofort wieder weg. Sie schüttelte den Kopf und sah ihn streng an: »Ich selbst«, sagte sie, »habe ein fotografisches Gedächtnis. Können Sie es wenigstens auswendig lernen?«

Die Lichtverhältnisse waren nicht gut. Er brachte seine Augen näher ans Papier.

»Das ist doch hoffentlich nicht zu viel verlangt?«, spottete sie.

Sie wollte den Zettel zusammenknüllen. Er hielt sie auf: »Noch nicht.«

Er las weiter und sagte sich die Namen laut auf, um sie besser behalten zu können.

»Ich wusste, dass Sie nichts draufhaben«, zischte sie. »Sie sind für den Job auch schon viel zu alt.«

»Ich bin der Beste«, behauptete er. »Sonst hätte George mich nicht gerufen.«

Sie verzog spöttisch den Mund. »Na, Opa, hast du's jetzt?«

Er berührte mit dem Finger noch einmal den letzten Namen und las ihn laut vor. »Ja, danke.«

Wie, um ihn zu verspotten, knüllte sie das Papier zusammen, steckte es sich in den Mund und aß es auf. Dabei bemühte sie sich, einen Eindruck zu erwecken, als hätte sie eine köstliche Speise probiert.

Er würde diesen Moment nie vergessen. Genau das wusste sie, und deshalb hatte sie es getan.

Sie fuhr Reichhart im Schlauchboot nach Borkum zurück. Sie sprachen kein einziges Wort mehr miteinander.

Mihailo wollte mit dem Zug nach Meppen fahren, um sich bei seiner Mutter in seinem alten Kinderzimmer zu verkriechen. Sie wohnte alleine in dem alten Haus an der Ems. Ihr Mann war seit vielen Jahren tot. Sie pflegte sein Grab mit der gleichen Gewissenhaftigkeit, wie sie das Zimmer ihres Sohnes ständig in einem Zustand hielt, als könne er täglich zu Besuch kommen oder würde wieder bei ihr einziehen wollen.

Immer standen frische Blumen auf der Fensterbank. Sie kochte Pflaumen ein, Kirschen und Äpfel aus dem eigenen Garten. Sie zog Tomaten. Die Salatköpfe wucherten bei ihr zu erstaunlicher Größe.

Er wollte, verletzt und verängstigt, gern wieder Kind werden, sich eine Weile bemuttern und bekochen lassen. Sie würde vor Mitleid zerfließen, das war ihm klar, und sie würde die Geschichte mit dem Fahrradunfall nur zu gern glauben.

Doch er kam nicht mehr bis zu ihr. Er, der sonst so misstrauisch war, hatte nicht bemerkt, dass ihm jemand vom Tattoo-Studio zum Bahnhof gefolgt war.

Siggi war dagegen, dass sie sich trennten, doch Tarek spottete: »Was hat es denn gebracht, dass wir zusammen waren? Er hat uns alle verarscht. Ihm sind wir nicht gewachsen. Ihm und seiner Hexe.«

»Wir hätten ihn umlegen sollen!«, tönte Siggi.

Doch Mihailos Entschluss stand fest: Er wollte zu seiner Mutter. Bevor der Zug in Leer hielt, war Mihailo bereits tot.

Er saß allein in der ersten Klasse und blätterte im DB-Mobil-Heft. Reichhart rammte eine billige schwarze Klinge in sein Herz. Er hatte das Kampfmesser mit Ledergriff und -scheide in Emden gekauft. Er nahm das, was sich gerade anbot. Massenware. Klingenlänge 17,5 Zentimeter.

Er hätte es am liebsten stecken lassen und vorher noch einmal umgedreht, um ganz sicher zu sein, dass der Stich tödlich war. Doch um Sommerfeldt zu imitieren, musste er das Messer entfernen.

Er putzte die Klinge zunächst an Mihailos Hosenbein ab, dann wickelte er sie in die DB-Mobil-Zeitschrift und verließ den Zug. Er kaufte sich einen Kaffee zum Mitnehmen und entsorgte das Messer in einer Mülltonne.

Für Johann Baptist Reichhart war das ein Routinejob. Fast schon langweilig. Er amüsierte sich darüber, wie viel Aufregung nun in der Drogenhändlerszene herrschen musste. Spätestens jetzt war klar, dass es eine Abschussliste gab. In diesem Fall wohl eher eine Abstechliste, grinste er.

Der nächste Kandidat würde deswegen schwieriger zu erledigen sein. Kaum denkbar, dass jemand, der sich bedroht fühlte, so arglos mit dem Zug fuhr.

Vielleicht, dachte er, inszeniere ich jetzt erst einmal einen Unfall für Herrn Bagger. Bei dem, was die ostfriesischen Bullen mit den Dealermorden zu tun haben, werden sie sich um Unfälle kaum kümmern.

Holger Bloem wollte Niklas Eisenmann in Osnabrück besuchen, doch der schlug vor, stattdessen in die Redaktion zu kommen. Manche Menschen, so wusste Holger aus Erfahrung, ließen Journalisten nicht gern in ihre Wohnung oder an ihren Arbeitsplatz. Dort konnten sie sich am wenigsten verstecken. Die Bilder, die sie an der Wand hängen hatten, ihre Bücher und Möbel erzählten etwas über sie.

Er fand auch, dass Gärten viel über Menschen aussagten. Fühlte sich jemand zwischen Kieselsteinen wohl oder zwischen Rosensträuchern? Pflanzte jemand Obst und Gemüse an oder Sträucher und Blumen? Bot jemand Insekten und Wildpflanzen ein Zuhause, oder bekämpfte jemand alles, was sich nicht beherrschen und begrenzen ließ?

Niklas Eisenmann spielte immer noch den weltgewandten, sportlichen Intellektuellen, kam für Bloem aber wie ein eitler Geck rüber, der auf dreißig machte, aber längst jenseits der fünfzig war. Er hatte seit ihrem letzten Treffen ein paar Kilo zugelegt, trug aber immer noch Anzüge, die seine muskulösen Arme und seinen durchtrainierten Oberkörper zur Geltung brachten.

Er versuchte, sich dynamisch in Szene zu setzen. Er wusste, dass die Berichte von Holger Bloem zum Ruhm von Ann Kathrin Klaasen einen großen Beitrag geleistet hatten. Zwei Interviews, die er exklusiv mit ihr geführt hatte, waren von zig

Zeitungen nachgedruckt worden. Er hatte mit dem Serienkiller Dr. Bernhard Sommerfeldt legendäre Gespräche geführt. Seine Porträts von Kriminellen, Künstlern oder Fahndern warfen auf die jeweilige Person ein Scheinwerferlicht, wodurch sie weit im Land zur Kenntnis genommen wurden. Talkshoweinladungen folgten meist.

Er erhoffte sich einiges von dem Gespräch, war aber auch vorsichtig. *Wer mit der Presse ins Bett geht, darf sich nicht wundern, wenn er in der Öffentlichkeit wieder wach wird,* hatte ihn einst Dirk Klatt gewarnt. Dem BKA-Mann hatte er viel zu verdanken. Ruhm konnte hilfreich sein, aber auch zum Klotz am Bein werden. Wenn die eine Zeitung einen hoch lobte, machte die andere einen gern fertig, nur um ihren Lesern etwas Neues, anderes zu bieten.

Holger reichte dem geheimnisumwitterten Kommissar nicht ohne Stolz das neue Ostfriesland Magazin und bot ihm Tee an.

Nach kurzem Smalltalk über die neu gestaltete Wasserkante in Norddeich kamen sie zur Sache. Holger schaltete kein Aufnahmegerät ein, weil er wusste, dass es Interviewpartner oft nur dazu brachte, diese klinisch sauberen Sätze zu sagen. Nur wer sich frei fühlte, kam richtig mit der Sprache heraus.

»Ich habe mich lange mit Ihrem Werdegang bei der Polizei beschäftigt. Sie haben eine erstaunliche Karriere hingelegt.«

Eisenmann schmunzelte gebauchpinselt, fürchtete aber auch, eingelullt und aufs Glatteis geführt zu werden. Er wollte wachsam sein. Er hatte das Gefühl, dieses Gespräch könnte lebensentscheidend werden.

Bloem stellte sich gern unwissender, als er war, um seine Gesprächspartner aus der Reserve zu locken. Eine typisch ostfriesische Methode. Wenn der andere sich überlegen fühlte, machte er Fehler.

»Sie haben eng mit Dirk Klatt zusammengearbeitet«, stellte Holger fest.

Eisenmann sah zur Decke. »Gott sei seiner Seele gnädig.«

Holger Bloem bezweifelte Eisenmanns herausgestellte Frömmigkeit.

»Ja«, fügte Eisenmann hinzu, »ich habe ihm viel zu verdanken. Er war ein Mann, der Talente erkannte und dann förderte. Solche Leute sind heutzutage selten geworden.«

»Was ist an den Gerüchten dran, dass Sie die sogenannte Ninja-Truppe aufgebaut haben?«, fragte Holger.

Eisenmann lächelte gekünstelt. Das war genauso eine Stelle. Bloem forderte ihn damit heraus, ihn zu belehren. Natürlich wusste dieser Chefredakteur genau, dass er diese Einheit gegründet hatte. »Offiziell hat es die Ninjas nie gegeben.«

Holger sah ihn komplizenhaft an: »Ach, kommen Sie.«

Eisenmann öffnete sein Jackett, reckte den Hals und zog seine Krawatte in eine bequemere Position. Er gab sich freizeitmäßig und jovial. »Also, unter uns Pastorentöchtern: Wir haben für unser Land – die Bundesrepublik Deutschland – so manches Eisen aus dem Feuer geholt.« Er sprach *Bundesrepublik Deutschland* so aus, als könne man vermuten, Bloem wisse nicht, von welchem Land die Rede war, wenn Eisenmann *unser Land* sagte.

Holger hörte nur zu. Er schrieb noch nicht mit. Das Spiel begann erst. Noch hatte er ihn nichts gefragt, was er nicht längst wusste, und das war beiden klar.

Eisenmann sonnte sich im Glanz der Gerüchte: »Wir haben nur die Besten der Besten genommen. Ich selbst habe sie ausgesucht. Es ist gar nicht so leicht, eine Gruppe der Besten zu führen. Wissen Sie überhaupt, was das bedeutet, Herr Bloem?«

Holger stellte sich ahnungslos.

»Nun, es heißt, dass Sie als Chef nicht in allem der Beste sein können. Daher entsteht in Deutschland diese Diktatur der Mittelmäßigkeit über die herausragend Guten. Welcher Chef stellt denn Leute ein, die besser sind als er selbst? Er muss doch Angst haben, von ihnen ausgetrickst und überholt, ja kaltgestellt zu werden. Er wird sich also hüten und niemals Leute holen, die besser sind als er. Aber genau das musste ich tun. Ein Team von Leuten zusammenstellen, die alle in ihren Bereichen besser waren als ich, gleichzeitig aber auch bereit waren, meine Befehle auszuführen und sich ständig und immer mir gegenüber loyal zu verhalten.«

Holger lobte ihn: »Kein leichtes Unterfangen.«

»Sie sagen es. Gleichzeitig musste alles geheim bleiben. Angeber konnten wir nicht brauchen. Der Charaktertest war hart. Leute mit zu aufgeblasenem Ego hatten keine Chance.«

Na, dachte Holger, dann konnten Sie ja wenigstens darin den Spitzenplatz belegen. Das sagte er aber nicht.

Eisenmann breitete die Arme aus, als sei dieses Redaktionsbüro eine Showbühne. »Und hier sitzt nun der Mann vor Ihnen, der etwas geschaffen hat, das sehr effektiv sein musste, aber das es eigentlich gar nicht geben durfte.«

Er sah aus, als würde er Applaus erwarten.

»Was haben Ihre Ninjas denn in Wirklichkeit gemacht?«, wollte Holger wissen.

Eisenmann legte einen Zeigefinger über seine Lippen und machte: »Pssst! Alles topsecret. Aber so viel kann ich Ihnen sagen, Herr Bloem – wir haben Gefahren beseitigt, bevor sie entstanden sind, und dadurch unserem Land große Dienste erwiesen.«

Holger guckte fragend.

»Sagen wir mal so: Wenn es islamistischen Terroristen nicht gelungen ist, eine schmutzige Atombombe in Hamburg zu zünden, dann haben wir dabei eine nicht ganz unwichtige Rolle gespielt.«

»Davon habe ich nie gehört.«

Eisenmann grinste breit: »Eben.«

»Es gibt auch ein paar Kollegen von mir«, sagte Holger, »die zweifeln an, dass große Erfolge auf das Konto Ihrer Ninjas gehen. Die verorten das alles im Reich der Legenden und sagen, es war eine teure Truppe, aber sie ist nie zum Einsatz gekommen.«

»Ja«, amüsierte Eisenmann sich, »weil sie keine Interviews bekommen. Verschwiegenheit ist unser oberstes Prinzip.«

»Haben die Ninjas gezielt Personen ausgeschaltet?«, wollte Holger wissen.

»Sie meinen, ob wir Gefährder neutralisiert haben, bevor sie zuschlagen konnten? So nach dem amerikanischen Vorbild, mit einer Drohne in einem fremden Land? Todesstrafe ohne Gerichtsurteil?«

Holger Bloem nickte.

»Wenn wir das getan hätten, glauben Sie, einer von uns würde dann darüber reden?«

»Die Behörden geben stolz bekannt, wie es ihnen gelungen ist, einen mutmaßlichen Terroristenführer aus der Luft zu erledigen.«

»Ja«, bedauerte Eisenmann, »die Amerikaner haben ein anderes Verhältnis zu Gewalt und zu Präventivschlägen als wir. Unsereiner muss noch Angst haben, dass es herauskommt und man dann bloßgestellt wird. Man riskiert sein Leben, verhindert Katastrophen und ist hinterher seinen Job los, falls man nicht im Knast landet. Für uns und unser Handeln fehlen alle juristischen Grundlagen.«

Holger hakte nach: »Wurde die Truppe deswegen aufgelöst?«

Die Fotografin Ute Bruns trat in Bloems Büro. Sie wollte ihm Landschaftsaufnahmen fürs nächste Magazin mit dem Schwerpunkt Dornum zeigen. Das Schloss in der einstigen Herrlichkeit Dornum war Sitz ostfriesischer Häuptlinge gewesen. Sie sah, dass Holger Besuch hatte und die Atmosphäre von Misstrauen aufgeladen war. Für so etwas hatte sie ein Gespür.

Sie bat für die Störung um Entschuldigung, legte alte Hefte auf Holgers Tisch, in denen schon einmal über die Beningaburg und die St.-Bartholomäus-Kirche berichtet worden war. Sie verschwand augenblicklich wieder, ja war froh, nicht länger in dem Raum bleiben zu müssen.

Eisenmann zeigte auf die Hefte: »Wenn Sie wüssten, wie sehr ich Sie um Ihre Arbeit beneide, Herr Bloem. Sie können sich mit den schönen Dingen der Welt beschäftigen. Ich habe es nur mit krankem Abschaum zu tun.«

Holger kam zu seiner Frage zurück: »Wurde die Truppe aufgelöst, weil es für ihr Handeln keine Rechtsgrundlage gab?«

»Stellen Sie sich nicht naiver, als Sie sind, Herr Bloem. Man kann nicht auflösen, was gar nicht existiert hat. Aber ich sage Ihnen: Jedes Land hat so eine Ninja-Truppe. Sonst sähe es auf der Welt noch viel, viel schlimmer aus.«

»Was ist aus Ihren Leuten geworden?«

»Verbitterte alte Männer und Frauen, die Kurse an der Volkshochschule geben.«

»Das glaube ich nicht.«

Er beugte sich in Holgers Richtung vor: »Worauf wollen Sie hinaus?«

»Haben Ihre Leute oder ehemaligen Leute – wenn Sie so wollen – etwas mit dem Mord an Lodwijk van Eeden zu tun?«

Eisenmann setzte sich anders hin, schlug die Beine übereinander und legte die Hände auf sein rechtes Knie. Er wollte Zeit für eine Antwort gewinnen. Er nahm eine abwehrende Haltung ein: »Sie haben mich hierhergelockt, weil Sie vorgaben, ein Porträt über mich schreiben zu wollen. Das war aber nie geplant, stimmt's? In Wirklichkeit spielen Sie Ann Kathrin Klaasens Spiel. Sie versuchen, ihren Freund Sommerfeldt zu entlasten, und wollen mir oder meinen Leuten den Mord in die Schuhe schieben. Das ist lächerlich und leicht zu durchschauen.«

»Ich bin nur auf der Suche nach der Wahrheit.«

»Sind wir das nicht alle, Herr Bloem?«

»Und was ist die Wahrheit?«

Eisenmann seufzte: »Ich verstehe Sie ja. Nicht alle können mit der Situation gut umgehen. Stellen Sie sich das doch mal richtig vor. Gute junge Leute. Heiß darauf, sich zu beweisen. Die Besten der Besten. Und dann wird Ihre Eliteeinheit mit einem bürokratischen Federstrich aufgelöst. Nicht alle finden sich mit so etwas ab …«

Sein letzter Satz hing in der Luft, als warte er auf ein Echo oder eine Vervollständigung.

»Und machen auf eigene Faust weiter«, ergänzte Holger.

Eisenmann hob die Arme und ließ sie kraftlos wieder fallen. »Sie suchen die Nadel im falschen Heuhaufen, Herr Bloem.«

»Wo würden Sie suchen?«

»Nun, einige haben sich beworben, aber die psychischen

Tests nicht bestanden. Zu wilde Heißsporne. Zu großer Ehrgeiz. Politisch extrem oder voller Hass. Einige wollten auch zu so einer Ninja-Truppe, weil sie noch eine Rechnung offen hatten, die sie begleichen wollten.«

Holger lief es kalt den Rücken runter. Da konnte etwas dran sein. Abgelehnte Kandidaten … Oder wollte Eisenmann ihn damit nur auf eine Fehlspur ansetzen, um von seinen eigenen Leuten abzulenken?

»Viel Glück«, sagte Eisenmann. Es klang ehrlich. »Ich gehe ja wohl recht in der Annahme, dass Sie nie vorhatten, ein Porträt über mich zu schreiben.« Er wuchtete sich aus dem Sessel hoch und ging zur Tür. Er zögerte noch kurz, den Raum zu verlassen.

»Ich danke Ihnen für dieses Gespräch«, rief Holger ihm nach.

Eisenmann knallte die Tür hinter sich zu.

Holger sah ihm nach, wie er vom Parkplatz fuhr. Dann rief Holger Rupert an und berichtete von dem Gespräch.

Rupert und Weller waren in einem Raum in der Polizeiinspektion in Norden. Da in Norddeich ein Boot explodiert war, hatten sie die Ermittlungsgruppe von Aurich nach Norden verlegt. Das war beiden recht, weil sie weniger fahren mussten und viel mit dem Fahrrad erledigen konnten. Bei Feierabend waren sie Minuten später zu Hause.

Rupert schaltete auf laut.

»Ein abgelehnter Kandidat …«, sinnierte Weller und fragte sich selbst: »Fabian Link?«

Rupert gab das an Holger weiter. »Ist ein Fabian Link unter den abgelehnten Kandidaten?« Rupert spielte am Telefon herum. Er drückte auf den Lautsprecherknopf. Jetzt konnte Weller Holger nicht mehr hören.

Weller zeigte auf seine Ohren. Rupert reagierte nicht. Er mochte es, manchmal einen Informationsvorsprung zu haben. Er kam sich dann intelligenter vor als die anderen.

Holger hustete: »Jungs, ich mache ein Monatsmagazin. Unsere nächste Ausgabe hat 132 Seiten. Ich kann eure Jobs nicht auch noch übernehmen. Ein bisschen was müsst ihr schon selber machen.«

»Was sagt er?«, fragte Weller. »Ich verstehe nichts.«

Rupert legte auf. »Er hat gesagt, dass wir faule Schweine sind und gefälligst unsere Arbeit machen sollen. Also, ich glaube, er meinte damit eher dich.«

Weller zeigte Rupert den Mittelfinger.

Jemand zu töten war für Johann Baptist Reichhart überhaupt kein Problem. Es belastete sein Gewissen nicht. Er tat es, wie andere nach einer Mücke schlugen, die auf ihrem Arm saß und sich an ihrem Blut laben wollte.

Er arbeitete präzise und schnell. Um Zeugen machte er sich wenig Gedanken. Die waren immer viel zu aufgeregt, um später konkrete Angaben machen zu können. Außerdem ließen Zeugen sich einschüchtern oder ausschalten.

Viel gefährlicher für ihn waren die Kameras an öffentlichen Plätzen. Die meisten Aufnahmen wurden nach vierundzwanzig Stunden gelöscht, aber im Fall von Kapitalverbrechen suchten die Ermittler routinemäßig alle Kameras im Umkreis. Selbst wenn die eigentliche Tat nicht aufgenommen worden war, konnte vielleicht hinterher so bewiesen werden, dass er sich zum Tatzeitpunkt in der Nähe aufgehalten hatte. Die herrliche Coronazeit, in der er, ohne den geringsten Verdacht zu erregen, mit einer medizinischen Maske vor Mund und Nase herumlaufen konnte, war ja nun leider vorbei.

Er wollte heute noch fleißig sein und Herrn Bagger erledigen. Aber es wie einen Unfall aussehen zu lassen, das sagte sich so leicht. Etwas Schwierigeres gab es kaum. Eine Schusswaffe fiel aus. Selbst wenn die Zielperson eine eigene Waffe besaß, war es unglaubhaft, dass sich jemand beim Reinigen der Pistole versehentlich erschoss. Selbstmorde ohne Abschiedsbriefe waren unglaubwürdig.

Autounfälle ließen sich nur schwer und unter großem Aufwand inszenieren. Ein tödlicher Ausgang war nicht leicht vorauszusagen.

Aber die meisten tödlichen Unfälle passierten ohnehin im Haushalt. Ein unglücklicher Sturz von der Leiter beim Gardinenaufhängen. Ein defektes Stromkabel… Obwohl, so fein, wie heutzutage die meisten Sicherungen eingestellt waren, flogen sie raus, bevor etwas passieren konnte. Tragischerweise stellte die Firma Doepke in Norden diese kleinen Lebensversicherungen für die ganze Welt her.

Reichhart zog sich Handschuhe an und klingelte bei Bagger. Er hatte noch keinen Plan. Er wollte sich inspirieren lassen und dann ganz spontan handeln.

Es war gefährlich, sich einfach treiben zu lassen, aber er vertraute auf seine große Erfahrung. Er verstand es, Chancen zu sehen und zu nutzen.

Maximilian Baggers Alkoholfahne schlug ihm entgegen. Das war schon mal gut. Bei einem Angetrunkenen war ein Unfall gleich viel glaubwürdiger.

»Ich habe Informationen für Sie«, versprach Reichhart, um sich gewaltfrei Zugang zur Wohnung zu verschaffen.

Maximilian Bagger musterte den Besucher misstrauisch.

»Sie sind doch der Vater von Finn-Leandro?«, fragte Reichhart.

Maximilian Bagger ließ seinen Mörder herein. »Ja. Der bin ich. Was wissen Sie, was ich nicht weiß?«

»Sagt Ihnen der Name Klempmann etwas?«

Maximilian Bagger war sofort elektrisiert, versuchte aber, das nicht zu zeigen, sondern machte auf cool. »Kommen Sie zu mir, weil Sie Geld wollen?«

Reichhart ging zu den Aquarien. Jetzt wusste er, wie er es machen würde. Ein Fehler beim Säubern. Beide Hände im Becken. Wasser. Strom. Eine gefährliche Mischung.

»Ich habe mal Diskus-Buntbarsche gezüchtet«, behauptete Reichhart.

Bagger goss sich einen Cognac ein. Er wollte seinem Gast auch ein Gläschen anbieten, doch dann sah er die behandschuhten Hände auf dem beleuchteten Aquarium. Wer trug bei dem Wetter schwarze Lederhandschuhe?

Bagger begriff sofort, dass es um sein Leben ging. Da waren zwei widerstrebende Gefühle in ihm. Ein heftiger Fluchtreflex trieb ihn Richtung Tür, aber stärker noch war die Wut in ihm auf die Mörder seines Sohnes, auf diese ganze verfluchte Drecksbande. Und dieser Kerl da gehörte dazu. Vielleicht war er einer von denen, die Zeugen einschüchterten. Vielleicht hatte er Wilko Schmidts Katze die Haut abgezogen.

»Nicht mit mir!«, brüllte Maximilian Bagger, warf das Glas vor Reichharts Füße und griff ihn an. Die Ablenkung mit dem Glas gelang. Für den Bruchteil einer Sekunde guckte Reichhart nach unten. Bagger traf ihn mit einem Aufwärtshaken, dann mit einer rechten Geraden.

Reichhart krachte mit dem Rücken gegen das 400-Liter-Aquarium. Er hatte sich das einfacher vorgestellt. Er war ohne

Frage an einen ehemaligen Boxer geraten. In seinen Augen ein alter, angetrunkener Mann, aber trotzdem erstaunlich schnell und mit einer Schlagkraft, die Reichhart nicht so gern zu spüren bekommen wollte.

Bagger tänzelte vor ihm herum, die Fäuste oben. Gut gedeckt versuchte er, einen neuen Treffer zu landen. Reichhart hätte ihn am liebsten abgestochen, aber er durfte jetzt nicht mit der Sommerfeldt-Methode töten.

Er zog seinen Elektroschocker. Er ließ das Ding knistern, um Bagger auf Abstand zu halten. Die Blitze zwischen den zwei Kontakten ließen einen blauen Lichtbogen entstehen.

Bagger versuchte, ihm den Viehtreiber aus der Hand zu schlagen. Er erwischte Reichhart an der Schulter, doch dann verpasste der Bagger einen Stromschlag. Er brach sofort zitternd zusammen.

Reichhart kniete sich auf die Brust des Mannes und drückte ihn nieder. Aus Reichharts Tasche fiel eine Stahlschlinge. Er steckte sie rasch wieder ein und kniete sich so neben Maximilian Bagger, dass er ihn nicht mehr berührte, bevor er ihm mehrere lange Stromstöße durch den Körper jagte.

Diese Elektroschocker waren effektiv, doch Reichhart mochte die Waffe nicht, seit er einmal von einem Gegner angefasst worden war, während der Stromschlag kam. Er hatte selbst eine heftige Reaktion im Körper gespürt. Muskelverkrampfungen und noch Tage danach Muskelkater. Das sollte ihm nicht noch einmal passieren. Nur ungern erinnerte er sich daran, dass er sogar unwillkürlich Wasser gelassen hatte, als der Stromschlag ihn traf.

Bagger war ohnmächtig. Reichhart wuchtete den schweren Körper über das 400-Liter-Becken und drückte den Kopf des Mannes unter Wasser. Er zuckte und machte mit den Armen sinnlose Schwimmbewegungen. Der Heizungsstab und die Reinigungspumpe lösten sich von der Scheibe. Die Wurzeldekoration fiel um. Ein Schwertträger, der bisher zwischen seinen toten Artgenossen überlebt hatte, sprang aus dem Wasser und landete auf dem Boden vor dem Becken, wo er um sein Leben kämpfte.

Reichhart betrachtete das Ergebnis seiner Tat. Es sah auf den ersten Blick aus, als sei Bagger beim Reinigen des Aquariums kopfüber im Becken ertrunken. Sein Hintern ragte ins Wohnzimmer und hätte Reichhart fast dazu gebracht, ihm als Dankeschön für die Faustschläge einen Arschtritt zu verpassen. Aber er bremste sich und kontrollierte mit Profiblick den Raum. Hatte er irgendetwas Verräterisches hinterlassen?

Er wollte raus und endlich frische Luft schnappen. Die Arbeit am Aquarium hatte feuchte Flecken auf seiner Kleidung hinterlassen. Die Hose klebte am rechten Oberschenkel.

Als er die Tür öffnete, stand Wilko Schmidt vor ihm. Er hielt zwei Pappschachteln mit Pizza in der einen Hand und in der anderen eine Flasche Chianti. Er sah hinter Reichharts Rücken den toten Maximilian Bagger im Aquarium. Bevor Wilko die Pizza fallen ließ, nahm Reichhart sie ihm ab und warf sie auf den Schuhschrank. Er schlug Wilko ins Gesicht. Die Chiantiflasche zerschellte auf den Eingangsstufen.

Reichhart zog Wilko ins Haus und drückte die Tür hinter ihm zu. Er traktierte Wilko mit dem Elektroschocker. Schon lag er zuckend auf dem Boden.

Die Polizei würde rasch merken, dass hier ein Kampf stattgefunden hatte, dachte Reichhart. Vielleicht gar nicht schlecht … Auch so eine Situation konnte er für sich nutzen. War ein Streit, bei dem sich beide gegenseitig umbrachten, inszenierbar? Er sprach laut mit sich selbst: »Bin ich Theaterregisseur?«

Er holte aus der Küche ein Fleischmesser. Es hing an einer Magnetleiste über der Arbeitsplatte neben dem Ceranfeld.

Ein Messer aus der eigenen Küche, mit Baggers Fingerabdrücken darauf, das sollte doch für die ostfriesische Kripo reichen, dachte Reichhart sich. Er schleifte den wehrlosen Wilko ins Wohnzimmer und legte ihn vor Baggers Füße. In dem Fall stach er zweimal zu. Einmal in den Hals und einmal in den Arm. Das sah nach einem stümperhaften Kampf zwischen zwei Amateuren aus.

Das blutige Messer warf er ins Aquarium. Es versank und blieb im Sand stecken.

Wilko Schmidt lebte noch. Er griff in die Luft, als sei dort etwas, woran er sich hochziehen könnte. Dort war aber nichts. Er würde zweifellos verbluten.

Reichhart ging ins Badezimmer und reinigte sich. Er gehörte zu den wenigen Menschen, die beim Händewaschen ihre Handschuhe nicht auszogen.

Er wollte jetzt gehen. Bagger war tot, und Wilko Schmidt würde verbluten. Aber die Pizzen rochen so gut. Er öffnete die Pappschachteln. Eine mit Thunfisch und Zwiebeln reizte ihn besonders. Aber auch die mit Pilzen und Sardellen gefiel ihm. Er schnitt sich von beiden etwas ab und aß. Mit den ersten Happen wurde der Hunger noch größer.

Ein erstochener Mann in der ersten Klasse, oben am Fensterplatz. Er wurde erst kurz hinter Papenburg entdeckt. Fast wäre er bis in seine Heimatstadt Meppen gekommen. Fast.

Eine alleinerziehende Mutter hatte von ihrem in Köln lebenden Vater, der sein Enkelkind gern mal wiedersehen wollte, die Reise in der ersten Klasse geschenkt bekommen. Da die Abteile aber in umgekehrter Reihenfolge in den Bahnhof rollten und die erste Klasse nicht, wie angekündigt, ganz vorne, sondern am Zugende war, musste sie in Leer, wo sie eingestiegen war, mit Kind und Gepäck erst einmal durch alle Abteile. Bis Papenburg hatte sie sich schon fast zur ersten Klasse durchgearbeitet. Sie war nass geschwitzt und kurz davor zu heulen.

In Papenburg stieg ein Pärchen ein, das mit einem Kinderwunsch liebäugelte. Die zwei solidarisierten sich sofort mit ihr und obwohl sie selbst nur Karten für die zweite Klasse gelöst hatten, halfen sie ihr mit Kind und Gepäck hoch in die erste. Dort entdeckten sie den Toten.

Der junge Mann zog die Notbremse. Er hatte schon als kleiner Junge davon geträumt, das einmal zu tun.

Der Zug kam zum Stehen, und Mihailo rutschte vom Sitz. Seine Gehhilfe fiel um. Er kniete jetzt zwischen den Sitzen auf dem Boden, den Kopf auf dem gegenüberliegenden Sitzplatz.

Als die Nachricht der Bahnpolizei Weller erreichte, verspürte er kurz den Drang, sich für nicht zuständig zu erklären. Aber die Stichwunde in der Herzgegend und der Name des Toten, der zum Glück seine Papiere bei sich trug, ließen ihn dann doch sofort aktiv werden. Der Gedanke, eine Fischbude in Norddeich zu eröffnen und den Job hier an den Nagel zu hängen, wurde kurz zur Verlockung für Weller. Kurz.

Er wird sie sich holen, dachte er. Einen nach dem anderen. Wer wird der Nächste sein? Doc Holliday?

Es spielte keine Rolle für Weller, ob Sommerfeldt gerade auf der Jagd war oder einer aus Eisenmanns Spezialeinheit durchdrehte. Alles lief darauf hinaus, dass sie einen Mann stoppen mussten, der Drogendealer beseitigte, die Kinder in die tödliche Sucht trieben. Welch ein Konflikt!

Weller hatte das Gefühl, nichts richtig machen zu können. Aber er konnte auch nicht einfach den Dingen ihren Lauf lassen. Er nahm sich vor, diesem Fabian Link genauer auf den Zahn zu fühlen.

Wenn man das Motiv kennt, hat man auch den Täter, das hatte Ubbo Heide ihm beigebracht, der längst pensionierte Kripochef, den Weller jetzt viel lieber um Rat gefragt hätte, als die Anweisungen von Elisabeth Schwarz, der neuen Chefin, entgegenzunehmen.

Aus Papenburg kamen die ersten Fotos vom Toten. Stümperhafte Aufnahmen von nervösen Kollegen, mit ihren Handys geschossen.

Weller sah die frische Tätowierung auf Mihailos Arm: *Die Starken sind auf der Welt, um die schwachen zu beschützen, nicht um sie zu unterdrücken!* Weller wusste: Das ist ein typischer Satz von Dr. Bernhard Sommerfeldt, der einem bösen Jungen eine letzte Chance gibt. Mihailo hatte sie offensichtlich verpasst.

Weller vergrößerte die Aufnahmen auf seinem Bildschirm. War da etwa ein Schreibfehler auf Mihailos Arm tätowiert?

Da Frauke Gedichte liebte, schenkte Sommerfeldt ihr eine Lyriksammlung mit dem schönen Titel: *Blumen – Ein Lächeln für dich.*

»Ich habe vergessen, Blumen zu besorgen«, sagte er. »Hier stattdessen ein Strauß Lyrik.«

»Die ist auch viel haltbarer als Schnittblumen«, freute Frauke sich und blätterte gleich in dem Buch. Er sah ihr zu. Eine lesende Frau im Baumwollnachthemd konnte für ihn erotischer sein als eine in Dessous beim Fernsehgucken.

Ihr Gesicht strahlte Entdeckerglück aus. Sie las ihm vor, was ihr gefiel:

»Leben ist nicht genug, sagte der Schmetterling. Sonnenschein, Freiheit und eine kleine Blume gehören auch dazu.«

»Von wem ist das?«, fragte er.

»Von Hans Christian Andersen.«

Sommerfeldt brachte Kaffee in großen Schalen. Sie schlürften und aßen Croissants dazu. Frauke trug das Gedicht: *An Anna Blume* von Kurt Schwitters vor, und er sprach, wo er konnte, mit:

»Oh Du, Geliebte meiner 27 Sinne, ich liebe Dir! Du, Deiner; Dich Dir, ich Dir, Du mir, ---- wir?«

In Gedichten zu verreisen war für Frauke wie vorverlegte Flitterwochen. Sommerfeldt wäre gern zum Golfplatz gefahren. Ihm war nach ein paar Schlägen. Aber sie wollte den Tag lieber zwischen Kissen, Decken und Büchern verbringen. Sie brauchte diesen Rückzug manchmal. Dann wollte sie von den Ereignissen der Welt nichts wissen. Keine Nachrichten. Keine E-Mails. Das Handy lag lautlos gestellt unter einem Kopfkissen.

Sie sagte: »Wir betrügen die Welt mal um uns. Wir tun, als seien wir gar nicht da. Sie wird sich schon weiterdrehen …«

Sommerfeldt spielte mit, auch wenn es ihm schwerfiel. Mehrfach am Tag guckte er sich sonst die aktuellen Nachrichten an. Er hatte mehrere Tageszeitungen online abonnierte. Die NWZ. Die WAZ, weil er, seit er sich dort einige Zeit versteckt gehalten hatte, immer noch gern wissen wollte, was in Gelsenkirchen los war. Das Hamburger Abendblatt und die TAZ. Außerdem las er Spiegel und Stern online. Er war genau über das Zeitgeschehen informiert.

Wenn er in Romanen versank, bei Wattwanderungen oder am Rande des Deichs, schüttelte er all das ab. Es war wie ein Ein- und Ausatmen. Aber heute überkam ihn das Gefühl, etwas Wichtiges zu verpassen. So, als sei er von einem lebenswichtigen Fluss abgeschnitten. Der Drang, auf dem Bildschirm zu überprüfen, ob die Welt, wie er sie kannte, überhaupt noch existierte, ob ein Atomkrieg drohte, eine neue Pest oder eine Umweltkatastrophe die Welt erschütterten, wurde übermächtig in ihm. Gleichzeitig schämte er sich dafür. Ja, er gestand sich ein, dass er sich Frauke gegenüber unwohl fühlte, wenn er jetzt dieses kuschelige Gedichte-Vorlesen unterbrach, um kurz in den schnöden Informationsfluss der Welt einzutauchen. Er hatte Angst, damit die zauberhafte Situation zu entwerten. Er wollte sie nicht enttäuschen, konnte aber gleichzeitig auch die Lyrik nicht mehr genießen.

Sie zitierte Ulrich Maske:

»Tief im Dezember
Vor meinem Hamburger Fenster
Will eine Rose blühen.
Etwas spät.
Oder
Viel zu früh
Oder

Völlig verrückt?

Jedenfalls:

Ich liebe Rosen.«

Sie schaute auf: »Ist das nicht schön?«

»Ja«, sagte er. »Poetisch.« Er deutete zur Toilette und verzog sich mit dem Handy. Er wollte wirklich nur kurz die Nerven beruhigen und sich dann wieder ganz auf Frauke, die Lyrik und das schöne Leben zu zweit konzentrieren. Doch dann geschah genau das Gegenteil. Der Aufmacher in der digitalen Ausgabe der NWZ sprang ihn an wie ein wildes Tier.

MORD IM ZUG!
EXDROGENDEALER ERSTOCHEN
Ist Sommerfeldt zurück?

Sommerfeldt konnte den Bericht kaum lesen, so aufgeregt war er. Der Journalist Lasse Deppe hatte ihn geschrieben. Sommerfeldt las Deppes Artikel gern. Er berichtete mit einem anderen Blick über ostfriesische Personen und Verhältnisse, denn er kam nicht aus Ostfriesland, sondern aus Hemer in Nordrhein-Westfalen und hatte daher die Distanz eines Außenstehenden, aber mit Insiderinformationen. Manches, was anderen selbstverständlich war, ließ ihn staunen. Er hatte sich einen kritischen Blick bewahrt. Das wusste Sommerfeldt zu schätzen.

Auf dem Bild war der alte Dr. Sommerfeldt zu sehen, aufgenommen während des Mordprozesses. Heute sah er zum Glück dank der modernen plastischen Gesichtschirurgie anders aus, aber irgendjemand erledigte hier gerade seinen Job. Das gefiel ihm überhaupt nicht. Er war verwirrt und wütend.

Er wollte darüber reden und Pläne schmieden, was zu tun sei.

Holger Bloem warf in seinem Bericht die Frage auf, ob ein Nachahmer – er nannte ihn *Copykiller* – gekommen sei. Möglicherweise jemand mit polizei- oder justizinternem Wissen.

Eins war klar: Das Ganze würde viel Staub aufwirbeln. Er zögerte. Er konnte Frauke doch jetzt nicht so einfach mit seinen Sorgen überfallen. Sie würde sofort wissen, dass er nur zur Toilette gegangen war, um die Nachrichten zu checken.

Er suchte nach Worten, als er aus dem Bad kam. Sie hatte bereits ein neues Gedicht entdeckt, das sie ihm vortragen wollte, um ihn zu erfreuen:

»Fein und taktvoll hab ich dich gefunden

Und so kannst du Schlechtes nicht ertragen …«

Sie hielt inne, weil er so gestresst aussah: »Was ist?«, fragte sie.

»Uns pfuscht einer ins Handwerk«, knurrte er empört.

Polizeidirektorin Elisabeth Schwarz saß schmallippig und nervös im Konferenzsaal. Sie hasste Unpünktlichkeit mindestens so sehr wie schlampig geführte Ermittlungen, unzuverlässige Zeugenaussagen oder faule Ausreden. Von all dem bekam sie heute ein Übermaß. Sie hatte eine Blitzschachpartie gegen Ann Kathrin Klaasen verloren und die Niederlage noch nicht verdaut. Sie wusste genau, was sie falsch gemacht hatte. Ihr schlimmster Fehler bei der Partie war gewesen, Ann Kathrin zu unterschätzen. Sie hatte angenommen, Ann Kathrin sei nur gut, wenn man ihr Zeit zum Nachdenken gab, und unter Stress und Druck gesetzt würde sie nervös werden und versagen. Welch ein Irrtum!

In den letzten hundert Partien hatte Elisabeth Schwarz nur zweimal ihre Dame geopfert, dabei aber jedes Mal einen taktischen Vorteil für sich herausgespielt und wenige Züge später ihren Gegner mattgesetzt.

Als sie sah, dass sie den Kampf gegen Ann Kathrin verlieren würde und das Spiel immer schneller wurde, hatte sie einen Hustenkrampf vorgetäuscht und dabei *versehentlich* Figuren umgeworfen.

Das Dumme war, Ann Kathrin hatte sie genau durchschaut, aber freundlich gesagt: »Ich hatte eh keine Lust mehr.«

Sie wussten beide, was los war, und ersparten sich gegenseitig, es auszusprechen. Offiziell galt die Partie zwischen ihnen als abgebrochen. Doch es war Elisabeth Schwarz unheimlich peinlich, denn Ann Kathrin wusste jetzt, dass sie eine schlechte Verliererin war. Sie hatte das Gefühl, ihr nie wieder auf Augenhöhe begegnen zu können, und ärgerte sich darüber, dass sie so dachte.

Wie gestört muss man sein, fragte sie sich, wenn man ein kleines Missgeschick so groß aufbläst? Für die anderen ist es ein Spiel, und für mich? Was stimmt mit mir nicht?

Sie wusste nicht, wie lange sie so dagesessen und vor sich hingestarrt hatte. Jedenfalls waren jetzt alle da.

Rupert kaute gebrannte Mandeln. Er warf sie jeweils hoch und fing sie mit offenem Mund auf. Sie verströmten einen penetranten Kirmesduft. Er aß sie krachend und leckte sich nach jeder Mandel über die Oberlippe, bevor er die nächste hochwarf.

Marion Wolters sah die ganze Zeit auf ihr Handy, wirkte, als würde sie dort ein Spiel machen oder ihre Instagram-Seite pflegen, aber das war nicht so.

Weller saß neben Rupert. Er benutzte seinen Laptop wie einen Schutzschild. Er tippte mit seinem Zweifingersystem erstaunlich schnell. Durch das Klappern fühlte Elisabeth Schwarz sich gestört.

Ann Kathrin schnappte sich eine gebrannte Mandel, die Rupert hochwarf, direkt über seinen Lippen. Seine Zähne knallten aufeinander. »Och, Menno …«, maulte er.

Marion Wolters grinste. Ann Kathrin aß die Mandel selbst.

Weller schnappte sich mit einer schnellen Geste Ruperts Tüte und sagte: »Schluss jetzt!«

Elisabeth Schwarz wollte die Chance nutzen, um die Sitzung zu eröffnen. Sie nickte Weller kurz zu, als habe er in ihrem Auftrag gehandelt. »Danke.«

»Äi, das sind meine! Die muss man frisch essen«, schimpfte Rupert.

Weller konterte: »Heul doch!«

Rupert maulte: »Die sind noch warm. Wenn die kalt werden, pappen die zusammen, werden klebrig und …« Rupert winkte ab: »Ach, ihr habt doch alle keine Ahnung.«

Elisabeth Schwarz begann: »Sommerfeldt führt uns vor. Er demonstriert seine Macht und entlarvt staatliches Versagen. Er bewegt sich frei in Ostfriesland, fährt Zug und …«

»Ja«, warf Rupert laut ein, »das sollen wir alle denken. Aber wir sind ja nicht blöd.« Er tippte sich gegen die Stirn.

Elisabeth Schwarz staunte über diese Frechheit.

Weller unterstützte Rupert: »Ich glaube, wir sollten uns mal die ehemaligen Ninjas zur Brust nehmen. Vor allen Dingen auch die abgelehnten Kandidaten. Die hatten wir bis jetzt noch gar nicht auf dem Schirm.«

Die Polizeidirektorin räusperte sich: »Diese Gruppe ist ein Mythos, Herr Weller. Ein Hirngespinst. Ein tolles Thema für die Boulevardpresse, zweifellos, und auch für schöne Fernsehfilme, aber das alles gehört ins Reich der Phantasie.«

»Der war gut«, grinste Rupert.

»Der Tote im Zug gehörte zu den drei Männern, die wir nackt, mit gebrochenen Knochen, im Hafen gefunden haben«, fuhr Elisabeth Schwarz unbeirrt fort. »Er hatte ein frisches Tattoo auf dem Arm.« Sie zitierte: »Die Starken sind auf der Welt, um die schwachen zu beschützen, nicht um sie zu unterdrücken!«

Weller drehte seinen Laptop so, dass alle das Bild sehen konnten. Darauf Mihailos Arm mit der Tätowierung.

»Wir sollten die beiden anderen Männer rasch finden. Sie schweben in Lebensgefahr«, sagte Frau Schwarz.

»Und sie verstecken sich vor uns, weil sie Angst haben, von den Ninjas gekillt zu werden oder von durchgeknallten Eltern«, behauptete Rupert.

»Nein«, entgegnete Elisabeth Schwarz scharf, »sie verstecken sich vor uns, weil sie Drogendealer sind, und die haben traditionell ein angespanntes Verhältnis zur Polizei.«

Aus unerklärlichen Gründen schob Weller die Tüte mit den gebrannten Mandeln nun wieder zu Rupert rüber. Der sah Weller an. War das eine Belohnung für seine klugen Aussagen und weil er der Schwarz so gut Paroli geboten hatte? Oder erhoffte Weller sich einfach, dass er Mandeln aß und deshalb den Mund halten würde, statt sich hier weiter einzumischen?

»Wenn es um Sommerfeldt geht, mauern hier immer alle«, schimpfte Elisabeth Schwarz vorwurfsvoll und sah sich in der Runde um. »Da ist Ihnen jede Verschwörungstheorie lieber, stimmt's?«

»Wir sollten uns«, warf Weller ein, »Fabian Link vorknöpfen. Auch Maximilian Bagger habe ich noch auf meiner Liste, und es wäre hilfreich, Frau Direktorin, wenn Sie Ihre Autorität einsetzen könnten, Eisenmann dazu zu bringen, seine Mitarbeiterliste preiszugeben. Unsichtbare Ninjas können wir nämlich nicht verhören.«

Frau Schwarz empört sich: »Also, das ist doch …«

Marion Wolters sprang auf. Sie fuchtelte mit dem Handy herum: »Bagger ist tot!« Als wüssten die anderen nicht, von wem sie redete, erklärte sie: »Der Vater des Jungen. Und es ist noch eine weitere Leiche in der Wohnung. Die Nachbarin hat angerufen. Sie wollte ihm etwas von ihrem Gulasch rüberbringen. Sie kümmert sich wohl um ihn und …«

Alle rannten aus dem Raum. Marion lief als Letzte raus.

Nur Elisabeth Schwarz blieb sitzen. Alleine am Tisch, sagte sie: »Ja, dann beende ich hiermit diese Dienstbesprechung …«

In dem Moment kam Rupert zurück. Er hatte seine gebrannten Mandeln vergessen.

Ann Kathrin Klaasen und Weller kamen zuerst am Tatort an. Ihnen bot sich ein verwirrendes Bild. Die Scherben vor der Tür. Die Pizzakartons. Der tote Maximilian Bagger im Aquarium, als sei er darin ertrunken. Der erstochene Mann auf dem Boden zu seinen Füßen.

Frau Meisenhoff, die Nachbarin, hatte sich offensichtlich schick gemacht, um ihr Gulasch rüberzubringen. Ein schönes Sommerkleid mit freundlichem Blumenmuster. Ihre Wimperntusche und der Eyeliner um die Augen waren durch die

Tränen verlaufen, der Lippenstift verschmiert. Das Gulasch im Tuppertopf duftete noch. Es war warm.

Weller sprach mit der Frau und versuchte, sie zu beruhigen.

Ann Kathrin ging in die Wohnung und fragte sich: »Was ist hier passiert?« Sie sprach den Satz laut aus, als könnte einer der Toten ihr gleich antworten.

Sie erkannte Wilko Schmidt sofort.

Sie schenkte dem Schwertträger am Boden ebensolche Aufmerksamkeit wie den Männern. Hatte ein Kampf zwischen Bagger und Schmidt stattgefunden oder war eine dritte Person im Spiel gewesen?

Eins wusste sie gleich: Sommerfeldt war das hier ganz sicher nicht gewesen. Dafür waren beide Männer zu harmlos. Finns Vater und Finns Lehrer.

Schlug hier ein verängstigter Drogendealer zu, weil er befürchtete, sonst der Nächste zu sein?

War es Rache für Lodwijk van Eeden?

Hatten die zwei van Eeden doch getötet?

Wer hatte von den Pizzen gegessen?

Sie nahm sich vor, bei der Obduktion den Mageninhalt der Opfer überprüfen zu lassen. Irgendetwas sagte ihr, dass die zwei nichts davon gegessen hatten.

Die zerbrochene Chiantiflasche regte sie zu der Überlegung an, ob der Täter vielleicht als Pizzabote getarnt gekommen war. Dann hatte es einen Kampf gegeben. Die Flasche war zerschellt und als alles vorbei war, aß der Täter noch von der Pizza? War er so kaltblütig oder so verrückt?

Diese Morde hingen alle irgendwie zusammen, das war klar. Aber wie genau und auf welche Weise?

Frau Meisenhoff lud Weller zu sich ein. Sie wollte nicht länger draußen vor der Tür herumstehen und auch auf keinen Fall in Baggers Haus, in dem sie die Toten gefunden hatte.

Vieles deutete für Weller darauf hin, dass sie ein Verhältnis mit Maximilian Bagger hatte oder zumindest angestrebt hatte.

Weller aß von ihrem Gulasch und trank ihren selbstgepressten. Er hörte ihr zu. Er war auch ganz froh, jetzt nicht am Tatort sein zu müssen. Aus dem Fenster sah er die Spurensicherung kommen.

Frau Meisenhoff weinte. Sie war zwischen Trauer und Wut. »Der Herr Bagger, der war einfach zu gut für diese Welt. Der hat sich liebevoll um seine Familie gekümmert. Die schlimmsten Frauen haben ja oft die besten Männer. Sie hat ihm, wenn sie mich fragen, mehr als einmal Hörner aufgesetzt. Jetzt ist sie ja in der Klapse. Der Sohn, das war ein ganz schlimmer Finger! Der hat alles geklaut, was nicht niet- und nagelfest war. Zweimal hab ich den hier in meiner Wohnung ertappt. Er war an meinem Schrank und wollte meinen Schmuck stehlen. Der kannte sich ja hier gut aus. Der war ja schon als ganz kleiner Racker hier. Als mein Mann noch hier gewohnt hat … Wir sind geschieden. Zum Glück. Besser als jetzt ist es mir noch nie gegangen. Endlich bin ich frei. Also, der Finn, der hat mein Elektrorad ausgeliehen, und dann wurde es ihm angeblich gestohlen.« Sie malte mit den Fingern Anführungszeichen in die Luft, als sie das Wort *gestohlen* sagte.

»Dem Vater war das grottenpeinlich. Der Kleine war drogensüchtig. Drogensüchtig! Das müssen Sie sich mal vorstellen! Ein Kind! Ich hätte ihn ja anzeigen können, habe ich aber aus Rücksicht auf Maximilian nicht gemacht.«

Ann Kathrin hatte schon recht, dachte Weller. Man musste die Menschen einfach reden lassen. Die meisten hatten ein Bedürfnis, sich auszusprechen.

Das Gulasch schmeckte Weller. Es war raffiniert gewürzt. Leicht scharf, mit einer fruchtigen Süße, halb Rind-, halb Schweinefleisch. Ziemlich viel frische Paprika drin.

Der selbstgepresste Saft war ihm zu sauer. Er zog ihm die Backen zusammen.

Er nahm noch einen Kaffee und dazu Leitungswasser. Sie bot zum Nachtisch Apfelkuchen an. Da konnte er nicht widerstehen.

»Haben Sie einen Verdacht, wer das gewesen sein könnte? Oder haben Sie vielleicht etwas gesehen?«

Sie guckte Weller groß an. Der erläuterte: »Ein Einbrecher war das jedenfalls nicht, und es muss eigentlich auch ziemlich laut gewesen sein. Ich stelle mir Schreie vor. Und dann eine Prügelei zwischen zwei erwachsenen Männern …«

Davon, behauptete sie, habe sie nichts mitbekommen. Sie sei aber den ganzen Abend zu Hause gewesen. Sie liebe klassische Musik. Sie habe Mozart gehört.

Sie besaß noch eine richtige Plattensammlung. Sie zeigte sie gern. Eine ganze Regalwand voller Vinylscheiben.

»Die knistern noch richtig, wenn man sie abspielt«, sagte sie, »da hört man die Nadel in der Rinne … Das ist ein ganz anderes Erlebnis als bei einer CD.«

Mozart auf CD oder MP3, das ging für sie überhaupt nicht.

Die Vorstellung, dass so ein *feiner Mann* wie Maximilian Bagger Feinde haben könne, hielt sie für unsinnig. Sie habe ihn sehr gemocht, sagte sie ehrlich. Sehr.

Weller wollte sich schon verabschieden, da hielt sie ihn noch einmal am Arm fest: »Bitte«, sagte sie, »ich will ja nichts behaupten, aber kann es nicht sein, dass es diese schrecklichen Freunde von Finn-Leandro waren? Maximilian wollte die nie im Haus haben. Manchmal lungerten die im Garten herum. Dann roch es immer wie in Holland. Nach Marihuana und so …«

»Aber warum«, überlegte Weller, »sollten die Freunde des toten Jungen jetzt seinen Vater und den Lehrer umbringen?« Während er die Frage formulierte und Frau Meisenhoff unschuldig mit den Schultern zuckte, wusste er die Antwort: »Sie meinen, die haben nach Stoff gesucht?«

»Ich habe nichts dergleichen behauptet, Herr Kommissar«, sagte sie, aber es klang, als hätte sie genau das getan.

Sie begleitete Weller zur Tür, stellte sich aber so, als wollte sie ihn nicht rauslassen.

»Ist noch etwas?«, fragte er.

»Ja. Was geschieht denn jetzt eigentlich mit den Toten? Ich meine, wie soll ich denn hier heute Nacht schlafen, wenn neben meinem Haus …«

»Keine Sorge, die Leichen werden gleich abgeholt und in die Gerichtsmedizin nach Oldenburg gebracht. Aber wenn Sie sich heute Nacht hier nicht wohlfühlen – das kann ich wirklich gut verstehen –, dann könnte ich mich um ein Hotelzimmer für Sie kümmern. Oder haben Sie Freunde, bei denen Sie übernachten können?«

Sie sah aus, als wüsste sie gar nicht, was Freunde waren oder ob sie welche hatte. Sie kam richtig ins Grübeln.

»Hotel?«, fragte Weller noch einmal.

»Nein, danke«, wehrte sie ab, »ich komme schon klar.«

Boris Karpow-Müller wechselte das Pflaster am Fuß. Die Verletzung heilte nicht richtig, vielleicht weil seine Füße in den Lederschuhen immer so schwitzten.

Er wohnte im Strandhotel Duhnen in Cuxhaven. Er kannte das Hotel seit seiner Kindheit. Viermal hatte er hier mit seiner Mutter Urlaub gemacht. Der Vater hatte sie jedes Mal hingefahren, war aber selten länger als eine Nacht bei ihnen geblieben und kam erst am letzten Tag, um sie wieder abzuholen.

Er führte praktisch ein Leben mit zwei Familien. Auch mit der anderen Frau hatte er ein Kind. Er hielt beide Leben aber sorgfältig getrennt. Boris Karpow-Müller hatte seine Halbschwester nie kennengelernt.

In Duhnen war es ihm immer gut gegangen. Der Blick auf die Insel Neuwerk ließ seine Mutter immer lächeln. Hier hatten sie gemeinsam das Trabrennen im Watt verfolgt. Er bekam an dem Tag drei große Portionen Eis mit Sahne. Abends war ihm schlecht, aber das gab er nicht zu.

Sie hatten jedes Mal eine Fahrt mit dem Wattwagen vom Haus Wattenpost in Duhnen zur Insel Neuwerk gemacht. Mit einer Pferdekutsche durchs Watt! Darum hatten ihn viele Mitschüler beneidet. Aber er brauchte Beweisfotos. Nicht alle glaubten, dass es so etwas überhaupt gab.

Viele umgedrehte Reisigbesen ragten aus dem Watt. Die Fahrt ging hindurch wie durch eine Allee. Seine Mutter wollte ihm beim ersten Mal weismachen, das sei ein Parkplatz für Hexenbesen, denn auf Neuwerk fände ein großer Hexenkongress statt. Sie liebte solche Scherze.

Er hatte, unsicher geworden, die Kutscherin gefragt. Sie nannte die Besen *Pricken* und bezeichnete sie als Wegweiser, denn im Watt gäbe es gefährliche Stellen. Plötzliche Tiefen. Unsicheren Boden.

Auf den Muschelbänken ernteten Schwärme von Silbermöwen ihre leichte Beute. Er konnte das Knacken der Muscheln zwischen den scharfen Schnäbeln heute noch hören, wenn er die Augen schloss.

Er machte viele Fotos von einer herannahenden Kutschenkolonne, die sich von Neuwerk in Richtung Duhnen vorarbeitete. Hier im Strandhotel, in der Juniorsuite, fühlte er sich sicher. Verbunden mit seiner leider schon toten Mutter und den besten Tagen seiner sonst nicht ganz einfachen Kindheit.

So sehr er seinen Vater hasste, so sehr liebte und verehrte er seine Mutter. Um ihrer zu gedenken, wollte er heute eigentlich alleine eine Kutschfahrt nach Neuwerk machen. Er konnte ihren unverwechselbaren Duft schon riechen, wenn er am Strand in Richtung Döse spazieren ging, was er früher oft mit ihr gemacht hatte. Hier war der Boden voller Erinnerungen und der Wind voller Wissen.

Sie wollte immer zur nördlichen Spitze der niedersächsischen Nordseeküste. Sie hatte ihm die Stelle gezeigt, wo die Elbe in die Nordsee mündet. Von ihr hatte er das Wort *Kugelbake* gelernt. Sie hatte ihn so fotografiert, als würde er das Seezeichen in der Hand halten. Nachts wurde die Kugelbake angestrahlt.

All das wollte er sich noch einmal ansehen, weil es ihm irgendwie guttat, die Wunden heilte, die der Klinikleiter Ernest Simmel und seine Frauke ihm zugefügt hatten.

Es gab für Boris nur zwei Sorten Frauen: die Heiligen, wie seine Mutter, und die Huren, wie diese Frauke, die sich an den Klinikchef in Norddeich herangeschmissen hatte. Die Heiligen waren für ihn zum Niederknien. Die verehrte er. Die anderen waren für ihn Dreck, und so behandelte er sie auch.

Er war mit diesem Weib noch nicht fertig.

Nachts sah er Golfbälle auf sich zufliegen und wurde von dem Ruf: »Fore!« geweckt. Er schreckte hoch. Seine gebrochenen Finger schmerzten, selbst wenn er Fotos von den Kutschen im Watt knipsen wollte. Er konnte kein Glas richtig halten, und er humpelte immer noch.

Aber was jetzt durch die Presse geisterte, vertrieb die Schmerzen genauso schnell wie die Gedanken an seine Mutter. Nein, es würde heute keine Kutschfahrt durchs Watt geben. Er würde nicht die Kugelbake besichtigen. Er wusste jetzt, wer ihn mit Golfbällen beschossen hatte. Dieser Klinikchef hieß keineswegs Ernest Simmel. Er war niemand anders als der gesuchte Serienkiller Dr. Bernhard Sommerfeldt.

In den Zeitungen stellten die Journalisten Mutmaßungen an. Aber er kombinierte seine Erfahrungen mit den Morden, über die berichtet wurde, und wusste genau, mit wem er es in Norddeich zu tun gehabt hatte.

Diese Nachricht war richtig viel Geld wert. Die Frage für ihn war, wem sie am meisten wert war. Der Polizei? Eher nicht. Man munkelte ja ohnehin, die ostfriesischen Bullen würden ihre schützende Hand über Sommerfeldt halten, weil er die Drecksarbeit für sie erledigte.

Aber sein ehemaliger Chef, Dr. Sergio Sielmann, wusste ganz sicher nicht, bei wem er da gerade in Behandlung war.

Vermutlich gab es aber Menschen, denen die Information noch viel mehr wert war, weil sie eine Rechnung mit Sommerfeldt offen hatten.

Sobald es sich einmal herumgesprochen hatte, wer Ernest Simmel in Wirklichkeit war, verlor die Nachricht schneller an Wert als ein Rüstungskonzern in Friedenszeiten. Im Moment, so stellte er sich vor, könnte er dafür Millionen verlangen.

Er wollte nicht zu schnell entscheiden. Er durfte jetzt nicht hitzköpfig sein. Er ging über die Duhner Promenade. In

Kamp's Bistro Lounge bestellte er sich eine Super-Bowl. Er stellte sich vor, so ähnlich müsse Buddha gegessen haben. Alles frisch, alles saftig und vegetarisch. Es gab auch Bowls mit Fisch und Fleisch, aber er aß sie so. Das hätte seiner Mutter gefallen. Gegen Ende ihres Lebens war sie zur Vegetarierin geworden.

Niemand, dachte er, während er kaute, wird mehr für die Information zahlen als Sommerfeldt selber, denn für ihn heißt es, dass er seine Zelte abbrechen muss. Alles, was er sich aufgebaut hat, seine gottverdammte Klinik, das alles ist vorbei. Er müsste wieder fliehen.

Er sah sich, während er aß, auf seinem Handy im Internet verschiedene Fotos von Sommerfeldt an. Nein, so sah der Leiter der Klinik wahrlich nicht aus. Aber doch gab es keinen Zweifel: Das war Sommerfeldt.

Er fragte sich, ob er es wirklich riskieren sollte, ihn anzurufen, um ihn zu erpressen. Gab es eine bessere Rache, ein höheres Schmerzensgeld?

Einerseits fand er seine Idee großartig. Sommerfeldt hatte auch genug Geld. Er konnte fünf, ja locker zehn Millionen von ihm verlangen. Die Klinik war vermutlich noch viel mehr wert. Doch andererseits spielte er auch mit seinem Leben. Beim nächsten Mal würde Sommerfeldt vermutlich nicht »Fore!« rufen, sondern ihm ohne Warnung weh tun.

Er aß immer schneller. Er wusste selbst nicht, warum. Er stopfte das Grünzeug in sich hinein und schlang, fast ohne zu kauen. Es war eine Mischung aus Lebensgier, Fresswut und als würde er sich selbst den Mund stopfen wollen.

Wenn ich jetzt einen Fehler mache, dachte er, bin ich tot. Wenn ich aber alles richtig einfädle, ein reicher Mann. Endlich unabhängig! Nie wieder muss ich für Typen wie Dr. Sergio

Sielmann den Chauffeur und Butler spielen, nie wieder den Vorzeige-Muskelprotz geben.

Weller versuchte, den Aufenthaltsort von Fabian Link festzustellen, und staunte nicht schlecht. Im Büro in Bochum, von wo aus tapfer gegen die Legalisierung von Cannabis gekämpft wurde, erfuhr Weller von Felicitas, einer netten Sekretärin, die sich mit piepsiger Stimme dafür entschuldigte, so komisch zu klingen, weil sie gerade vom Zahnarzt gekommen sei, und eigentlich hätte sie sich freinehmen können, aber die Arbeit sei zu wichtig. Es sei ihr halt auch eine Herzensangelegenheit und deshalb wäre sie trotz dicker Lippe im Büro erschienen.

Weller schätzte sie von der Stimme her auf höchstens fünfundzwanzig, Anfang dreißig.

Es dauerte eine ganze Weile, bis sie damit herausrückte, dass Fabian Link sich Urlaub genommen habe. Er sei an die Nordseeküste gefahren.

Die Auskunft elektrisierte Weller sofort. »Und seit wann hat er Urlaub?«

»Äh … Seit ein paar Tagen. Das weiß ich jetzt gar nicht so genau. Ich glaube, seit letzter Woche. Aber fragen Sie ihn das doch selbst.«

»Das mache ich gern. Geben Sie mir doch bitte seine Handynummer.«

»Oh, ich weiß nicht, ob ich die rausgeben darf. Sie wissen ja, Datenschutz, hihihi. Aber ich habe ständig Kontakt zu ihm. Also, er ruft jeden Tag einmal an – hat er zumindest versprochen. Wenn Sie wollen, sage ich ihm, dass er Sie zurückrufen soll.«

»Nein, danke, das ist nicht nötig. Es soll ja eine Überraschung werden. Wissen Sie denn, wo an der Nordseeküste er gerade Urlaub macht?«

Es knisterte ein wenig. Ein Stuhl wurde hin und her geschoben. Jemand stöhnte. Er hörte ein: »Och nööö, jetzt habe ich auch noch den Kaffee verschlabbert.« Dann war Felicitas wieder da.

»Also, ich sehe hier gerade auf seinem Plan, dass er eingetragen hat: Vierzehn Tage Norddeich. Er ist bei irgendeiner Regina. Hat der eine neue Flamme? Wusste ich gar nicht …« Sie rief laut: »Dann müssen wir uns keine Mühe mehr geben, Jule. Der lässt sich inzwischen von einer Neuen trösten! Hier steht sogar der Nachname: Entweder heißt sie Regina Marlies oder … Ich kann seine Klaue wirklich nicht gut lesen.«

»Ich kann Sie beruhigen«, sagte Weller. »Falls Sie es auf ihn abgesehen haben, er hat keine neue Freundin. Er wohnt im Regina Maris, das ist ein Hotel hinterm Deich.«

»Echt?«

»Da bin ich mir ziemlich sicher. Zumindest gibt es dieses Hotel.«

»Ha, Jule, dann haben wir ja doch noch Chancen!«

»Danke«, antwortete eine Stimme aus dem Hintergrund, »ich bin bestens versorgt. Kein Bedarf an Männern.«

Weller hatte das Telefongespräch vom Distelkamp aus geführt. Er saß dabei in seinem Strandkorb auf der Terrasse und sah zwei Amseln zu, die an einem vom Baum gefallenen Augustapfel herumpickten.

Er beschloss, direkt zum Regina Maris zu fahren und sich auf dem Weg dorthin im Muschelweg im *Krabbenkutter* zur Stärkung ein Fischbrötchen zu holen. Er schwankte noch zwischen einem Matjesbrötchen und einem Krabbenbrötchen. Er verdrängte den Gedanken, dass er sich bei seinem Gehalt bald gar keine Krabbenbrötchen mehr leisten könnte, denn ein Leben ohne Krabbenbrötchen wollte er sich nicht vorstellen.

Er parkte auf dem großen Parkplatz am Ocean Wave, ging durch den Dörper Weg, und weil er sich nicht entscheiden konnte, nahm er die Krabben und dazu noch ein Matjesbrötchen. Er aß alles aus der Hand, während er zum Deich lief und von dort aus in Richtung Regina Maris.

Die Möwen liebten ihn, aber er gab ihnen nichts ab und verteidigte sich tapfer gegen jeden Angriff.

Im Regina Maris stellte er sich nicht als Kriminalkommissar vor. Er wollte kein Aufsehen erregen. Er machte ganz auf lockerer Tourist, versuchte sogar, ein bisschen so zu sprechen, als käme er aus dem Ruhrgebiet. Er lachte die junge Frau hinter der Rezeption an: »Mein Freund Fabian Link ist hier abgestiegen. Wir sind verabredet. Ist er im Restaurant oder auf seinem Zimmer? Vielleicht hat er unser Treffen ja verpennt. Kein Wunder, wenn man einmal im Urlaub ist, fließt die Zeit ganz anders dahin als sonst. Ich habe jedenfalls schon eine halbe Stunde auf ihn gewartet.«

Sie lächelte Weller an: »Ich könnte mal auf dem Zimmer anrufen und Sie melden, sofern er oben ist.«

Ein sportlicher Mann mit widerspenstig borstigen blonden Haaren ging auf den Ausgang zu.

»Da ist er ja!«, rief die Rezeptionistin und zeigte auf ihn.

Weller bedankte sich und rief: »Herr Link?«

Der drehte sich um, und Weller konnte in seinen Augen erkennen, dass er sofort ahnte, es mit einem Polizisten zu tun zu haben.

Gemeinsam verließen sie das Hotel in Richtung Deich.

»Woher wissen Sie, dass ich hier bin?«, fragte Fabian Link.

»Intuition«, grinste Weller und hoffte, durch sein Auftreten nicht die freundliche Felicitas zu verraten.

»Und was wollen Sie von mir?«

»Mein Name ist Frank Weller. Ich bin von der Mordkommission.«

»Ja. Dass Sie nicht der Clown sind, der am Kindergeburtstag Luftballons faltet, war mir gleich klar. Als ich noch zum Verein gehörte, habe ich mich immer gefragt, wie es kommt, dass die Menschen uns erkennen.«

»Und? Woran liegt es?«, fragte Weller.

»Es ist unser schlechtes Gewissen.«

»Unser schlechtes Gewissen? Ich habe doch kein schlechtes Gewissen! Wir sind doch die Guten.«

Fabian Link lachte herzhaft und kämmte sich mit den Fingern die Haare aus der Stirn. »Irrtum. Herr Weller. Großer Irrtum. Sie verdächtigen mich, und das ist Ihnen peinlich. Denn es kann ja auch sein, dass ich völlig unschuldig bin. Sie konnten meine Schwester nicht schützen, und gerade wurde, weil Sie schlampig ermittelt haben, Lodwijk van Eeden freigesprochen … Da kann man schon mal ein schlechtes Gewissen kriegen.«

»Erstens habe ich nicht schlampig ermittelt«, verteidigte Weller sich, »sondern, wenn überhaupt, dann unsere Kollegen vom Rauschgiftdezernat, und zweitens kannte ich Ihre Schwester überhaupt nicht. Es war nicht meine Aufgabe, sie zu beschützen.«

Fabian Link winkte ab: »Ach, hören Sie doch auf. Das ist doch immer alles die gleiche Scheiße. Einer schiebt es auf den anderen.«

Sie gingen auf die blaue Brücke zu. Weller fragte sich, ob es sinnvoll war, Fabian Link im Haus des Gastes auf einen Kaffee einzuladen, um mit ihm in Ruhe ein Gespräch zu führen, oder ob es besser war, ihn einfach mit in die Polizeiinspektion zu nehmen.

»Ich weiß, was Sie denken, Herr Kollege.«

»Wir sind keine Kollegen mehr«, konterte Weller.

»Ich weiß trotzdem, was Sie denken.«

»So? Was denke ich denn?«

Fabian Link genoss es, eine kleine Pause zu machen. Er sah hinter einer langbeinigen Schönheit her, die an einem Erdbeereis schleckte.

»Sie glauben, dass ich mir Urlaub genommen habe, um hier in Ostfriesland einen Rachefeldzug zu beginnen.«

»Und? Haben Sie?«

»Nein. Ich möchte nur aus nächster Nähe dabei sein, wenn Dr. Bernhard Sommerfeldt sich ein Arschloch nach dem anderen holt.«

»Ach, und woher wissen Sie so genau, dass er es ist?«

»Weil sonst keiner den Mumm dazu hat.« Er hielt Weller an und stellte sich ihm in den Weg. Er sah ihm in die Augen und sagte: »Ich bete zu Gott, dass es Ihnen nicht gelingt, ihn zu stoppen, bevor er die ganze Schweinebande erledigt hat. Und wenn er Unterstützung braucht, werde ich für ihn da sein.«

»Kennen Sie sich?«, fragte Weller.

»Er kennt mich nicht. Ich kenne ihn. Ich habe den Prozess verfolgt. Ich habe seine Bücher gelesen. Ich würde ihn zum Präsidenten wählen, wenn ich die Möglichkeit hätte. Er ist ein hochintelligenter Mann, und er hat eine ganz eigene Vorstellung von Moral.«

Die Langbeinige hatte wohl Links Blicke registriert und war selbst interessiert. Sie drehte wieder um und schlenderte scheinbar zufällig ein zweites Mal an ihnen vorbei. Dabei brachte sie ihre Schokoladenseite gut zur Geltung. Es war nicht ganz klar, ob sie Link zuzwinkerte oder ob ihr nur die Sonne ins Gesicht schien und sie deswegen einmal kurz die Augen zusammenkniff.

Keine Frage, dieser Link war ein Frauentyp. Weller fragte sich immer, was das war, dass manche Männer so einen Schlag bei Frauen hatten und andere wiederum überhaupt nicht. Als Mann hätte er nicht sagen können, dass Link besonders gut aussah, zumindest nicht besser als andere auch.

»So, und jetzt wollen Sie wissen, wo ich mich zur Tatzeit befunden habe, stimmt's?«, riss Link ihn aus seinen Gedanken.

Weller schüttelte den Kopf. »Da muss ich Sie leider enttäuschen. Tatzeiten geben wir nicht preis. Das ist Täterwissen. Haben Sie das nicht während Ihrer Ausbildung gelernt? Ich möchte von Ihnen einen lückenlosen Bericht, wann Sie wo gewesen sind und zwar von Ihrem ersten Tag in Norddeich an. Und wenn es Zeugen gibt, die Sie benennen können, hätte ich die Namen auch gerne. Wann haben Sie wo gegessen, wann sind Sie wohin gefahren, wen haben Sie wann getroffen?«

Link winkte der Strandschönheit zu. Sie winkte zurück, bewegte sich aber von den beiden weg.

»Für die Nächte habe ich jedenfalls ein Alibi«, triumphierte Link. »Ich bitte Sie aber, die Sache diskret anzugehen.« Er flüsterte: »Die Dame ist verheiratet und, wenn ich mir die Bemerkung erlauben darf, ein paar Jährchen älter als ich. Ich mag ja Frauen mit Erfahrung. Wie ist es bei Ihnen, Herr Kommissar? Stehen Sie auf junge Dinger? Ich finde ja, Frauen werden ab fünfzig erst richtig attraktiv. Sie sind dann irgendwie innerlich freier, oder was meinen Sie?«

»Ihre sexuellen Vorlieben interessieren mich einen Scheiß, solange sie im Rahmen der gesetzlichen Vorgaben stattfinden«, knurrte Weller. Er mochte diesen Fabian Link nicht, aber er traute ihm auch die Morde nicht zu.

»Wie heißt die Dame und wo finde ich sie?«

»Wir wohnen im selben Hotel, aber selbstverständlich in unterschiedlichen Zimmern.«

»Selbstverständlich«, spottete Weller, der genau kapierte, dass die beiden sich hier verabredet hatten.

Fabian Link zeigte sein Handy vor. »Ich kann Ihnen sogar anhand meiner Gesundheits-APP zeigen, wie viele Schritte ich jeden Tag gelaufen bin.«

Weller gab ihm seine Visitenkarte. Am liebsten hätte er ihm eine reingehauen, tat es aber nicht, sondern motivierte ihn: »Je genauer Sie mir Ihren Tagesplan machen können, umso schneller sind Sie von jedem Verdacht entlastet.«

»Um Ihnen zu viele Nachforschungen zu ersparen, Herr Weller, will ich es Ihnen gleich von vornherein sagen: Als Lodwijk van Eeden in Oldenburg freigesprochen wurde, habe ich hinten im Gerichtssaal gesessen.«

»Sie haben den gesamten Prozess verfolgt?«

»Das war mir leider aus beruflichen Gründen nicht möglich. Und immer wieder, wenn Kinder und Jugendliche Aussagen machten, durfte man sowieso nicht dabei sein, da wurde ja pausenlos die Öffentlichkeit ausgeschlossen. Aber das Urteil wollte ich mir nicht entgehen lassen. Ich hatte gehofft, dass er den Rest seines Lebens hinter Gittern verbringt. Stattdessen hat er den Gerichtssaal als freier Mann verlassen.«

»Wie heißt Ihre aktuelle Geliebte?«

»Iris Ziegler.«

So kannte Frauke ihren Bernhard gar nicht. Er surfte immer so optimistisch durchs Leben, glaubte an sein Glück und an die Veränderbarkeit aller Dinge in seinem Sinne.

So unterschiedlich die beiden waren, in dieser Frage hatte er einiges mit Hauptkommissar Rupert gemeinsam. Sie akzeptierten beide keine Niederlagen und waren Stehaufmännchen. Sie gingen schon mal zu Boden, aber sie blieben nie lange liegen. Sommerfeldt federte hoch. Rupert erhob sich eher stöhnend, schimpfend, weil er Rückenprobleme hatte. Iliosakralgelenk. Aber nach jeder Niederlage standen beide kurze Zeit später wieder aufrecht im Ring.

Sie liebte Bernhards Lachen, die Leichtigkeit, mit der er den Alltag bewältigte, und seinen Sinn für Poesie.

Seit er vom Tod Maximilian Baggers und Wilko Schmidts erfahren hatte, umgab ihn so etwas wie eine schwarze Wolke. Er schien in einem Kokon zu sitzen, unerreichbar für sie. Grüblerisch und von Selbstvorwürfen zerfressen.

Er hockte auf dem Dach der Klinik und starrte aufs Meer. Er trug nur seine nasse, hellblaue Golfhose. Er war barfuß, und auf seinem nackten Oberkörper glänzte eine Salzschicht. Er war in die Nordsee gelaufen, um sich zu beruhigen. Das klatschnasse Hemd lag neben ihm auf den Dachpfannen.

Sie wühlte in seinen feuchten Haaren. Er ließ sie vom Wind trocknen.

Sie war fast eifersüchtig auf die Naturgewalten, bei denen er Trost suchte. Sie wollte auch mitspielen.

Er reagierte nicht auf ihre Berührungen. Sie setzte sich neben ihn und streichelte seinen Rücken zwischen den Schulterblättern.

»Sie mussten sterben«, sagte er, fast ohne die Lippen zu bewegen, »weil ich versagt habe.«

»Du bist nicht schuld«, behauptete sie.

»O doch«, nickte er. »Die Schweine denken, dass der Vater und der Lehrer sich rächen wollen, deswegen haben sie Schiss bekommen und die beiden umgebracht, bevor sie weitere Schwierigkeiten machen konnten. Genau das wollte ich ja eigentlich erreichen, dass die Scheißtypen Angst bekommen. Aber ich hätte eindeutigere Signale setzen und ihnen klar zeigen müssen, dass ich es war!«

»Blödsinn!«

Jetzt sah er sie endlich an. »Das ist kein Blödsinn. Ich habe den Vater und den Lehrer auf dem Gewissen. Was ich wollte, war gut, aber ich habe etwas Böses geschaffen … oder zumindest habe ich es losgetreten.«

»Das ist kein Shakespeare'sches Drama«, belehrte sie ihn.

Er wehrte ab: »Du meinst Goethe.« Er zitierte: »Ich bin ein Teil von jener Kraft, die stets das Böse will und stets das Gute schafft …«

»Du willst nichts Böses«, widersprach sie.

Er zitierte weiter Goethe: »Ich bin der Geist, der stets verneint! Und das mit Recht; denn alles, was entsteht, ist wert, dass es zugrunde geht.«

»Nein!«, rief sie laut. »Nein und nochmals Nein! Siehst du denn nicht, was geschieht?« Sie zählte es auf und hielt dabei ihre Finger vor sein Gesicht: »Mihailo. Bagger. Dieser Lehrer … Das ergibt keine logische Reihe. Da fehlt der innere Zusammenhang. Es sei denn …« Sie sprach es nicht aus, sondern ließ ihm Zeit, selbst draufzukommen.

»Da kappt einer alle Verbindungen, die zu ihm führen könnten.«

Sie atmete aus und lehnte sich an ihn. »Ich war mit einigen Gangsterbossen liiert, wie du weißt. Es ist ein Grundprinzip aller großen Bosse: Geht etwas schief, sterben alle, die der Führungsriege gefährlich werden könnten, und seien sie noch so treue Mitstreiter gewesen. Die Polizei ist dann chancenlos. Tote können nicht reden. Deshalb kommt nie einer an die da oben ran.«

Aus der dunklen energetischen Wolke, in der er bis gerade noch gesessen hatte, lächelte er sie an. »Aber uns könnten die herausgetrennten Teile der Kette genau zur Zielperson führen.«

»Es gibt nicht viele große Bosse, die das Durchsetzungsvermögen haben«, sagte Frauke und bot ihm gleich ihr Wissen an: »Klempmann, der sich früher George nannte, die Chefs der tschetschenischen und türkischen Clans, deren Gesichter wir nicht einmal kennen ... Einer, der sich Bruder Paulus nennt und angeblich von einem Kloster aus seine Truppe führt ...«

Sie deutete auf ein paar Dutzend Wildgänse, die in zwei Pfeilformationen in Richtung Juist flogen. Er guckte nicht hin.

»Warum guckst du mich so kritisch an?«, fragte sie. Sein Blick verursachte ihr ein ungutes Gefühl, dabei hatte sie gerade noch gehofft, ihn wieder auf die positive Seite rüberziehen zu können.

»Du hast mit Klempmann noch eine Rechnung offen«, sagte er vieldeutig. Für sie schwang da ein Vorwurf mit.

»Nein, er mit mir. Ich habe seine beiden Ziehsöhne in einer Schießerei getötet. Ich war halt schneller!«

Sommerfeldt sagte nichts dazu. Das alles war einige Jahre her. Die Schießerei hatte im Norddeicher Yachthafen stattgefunden.

Sie fand es komisch, dass er ihr die Geschichte jetzt auftischte. »Ach«, empörte sie sich, »ich verstehe. Ich versuche, dir zu helfen, dich aus dem Loch rauszuholen, in dem du mit deinen Selbstvorwürfen sitzt, und du drehst es jetzt so hin, als wollte ich dich gegen Klempmann hetzen, weil ich mit dem noch …«

Sie sprach gar nicht weiter, sondern pustete vor Zorn und legte ihr Kinn auf ihre Fäuste.

»So habe ich das nicht gemeint, Kirschblüte.«

»Doch, hast du!«

Sie stellte sich auf dem Dach hin. Es sah gefährlich aus. Sie stemmte ihre Fäuste in die Hüften und sprach von oben nach unten zu ihm: »Du hast vielleicht ein paar Leute mehr ausgeknipst als ich, aber ich bin verdammt gut! Immer noch! Und ich kann für mich selbst sorgen. Wenn ich mit einem Typen eine Rechnung offen habe, dann hole ich mir den selbst. Dazu brauche ich dich nicht!«

Als ob sie ihm beweisen wollte, wie gut sie in Form war, ging sie ganz an den Rand des Daches zum anderen Ende des Hauses und schwang sich runter auf den Balkon.

Er blieb noch eine Weile sitzen. Er hoffte, sie käme gleich zurück, doch als sie nicht wieder erschien, verließ er das Dach, wie er gekommen war – durch das offene Fenster.

Er wäre am liebsten nach Lütetsburg zum Golfplatz gefahren, um ein paar harte Bälle mit dem Neuner-Eisen oder dem Driver zu schlagen. Manchmal, wenn er richtig sauer auf sich selbst war, drosch er ersatzweise auf Golfbälle ein. Jetzt machte er Liegestütze, bis die Oberarme schmerzten, weil er nicht weit von der Klinik wegwollte. Die Rücken- und Schultermuskulatur brannten, und der Bauch fühlte sich an, als hätte er ein Alien verspeist, das sich nun ins Freie kratzen wollte.

Jedes Mal, wenn sein Kinn kurz überm Boden schwebte, konnte er unterm Sofa den Kolbenfüller sehen, den er schon seit Wochen vermisste. Eine Staubwolke hing daran fest.

Er blieb nach dem siebzigsten Liegestütz keuchend am Boden liegen und fühlte sich besser. Er fischte den Füller unterm Sofa hervor.

Er nahm sein Tagebuch aus dem Tresor. Die eingetrocknete goldene Feder des Kolbenfüllers hielt er kurz unter fließendes Wasser, bis schwarze Tinte heraustropfte.

Dann schrieb er: *Sie gehört zu den wenigen Menschen in meiner Umgebung, die es wagen, mir offen zu widersprechen. Sie hat nicht die geringste Angst vor mir. Sie ist eine sehr starke Persönlichkeit. Das macht es mir nicht immer leicht, aber in ihrer Nähe, vielleicht gerade wegen der Reibereien, spüre ich mich selbst besser. Das Schlimmste, was mir im Leben passieren könnte, wäre, wenn ihr durch mein Verhalten Schaden entstünde. Vermutlich hat sie recht mit dem, was sie sagt. Da kappt jemand die Verbindungen, die zu ihm führen könnten.*

Wer wird der Nächste sein? Ich kann nicht einfach nur zusehen!

Dadurch, dass er seine Gedanken zu Papier brachte, fühlte er sich besser. Er betrachtete den Füller wie einen Zauberstab, der Böses bannen konnte, schlimme Gefühle in erträgliche verwandelte und half, in Wirrnis Klarheit zu bringen. Mit diesem edlen Schreibgerät hatte er Teile seiner Biographie verfasst.

War er dabei, erneut ein Buch zu schreiben? Eine Mitteilung an alle? Ein Brief an die lesende Welt?

Ja, ich lebe und ich bin immer noch der, der ich bin. Es ist mir lieber, für das, was ich bin, gejagt und verurteilt zu werden, als für das, was ich nicht bin, Lob einzuheimsen und Preise zu kassieren, schrieb er und fühlte sich gleich schon viel besser.

Johann Baptist Reichhart hatte sich seinen Einsatz im Hause Bagger zwar anders vorgestellt, aber er fand, er hatte das Beste daraus gemacht. Überhaupt glaubte er von sich, einer zu sein, dem es immer gelang, aus Scheiße Gold zu machen. Darauf verließ er sich.

War es sinnvoll, als Nächstes Frau Bagger in der Psychiatrie zu besuchen? Wusste sie zu viel? Nahm sie überhaupt jemand ernst?

Er ertappte sich dabei, dass er Ausreden suchte, warum er sie verschonen konnte. Aber er war Profi genug, sich einzugestehen, dass sie ihn viel Geld kosten könnte. Vielleicht erzählte sie ihren Therapeuten etwas. Die standen zwar unter Schweigepflicht, aber bei Kapitalverbrechen galt so etwas nicht.

Vielleicht war der Name Klempmann gefallen. Hatte ihr Mann sein Wissen mit ihr geteilt? Oder hatte er sie geschont, weil sie so instabil war? Hatte vielleicht gerade dieses gefährliche Wissen sie erst in die Psychiatrie gebracht?

Im Grunde hatte er selbst Angst, sich dem Gebäude der Ubbo-Emmius-Klinik auch nur zu nähern. Psychiater, Psychologen und Therapeuten waren ihm unheimlich. Er fürchtete, von ihnen durchschaut zu werden, so als könnten sie seine Gedanken lesen. Deshalb mied er die ganze Bande, so gut es nur ging.

Hannah Bagger musste sterben. Gar keine Frage! Es würde Klempmann sonst wie Verrat vorkommen. Er musste es also tun. Aber vielleicht nicht sofort. Er konnte es hinauszögern. Sie würde doch bestimmt irgendwann entlassen werden. Sie musste schließlich den Nachlass ihres Mannes regeln. Und die erste Nacht zu Hause, in diesem großen, leeren Haus, würde auch gleich ihre letzte werden. Sie musste sich erst gar nicht an das Leben als Witwe gewöhnen.

Diesen Expolizisten, der ihnen ständig an den Hacken klebte, immer wieder die alten Geschichten aufwärmte und sich so gern als Fachmann fürs organisierte Verbrechen verkaufte, diesen Fabian Link, den hingegen würde er sich bald vorknöpfen. Das machte bestimmt Spaß.

Auf dem Foto, das Klempmann ihm von Fabian Link gezeigt hatte, trug Fabian das Haar noch kurz geschnitten und hatte das pausbäckige Gesicht eines jungen Mannes, der nicht auf Kalorien achtete, sondern das Leben genoss. Inzwischen trug er seine Haare länger, achtete auf seine Gesundheit, trieb Sport und wog fünfzehn Kilo weniger.

Tarek, Siggi, Doc Holliday und diese Lehrerin Sabine Ahlers konnte er sich auch rasch holen. Lehrerinnen mochte er sowieso nicht. Vielleicht war es gut, das ganze Lehrerzimmer auszuschalten. Jeder aus diesem Kollegium konnte Klempmann gefährlich werden. Die redeten doch schließlich alle miteinander, hatten Zugang zu den Schülern, und es gab bestimmt einige von ihnen, die nur zu gern die Helden an der Erziehungsfront spielen wollten.

Er selbst gönnte sich jetzt erst einmal eine kleine Entspannung. Zwei Saunagänge in der Friesentherme in Emden und dann ein Besuch bei Desiree, die sich Curvy Model nannte. Er stand auf fette Frauen mit breiten, ausladenden Hüften. Er wühlte gern in Speckrollen. Frauen wurden erst ab hundertzwanzig Kilo für ihn wirklich interessant.

Desiree war rund wie eine Tonne und am ganzen Körper rasiert. Sie war sehr begehrt. Um einen Termin bei ihr zu ergattern, brauchte man schon Geduld. Sie ließ Männer aus Prinzip gerne warten. Das machte einen Teil des Reizes aus, den sie auf einige – auch auf ihn – ausübte. Sie ließ sich zwar extrem gut bezahlen, tat aber so, als hätte sie es nicht nötig und als müssten die Freier dankbar sein für ihre Gunst.

Er ging nach stressigen Tagen gern mal zu ihr. Er wohnte dann im Upstalsboom-Parkhotel und besuchte sie, sobald sie Zeit für ihn hatte.

Er ging in die Sauna und flanierte durchs Kunstmuseum. Ihm gefiel der Gedanke, dass niemand einen wie ihn dort vermuten würde.

Er mochte die Ruhe dort, und manche Bilder fand er spannender als jeden Film. Sie führten ihn zu sich selbst. Er konnte beim Betrachten eines Kunstwerks über sich nachdenken. Das machte ihn ruhig und frei.

Er brachte Desiree immer Pralinen mit, und er sah ihr gerne zu, wenn sie sie aß. Es hatte etwas von totaler Lust an sich, ohne jede Rücksicht auf die Folgen.

In ihrer Liebeshöhle gab es zwanzig, wenn nicht dreißig Orchideen, die sie offensichtlich liebevoll pflegte. Manchmal roch sie an den Blüten, und wenn welche abfielen, legte sie die aufs Bett. Orchideen und Desiree, das gehörte für ihn irgendwie zusammen. Dabei war sie doch die schönste aller Orchideen.

Wenn die Orchidee als Königin der Blumen galt, so war sie für ihn die Königin der Huren.

Sie hatte ihm gesagt, Desiree bedeute *Die Begehrte*. Ja, er begehrte sie.

Er würde sie selbstverständlich in bar bezahlen. Von den hunderttausend, die ihm Klempmanns Kampfschnepfe gegeben hatte.

Ja, Desiree war teuer. Es gab wesentlich preiswertere Huren. Aber sie war jeden Euro wert, fand er.

Willi Klempmann aß mit seiner Silvia Meeresfrüchte, und dazu schlürften sie rohe Eier aus Cocktailgläsern. Die Meeresfrüchte lagen auf Eis gebettet auf einer dreistöckigen Etagere. Krill, kleine Tintenfische, Garnelen, Langusten, Hummer, Jakobsmuscheln und natürlich wilde pazifische Austern aus der Nordsee. Krabbenfleisch mit Melonenwürfeln wurde als kalter Snack in einer Schale dazu gereicht.

Es war viel mehr, als die beiden essen konnten. Sie träufelten Zitronensaft auf ihre Austern. Er saugte sie einfach aus der Schale. Ein lebendes Tier zu essen war doch ganz etwas anderes als ein totes.

Sie zog einen Hummerschwanz durch die schwer knoblauchhaltige Aioli-Creme. Sie glaubten daran, dass sich das in den Meeresfrüchten enthaltene Jod, Eiweiß und Zink positiv auf die Lust der Frau und die Manneskraft auswirkten.

»Casanova soll täglich Austern zum Frühstück verspeist haben«, behauptete Silvia und nippte an ihrem Drink aus rohen Eiern, Zimt und Rotwein. Auch Omega-3-Fettsäuren hatten eine aphrodisierende Wirkung, wie die zwei wussten, aber das Wort klang so unpoetisch. *Omega-3-Fettsäuren …* Es hörte sich so wissenschaftlich an und dadurch irgendwie falsch.

Wichtig für die zwei war, dass es auf der Etagere so viel zu lutschen, knabbern und saugen gab. Sie sahen sich dabei an. Das Eis dampfte und schmolz, während sie sich gegenseitig mit den Augen aufaßen.

Sie waren schon sehr lange ein Paar, und so würde es auch bleiben. Sie verstanden sich auf eine Art, die den Rest der Welt ausschloss. Eigentlich gab es für ihn gar keinen anderen Menschen. Für Klempmann waren alle anderen Schachfiguren, Funktionsträger oder nützliche Idioten. Seit er seine beiden Ziehsöhne beerdigt hatte, ließ er außer Silvia niemanden mehr emotional an sich heran.

Sie selbst versuchte noch, Freundschaften zu pflegen, zu ihrer Freundin Susanne auf Borkum zum Beispiel. Aber in solchen Momenten, wenn sie gemeinsam aßen und Gaumenorgasmen erlebten, gab es auch für sie nur noch ihren Willi. Er war dann in ihren Augen ein stattlicher Mann. Das Wort war aus der Mode gekommen und durch Sixpackträger verdrängt worden. Aber sie nannte ihn immer noch so: *stattlich.*

Sie unterstützte soziale Organisationen und hatte mehrere Stiftungen gegründet. Sie kümmerte sich um Jugendliche aus schwierigen Verhältnissen, organisierte Ferien für Behinderte und deren Angehörige, half beim Bau von Hospizen und förderte Schulbibliotheken.

Jetzt ging es um ein Ausbildungsprogramm für minderjährige Mütter. Er kannte diesen Blick. Gutes zu tun und ihm das Geld dafür aus den Rippen zu leiern, wie er es nannte, machte sie erst so richtig heiß.

Sie erzählte von dem Schicksal der tapferen jungen Frauen, die sie unterstützen wollte. Ein Haus sollte gebaut werden. Auf dem Festland. Sie hatte sich sogar schon mehrere Grundstücke angesehen, in Wilhelmshaven, Jever und Schortens. Es ging um acht Wohneinheiten. Die Idee war, dass jede junge Frau eine eigene Wohnung im Haus erhielt, mit Küche, Bad und Kinderzimmer.

Sie zeigte ihm Fotos von der geplanten Inneneinrichtung, während er eine Jakobsmuschel aß.

»Die Frauen«, schwärmte sie, »sind dann nicht isoliert, verstehst du? Die können sich gegenseitig helfen. Beim Kochen zum Beispiel. Beim Wäschewaschen. Oder können gegenseitig auf ihre Kinder aufpassen. Zwei Sozialarbeiterinnen und eine Psychologin sollen das Projekt begleiten.«

Andere zahlten Steuern. Er spendete. Das meiste war Schwarzgeld und stammte aus Drogenhandel, Waffenschmuggel, Erpressung oder Förderung der Prostitution. Sie wusste all das, aber sie hatte gelernt, mit Widersprüchen zu leben. Sie war in ihrer Beziehung klar die bessere Hälfte, das wussten sie beide. Sie machte aus ihm einen Wohltäter. Er verdiente das Geld oder, besser gesagt, beschaffte es, und sie gab es aus. Sie verschaffte ihm damit ein gutes Gewissen, glaubte sie.

Vielleicht war es auch so: Er hätte es sicherlich bestritten. Er tat es nur, um ihr zu gefallen. Das Geld bedeutete ihm eigentlich nichts. Er hatte genug gemacht. Es waren nur noch Zahlen auf Konten oder in Verstecken. Diamanten in Banktresoren. Beteiligungen an Hotelketten oder Start-up-Unternehmen.

Er gab gern den *Business-Angel* und half bei Neugründungen. Das Geld musste ja irgendwo untergebracht werden. Es war ein Spiel für ihn. Eine Art Monopoly, nur in echt.

»Wie teuer wird das Wohnprojekt für gefallene Mädchen?«, fragte er.

Sie verdrehte die Augen. »Das sind keine gefallenen Mädchen. Du musst dich mal reden hören! Das sind ganz wunderbare junge Frauen, die für sich und ihre Kinder eine echte Chance brauchen.«

»Klar«, sagte er. »Und mit wie viel bin ich dabei?«

»Ich würde gern neben den Wohnungen im Keller Gemeinschaftsräume einrichten. Billard, Tischtennis, eine kleine Sauna.«

»Keine Bibliothek?«, grinste er.

»Doch, natürlich. Und ein offener Kamin gehört auch in so einen Gemeinschaftsraum. Es soll doch gemütlich werden.«

Er nickte zufrieden. Er behielt gerne recht.

»Ich denke, es wird Fördermittel vom Staat geben, vom Land und vom Bund. Wir haben schon eine Anfrage ans Familienministerium gestellt …«

Er winkte ab und verzog den Mund: »Scheiß auf den Staat, Silvia. Wenn die dich subventionieren, reden sie dir auch rein.«

»Du bist immer gleich so radikal«, sagte sie. »Man kann doch das eine tun, ohne das andere zu lassen.«

Er stieß den langen Löffel in das Glas mit dem Krabbenfleisch und den Melonenwürfeln. Er schaufelte sich drei Ladungen in den Mund, bevor er zu kauen begann. Manchmal wollte er den Mund so richtig voll haben. Seine Wangen sahen aus wie Hamsterbacken.

Er quetschte das Wasser aus den Melonenstücken, indem er die Masse mit der Zunge gegen den Gaumen drückte. Sie kannte das. Er hatte ihr versprochen, es nicht mehr im Restaurant zu machen. Es war ihr peinlich. Aber hier auf seiner Yacht durfte er sich benehmen, wie es ihm gefiel.

Melonenwasser lief ihm die Mundwinkel runter bis zum Kinn. Sie reichte ihm eine weiße Stoffserviette. Er tupfte sich die rote Flüssigkeit ab. Er kaute, schluckte und trank einen Schluck nach. Dann lehnte er sich zurück und gab den Großzügigen: »Das ist ein gutes Projekt. Du kannst stolz darauf sein. Ich könnte dir – sagen wir – vier, fünf Millionen geben? Dafür kannst du großzügig bauen, oder? Die Kinder sollen doch auch einen schönen Garten bekommen.«

Sie zeigte sich beeindruckt und warf ihm durch den zweiten und dritten Teller der Etagere ein Küsschen zu.

»Es werden auch laufende Kosten entstehen. Der Hausmeister. Sozialarbeiterinnen. Die Psychologin. Vielleicht springt da ja das Jugendamt ein«, orakelte sie.

»Willst du dich wirklich von irgendwelchen Spießern abhängig machen? Die laufenden Kosten übernehme ich gerne. Ich könnte das über eine Firma laufen lassen …«

Sie legte ihre Hand auf seine und flüsterte: »Pssst!«

Er wollte noch mehr Krabbenfleisch aus dem Glas baggern, aber sie stoppte seine Hand. »Iss nicht zu viel. Wir haben doch noch etwas vor.«

Er schob sich einen gehäuften Löffel voll in den Mund und lachte: »Und genau dafür brauche ich eine Menge gute Energie …«

Er mochte die Vorstellung, dass andere, wie dieser Henker Johann Baptist Reichhart, die Drecksarbeit für ihn erledigten, während er sich mit Silvia den schönen Dingen des Lebens widmete. Sie war für ihn wie eine sichere Brücke zu allem Schönen und Guten in der Welt. Zu Genüssen, Kunst, Liebe und Wohltätigkeit. Sie symbolisierte das Licht. Die helle Seite des Lebens. Solange sie da war, ging es ihm gut. Sie sah ihn an, als sei er ein liebenswerter Mensch.

Frauke erschrak, als sie Boris Karpow-Müllers Stimme am Telefon hörte. Er hatte es geschafft, sich zu ihr durchstellen zu lassen.

»Hier will einer unbedingt die Frau des Klinikchefs sprechen«, sagte die Mitarbeiterin, die eigentlich sehr gut im Abblocken von nervigen Anrufern war. Er hatte es irgendwie geschafft, sie dazu zu bewegen, ihn weiterzuverbinden. Frauke vermutete, er habe sie beflirtet und mit Charme eingewickelt.

Zu ihr sprach er anders. Fordernd. Frech.

»Ich weiß genau, wer dein Typ ist. Mich täuscht ihr nicht.

Ernest Simmel«, lachte er. »Allein der Name ist doch schon ein Witz!«

Frauke hatte sich gefangen und sprach mit fester Stimme: »Was willst du? Hat dir die Golfstunde noch nicht gereicht?«

Er knirschte mit den Zähnen, zumindest hörte es sich für sie so an. »Du schuldest mir eine Nacht, und zusätzlich will ich zwei Millionen, oder ich lasse euch hochgehen!«

»Komisches Gefühl. Ich telefoniere mit einer Leiche. Das passiert einem auch nicht oft. Er wird dich töten, wenn er von diesem Anruf erfährt, das ist dir doch hoffentlich klar.«

»Einen Scheiß wird er. Ich habe alles aufgeschrieben und mit Fotos dokumentiert. Ein Freund und ein Anwalt haben alles. Wenn mir etwas passiert, geht es an die Presse und an die Bullen gleichzeitig.«

Sie tat beeindruckt: »Ein Freund und ein Anwalt!«

»Ja, doppelt gemoppelt hält besser.«

»Du hast also einen Freund? Allein das kann nur Lüge oder Selbstbetrug sein.«

»Ich bekomme dich und das Geld, oder ihr seid euer schönes Leben hinterm Deich los. Nix mehr Klinik hinterm Deich. JVA!«

So energisch, wie er sprach, klang er entschlossen und selbstbewusst. Er wollte Rache für die erlittene Schmach, und er hatte einige Trümpfe in der Hand.

Sie hörte im Hintergrund Möwengeschrei, Kinder und das Meer. Er musste sich an einem Strand befinden. Es machte einen gewaltigen Unterschied, ob er damit drohte, ihre Geschichte zu erzählen, dass sie früher mal eine Miet-Ehefrau gewesen war, oder ob er Sommerfeldts mühsam aufgebaute neue Identität auffliegen ließ.

Sie musste ihn stoppen. Und sie wollte es allein erledigen.

Ohne ihn. Als selbständige Arbeit, als müsse sie damit etwas klarstellen.

»Wo soll ich hinkommen?«, fragte sie ihn ohne jeden unterwürfigen Ton. Sie wollte trotz allem tough rüberkommen.

»Wie viel Bargeld kannst du auf die Schnelle lockermachen?«

»Bargeld ist kein Problem, das ist das Hauptzahlungsmittel hier. Der Safe ist voll. Für Schwarzgeld ist gerade Flut. Bei versteuerter weißer Währung auf den Kontoauszügen dagegen herrscht überall Ebbe.«

Er flüsterte und schützte sein Handy mit der Hand gegen den Wind. Er saß in einem Strandkorb mit Meerblick. Neben ihm bauten drei Kinder eine Sandburg. Ihre zwei Mütter ölten sich gegenseitig ein. Die in dem blauen Bikini hatte schon zweimal nicht gerade uninteressiert zu ihm rübergeschielt.

»Wer braucht schon offizielles Geld?«, feixte er siegessicher. »Wir sind doch keine Beamten. Komm nach Cuxhaven. Allein. Und zieh dir ein paar scharfe Klamotten an. Darunter. Muss ja nicht jeder gleich sehen, dass ich mir 'ne Nutte aufs Zimmer kommen lasse.«

Okay. Er wollte sie also beleidigen.

Wer austeilt, muss auch einstecken können, sagte Sommerfeldt gerne. Sie lästerte: »Ich kann ja als Krankenschwester kommen. Darauf stehen viele Kerle. Ich verarzte dann gleich deine gebrochenen Finger. Oder geht's denen inzwischen wieder gut?«

Seine Wut flammte heiß wieder auf. Er würgte und zischte: »Dafür werde ich dich büßen lassen, Schlampe!«

»Soll ich ein paar erektionsfördernde Mittel mitbringen, oder bist du gut von deinem Hausarzt versorgt?«

»Was bist du für eine Hexe?!«

»Ich wollte dir nur ein Versagen ersparen. Nicht dass du mich noch für deine Erektionsprobleme verantwortlich machst.«

»Ich habe keine Erektionsprobleme!«, brüllte er.

Die Kinder lachten. Ihre attraktiven Mütter versuchten, sich nichts anmerken zu lassen. Sie schafften es aber nicht. Die eine prustete laut los, und die andere presste ihre Lippen zusammen. Sie schüttelte ihre Hände, als müssten die Finger getrocknet werden.

Er verließ seinen Strandkorb. Dabei trat er auf ein gelbes Förmchen. Es tat weh zwischen den Zehen. Es war genau die verletzte Stelle. Der Schnitt mit der Muschel am Deich hatte zu einer Entzündung geführt.

Er humpelte zur Promenade.

»Cuxhaven ist groß und schön. Wo genau soll ich hinkommen?«, fragte Frauke.

So, wie er atmete, hätte er sie am liebsten erwürgt. »Komm nach Duhnen. Glaubst du, ich sage dir jetzt genau, wo ich bin? Auf der Strandpromenade kannst du deinen schönen Arsch spazieren führen und abwarten, was passiert. Bring das Geld mit und beeil dich. Wenn du in zwei Stunden nicht da bist, fliegt ihr auf.«

»Das schaffe ich nicht so schnell.«

Endlich klang sie gestresst und in Sorge. »Dann beeil dich besser, Puppe!«

Nach dem Besuch bei Desiree brauchte Johann Baptist Reichhart immer ein bisschen Zeit, um wieder zu seiner Professionalität als Berufskiller zurückzufinden. Wenn er bei ihr war, geschah etwas mit ihm. Sie berührte nicht nur seinen Körper, sondern auch seine Seele, und genau das machte ihm Angst.

Es hatte etwas mit ihrem Blick zu tun. Vielleicht auch mit ihrer Stimme. Es ging unter die Haut, drang in ihn ein und verunsicherte ihn. Etwas Hartes in ihm, das ihm Halt gab und Stärke, wurde weich.

Er wollte das nicht. Er begann dann, an sich und seiner Art zu leben, zu zweifeln. So, als gäbe es noch eine andere Existenzmöglichkeit für ihn. Er fürchtete, verletzlich zu werden. Vielleicht nicht gerade sanftmütig, aber doch milde oder mitfühlend. Von da aus war es nicht mehr weit bis zur Wehleidigkeit.

Er spürte, dass er all das in sich hatte, aber es war wie abgespalten und verkapselt. Desiree nährte diese Kräfte. Er fürchtete, davon geflutet zu werden. Er wollte das sofort verdrängen, aber er wusste nicht, wie. Er durfte kein empathischer Mensch werden! Er wollte sich nicht fragen, wie es anderen ging. Er wollte rationale Entscheidungen fällen, fernab von jeder Gefühlsduselei.

Vielleicht, dachte er, sollte ich in Zukunft auch alle Kunstmuseen meiden.

Früher, das war ihm bei Desiree bewusst geworden, war er nur mit Frauen ins Bett gegangen, die er abstoßend fand. Ja, sie mussten zumindest einen Makel haben. Etwas Unattraktives, auf das er sich konzentrieren konnte.

Er hatte jungenhafte Frauen geliebt, schmalbrüstige mit hervorstehenden Hüftknochen, zu dünnen Beinen und schlechten Zähnen. Unter Junkies gab es viele davon. So war er sicher davor, sie nicht sympathisch zu finden. Er wollte sich auf keinen Fall verlieben. Er arbeitete sich an ihnen ab, nutzte sie als reine Fuckmaschinen. Das Wort faszinierte ihn, seit er es zum ersten Mal gehört hatte. Ja, so sollten Frauen für ihn sein: wie ein Werkzeug. Benutzbar.

Bei Desiree war das anders. Sie entsprach seiner Vorstellung von Schönheit. Nichts an ihr war abstoßend, und genau das, was sie so anziehend machte, war auch so gefährlich für ihn.

Warum hatte er ihr den doppelten Hurenlohn hingeblättert? Damit sie ihn in guter Erinnerung behielt? Ihn sympathisch fand? War das sein verfluchter Versuch, gemocht zu werden? War er so tief gesunken, dass er um die Gunst einer Hure bettelte?

Fast hätte er sie um ein Selfie gebeten oder zumindest um ein Erinnerungsfoto. Die Peinlichkeit hatte er sich zum Glück erspart. Huren machten keine Fotos mit ihren Freiern. Männer trugen keine Bilder von ihnen in ihrer Brieftasche. Die standen nicht im Fotorahmen auf dem Schreibtisch im Büro.

Oder irrte er sich da? Dachte er einfach zu spießig?

Einerseits freute er sich schon auf den nächsten Besuch bei ihr, ja hätte sie am liebsten zum Essen in ein Restaurant eingeladen. Andererseits war es vielleicht klüger, sie einfach nie wiederzusehen.

Aber wie lange, dachte er plötzlich, bin ich nicht mehr mit einer Frau essen gegangen? Wenn, dann gab es nur Geschäftsessen und auch die waren in der Branche äußerst selten. Er aß normalerweise allein. Es war auch meist kein großes Geschmackserlebnis. Er suchte nicht den besonderen Genuss. Er ging essen, um satt zu werden und sich Energie zuzuführen. Er wollte sich nicht unterhalten. Andere Menschen interessierten ihn im Grunde nicht. Es war ihm auch schnuppe, welche Partei gerade die Regierung stellte oder wer mit wem koalierte. Die Fußballergebnisse interessierten ihn genauso wenig.

Er sah sich selbst als gut arbeitende Maschine. Zuverlässig. Präzise. Schnell.

Ich muss sie aus meinem Kopf und meinem Leben verbannen, dachte er. Ich muss viel strenger mit mir sein, sonst werde ich noch gefühlsduselig. Das macht mich ja total verrückt!

Wenn er sie schon nicht lieben konnte, vielleicht war es dann besser, sie zu töten?

Er ging am Otto Huus vorbei, wo der Elefant aus den Mauern zu brechen schien, als wolle er sich aus einem zu eng gewordenen Raum befreien. Er konnte sich mit dem Ottifanten identifizieren und fand sich selbst lächerlich, auf dem Weg hin zu seiner eigenen Karikatur.

Gab es einen Befreiungsschlag? Sollte er sie töten oder ganz mit dem Töten aufhören und ein neues, anderes Leben beginnen? War es eine Möglichkeit, die Serie für Klempmann zum Abschluss zu bringen und sich dann mit all dem Geld ins Ausland abzusetzen?

Ein neues Leben? Vielleicht gar mit Desiree?

Er versuchte sich vorzustellen, wie sie auf sein Angebot reagieren würde. Er könnte ihr in einer ruhigen postkoitalen Situation ins Ohr flüstern: »Lass uns abhauen und irgendwo neu beginnen. Such dir aus, wo. Ich habe Geld genug für uns beide.«

Er könnte ihr zum Beweis einen Koffer voller Bargeld zeigen. Würde sie ihn auslachen und ihn damit konfrontieren, dass sie ihren Körper zwar stundenweise verkaufe, aber ganz sicher nicht ihr komplettes Leben und schon mal gar nicht an ihn? Oder würde sie ihm um den Hals fallen und sagen, darauf habe sie schon lange gewartet und sie brauche nicht viel Zeit zum Packen.

Der Gedanke gefiel ihm. Er sah ihr komplizenhaftes Lächeln vor sich, aber dann legte sich etwas anderes darüber. Ein gemeines Lachen. Sie verspottete ihn, weil er so blöd war zu glauben, sie habe wirklich Gefallen an ihm gefunden. Nein, ihre Orgasmen seien nicht echt gewesen, sondern nur vorgespielt, und dabei habe sie sich nicht mal besonders viel Mühe geben müssen, denn er sei vermutlich noch nicht oft bei einem echten Orgasmus dabei gewesen. Er hätte nicht viel Beziehungserfahrung, das sei ihr gleich klar gewesen. Ein Ahnungsloser wie er ließe sich leicht ausnehmen. Ein bisschen Klimpern mit den Wimpern, und er verdoppele gleich den Liebeslohn.

Die ganze Wahrheit sei, sie fände seinen Körper hässlich. Ihn selbst uninteressant und dumm. Ja, sie habe sich immer überwinden müssen, aber das sei eben ihr Beruf. Sie sei im Grunde so etwas wie eine Schauspielerin, die Männern etwas vorspiele. Es sei ein Einpersonenstück. Es werde nur für jeweils eine Person aufgeführt. Es schmeichle ihr, dass er darauf hereingefallen sei. Sie gelte wohl zu Recht als sehr gut und professionell.

Schweiß brach ihm aus, während diese Gedankenfetzen durch sein Bewusstsein jagten. Er schwitzte jetzt mehr als in der Sauna, zumindest kam es ihm so vor. Ihm wurde flau. Er brauchte Wasser oder ein Eis.

Er wischte sich mit dem Handrücken die nasse Stirn ab. Die Schiffe im Hafenbecken schienen zu wanken. Ein Pärchen sprach ihn auf der Straße vor dem Otto-Huus an: »Brauchen Sie Hilfe?«, fragte die junge Frau.

»Nein«, rief er barsch, »mir geht es gut!«

Die Frau zuckte zurück. Der Mann ließ aber nicht locker: »Sie wirken dehydriert. Sie torkeln.«

»Ich bin nicht betrunken«, verteidigte Reichhart sich.

»Das ist uns klar«, sagte der Mann, hielt die Hände aber so, als rechne er damit, Reichhart könne jeden Moment zusammenbrechen und er sei bereit, ihn aufzufangen.

»Lass ihn«, bat die Frau ihren Begleiter.

»Nichts für ungut«, sagte der und riet Reichhart: »Trinken Sie etwas. Es ist sehr schwül, da kann einem leicht schlecht werden.«

Die beiden gingen. Er sah ihnen nach.

Warum machen Menschen so etwas, fragte er sich. Sind das die Leute, die man als Gutmenschen bezeichnet?

Er hatte mit diesem Begriff noch nie etwas anfangen können. Wieso mischten die sich einfach ein? Warum wollten sie ihm ungebeten helfen, statt die Situation auszunutzen und ihn auszurauben? Er trug eine gut achttausend Euro teure Breitling Flieger-Uhr. In einer schwierigen Situation ließ sich das Ding rasch zu Geld machen. Außerdem hatte er mehr als fünftausend Euro in bar bei sich. Gut, das wusste das Pärchen nicht, und von Uhren verstanden sie vielleicht nichts. Seinem Anzug sah auch nicht jeder den edlen Stoff an. Wer wusste heute einen Anzug von Cerruti überhaupt noch zu schätzen?

Frauke öffnete den Tresor. Es lag viel mehr Geld darin, als Boris Karpow-Müller gefordert hatte. Dazu Goldmünzen und ein seidenes Säckchen voller Diamanten. Mit diesem Bargeld zahlte Sommerfeldt alias Dr. Simmel gern die inoffiziellen Gehälter aus.

Frauke hatte noch keinen Plan. Sie wollte hinfahren und die Sache erledigen, bevor der lästige Kerl mit seinem Wissen zu einer echten Bedrohung werden würde.

Sie hatte keine Lust, sich von dem Taugenichts ihr schönes Leben in Norddeich zerstören zu lassen. Sie wollte nicht mit Sommerfeldt fliehen. Sie war nach Norddeich gekommen, um zu bleiben. Für immer.

Sie steckte ein paar Geldstapel ein, ohne sie zu zählen. Schweizer Franken und Euro. Vielleicht hundert-, höchstens zweihunderttausend. Wichtiger war ihr der Revolver. Acht Patronen in der Trommel. Hervorragende Schussleistung. Kurzer Lauf. Handlich. Handtaschengeeignet. Es war eine Kurzwaffe für den Nahbereich. Kaliber .22. Ein Revolver der Marke Arminius, hergestellt von der bayrischen Firma Weihrauch.

Sie hatte mit der Waffe lange nicht mehr geschossen. Da Sommerfeldt Lärm hasste, war sie ein bisschen aus der Übung gekommen.

Sie legte den Schalldämpfer neben den Revolver zu dem Bargeld in ihre Handtasche.

Während der Fahrt dachte sie darüber nach, warum sie Sommerfeldt nicht informiert hatte. Würde er ihr das später vorwerfen? Sie wusste selbst noch nicht genau, warum sie es tat. Ihr fehlten Argumente für ihr Handeln. Trotzdem war es so, als müsse sie es tun.

Folge ich gerade meinen Instinkten oder baue ich einfach nur unverantwortlichen Mist, dachte sie. Warum will ich es alleine regeln? Was ist mir daran unangenehm, es mit ihm zu besprechen?

Wenn sie sich selbst am wenigsten verstand, kam es ihr immer so vor, als sei sie gerade vollständig sie selbst. Von nichts und niemandem fremdbestimmt.

Sie gab *Duhner Allee* ins Navi ein.

Der Parkplatz an der Ortseingangsstraße war nah am Strand. Auch zu den Cafés und Restaurants war es nicht weit.

Sie parkte im Schatten der ausladenden Bäume und flanierte über die Strandpromenade. Die blau-gelben oder rot-weißen Strandkörbe waren ganz anders als die blau-weißen in Norddeich.

Die Handtasche mit dem Revolver und dem Bargeld baumelte so lässig an ihrer Seite, als seien darin ein Handtuch für den Strand, ihr Ersatzbikini und ein gutes Buch.

Sie musste grinsen. Sie fühlte sich gut. Durchtrieben. Voller Energie. Sie spürte sich so sehr.

Dieser Boris Karpow-Müller war tatsächlich ein Anfänger. Er beobachtete sie. Er glaubte vermutlich, sie würde es nicht merken, weil er Abstand hielt. Doch ihr Körper kannte sich mit Blicken aus. Ihre Haut reagierte darauf wie ein Seismograph oder eine Wärmebildkamera.

Sie war stolz darauf, es zu bemerken. Geile Blicke waren ganz anders als ein Blick durch ein Zielfernrohr. Sie spürte beides auf dem Körper. Es war eine Art sechster Sinn. Sie konnte nicht nur sehen, hören, riechen, schmecken und ertasten. Nein, sie spürte, wie viele Frauen, Blicke.

Wie alle anderen Sinneswahrnehmungen ließ sich auch diese trainieren. Im Sommer war sie besonders gut ausgebildet. Regenjacken oder dicke Kleidung dämpften das Gefühl. Aber sie trug ein kurzes, schulterfreies Kleid, all ihre Hautsensoren standen auf Empfang.

Sie spürte seine Blicke im Rücken und auf den Waden. Sie wusste genau, was los war. Er schickte begehrliche Blicke, und gleichzeitig belauerte er sie. Er wollte sichergehen, dass Sommerfeldt nicht irgendwo auftauchte.

Sie kaufte sich ein Eis in der Waffel und spazierte damit auf und ab. Über ihr kreischten sich Möwen heiser.

Vor Neuwerk zogen Pferde Kutschen durchs Watt. Es war ein

herrlicher Tag. Die Eis schleckenden Touristen ahnten nicht, was hier gerade lief.

Er beobachtete sie durch ein Fernglas. Sie ging so, dass die Sonne seine Gläser blitzen ließ und ihn blendete. Sie machte sich einen Spaß mit ihm, aber das Ganze war kein Witz.

Dann ging sie in Richtung Döse. Sie wollte ihm eine Falle stellen, um ihm zu zeigen, dass sie besser war als er.

Sie verschwand zwischen hohen Gräsern. Es kitzelte in ihrer Nase. Fast hätte sie geniest. Es dauerte eine Weile, bis er erschien. Sie sah gebückt Käfern zu, die in Blüten herumkrabbelten, und schraubte dabei den Schalldämpfer auf den Revolver.

Er stand herum und suchte sie. Er sprang sogar zweimal hoch, um weiter gucken zu können. Für die Urlauber sah er aus wie ein Papa, der nach seinem Kind Ausschau hielt und sich ein bisschen schämte, es an der Bierbude verloren zu haben. Nur hätte ein Vater vermutlich laut gerufen. Das tat er natürlich nicht.

Sie stand plötzlich hinter ihm, drückte zwei Finger in seinen Rücken und sagte: »Hände hoch!«

Er hob tatsächlich vorsichtig, ganz langsam, die Hände.

Sie lachte und trat einen Schritt zurück. »Erwischt!«, freute sie sich.

Er registrierte, dass sie ihm gar keine Waffe in den Rücken gedrückt hatte, sondern nur ihre Finger. Wollte sie ihm demonstrieren, dass sie ihn nicht ernst nahm? Aber warum war sie dann gekommen?

»Lass uns ein paar Schritte gehen«, sagte sie. »Weiter da hinten sind keine Touristen mehr.«

Verwirrt ging er neben ihr her. Er versuchte, sich auf seinen ursprünglichen Plan zu konzentrieren. Alles war so irritierend. Auf eine verrückte Art unwirklich.

Sie sprach locker, leicht und so bewegte sie sich auch.

»Hast du das Geld da?«, fragte er.

»Willst du dich wirklich mit so ein paar Kröten zufriedengeben?«, war ihre Gegenfrage.

Sie zog ihre Schuhe aus und ging über den Sand.

»Paar Kröten?«, staunte er.

»Sommerfeldt ist viel mehr wert. Wir könnten vierzig, fünfzig Millionen rausholen. Mindestens.«

»Häh? Wie das denn?«

»So viel werden ihm die Freiheit und seine Kurklinik schon wert sein. Du weißt, wer er ist –, aber ich weiß noch viel, viel mehr über ihn.«

»Ja, das glaube ich dir sofort. Aber allein kannst du das Ding nicht durchziehen. Du hast nämlich Angst vor ihm.«

Damit hatte sie nicht gerechnet. Er wusste echt nichts über ihren Mann.

Sie behauptete: »Keine Frau muss jemals Angst vor ihm haben. Und erst recht kein Kind. All seine Aggressionen richten sich immer nur gegen Männer. Ihnen lässt er nicht viel durchgehen. Eine Unhöflichkeit vielleicht, aber sonst ist er Männern gegenüber sehr streng.«

»Was erzählst du mir hier gerade? Du hast keine Angst vor ihm, aber du brauchst mich, um ihn abzuzocken?«

»Genau. Ich werde ihn heiraten.«

Er kapierte: »Und dann leg ich ihn um, während du mit einem Haufen Freundinnen in der Seehundstation oder im Waloseum bist. Auf jeden Fall gibt's genügend Zeugen, dass du es nicht gewesen sein kannst.«

Sie lächelte ihn an: »Du kapierst aber rasch.«

»Dann beerbst du ihn, denn er hat keine Kinder oder Verwandte.«

»Du bist wirklich ein Schnellmerker. Aber bis dahin darf nicht rauskommen, dass er Dr. Bernhard Sommerfeldt ist. An unrecht Gut kann man nämlich kein Eigentum erwerben. Er muss als der ehrenwerte Dr. Ernest Simmel sterben. Am besten lässt du es wie einen Unfall aussehen.«

Er atmete tief durch und legte einen Arm um sie. »Im Grunde«, triumphierte er, »habe ich dich doch auf die Idee gebracht. Stimmt's?«

»Ja, was du gesagt hast, ist mir immer wieder durch den Kopf gegangen.«

»Wann heiratet ihr?«

»So bald wie möglich. Er hat mir die Ehe schon versprochen. Ich darf ihn aber nicht zu sehr drängen, sonst schöpft er noch Verdacht.«

Sie griff in ihre Tasche, spürte das kalte Eisen der Waffe und zog einen Stapel Geldscheine hervor. Sie hielt sie ihm hin. »Eine Anzahlung.«

Er nahm es und steckte es, ohne zu zählen, in die Hosentasche. Er fragte: »Er hat dir die Ehe versprochen? Ihr seid so etwas wie Verlobte?«

»Ja klar.«

»Bist du wirklich so gut im Bett?«

»Es gibt noch mehr Dinge zwischen Mann und Frau. Da staunst du, was?«

Er prustete los: »Komm mir jetzt nicht mit so einem Scheiß.« Er schien seine letzte Lektion schon vergessen zu haben. Er fummelte wieder an ihr herum und schlug vor: »Lass uns hier in die Dünen gehen. Oder willst du lieber mit zu mir aufs Zimmer?«

Sie überlegte, wie es wäre, ihm jetzt gleich den Schalldämpfer an die Stirn zu drücken und ihn zu erledigen. Sie wollte es nach Selbstmord aussehen lassen. Vielleicht kam es einigen Leuten komisch vor, warum jemand, der sich umbringen wollte, einen Schalldämpfer benutzte. Aber es hatte auch etwas von Rücksichtnahme an sich, den anderen Urlaubern gegenüber, fand sie. Es war geradezu rührend.

Sie wollte es gern jetzt und hier erledigen, um dann, frei von Sorgen, zur Klinik zurückfahren. Sein ehemaliger Chef, Dr. Sergio Sielmann, würde gern bestätigen, dass sein Angestellter seelisch instabil gewesen war, plötzlich zu Gott gefunden und gekündigt hatte. Der Selbstmord könnte also durchgehen und wenn nicht, was spielte es schon für eine Rolle?

»Okay«, sagte er, »auf das Geld kann ich warten. Aber dich will ich sofort.«

Er glaubte immer noch, am längeren Hebel zu sitzen.

»Sobald es dunkel ist«, schlug sie vor.

»Nein. Jetzt und hier«, verlangte er. »Du versuchst doch nur, Zeit zu gewinnen. Ich soll immer warten. Auf deine Hochzeit. Auf die Dunkelheit. Nee! Ich bin das Warten leid.«

Er wurde zudringlich. Sie deutete auf einen einsamen Strandkorb.

Das gefiel ihm. »Mit Blick aufs Meer«, freute er sich.

Das Holzgitter entfernte er mit roher Gewalt.

Frauke zog ihr Kleid über dem Kopf aus und stand im Bikini vor ihm. Er ließ sich in den Strandkorb fallen und flegelte sich wohlig stöhnend darin herum. Er schloss die Augen und öffnete seinen Hosenschlitz und seinen Mund gleichzeitig.

Dann passierte für ihn nicht ganz das Erwartete. Er hatte plötzlich Eisen zwischen den Zähnen. Es schmeckte nach Öl und Schwefel.

»Du fällst echt zweimal auf den gleichen Trick rein«, sagte sie, empört über so viel Blödheit.

Er riss die Augen auf und starrte sie an. Er drückte sich tiefer in den Strandkorb und würgte.

»Du hattest deine Chance«, beteuerte sie. »Schade um den Strandkorb. Dein Hirn wird gleich daran kleben.«

Er versuchte, den Kopf zu schütteln. Dann griff er nach ihrer Hand.

Sie drückte ab.

Er war sofort tot.

Der Arminius-Revolver hing aus seinem Mund. Sie nahm seine rechte Hand und legte sie um die Combat-Griffschale aus Nussbaumholz. Sie griff in seine Hosentasche und fischte das Geld wieder heraus. Nicht weil sie geizig war, sondern weil ihr der Selbstmord eines mittellosen Mannes ohne feste Anstellung glaubwürdiger erschien als der eines Typen, der zigtausend in der Tasche bei sich trug. Sein silbernes Zigarettenetui fiel zu Boden.

Die Sonne ging in einem roten Schleier unter. Ein langer Streifen von Quellwolken schien brennend auf dem Wasser zu liegen. Darüber eine hohe Schicht Schleierwolken.

Ein Pärchen auf der Suche nach einem Liebesnest näherte sich dem Strandkorb. Beide waren verheiratet, allerdings nicht miteinander.

Sie fanden den toten Boris Karpow-Müller.

Zunächst wollten sie einfach wegrennen. Ihre Fußspuren im Sand kamen ihnen verräterisch vor. Beide befürchteten, mit der Entdeckung der Leiche würde auch ihre Beziehung auffliegen, so als könnte es jetzt keine Geheimnisse mehr geben.

Sie hielten sich ganz fest, und jeder spürte den Herzschlag des anderen.

Sie entschied dann, die Polizei zu rufen.

Während sie auf die Beamten warteten, fragte sie sich, wie sie ihrem Mann erklären sollte, warum sie hier, so weit weg vom Hotel, spazieren gegangen war, statt im Bett zu liegen und zu schlafen. Angeblich war sie nämlich sehr müde gewesen und deshalb ins Bett gegangen. Sie hatte letzte Nacht kaum ein Auge schließen können, weil er sie mit seinem lauten Schnarchen wachgehalten hatte. Diesen Vorwand hatte sie genutzt, um sich ein Einzelzimmer zu nehmen. Er hatte großzügig angeboten, es aus seinem Etat zu bezahlen, weil ihm das Schnarchen peinlich war. Sie war noch vor dem Abendessen darin verschwunden. Von dort konnte sie ungestört mit Thorsten telefonieren, und jetzt war sie mit ihm hier.

Die freundlichen Polizisten nahmen die Personalien auf und verstanden offensichtlich, es mit einem frischverliebten Paar bei einem geplanten Ehebruch zu tun zu haben. Sie waren sehr diskret, zumal die zwei ja kaum etwas Sinnvolles beitragen konnten. Sie hatten nichts gesehen und nichts gehört, sondern nur die Leiche gefunden.

Der junge Polizist, der fast wie ein Schüler aussah, war weiß wie die Wand. Er musste sich abwenden. Sein Blick fiel auf das silberne Zigarettenetui, das neben dem Toten auf dem Boden lag. Er bückte sich rasch und hob es auf.

Sein Kollege schaute ihn wütend an und schüttelte ungläubig den Kopf. Der Junge zuckte zusammen und ließ das Etui wieder fallen. Das alles war zu viel für ihn. Er übergab sich neben dem Strandkorb.

Der Ältere hatte schon einige Erfahrungen mit Selbstmördern. Allerdings war Boris Karpow-Müller der Erste, der sich einen Revolver mit Schalldämpfer in den Mund geschoben hatte. Das machte den Cuxhavener Polizisten dann doch stutzig.

Dr. Bernhard Sommerfeldt saß alleine am Deich und blickte nach Westen in den Sonnenuntergang. Das Wort *Abendland* bekam dabei für ihn einen sinnlichen Klang. Er sagte es zweimal vor sich hin.

Von der Klinik aus, zweihundert Meter in Richtung Greetsiel, gab es eine einsame Stelle, wo er gern saß, ein Glas kühlen Weißwein trank und zusah, wie die Sonne im Meer versank. Heute hatte er sich noch ein paar Nüsse mitgenommen. Nüsse und Ruhe halfen beim Denken.

Er wusste nicht, wo Frauke war. Manchmal brauchte sie einfach Zeit für sich selbst. Sie würde ihn schon finden. Sie hatte oft abends mit ihm gemeinsam hier gesessen oder auf dem Dach der Klinik.

Er dachte über ihren kurzen Streit nach und darüber, wie es weitergehen sollte. Nachdem er Lodwijk van Eeden zu einem Rendezvous mit seinem Schöpfer verholfen hatte, war eine ungute Dynamik in die Sache hineingekommen. Es geschahen Dinge, die ihr schönes Leben am Deich bedrohten. Er spürte es im Magen und auch als Druck im Kopf, wie das Heraufziehen einer Schlechtwetterfront oder das Nahen einer Katastrophe.

Solche negativen Gedanken wollte er nicht zulassen. Er nahm einen Schluck Weißwein, kaute seine Nussmischung und versuchte, sich auf das Farbenspiel am Abendhimmel zu konzentrieren.

Gern hätte er Frauke jetzt bei sich gehabt. Brauchte nicht jeder einen Menschen, dem er völlig vertrauen konnte? Gerade er, der oftmals nicht mal sich selbst traute, war sein ganzes Leben lang auf der Suche nach so einem Menschen gewesen. Oft hatte er seine Überlegungen und Gefühle nur seinem Tagebuch anvertrauen können.

Als hätte er sie mit seinen Gedanken auf magische Weise herbeigelockt, kam sie von Osten auf ihn zu. Sie hatte in der Klinik Proviant besorgt. Sie trug alles in einem großen Weidekorb mit einem blau-weißen Tuch darüber. Sie brachte duftende heiße Pizzastücke mit, dazu zwei Gläser und eine Flasche Cava. Sie setzte sich neben ihn. Der Geruch machte ihn hungrig. Sie bot ihm ein Stück mit Sardellen, Krabben und doppelt Käse an.

Sie aßen mit den Händen. Käse tropfte ins Gras. Möwen näherten sich.

Frauke zeigte auf seinen Weißwein und nippte an dem Glas. Dann reichte sie ihm einen Sektkelch. Sie glaubte, dass ihr Cava besser sei als sein Weißwein. Es war ein Codorníu.

Da war eine Menge Druck in der Flasche. Sie ließ den Korken ploppen. Er flog so hoch, als wolle sie damit auf die Möwen schießen.

»Haben wir etwas zu feiern?«, fragte Sommerfeldt.

Der Schaumwein perlte an ihren Fingern runter. Sie leckte sie schmatzend ab.

Der Cava hatte eine leichte Honignote und duftete nach frischen Äpfeln. Sie fand, der Sekt passte gut zu diesem Tag.

»Boris ist tot«, sagte sie trocken.

»Hast du ihn ausgeknipst?«

Sie goss ihm Cava ein: »Ich habe ihn gebeten, es selbst zu tun.«

Sommerfeldt nickte anerkennend. Er probierte den spanischen Schaumwein und hielt das Kristallglas mit dem goldperlenden Getränk gegen den Himmel. Die Strahlen der untergehenden Sonne brachen sich darin.

»Wenn der Champagner aus ist, holt meine Frau die wirklich guten Sachen raus«, scherzte er.

Sie tranken, aßen und kuschelten sich aneinander.

Sein Satz mit dem Champagner war nicht von ihm, sondern das sagte Rupert gern, wenn es nach Sekt und Wein endlich für ihn etwas Süffigeres gab. Bier.

Frauke fand es wundervoll, dass Sommerfeldt Rupert zitierte. Sie mochte den Hauptkommissar immer noch sehr. Er hatte sie belogen und betrogen, wie sie ihn auch. Aber bei der Art, wie er sie ansah, lief ihr noch jetzt ein Schauer den Rücken runter. Er konnte Frauen das Gefühl geben, einzigartig zu sein. Wenn sie mit ihm zusammen war, fühlte sie sich verehrt. Ähnlich ging es ihr mit Sommerfeldt.

Erst als die letzten Sonnenstrahlen verloschen waren und nur noch der nachtblaue Sternenhimmel ihnen Licht bot, sagte Sommerfeldt: »Ich habe die Handys dieser Kretins überprüft. Was mich traurig macht, ist, wie viele Schüler als Unterhändler für die drei arbeiten. Es ist ein Schneeballsystem. Und du hattest recht: Klempmann ist der Drahtzieher. Er sitzt wie eine dicke Spinne im Netz. Alle Fäden führen zu ihm. Wenn sie sich untereinander über den Boss unterhalten haben, reden sie von G …« Als wüsste sie es nicht, führte er aus: »George. So hat Klempmann sich in der Szene immer genannt.«

»Ja«, lachte sie, »weil vor einem Willi Klempmann niemand Angst hat.«

Seine Worte taten ihr gut. Sie wollte ihren Kopf an seine Schulter legen, doch eine Möwe suchte ihre Chance und säbelte mit ihrem Schnabel in den Korb unter das blau-weiße Tuch. Frauke schüttete ihren Cava in die Richtung. Die Möwe schlug mit den Flügeln. Der Cava spritzte Sommerfeldt ins Gesicht. Die Möwe floh, aber nicht ohne ein Stück Pizza ergattert zu haben. In der Luft wurde sie gleich von zwei anderen Möwen attackiert, die versuchten, ihr die Beute streitig zu machen.

»Also holen wir uns Klempmann«, stellte sie erleichtert fest.

Er sagte nichts, sondern schwieg vielsagend.

Sie goss sich Cava nach. »Wurde auch Zeit«, fügte sie hinzu.

»Ich hole ihn mir. Das ist mein Job«, sagte er.

Sie sah ihn an und lächelte milde. »Unser Job.«

Er streckte sich im Gras aus, die Hände hinterm Kopf und guckte zu den Sternen. Er sprach bedächtig: »Ich dachte, du wolltest aufhören und stattdessen mit mir ein schönes Leben hinterm Deich führen. Reisen. Golf spielen. Heiraten …«

Sie legte sich neben ihn. Mit einer Hand schützte sie den Weidekorb. »Ja. Das verspreche ich dir. Aber erst holen wir uns Klempmann …«

Er verzog den Mund, als würde ihm etwas daran nicht gefallen: »Du willst unbedingt dabei sein?«

»Du wirst mich brauchen.«

»So?«

»Ja. Er lässt sich von Frauen beschützen. Und jeder weiß, dass du Frauen nichts zuleide tun kannst. Diese liebevolle Schwäche von dir, mein Bester, ist in dem Fall ein echtes Problem.«

»Hm. Dann muss ich eben versuchen, ihn ohne seine Beschützerinnen zu erwischen.«

Sie drehte sich auf den Bauch und streichelte sein Gesicht. »Du hast mehrere fette Handicaps, mein Schatz. Aus großer

Entfernung brauchst du schon ein Präzisionsgewehr. Und Schusswaffen …«, sie stupste gegen seine Nase, »sind so gar nicht dein Ding. Das wissen wir doch beide. Mit deinem Messer musst du aber viel zu nah an ihn ran. Dann bekommst du es mit seinen Kriegerinnen zu tun. Ja, nimm das bitte ernst. Das sind keine Schaufensterpüppchen zum Angeben. Das sind bestens ausgebildete MMA-Kämpferinnen und Kickboxerinnen. Die eine nennt sich Christine, nach Christine Theis, der berühmten Weltmeisterin im Vollkontakt-Kickboxen, die sogar einen Doktortitel hat.«

»Ich weiß, wer Christine Theiss ist.« Er dachte eine Weile nach. »Ich bin also als Serienkiller eigentlich der letzte Versager.«

Sie wog ihren Kopf hin und her. »Du bist zweifellos der bekannteste und der meistgesuchte. Aber …«, sie zögerte, es auszusprechen.

»Aber was?«

»Aber im Grunde bist du für diesen Job völlig ungeeignet.«

Ja, das Apartment im Krusespeicher in Wismar, mit Blick auf den Hafen, war schon toll. Gerald Hirschfeld konnte sich selbst etwas kochen und sich hier völlig einigeln. Wenn er im Sessel saß, aus dem Fenster sah oder auf dem Balkon stand und die Hafenluft roch, fühlte er sich frei. Fast unbeschwert. Eine Riesensehnsucht kam in ihm auf. Am liebsten hätte er eins der Schiffe bestiegen, ohne nach dem Zielhafen zu fragen. Hauptsache, weg. Als blinder Passagier.

Innerlich war er auf der Flucht. Todesangst griff nach ihm, wenn er den Fahrstuhl hörte oder Schritte im Flur.

Er traute sich nicht einmal, seine Frau Claudia anzurufen. Sie glaubte, er sei auf einer Beerdigung am Bodensee. In dem kurzen Telefonat, das er von einer Autobahnraststätte aus geführt hatte, hörte sie sich sorgenvoll an. Ahnte sie etwas?

Er versuchte herauszubekommen, ob ihr Haus beschattet wurde. Er wusste nicht, wie er es anstellen sollte, ohne alles zu verraten und sie in Panik zu versetzen. Aber sie kam von selbst darauf zu sprechen. Auf der anderen Straßenseite parke ein Auto, in dem ständig zwei Männer säßen. Sie habe schon überlegt, ob sie sie ansprechen solle.

Um ihn aufzuheitern, versuchte sie, Leichtigkeit in das Gespräch zu bringen: »Ich könnte ja mal mit Kaffee und Kuchen rübergehen«, scherzte sie. »Ich glaube, es sind Polizisten. Einmal ist einer zur Straßenecke gegangen und da in einen Polizeiwagen gestiegen. Ein anderer kam aus dem Wagen und ging zu dem Auto. Sah für mich aus wie eine Wachablösung.«

Was für erbärmliche Stümper, dachte er und war gleichzeitig froh, dass es sich um Polizisten handelte und nicht um aufgebrachte Eltern oder Privatdetektive, die im Auftrag eines Mörders seinen Aufenthaltsort herausfinden sollten.

Claudia zu beschatten, um ihn zu finden, war ein naheliegender Gedanke. Er vermutete, dass Frank Weller die Leute geschickt hatte.

Claudia sagte: »Du klingst gar nicht gut. Wirst du krank?«

»Ich bin traurig. So eine Beerdigung ist ja keine Geburtstagsparty. Ich werde noch ein, zwei Tage hierbleiben. Ich glaube, ich werde hier gebraucht.« Er wollte es lustig machen: »Auf dich passt ja derweil die Polizei auf.«

Darüber konnte sie nicht lachen.

Er relativierte: »Die sind garantiert nicht wegen dir da. Da wohnen ja auch noch mehr Leute in der Straße.«

»Ich fühle mich schon, als würde Al-Qaida hier einen Anschlag vorbereiten.«

»Bitte …«

Nach einigen Liebesschwüren und Versprechungen von ewiger Treue verabschiedeten sie sich. Erst als das Gespräch beendet war, wurde ihm klar, dass er Lenis Geburtstag verpasst hatte. Er schlug wütend mit der Faust in die Luft und schimpfte sich selbst einen Volltrottel.

Er fuhr mit dem Fahrstuhl hinunter, wollte sich mit Lebensmitteln eindecken, um sich eine Weile in der Wohnung für den Rest der Welt unsichtbar zu machen. Aber schon nach wenigen Metern auf der Straße brach ihm der Schweiß aus. Es war ein bewölkter Sommermorgen. Von der Ostsee her wehte ein kühler Wind, der Gerüche von Getreide, Schweröl und Fisch mit sich brachte.

Frauen in Kleidern mit Spaghettiträgern und Männer in knielangen Hosen und Flipflops kamen ihm entgegen. Da war ein lebensfroher Lärm um ihn herum. Die ersten frühstückten Fischbrötchen. Von irgendwoher wehte Kaffeeduft.

Er wurde das Gefühl nicht los, verfolgt zu werden.

Warum glotzte der Typ mit dem Eis da so dämlich?

Die Frau mit dem großen Strohhut – hatte die ihn fotografiert oder den großen Dampfer dahinten?

Er hörte plötzlich im linken Ohr einen Pfeifton, der lauter wurde und dann auf dem Niveau blieb. Er schlug sich zweimal aufs Ohr, schob den kleinen Finger in die Muschel und machte heftige Bewegungen mit dem Kopf, als hätte er Wasser ins Ohr bekommen.

Das Tuten einer Schiffssirene tat weh. Sonst mochte er dieses Geräusch. Jetzt war es erschreckend. Nicht wie eine Vorfreude, sondern wie eine Warnung.

Er war von der Nordsee an die Ostsee geflohen, hatte dabei aber sich selbst und all seine Probleme mitgenommen, das wurde ihm jetzt klar.

Er kaufte im Supermarkt Nudeln und Konserven. Kaffee, Kamillentee, Toast und Aufschnitt. Er wollte nicht im Café frühstücken. Am liebsten hatte er dicke Mauern zwischen sich und anderen Menschen. Er hatte nichts übrig für die Schönheit der Altstadt. Er wusste, dass sie zum Welterbe der UNESCO gehörte, aber er hatte andere Sorgen. Auch in Ostfriesland am Wattenmeer war ihm das Weltnaturerbe inzwischen schnuppe.

Er hatte Angst um sein Leben.

Jetzt, da er den ganzen alten Mist hinter sich gelassen und von Doc Holliday wieder zu Gerald Hirschfeld geworden war, jetzt holte ihn etwas Böses ein, wie eine Saat, die nur sehr langsam aufging. Er glaubte schon lange nicht mehr an Gott, aber in seiner Not versuchte er zu beten, während er auf dem Herd Wasser für den Kamillentee aufbrühte und auf ein großes Passagierschiff guckte. Es kam so nah an den Kornspeicher heran, dass er glaubte, es mit einem guten Sprung vom Balkon bis an Bord schaffen zu können.

Sein Darm grummelte, und als der Wasserkessel pfiff, glaubte er für einen Moment, auch sein rechtes Ohr würde jetzt noch verrücktspielen.

Ich sollte zu einem Arzt, dachte er. Es geht mir nicht gut. Ich bin kurz davor durchzudrehen.

Er wollte hier eigentlich nur wieder weg, zurück zu Claudia und Leni. Gleichzeitig empfand er sich als Belastung für die beiden. Ja, würde er sie nicht durch seine Anwesenheit in Gefahr bringen?

Er dachte an das Gedicht ›Der Radwechsel‹ von Bertolt

Brecht, das er im Deutschunterricht interpretiert hatte. Seine einzige Eins in dem Jahr. Er war auch nicht gerne da, wo er sich befand, und hatte Angst vor dem, was vor ihm lag. Und fühlte sich trotzdem in Eile, ohne zu wissen warum.

Er sah in dem Gedicht nicht nur Hoffnungslosigkeit und Skepsis, sondern auch eine Aussicht auf bessere Zeiten. Er konnte sich mit dem tieftraurigen lyrischen Ich identifizieren. Für diese Aussage hatte seine Deutschlehrerin ihn vor der ganzen Klasse gelobt.

Gaby, die gar kein heißer Feger war wie die anderen, hatte ihn auf dem Heimweg dafür sogar geküsst. Seine Interpretation, so sagte sie, habe ihr Herz berührt.

Jetzt dachte er daran zurück. Damals hatte er noch ein Leben vor sich gehabt. Er hatte dann ein paar falsche Entscheidungen getroffen und war auf die schiefe Bahn geraten. Mädchen wie Gaby waren ihm viel zu brav, bieder und spießig.

Was wäre gewesen, wenn ich mich damals richtig in sie verknallt hätte, fragte er sich.

Später war er sogar zu ihrer Hochzeit eingeladen gewesen. Sie heiratete mit zwanzig, einen aus der Parallelklasse. Den Klassenbesten. Sein Vater hatte eine Apotheke. Heute führte sie sie gemeinsam mit ihrem Mann, und sie hatten zwei erwachsene Söhne.

Er war zur Hochzeit nicht erschienen, weil er zugedröhnt auf der Rückfahrt von einem Festival verhaftet worden war. Führerschein weg und eine Anzeige wegen Verstoßes gegen das Betäubungsmittelgesetz.

Damals, dachte er jetzt, hätte ich noch umkehren können.

Mit dem Haschisch und dem Marihuana wäre er gut klargekommen. Da gab es noch ein Zurück. Auch den Alkohol glaubte er, im Griff zu haben. Aber dann kamen härtere Sachen. Und Geld. Verführerisch viel Geld.

Jetzt hatte er endlich die Kurve gekriegt. Ja, so dämlich sich das anhörte, ihm hatte, das war seine feste Überzeugung, der Knast gutgetan. Er war clean wieder rausgekommen, und er wusste, dass er nie wieder reinwollte. Er lief in keine Sackgassen mehr.

Doch jemand wollte Rache: *Hört auf damit! Leute, ich beschwöre euch, lasst es sein, sonst kommt euch der Teufel holen.*

Diese Sätze von Lodwijk klangen in ihm nach. Er konnte sie auswendig. Lodwijk sagte: *euch.* Er sprach keine bestimmte Person an, sondern eine ganze Gruppe. Wenn er die Nachricht allein an ihn geschickt hätte, hätte er ihn *Doc* genannt. Für Lodwijk war er immer nur *Doc* gewesen.

Der Teufel hatte vor, alle Bösen zu holen, aber er gehörte nicht mehr dazu. Leider wusste der Teufel das vermutlich nicht.

Er hatte all das aufgegeben. Er musste das klarstellen. Vielleicht gab es einen Weg nach vorn. Einen Anruf bei Fabian Link, denn der war für ihn der Teufel, der ihn holen wollte. Ganz eindeutig! Konnte er es wagen, ihn aufzusuchen? Vielleicht würden sie sogar Partner werden. Er könnte für die Organisation gegen die Legalisierung arbeiten. Er könnte ihnen nützlich sein.

Ja – das war es! Er schöpfte Hoffnung. Link hatte ihn in den letzten Jahren mehrfach angerufen, ihn beschimpft und ihn bedroht. Jetzt würde er ihn kontakten.

Er brühte sich Kamillentee auf und rief Link an.

Warum, dachte er, habe ich das nicht längst getan? Vielleicht kann ich ja Buße tun. Abbitte leisten. Ich wollte den schrecklichen Tod seiner Schwester nicht, aber ich bin, zumindest indirekt, dafür mitverantwortlich.

Schon beim zweiten Klingeln ging Fabian Link an sein Handy. Er rechnete wohl mit jemand anderem, denn er sagte: »Hey, Baby …«

»Ich bin's. Gerald Hirschfeld. Den Sie wohl besser unter Doc Holliday kennen.«

Fabian Link war echt verwirrt. Er räusperte sich. Gewusele war zu hören.

»Bitte legen Sie nicht auf. Ich habe Ihnen etwas zu sagen. Ich bin ausgestiegen. Wirklich. Ich kann Ihnen helfen. Ich unterstütze Sie gern bei Ihrem Kampf. Ich …«

»Okay. Treffen wir uns. Ich bin in Norddeich. Wo sind Sie? Wann können Sie hier sein?«

Er sagte lieber nicht genau, wo er war. Wenn er Gas gab und über Hamburg, Bremen und Oldenburg fuhr, hatte er Chancen, in vier Stunden da zu sein, falls die A1 nicht verstopft war.

»Wo genau soll ich hinkommen?«, fragte Gerald.

»Birgits Tiergarten in Rechtsupweg. Da ist es unverfänglich. Wir gehen da spazieren und reden ungestört.«

»Wann?«

»Siebzehn Uhr. Die schließen um achtzehn Uhr, dann ist vorher bestimmt schon nicht mehr so viel los.«

Gerald Hirschfeld sah auf die Uhr. Das war, selbst bei Blechlawinen auf der A 1 kein Problem. Er hatte sogar noch Zeit, zu tanken und etwas zu essen.

Nach dem Gespräch ging es ihm besser. Dabei hatte er von dem Kamillentee noch gar nichts getrunken.

Alles wird gut, dachte er sich. Alles!

Johann Baptist Reichhart hatte geduscht, eine Aspirintablette in Wasser aufgelöst und zwei alkoholfreie Weizenbiere getrunken. Es ging ihm wesentlich besser. Sein Kreislauf hatte sich stabilisiert.

Er stellte sich vor, wie es wäre, Desiree zu töten. Es gefiel ihm nicht. Er konnte sie nicht erschießen. Er wollte in ihren tollen Körper keine Löcher ballern. Die Vorstellung, es könne Fett herauslaufen, ließ ihn erschaudern. Es gab überhaupt keine geeignete Stelle an ihrem Körper, fand er. Ihre Speckrollen kamen ihm irgendwie fast heilig vor. Auf jeden Fall verehrungswürdig. So etwas Schönes durfte man einfach nicht kaputtmachen. Dieser Körper war ein Tempel der Lust. Ein Speicher der Leidenschaft. Ein Versprechen unendlicher Freuden.

Ihr ins Gesicht zu schießen, nein, das könnte er auch nicht! Das war völlig undenkbar.

Eine Stahlklinge um ihren Hals würde ihre Haut zu sehr verletzen. Wenn schon, dann musste er sie mit einem seidenen Tuch erwürgen. Aber wenn er sich dabei ihr Gesicht vorstellte, dann wusste er: Ich kann auch das nicht. Mit einem einzigen Blick aus ihren Kulleraugen konnte sie seine Muskeln lähmen, seine Kräfte aus ihm weichen lassen und ihn dazu bringen, vor ihr niederzuknien und sie um Verzeihung zu bitten.

Auch diesen Gedanken ertrug er nur schwer. Wie konnte eine Frau solche Macht über ihn haben? Er durfte das nicht zulassen. Er musste sie lieben oder töten. Er war dabei, ihr zu verfallen. Das Schlimmste, das, wovor er sich am meisten gefürchtet hatte, begann, Macht über ihn zu bekommen: dieses dubiose Gefühl, jemandem gefallen zu wollen. So entstand sofort eine Abhängigkeit, und das ging für ihn gar nicht!

Er wollte von nichts und niemandem abhängig sein. Er ertrug es kaum, in einem Restaurant auf die Gunst eines Kellners angewiesen zu sein. Der konnte sein Essen schnell und heiß an den Tisch bringen oder es neben der Wärmelampe deponieren und dann lauwarm servieren.

All diese Vorstellungen brachten ihn dazu, für sich selbst zu kochen.

Leute wie Klempmann, Wirtschaftsbosse, Rechtsanwälte, Auftraggeber, die flößten ihm Respekt ein. Doch das war etwas anderes. Die spielten in einer anderen Liga, waren im Grunde weit weg von ihm.

Um sich zu beruhigen, beschloss er, Fabian Link noch heute zu töten. Er war im Regina Maris in Norddeich abgestiegen. Johann Baptist Reichhart brauchte Links Handydaten nicht einmal, um ihn zu orten. Seine Instagram-Posts verrieten ihn.

Er nannte sich dort Jakob Fabian, nach der Erich-Kästner-Figur, die zwischen Kneipen, Suff und Prostitution versuchte, das Elend, in dem sie lebte, zu vergessen.

Reichhart kannte das Buch und beide Verfilmungen. Die Zeit der Weimarer Republik faszinierte ihn. Er hätte gern in dieser Zeit gelebt, in der sein Vorbild, der Henker Reichhart, seine Karriere begonnen hatte.

Auf dreitausend Hinrichtungen werde ich es nicht mehr bringen, dachte er traurig, da wird der echte Reichhart wohl immer die Nase vorn haben. Die Zeiten für Henker sind schwieriger geworden. Es sei denn, man wird Politiker oder General. Mit Macht ausgestattet, konnte man ungestraft in aller Öffentlichkeit zum Massenmörder werden.

Er rettete Desiree und irgendwie auch sich selbst, so empfand er es, als er auf sein Motorrad stieg und nach Norddeich bretterte.

Er überholte auf der Schoonorther Landstraße eine Autoschlange, die ein Trecker hinter sich herzog. Während er fuhr, sprach er in seinen Helm: »Ich werde dir nichts tun, Desiree. Ich werde dich beschützen. Notfalls vor mir selbst. Vor dem Henker in mir.«

Er stellte seine Maschine auf dem Parkplatz vor dem Ocean Wave ab und ging durch den Dörper Weg Richtung Deich. Er kaufte sich bei Riva ein Eis in der Waffel mit doppelt Sahne. Er sah die Pärchen in den Strandkörben sitzen und fragte sich, ob er zusammen mit Desiree überhaupt in so einen Strandkorb passen würde. Sie setzte sich nicht auf jeden Stuhl. Einerseits hatte sie Angst, zu dünne Beine könnten unter ihr nachgeben, andererseits fürchtete sie, zwischen den Lehnen festzuklemmen und nicht wieder rauszukommen. Deshalb wählte sie, wenn es schon ein Stuhl sein musste, nur einen stabilen ohne Armlehnen. So ein Strandkorb war im Grunde ideal für sie. Aber eben nicht für sie beide.

Er ging die Treppen zum Deich hoch. Vieles hier war neu gemacht worden. Die riesigen Spielgeräte, die aussahen wie gigantische Insekten. Aliens mit Rüsseln, die sich als Rutschbahnen entpuppten. Diese Aussichtsplattform. Die Strandbar *Watt'n'Blick*. Dort tummelten sich knutschende Paare, sonnenhungrige Schönheiten und Fotografen mit schweren Objektiven.

Er vermutete Fabian Link aber nicht dort, sondern auf der Drachenwiese oder näher an der blauen Brücke. Beim Haus des Gastes.

Er schlenderte am Regina Maris vorbei. Er hatte diese App, mit der er Link abhören und orten konnte. Aber er verließ sich lieber auf seine Instinkte. Er wollte sie schulen.

Dieser ganze technische und digitale Schnickschnack gaukelte einem vor, dass das Leben damit einfacher und leichter würde. In Wirklichkeit verkomplizierte sich aber vieles, dachte er, und wir verlernen, selbst zu denken. Die Instinkte schliefen ein, ja verkümmerten. Wer konnte noch eine Landkarte lesen oder eine Himmelsrichtung nach der Sonne bestimmen? Wer fand einen Weg intuitiv?

Das ständig übers Handy verfügbare Wissen der Welt gaukelte den Menschen vor, sie seien Fachleute für alles, weil immer sofort ein Erklärvideo zur Verfügung stand. Es gab zu allem Tutorials. *Eier kochen für Anfänger, Eier schälen für Fortgeschrittene.* Aber auch *Einsteins Relativitätstheorie für Laien, in Minuten erklärt.*

Studieren war überflüssig geworden. Bücher sowieso.

Die Menschen hielten das Internet für einen Teil ihres eigenen Gehirns, ja ihres Bewusstseins. Sie mussten sich an nichts mehr erinnern, nichts mehr auswendig lernen. Es war ja alles dort gespeichert und jederzeit abrufbar. Das früher in den Schulen auswendig gelernte lexikalische Wissen war zu lächerlichem Ballast geworden. Man durfte nur seinen Internetzugang nicht verlieren. Deshalb hörte man auch keine erschrockene Frage öfter als diese: »Wo ist mein Handy?«

Was würde aus den Menschen werden, wenn man ihnen das Ding wegnehmen würde, fragte er sich, und sei es nur für ein paar Tage.

Er wollte sich bald selbst davon befreien. Nicht länger Sklave dieses Geräts sein. Mit genügend Geld konnte man sich von der Macht des Handys freikaufen. Erst wenn das Ding weg war, konnte man wieder ganz man selbst werden, glaubte er. Frei, selbstbestimmt und unerreichbar.

Solchen Gedanken hing er nach, während er nach Fabian Link Ausschau hielt und sich einbildete, er könne ihn finden, wenn er nur seinen Instinkten folgte, wie ein Raubtier, das seine Beute witterte.

Ich brauche keine Freunde, dachte er. Ich habe Kunden. Ich will keine Ehefrau. Ich kaufe mir lieber eine Hure. Keine Bindungen! Bloß das nicht! Nicht einmal mit Desiree.

In diesem Moment, als er den Wind auf der Haut spürte und das Meersalz von den Lippen leckte, wollte er völlig autonom sein. Nur noch ein Ich. Einsam. Nur sich selbst verpflichtet. Eine Fressmaschine. Die Spitze der Nahrungskette. Hungrig. Durchtrieben. Mordlüstern.

So jemand brauchte kein Internet. So jemand lebte in der richtigen Welt und machte sie sich untertan. Biblische Worte!

Er kam sich vor wie ein Wolf unter Schafen. Ironischerweise sah er weiter hinten auf dem Deich in Richtung Neßmersiel eine Herde grasen.

Er hatte gerade sein Eis verspeist und die Waffel weggeknuspert, da sah er Fabian Link auch schon. Es war für Reichhart so etwas wie ein antizivilisatorischer Triumph. Seine Instinkte hatten gesiegt.

Link ging mit einer Frau an der Wasserkante Richtung Hafen spazieren. Sie hätte seine Mutter oder seine ältere Schwester sein können, war aber seine Geliebte. Das war für Reichhart offensichtlich.

Er grinste still in sich hinein. Es stimmte also. Fabian galt als Frauenheld. Seine Liebschaften waren meist fünfzehn bis zwanzig Jahre älter als er. Seine neue Freundin und er gaben sich Mühe, nicht gleich als Pärchen aufzufallen. Sie gingen nebeneinander her, hielten aber nicht Händchen und schmusten auch nicht öffentlich. Reichhart folgerte daraus, dass sie noch verheiratet war oder sonst wie gebunden.

Link machte den Eindruck, als könne er sich gut wehren. Er

war körperlich fit. Es gab das Gerücht, nach dem Tod seiner Schwester habe er Krav Maga trainiert. Vor dem eklektischen Selbstverteidigungssystem hatte er durchaus Respekt. Diese Kämpfer konnten mit sehr einfachen, aber hochwirksamen Schlag- und Tritt-Techniken geradezu explodieren. Sie lernten, mit Stress umzugehen und harte Konter zu setzen. Sie schlugen oft nicht mit der Faust, sondern mit der offenen Hand, wodurch die Trefferfläche vergrößert wurde.

Eine Frau um die sechzig, die er im Auftrag ihres Ehemannes beseitigen sollte, weil ein Killer preiswerter war als eine Scheidung, hatte ihn damit schwer verletzt. Ihre Tochter hatte ihr Krav-Maga-Techniken beigebracht. Sie hatte mit zwei Fingern in seine Drosselgrube gestoßen, die Vertiefung am Halsansatz unterhalb des Kehlkopfes. Beim Schächten von Tieren wurde hier der Stich zum Entbluten gesetzt.

Er war zusammengebrochen, hatte keine Luft mehr bekommen, kam sich gelähmt vor und brauchte eine Weile, bis er wieder fit war. Seine Stimme krächzte noch Tage später. Diese unsportliche Hausfrau hatte ihn tatsächlich ausgeknockt. Seitdem war er vorsichtig. Sterben musste sie trotzdem, wenn auch erst Tage später bei einem unglücklichen Autounfall.

Einen Krav-Maga-Kämpfer wollte er lieber nicht aus der Nähe attackieren. So ein Herzstich à la Sommerfeldt würde also schwierig. Es wie Selbstmord aussehen zu lassen, ebenfalls. Außerdem glaubte das bei diesem Fabian Link sowieso niemand. Der schrieb Briefe an die Justiz, verklagte Staatsanwälte wegen Untätigkeit oder Aufklärungsvereitelung. Er hatte Freundinnen und aß gerne gut. Frischverliebte galten nicht gerade als die typischen Selbstmordkandidaten. Blieben noch ein Unfall oder eine einfache Hinrichtung durch eine Kugel.

Im Yachthafen trennten sich die zwei Turteltäubchen plötzlich. Link ging zum Regina Maris zurück, wo er sein Fahrrad stehen hatte. Sie wollte wohl eine Kuttertour machen.

Reichhart folgte Link. Am Regina Maris bestieg Link sein E-Bike, das er sich bei Gäde geliehen hatte.

Johann Baptist Reichhart freute sich. Das war doch mal ein Angebot. Ein Radfahrer ohne Helm. Ein Fahrrad mit Hilfsmotor. Geliehen. Da konnte schnell ein Unfall passieren. Wer an solche Motoren nicht gewöhnt war, verschätzte sich gern.

Da er sein Motorrad auf dem Parkplatz beim Ocean Wave stehen hatte, musste er jetzt doch die Handy-App einsetzen, um Link wiederzufinden. Der junge Mann fuhr in Richtung Upgant-Schott. Reichhart folgte ihm mit großem Abstand und beobachtete seine Fahrt am Bildschirm.

Er überlegte, wie er es machen sollte. Ihn rechts zu überholen und gegen ein entgegenkommendes Auto zu stoßen erschien ihm sinnvoll. Aber dabei sollten keine Zeugen in der Nähe sein.

Es war früher Nachmittag. Dunkelheit wäre besser gewesen.

Er hatte sich noch nicht entschieden, da hielt Link in Rechtsupweg an und kaufte sich eine Eintrittskarte für Birgits Tiergarten.

Reichhart fuhr auf den Parkplatz, zog dort seine Motorradkluft aus und stopfte sie in seine Motorradtasche. Darunter trug er den silbergrauen Cerruti-Anzug. So ging er zur Kasse.

Birgit, die selbst an der Kasse stand, sagte: »Wir schließen bereits in einer Stunde.«

»Ja, ich weiß«, antwortete er.

Polizeidirektorin Elisabeth Schwarz saß im Büro vor dem Schachbrett. Für einen zufällig hereinkommenden Besucher hätte es ausgesehen, als würde sie über eine vermutlich verlorene Partie nachdenken. Ihr Blick war traurig. Aber sie konnte sich vor dem Schachbrett einfach besser konzentrieren als an ihrem Schreibtisch oder bei einem Spaziergang am Deich, wie es die meisten taten.

Das Schachbrett spiegelte für sie das Leben wider.

Elisabeth Schwarz nahm den Verdacht gegen Frank Weller sehr ernst. Im Grunde war er ein Gerechtigkeitsfanatiker, der sich als biederer Ehemann gab, beruflich immer darum bemüht, den Ausgleich zu suchen und zu allen freundlich zu sein. Aber sie erahnte sein Wutpotenzial. Sie erinnerte sich an ein paar Situationen, in denen es zum Vorschein gekommen war.

Er galt als hochintelligent, und sie wollte die Überlegung nicht ungeprüft lassen, ob Weller vielleicht um sich herum eine Gruppe vereint hatte, die nun in Ostfriesland *reinen Tisch machen* wollte. War die Motivation, die er Niklas Eisenmann und den Ninjas vom BKA unterstellte, in Wirklichkeit seine eigene, weil er enttäuscht davon war, dass die Ninjas sich einfach auf bürokratischem Weg hatten kaltstellen lassen? Versuchte Weller, mit all dem seine Frau zu beeindrucken, die ihm sonst in allem überlegen war?

Außerdem gab es, das schwebte für Elisabeth Schwarz fast zum Greifen in der Luft, ein dunkles Geheimnis in dieser Polizeidienststelle. Es hatte mit dem Serienkiller Dr. Bernhard Sommerfeldt zu tun.

Sie gehörte nicht zu den Menschen, die viel auf Gerüchte gaben, aber an der Sache war etwas dran. Die hatten gemeinsam Leichen im Keller, das spürte sie genau. Es war wie ein

Flirren, eine Stimmung. Blicke. Das plötzliche Flüstern oder Schweigen. Fakten und Indizien waren ihr zwar lieber als ein Bauchgefühl, aber in diesem Fall war es schon mehr als ein Bauchgefühl. Es waren richtige Magenschmerzen und Darmkrämpfe.

Hatte diese Bande oder einer von ihnen weiterhin Kontakt zu Sommerfeldt?

Sie erwischte sich selbst dabei, dass sie ihr Team als *Bande* bezeichnete. Ja, genau das waren sie auch. Nicht einfach Kollegen, sondern eine verschworene Gemeinschaft. Mit ihren ständigen Streitereien und Sticheleien versuchten sie, Außenstehende nur zu täuschen. In Wirklichkeit hatte dieser ach so lockere ostfriesische *Way of life* etwas Sektenhaftes. Da war diese nonchalante Art, diese leicht überhebliche Lässigkeit: *Ja, eigentlich geht das ja nicht, aber wir machen das jetzt mal so.* – Als sei der Rest der Welt verrückt und deshalb müsse man die Regeln zwar kennen, sie aber keineswegs einhalten.

Sie wollte am Ende nicht als die totale Versagerin dastehen, die sich vorwerfen lassen musste, diesen ganzen Haufen gedeckt zu haben oder zu naiv gewesen zu sein, um das perfide Spiel zu durchschauen. Das wäre dann, zumindest moralisch, das Ende ihrer Karriere.

Andererseits, wenn wirklich ein paar durchgeknallte Eltern oder Lehrer dahintersteckten, sie aber, statt das ernst zu nehmen, in den eigenen Reihen ermittelte und damit Kräfte band, dann war sie ebenfalls als Führungspersönlichkeit untragbar geworden. Für sie stand viel auf dem Spiel, und sie hatte das Gefühl, dass niemand ihr wirklich die Wahrheit sagte.

Sie konzentrierte sich auf das, was in den Akten stand. Sie suchte zwischen den Zeilen, was man ihr verschwieg. Die bekannten Fakten waren nicht alles.

Sie baute Figuren auf. Die schwarze Dame war Ann Kathrin Klaasen, der schwarze König Frank Weller. Rupert war ein Springer an ihrer Seite, mal vor ihnen, mal hinter ihnen. Für sich selbst wählte sie die weiße Dame.

Sie ging alle Personen durch. Jessi Jaminski, die junge Kommissarin, gehörte eindeutig auch zu den schwarzen Figuren. Sie hatte zwar eine reine Seele und ein feinsinniges Gemüt, hielt aber aus unerklärlichen Gründen immer zu Rupert. Sie stellte ihm Jessi als schwarzen Läufer zur Seite.

Rieke Gersema, die Pressesprecherin, immer freundlich, immer höflich, tat, was dienstlich von ihr verlangt wurde, war aber klar auf Ann Kathrin Klaasens Seite, also ein schwarzer Turm, der Angreifer von außen auf die Gruppe früh erkannte und blockierte.

Marion Wolters. Eigenwillig. Patzig. Fleißig. Absolut loyal zu Ann Kathrin Klaasen. Für Marion Wolters wählte sie einen schwarzen Bauern und stellte ihn neben Ann Kathrin.

Bei der Polizeipsychologin Elke Sommer war sie sich nicht sicher. Was für eine Figur war sie? Eine unparteiisch beobachtende? Nicht schwarz und nicht weiß? So etwas gab es beim Schach nicht.

Sie wurde durch einen Anruf gestört. Ein Kollege aus Cuxhaven, ein fähiger Ermittler mit jahrzehntelanger Erfahrung, war am Apparat. Sie kannten sich lange und gut. Er klang, als sei er unter Stress oder hätte sich eine schwere Sommergrippe eingefangen: »Bei uns ist Boris Karpow-Müller tot im Strandkorb gefunden worden. Jemand hat sich Mühe gemacht, es wie Selbstmord aussehen zu lassen. Aber mit einem Schalldämpfer? Und offenem Hosenschlitz? Am Meer? Ein starker, gesunder, junger Kerl? Er hat ein paar Vorstrafen im Register. Körperverletzung, Beamtenbeleidigung, Verstoß gegen BtMG.

Rowdyhaftes Verhalten im Straßenverkehr. Alles nichts Weltbewegendes, aber ihr habt ja eine Serie bei euch in Ostfriesland und da dachte ich … Vielleicht geht es ja jetzt hier weiter.«

»Hatte er etwas mit Lodwijk van Eeden zu tun? Das ist bei uns der Dreh- und Angelpunkt«, sagte sie.

Er blätterte in knisternden Papieren. Es war fast, als würde er Zeitung lesen. »Soviel ich weiß, nicht. Aber ich sagte ja schon, Verstoß gegen das Betäubungsmittelgesetz.«

»Könnte er einer von den Dealern gewesen sein, die hier gerade sterben wie die Fliegen?«

»Möglich ist alles.«

Sie kam auf eine Idee: »Hat er ein Tattoo?«

»Ja.«

»Welches?«

»Einen Löwenkopf und irgendwelche Schriftzeichen, vermutlich chinesisch, die ich nicht kenne.«

»Nicht der Spruch: *Die Starken sind auf der Welt, um die Schwachen zu beschützen, nicht um sie zu unterdrücken*?!«

Er lachte. »Nein. So ein Tattoo habe ich auch noch nie gesehen. Cooler Spruch. Muss ich mir merken.«

Johann Baptist Reichhart beobachtete, wie Link sich an der Kasse eine Schachtel Tierfutter kaufte und ein Bier.

Der macht echt einen auf harmloser Tourist, dachte er. Allerdings waren einsame Männer, die den Tierpark besuchten, eher in der Minderheit. Meist waren es Familien. Alleinerziehende Mütter lockten vermutlich mehr Junggesellen in den Tierpark als die Stachelschweine oder Schildkröten.

Fabian Link ging zu den Wellensittichen und trank kaltes Bier aus der Flasche. Dabei stöhnte er wohlig. Von hier aus hatte er den Eingang im Blick. Er war verschwitzt von der Radtour, und seine Haare standen zerzaust ab. Sie waren voller Blütenstaub, und der hing auch in seinen Augenbrauen.

Eine Mutter Mitte 30 guckte ihn an und dann zu ihrem mürrischen Mann. Sie schien bereit zu sein, die beiden Männer sofort jetzt und hier auszutauschen. Alles war ihr lieber als dieses ewig nörgelnde, große zweite Kind an ihrer Seite.

Sie hieß Viola, und so sprach ihr Sohn sie auch an.

Reichhart beobachtete die Situation mit fast wissenschaftlichem Interesse. Was löste dieser Typ in Frauen aus? Warum gelingt mir das nicht? Der tut eigentlich nichts. Der ist nicht mal gut angezogen. Er hat kein Geld, steht nur verschwitzt da, trinkt Bier, rülpst, und die himmeln ihn an. Was hat der, das ich nicht habe?

Link zwinkerte dem kleinen Sohn der Familie zu, und dem gefiel der Typ auch besser als sein Papa, das zeigte er ganz deutlich.

Da betrat Doc Holliday Birgits Tiergarten. Er machte einen nervösen, hektischen Eindruck, kaufte sich auch Tierfutter und raschelte mit der Schachtel. Er nahm dazu kein Bier, sondern Kaffee, als ob er nicht schon nervös genug gewesen wäre.

Johann Baptist Reichhart war sich nicht sicher, ob Doc Holliday ihn kannte. Es war durchaus möglich. Sie waren sich zweimal bei verschiedenen Anlässen begegnet, aber nicht vorgestellt worden. In Köln war der Doc, der eigentlich Gerald Hirschfeld hieß, wie Reichhart wusste, eine ziemlich verhasste Person. Er hatte, als er vor Gericht stand, um sich zu retten, ein paar Leute gnadenlos über die Klinge springen lassen. Über kurz oder lang würde ihn sowieso jemand kaltmachen.

Er stand auch auf Reichharts Abschussliste. War das ein glücklicher Zufall? Konnte er so gleich zwei Kandidaten exen?

Die beiden nickten sich kurz zu, stopften durch die Gitter Futter zu den Wellensittichen und gingen weiter wie zwei Männer, die zufällig den gleichen Weg hatten. Die Familie beachteten sie nicht länger. Die sichtlich irritierte, ja verärgerte Frau guckte sich nun nach neuen Gelegenheiten um, so glaubte Reichhart.

Sie sah ihn kurz an. Er nickte ihr zu, aber er war Luft für sie. Sie nahm ihn nicht einmal wahr.

Jetzt wuchs seine Lust, diesen Link und Doc Holliday umzubringen. Es war wie eine tiefe Genugtuung für all die Ablehnungen, die er durch Frauen erfahren hatte. Er fand es selbst ironisch, dass er dafür Männer bestrafte, aber sie mussten eben dafür büßen, dass sie etwas hatten, von dem er nicht einmal wusste, was es war, das Frauen aber offensichtlich sahen und attraktiv fanden.

Er folgte den beiden nicht gleich. Er holte sich auch einen Kaffee, setzte sich an einen Tisch und legte seinen Motorradhelm darauf. Sie konnten ihm nicht mehr entkommen. Es gab nur diesen einen Ein- und Ausgang. Er setzte jetzt die Handy-APP ein, um die beiden abzuhören. Das war ein rein privates Interesse. Es hatte nichts mit der Professionalität eines Berufskillers zu tun. Ihr Todesurteil stand längst fest. Doch es ging ihm darum, etwas über ihr Mann-Sein zu erfahren.

War es möglich, dass es ein männliches Geheimnis gab, in das er nie eingeweiht worden war, weil er keine Freunde hatte?

Er schob sich einen fast unsichtbaren kleinen Stöpsel ins Ohr und war erschrocken darüber, wie laut und deutlich er die beiden reden hören konnte.

Er nippte an seinem Kaffee und sah der Familie zu. Den

Mann hätte er gerne für sie beseitigt. Vielleicht hatte er ja noch eine Lebensversicherung laufen, die die Frau für eine Weile finanziell unabhängig machen konnte. Mit ihr wäre ihm eine Beziehung leichtgefallen, denn sie interessierte ihn nicht wirklich. Sie war ihm zu dünn und hatte in ihrer Art etwas Schnippisches, das ihn an eine Kioskbesitzerin erinnerte, die ihn, als er noch ein Junge war, mehrfach scharf darauf hingewiesen hatte, dass die ausliegenden Illustrierten nicht zum Lesen, sondern zum Kaufen da seien. Und außerdem solle er sich was schämen und lieber zu den Comics gehen, statt sich nackte Frauen anzugucken.

Mit ihr würde er es eine Weile aushalten, denn ihr würde er garantiert nicht verfallen.

Er hörte einen Esel und andere Tiergeräusche, die er nicht zuordnen konnte. Er sah Link und Doc Holliday nicht, aber der Empfang war hervorragend.

Doc redete auf Link ein: »Ich kenne die inneren Strukturen. Ich weiß ganz genau, wie es läuft. Ich habe Namen und Adressen.«

»Ich weiß. Sie haben ja einige von denen verpfiffen. Aber eben nur so viel wie nötig, damit Ihre Strafe nicht allzu hart ausfiel. Außerdem – machen Sie mir doch nichts vor – die meisten, die Sie verraten haben, waren eh Konkurrenten. Sie haben sich damit selber freie Bahn geschaffen. Das ist doch ein beliebtes Spiel, die Gegenseite der Polizei preiszugeben. So eine Art Marktbereinigung, oder?«

»Bitte! Glauben Sie mir! Ich bin da ausgestiegen. Ja, ich habe verdammt viel Mist gebaut im Leben. Aber ich will das wiedergutmachen. Ich gehöre nicht mehr zu denen.«

Dieses ganze Geplänkel interessierte Johann Baptist nicht. Er wollte etwas über ihre Geheimnisse als Männer erfahren.

Wie fanden sie ihre Frauen? Wie machten sie es, dass Frauen sich in sie verliebten? Wie schafften sie es, die richtige Nähe hinzukriegen und gleichzeitig den Abstand zu halten, den man brauchte, um nicht verrückt zu werden, sich nicht vollständig zu verlieren ... Stattdessen verhandelten die beiden einfach nur.

»Jeder braucht den Verräter«, sagte Link, »aber keiner will ihn wirklich haben. Das ist Ihr Schicksal.«

»Na gut, wenn Sie schon nicht mit mir zusammenarbeiten wollen, das kann ich ja verstehen. Aber dann lassen Sie mich doch wenigstens in Ruhe. Ich bin hier, um Ihnen glaubhaft zu vermitteln, dass ...«

Link lachte schallend. »Sie glauben, dass ich der Teufel bin? Das denkt die Polizei auch. Langsam beginnt der Gedanke, mir Spaß zu machen. Ja, vielleicht hätte ich das von Anfang an tun sollen – einen nach dem anderen von euch Schweinen umlegen, bis die Polizei mich stoppt.«

»Die Polizei stoppt niemanden. Die sind froh, dass einer für sie die Drecksarbeit erledigt«, behauptete Doc Holliday. »Mir haben sie sogar Polizeischutz angeboten. Aber ich bin doch nicht verrückt und liefere mich denen aus. Selbst wenn es da ein paar Bullen gibt, die es ehrlich meinen, aus ihren Reihen kommt doch die Attacke. Sind Sie wirklich nicht der Teufel? Mir können Sie es doch sagen.«

»Glauben Sie mir, ich wäre es nur zu gern. Und ich habe hundertmal mit dem Gedanken gespielt. Ich wollte sie rächen, Sie bestrafen, aber ich bin kein Mörder.« Er lachte. »Ich könnte Ihnen Ihre Freundin ausspannen, aber ich glaube, damit würde ich Sie nicht besonders hart treffen.«

Endlich bewegte sich das Gespräch in eine Richtung, die Johann Baptist interessant fand.

»Lassen Sie uns weiter nach hinten gehen. Hier sind mir zu viele Leute«, schlug Link vor.

Das gefiel Reichhart. Es spielte ihm in die Hände. Er würde beide töten. Hier im Tierpark. Und dann zu Desiree fahren und sie zu einem fürstlichen Essen einladen. Bei ihren Körperformen musste sie es lieben zu essen. Er war sogar bereit, sie zu für den Abend zu bezahlen und ihr dann von sich zu erzählen. Nicht gerade von seinem Beruf, aber vielleicht konnte er sie über Männer ausfragen. Sie musste einiges über seine Geschlechtsgenossen wissen. Schließlich war sie eine Sexarbeiterin, so nannte sie sich zumindest selbst. Ihm gefiel das Wort nicht.

Einige Menschen kamen ihm jetzt entgegen. Sie verließen den Park bereits.

Ein Pfau schlug sein Rad vor ihm und raschelte mit seinen Federn, so dass ein fauchendes Geräusch entstand, als würde ein Raubtier ihn anatmen oder eine Schlange ihren Angriff vorbereiten. Die Pose und die Schönheit des Pfaus faszinierten ihn. So möchte ich sein, dachte er. Gleichzeitig kam dieses imposante Tier ihm aber völlig wehrlos vor. Trotzdem traute er sich kaum, an ihm vorbeizugehen.

»Ich werde Ihnen nichts tun«, sagte Link und gab sich äußerst großzügig. »Wer immer hinter Ihnen her ist, ich bin es nicht. Aber ich gönne es Ihnen, dass Sie die Hosen so richtig randvoll haben. Sie haben meine Schwester auf dem Gewissen, genauso wie die anderen Dreckskerle. Sie war ein guter Mensch. Viel besser als ich. Begabt. Sensibel. Sie konnte Gitarre spielen wie Lämmerhirt oder Wader. Die machte nicht einfach schrumm, schrumm, schrumm. Die hatte so Zupftechniken, da lief Ihnen ein Schauer den Rücken runter. Die hat eigene Songtexte geschrieben. Aus der hätte was werden können. Mein Gott, was habe ich sie um ihr Talent beneidet! Und ihr Mistkerle habt sie als Muli benutzt? Wenn ich mir vorstelle, dass sie eure Scheißdrogen in Präservative gepresst geschluckt hat, dann wird mir jetzt noch übel. Ich hatte lange Essstörungen danach. Ja, ich weiß, man denkt immer, das ist so eine Frauengeschichte. Nein, mich hat es voll erwischt. Bevor alles geschah, war ich richtig feist. Aber dann … ich sah aus, als wollte ich mich zu Tode hungern … Ich habe einfach nichts mehr bei mir behalten … hab keine fünfzig Kilo mehr gewogen, bis ich dann angefangen habe zu trainieren und – ach, warum erzähle ich Ihnen das alles …«

Eine Familie kam Johann Baptist entgegen. Sie sahen müde, abgekämpft und glücklich aus. Vater. Mutter, ihre Schwester und drei kleine Kinder. Der Vater breitete die Arme aus und verkündete stolz: »Und heute Abend gibt es Pizza!« Die Kinder quiekten vor Freude, und er fügte hinzu: »Und danach haben Mama und Tante Magdalena mal Zeit für sich und einen Mädelsabend.«

»Und was machen wir?«, rief der Achtjährige mit den vielen Sommersprossen. »Fernsehen?«

»Nein«, lachte der Vater, »ich habe uns neue Spiele gekauft.«

»Nee, nicht wieder Mensch-ärgere-dich-nicht«, wehrte das große Mädchen ab, während die Kleine offensichtlich genau daran Spaß gefunden hätte. Doch der Vater versprach: »Wir quirkeln. Das wird euch Spaß machen.«

Die beiden Schwestern verstanden sich prächtig. Sie gingen Arm in Arm voran und freuten sich schon auf ihren familienfreien Abend.

Beim Schildkrötenteich standen Doc Holliday und Fabian Link allein.

»Wenn Sie wüssten«, sagte Doc Holliday, »wie leid mir das

alles tut. Wenn ich es irgendwie wiedergutmachen könnte, dann …«

Fabian Link fuhr ihn an: »Sie können meine Schwester nicht wieder lebendig machen! Sie nicht und ich auch nicht, verfluchte Scheiße!«

Johann Baptist Reichhart vermutete, dass das Gespräch der beiden bald erschöpft wäre. Sie würden sich zum Ausgang bewegen. Er wollte es jetzt und hier erledigen und dann mit den letzten Gästen gehen.

Am Eingang zum Schildkrötengehege stand er im Schutz eines Baumes. Eine Gans pickte an seinem Fuß herum. Er zog seine Waffe und schraubte den Schalldämpfer auf.

Vielleicht gab es ein verdächtiges metallenes Geräusch, vielleicht war es auch der allgemeinen Nervosität zuzuschreiben, jedenfalls rief Fabian Link: »Deckung!«

Link sprang über den Zaun und rannte in den Schildkrötenteich hinein. Vögel flatterten auf.

Doc Holliday hob die Hände und sagte mit erstickender Stimme: »Nicht schießen! Nicht …« Doch im Grunde wusste er schon, dass er erledigt war. Die erste Kugel traf direkt in sein Herz.

Als er am Boden lag, lief Johann Baptist an ihm vorbei. Er folgte Link, nahm sich aber noch den Bruchteil einer Sekunde Zeit, um eine zweite Kugel in Doc Hollidays Kopf zu platzieren.

Er wollte auch durch das Gelände der Schildkröten auf die Insel und dann zur anderen Seite, doch er blieb am Zaun hängen. Seine Hose riss ein. Er klatschte ins warme, nicht mal kniehohe Wasser. Schlamm klebte an ihm. Sein Helm lag im Wasser, aber schlimmer noch, seine Pistole auch.

Er feuerte zweimal hinter Link her, mehr, um zu sehen, ob

die Waffe noch funktionierte, denn im dichten Grün sah er Link nicht mehr.

Er raffte sich auf, aber von Link keine Spur mehr. Johann Baptist rechnete damit, dass der jetzt auf ihn schießen würde. Auf der Insel suchte er Schutz, was aber kaum möglich war. Er lief, den Helm in der Linken, die Waffe in der Rechten, zum anderen Ufer. Über ihm flatterten Vögel und kreischten böse über die Störung. Einige schissen vor Angst.

Er fühlte sich in seinem Anzug plötzlich nicht mehr wohl. Den würde er wohl nicht mehr in die Reinigung geben, sondern ihn einfach entsorgen. Nie wieder könnte er ihn anziehen und stolz tragen. Immer würde der Stoff ihn an diese Niederlage erinnern, wie er in den Matsch gefallen war.

Warum feuerte Link nicht? Er bot doch eine wunderbare Zielscheibe und konnte seinen Gegner nicht sehen. Schlimmer konnte es nicht mehr kommen.

Reichhart lief durch den Park und suchte Link. Irgendein Instinkt trieb ihn zu den Stachelschweinen. Er traute Link zu, sich auf deren Gelände zu verkriechen.

Vielleicht war Link durchs Gestrüpp geflohen, im nahe gelegenen Wald untergetaucht und lief jetzt irgendwo durch die Siedlung. Hatte er ihn bei seinen blinden Schüssen vielleicht doch erwischt? War er verletzt? Oder war er dumm genug, zu seinem Fahrrad zurückzugehen?

Johann Baptist Reichhart rechnete eher damit, dass Link irgendwo auf ihn lauerte, um ihn zu erledigen. Er versuchte, ihn mit dem Handy zu orten, aber Handys, die einmal komplett unter Wasser waren, wurden dadurch selten besser.

Na bitte, dachte er, so schnell lässt einen die Technik im Stich. Jetzt geht es wieder nur um Instinkte.

Das Handy taugte vielleicht dazu, es dem Gegner an den

Kopf zu werfen, viel mehr war aber damit im Moment nicht möglich.

Er musste hier raus, bevor der Tote gefunden wurde, oder Fabian Link aus dem Hinterhalt auf ihn schoss. Er konnte seine Waffe nicht verschwinden lassen. Es wäre leicht gewesen, sie hier in den Tiergehegen in einem der Teiche zu versenken, aber er würde sie noch brauchen. Dringend brauchen!

Er steckte sie in sein Schulterholster und lief mit seinem nassen, matschigen, silbergrauen Cerruti-Anzug und in seinen maßgeschneiderten Lederschuhen, aus denen das Wasser watschte, zum Ausgang.

Er kam sich lächerlich vor und sah auch genauso aus.

Birgit saß an der Kasse und staunte: »Was ist Ihnen denn passiert? Kann ich Ihnen behilflich sein?«

»Nein danke. Ich hatte mein Handy beim Fotografieren verloren. Dann wollte ich über eine Absperrung und bin dabei leider hingefallen.«

»Sie können sich gerne hier frisch machen«, bot sie an, doch er winkte ab.

Links E-Bike stand noch abgeschlossen vor dem Tierpark.

Verdammt, dachte Reichhart, er muss hier also irgendwo sein. Er muss damit rechnen, dass ich bei seinem Fahrrad auf ihn warte. Warum schießt er nicht auf mich? Ist der kleine Idiot etwa unbewaffnet? Wird er als Nächstes die Polizei anrufen? Hält er sich irgendwo versteckt und wartet, bis sie da ist?

Er lauschte. Er konnte verschiedene Tierlaute wahrnehmen, aber keine Polizeisirenen.

Die Familie mit dem Papa, der versprochen hatte, Pizza zu bestellen, und den zwei Schwestern, die einen Mädelsabend vor sich hatten, war mit einem Bus da und Tante Magdalena mit ihrem Smart. Sie boten ihm Hilfe an. Die Kinder kicherten, weil er so komisch aussah.

Er lehnte ihre Hilfe ab, wusste aber jetzt, wie Fabian Link hier weggekommen war. Freundliche Urlauber hatten ihm bestimmt eine Mitfahrgelegenheit angeboten.

Der mürrische Vater hieß Konrad Heise. Er wusste, dass seine Frau sich nach anderen Männern umsah. Es war nicht gerade die ganz große Liebe gewesen. Sie hatten in einem Verein Tennis gespielt, er war ein begeisterter Kitesurfer. Er hatte bei gutem Wind auf der Nordsee meterhohe Sprünge hinbekommen. Dabei stieß er über dem Wasser weithin hörbare Tarzanschreie aus. Das war jetzt gut zwölf Jahre her.

Damals hatte er definierte Muskeln, heute Adipositas. Er war ein langhaariger Draufgänger gewesen. Ein sportlicher Partylöwe mit Zopf. Lustig, sangesfreudig und trinkfest. Heute eher ein überarbeiteter, entnervter Bürohengst mit Geheimratsecken und schütterem Haar am Hinterkopf. Kitesurfen war schon lange nicht mehr sein Ding. Er hatte den Lenkdrachen und das Board zu einem lächerlichen Preis verkauft.

Als Viola schwanger wurde, zogen sie zusammen, ein Jahr später heirateten sie sogar, vielleicht weil das alle erwarteten, und steuerlich war es auch günstiger.

Nein, es gab nicht oft Streit. Es wurde einfach alles Alltag. Stressig. Der Zauber verflog.

So ein Kind musste man süß finden und stolz darauf sein. Aber plötzlich konnten sie keine ganzen Sätze mehr miteinander wechseln. Sie warfen sich nur noch Kurzinformationen rüber.

Violas Liebe zu ihrem Sohn Lukas war so übermäßig, dass Konrad sich verloren vorkam. Wie verlassen. Betrogen mit dem eigenen Sohn. Aber durfte man überhaupt eifersüchtig auf sein Kind sein?

Er gestand sich die Gefühle nicht zu. Er stillte seinen Hunger nach Liebe mit Pommes, Rahmschnitzeln und Altbier. Den Sport gab er dran. Tennis oder Kitesurfen, das war etwas für Junggesellen, für Leute, die ihre Kinder zu den Großeltern gaben oder in ein Internat steckten.

Ihn machte der Achtstundentag fertig, der ja meist sowieso ein Neun- oder Zehnstundentag war. Die Homeoffice-Zeit mit ständig wegen Corona geschlossener Schule hatte ihnen als Paar den Rest gegeben. So, wie seine Frau andere Männer anguckte, hatte sie früher ihn angesehen. Das konnte er ihr nicht einmal übelnehmen. Faszination ließ sich nicht einfordern.

Sie hatten eine Ferienwohnung in der Frisiastraße in Norddeich. Als dieser Strubbelkopf mit der nassen Jeans aus dem Nichts auftauchte, vor ihnen stand und fragte, ob sie ihn mitnehmen könnten, da wusste der Typ nicht einmal, wohin sie überhaupt fahren wollten.

Der Sohnemann war sofort begeistert.

Viola willigte ein, ohne Konrad auch nur zu fragen. Er saß jetzt am Steuer und fuhr. Viola saß auf dem Beifahrersitz und unterhielt sich angeregt mit dem jungen Mann, der sich als Fabian vorgestellt hatte. Sie verdrehte ihren Körper, um die ganze Zeit nach hinten gucken zu können.

Der Vater spielte keine Rolle mehr. Er war nur der Fahrer und lauschte, was für ein toller Hecht dieser Fabian war.

Er erzählte, er sei praktisch so etwas wie der Chef einer Organisation gegen die Legalisierung von sogenannten *weichen Drogen.* Er behauptete, so etwas gäbe es praktisch gar nicht. Allein das Wort sei schon eine Lüge.

Er sprach über den Tod seiner Schwester und Viola, die sonst sehr darauf achtete, dass ihr Sohn nicht zu heftige Filme guckte, und stets versuchte, ihn von den Schrecken des Lebens fernzuhalten, legte jetzt nicht etwa ihre Hände über seine Ohren, wie sie es so oft tat, wenn er etwas – und sei es auch nur ein schlimmes Wort – nicht hören sollte. Nein, sie ermahnte den Jungen sogar zuzuhören, damit er früh genug erfahre, wie gefährlich solche Drogen für Menschen seien.

Zeitungsberichte über Drogen auf Schulhöfen hätten sie sensibilisiert, sagte sie, doch Konrad Heise vermutete eher, dass sie scharf auf diesen Fabian war. Er spürte jetzt, da sie gemeinsam im Auto saßen, fast so etwas wie Erleichterung. Vielleicht konnte Fabian ja seinen Job übernehmen, er würde dann wieder ein freier und fröhlicher Junggeselle werden.

»Haben Sie eine Frau oder Freundin?«, mischte Konrad sich ungefragt ein.

Viola tat, als spiele das überhaupt keine Rolle, und schien gleichzeitig recht gespannt auf die Antwort zu sein.

»Nichts Festes …«, sagte Fabian geheimnisvoll, und es klang für Konrad, als hätte er mehrere kleine Geschichten laufen. Genauso hatte er ihn auch eingeschätzt.

Viola lachte, als sei ja sowieso klar gewesen, dass Fabian nicht einsam durchs Leben ging. Konrad hakte nach: »Sie sind nicht so der Typ für eine feste Beziehung, stimmt's? War ich früher auch nicht.«

»Och, wer weiß ... Wenn die Richtige kommt, wäre ich schon bereit«, behauptete Fabian und fing sich dafür einen vielversprechenden, gleichzeitig lobenden Blick von Viola ein.

Johann Baptist Reichhart wusch seinen Helm an der Tankstelle und fuhr in seinem dreckigen Anzug bis zum Combi in Marienhafe. Dort zog er ihn auf der Toilette aus und schlüpfte in seine Motorradkleidung. So fuhr er zurück nach Emden in sein Hotel.

Er duschte erst heiß, dann kalt. Zweimal wusch er sich mit Schaum die Haare. Er kam sich gedemütigt vor und wollte das loswerden.

Immerhin, Doc Holliday alias Gerald Hirschfeld, dieser Jammerlappen von einem Verräter, war erledigt. Der zweifellos gefährlichere Mann aber, der Willi Klempmann mit seinen Aktionen total nervte, war ihm entkommen. Das war nicht gut. Überhaupt nicht gut.

Er musste ihn sich holen. Ganz klar. So rasch wie möglich. Aber nicht mehr heute. Sein nächster Weg würde ihn zu Desiree führen.

Er besaß drei Reserve-Handys. Manchmal war es wichtig, nicht von derselben Nummer anzurufen. Er benutzte anonyme Prepaid-Simkarten. Sie ließen sich nicht zu ihm zurückverfolgen. Aber jetzt brauchte er das nicht. Er rief Desiree ganz altmodisch vom Hoteltelefon aus an und lud sie, so charmant es nur ging, ein.

Sie sagte, es sei unmöglich. Sie habe Kundschaft.

Er ballte die rechte Hand zur Faust. Seine Knöchel traten

weiß hervor. Sie sollte nicht merken, wie wütend ihn ihre Antwort machte.

Er versuchte, es großzügig lässig zu formulieren: »Ahh! Sag ihm einfach ab. Ich ersetze dir natürlich den finanziellen Ausfall. Ich habe gute Geschäfte gemacht und würde gerne mit dir feiern.«

»Ich habe verbindlich zugesagt.«

»Der notgeile Hengst findet bestimmt eine andere. Vermittle ihm eine schöne Kollegin. Damit tust du ihr auch noch etwas Gutes. Ja … ihr habt doch eine paar neue Osteuropäerinnen …«

Sie stöhnte: »Er ist Stammkunde, Baby.«

Johann Baptist hörte es mehrfach klicken. Das Geräusch erinnerte ihn entfernt an eine Waffe, die durchgeladen wurde.

»Stammkunde? Ja, das bin ich auch!«, protestierte er.

»Versteh das doch. Der will keine andere. Der bringt mir jedes Mal Blumen mit. Weiße Orchideen. Weil er weiß, wie gerne ich Orchideen mag.«

Wieder klickte es mehrfach. Es war nur das goldene Feuerzeug, mit dem sie sich eine Menthol-Zigarette anzündete. Es musste Gas nachgeladen werden. Sie schüttelte es. Endlich zischte eine Flamme hoch. Sie war viel zu groß. Auch das konnte er hören.

Sie sog den Rauch laut ein und blies ihn genüsslich wieder aus: »Ich kann«, sagte sie, »frühestens ab zehn, elf, also zweiundzwanzig oder dreiundzwanzig Uhr. Und dann habe ich eigentlich längst Feierabend. Ich bin dann auch fertig, Süßer. Versteh das bitte. Was glaubst du, wie viele Freier ich am Tag schaffe? Bei der Hitze … Wir haben wieder mal eine tropische Nacht in Ostfriesland. Und ich bin keine neunzehn mehr.«

Er klemmte sich den Telefonhörer zwischen hochgeschobene Schulter und Ohr. Er begann, seine Waffe zu reinigen. Sie musste nach dem Bad im Schildkrötenteich komplett zerlegt und frisch geölt werden. Er konnte das mit geschlossenen Augen.

Es gab ihm das Gefühl, noch irgendetwas im Griff zu haben. Etwas wirklich zu beherrschen.

Es tat jetzt schon weh, dabei waren sie noch gar nicht richtig zusammen. Er wollte so gerne wenigstens ihr wichtigster Stammkunde sein. Einer, auf den sie sich freute. Einer, der mehr war als eine Melkkuh.

Er verachtete sich dafür. Was ist aus mir geworden, fragte er sich. Konkurriere ich gerade mit einem unbekannten Stammgast um einen Termin bei einer Prostituierten? Werde ich traurig, weil ich den Vorzug nicht bekomme? Wieso gehe ich nicht einfach zu einer anderen? Das Angebot ist groß.

Sie nahm seine Verstimmung wahr und versuchte, ihn aufzumuntern. Das war ja ihr eigentlicher Job. Sie sorgte dafür, dass ihre Kunden sich nach einem Kontakt mit ihr besser fühlten als vorher. Aber sie durfte ihre Sehnsüchte und Wünsche nie komplett erfüllen. Es musste immer noch Platz sein für ein weiteres Ausleben der Phantasie. Ein paar Wünsche mussten offenbleiben. Umso schneller kamen die Männer wieder.

»Ah, komm! Du willst dein Schwänzchen doch auch nicht im Saft der anderen baden.«

Das Magazin fiel ihm runter. So etwas war ihm noch nie passiert. Es lag zwischen seinen Füßen. Er saß auf dem Hotelbett. Als er sich nach dem Magazin bückte, rutschte der Telefonhörer runter.

Er war empört: »Du benutzt doch Kondome!«

»Klar, Süßer. Das war ein Scherz. Ein Scherz!«

Er konnte aber nicht darüber lachen. »Dauert das denn so lange mit deinem Stammkunden?«, fragte er.

»Ja. Das ist keine Fünf-Minuten-Rein-Raus-Nummer. Der bucht mich normalerweise die ganze Nacht. So etwas mache ich eigentlich nicht gerne.«

Johann Baptist schnaufte. Es kam ihm vor, als kämpfe er mit den Tränen, und genau das wollte er nicht: verletzt werden, abhängig sein von der Gunst eines anderen Menschen.

Ich sollte sie töten, dachte er. Sie wird mich sonst zum Hanswurst machen. Mich zugrunde richten. Ich werde noch depressiv darüber.

»Ach komm«, neckte sie ihn. *Ach komm* sagte sie gern, wenn sie etwas haben wollte, das ihr Gegenüber nicht bereit war, sofort zu geben. Mit *Ach komm* lockte sie ihn gern auf ihre Seite.

»Ach komm, dafür musst gerade du echt Verständnis haben. Du bleibst auch gerne länger.«

»Am liebsten die ganze Nacht«, gestand er.

»Weil du ein Verschmuster bist«, freute sie sich und glaubte nun, alle Probleme geklärt zu haben.

Er erinnerte sich daran, wie vehement sie einen Zungenkuss abgelehnt hatte. Alles ging. Sie war tabulos. Aber niemals ein Zungenkuss. Das, so hatte sie gesagt, sei viel zu privat.

Eines Tages, so hoffte er, würde sie ihm diese Privatheit erlauben. Er fieberte dem Tag entgegen.

Ich sollte sie nicht töten, dachte er. Nicht sie, sondern diesen ach so wichtigen Stammkunden.

Er hörte ein Klingeln.

»Süßer, ich muss.«

»Ist er das?«

»Nein, ich habe mir was vom Chinesen kommen lassen. Er hat erst um zwanzig Uhr einen Termin. Also, Süßer – Arrivederci.«

Er reinigte seine Waffe nicht einfach. Er gab ihr Zärtlichkeit. Er wäre gern von Desiree so gut behandelt worden. Er wusste nicht wohin mit sich. Eine tiefe, grundlegende Verzweiflung erfasste ihn.

Er hielt sich an der Waffe fest wie ein Ertrinkender an einem Rettungsring.

Ihr Apartment war nicht weit vom seinem Upstalsboom-Parkhotel entfernt. Noch im Stadtzentrum. Innerhalb des Wallringes. Vom Hotel aus ging er immer gern zu Fuß zu ihr.

Er zog sich eine blaue Leinenhose an. Stoffschuhe. Ein offenes weißes Hemd. Jetzt sah er lebenslustig aus. Nicht wie ein schwer arbeitender Berufskiller, sondern wie ein Frühpensionär im ewigen Urlaub. In dem Aufzug konnte er aber keine Waffe tragen. Dazu brauchte er ein Jackett, um sie unauffällig zu verstecken. Er hatte zwei zur Auswahl. Er nahm das helle, eigentlich viel zu auffällige.

Die Breitling-Uhr hatte alles gut überstanden.

Er betrachtete sich im Spiegel, war wie immer unzufrieden mit dem, was er sah, sagte sich aber: »Man muss mich nicht mögen, es reicht, wenn man Respekt vor mir hat – oder Angst.«

Weiße Orchideen! Ausgerechnet. Jetzt wusste er, warum ihr Apartment aussah wie eine Orchideenzucht. Er hatte gedacht, die seien dazu da, eine erotisierende Atmosphäre zu schaffen. Er wäre nie auf den Gedanken gekommen, dass ein Stammkunde ihr die gebracht hätte.

Die Breitling verriet ihm die Zeit. Er ging los.

Polizeidirektorin Elisabeth Schwarz wollte den Panzer aus Nettigkeit, gespielter Naivität und dem Leugnen von Fakten durchbrechen. Sie fixierte Weller, als hätte sie vor, in ihn hineinzugucken. Sie hatte ihm zweimal einen Stuhl angeboten, doch er stand lieber am offenen Fenster, als brauche er eine Fluchtmöglichkeit oder einen guten Platz, um Luft zu bekommen. In der Tat schnürten ihre Anschuldigungen ihm fast den Hals zu. Plötzlich wurde alles gegen ihn ausgelegt.

»Ich bin mir nicht sicher, Herr Weller«, sagte sie energisch, »ob Sie diesen Dr. Bernhard Sommerfeldt bewundern und ihm nacheifern, oder ob er von Anfang an Ihr Werkzeug bei der Verbrechensbekämpfung war. Auch würde ich für diesen Journalisten Holger Bloem nicht mehr die Hand ins Feuer legen.«

»Das ist doch kalter Kaffee«, verteidigte Weller sich. »Das sind Boulevardgeschichten.«

»Ich darf Ihnen mal Zitate vorlesen, die ich seit meiner Dienstzeit hier von Ihnen gesammelt habe: *Wenn der Staat die Bürger nicht mehr schützt, muss man sich nicht wundern, wenn sie es selbst tun.*«

»Das habe ich gesagt?«

»Ja, und zwar am …« Sie blätterte in einem Heft. Sie wollte ganz genau sein und ihn hart konfrontieren.

Ihr Handy piepte. Wellers spielte *Piraten Ahoi!*

Sie guckte nicht einmal auf ihr Display, sie fixierte ihn weiterhin.

Er ging sofort ran und sagte entschuldigend zu ihr: »Verzeihung. Ist dienstlich.«

»Ja, ist das jetzt hier mit mir etwa ein Privatgespräch?«, schimpfte sie.

»Pssst!«, bat er und deutete ihr an, sie solle den Mund halten. Dann sagte er: »Ach du Scheiße … Im Ernst? Ich komme sofort.«

»Sie gehen jetzt nirgendwohin.«

»In Birgits Tiergarten in Rechtsupweg wurde ein Mann erschossen. Hier, das hat Rupert uns geschickt.« Weller hielt ihr sein Handydisplay hin. Sie sah einen Mann mit einem Loch im Kopf, erkannte ihn aber nicht gleich.

»Das ist Doc Holliday! Link hat sich also den Nächsten geholt.«

Weller drückte sein Handy ans Ohr: »Und sie hat ihn echt erkannt?«

Frau Schwarz federte von ihrem Stuhl hoch. Sie hätte schreien können. Nichts lief hier so, wie sie wollte. »Ja, was heißt das jetzt?«, fragte sie zornig.

»Dass wir Fabian Link sofort verhaften müssen. Wir brauchen ein Mobiles Einsatzkommando. Er ist hochgefährlich und wird weitermachen, wenn wir ihn nicht stoppen.«

»Was macht Sie so sicher, dass unser ehemaliger Kollege …«

»Birgit Philipps, die Betreiberin des Tierparks, war persönlich an der Kasse und hat ihm eine Eintrittskarte verkauft. Er kam kurz vor siebzehn Uhr. Er hat bei den Wellensittichen auf Doc Holliday gewartet. Sie sind gemeinsam durch den Park gezogen. Aber Link hat ihn nicht verlassen. Jedenfalls ist er nicht an der Kasse vorbeigekommen. Sein Fahrrad steht auch noch vor dem Park.«

Frau Schwarz hob die Hände hoch, als gäbe es in der Luft Antworten auf all die Fragen, die sie hatte. »Ja, und woher wissen Sie, dass es sein Fahrrad ist?«

»Leihfahrräder«, sagte Weller, als müsse er einer Kommissaranwärterin die Welt erklären, »haben Nummern. Rupert hat bei Gäde angerufen. Fabian Link hat sich das E-Bike dort ausgeliehen.«

»Ja, und was haben Sie jetzt vor? Wollen Sie den Tierpark stürmen?«

»Haben Sie eine bessere Idee?«, konterte Weller. Er drückte Rupert weg und wählte Marion Wolters an, die gerade Feierabend machen wollte und froh war, sich bei dem schönen Wetter draußen im Smutje einen Tisch reserviert zu haben. Heute war ihr nach Deichlamm. Ja, es gab Tage, da fühlte sie sich als Vegetarierin, da hätte sie sich den Rest ihres Lebens von Obst, Gemüse und Torten ernähren können, aber dann wieder gierte sie nach Fleisch. Heute zum Beispiel.

»Wir brauchen das ganz große Besteck«, forderte Weller. »Fahndungsring um Birgits Tiergarten. Fabian Link ist auf der Flucht. Er ist bewaffnet und bereit, von der Schusswaffe Gebrauch zu machen.«

Frau Schwarz stand plötzlich neben ihm. Weller war irritiert. Er wusste nicht, wie sie dorthin gekommen war.

Sie nahm ihm das Handy aus der Hand. Für einen Augenblick befürchtete er, sie wolle es durchs Fenster werfen, stattdessen sagte sie zu Marion Wolters: »Ich übernehme die Leitung der Aktion persönlich – Emden, Norddeich, Greetsiel – die Häfen müssen dicht gemacht werden. Wir brauchen Straßensperren und …« Sie ging mit dem Handy zu ihrer Telefonanlage und forderte über den kurzen Dienstweg Hubschrauber an. Sie aktivierte das Mobile Einsatzkommando aus Aurich und schaffte es durch ihre gute Vernetzung zwei Hundertschaften Bereitschaftspolizisten, zwei Beweissicherungs- und Festnahmeeinheiten zu bekommen.

Weller stand vor ihr und klopfte mit dem Fuß einen nervösen Takt auf den Boden.

Sie unterbrach ihr Telefongespräch: »Ja – was ist?«, fuhr sie ihn an.

Er hielt ihr die offene Hand hin. »Ich hätte gerne mein Handy wieder.«

Sie gab es ihm. »Verzeihung.«

Er nahm es und ging zur Tür.

»Herr Weller«, rief sie hinter ihm her. Er blieb stehen, drehte sich aber nicht zu ihr um, sondern blickte schon in den Flur. Das hatte etwas demonstrativ Ablehnendes, und sie war der Meinung, dass es ihm auch zustand, sauer zu sein.

»Wenn ich Sie irgendwie beleidigt habe, dann tut mir das leid. Ich …«

Weller drehte sich jetzt um und sah sie an: »Beleidigt? Nö. Es war nur schön zu sehen, was Sie von mir denken.«

Sie stöhnte. »Lassen Sie uns das hier ganz professionell zu Ende bringen, und dann lade ich Sie in Ihr Lieblingscafé ein, und wir bereden das alles in Ruhe. Glauben Sie mir, Herr Weller, ich bin auf Ihrer Seite.«

»Das hat sich vorhin aber ganz anders angehört.«

»Ich will doch auch nur den Fall lösen«, gestand sie.

»Wir sollten uns beeilen«, schlug Weller vor. »Jetzt ist keine Zeit für Befindlichkeiten.«

Sie nickte. Wenigstens in dieser Frage war sie sich mit Weller einig.

Weller ging schon die Treppe runter. Im Flur rannte Frau Schwarz hinter ihm her. Sie hielt ihn fest: »Was haben Sie jetzt vor, Herr Weller?« Sie ahnte, dass er sich ausklinkte, weil genügend Polizisten eingesetzt waren. Sie vermutete, dass er wieder irgendeine Einzelaktion im Kopf hatte.

»Ich werde«, erklärte er sich, »zum Regina Maris fahren und sehen, ob er ausgecheckt hat.«

»Sie glauben doch nicht im Ernst, dass der einen Menschen tötet und dann in sein Hotel zurückfährt und sich schlafen legt?«

»Ich glaube, dass wir es mit einem Mann zu tun haben, der von Gefühlen beherrscht wird und, von Wut und Hass getrieben, jede Chance nutzt, um uns heimzuzahlen, was seiner Familie angetan wurde.«

Sie ließ Weller gehen. Irgendwie hatte sie großen Respekt vor ihm, auch wenn sie es hasste, mit ihm zusammenzuarbeiten, wenn man das, was hier passierte, überhaupt Zusammenarbeit nennen konnte.

Hauptkommissarin Ann Kathrin Klaasen stand vor dem Café ten Cate, als die Nachricht der Großfahndung sie erreichte. Sie wollte eigentlich mit ihrer Freundin Monika Tapper bei dem herrlichen Wetter eine Radtour machen. In ihrer schönsten Vorstellung sollte der Ausflug mit einem kühlen Getränk beim Haus des Gastes enden, wo sie gemeinsam dem Sonnenuntergang zusehen wollten.

Daraus wurde mal wieder nichts. Sie kam mit ihrem Fahrrad aus der Lohne. Sie musste es Monika nicht mal erklären, sie sah es ihr an. Die beiden hatten ein Verhältnis zueinander, das Erklärungen und Entschuldigungen unnötig machte. Beide waren eingespannt in ihre Dinge, setzten Prioritäten und lebten ihre Freundschaft, ohne sie mit Termindruck zu belasten.

»Willst du dir nicht noch ein bisschen was Süßes mitnehmen?«, fragte Monika.

Ann Kathrin drehte aber schon ihr Rad und sauste zur Polizeiinspektion zurück, wo ihr Frank Weller entgegenkam.

»Die Fahndung läuft«, rief er. »Das kriegen die ohne uns hin. Lass uns zum Regina Maris …«

Sie verstand sofort, und jetzt waren sie mit den Rädern sogar schneller, als sie es mit dem Auto hätten schaffen können. Die Umgehungsstraße und die Norddeicher waren mit Autos verstopft, die die Zusatzfähre nach Norderney erreichen wollten, wo gerade ein großes Sportfestival stattfand.

Weller stieg auf sein Rad. Er hatte keine Zeit, sich seinen Helm aufzusetzen. Er jagte hinter Ann Kathrin her, die wesentlich schneller war als er.

Natürlich hätten sie auch mit Blaulicht fahren können, um sich den Weg freizumachen, aber Ann Kathrin mochte Blaulicht bei solchen Einsätzen nicht. Alarmsirenen warnten Täter nicht nur, sondern schafften auch gleich eine nervöse, ja aggressive Grundsituation.

Weller konnte sich nicht vorstellen, dass seine Frau ihre Dienstwaffe trug. Immerhin hatte sie eigentlich vorgehabt, mit ihrer Freundin Monika ein paar Stunden zu entspannen.

So, wie er Fabian Link einschätzte, war der keineswegs bereit, sich einfach zu ergeben. Würde er vielleicht sogar versuchen, sich den Weg freizuschießen?

Weller ging nicht davon aus, ihn im Regina Maris anzutreffen, aber er erhoffte sich dort einige Hinweise, vielleicht auf die nächsten Pläne, den nächsten Aufenthaltsort. Er wollte mit dem Personal sprechen und mit Thorsten Albers, einem der Geschäftsführer, den er aus anderen Zusammenhängen kannte.

Weller bereute jetzt jede gerauchte Zigarette, während er versuchte, Ann Kathrin einzuholen. Er schloss sein Rad vor dem Regina Maris nicht ab. Es fiel sogar hin, weil er sich nicht mal Zeit nahm, es ordentlich abzustellen. Er kam sich unprofessionell vor, aber was spielte das jetzt für eine Rolle? Er war schließlich kein Rennradfahrer, sondern Kripobeamter.

Als er das Hotel betrat, stand Ann Kathrin bereits an der Rezeption. Sie musste ihren Polizeiausweis nicht vorzeigen, sie war hier bestens bekannt. Sie tat es trotzdem, einfach nur, damit alle sich daran gewöhnten, nach so etwas zu fragen. Sie wollte es falschen Polizisten so schwer wie möglich machen.

Sie erkundigte sich nach der Zimmernummer und fragte, ob Herr Link ausgecheckt habe. Der junge Mann schüttelte den Kopf: »Nein, Frau Klaasen, Herr Link hat das Zimmer noch bis Ende der Woche gebucht.«

Ann Kathrin drehte sich zu Weller um. Beide fanden diese Information gut und hilfreich, bedeutete es doch, dass möglicherweise noch viele Spuren im Zimmer waren, vielleicht Hinweise auf den nächsten Aufenthaltsort oder das nächste Opfer.

Iris Ziegler war von ihrer Kuttertour zurück. Sie war bestens gelaunt und versprach sich noch viel vom heutigen Abend. Sie glaubte, ein paar von Fabians sexuellen Wünschen und Vorlieben zu erahnen, obwohl er selbst nicht damit rausrückte, sondern sie geheim hielt. Aber so harmlos, wie er tat, war er gar nicht, dachte sie.

Sie zog sich schwarze halterlose Strümpfe an, streifte eine Schlafmaske über die Augen und fesselte ihre Hände mit bunten Tüchern. So, gespielt blind und gefesselt, erwartete sie ihn in seinem Zimmer. Sie war gespannt, wie er darauf reagieren würde.

Mit diesem Spiel war es ihr gelungen, ihre letzte Beziehung zu Lars noch einmal aufflammen zu lassen, zumindest für ein paar Monate hatte das neues Feuer gegeben. Aber dann war auch dieses Spiel zwischen ihnen langweilig geworden. Sie brauchte das – einen braven Ehemann zu Hause und etwas Scharfes nebenbei, damit sie spürte, dass sie wirklich noch lebte.

Fabian tat ihr gut. Sie würde ihren Mann nie verlassen. Warum auch? Er war ein gutmütiger, netter Kerl. Er hielt sich verlässlich an Absprachen, akzeptierte sie, wie sie war, und dass er seit Jahren ein Verhältnis mit seiner Sekretärin hatte, herrje, was bedeutete das schon?

An Weihnachten war sie immer mit ihm zusammen, an allen Familienfeiertagen benahm er sich anständig. Er konnte mit Geld umgehen, war fleißig und ließ ihr ihre Freiräume.

Sie hatte Fabian angekündigt, dass sie ein Spiel mit ihm spielen wolle, und er freute sich darauf. Er hatte ihr seinen Zimmerschlüssel gegeben.

Als es an der Tür klopfte, lief ihr schon ein Schauer über die Haut. Sie stöhnte: »Ich bin gefesselt, man hat mir die Augen verbunden, ich liege hilflos auf dem Bett.«

Das war für Weller und Ann Kathrin ein klarer Hilferuf. Sie nahmen sich nicht die Zeit, Thorsten Albers zu bitten, ihnen die Tür zu öffnen. Weller zog seine Waffe und warf sich mit Anlauf gegen die Tür. Sie flog auf, und er stürzte ins Zimmer. Er stolperte und fiel direkt vor das Bett.

Ann Kathrin sicherte augenblicklich das Badezimmer. Dort war aber niemand.

Weller sprang hoch. Vor ihm auf dem Bett hockte eine kreischende Frau.

Weller hielt die Hand mit der Heckler & Koch hoch über seinen Kopf, um zu zeigen, dass er keineswegs vorhatte zu schießen. Das konnte sie aber natürlich mit Augenbinde gar nicht sehen.

»Wir sind von der Polizei«, rief Weller. »Sie sind in Sicherheit! Keine Sorge, es kann Ihnen nichts passieren!«

Schon war Ann Kathrin da und befreite die Frau von der Augenbinde. Iris Ziegler war froh, in das Gesicht einer anderen Frau zu blicken. Gleichzeitig genierte sie sich für ihren Aufzug. »Was ist denn hier los?«, wollte sie wissen.

Ann Kathrin wiederholte Wellers Worte noch einmal: »Keine Sorge, Sie sind in Sicherheit. Bitte sagen Sie uns, wo sich Fabian Link befindet.«

»Wie – wo er sich befindet? Ich dachte, er steht hier vor der Tür.«

»Sind Sie seine Freundin?«

Wütend befreite sich Iris Ziegler von den seidenen Fesseln. »Nein, wie kommen Sie denn da drauf? Ich bin das Weihnachtspaket, das seine Mutter ihm geschickt hat.«

Weller holte einen hoteleigenen Bademantel aus dem Badezimmer und warf ihn Frau Ziegler zu. Sie zog den Bademantel nicht an, legte ihn aber über ihre Beine.

»Es geht uns nichts an, was Sie hier treiben«, stellte Ann Kathrin klar. »Aber wir suchen Fabian Link. Wenn Sie uns behilflich sein können, dann …«

Iris Ziegler ging zum Angriff über. Sie schnaubte: »Was gucken Sie mich denn so an? Haben Sie so was noch nie gemacht?« Jetzt schlüpfte sie geradezu trotzig in den Bademantel. »Was wollen Sie von Fabian?«

Weller wusste nicht, warum er den Sachverhalt beschönigen sollte: »Er steht unter dringendem Mordverdacht.«

Sie winkte ab: »Ihr habt ja keine Ahnung! Das ist ein ganz liebevoller, zärtlicher Mann. Der will durchs Leben kommen, ohne viel Schaden anzurichten, und versucht, Gutes zu tun. Er arbeitet in einer Organisation gegen die Legalisierung von …«

»Ja, das wissen wir alles«, sagte Weller. »Und er hat gerade in Birgits Tiergarten einen Mann erschossen.«

Ann Kathrin sah Weller tadelnd an. Er sollte kein Täterwissen weitergeben. So etwas mochte sie überhaupt nicht. »Mutmaßlich«, fügte sie hinzu.

Weller steckte seine Waffe ein und schwieg jetzt lieber.

Das Gebäude sah aus wie ein ganz normales Mietshaus. Es gab keine Leuchtreklame. Keine Herzchen oder Telefonnummern in den Fenstern. Es standen keine Frauen vor der Tür wie bestellt und nicht abgeholt. Nie zeigte sich eine leicht bekleidete Prostituierte am Fenster. Wer nicht Bescheid wusste, konnte nichts erahnen.

Das führte zu der kuriosen Situation, dass vor dem Haus Mütter parkten, die ihre Kinder zum Nachhilfeunterricht brachten, oder Geschäftsleute auf dem Weg zum nächsten Termin. Nur Freier, die natürlich genau wussten, was hier lief, stellten ihre Autos nie vor der Tür ab. Sie parkten in einer Seitenstraße oder auf dem völlig unverfänglichen Parkplatz beim Supermarkt. Dort machte es ihnen nichts aus, wenn ihre Autos gesehen wurden.

Besonderen Stammkunden hatte Desiree ihren eigenen Parkplatz im Hinterhof angeboten, denn sie selbst kam nie mit ihrem Auto. Keiner der Freier sollte ihr Nummernschild kennen, ihren richtigen Namen oder – Gott bewahre – ihre private Adresse.

Johann Baptist Reichhart wartete im Schatten der Einfahrt. Er hatte eine Ledertasche umhängen wie jemand, der Bücher oder Akten zu einem Seminar mitnahm. Man hätte ihn für einen Lehrer der Erwachsenenbildung halten können. Ein bisschen intellektuell angehaucht wirkte er. Er trug einen Panama-Strohhut von Mayser, der auf den ersten Blick vielleicht billig aussah, es aber nicht war. Dazu eine Sonnenbrille mit großen Gläsern.

Die Häuser warfen lange Schatten, aber der Asphalt war noch aufgeladen von der Sonne des Tages und strahlte Hitze ab. Es war zehn vor acht. Er musste nicht lange warten. Der Stammfreier war überpünktlich.

Er stellte wie erwartet seinen Wagen auf Desirees Platz im Hinterhof bei den Mülltonnen ab. Er fuhr eine Mercedes-Limousine der C-Klasse mit verdunkelten Scheiben. Ideal für Johann Baptists Pläne.

Der Mann klappte den Sonnenschutz runter und betrachtete sich im Spiegel, der hintendran klebte.

Auf dem Beifahrersitz eine zauberhafte Orchidee mit drei Blüten.

Johann Baptist hoffte, dass der Wagen keine Kindersicherung hatte. Er stieg hinter dem Fahrer einfach ein. Der drehte sich um und fragte: »Hä? Was wollen Sie? Wer …«

»Ich bin ein Freund von Desiree. Ich habe eine Nachricht für Sie.«

»Was für eine Nachricht? Ich …«

Der Mann war gut zehn Jahre jünger als Reichhart, aber er rechnete nicht mit dem Angriff. Er war nicht darauf vorbereitet, in den nächsten Minuten zu sterben. Als sich die Stahlschlinge um seinen Hals wickelte, versuchte er zunächst, zwei Finger zwischen Hals und Schlinge zu schieben, doch das misslang. Dann griff er mit links Reichharts rechtes Ohr und riss daran. Mit rechts versuchte er, die Hände, die die Garotte hielten, zu öffnen.

Es war ein kurzer, ungleicher Kampf. Schon erschlaffte der Körper des Mercedes-Fahrers. Johann Baptist hievte ihn auf den Beifahrersitz, was gar nicht gut für die Orchideen war. Das Pflänzchen nahm echt Schaden. Der Topf lag jetzt mit nur noch einer Blüte am Zweig im Fußraum des Mercedes.

Reichhart setzte sich hinter das Lenkrad und atmete tief durch. Er sah auf die Mülltonnen. Er hatte durchaus kurz den Gedanken, den Freier in dem großen Abfallcontainer zu entsorgen, denn eigentlich war er Abfall. Müll. Dreck. Und musste weg. Doch dann rangierte er den Wagen aus der engen Parklücke. Er wollte nicht, dass in Desirees Nähe eine Leiche gefunden wurde. Das würde Ermittlungen auslösen und könnte vielleicht unangenehm für sie werden. Davor wollte er sie gern bewahren.

Er brachte den Wagen zum Fehntjer Tief.

Zwei Motorboote durchpflügten das Gewässer. Im Schatten großer Bäume stellte er den Wagen ab und durchsuchte den Toten. Er hatte eine Brieftasche mit Kreditkarten bei sich und vierhundert Euro in neuen grünen Scheinen, frisch aus dem Bankautomaten. Vermutlich war das der Lohn für Desiree, dachte Johann Baptist. Außerdem fand er ein Bündel zerknitterte Fünfziger und Zehner.

Johann Baptist wollte es nach Raubmord aussehen lassen. Er hatte den Mord als Privatmann begangen, würde jetzt aber wie ein Profi handeln.

Er nahm alle Kreditkarten an sich. Das Handy entsorgte er

ein paar Meter weiter im Fehntjer Tief. Desirees Telefonnummer musste ja nicht bei dem Toten gefunden werden.

Der Mann hieß Felix Einholz und war ein Steuerberater aus Papenburg. In seiner Brieftasche fand Johann Baptist ein Foto von seiner Frau und seiner Tochter. Ein weiteres Foto im Handschuhfach, interessanterweise in einem Rahmen.

Wer, fragte Johann Baptist sich, transportiert ein gerahmtes Foto im Handschuhfach? Entweder wollte er es im Büro auf seinem Schreibtisch aufstellen oder hatte es von dort mitgenommen. Vielleicht hatte sich die Ehe ja erledigt.

Johann Baptist zerrte den Toten aus dem Auto und deponierte ihn vom Wagen entfernt zwischen Büschen hinter hohen Brennnesselsträuchern. Für Wanderer oder Bootsfahrer sah es jetzt aus, als hätte hier jemand sein Auto abgestellt, um spazieren zu gehen.

Genau das tat Johann Baptist Reichhart jetzt. Er fühlte sich gut. Wie befreit. Er fand es umsichtig von sich, die Leiche weit entfernt von Desiree entsorgt zu haben. Es war mühevoll für ihn, aber ein Akt der Zuneigung, ja Liebe.

Er wunderte sich, dass er zu so etwas fähig war. Er fand, er hatte Lob dafür verdient, was er am liebsten von ihr eingeheimst hätte.

Ein Fischreiher beobachtete ihn. Am liebsten hätte er dem Tier den langen Hals umgedreht. Der Vogel sah aus, als wüsste er zu viel.

Johann Baptist Reichhart ging gut eine halbe Stunde. Radfahrer zogen an ihm vorbei. Schmetterlinge setzten sich auf seinen Strohhut und ließen sich tragen. Er bekam Durst und hielt nach einem Wirtshaus Ausschau. Da fand er eine Bushaltestelle. Er sah sich um und entdeckte den Bus schon am Horizont.

Was bin ich für ein Glückspilz, freute er sich.

Er sah dankbar zum Himmel. Das Universum schickte ihm einen Bus, weil es zu ihm hielt. Zu ihm und Desiree.

Es waren nicht viele Menschen im Bus, aber er war gut klimatisiert, was ihm gefiel, weil der Spaziergang ihn ganz schön ins Schwitzen gebracht hatte. Fast wäre er eingenickt.

Wenn ich jetzt zu Desiree fahre, was sage ich ihr dann? Er grinste, weil er sich die verschiedenen Varianten vorstellte.

Schöne Grüße von Felix. Er kommt heute nicht. Er liegt tot in einem hochgewachsenen Brennnesselfeld am Fehntjer Tief.

Ich habe deinen Stammgast abgefangen und ihm ein Angebot gemacht: Ich sage deiner Frau nichts, wenn du dich verpisst und hier nie wieder blicken lässt, habe ich ihm gesagt. Mein Gott, ist der gerannt!

Nein, das alles ging nicht. Sie würde es ihm übelnehmen. Er wollte sie nicht wütend machen. Sie sollte besser wütend auf diesen Felix sein.

Sie wird gar nicht darauf kommen, dass ich etwas damit zu tun habe. Sie weiß ja zum Glück nicht, wer ich wirklich bin. Sie hält mich für einen harmlosen Handelsvertreter. Johann Baptist.

Wie oft hat sie über meinen Namen gegrinst? Meinen Nachnamen habe ich ihr nie genannt. Und selbst wenn sie ihn wüsste – mein Vorbild kennt sie bestimmt nicht. Das ist typisch für dieses Land. Menschen, die die Zeitgeschichte durch ihr Leben repräsentieren, kennt keiner. Aber irgendwelche austauschbaren Politiker, an die erinnern wir uns. An Fußballstars und Deutschland-sucht-den-Superstar-Gewinner.

Er hoffte, dass niemand den Wagen im Innenhof gesehen hatte. Und wenn, dachte er sich. Pfeif drauf. Den Mord hat garantiert keiner mitgekriegt. Wie denn auch, bei den verdunkelten Scheiben. Und selbst wenn jemand den Mercedes schon gesehen hatte, würde jeder denken, dass er es sich im letzten Moment anders überlegt hatte. Vielleicht hatte seine Frau ihn angerufen oder sein Kind.

Reichhart war guter Laune und fragte sich nun, wie er Desiree kontakten sollte. Gab er zu viel von sich preis? Setzte er sich einem Verdacht aus, wenn er es jetzt noch tat?

Er ging in sein Hotel zurück, legte sich in seinem Zimmer aufs Bett und verschränkte die Hände hinter dem Kopf. Er hatte immer noch den Hut auf und sah zur Decke. Er kratzte sich den Bart. Die Haut darunter juckte, als sei er im Fehntjer Tief von blutsaugenden Mücken gestochen worden. Er konnte sich allerdings nicht daran erinnern.

Er öffnete sich eine Flasche Mineralwasser und schaltete den Fernseher ein. Amüsiert betrachtete er Bilder von der Fahndung nach Fabian Link. Bewaffnete Polizeieinheiten stürmten Birgits Tiergarten.

Der Tiergarten, dachte er, ist jetzt berühmt. Die werden einen Besucheransturm erleben.

Er glaubte, einen Pfau wiederzuerkennen, der sich Polizeibeamten entschlossen in den Weg stellte. Das Tier gefiel ihm immer besser.

Er wollte gerade umschalten, um zu sehen, was die anderen Sender in ihren Nachrichten brachten, da klingelte das Hoteltelefon. Er rechnete nicht mit Desiree. Ihre Stimme war weich, freundlich, zugewandt: »Mein Stammkunde hat es sich wohl anders überlegt. Wenn du also noch Lust hast, kannst du gern vorbeikommen.«

Er genoss die Situation: »Ach, nicht, dass wir noch gestört werden. Wer weiß, vielleicht kommt er doch noch und hat sich nur verspätet.«

»Süßer«, lachte sie höhnisch, »es ist jetzt zwanzig nach neun. Er hatte einen Termin um acht. Ich bin keine Frau, die man anderthalb Stunden warten lässt. Um zehn nach acht war der Zug bereits abgefahren. Ich habe schon zweimal bei dir angerufen. Ich hatte die Nummer auf meinem Gerät gespeichert.«

»Ich bin spazieren gegangen. Die Hitze hat ja etwas nachgelassen.«

»Kommst du?«

»Ich denke, du willst um zehn sowieso Feierabend machen?«

»Mit dir könnte ich ja mal eine Ausnahme machen.«

»Ich wollte dich eigentlich zum Essen einladen.«

»Ich habe schon gegessen. Schon vergessen? Ich hatte mir was vom Chinesen kommen lassen. Ist sogar noch etwas übrig.«

»Sag mir bloß nicht, dass du abnehmen willst«, lachte er.

»Das ist deine größte Sorge, was?«

»Ich liebe jedes Pfund an dir.«

Das war sein üblicher Spruch, aber sie konnte ihn gar nicht oft genug hören.

Da Viola Heise nicht vorhatte, jeden Abend in der Ferienwohnung für ihre Familie zu kochen, zumal die Ansprüche ihres Mannes und ihres Sohnes sehr weit auseinanderklafften, von ihr selbst mal ganz zu schweigen, hatte sie im Restaurant Friesenkate auf der Norddeicher Straße einen Tisch reserviert. Ohne ihren Mann zu fragen, bot sie Fabian an mitzukommen.

Der empfand das als eine großartige Gelegenheit, sich eine

Verschnaufpause zu verschaffen. Ihm war nicht klar, dass die Polizei ihn suchte. Aber er konnte sich sehr wohl vorstellen, dass der Auftragskiller, der auf Doc Holliday geschossen hatte, nun hinter ihm her war. Immerhin hatte er sein Gesicht gesehen. Vielleicht würde er schon vor dem Regina Maris auf ihn warten. Er willigte also ein.

In der Friesenkate bekam die Familie Heise alles, was sie brauchte. Ein Rumpsteak mit Bratkartoffeln für Konrad, gedünstete Schollenfiletröllchen auf Blattspinat und ein großes Salatbuffet für Viola, und Pommes für Lukas gab es auch in rauen Mengen. Außerdem stand er auf Snirtjebraa, was seine ostfriesische Oma in Düsseldorf oft für ihn gekocht hatte.

Fabian hätte am liebsten auch ein Rumpsteak Strindberg genommen, wie Konrad Heise, doch er musste sich ja irgendwie von ihm abgrenzen, also bestellte er sich ein Matjesfilet ostfriesische Art, mit Apfel, Zwiebeln und Gewürzgurke in der Soße und dazu Salzkartoffeln.

»Hieß das nicht früher mal Matjes Hausfrauenart?«, fragte Konrad Heise.

Viola zuckte mit den Schultern. Fabian tat, als hätte er keine Ahnung. In diesen Streit wollte er sich nun wirklich nicht einmischen.

Er dachte darüber nach, ob er nach dem Essen ins Hotel zurückgehen sollte oder ob das eine lebensgefährliche Aktion war.

Auf seinem Handy waren mehrere Anrufe von Iris Ziegler registriert. Klar, dachte er, die macht sich Sorgen. Vielleicht konnte er sie nutzen, um zu fliehen.

Erst einmal wollte er im Restaurant essen und zur Ruhe kommen. Dann vielleicht die Polizei anrufen, um diesem Kommissar Weller die ganze Geschichte zu erzählen. Aber noch fühlte er sich nicht in der Lage dazu. Er befürchtete, von denen in die Zange genommen zu werden.

Vielleicht, dachte er, muss ich nur ein bisschen ausharren und die Polizei fasst den Mörder. Danach kann ich zu Iris und mich ein bisschen trösten lassen. Obwohl, mit dieser Viola bahnte sich auch etwas an. Hatte sie ihn unterm Tisch schon zum zweiten Mal versehentlich mit dem Fuß berührt oder war das eine Kontaktaufnahme, die er ernst nehmen sollte?

Als er zur Toilette ging, um die Nachrichten auf seinem Handy zu checken, hätte er sich fast in die Hose gemacht. Iris schrieb per WhatsApp: *Die Polizei ist bei mir. Was ist los? Die suchen dich!*

Auf NWZ Online und in den ntv-Nachrichten war von einer Großfahndung die Rede. In einem kurzen Polizeivideo rief die Pressesprecherin Rieke Gersema Fabian Link dazu auf, sich sofort bei der nächsten Polizeidienststelle zu melden.

Er hatte das Gefühl, sich übergeben zu müssen. Er stand mit beiden Händen aufs Waschbecken gestützt da, blickte sein aschfahles Gesicht im Spiegel an und würgte. Vorhin hatte er einfach nur reagiert, war gelaufen, hatte diese Menschen angesprochen, die er zuvor zum Glück kennengelernt hatte, doch jetzt wurde ihm langsam das ganze Ausmaß der Katastrophe klar. Die Polizei suchte ihn als mutmaßlichen Täter, und der eigentliche Täter war hinter ihm her, um ihn auszuknipsen.

So gut konnte der Matjes gar nicht sein, egal, ob ostfriesischer oder Hausfrauenart, als dass er ihn jetzt noch hätte essen können.

Als er ins Restaurant zurückkam, hatte sich die Situation verändert. Er wusste sofort, dass auch die Heises auf ihre Handys geguckt hatten.

Auf der Norddeicher Straße in Richtung Hafen waren Polizeisirenen zu hören. Da er nicht wusste, was er machen sollte, setzte er sich einfach und starrte auf seinen Matjesteller.

Lukas sprach es mit großem Staunen aus: »Haben Sie einen im Park umgelegt?«

»Ich? Wie kommst du denn darauf? Ich habe noch nie in meinem Leben … Ich bin selber Polizist, also, ich war es zumindest eine ganze Weile. Ich glaube, im Park ist irgendetwas Schreckliches geschehen, aber davon haben wir nichts mitbekommen.«

»Ist doch überhaupt alles Quatsch«, empörte Viola sich. »Die übertreiben doch wieder maßlos. Von wegen überall Polizeisperren! Wir sind direkt vom Park hierhin durchgefahren. Ich habe keine Polizeisperre gesehen.«

»Ja«, belehrte ihr Sohn sie, »aber jetzt sind sie halt überall. Hör mal da draußen, Mama.«

»Es ist nicht so, wie Sie denken«, sagte Fabian. »Ich war dabei, als der Mord geschah. Der Täter hat auch auf mich geschossen. Ich bin dann einfach gerannt, und als ich Sie sah, habe ich die Chance genutzt, um wegzukommen. Ich konnte doch schlecht mit meinem Fahrrad fliehen.«

»Das ist jetzt nicht wahr!«, stöhnte Konrad und legte sein Steakbesteck neben den Teller. Etwas an der Sache machte ihm Freude.

Sein Sohn reagierte ähnlich. »Hier ist ja richtig was los«, grinste er.

»Das ist leider nicht witzig«, stellte Fabian Link klar.

»Jemand will Sie also umbringen?«, fragte Konrad.

»Ich denke, dass ich das jetzt nicht mehr leugnen kann.«

»Hat das damit zu tun, was Sie uns erzählt haben? Mit Ihrer Organisation, die gegen die Legalisierung von Drogen kämpft?«, fragte Viola. Sie hoffte auf die richtige Antwort, die ihn in ihren Augen zum Helden machte.

Es war zwar komplizierter, aber Fabian nahm die Idee gerne auf und nickte.

»Boah, geil«, sagte Lukas. Er hatte ein paar Bücher der Kinderkrimireihe *Die Nordseedetektive* gelesen und fühlte sich jetzt selbst wie einer. Aus einem langweiligen Badeurlaub mit den Eltern wurde für ihn plötzlich ein großes Abenteuer.

»Haben Sie«, fragte er, »eine Knarre?«

»Nicht so laut!«, mahnte Viola ihren Sohn, sah sich nach links und rechts um und aß dann demonstrativ ein paar Happen.

»Also, ich muss das jetzt mal sagen«, betonte Konrad und schob seinen Kopf weit über den Tisch. »Im Grunde haben Sie mich und meine Familie ganz schön in Gefahr gebracht.«

Viola verteidigte ihn sofort: »Was hätte er denn tun sollen, herrje! Der steht doch außerdem noch völlig unter Schock. Sieh mal, der kann ja nicht mal essen.«

»Ja, sollen wir ihn jetzt etwa mit nach Hause nehmen und in Watte packen, oder was?«, fragte Konrad, dem die Verstrickungen langsam zu viel wurden. Irgendeinen Urlaubsflirt hätte er seiner Frau gern gegönnt. Wenn sie einen Besseren fand als ihn, konnte sie auch jederzeit gerne gehen. Aber mit Gangstern wollte er nichts zu tun haben.

Doch seine Frau griff den von ihm geäußerten Gedanken auf. Sie nahm Fabians Hand, tätschelte sie und sagte: »Sie können gerne mit in unsere Ferienwohnung kommen.«

Konrad Heise konnte es nicht fassen: »Ja, soll er etwa zwischen uns schlafen, oder was?«

Lukas bot sofort an: »In meinem Zimmer ist genug Platz.«

Doch Viola Heise wies auf die große Couch im Wohnzimmer

hin. »Ich sage immer«, erläuterte sie, »im Urlaub braucht man Platz. Was ist heutzutage schon Luxus?« Sie zeigte auf den Teller: »Etwas Gutes zu essen, Platz zu haben und Zeit für seine Liebsten.«

»Warum gehen Sie nicht einfach zur Polizei?«, fragte Konrad Heise.

»Weil ich nicht weiß, ob die nicht selbst mit drinhängen und mir die schnelle Kugel verpassen. Immerhin haben sie mich auch vom Dienst suspendiert, weil ich ihnen zu nahegekommen bin. Diese Drogengeschichte reicht bis in die höchsten Kreise.«

»Das weiß doch jeder«, pflichtete Viola ihm bei.

»So? Bloß ich nicht«, konterte Konrad.

Sie brach es plötzlich ganz klar herunter. Sie zeichnete mit dem Finger auf der Serviette etwas auf, als würde sie einen Lageplan erklären. In Wirklichkeit wusste sie nur nicht wohin mit ihren Fingern und malte sinnlose Figuren auf die Serviette. »Die suchen einen einzelnen Mann. Wir sind eine ganze Familie. Niemand wird uns verdächtigen. Von hier aus ist es nicht weit. Wir könnten zu Fuß gehen …«

»Wollen wir uns jetzt ernsthaft im Urlaub mit der Polizei und der Drogenmafia anlegen?«, fragte Konrad entgeistert.

»Nun sei doch nicht so ein Spießer«, forderte seine Frau.

Er schob sich den Rest seines Rumpsteaks zwischen die Lippen und kaute.

Lukas zwinkerte Fabian komplizenhaft zu. Fabian zwinkerte zurück.

»Scheiße«, schrie Sommerfeldt, »so eine Scheiße!« Er wusste gar nicht wohin mit seiner Wut. Plötzlich hielt er einen Golfschläger in der Hand. Es war ein Putter, mit dem er manchmal auf dem Teppich das Einlochen übte. Frauke fand das süß.

Er war bei den harten, weiten Schlägen sehr gut. Aber auf dem Grün, wenn es auf Zielgenauigkeit ankam und jede Unebenheit des Bodens alles verderben konnte, dann hatte er oft zu wenig Gefühl und schoss übers Ziel hinaus. Wenn der Ball nicht mehr fliegen, sondern nur noch rollen sollte und es auf Zentimeter ankam, waren seine Schläge oft zu kraftvoll. Aber genau dann, wenn er Probleme bekam, war sie besonders gut. Wenn der Ball einmal auf dem Grün war, brauchte sie selten mehr als zwei Schläge, meist nur einen einzigen. Er manchmal vier, wenn er Pech hatte, fünf. Deshalb übte er »weiche Rollerbälle«, wie er es nannte, auf dem Teppich.

Anstelle eines Lochs im Boden hatte er ein Whiskyglas hingelegt. Es zeigte schon die ersten Risse, weil er selbst hier zu hart schlug. Aber jetzt fuchtelte er mit dem Puttereisen herum, als hätte er vor, die Kirschholzmöbel damit zu zerlegen.

Frauke versuchte, ihn zu besänftigen: »Niemand wird glauben, dass du es warst. Mit zwei Schüssen!! Das bist einfach nicht du.«

»Ich habe ihm aber das Video mit der Androhung geschickt.«

»Ja, und jetzt macht irgendjemand anders deinen Job. Ist doch halb so wild, oder?«

Er führte mit dem Schläger einen Schwung aus, als hätte er vor, die Zweihunderter-Marke zu erreichen. Das Eisen zischte scharf durch die Luft. Zum Glück ein reiner Wutschlag in die Luft, ohne auf den Ball zu zielen. Der wäre sonst zum Geschoss geworden.

»Für solche Schläge nimmt man einen Driver«, sagte sie

trocken, in der Hoffnung, ihn so runterzuholen. Wenn er über Golf oder Literatur sprach, wurde er meist ruhig und sehr weich.

Er brummte: »Da ist jemand besser als ich. Schneller. Präziser. Und ja, verdammt nochmal, das macht mir etwas aus …«

»Sieh es doch mal so, Liebster: Da erledigt einer für dich die Drecksarbeit.«

Er drehte sich von ihr weg und sagte gegen das Buchregal, als würde er zu alten Dichterfreunden sprechen: »Meine Frau versteht mich nicht, Jungs.«

»Zu wem sagst du das?«, fragte sie und zählte auf, was sie auf den Buchrücken an der Wand sah: »Ernest Hemingway? Johannes Mario Simmel? Dostojewski?«

Er drehte sich zu ihr um: »Auch Jörg Fauser und Max von der Grün. Hans Fallada, Christoph Hein …«

Ihr war klar, dass er vorhatte, die Aufzählung noch weiter fortzusetzen. Sie stoppte ihn. »Ist ja gut.«

Er legte den Golfschläger weg. Sein Atem beruhigte sich. Vermutlich hatte es schon geholfen, dass sie ihn an die Dichter erinnert hatte. »Die Morde geschehen aus den falschen Motiven«, schimpfte er.

»Ja, beschwer dich doch!« Sie äffte seine Stimme nach: »Oh, Herr Richter, ich hätte den Kerl auch so gerne getötet, aber aus viel edleren Motiven als mein Vorgänger. Außerdem hätte ich ein Messer benutzt und nicht so eine schreckliche Knallwaffe. Das ist schlecht für die Ohren und für die Umwelt. Der ganze Schwefel und das Blei …« Sie änderte ihre Haltung und sprach jetzt wieder wie Frauke: »Lass uns die Hochzeit vorbereiten. Du bist immerhin mein Bräutigam. Das ist doch hier alles gar nicht mehr dein Job. Wer immer es ist, er wird sich in den nächsten Tagen die beiden mit deinem Spruch tätowierten Jungs holen. Diesen Siggi und Tarek. Und wir beiden, wir kümmern uns in Ruhe um unsere Hochzeit. Das mit der Torte habe ich mit Monika geklärt, aber ich muss noch ein Brautkleid aussuchen oder schneidern lassen. Wir müssen die Gästeliste besprechen und …«

Trotzig sagte er: »Tu nicht so! Du hast dir auch Boris Karpow-Müller geholt.«

»Ja«, gab sie zu, »ist ja gut. Ich helfe dir. Holen wir uns Willi Klempmann, bevor der weitere Eltern ausknipsen lässt oder sogar Kinder, die zu viel wissen. Der Kerl muss eine Scheißangst haben und beißt jetzt alles um sich tot.«

Das gefiel Sommerfeldt. »Ja, du Gute. Holen wir ihn uns. Die anderen sind nur die sichtbare Spitze des Eisbergs. Er ist der Eisberg.«

Sie küsste ihren Bernhard und flüsterte in sein Ohr: »Den schenken wir uns gemeinsam zur Hochzeit.«

Er lachte: »Das nenne ich mal ein Geschenk. Versprochen?«

»Versprochen!«

Tarek betrachtete versonnen seinen Colt. Schon als kleiner Junge hatte er sich so einen Revolver gewünscht. Nicht irgendeinen, sondern ein Colt musste es sein. Mit einer Trommel und einem langen Lauf, wie ihn die Cowboys trugen, die er so sehr bewunderte. Ihn faszinierten diese Duelle, wenn sie sich gegenüberstanden, die geöffneten Hände dicht über den Colts baumelten, und die Musik im Kino unterstrich die Spannung nicht nur, sondern steigerte sie ins kaum Erträgliche.

Wie die Männer sich ansahen! Die Schaulustigen gingen

in Deckung, beobachteten aber das Spektakel. Immer wehte ein Wind durch die staubige Straße. Wer die Sonne gegen sich hatte, war klar im Nachteil.

Es ging immer um alles. Leben oder Tod.

Einer rief: »Zieh!«, und beide versuchten ihr Glück. Wenn einer dann getroffen zusammenbrach, weil der andere schneller gewesen war, schwor er sich jedes Mal, später einmal derjenige zu sein, der zuerst zieht.

Die vier Kerben im Holz des Griffes ertastete er wie einen Triumph. So musste sich eine Oscarfigur in den Fingern eines Hollywoodschauspielers anfühlen. Die Kerben legten Zeugnis ab über seine errungenen Siege.

Siggi behauptete, diese Kerben seien total dämlich, weil sie später einmal vor Gericht gegen ihn verwendet werden könnten. Das seien im Grunde Indizien für vier Morde.

»Vier Treffer«, hatte Tarek stolz geantwortet. Er ließ sich doch von Siggi nicht seine Oscars nehmen. Der Colt trug zu seinem Selbstbewusstsein bei.

Sie hatten sich in der ehemaligen Haifischbar am Schweckendieckplatz in Emden getroffen. Das Café wurde jetzt von der Kaffeemanufaktur Baum betrieben. Deren Kaffee kannten die zwei schon aus Leer. Bei den großen Rundbogenfenstern hatten sie gesessen, und ihnen war rasch klargeworden, dass sie hier nicht wirklich reden konnten. Zwischen diesen fröhlichen und geschäftigen Gästen fielen sie zu sehr auf. Außerdem wirkte Siggi, als könne er jeden Moment losbrüllen. Er vibrierte geradezu vor Nervosität.

Er hatte Doc Holliday nie gemocht. In seinen Augen hatte der Verräter eine Kugel voll verdient, doch er befürchtete, der Nächste zu sein, und das fand er weniger prickelnd.

Jetzt saßen sie in Emden Barenburg in der Wohnung von

Tareks Schwester, die als Pflegekraft in einem Seniorenwohnheim arbeitete. Tarek besaß einen Schlüssel zu ihrer Wohnung.

Siggi hatte mal ein Auge auf sie geworfen und damit Tarek ziemlich sauer gemacht. Der hatte ihm gedroht: »Wenn du die fünfte Kerbe auf meinem Colt werden willst, dann grab meine Schwester an! Die ist eine richtig gute Frau, verstehst du? Die macht nicht mit jedem rum. Die wird einen richtig guten Mann bekommen. Nicht dich! Und den such ich aus, nur damit das klar ist!«

Siggi schlug heiser vor: »Lass uns zu Klempmann. Er muss uns schützen.«

»Wie soll er das denn machen? Der hält uns für Memmen, wenn wir kommen und ihm was vorheulen.« Tarek machte es vor: »Ooch, bitte hilf uns! Wir haben Angst vor dem Teufel …«

Siggi trank gierig Wasser. Er wollte ein Fenster öffnen. Er fand es stickig hier. Aber Tarek hinderte ihn: »Willst du am offenen Fenster abgeknallt werden?«

Siggi zeigte ihm doof. Dabei verzog er sein Gesicht. Es tat weh in der Schulter, wenn er den Arm hochhob. »Aber gerade im Café, da haben wir doch auch am Fenster gesessen, und wir sind durch die Stadt gelaufen wie zwei bewegliche Ziele.«

»Ja, stimmt. Das war falsch. Wir sind Volltrottel. Vielleicht kennt er sogar die Wohnung meiner Schwester. Vermutlich ist das so …«

Siggi sah sich Tarek an, wie er dasaß mit seinem Colt und seine Fingerspitzen über die Kerben tanzen ließ, um sich zu vergewissern, wie gefährlich er selbst mal gewesen war oder, zumindest, wie gut er sich verteidigen konnte.

Siggi war kurz davor auszuflippen. Er kannte sich selbst gut genug, um seine Anfälle von Jähzorn zu fürchten. Weit war er davon nicht mehr entfernt.

»Ja, verdammt, was schlägst du denn sonst vor? Sollen wir hier im Dunkel hocken und warten, bis er uns abmurkst?« Er trampelte wie ein Kind, das noch nicht ins Bett gehen will, aber vor Müdigkeit knatschig geworden ist, mit den Füßen auf dem handgewebten Teppich herum. Es war ein Familienerbstück, wie Tarek mindestens schon ein Dutzend Mal erwähnt hatte, jedes Mal, wenn sie gemeinsam die Wohnung betraten. Deshalb mussten sie auch die Schuhe im Flur ausziehen und dort abstellen. Siggi vermutete, dass es gar nichts mit dem Teppich zu tun hatte, sondern irgendwas Religiöses war. Es passte Siggi heute überhaupt nicht, denn in seiner rechten schwarzen Socke war ein Loch, aus dem sein großer Zeh herausguckte. Zum Glück war die Schwester nicht da. Das hätte die Peinlichkeit für ihn komplett gemacht.

»Dann soll der reiche Fettsack uns mit genügend Bargeld ausstatten.« Er deutete mit den Händen einen Flug an. »Und wir beide dann ab in die Karibik. Brumm, brumm, brumm – tschüs, Germany!« Er winkte. »Bye, bye, BKA!«

Tarek staunte: »Denkst du im Ernst, der hilft uns mit so viel Kohle aus? An wie viel dachtest du denn überhaupt?«

»Ein, zwei Millionen, für jeden von uns, das sollte für ein gutes Leben reichen. In der Karibik ist ja alles wesentlich billiger als hier bei uns. Wir könnten in Hotels wohnen und uns am Pool kühle Drinks servieren lassen.«

Tarek guckte ungläubig. »Das finanziert der uns?«

»Ja, ist doch besser, als sich auf Schulhöfen mit pickeligen Zahnspangenträgerinnen abzumühen. Oder was meinst du? Bei dem, was wir beide über Klempmann alles wissen …«

Tarek bekam den Mund nicht mehr zu.

Siggi fuhr fort: »Da sollte er besser ganz lieb zu uns sein. Wir könnten ihn und mit ihm den ganzen Laden hochgehen lassen.«

Tarek schluckte trocken. »Bist du völlig irre? Du willst Klempmann erpressen? Wir reden von demselben, ja? Willi Klempmann, der sich gern George nennt? Weißt du, mit wem du dich da anlegst?«

»Erpressen? Was ist das für ein böses Wort? Wir bitten ihn um Hilfe. Mehr nicht.«

Unter Tareks Gips begann die Haut, schrecklich zu jucken. Er nahm einen Löffel vom Tisch und schob ihn zwischen Bein und Gips, um sich zu kratzen.

»A ... aber man kann den nicht einfach so anrufen. Der steht nicht im Telefonbuch, und seine Adresse ist geheim. Wenn der etwas will, dann ruft er an. Du kennst das Spiel doch.«

»Er ist die meiste Zeit auf seinem Schiff, und ... ich habe noch einen kleinen Trumpf in der Tasche. Ich hatte mal was mit einer von seinen Leibwächterinnen.«

Tarek hielt das für einen Scherz. Er lachte laut: »Mit der Kickboxerin? Ich hätte gewettet, diese Christine ist eine Lesbe.«

»Nee, die nicht. Die Annika.«

»Die mit den langen blonden Haaren?«

»Ja, genau die. Sie sieht aus, wie Hollywoodstars gerne aussehen würden, bloß dass die sich dafür operieren lassen müssen, während Annika das alles von der Natur geschenkt bekommen hat.«

»Na, hör auf, geschenkt bekommen! Die steht jeden Tag zwei Stunden auf dem Stepper und trainiert hart. So einen Körper, wie die hat, kriegt man nicht geschenkt. Und du willst mir weismachen, du hättest was mit der gehabt?«

Siggi reckte sich, als müsse er gähnen. Er wollte damit andeuten, dass sie entweder nach draußen gehen sollten, oder dass Tarek ihm endlich erlauben müsse, Frischluft in den Raum zu lassen. »Ich habe einfach den richtigen Moment erwischt. Weißt du, auch die tollsten Frauen brauchen mal Trost.«

»Und du hast sie getröstet?«

»Ja, sie spielt dort immer ein bisschen die zweite Geige. Darunter leidet sie wohl. Diese Christine ist sein absoluter Favorit. Ich glaube, die Annika hat so was wie Tochtergefühle für den.«

»Für den blöden Sack?«

»Ja, viele Väter sind blöde Säcke. Meiner zum Beispiel war auch einer. Der hat mich aber nicht mit Bargeld versorgt und mir ein schönes Leben ermöglicht, so wie Klempmann es für seine Leute tut, sondern der hat sogar das Kindergeld versoffen.«

»Lenk nicht ab. Du hast sie echt flachgelegt?«

»Na ja, nicht direkt … Also, ich hab sie getröstet, als ich sah, wie sie von Christine abgekanzelt wurde. Ich hab ihr gesagt: *Das macht die nur, weil sie Ihre Schönheit nicht aushält, Annika.*«

»Boah, das ist echt gerissen von dir.« Tarek erkannte, dass er von Siggi noch etwas lernen konnte. Bis vor kurzem hätte er das abgestritten. Eigentlich hatte er ihn für einen Idioten gehalten, gerade klug genug, um Pubertierenden gepanschte Drogen anzudrehen. Dass der ohne Geld oder Drogen eine ins Bett bekam, die den Hauptschulabschluss hatte, konnte er sich nicht vorstellen.

»Und dann«, fragte Tarek, »was ist dann passiert?«

»Dann waren wir eine Weile alleine zusammen vor der Tür. Klempmann hat drinnen Gespräche geführt. Sie musste davor aufpassen. Christine durfte mit rein.«

»Wo war das?«

»Auf Borkum. Im Vier Jahreszeiten. Sie hat mir erzählt, dass es ihr ständig so geht und wie sehr sie unter ihrem Aussehen leidet. Sie wollte sich schon den Busen verkleinern lassen und hätte am liebsten wallende Kleider getragen, damit man ihre scharfen Kurven nicht sieht. Sie nannte es: *mein verfluchter Sex*. Sie sagte, Männer sehen in ihr nur das Sexualobjekt und Frauen eine Konkurrentin.«

Tarek lachte: »Und dann hast du ihr erzählt, dass du ihre inneren Werte schätzt.«

»Ja klar, was denn sonst? Ich hab ihr gesagt, dass es viel einfacher ist, hässlich zu sein.«

»Na, da kannst du ja aus einem großen Erfahrungsschatz schöpfen.«

»Eben. Sie hat mir später geschrieben. Eine WhatsApp-Nachricht.«

»Ja, wenn wir jetzt noch unsere Handys hätten, könntest du Kontakt zu ihr aufnehmen.«

Siggi grinste breit und tippte gegen seine Stirn.

»Hä? Willst du mir etwa weismachen, du könntest noch eine Telefonnummer auswendig?«

»Das«, erklärte Siggi, »ist gut gegen Alzheimer. Wusstest du das nicht? Hab ich im Fernsehen gesehen. Man soll Kreuzworträtsel machen, Telefonnummern auswendig lernen oder Geburtstage.«

»Boah, ich hab dich echt unterschätzt ...«

Siggi lachte, weil es ihm gelungen war, seinen alten Kumpel Tarek hereinzulegen. Er klatschte sich auf die Oberschenkel: »Bist du voll drauf reingefallen, was? Nee, ich hab natürlich keine Telefonnummer im Kopf. Aber ich hab die in meinem alten Handy gespeichert, das ist doch alles schon lange her.«

»Wir könnten also«, fragte Tarek, »Kontakt zu ihr aufnehmen?«

»O ja. Und wo sie ist, da ist Klempmann nicht weit. Christine und Annika sind wie seine Schatten.«

Tarek hakte noch einmal nach: »Und du meinst wirklich, du kannst der schreiben und dann ...«

»Glaub mir, Alter, das ist so eine. Die ist innerlich ganz weich und zerbrechlich. Sie glaubt, mir was schuldig zu sein. Sie hat mir geschrieben, das Gespräch mit mir hätte ihr so gutgetan, und wenn ich mal etwas bräuchte, sei sie auch für mich da. Ich sei ja ein ganz sensibler, einfühlsamer Mensch.«

»Du«, lachte Tarek, »ausgerechnet du?«

»Ja, ich!«

Siggi zog sein Hemd aus und betrachtete seine Schulter. Sie war grün und blau.

»Hast du vielleicht ein Schmerzgel da? Das zieht von der Schulter den Rücken runter bis in den Oberschenkel rein.«

»Was soll ich denn sagen mit meinem gebrochenen Bein? Weißt du, was das für ein Gefühl ist, bei der Hitze einen Gips zu tragen? Deine Schwester ist doch Krankenschwester, die hat so was bestimmt.«

»Die ist nicht Krankenschwester, die ist Altenpflegerin.«

»Ja und? Haben die nicht immer Rückenschmerzen?«

»Herrje, geh einfach zur Apotheke!«

»Na klar. Ich darf die Fenster nicht öffnen, damit keiner von draußen reinschießt, aber ich soll dann kreuz und quer durch die Stadt laufen, um in einer Apotheke ...«

»Ja, ist ja schon gut«, gab Tarek nach, humpelte ins Badezimmer und suchte im Medizinschränkchen seiner Schwester. »Falls du deine Tage kriegst, habe ich hier alles, was du brauchst«, rief er. »Aber Rückenschmerzen kennt meine Schwester nicht.«

»Die musste ja auch nicht vom Frisia-Gebäude springen.«

»Aber ich hab hier Paracetamol. Davon würde ich mir ein paar reinhauen …«

Der langweilige Ostfrieslandurlaub wurde spannend. Es war die aufregendste Nacht seines Lebens, denn der Fremde, nach dem überall gefahndet wurde, schlief tatsächlich in seinem Zimmer. Das hieß, an Schlaf war zunächst nicht zu denken.

Sie hörten seine Eltern nebenan streiten. Der Fernseher lief ziemlich laut. Sie schalteten ständig von Nachrichtensendung zu Nachrichtensendung um.

Einmal rief Konrad laut: »Da! Da! Das ist er!«

»Ja«, bestätigte Viola, »schrei doch noch lauter! Willst du, dass sie ihn gleich abholen?!«

Lukas und Fabian unterhielten sich leise. Sie lagen in einem Stockbett. Lukas oben. Er schob immer wieder seinen Kopf über die Kante, um nach unten zu gucken, als müsse er sich vergewissern, dass Fabian tatsächlich da war. Er konnte ihn hören, aber er wollte ihn auch sehen.

»Aber wenn du im Recht bist, warum gehst du dann nicht zur Polizei? Sie müssen dich doch beschützen«, flüsterte Lukas.

»Ja, in der besten aller Welten wäre das so …«, sagte Fabian, und nach längerem Nachdenken fügte er hinzu: »Aber da leben wir leider nicht.«

Lukas guckte von oben auf Fabian runter. »Aber du kämpfst doch dafür, dass alles gut wird, oder nicht?«

»Ja klar. Aber das ist nicht so einfach, weißt du.«

Draußen waren inzwischen keine Martinshörner mehr zu hören. Alles wurde ruhiger. Nur das Geschnatter einiger Wildgänse und die *Kiu-Kiu*-Schreie von um Futter kämpfenden Möwen drangen durch die zwei gekippten Fenster zu ihnen herein.

»Aber du bist doch einer von den Guten«, beharrte Lukas, und es lag Bewunderung in seiner Stimme. Trotzig fügte er hinzu: »Und wenn du aufgibst, dann haben die Bösen gewonnen ...«

Dieser Satz ging Fabian nicht mehr aus dem Kopf. Als habe seine tote Schwester gesprochen oder als sei Lukas ihr Sprachrohr.

Das Gefühl, Lukas vor diesen Verbrechern schützen zu müssen, wuchs in ihm. Es ging plötzlich nicht mehr nur um Rache. Es ging um viel mehr.

Fabian schlief übermüdet gegen drei Uhr kurz ein, schreckte aber schon nach einer Viertelstunde hoch, weil er geträumt hatte, die Polizei würde die Ferienwohnung stürmen. Konrad hatte ihn im Traum verraten. Seine Frau und sein Sohn verachteten ihn dafür. Viola stand traurig mit verschränkten Armen da, und Lukas weinte, als er verhaftet wurde. Das Klicken der Handschellen weckte ihn.

Es war so echt!

Er brauchte einen Moment, um zu begreifen, dass er nur geträumt hatte. Lukas schnarchte leise über ihm im Bett, wie Kinder schnarchen, die sich erkältet haben.

Fabian hatte sein T-Shirt durchgeschwitzt und fühlte sich fiebrig und krank.

Iris Ziegler versuchte immer noch, ihn zu erreichen. Sein auf Lautlos gestelltes Handy hatte bereits zwölf Anrufe von ihr registriert. Der letzte um kurz vor drei. Sie hatte ihm mehrere Sprachnachrichten geschickt, aber er wollte sich jetzt keine davon anhören. Er fand es gut, dass Lukas endlich schlief, und hatte Angst, ihn zu wecken. Auch bei Konrad und Viola war inzwischen Ruhe eingekehrt.

Fabian lag auf dem Bett und dachte nach. Hatte jemand Doc Holliday erschossen, weil der Mann ihm angeboten hatte, ihn mit seinem internen Wissen zu unterstützen? Werde ich denen inzwischen zu gefährlich?

Der Killer hatte ganz klar auch auf ihn geschossen. Vielleicht sogar ursprünglich ihn gemeint, dann aber verfehlt. Es gab etwas in Fabian, so eine kleine narzisstische Stelle, da fühlte er sich durch das Attentat gebauchpinselt. Es war wie eine Ehre, eine Auszeichnung.

Meine ehemaligen Kollegen checken natürlich wieder mal nichts, dachte er. Sie arbeiteten ja nicht alle für die Gegenseite, das war ihm schon klar. Aber es war sehr viel Geld im Spiel, und da wurde manch einer schwach.

Er begriff, als er sich ein bisschen im Internet schlaumachte, dass seine Organisation gegen die Legalisierung plötzlich große Medienaufmerksamkeit genoss. Sogar Bilder vom Bochumer Büro waren zu sehen und von einer stolzen Mitarbeiterin, die Interviews gab und die Ziele des Vereins erklärte.

Er schickte eine Nachricht an Iris: *Es tut mir leid. Ich bin ein Idiot. Ich wollte dich nicht mit da reinziehen.*

Ihre Antwort kam prompt. Ein Herzchen, ein Glückskleeblatt und dann: *Hauptsache, es geht dir gut. Ich bin stolz auf dich. Keine Legalisierung!*

Er lauschte seinem eigenen Atem. Draußen frischte es auf. Die Möwen waren inzwischen still. Ein paar Regentropfen platschten gegen die Fenster.

Viola öffnete leise die Zimmertür. Ein Lichtkegel fiel herein.

Er stellte sich schlafend. Er hörte ihre nackten Füße auf dem Boden. Sie kam zum Bett. Sie deckte den schlafenden Lukas zu, der sich wohl freigewühlt hatte.

Violas Duft blieb noch im Zimmer, als sie es längst verlassen hatte. Er atmete ihn gern ein.

Seit Klempmanns Yacht vor Borkum in die Luft gejagt worden war – böse Stimmen behaupteten, er hätte es selbst arrangiert –, war er offiziell kein Schiffseigner mehr. Er setzte Strohmänner und -frauen ein. Er wurde zu einer Chimäre. Unfassbar. Mehr Gespenst als Mensch. Mehr Legende als Wirklichkeit. Es kursierte sogar das Gerücht, er sei längst tot, von den eigenen Leuten ermordet worden.

Aber Frauke wusste, dass es trotzdem immer einen Weg gab, ihn zu finden. Silvia Schubert war sein schwacher Punkt. Wer sich an ihre Fersen heftete, kam irgendwann unweigerlich zu Klempmann.

Silvia hielt es nie länger als ein, zwei Tage bei ihm an Bord aus. Dann wurde ihr das alles zu eng. Was er als Weite und Freiheit erlebte, löste in ihr manchmal nach einiger Zeit klaustrophobische Gefühle aus. Dann brauchte sie andere Menschen um sich herum. Nicht nur Angestellte.

Sie wollte ihre Freundin Susanne Kaminski auf Borkum treffen, bei Rias Beach sitzen, Aperol Spritz trinken und auf die Seehundbank gucken. Sie wollte Konzerte besuchen und Lesungen. Sie besichtigte gern die Hilfsprojekte, die sie mit großzügigen Spenden bedachte, und diskutierte mit den Mitarbeiterinnen. Sie nahm an Gesprächsrunden teil und brachte sich dort auch gern inhaltlich ein. In einigen Illustrierten war sie als *Gesellschaftsdame* bezeichnet worden, im NDR als *Charity-Lady.*

Es umgab sie der Nimbus unantastbarer Bescheidenheit. Nie stellte sie sich in den Vordergrund, sondern immer ihre wohltätigen Projekte. Sie hielt Reden, wenn es um die Rechte Behinderter ging oder um ein Sterben in Würde. Wenn sie über benachteiligte junge Frauen sprach, schwangere Minderjährige oder unbegleitete Migrantinnen, dann glaubten einige Gäste, in ihrem Gesicht und in ihrer brechenden Stimme erkennen zu können, dass sie selbst keine ganz leichte Kindheit und Jugend gehabt hatte. Vielleicht, so mutmaßte man, war sie selbst mal ungewollt schwanger gewesen oder hatte sogar eine Abtreibung hinter sich. Jedenfalls gab es da etwas, das spürten die Menschen genau. Ein dunkles Geheimnis. Ein Bruch in ihrer Vergangenheit. Eine tiefe Verletzung, aus der heraus diese stolze Frau heute handelte.

Fragen zu ihrem Privatleben tat sie als unwichtig und belanglos ab, mit Worten wie: »Ich lebe in einer Beziehung, und es geht mir gut. Lassen Sie uns lieber über wichtigere Themen reden. Warum ist jedes Hospiz in Deutschland eigentlich auf Spenden angewiesen? Ist das nicht ein Skandal? Wäre es nicht die vornehmste Aufgabe des Staates?«

Bei einer Pressekonferenz, als es eigentlich um Leseförderung und Schulbibliotheken ging, wurde ihre angebliche Liebe zu einem Gangsterboss thematisiert. Sie kommentierte das nicht, sondern lächelte es weg, als könne das kaum ernst gemeint sein, und sagte nach einer kurzen Pause: »Die beste Art, seine Nase in anderer Leute Angelegenheiten zu stecken, ist, einen guten Roman zu lesen. Das würde ich Ihnen auch empfehlen. Ich für mich habe gerade Georges Simenon wiederentdeckt.«

Oft war ihre Freundin Susanne Kaminski an ihrer Seite, die sie gern gegen zu aufdringliche Fotografen abschirmte: »Das ist jetzt hier aber wirklich privat.«

Auf Borkum war ein Vortrag von Silvia Schubert in der Kulturinsel angekündigt: *Den Tod als natürlichen Teil des Lebens betrachten.*

Sämtliche Eintrittsgelder flossen dem Hospiz am Meer zu. In der NWZ und im Inselmagazin *Borkum aktuell* wurde die Veranstaltung angekündigt, und Silvia beantwortete Fragen zu ihrem Engagement.

Frauke zeigte ihrem zukünftigen Ehemann wortlos beide Artikel. Es war eine ganz witzige Situation. Er lag auf dem Boden und machte mal wieder mit nacktem Oberkörper Liegestütze. Sie sah dabei zu, tat aber so, als würde sie Zeitung lesen.

Sie schob ihm die Papiere unter die Nase, als er sich gerade hochdrückte. Er las und pumpte dabei weiter.

Erst als seine Muskeln brannten und er sich aufrecht hinsetzte, sagte sie: »Auf nach Borkum. Wir sollten uns an sie dranheften. Sie wird uns zu ihm führen, falls er nicht sowieso dabei ist.«

»Glaubst du ernsthaft, er sitzt inkognito im Zuschauerraum?«, fragte Sommerfeldt. Schweißtropfen perlten von seiner Stirn auf das Inselmagazin.

»Warum nicht? Du bist ja auch Klinikleiter in Norddeich, obwohl du, im Gegensatz zu ihm, gesucht wirst. Er verklagt gerade den Staat …«

»Das ist etwas ganz anderes. Ich habe mich operieren lassen …«

»Das steht ihm auch frei. Und er hätte es – rein ästhetisch betrachtet – wesentlich nötiger als du.«

Sommerfeldt lachte.

»Sein Schiff liegt vor Borkum. Wetten? Wir müssen nur die schönste Luxusyacht suchen, und schon haben wir ihn.«

Sie hebelte mit einem Plopp eine Flasche Orangensaft auf und hielt sie ihm hin. Der Deckel fiel auf den Boden. Sommerfeldt trank gierig.

»Ich werde mir jedenfalls den Vortrag anhören«, prophezeite sie und schaute ihn auffordernd an.

»Was ist?«, fragte er. »Willst du etwa gleich los oder …«, er deutete ihren Blick neu, »oder wilden, hemmungslosen Sex?«

»Wir können morgen früh auf den schönen Sandhaufen fliegen«, betonte sie gespielt naiv. »Aber wie war das andere Angebot noch mal?«

Er hatte die Flasche gluckernd geleert und stellte sie neben sich auf dem Boden ab.

»Fang mich«, rief sie und rannte ins Schlafzimmer. Er hinterher.

Morgens hörte Fabian Link schon gegen sechs die Möwen und schnatternde Gänse. Amseln stimmten in das Konzert mit ein. Im durchgeschwitzten T-Shirt kroch er aus dem Bett und schlich sich in die Küche. Dort stand, ebenfalls im T-Shirt und barfuß wie er, Viola an der Kaffeemaschine und füllte Pulver in einen Filter.

Sie wischte sich eine Haarsträhne aus der Stirn und raunte: »Ich hoffe, ich habe dich nicht geweckt.« Sie sah ihn an, als müsse sie sich entschuldigen.

Er winkte ab. »Auch Frühaufsteher?«

»Die erste Nacht in einem fremden Bett ist für mich immer schwierig. Dann schlafe ich nicht so gut. Und bei Vollmond schon mal gar nicht.«

Er baute ihr eine Brücke: »Außerdem war der Tag gestern ja nicht ganz einfach und auch nicht völlig ohne Aufregung.«

»Ja«, lachte sie leise, »man versteckt nicht jeden Tag einen Mann, nach dem öffentlich gefahndet wird.«

Die Kaffeemaschine spuckte mit blubberndem Geräusch heißes Wasser in den Filter. Es dampfte und roch sofort gut.

Sie standen beide verschwitzt und verschlafen in der Küche, als würden sie jeden Morgen gemeinsam aufstehen und zusammen frühstücken. Da waren keine Scham oder Peinlichkeit zwischen ihnen, sondern eine eher ungeahnte Vertrautheit.

»Hat Lukas den Streit gehört?«, fragte sie vorsichtig.

Er wollte sie entlasten und log: »Ich glaube nicht.«

Sie freute sich über seine Antwort, konnte es aber nicht ganz glauben.

»Ist wohl besser, ich gehe«, bot er an.

Sie schüttelte den Kopf und kämmte sich die Haare mit den Fingern. »Wir streiten oft in letzter Zeit … Hat gar nichts mit dir zu tun. Ich glaube, es ist im Grunde vorbei zwischen uns. Wir wissen es beide, aber keiner spricht es aus.« Sie lächelte über sich selbst. »Wir wollen einander nicht weh tun, und gerade deshalb verletzen wir uns ständig.«

»Ihr habt einen tollen Sohn«, sagte er.

»Ja, da hast du recht.«

Es war immer noch Wasser im Kaffeefilter, aber ihre Gier war zu groß. Sie stellte zwei Becher daneben, zog die Kanne heraus und goss ein. Braune Tropfen fielen aus dem Filter auf die silberne Warmhalteplatte. Es zischte.

Sie reichte ihm den Becher, auf dem stand: *I love Norddeich*, und nahm selbst den mit der Aufschrift: *Ostfriesenblut*. Sie stießen damit an, als seien es Sektkelche. Sie schlürften und sahen sich wie zufällig in die Augen. Sie hielten den Blickkontakt aber nicht lange.

»Er hat mir ein paar Fragen gestellt und mir geholfen, das Chaos in meinem Kopf zu ordnen«, sagte Fabian.

Viola staunte. »Lukas?«

»Ja. Mit seiner erfrischend kindlichen Art … Er ist ein klasse Junge.«

Es berührte sie, wie Fabian über ihren Sohn sprach.

»Ich werde jetzt«, sagte er, »die Polizei anrufen und sie bitten, mich hier abzuholen.«

Damit hatte sie nicht gerechnet. Sie pustete in ihren Kaffee. Sie war ein bisschen erleichtert, aber auch traurig. »Was immer geschieht, ich drücke dir von Herzen die Daumen. Du bist ein Guter.« Sie legte eine Hand auf ihr Herz. »So etwas spüre ich sofort. Hier drinnen.«

Er rief Frank Weller an.

Weller und Ann Kathrin schliefen bei offenem Fenster. Ann Kathrin in Embryonalhaltung, Weller auf dem Rücken. Zwischen ihnen der Kater Willi.

Auf Franks Brust lag aufgeklappt ein Kriminalroman: *Der Bojenmann*. Neben ihm auf dem Nachttisch war ein Glas Wasser umgekippt. Sein Handy thronte zum Glück auf einem Stapel Taschenbücher, sonst wäre es ertrunken.

Frank hatte seine Arme weit von sich gestreckt. Die rechte Hand an Ann Kathrins Kopf, die linke auf dem Nachttisch in der Wasserlache.

Neben Ann Kathrin lagen Bilderbücher, wie ein Schutzschild gegen die Schlechtigkeiten der Welt. *Die Träne des Einhorns* von ihrer Freundin und Nachbarin Bettina Göschl nahm sie seit Tagen mit ins Bett. Das Buch half ihr, ein bisschen optimistischer in die Zukunft zu schauen. Sie hatte im Moment Trost nötig. Im Bilderbuch nährte sich ein Monster an den Tränen der Menschen, doch wenn sie lachten, begann es zu schrumpfen.

Frank Wellers Handy spielte *Piraten Ahoi!* Ann Kathrin schreckte hoch. Er schlief weiter.

Sie tastete nach dem Lichtschalter und ihrem Mann gleichzeitig. Sie traf den Kater.

Jetzt war das Licht an. Willi rekelte sich und fauchte müde.

Im Piratenlied wurde laut aufgefordert, die Flaggen zu hissen und die Segel zu setzen. Doch Frank schlief immer noch.

Ann Kathrin stieg über ihn und ging an sein Handy. Jetzt wurde er wach. Beim Versuch, sich hinzusetzen, stieß sein Kopf mit Ann Kathrins zusammen. Das Buch fiel auf Willi.

Sie drückte ihrem Mann das Handy in die Hand. »Für dich.«

Sie schielte kurz zu ihrem Apparat. Da tat sich nichts. Bei Mordfällen oder wichtigen Einsätzen meldeten sich manchmal beide Handys gleichzeitig, aber dann kamen die Anrufe von der Dienststelle, was sie gleich auf dem Display sehen konnte.

Ann Kathrin drehte sich in ihre Decke ein und drückte sich ein Kissen auf die Ohren. Sie hoffte noch auf ein bisschen Schlaf.

»Moin«, meldete Weller sich angesäuert, aber doch neugierig.

»Hier Fabian Link. Sie suchen mich. Aber ich bin kein Mörder. Man versucht, mich umzubringen. Ich halte mich in Norddeich in einer Ferienwohnung versteckt.«

»Sie wollen sich stellen?«, fragte Weller und klopfte auf Ann Kathrins Rücken. Er glaubte, das sei auch für sie interessant.

»Können Sie für meine Sicherheit garantieren?«, fragte Fabian.

»Wenn Sie sich in unsere Obhut begeben, sind Sie sicher. Es gibt einen Kaffee, und wir reden miteinander.«

»Danke, Kaffee habe ich schon.«

Ann Kathrin verstand, dass Weller einen Kaffee brauchte. Sie selbst auch.

»Warum rufen Sie nicht in der Inspektion an, sondern mich privat?«, fragte Weller.

»Erstens, weil Sie mir Ihre Nummer gegeben haben, und zweitens, weil ich Ihnen mehr traue als Ihren Kollegen.«

»Warum?«

»Sie hätten mich schon an der blauen Brücke in Norddeich erledigen können.«

»Stimmt«, sagte Weller.

Ann Kathrin stand auf, um Kaffee zu kochen.

»Kommen Sie mit Ihrem Privatwagen. Auf keinen Fall mit einem Polizeifahrzeug. Ich will hier kein Aufsehen. Der Mann, der Doc Holliday erschossen hat, weiß, dass ich sein Gesicht kenne. Ich will die Familie nicht gefährden, die mir Asyl gewährt hat.«

Alles, was er sagte, klang für Weller logisch. Er kratzte sich die Kopfhaut. Das half ihm sonst immer, wach zu werden.

Jetzt war es mehr Gewohnheit. Der Mann am anderen Ende hatte Wellers Nerven bereits hochgekitzelt.

Weller stand in Boxershorts vor dem Bett. Willi hatte jetzt den ganzen kuscheligen Platz für sich alleine. Es gefiel dem Kater. Er reckte sich.

»Immer schön, mit Profis zusammenzuarbeiten«, sagte Weller. Es klang ein bisschen ironisch, war aber durchaus ernst gemeint bei dem ehemaligen Kollegen.

»Ich werde mit einem alten froschgrünen Twingo kommen.«

Fabian Link lachte: »Unverdächtiger geht es echt nicht!«

»Ja, ist nicht gerade ein James-Bond-Fahrzeug. Autojagden können wir jedenfalls damit nicht hinlegen. Wo soll ich hinkommen?«

Fabian überlegte einen Moment. Er wollte nicht vor der Haustür warten. Aber zum Krabbenkutter im Muschelweg war es nicht weit.

»Zum Krabbenkutter in Norddeich.«

»Okay. In fünf Minuten.« Weller sah in den Spiegel. »Oder sagen wir besser, in zehn.«

»Sie kommen allein, Herr Kommissar!«, bestimmte Fabian.

»Ja. Versprochen!«

Ann Kathrin erschien mit zerwühlten Haaren im Schlafzimmer. So fand Weller sie besonders schön. Ungeschminkt. Voller Nacht und Träumen im Gesicht. Mit Schlafsand in den Augenwinkeln. Sie hatte etwas Unschuldiges, Mädchenhaftes an sich und war doch die toughe Frau. Er hätte sie knutschen können, aber er fand es rücksichtsvoll, sich vorher die Zähne zu putzen. Außerdem war er dabei, sich anzuziehen.

Sie wusste, dass er erst nach einem Kaffee die richtige Betriebstemperatur bekam. Er konnte ganz ohne Koffein ein ziemlicher Morgenmuffel sein und sich selbst im Weg stehen.

Kaffee machte aus ihm einen freundlicheren, höflicheren Menschen. Die meisten Ostfriesen brauchten dazu Bünting- oder Thiele-Tee. Ihr Mann Frank Weller Kaffee. Stark. Heiß. Schwarz.

Noch bevor der Kaffee fertig war, heulte der Seehund in Ann Kathrins Handy. Im Fehntjer Tief hatte ein Angler, der den Morgennebel über dem Fluss nutzen wollte, um einen Hecht zu fangen, eine Leiche gefunden. Die Kollegen vor Ort sprachen davon, der Mann sei vermutlich erdrosselt worden.

Annika Schneider befand sich augenblicklich in einem Loyalitätskonflikt. Sie hatte einen erschreckend hohen Intelligenzquotienten, aber als schöne Blondine mit langen Haaren und Beinen wurde sie gern unterschätzt. Früher hatte sie sich darüber geärgert und durch besonders gute Leistungen versucht, das Gegenteil zu beweisen. Heutzutage nutzte sie es und kokettierte sogar manchmal damit, indem sie das Döfchen spielte, um danach die anderen heftig verblüffen zu können.

Als Siggi Kontakt zu ihr aufnahm, wusste sie gleich, dass es darum ging, über sie an Klempmann heranzukommen, den sie entweder – wenn andere Menschen dabei waren – *Herr Klempmann* nannte oder – wenn sie allein waren – *George*. Sie empfand ihrem Chef gegenüber eine Treue, die viel intensiver und selbstverständlicher war als bei jedem Liebhaber oder Ehemann. Sie war wirklich seine Leibwächterin und schützte sein Leben mit allen möglichen Konsequenzen, die sich daraus für sie selbst ergaben.

Sie hatte aber auch Siggi ihr Wort gegeben. Es zerriss sie

fast. Sie konnte mit so etwas nicht gut umgehen. Entweder sie brach ihr Versprechen Siggi gegenüber, oder sie verriet im Grunde Klempmann. Beides konnte sie nicht wirklich. Sie brauchte klare Verhältnisse. Freund. Feind. Sie musste wissen, woran sie war. Sie stand klar auf Klempmanns Seite und Siggi und Tarek bis vor kurzem ebenfalls.

Aber etwas hatte sich verändert. Niemand sprach laut darüber. Klempmann hatte den Henker losgeschickt. Sie konnte eins und eins zusammenzählen und kannte die Szene inzwischen lange genug. Die Reihen wurden gelichtet. Sie wusste nicht, nach welchem Prinzip die Morde geschahen, aber es war für sie Notwehr. Eine Sicherheitsmaßnahme.

Es fiel ihr nicht leicht. Sie fragte sich sogar kurz, ob sie vielleicht auch auf die Abschussliste geraten sein könnte, verwarf das aber sofort wieder. Er würde ihr nie etwas zuleide tun. Nie! Ihr nicht und auch nicht Christine.

Sie beide und seine geliebte Silvia waren vermutlich die einzigen Menschen auf der Welt, die niemals Angst vor ihm haben mussten. Zumindest hoffte sie das.

Willi Klempmann saß oben an Deck. Von weitem sah es aus, als würde ein übergewichtiger Tourist im Liegestuhl liegen. In Wirklichkeit war es ein Massagesessel. Gut für seinen Rücken und den steifen Nacken.

Er hielt eine lange kubanische Zigarre zwischen den Lippen. Eine Cohiba. Er rauchte sie nicht. Er kaute darauf herum und roch daran. Das Mundstück war feucht von seinem Speichel und wenn er sie zwischen den Fingern schwang und beim Reden wie einen Taktstock benutzte, dann sah man seine Zahnabdrücke im Deckblatt der Handgedrehten.

Annika verachtete Raucher. Sie stand auf gesunde Sachen. Sport und Ernährung mit viel Gemüse und Fisch. Drogen, Tabak, Alkohol, das alles war für sie schleichender Selbstmord. Dinge für Menschen, die sich selbst hassten.

Er winkte sie herbei, als er sie kommen sah, und hieß sie gestisch willkommen. Er deutete mit seiner Zigarre auf riesige Vogelschwärme am Himmel.

Sie nahm zufrieden zur Kenntnis, dass er die Cohiba nicht rauchte, sondern nur nuckelte.

»Guck dir das an, Annika. Welch organisiertes Handeln. Wir können viel von den Vögeln lernen. Sie wissen, wann es wo für sie am besten ist. So clever sind nicht alle Menschen. Vögel folgen ihrem Instinkt. Sie sind zwar Futterkonkurrenten, halten aber zusammen und fliegen gemeinsam, um ihre Brut beschützen zu können und sich gegen Feinde zu verteidigen.«

Sie nahm seine Worte auf, als hätte er gerade einen bedeutenden philosophischen Vortrag gehalten. Es gefiel ihm manchmal, den Lehrer zu spielen. Sie ließ ihm den Spaß.

Möwen verfolgten ein Fischerboot. Es wirkte wie ein gut koordinierter Angriff. Es waren achtzig, vielleicht hundert Tiere. Laut. Aggressiv. Ganz anders als die ruhig fliegenden Zugvögel hoch über ihnen.

»Siggi hat mich kontaktet«, sagte sie.

George lachte sein verstörendes Lachen. Es war wie ein Donnern. So lachte er, wenn er etwas eigentlich gar nicht lustig fand, sondern es eher bedrohlich war. Er hatte einen schwarzen Humor, den sie durchaus schätzte.

Oben an Deck, nicht weit von ihnen entfernt, stand Christine mit ihrer Pumpgun. Auch sie beobachtete den Himmel, aber sie interessierte sich nicht für Vögel. Sie wollte keine Drohne in seine Nähe lassen. Es war wie eine fixe Idee von ihr, die Yacht könne mit einer Drohne angegriffen werden. Sobald Klempmann sich an Deck begab und aus seinen sicheren

Räumen an die frische Luft schritt, stand sie mit der Pumpgun bereit, um jedes Flugobjekt, das sich näherte, vom Himmel zu holen. Sie schoss sehr gut. Manchmal übten sie von Bord aus Tontaubenschießen über dem Wasser. Er nannte sie *meine Luftabwehr* oder bezeichnete sie frotzelnd als *Miss Flak.*

Sie hatten zwei Drohnen an Bord. Eine, um im Umkreis von zwei, drei Kilometern jedes Boot, das sich näherte, vorher ausspionieren zu können, und eine mit ziemlicher Feuerkraft. Es gab eine Menge Militärzeug zu günstigen Preisen. Der Krieg zwischen Russland und der Ukraine hatte Europa mit Waffen überschwemmt. Einiges, was die Briten oder die Deutschen an die Ukraine lieferten, erreichte die Streitkräfte nie, sondern wurde zu Schwarzmarktpreisen auf der ganzen Welt gehandelt. Klempmann verdiente, wie bei vielen schmutzigen Dingen, auch hier mit.

An Bord befanden sich zwei Panzerfäuste. Sowohl Annika als auch Christine waren im Umgang damit geschult.

Die tragbare Panzerabwehrwaffe eignete sich laut Klempmann hervorragend dazu, ein Polizeiboot oder eine Gangsteryacht zu versenken.

Silvia war schon auf Borkum. Er genoss das Leben an Bord, las, schaute aufs Meer und war eigentlich rundum zufrieden. Jede Nachrichtensendung bestätigte ihm, dass er die Polizei genauso vor sich hertrieb wie alle seine Gegner und zwar, ohne dass dabei jemals sein Name genannt wurde. Bald schon würde Johann Baptist Reichhart, der Henker, jeden Weg, der zu ihm führen könnte, zerstört haben. Außerdem ging er davon aus, dass nun jeder Angst bekam, sich mit ihm anzulegen. Für ihn hatten immer legendäre Berufskiller gearbeitet. Der Geier. Piri. Und nun der Henker. Der war der beste.

Klempmann wusste, dass er es immer mit verstörten Typen zu tun hatte. Sadistischen, empathielosen Menschen. Sie hatten aus ihrer Mordlust einen Beruf gemacht. Piri war vielleicht anders, die wollte den Männern zeigen, dass sie es auch draufhatte.

Am Ende, wenn der Henker alle Gefahren für mich beseitigt hat, werde ich Annika oder Christine bitten, ihn auszuknipsen, dachte er. Dann erst herrscht Ruhe.

»Was glaubst du, meine Gute, will dieser kleine Idiot?«

»Einen Kontakt zu dir.«

»Ja. Er nutzt dich aus. So ist er. Wir suchen ihn, ist das richtig? Und er sucht uns. So ist das Leben!« Er breitete die Arme freundlich aus. »Lasset die Kinder zu mir kommen, spricht der Herr, denn ihrer ist das Himmelreich.«

So, wie er es sagte, war nicht klar, ob er es in Ordnung fand oder ob es die Ankündigung war, Siggi ins Himmelreich zu schicken –, obwohl sie sich eher vorstellen konnte, dass Siggi nach seinem Tod in die Hölle einfahren würde.

Siggi war im Grunde privat ein netter Kerl, konnte Witze machen, lachte gern und war ein guter Zuhörer. Eine Art menschlicher Sorgenmülleimer. Aber beruflich betrieb er ein zweifelhaftes Geschäft. Er verkaufte harte Drogen an Kids und rechtfertigte sich damit, dass der Staat beim Alkohol ja heftig abkassieren würde und deshalb dürfe er das auch. Ja, es sei sogar wichtig, denn er reklamierte ein Recht auf Rausch. Das gehöre zum Erwachsenwerden und zur Freiheit mit dazu.

Wenn er so sprach, hatte man das Gefühl, es mit einem Freiheitskämpfer und nicht mit einem miesen kleinen Drogendealer zu tun zu haben.

Johann Baptist Reichhart blieb die ganze Nacht. Desiree schlief nackt neben ihm. Sie schien zu träumen. Sie wuselte viel im Bett herum. Er lag ganz ruhig, genoss es, sie zu riechen und ihren Atem zu hören.

Er machte sich keine Illusionen. Sie würde spätestens in ein paar Stunden erfahren, dass ihr Stammkunde tot im Fehntjer Tief lag.

Sollte er ihr die Wahrheit sagen? Würde er sich ihr damit ausliefern?

Er hatte es aus Liebe getan, das gestand er sich ein, und er hoffte, dass sie nicht ausflippen, sondern sich geehrt fühlen würde.

Er fragte sich, ob er ihr damit nicht eine Trumpfkarte gab, die sie jederzeit gegen ihn einsetzen konnte. Beim geringsten Hinweis darauf, dass es zwischen ihnen eine Missstimmung gab und nicht mehr alles rund lief, musste er sie töten. Er durfte kein Risiko eingehen.

Er sah sie an. Ihre schwitzige Haut hatte große Poren und einige Muttermale. Dazu wunderbare Speckröllchen. Er betrachtete sie als erotische Hochburgen.

Sie wollte nicht mit in sein Hotel. Sie hatte dazu den Satz gesagt, der aus ihrem Mund ein bisschen lächerlich klang: »So eine bin ich nicht.«

Sie meinte damit, eine, die zu Freiern ins Hotel ging. Die galten als sehr gefährdet. Man ließ sich ja heutzutage alles ins Haus kommen. Pizza, neue Schuhe oder Bücher. Bei sexuellen Dienstleistungen in Hotels oder Privatwohnungen waren die Frauen viel schutzloser als in einem festen Haus.

Sie fürchtete da nichts für sich, doch im Hotel lief man Gefahr, irgendwelche Bekannte zu treffen. Niemand, der in ein Bordell ging, redete hinterher darüber, wen er dort gesehen hatte. Im Hotel war das ganz anders, da konnte jeder von sich sagen: »Ich war dort als Gast«, oder: »Ich habe dort nur gegessen. Aber die Desiree war da, die besucht dort Männer auf Zimmern.«

Nein, dem wollte sie sich nicht aussetzen. Sie kannte Kolleginnen, die noch lange, nachdem sie ihren Beruf an den Nagel gehängt hatten, genau darunter litten.

Sie wollte ihn aber auch nicht mit zu sich nach Hause nehmen. Das verstieß gegen ihre Prinzipien, Berufliches und Privates nicht zu vermischen. Genau das geschah aber gerade zwischen ihnen. Die Frage: »Gehen wir zu mir oder gehen wir zu dir?«, wurde zwischen ihnen zu etwas sehr Grundsätzlichem.

So waren sie hier in ihrem Apartment geblieben, wo bei den anderen Sexarbeiterinnen die Männer weiterhin ein und aus gingen. Einige Freier blieben keine zehn Minuten. Die Wand in der kleinen Küche war sehr dünn. Wenn er sich in die Eckbank quetschte, um dort am Tisch eine von den Waffeln zu essen, die Desiree mit ihrem Waffeleisen so gerne backte, dann hörte er genau, was nebenan vor sich ging.

Einmal, er sah ihr zu, wie sie Eier mit einem Schneebesen verquirlte, war das Gequietsche und Gestöhne nebenan so laut, dass beide einen Lachkrampf bekamen. Desiree rief kichernd: »Ja, Edith, gib's ihm!«

Nebenan wurde es sofort still.

»Ich dachte, da arbeitet Cheyenne«, sagte er gespielt naiv.

Das Geheimrezept ihrer Waffeln war, wie bei allen guten Rezepten, einfach. Sie erklärte es ihm, als hätte er bei ihr einen Back- und Kochkurs gebucht. Sie verwendete keine Margarine, sondern ostfriesische Butter. Sie goss edlen Rum in den Teig, gab Zimt und ein paar gemahlene Kaffeebohnen hinzu und ein paar zerkleinerte Kluntjes. Sie legte braunen Kandis in ein Spültuch und schlug mehrfach mit dem Hammer darauf. Das Pulver verteilte sie im Teig. So wurde alles fluffig und knackig zugleich. Das Ganze gab es mit Sahne und tiefgefrorenen Himbeeren auf der heißen Waffel.

Bei ihr fühlte er sich manchmal wie ein kleiner Junge, für den die Mama an seinem Geburtstag Waffeln backte, weil keiner der geladenen Gäste gekommen war. Es war eine so schöne Erinnerung, diese herzchenförmigen Waffeln in der Puffküche!

Seine Augen wurden feucht, wenn er daran dachte.

Gab es eine Möglichkeit, für Desiree der Handelsvertreter zu bleiben? Nach seinem vierten oder fünften Besuch hatte sie ihn nach seinem Beruf gefragt. Genauer gesagt, sie hatte geraten. Vielleicht wegen seiner Maßanzüge oder seiner teuren Uhr hatte sie auf Banker oder Vermögensberater getippt. Er hatte lachend den Kopf geschüttelt.

Auch ihr zweiter Versuch ging voll daneben. »Reeder?«

»Kalt. Ganz, ganz kalt«, antwortete er.

Es gefiel ihm zu sehen, wie sie ihn einschätzte. Die Wahrheit würde sie eh nie erraten.

Sie machte noch einen Vorstoß: »Du siehst nicht gerade nach verarmtem Adel aus. Eher nach zu Geld gekommenem Prolet. Ich hoffe, du nimmst mir das nicht übel …«

»Warum sollte ich? Ich mag Menschen, die sagen, was sie denken.«

»Aber du symbolisierst für mich die typische Aufstiegsgeschichte. Du hast Geld und kannst damit umgehen. Du weißt Qualität zu schätzen und lässt dir keinen Tand andrehen. Du bewegst dich aber nicht, als hättest du immer schon gute Anzüge und handgemachte Schuhe getragen. Du bist auch schwere Arbeit gewöhnt. Du kannst zupacken. Du bemühst dich um gute Umgangsformen wie jemand, der sie erst sehr spät gelernt hat. Du versuchst, charmant zu sein und gebildet rüberzukommen, aber da ist etwas, das sagt mir, dass du von ganz unten kommst oder wenigstens schwere Abstürze kennst ... Ich sehe es in deinen Augen. Da ist so eine Traurigkeit, und du schaust auf die Welt, als würde es dich wundern, dass die anderen dich überhaupt akzeptieren. Du fühlst dich wie ein Fremder. Du könntest Künstler sein. Aber ...« Sie betrachtete ihn genau, und er fühlte sich durchschaut. »Tief in dir drin bist du vielleicht auch einer. Ein Maler möglicherweise. Du liebst Rubensmodelle wie mich.« Sie zeigte auf ihn und spitzte die Lippen: »Du vermarktest Künstler, stimmt's? Weil du deinem eigenen Talent misstraust. Du bist Galerist. Vermutlich in München, Berlin oder Frankfurt. Du kommst immer wieder nach Emden, weil du mit dem Nannen-Museum zusammenarbeitest.«

Er fand ihr Einkreisen seiner Persönlichkeit hochspannend. Und zur Kunsthalle Emden hatte er in der Tat ein intensives Verhältnis.

Um das Spiel zu beenden, sagte er: »Ich bin Handelsvertreter.«

Sie guckte ein bisschen enttäuscht, nickte dann aber, als würde das durchaus zu ihm passen. Gleichzeitig klang es wohl so langweilig, dass sie nicht einmal fragte, mit welchen Waren oder für welche Firma er reiste. Es musste irgendetwas Hochwertiges sein, deshalb sein seriöses Auftreten, das Wohlstand suggerieren sollte.

Sie drehte sich neben ihm, und die Matratze des breiten französischen Bettes bildete durch das Gewicht ihres Körpers eine Kuhle, in die er hineinrutschte. Ihre Haut berührte ihn. Sie legte einen Arm über ihn, als wollte sie ihn festhalten.

Eigentlich musste er zur Toilette, aber er hielt den Druck der Blase aus. Er wollte es noch ein bisschen genießen, so aneinandergekuschelt mit ihr zu liegen. Ihr Atem traf sein Gesicht.

Ihr Wecker erschreckte sie noch mehr als ihn. Sie fuhr im Bett hoch und starrte ihn aus halb geöffneten Augen an. Es tat ihm weh zu sehen, dass sie einen Moment brauchte, bis sie wusste, wer da neben ihr lag.

Sie griff zum Wecker und stellte ihn ab. »Hast du hier geschlafen?«, fragte sie.

Er grinste. »Nein, ich habe im Büro meine Steuererklärung gemacht.«

Es gelang ihm immer wieder, sie zum Lachen zu bringen. Selbst jetzt.

Sie stand auf und reckte sich ungeniert. »Du musst jetzt leider gehen. Ich brauche dringend eine Dusche, und ich sollte mich noch etwas aufhübschen. Um halb zehn kommt der erste Kunde.«

»Morgens um diese Zeit?«

»Dann ist hier Hochbetrieb«, belehrte sie ihn. »Es geht meistens schon um neun los. Auf dem Weg ins Büro schieben sie eine schnelle Nummer. In der Mittagspause statt Kotelett und Pommes eine kurze Handmassage. Sie suchen halt Entspannung während der Bürozeit. So fällt es zu Hause am wenigsten auf.«

Er machte keine Anstalten zu gehen.

»Komm«, ermutigte sie ihn, »du kannst nicht ewig bleiben. Ich bin nicht deine treusorgende Ehefrau …«

Die Wahrheit, so spürte er nicht zum ersten Mal im Leben, kann verdammt weh tun. Er hörte sich sagen: »Ich habe deinen Felix umgebracht, weil ich an seiner Stelle bei dir sein wollte.«

Sie hielt das für einen seiner üblichen Scherze, guckte ihn aber an, als könne sie darüber nicht lachen. »Red nicht so einen Stuss!«

Er bekräftigte: »Ich habe ihn mit einer Garotte erwürgt. Er liegt im Fehntjer Tief.«

»Klar«, lachte sie, »und meine nächsten Kunden verarbeitest du zu Hackfleisch, und wir verkaufen die Frikadellen beim Hafenfest.«

Sie überlegte einen Moment, während sie die passende Garderobe für ihren Arbeitstag aussuchte. Sie hielt verschiedene Kleidungsstücke hoch und wollte eigentlich seine Meinung dazu wissen. Doch er hatte wenig Lust, dabei mitzuwirken, wie sie sich möglichst verführerisch für einen anderen Mann anziehen wollte.

Sie reagierte auf sein mangelndes Interesse, indem sie noch einmal auf die Frikadellen einging: »Beim Hafenfest laufen die Frikadellen bestimmt gut. Beim Matjesfest bin ich mir da nicht so sicher. Es sei denn, als Kontrastprogramm.«

»Ich habe es wirklich getan«, sagte er trocken.

Sie ließ das rot-schwarze Mieder sinken, das sie in der Hand hielt. Ihr wurde ganz anders. Meinte er das ernst oder schaffte er es nur gerade, sie so richtig reinzulegen?

Sie spürte ein Unwohlsein im Magen und ein Kribbeln im Rücken. Deutliche Zeichen, dass sie eine Gefahr wahrnahm. Sie wusste nicht, wie das geschah. Es hatte nur wenig mit Verstand oder Logik zu tun. Es war wie eine Warnung von einer höheren Macht, als würde sie aus dem Universum von einer Kraft berührt. Als Kind nannte sie es: *Mein Schutzengel hat zu mir gesprochen,* obwohl es nie Worte waren.

Plötzlich war es ihr unangenehm, nackt vor ihm zu stehen. Sie schnappte sich ihr Handy und verschwand im Bad. Sie setzte sich auf den Toilettendeckel und guckte in der Emder Zeitung online nach. Es dauerte nur eine Sekunde, und sie wusste, dass sich ihr Abo gelohnt hatte: *Raubmord im Fehntjer Tief – Angler entdeckt Leiche.*

Sie spürte durchaus den Impuls in sich, die Toilettentür abzuschließen. Für Notfälle – sollte mal ein Freier durchdrehen – war die Tür von innen mit zwei Ketten zu sichern. Das war in jedem Apartment so. Das Badezimmer galt als Schutzraum.

Im Schrank an der Wand, über dem Waschbecken, mit einem Zahlenschloss gesichert, gab es ein Verteidigungsspray. Neben der Toilette, unauffällig angebracht, wie in manchen Seniorenheimen, ein Alarmknopf. Nur dass hier niemand davon ausging, jemandem sei auf der Toilette schlecht geworden. Kein Rettungssanitäter kam, sondern ein mit Muskeln bepackter junger Mann, bereit, jedem die Knochen zu brechen, falls nötig, oder zumindest einen randalierenden Freier freundlich vor die Tür zu begleiten. Man rief hier nicht gern die Polizei, sondern regelte solche Details gern selbst.

Sie drückte den Knopf nicht. Sie benutzte das Pfefferspray nicht. Sie legte die zwei Ketten nicht vor die Tür. Sie wickelte sich stattdessen in ein großes Saunatuch, warf noch kurz einen Kontrollblick in den Spiegel und ging zu Johann Baptist zurück. Sie zeigte ihm die Nachricht auf dem Handy und frotzelte: »Das hast du heute Morgen gelesen, als ich friedlich neben dir geschlafen habe. Dann hast du dir diese Geschichte ausgedacht, um mich zu erschrecken.«

Sie lachte ihn an, froh, ihn durchschaut zu haben. Sie brauchte dringend eine Mentholzigarette. Sie fand eine und zündete sie mit zitternden Fingern an. Es war, als würde der Rauch sie von innen auskühlen. Sie sog ihn tief ein und blies ihn dann gegen die Decke.

Er saß auf der Bettkante und stieg in seine Hose. Er kam ihr gerade vor wie ein alter, gebrechlicher Mann. Nicht gefährlich, sondern fast hilfsbedürftig. Vermutlich war er zehn, wenn nicht fünfzehn Jahre älter, als er tat. Es war schwer, sein Alter zu schätzen. Er gehörte zu diesen zeitlosen Menschen.

Er stand auf und zog die Hose hoch: »Nein. Ich war es wirklich.«

Er fragte sich, warum er sich so offenbarte und nicht einfach ihre Erklärung übernahm. Die war doch ganz prima.

»Aber – warum?«, fragte sie entgeistert. »Ein Raubüberfall? Du?«

Er lächelte milde, weil die Polizei und die Presse auf seine simple Täuschung hereingefallen waren. »Ich habe«, sagte er ernst und blickte ihr in die Augen, »es aus Liebe getan.«

»Aus Liebe? Zu mir?«, kreischte sie und fuchtelte mit der Zigarette herum, als sei sie eine Waffe.

Er deutete an, sie solle nicht so laut sein.

»Aber«, fuhr sie leiser fort, »aus Liebe verschickt man Blumen. Bücher. Und, wenn man genug Geld hat, Urlaubsreisen. Man tötet doch nicht aus Liebe!«

»Ich schon.«

Sie musste sich setzen.

Er erklärte es wie ein Mathematiklehrer eine Formel: »Liebe ist das häufigste Mordmotiv. Liebe und Eifersucht. Dann kommen Rache, Geldgier und in letzter Zeit sogenannte Ehrenmorde.«

Sie sah ihn fragend an. Er verstand das als Versuch herauszufinden, woher er seine Erkenntnis nahm. »Online-Fachzeitschrift *Der Kriminalist* vom Bund deutscher Kriminalbeamter. Lese ich immer! Da erfährt man, was so los ist in der Gesellschaft und mit den Menschen. Das ist wie ein Seismograph. Schau dir an, welche Verbrechen es gibt, und du weißt, in welchem Land du wohnst.«

Sie wirkte, als hätte sie starke Schmerzmittel oder Psychopharmaka genommen.

»Was ist mit dir?«, fragte er. »Freust du dich denn gar nicht?«

Er hielt ihr ein Glas Wasser hin. Sie trank gierig und verschluckte sich. »Ich habe schon viel erlebt«, sagte sie nachdenklich, mehr zu sich selbst als zu ihm. »Für mich haben sich schon Männer geschlagen. Mehr als einmal. Zwei wollten sich scheiden lassen. Einer ist als Geschäftsmann erfolgreich geworden, nur um mir zu gefallen. Einer wollte eine Bank ausrauben, um mit mir durchzubrennen.« Sie winkte ab. »Das war nur ein Maulheld – aber ein Mord?«

Sie legte die Zigarette in den Aschenbecher, nahm sie aber gleich wieder heraus. Es war wichtig für sie, etwas zwischen den Fingern zu haben.

»Ich will«, gestand er ihr und sich, »mit dir zusammen sein.«

»Und du hältst es nicht aus, dass ich Freier und Stammkunden habe …«, folgerte sie.

»Damit ist jetzt ein für alle Mal Schluss.« So, wie er es sagte, lag darin ein Verzeihen für alles, was vorher geschehen war. Aber auch ein Anspruch auf einen ultimativen Neuanfang.

Da waren zwei widersprüchliche Gefühle in ihr: die Erkenntnis, dass sie in großer Gefahr schwebte, weil da jemand völlig irre war und Liebe mit Besitzstreben verwechselte, und gleichzeitig dieses Wow-Gefühl. Da war sie einem Mann wirklich so viel wert, dass er alles für sie tat. Alles!

Viele hatten schon behauptet: Ich tue alles für dich, Baby.

Aber dann wurde eine Spülmaschine aus- oder einzuräumen zur Heldentat.

In Frank Wellers Vorstellung wurde Fabian Link erschossen, als er versuchte, von der anderen Straßenseite zum Twingo zu laufen. So etwas passierte Weller manchmal. Er hatte das schon als Kind gehabt. Kurz vor einer realen Situation erlebte er sie als Katastrophe. Alles, was schiefgehen konnte, lief in ihm wie ein Film ab und ging schief. Bei einer Familienfeier fiel plötzlich seine beschwipste Tante Hedi um, riss die Tischdecke mit sich und alle gerade voll eingeschenkten Eierlikörgläser.

Nein, das war nicht lustig, denn er war schuld. Er wusste nicht, warum, aber so war es in seiner Vorstellung. Er würde dafür fertiggemacht werden. Es passierten schlimme Sachen, und alle waren sich einig, dass er es verbockt hatte.

Wie oft war in seinen Träumen seine Schule in Flammen aufgegangen?

Er träumte von so etwas nur selten nachts. Meist am hellen Tag. Er fuhr eine seiner Töchter besuchen und sah, wie sie die Treppe runterfiel und eine Fehlgeburt hatte …

Zum Glück bewahrheiteten sich diese Vorstellungen nicht. Es waren keine Vorahnungen, sondern seine schlimmsten Ängste, wie eine Situation kippen könnte.

Es war nie geschehen, seine Tochter war damals nie schwanger gewesen, aber die Angst blieb. Sie begleitete ihn, lauernd, wie ein bissiges Tier, das auf einen guten Moment für den Angriff wartete.

Wenn Fabian Link erschossen wird, während ich ihn alleine

in einem schrottreifen Twingo abhole, kann ich das später niemandem außerhalb unserer Gruppe erklären, dachte er.

Er sah die Befragungssituation schon. Ähnlich einer Prüfung in der Schule saßen sie ihm gegenüber: gesichtslose Gestalten, die über ihn und seine Leistungen zu urteilen hatten. Er konnte die Fragen und Sätze schon hören. Die Richter waren ohne jedes Verständnis für ihn. Sie hätten natürlich alles anders – besser – gemacht als er, wären sie in seiner Lage gewesen. Waren sie aber nicht.

Eine kafkaeske Situation.

Warum war er nicht mit einem Mobilen Einsatzkommando gekommen?

Warum nicht mit einem vernünftigen Dienstwagen?

Warum allein?

Er hätte sich nicht von Link sagen lassen dürfen, wo er ihn abholen sollte. Er hätte den Einsatzort bestimmen müssen. Das gesamte Setting. So etwas überließ die Polizei weder einem Opfer noch einem gesuchten Straftäter. Er hatte mal wieder durch sein stümperhaftes Verhalten die gesamte Polizei blamiert.

Aber seine schlimmsten Befürchtungen gingen auch heute nicht in Erfüllung. Im Muschelweg, hinter einem alten VW Käfer mit vielen Aufklebern, die ihn wohl zusammenhielten, sprang Fabian Link hervor und riss die Beifahrertür des Twingo auf. Er duckte sich ganz tief nach unten und kletterte wie ein Hund in den Wagen. Die Arme und den Oberkörper auf dem Beifahrersitz, hockte er im Fußraum.

»Sie sind«, behauptete Weller, »in Sicherheit.« Er sagte das mehr, um sich zu beruhigen, als zu Fabian Link.

»Ich brauche«, behauptete der, »eine Waffe.«

Weller verzog den Mund. »Man darf in Deutschland nicht

mit einer geladenen Knarre spazieren gehen. Wir sind doch hier nicht im Wilden Westen«, konterte er. Verängstigten Menschen, die sich zu Recht oder Unrecht verfolgt fühlten, händigte er jedenfalls keine Waffe aus. Zu schnell fiel ein Unbeteiligter um.

»Wenn ich keine Knarre bekomme, sage ich euch nichts.«

»Solche Deals machen wir nicht. Wir haben gerade echt schon genug Probleme«, verteidigte Weller sich.

Link brüllte Weller von unten an: »Die wollen mich umlegen! Kapierst du das nicht?«

»Wenn das so ist, dann versuche ich hier gerade, dir den Arsch zu retten. Vielleicht schnauzt du besser einen anderen an!«

Die Hektik der Situation brachte die beiden plötzlich dazu, sich zu duzen.

In Wellers Darm passierte etwas. Da war ein Gluckern und Knurren, als hätte er einen lebendigen Aal verschluckt, der jetzt aus seinem Körper wieder herauswollte. Er kniff die Arschbacken zusammen. Er kannte das. Eine psychische Reaktion auf emotionalen Stress. Er bekam entweder Durchfall oder Verstopfung.

Weller fuhr in Norden hinter der Inspektion auf den Parkplatz. Er stieg als Erster aus und sah sich um. Die Kollegin Marion Wolters hatte bei ten Cate Kuchen geholt. Sie balancierte ein Tablett über den Marktplatz. Die Vorfreude war ihr anzusehen. Lange Besprechungen und endlose Verhöre überstand man besser mit Baumkuchen, Tee und kleinen Schokotörtchen.

»Die Luft ist rein«, sagte Weller. Er hoffte, sich nicht in die Hose zu machen. Der Drang, zur Toilette zu rennen, wurde übermächtig. Aber das würde jetzt aussehen, als wäre er ängstlich weggelaufen und hätte die Person, die er schützen sollte, im Stich gelassen.

Vorsichtig gebückt, fast kriechend, stieg Link aus. Er suchte sofort Schutz hinter Frank Weller. In seinem Rücken befand sich jetzt das Polizeigebäude und vor ihm, in Richtung VHS und Markt, diente Weller als Kugelfang.

Dem passte das Ganze überhaupt nicht. Er fragte sich, während er sich mit Fabian Link zum Haupteingang vortastete, warum er nicht den Hintereingang gewählt hatte. Vom Auto aus wäre es viel näher dorthin gewesen.

Auch so eine Frage würde ihm die Untersuchungskommission später stellen, sollte es hier gleich zu einer Schießerei kommen und jemand dabei getötet werden.

Auf dem Marktplatz war das Treiben unübersichtlich. Zwei Teenies in Miniröcken mit mehlweißen Beinen standen bei dem öffentlichen Bücherschrank und lasen sich versaute Stellen aus Henry Millers Romanen vor. Irgendjemand hatte seine gesamte Miller-Sammlung dort platziert. Seitdem wurde der Bücherschrank von Jugendlichen heftig benutzt.

Von den beiden Mädchen ging keine Gefahr aus, sagte Weller sich.

Auf den Bänken saßen Rentner, die Arme auf ihre vollen Einkaufstaschen gestützt. Ein Verkaufswagen für Bürsten, Besen und andere Haushaltswaren bot ein gutes Versteck für einen Schützen. Drei Taxen standen auf der anderen Straßenseite. Weller konnte die Fahrer nicht erkennen. Die Sonne stand ungünstig.

Er rechnete jeden Moment mit einem Schuss.

Er trug keine kugelsichere Weste. Eine Windel wäre jetzt auch sinnvoller gewesen, dachte er. Er fand es gut, dass noch solch ironische Gedanken durch seinen Kopf jagten. Aber seine Notdurft konnte er kaum noch bei sich halten. Er hoffte, dass, wie so oft, seine Horrorvorstellungen sich auch heute nicht realisieren würden.

Als sich die Tür der Polizeiinspektion hinter ihm und Fabian Link schloss, wurde Weller gleich wieder zum Optimisten. Er ließ Link einfach stehen und stürmte zur Toilette. Sie war zum Glück nicht besetzt.

Rupert umschwirrte Marion Wolters, weil er etwas von dem Kuchen bekommen wollte. Als sie auspackte, war er ein bisschen enttäuscht: »Wie – kein Marzipan? Wir sind hier in Ostfriesland!«

Marion spottete: »Du bist doch gar kein richtiger Ostfriese, du bist doch in Dortmund geboren worden!«

Er wurde gern damit aufgezogen, dass seine Mutter hochschwanger von Ostfriesland zum Geburtstag seiner Großmutter gefahren war. Dort kam Rupert dann schneller zur Welt als erwartet. Ein paar Wochen zu früh. In seinem Pass stand als Geburtsort Dortmund.

Er konterte: »Na und? James Bond wurde in Wattenscheid geboren. Das ist gar nicht weit von Dortmund.«

»Ja, James, schon klar.«

Fabian Link bäumte sich auf: »Hallo!!! Vielleicht kümmert sich hier mal einer um mich?! Ich bin euer ehemaliger Kollege, Fabian Link. Ihr sucht mich als Verdächtigen. Im Tierpark wurde auf mich geschossen! Ich bin eure einzige Chance, den Typen zu kriegen.«

Rupert ging auf ihn zu und sah ihn sich ganz genau an. »Guck mal, Mariönchen, so sieht unsere letzte Chance aus!«

»Einzige! Denn ich habe den Täter gesehen!«

Rupert fuchtelte mit den Händen herum, als würde er irgendeinen Zauber vorbereiten. »Und, wie sieht der aus?«

»Kurzgeschorenes Kopfhaar, so wie Sie. Er ist mittelgroß.«

»Na, das ist doch mal was Konkretes. Wie alt?«

»Keine Ahnung. Vierzig, vielleicht fünfzig. Kann aber auch schon sechzig sein.«

»Hahaha, hörst du, Mariönchen? Wir suchen einen mittelgroßen Mann zwischen vierzig und sechzig. Männlich, kurz oder mit Glatze. Das ist schon eine ganze Menge. Ja, ja, schätzen wir das nicht gering! Alle langhaarigen Skater mit Zahnspange fallen jetzt ja wohl raus.«

Fabian Link nickte und nahm das als Bestätigung.

Weller kam von der Toilette. Er sah erleichtert aus.

Rupert zeigte auf Fabian Link, sprach aber mit Marion, die hinter Ruperts Rücken Ostfriesentorte probierte. Weller bekam im Spiegel ihren verzückten Gesichtsausdruck mit.

Rupert wandte sich an Weller: »Sollen wir auf unsere Verhörspezialistin, Frau Klaasen, warten oder knöpfen wir zwei Hübschen uns den Jungen jetzt vor und kochen ihn weich?«

»Ich will eine Waffe und Sicherheitsgarantien.«

Marion leckte sich die Finger ab und sagte mit Sahne an der Oberlippe: »Eine Waffe und Sicherheitsgarantien? Ja, das haben wir beides gerade nicht im Angebot. Aber ich könnte Ihnen ein Stück Torte offerieren. Eierlikör oder Ostfriesentorte. Es gibt leider keine Marzipantulpen mehr, und wenn es sie gäbe, hätte Rupert sich die bestimmt reserviert. Ich persönlich mag ja diese kleinen Schokotörtchen besonders gern …«

Frauke und Sommerfeldt genossen die Überfahrt mit dem Katamaran Nordlicht II von Emden nach Borkum. Sie mieden den Salonbereich, und auch die bequemen Sitze unter Deck in der *Captains Class* reizten sie wenig. Die zwei waren sich diskussionslos einig und strebten sofort zum Sonnendeck. Sie wollten Nordseeluft pur atmen und aufs Meer schauen.

Die Fahrt dauerte knapp sechzig Minuten. Sommerfeldt bedauerte ein wenig, dass dieses neue Motion-Damp-System die Wellenbewegungen ausglich und so den Gästen eine stabile Lage auf dem Wasser suggerierte.

Er spürte lieber jeden Wellenschlag und mochte es, durchgeschüttelt zu werden. Frauke gefiel, wie den meisten Touristen, die sanfte Art des Gleitens besser. Niemand übergab sich. Kein Mensch wurde seekrank. Niemand fiel beim Kaffeeholen mit vollem Tablett die Treppe runter.

Sommerfeldt hatte bei früheren Überfahrten auch das genossen, wie eine für ihn inszenierte Showeinlage. Mit geschlossenen Augen, das Gesicht zur Sonne, atmete er tief in den Bauch hinein und hielt mit Frauke Händchen. Sie beobachtete die Menschen in ihrer Nähe.

Wie kann ein Mann, der auf allen Kontinenten gesucht wird, so entspannt sein, fragte sie sich. Jeder buddhistische Zen-Meister hätte ihn vermutlich um diese Gelassenheit beneidet. Hinter ihm, dachte sie, ist ja nicht nur die Polizei her, sondern auch einige Gangster würden ihn lieber tot als lebendig sehen. Von Drogenbaronen bis zu Menschenhändlern hat er mörderische Gegner. Es gibt eine breite Front, die ihn hasst. Und er liegt hier und genießt die Sonne im Gesicht. Was wir auf Borkum vorhaben, ist hochriskant. Doch ihm haucht Lebensgefahr offensichtlich erst richtig Leben ein. Bist du ein Gefahrenjunkie? Süchtig nach Adrenalin, wie andere nach ihren Rauschstoffen?

Sie sagte das alles nicht. Sie dachte nur darüber nach. Manchmal erschienen seine Pläne und Taten ihr geradezu selbstmörderisch, als würde er es darauf anlegen, umgebracht zu werden. Spielte Todessehnsucht für ihn eine so wichtige Rolle?

Sie hatte gehofft, mit den Hochzeitsvorbereitungen und dem Plan, ein schönes, gemeinsames Leben zu führen, diesen mysteriösen Bann gebrochen zu haben. Sie fragte ihn: »Wenn dich jetzt eine Kugel treffen würde …« Weiter formulierte sie nicht.

Ohne die Augen zu öffnen, sagte er: »Dann wäre ich vermutlich tot. Gestorben in einem sehr glücklichen Moment. Die Hand meiner Geliebten haltend, auf der Nordsee, bei bestem Wetter.«

»Für dich wäre das okay, hm?«

Er nickte, ohne sie anzusehen. »Jo.«

»Für mich aber nicht, verdammt! Für mich ist es echt Scheiße. Ich liebe dich nämlich, du Kindskopf!«

Jetzt sah er sie an. Er blinzelte und hielt eine Hand als Sonnenschutz hoch.

Sie bekräftigte: »Ich will nicht dein Grab pflegen. Ich will mit dir leben!«

Er griff in ihre Haare. Es sollte eine zärtliche Berührung werden, doch sie wich ihm aus. Sie war sauer, und das wollte sie ihm auch zeigen. Das ließ sich nicht so einfach wegstreicheln oder -knutschen.

Hinter ihm forderte ein Achtjähriger mit einer Kappe, auf der in Regenbogenfarben *Nordseedetektive* stand, vehement ein Eis von seinen Eltern. Er hieß Tim. Das wussten inzwischen viele Leute an Bord, denn die Eltern riefen ständig seinen Namen.

Urlaub ohne Eis sei für ihn wie Weihnachten ohne Christkind, schimpfte Tim.

»Siehst du«, feixte der Vater, »und das Christkind gibt es nämlich auch nicht!«

Sommerfeldt setzte sich anders hin. Weniger bequem. Er versuchte, näher an Frauke heranzurücken. Wohlwollende körperliche Nähe konnte ja manchmal eine Situation klären. Aber nicht jetzt. Frauke rückte von ihm ab und forderte fast trotzig: »Ich will dich lebendig!«

»Ich dich auch, Kirschblüte. Hast du etwa daran gedacht, als du dir diesen Boris geholt hast?«

Sie presste ihre Lippen fest aufeinander. Er hatte sie erwischt.

»Neulich«, sagte er, »hatten wir eine Patientin, Doris von der Heide oder so ähnlich. Erinnerst du dich? Sie wollte ein paar Fehler korrigieren lassen, die bei stümperhaften Schönheits-OPs entstanden waren.«

Frauke wusste nicht, worauf er hinauswollte. Startete er hier gerade ein plumpes Ablenkungsmanöver?

Tim entdeckte Seehunde und wollte sie mit Papas alter Leica fotografieren, aber der hatte Angst, sie könne dabei über Bord gehen.

Mama versuchte zu schlichten: »Nimm doch das Handy.«

»Damit komme ich aber nicht so weit. Ich brauche eine Vergrößerung.«

»Das heißt Teleobjektiv«, korrigierte der Vater seinen Sohn.

Der konterte: »Keiner mag Klugscheißer.«

Die Mutter versuchte, die zwei Streithähne auseinanderzubringen, indem sie ihrem Jungen ein Eis anbot.

»Ach, kriegt er jetzt doch seinen Willen?«, ärgerte ihr Mann sich.

Der Nordseedetektiv Tim streckte seinem Vater die Zunge raus. Der guckte ein bisschen neidisch zu dem kinderlosen

Ehepaar Frauke und Sommerfeldt. Sommerfeldt zeigte ihm nur seinen Rücken, Frauke jedoch auch ihre schönen braunen Beine.

»Doris hatte heftige Kopfschmerzen und Rückenprobleme. Es lag an ihren viel zu schweren Brüsten. Eine von unverantwortlichen Schönheitschirurgen angerichtete Katastrophe …«, erklärte Sommerfeldt und gab jetzt ganz den Klinikleiter.

»Ja, ich weiß«, unterbrach Frauke ihn. »Frau Dr. Birk hat sie verkleinert.«

»Aber das war nicht ihr größtes Problem, weißt du. Bei der Untersuchung wurde ein Aneurysma im Gehirn festgestellt. Sie hätte jederzeit einfach so tot umfallen können …«

»Was willst du mir damit sagen?«

»Na ja, vielleicht hast du ja auch so ein Blutgerinnsel im Gehirn. Oder ich.«

»Ja, danke. Das tut mir jetzt echt gut.«

»Ich meine, Kirschblütchen, guck mal, das Leben endet immer mit dem Tod. Hier kommt keiner lebend raus. Leben heißt Risiko. Wenn man das einmal für sich akzeptiert hat, dann wird alles ganz einfach und leicht … Die Menschen machen nur so einen Tanz, weil sie glauben, ewig leben zu können, aber das wird sowieso nichts. Es ist eine Lüge.«

»Komm mir bloß nicht so!«, schnaubte sie und ließ Sommerfeldt auf dem Sonnendeck allein. Sie stellte sich hinter Tim und seiner Mutter an. Sie brauchte jetzt auch ein Eis, um sich abzukühlen. Die Mutter ahnte wohl, dass Frauke den Streit mitbekommen hatte, und sagte, um Einverständnis heischend: »Männer!«

Frauke nickte und hoffte, dass man von ihrer Auseinandersetzung mit Bernhard nicht zu viel mitbekommen hatte. Niemand sollte Rückschlüsse darauf ziehen können, wer sich an Bord des Katamarans befand.

Eigentlich mochte Frauke es, wenn er sie liebevoll *Kirschblüte* nannte. Er hatte ihr diesen Namen gegeben, weil er Kirschblüten so sehr mochte und sie eine Veränderung ankündigten, von der Kirschblüte zur reifen Frucht. Und diese Frucht hatte einen harten inneren Kern, ummantelt von süßem Fruchtfleisch.

Ja, sie konnte sich damit identifizieren, doch heute machte er sie sauer damit. Sie fühlte sich schlecht bei dem Gedanken. War sie ungerecht? Oder verhielt er sich selbstherrlich und rücksichtslos? Etwas war in Schieflage geraten.

Der Katamaran legte an. Die Touristen, die die Insel verlassen mussten, warteten schon braun gebrannt mit ihrem Gepäck in einer langen Schlange. Die bunte Inselbahn lockte die Neuankömmlinge. Einige Väter bekamen fast feuchte Augen in Erinnerung an ihre Kinderzeit, als sie mit der Eisenbahn gespielt hatten. Sie versuchten, ihre Söhne davon zu überzeugen, wie toll dieser Anblick war. Einige Kinder stiegen auch darauf ein.

Frauke und Sommerfeldt wollten nicht ins Innere des Waggons. Es gab keinen Übergang von einem Abteil in ein anderes. Sie blieben im gelben Wagen auf der Außenplattform stehen. Hier pfiff der Wind besonders heftig, und sie waren allein.

Sommerfeldt versuchte, sie zu umarmen. Sie wirkte immer noch kühl. Abweisend. Verletzt.

»Aber meine kleine Kirschblüte«, sagte er sanft, »glaub mir, ich will auch leben. Mit dir. Mich treibt keine Todessehnsucht an. Ich will nur meinen Beitrag leisten, die Welt zu verbessern, und gehe dabei vielleicht manchmal ein hohes Risiko ein. Das machst du aber auch.«

Sie sah ihn an. Sie spürte, wie wichtig sie ihm war und wie ähnlich sie sich waren. Seelenverwandte.

Er zeigte wahllos in die Welt. »Da draußen tobt ein Krieg. Die Bösen gegen die Guten. Die Bösen halten sich an keine Regeln und an keine Gesetze. Sie nutzen jede noch so kleine Gelegenheit aus, um sich einen Vorteil zu verschaffen. Für die Welt gibt es keine Platzreife, wie beim Golf. Wer sich nicht an die Etikette hält, kommt erst gar nicht auf die Anlage. Hier darf sich jeder herumtummeln.«

»Du zeigst auf die Rinder«, grinste sie.

Er klappte seinen Zeigefinger wieder ein wie ein Stilett. »Das sind friedliche Tiere, verglichen mit dem schrecklichsten Raubtier der Welt: dem Menschen«, brummte er.

Tim kam zu ihnen raus. Seine Mutter war der Meinung, das sei zu gefährlich für ihr Kind. Frauke beruhigte sie. »Wir passen schon auf ihn auf.«

»Aber nicht herumklettern!«, rief der Vater.

Sommerfeldt spürte, wie sehr Frauke sich ein Kind wünschte und ein ganz normales Leben. Er konnte sich allerdings nicht vorstellen, wie das möglich sein sollte. Zumindest nicht mit ihm als Partner. Er versprach: »Ich habe uns einen Tisch in einem ganz tollen Borkumer Restaurant organisiert.«

Tim mischte sich ein und tat ganz welterfahren: »In der Heimlichen Liebe? Da gehen wir auch immer einmal an einem Abend hin. Man kann von da aus die Schiffe sehen.«

»Nein«, antwortete Sommerfeldt, »nicht in der Heimlichen Liebe, sondern im Restaurant Südhauk.« Das sagte weder dem Jungen etwas noch Frauke. Er erklärte merkwürdig besserwisserisch, wie Frauke fand: »Das hat innen noch so den Charme der Siebziger. Aber ich habe bei dem schönen Wetter draußen noch einen Tisch bekommen. Bei Südhauk muss man normalerweise lange vorher reservieren. Einfach mal so hingehen läuft da nicht. Das ist ein Geheimtipp. Da gehen die Insulaner hin.« Er küsste seine Fingerspitzen: »Die können mit Fisch und Fleisch richtig umgehen.«

»Ein Versöhnungsessen?«, fragte Frauke.

»Wieso? Haben wir uns gestritten?«

»Ich habe Angst um dich«, gab sie zu. »Du bist so sorglos.«

»Ja«, lachte er, und da Tim von seinen Eltern in den Waggon zurückgewunken wurde, konnte Sommerfeldt jetzt ganz offen sein: »Wovor soll ich mich denn fürchten? Ich bin wegen sechsfachen Mordes verurteilt worden. Ich war ganz unten. Verraten und verkauft. Saß im Gefängnis, ohne Aussicht auf Haftverkürzung.« Er reckte die Arme und sein Gesicht gegen den Fahrtwind, als hätte er vor, gleich zum Vogel zu werden und wegzufliegen. »Und jetzt? Ich bin frei! Ich bin reich. Und ich bin glücklich mit der tollsten Frau der Welt!«

Er schaffte es immer wieder, sie rumzukriegen. Sie küssten sich. Tim sah durchs Fenster zu und verzog den Mund. »Iiiihhh …«

Siggi und Tarek nahmen lieber die Fähre zur Hochseeinsel Borkum. Die Fahrt mit dem Hochgeschwindigkeitskatamaran erschien ihnen zu wackelig. Tarek war mal bei einer Katamaranfahrt von Lanzarote nach Fuerteventura schlecht geworden. Er hatte damals eine Frau bei sich, Bea oder Thea, das wusste er nicht mehr so genau, jedenfalls war aus ihrer geplanten wilden Nacht nichts geworden, denn er erbrach gefühlt mehr, als er gegessen hatte, und brauchte, auf Fuerteventura angekommen, eher eine Krankenschwester als eine heiße Affäre. Seitdem mied er schaukelnde Schiffe.

Von der Überfahrt nach Helgoland hatte er Schauergeschichten gehört. Am liebsten fuhr er Auto oder Motorrad. Wenn schon Schiff, dann wenigstens ein großes, bei ruhiger See.

Tarek und Siggi kamen nach fast zweieinhalb Stunden auf Borkum an. Tarek aß während der ganzen Fahrt nichts. Er trank nur einen Jägermeister für den Magen.

Siggi hatte vier Bockwürstchen, zwei Brötchen und zwei Bier besorgt. Er aß und trank alles alleine. Gerade die richtige Portion für ihn. Er holte sich sogar noch einmal Senf nach. Senf reichte bei ihm selten. Er mochte es scharf. Und dieser Senf hier schmeckte leider fast wie Marmelade.

Tarek überstand die Fahrt. Blass und auf wackligen Beinen verließ er die Fähre. Da gefiel ihm die Inselbahn schon viel besser. Er erholte sich aber rasch. Das Jucken unter seinem Gips war unerträglich. Am liebsten hätte er sich ein Eis am Stiel gekauft und unter den Gips geschoben.

Die Bahn hielt direkt vor dem Inselhotel Vier Jahreszeiten, wo auch schon Annika Schneider wartete. Sie war in den Jahren, in denen Siggi sie nicht gesehen hatte, noch schöner geworden, fand er, und auch Tarek arbeitete schon an einem coolen Anmachspruch.

Die beiden wollten ins Vier Jahreszeiten, doch Annika winkte ab: »Nee, Jungs, das ist ein zu öffentlicher Ort. Ich habe ein Treffen mit Klempmann für euch ausgemacht. Auf seiner Yacht. Außerhalb der Dreimeilenzone. Ich bringe euch mit dem Motorboot hin.«

»Och nö«, stöhnte Tarek, auf seine Gehhilfen gestützt, »bloß nicht schon wieder auf ein Schiff!«

Sie sah ihn wissend an. »Seekrank?«

Er tat, als sei der Gedanke abwegig. Sie kannte Männer, die Mühe hatten, Schwächen vor Frauen zuzugeben und lieber ertranken, als einer Schönheit zu gestehen, dass sie nicht schwimmen konnten. Diese Typen waren für Frauen leicht zu manipulieren. Sie mussten immer alles besser können. Sie schluckten jeden Konkurrenzköder.

»Ich hatte sowieso nur Siggi angekündigt. Ich wusste nicht, dass ihr zu zweit kommt.«

Die beiden schluckten die Lüge.

»Jetzt sind wir aber beide da«, stellte Siggi klar, der froh war, Tarek dabeizuhaben. Der konnte mit seinem Colt umgehen und war als Kickboxer in der Straßenszene eine Legende. Er war keiner, der kniff, wenn es mal brenzlig wurde. Der steckte ein paar Schrammen leicht weg. Nur das Meer war eben so gar nicht sein Ding.

Siggi stupste Tarek an und raunte ihm zu: »Es ist eine Ehre, von ihm auf seine Yacht eingeladen zu werden.«

Tarek verzog angewidert den Mund, nickte aber gleichzeitig.

Annika versprach: »Er schätzt eure Arbeit sehr. Er lädt zum Essen ein. Ich hoffe, ihr steht auf Austern, Kaviar und andere Fischeier. Bestimmt gibt es Seeigel, Krabben und Berge von Muscheln. Frische Meeresfrüchte sind seine große Leidenschaft. Und dazu rohe Eier im Glas.«

Tarek sah aus, als müsse er sich gleich übergeben. Siggi beeilte sich, ihm vorzulügen: »Aber da gibt's bestimmt auch Pommes und ein ordentliches Steak.«

»Das glaube ich eher nicht«, konterte Annika spitz. Ihre langen blonden Haare flatterten im Wind wie eine Fahne.

»Du kannst ja hierbleiben, Tarek«, schlug Siggi vor. »Ich regle das alleine. Kein Problem für mich.«

Damit war der aber überhaupt nicht einverstanden. Er hatte sofort das Gefühl, übervorteilt zu werden.

Es machte Annika Spaß, Tarek herumeiern zu sehen. Er benahm sich aus ihrer Sicht wie ein kleiner Junge.

Ein älterer Herr namens Bairay, der in seiner Jugend zweifellos mal ein hervorragender Radfahrer gewesen war, hatte sich einen Elbsegler aufgesetzt und ein E-Bike geliehen. Er unterschätzte aber die Antriebskraft und jagte auf die drei zu. »Vorsicht!«, schrie er.

Tarek ließ eine Gehhilfe fallen und griff instinktiv zum Colt. Siggi stoppte ihn und stellte sich vor ihn, um die Hand mit der Waffe gegen Touristenblicke abzudecken.

Der Rentner strauchelte. Er versuchte es mit dem Rücktritt, doch das E-Bike hatte keinen Rücktritt. Herr Bairay sprang ab, aber das Rad fuhr weiter. Annika fing ihn auf, sonst wäre er der Länge nach auf die Straße gefallen.

»Steck die Knarre weg, du Idiot! Hier sind Urlauber«, zischte Siggi und hob für Tarek die Gehhilfe auf.

»Wir müssen vorsichtig sein«, belehrte Tarek ihn. »Das hätte ebenso gut ein Ablenkungsmanöver sein können, um uns auf offener Straße zu erledigen.«

Die Schirmmütze des Radfahrers lag auf dem Boden. Annika bückte sich danach. Sie war es gewohnt, älteren Herrschaften zu helfen.

Auf der gegenüberliegenden Seite begrüßte sich eine Familie mit einem lauten Konzert ihrer Fahrradklingeln. Von Glockengeläut bis Hupen war alles dabei.

Hasserfüllt guckte Tarek zu ihnen hinüber.

»Das ist Spaß, Alter! Reine Lebensfreude«, erklärte Siggi.

Tarek war sich da nicht so sicher. Ein Rentner, der fast in sie reinfuhr. Eine zu laute Familie. Das alles konnte nur dazu dienen, ihre Aufmerksamkeit auf sich zu ziehen, damit sie nicht bemerkten, was wirklich lief.

Er guckte zu den Dächern und Fenstern hoch. Wartete da irgendwo ein Scharfschütze? Hier war der geniale Platz, um jemanden zu erwischen, der neu auf die Insel kam. Die Kleinbahn hielt am Georg-Schütte-Platz. Dort stiegen fast alle aus. Er hätte sich als Scharfschütze auf dem Dach der Touristen-Information postieren und von dort ein erhöhtes freies Schussfeld auf alle gehabt. Von dort aus hätte der Schütze in die Innenstadt fliehen und zwischen den Eis schleckenden Urlaubern untertauchen können. Aber genauso gut konnte hinter jedem Hotelfenster jemand mit einem Präzisionsgewehr hocken.

»Lass uns abhauen«, bat Tarek. »Ich komme mir hier vor wie eine Zielscheibe.«

Aber Herr Bairay, den Annika vor einem schlimmen Sturz gerettet hatte, bestand darauf, zur Entschuldigung einen auszugeben.

»Boah, äi, ich hätte ihn doch einfach abknallen sollen …«, stöhnte Tarek.

Annika blieb freundlich und redete laut mit dem schwerhörigen Rentner. »Natürlich nehmen wir Ihre Einladung gerne an. Wäre aber nicht nötig gewesen.«

»Nehmen wir nicht«, knurrte Tarek, »und ist tatsächlich total unnötig.«

»Ach komm«, forderte Siggi, »sei kein Frosch!«

Tarek brachte seinen Mund nah an Siggis Ohr: »Und wenn der uns jetzt in eine Falle lockt? Leute in Cafés oder Restaurants in aller Öffentlichkeit auszuknipsen war das nicht eine Masche der Gonzáles-Familie?«

»Nein. Die haben ihre Gegner geköpft.«

»Na, da bin ich jetzt aber beruhigt.«

Annika ging mit Herrn Bairay voran. Er trug den Elbsegler jetzt falsch herum auf dem Kopf und schob sein Rad. Auch das konnte in Tareks Augen ein Signal sein. Mütze auf dem Kopf mit Schirm nach hinten: *Achtung, sie gehen genau hinter mir.* Oder: *Ich bringe sie zum vereinbarten Exekutionsort.*

Tarek sah sich hektisch um.

Siggi ermahnte ihn: »Mensch, du benimmst dich wie jemand in Todesangst, panisch auf der Flucht.«

»Wir sind auf der Flucht«, zischte Tarek und fügte mit aufeinandergepressten Zähnen hinzu: »Und ich habe Todesangst!«

»Ja, aber muss das denn auch jeder sehen?«

Ein eiliger Tourist rannte mit blauem Schüppchen und blauem Eimerchen auf Flipflops hinter seiner vierjährigen Tochter her. Sie war mit dem Dreirad bedeutend schneller als er. Er rempelte Siggi versehentlich an. Das tat an seiner schmerzenden Schulter besonders weh.

Tarek guckte, als handle es sich um eine tödliche Attacke.

Siggi schaute hinter Annika und Herrn Bairay her. Annikas Art sich zu bewegen hatte etwas Schwebendes, als würden ihre Füße den Boden gar nicht wirklich berühren.

Was für eine Frau, dachte Siggi. Er ahnte, dass Tarek und er in einer weniger stressigen Situation miteinander um Annika konkurrieren würden. Er rechnete sich aber viel größere Chancen aus. So ein nervöses Flatterhemd wie Tarek es im Moment abgab, war für die meisten Frauen uninteressant, hoffte Siggi. Frauen, so dachte er, mochten mehr die ruhigen, coolen Typen, die ab und zu mal einen Witz losließen. Typen wie ihn. Die, die sich durch nichts erschüttern ließen, außer eben durch die von ihnen angesprochene Frau.

Annika und ihr Begleiter überquerten die Straße und bogen in die Franz-Habich-Straße ein. Die Kleine Borkumer Eiskonditorei lockte sie.

Tarek hätte am liebsten seine Gehhilfen weggeworfen. Er bewegte sich im Moment so steif, und das wirkte auf Frauen unerotisch, wie er fürchtete. Er bekam dadurch so etwas von einem alten Mann.

Herr Bairay stellte das Fahrrad ab und reihte sich gut gelaunt in die Schlange vor dem Verkaufstresen ein. Tarek gefiel das überhaupt nicht. Er blieb mit Siggi ein paar Schritte zurück. »Das ist 'ne Falle. Lass uns abhauen!«

»Mensch, hier gibt es das beste Eis der Insel«, behauptete Siggi.

»Woher willst du das denn wissen? Hast du hier schon mal Eis gegessen?«

»Nein, aber wäre hier sonst so eine Schlange?«

»Es ist Hauptsaison! Da sind überall Schlangen. Die Insel ist voll, und wir stehen hier total ungeschützt, wie zwei Schießbudenfiguren!«

Gegenüber der Sparkasse saßen Jugendliche und aßen Eis. Aber von einem Mann, der der Schlange den Rücken zudrehte und sich mehr für Aktienkurse oder Immobilien zu interessieren schien als für das leichte Urlaubsleben auf der Insel, fühlte Tarek sich beobachtet. »Der sieht uns in der Glasscheibe. Wo sind seine Hände? Ich will seine Hände sehen, verdammt!«, japste er.

Annika nahm Frozen Joghurt. Siggi guckte sich den Mann an. Er fand ihn harmlos. »Eine Hand hat er in der Hosentasche und mit der anderen sucht er etwas in seiner Jacke.«

»Der entsichert seinen Ballermann, du Amateur! Der wirbelt gleich rum und feuert auf uns!«

Tarek griff zu seinem Colt. Siggi stoppte ihn erneut: »Willst du hier in der Innenstadt eine Schießerei anfangen?«

»Willst du hier in der Innenstadt sterben?«, konterte Tarek.

»Hey, ihr zwei Träumer, ihr seid dran! Herr Bairay gibt einen aus«, rief Annika fröhlich. Die Leute hinter ihr in der Schlange wurden schon ungeduldig.

»Für mich Schoko, Erdbeer und Zitrone«, bestellte Siggi bei Annika, die die Angaben weiterleitete und nun nachhakte: »Ja, wie denn, mit Sahne oder ohne?«

»Ich knall den ab, bevor der zieht! Der wartet hier ganz in Ruhe, bis wir beide ein Eis in der Hand halten und dann …«

Siggi antwortete quer über die Straße: »Mit!«, und hielt dabei Tareks rechte Hand fest.

»Und dein Kumpel?«, fragte Annika. »Nun macht mal hinne, hier warten viele Leute.«

»Der nimmt genau das Gleiche«, bestimmte Siggi einfach, um die Sache abzukürzen.

»Im Becher oder in der Waffel?«

»In der Waffel!«

Der Tourist zog keine Pistole aus dem Schulterholster, sondern einen Kugelschreiber aus der Jackentasche und dazu einen Block. Er notierte sich ein Immobilienangebot. Noch bevor Annika den beiden das Eis brachte, stolzierte er, ohne Siggi oder Tarek zu beachten, in Richtung Strandpromenade, wo er bei Rias Beach eine Verabredung hatte.

Herr Bairay zahlte und wollte eigentlich Selfies mit seinen drei neuen Freunden machen, um seiner Frau von dem Abenteuer zu erzählen. Aber die drei zierten sich und hatten es plötzlich sehr eilig.

Desiree sagte alle Kundentermine ab. Sie meldete sich krank.

Edith, die immer Geld für ihren drogensüchtigen Ehemann brauchte, übernahm die Schicht gern. Edith war rein körperlich das Gegenteil von Desiree. Schlank, ja dürr, von Zeit zu Zeit offensichtlich anorektisch. Sie leugnete ihre Magersucht allerdings.

Es gab viele Männer, die fuhren auf ihren knabenhaften Körper ab. Ediths Terminkalender war immer noch voll. Sie galt als hemmungslos. Sie schrie dabei laut. Das machte einige Freier geradezu verrückt.

Desiree konnte sich zwar kaum vorstellen, dass ihre Kunden mit dem Ersatz zufrieden wären, aber sie hatte jetzt andere Sorgen. Sie nahm Johann Baptist tatsächlich mit zu sich nach Hause.

Sie wohnte in Twixlum, in einem Haus, das ihre Großeltern gebaut hatten, als Twixlum noch zum Landkreis Norden gehörte. Sie wohnte nicht weit vom Twixlumer Tief, wo sie mit ihrem Opa noch gern Aale gefangen und später geräuchert hatte. Die Räucherkammer gab es heute noch. Opa hatte darin nicht nur Aale, sondern auch Schinken und dicke Würste geräuchert. Sie schlachteten damals noch selbst, und sie hatte als kleines Kind mehrfach beim Wurstmachen geholfen. Mit ihrer Oma war sie für die Blutwurst zuständig gewesen.

Das Haus lag geduckt hinter hohen Hecken, versteckt unter weit ausladenden Bäumen. Der Garten war verwildert. So hatte Desiree es am liebsten.

Allen Freundinnen und Freiern gegenüber sprach sie immer von »meiner Wohnung«. So, wie sie redete und tat, glaubte jeder, sie wohne irgendwo zur Miete in einem mehrstöckigen Haus. Manchmal redete sie sogar darüber, dass der Fahrstuhl kaputt sei. Diejenigen, die wussten, wie gut sie verdiente, tippten eher darauf, dass sie in einer komfortablen Eigentumswohnung lebte. Niemand ahnte, dass ihr Rückzugsort eher ländlich gelegen war. Einen Fahrstuhl hatte es hier noch nie gegeben und auch keine anderen Mietparteien.

Sie lebte in einer Idylle voller Erinnerungen. Hierher zog sie sich zurück, wenn ihr die Menschen zu viel wurden. Es gab sogar einen gemütlichen Raum mit altem Sofa und bestickten Kissen, der von ihren Großeltern *die Bibliothek* genannt worden war. Darin gut dreihundert Romane von Hedwig Courths-Mahler, Karl May, C.C. Bergius, Willi Heinrich, James Joyce, Jack London, Sommerset Maugham, Alexander Puschkin, Edgar Allan Poe – eine wilde Mischung. Desiree las manchmal in den alten Büchern, ohne sich wirklich für eins zu entscheiden. Sie begann jedes Mal an einer anderen Stelle oder nahm ein anderes Buch. Auf diese Weise konnte sie für kurze Zeit in die Gedankenwelt ihrer Großeltern eintauchen. Sie roch gern an den Büchern. Bei einigen löste sich schon der Leim. Andere waren noch richtig fadengeheftet.

Als sie mit Johann Baptist den Hof betrat, geschah etwas Lebensentscheidendes für sie. Etwas Endgültiges. Nichts würde danach mehr so sein, wie es vorher gewesen war.

Sie war aufgewühlt. Dieses verwirrende Gefühl, dass sich gerade ihr ganzes Leben änderte und sie nicht wusste, ob zum Guten oder zum Schlechten, ließ sie frieren. Die Dinge verschwammen. Bilder verwischten. Innere Maßstäbe für richtig oder falsch wurden überflutet wie der Deich bei Sturmflut im November.

Sie versuchte immer noch, ihn einzuschätzen. Er bewegte sich in ihrem Garten und in ihrem Haus so selbstverständlich, als sei alles schon immer seins gewesen, während sie sich plötzlich als Fremde fühlte. Selbst die ihr so vertrauten

Räume, in denen sie ihre Kindheit verbracht hatte, kamen ihr mit einem Mal fast unbekannt vor. Sie wusste nicht mehr, wo der Schlüssel für die Toilette war. Besaß sie überhaupt einen? Wie hatte sie denn sonst abgeschlossen? Sie wohnte allein hier. Warum sollte sie ihre Toilette abschließen?

Sie merkte erst jetzt, wie wenig sie auf Besuch vorbereitet war. Sie hatte hier seit vielen Jahren keine Gäste mehr empfangen. Das hier war ihre Höhle. Ihr Zufluchtsort. Rückzug vor den Ansprüchen der Welt. Hier durfte sie einfach so sein, wie sie eben gerade war. Sonst saß sie im Schaufenster. Leute kamen und gingen, sie teilte mit ihnen ihr Intimstes. Aber hier in Twixlum wollte sie ganz sie selber sein. Dieses Autonomiegefühl zerbrach nicht einfach. Es war mit einem Mal verschwunden, als sei es nie da gewesen. Mehr Wunschtraum als Erinnerung.

Sie hatte sich bisher für eine fest im Leben stehende Person gehalten, mit klaren Vorstellungen und Prinzipien. Im Moment war davon aber nicht mehr viel übrig.

Wie konnte das so schnell gehen, fragte sie sich. Ein Mann bringt meinetwegen einen anderen um und wird allein deshalb zum Mittelpunkt meines Denkens und Handelns?

Ist das jetzt Liebe, oder habe ich einfach nur Angst, dass er mich tötet, wenn ich nicht mache, was er sich wünscht? Ich errate sogar, was ihn erfreuen könnte, und tue das dann. Das hatte ich mir Männern gegenüber bereits vor vielen Jahren abgewöhnt. Selbst Kunden müssen sagen, was sie wollen, sonst bekommen sie es nicht von mir.

Ein Ticket erster Klasse nach Hamburg zum Dubliners-Konzert – ja, das geht. Aber: *Bringen Sie mich irgendwohin, wo gute Musik gespielt wird* –, dann kann man auch bei einem Orgelkonzert in Norden in der Ludgeri-Kirche landen. Ist auch schön, aber etwas ganz anderes. Das war mal ihre Devise gewesen. Klar sagen, was los ist, und das auch von den anderen einfordern.

Und was geschieht gerade mit mir? Hat dieser Typ mir Drogen in den Kaffee getan?

Er stand jetzt vor ihrem Kühlschrank und sah sich die Weißweinflaschen an. »Zwei offen?!«, sagte er. Es klang wie eine Feststellung, aber doch irgendwie auch wie ein Vorwurf.

»Wenn es so warm ist, dann trinke ich abends nach der Arbeit noch gern auf der Terrasse ein Glas kühlen Weißwein. Erst einen trockenen und später, wenn ich drinnen bin, einen mehr fruchtig süßen. Also, jetzt nicht wirklich süß. Sagen wir, halbtrocken. Im Winter dann lieber Rotwein. Immer nur zwei Glas, um den Tag abzuschließen. Ich trinke nie bei der Arbeit und auch nie mit Kunden.«

Rechtfertige ich mich hier gerade für meinen Weinvorrat im Kühlschrank, fragte sie sich.

Eine Erkenntnis traf sie wie ein Blitz: All die Erlebnisse mit Freiern hatten zu so etwas wie einer Enteignung ihres Körpers geführt. Es war nicht mehr wirklich ihr Körper. So wie eine Kneipe eben kein Wohnzimmer ist. In eine Kneipe kann erst mal jeder reinkommen. Ins Wohnzimmer dagegen kommen nur geladene Gäste oder Familienmitglieder.

Ihr Körper war ihr fremd geworden. Jede Speckrolle fühlte sich wie ein Schutzpanzer an. Am schlimmsten war es, wenn sie mit einem Kunden Spaß gehabt hatte. Ja, das geschah auch. Statt es zu genießen, verachtete sie sich dafür, wollte es ungeschehen machen. Als dürfe man bei der Arbeit keinen Spaß haben. Und wenn es nur schrecklich gewesen war, anstrengend und der Typ sie dafür verantwortlich machte, weil es bei ihm nicht klappte, dann fühlte sie sich ebenfalls schlecht. Sie entwickelte dann die Vorstellung, dass ihr Körper gar nicht wirklich zu ihr gehörte, sondern so etwas war wie ein Kleidungsstück, das diese Seele anzog, um auf der Welt für alle sichtbar zu sein. Ganz so, als hätten all die Blicke und Berührungen der Freier sie selbst verschwinden lassen.

Dieses Haus war ihr noch geblieben, doch das verlor sie jetzt auch gerade. Ihr Körper war vom privaten zum öffentlichen Raum geworden. Manche hatten sie wie eine Toilette benutzt. Andere wie einen Luxusgegenstand behandelt. Jetzt wurde gerade ihr letzter privater Raum entweiht. Enteignet.

Sie kam sich in ihrem eigenen Haus so fremd vor wie in ihrem Körper.

»Der Ort hier ist phantastisch«, schwärmte er. »Nah dran und doch weit ab vom Schuss. Als hätten schon deine Großeltern hier alles für mich vorbereitet ...« Er hielt inne und korrigierte sich: »Für uns vorbereitet, meinte ich natürlich. Eine richtige schöne, kleine Liebeslaube.« Noch einmal verbesserte er sich: »Was heißt hier kleine Liebeslaube? Es ist ein Schloss. Ein verwunschenes Liebesschloss!«

Er lief durchs Haus und fasste alles an, als müsste er die Dinge durch Berührung in Besitz nehmen. Fotos von ihr mit ihren Großeltern interessierten ihn besonders. Wo immer er eins an der Wand oder auf einem Sideboard fand, tippte er mit dem Zeigefinger auf jede einzelne Person und benannte sie: »Oma. Opa. Desiree.«

Es war wie ein Beschwörungsritual, als würde er zu den Personen, auch zu den Toten, auf diese Weise eine Beziehung aufbauen, ja, sie vereinnahmen.

»Wo sind deine Eltern?«, fragte er. »Die sehe ich hier überhaupt nicht.«

Sie wollte nicht darauf eingehen. Ein kleines Geheimnis, ein

Stück Identität, das nur ihr gehörte, sollte es weiterhin geben. Fast trotzig sagte sie: »Ich bin bei meinen Großeltern aufgewachsen … Hier war ich die meiste Zeit.«

Er bewunderte die doppelläufige Flinte ihres Großvaters. »Hat er damit gejagt?«

Johann Baptist nahm das Gewehr aus der Halterung über dem Kamin und fuhr zärtlich über die zwei Läufe, mit einem Gesichtsausdruck, der dem glich, wenn er ihre Haut streichelte.

»Wie soll es weitergehen?«, fragte sie. Er machte auf sie einen glücklichen Eindruck.

Er prüfte jetzt Kimme und Korn, als könnten die Gewehrläufe sich im Laufe der Jahre verzogen haben.

»Hast du Munition?«

»Ja. Ich glaube … Schrotpatronen. Aber die sind schon sehr alt.«

Sie öffnete eine Schublade und zeigte ihm eine Schachtel mit gut zwei Dutzend Schuss.

»Munition wird nicht schlecht. Sie war ja hier gut und trocken gelagert«, erklärte er. Sie empfand es, als würde er sich damit als Fachmann über Sachen aufspielen, die ihr gehörten. Gleichzeitig vermutete sie, dass er recht hatte.

»Was hast du für Pläne?«, fragte sie. Sie befürchtete, darin eine große Rolle zu spielen, und gleichzeitig wäre sie enttäuscht gewesen, wenn dem nicht so gewesen wäre. So ähnlich hatte sie sich in der Pubertät gefühlt, wenn sie es kaum ertrug, von Männern angeglotzt zu werden, gleichzeitig aber alles dafür tat, von ihnen zur Kenntnis genommen zu werden.

»Hast du«, fragte er, »Flugangst?«

Sie glaubte, er wolle ihr einen Trip ins Ausland vorschlagen, bis in Ostfriesland Gras über den Mord am Fehntjer Tief gewachsen war.

»Nein«, antwortete sie und griff sich in die Hüfte. »Ich passe allerdings nicht in jeden Pauschaltouristensitz. Ich brauche schon etwas mehr Platz im Flieger. Manchmal sind mir die Sitze einfach zu …«

Er winkte verständnisvoll grinsend ab. Er war ohnehin ein Feind der Herden, suchte lieber individuelle Lösungen als kollektive.

»Ich habe«, sagte er, als sei es ein wesentlicher Bestandteil seiner Zukunftsplanung, »ein Flugzeug.« Mit einem bewundernden Blick auf ihre Hüften fügte er hinzu: »Du hast zwei Sitze frei. Die ganze Rückbank. Kannst es dir bei mir richtig bequem machen.«

Sie zeigte ihm, dass sie seinen Reichtum zur Kenntnis nahm: »Du hast einen eigenen Flieger, ein Motorrad und einen SUV. Wohnst du auch in einem Schloss?«

Er lachte: »Nein, Prinzessin, ich bin ein Hotelmensch.«

»Gar keine eigene Wohnung? Kein richtiges Zuhause?«

Er zuckte mit den Schultern, als bräuchte man so etwas im Grunde nicht, und relativierte: »Na ja, zwei, drei Eigentumswohnungen.«

»Bist du auf der Flucht?«

Er lachte herzhaft. »Nein. Ich will mit dir hier Qualitätszeit verbringen. Und ab und zu verschwinde ich mal zu einem Job. Es wäre schön, wenn du mich begleitest. Ich muss …«, er überlegte kurz, wie er es formulieren sollte, dann ergänzte er, »… ein paar Kunden besuchen.« Er sah ihr ins Gesicht. »Keine Angst, du musst dich nicht bei irgendwelchen öden Geschäftsessen langweilen. Du kannst derweil im Hotel den Wellnessbereich testen. Ich komme bei Geschäften meist sehr schnell zur Sache. Es dauert bei mir nicht ewig.« Er strahlte sie an. »Mit dir«, sagte er, »könnte ich sogar sesshaft werden.«

»Ich habe auch ein Geschäft, du Nomade«, beteuerte sie tapfer. »Edith kann mich nicht ewig vertreten. Das Hungermodell ruiniert mir sonst den ganzen Laden.«

»Meine Frau«, sagte er stolz, »muss nicht arbeiten.«

Er zeigte ihr einen Beutel voller Bargeld. Es waren neue Scheine. Sie konnte nicht schätzen, wie viel es war. Aber sie sah Euros und Schweizer Franken. Zigtausend.

Sie beharrte trotzdem auf ihrer Unabhängigkeit: »Ich kann für mich selbst sorgen.«

»Ich denke, das ist vorbei. Geschichte, wie der Zweite Weltkrieg.«

Sie hatte heftiges Herzrasen und begann zu schwitzen. Sie machte einen vorsichtigen Versuch: »Wir können uns gern auch privat treffen, Johann. Das ist schon etwas ganz Besonderes mit dir. Aber weißt du – ich bin für so eine richtige Zweierbeziehung nicht gemacht. Mir wird das alles sehr schnell zu eng.«

Sie versuchte, in seinem Gesicht und seiner Körperhaltung zu lesen, wie ihre Worte bei ihm ankamen. Sein Pokerface machte ihr Sorgen. »Ich brauche meine Freiheit«, erläuterte sie. »Ich gehe in einem goldenen Käfig ein. Ich weiß, andere wünschen sich so etwas: einen Mann, der für sie sorgt, sie auf Händen trägt, aber …«

Wenn es so etwas wie eine Aura gab, dann verdunkelte sich seine gerade mächtig. Er schien wie einzufrieren. Kälte ging von ihm aus. Sie spürte es als Kribbeln auf der feuchten Haut, als könnten die Schweißtropfen jeden Moment zu Kristallen gefrieren. »… Aber ich bin meine Eigenständigkeit gewohnt. Schau dich hier um. Ich bin gern allein. Ich esse auch nicht in

Restaurants. Ich bin entweder auf der Arbeit oder eben hier. Ich führe ein Maulwurfsleben.«

Er musterte sie abfällig.

Sie erläuterte: »Ja, ich bin im Grunde menschenscheu. Ich gehöre nicht nach New York, London oder Paris. Die pulsierende Großstadt ist nichts für mich. Ich bin tief in mir drin ein Kind vom Land. Meine besten Freunde waren ein Wellensittich und ein Kaninchen. Jacki und Päule.«

Er knickte die Läufe der Doppelflinte ab. Ihr Opa hatte die Waffe *Zwilling* genannt.

Er pustete in jeden Lauf, bevor er eine Patrone hineinschob. Er sah sie triumphierend an, als sei das eine enorme Leistung von ihm gewesen und als könne ihm das so leicht niemand nachmachen. Er klickte die Waffe wieder zusammen. Das Gewehr war jetzt schussbereit.

Fabian Link fühlte sich im Verhörraum wohl, wie ein Hauptdarsteller auf der Bühne im ausverkauften Stadttheater. Er glänzte vor den Frauen und bemühte sich, sie zu beeindrucken. Immer wieder schielte er zur großen Scheibe. Er hatte, als er in den Raum geführt worden war, dort die Polizeidirektorin Elisabeth Schwarz und die Polizeipsychologin Elke Sommer gesehen. Er kannte beide Frauen nicht. Sie entsprachen aber, da sie deutlich älter waren als er, genau seinem Beuteschema. Er fand beide hoch attraktiv. Es machte ihm mehr Spaß zu reden, wenn solche Frauen ihm dabei zusahen.

Marion Wolters hatte an einem Wochenendlehrgang teilgenommen, an dem nicht nur mächtig gefeiert worden war, sondern sie hatte dort auch gelernt, wie sie mit Hilfe einer App am Computer Phantombilder erstellen konnte. Der Kater von damals war inzwischen verflogen, aber sie hatte nicht vergessen, wie die App funktionierte. Und endlich gab es jetzt die Möglichkeit für sie, ihr Wissen unter Beweis zu stellen.

Es gab hoch qualifizierte Spezialisten dafür. Einer lebte in Hannover und nahm gerade als Vater seine Elternzeit. Eine Kollegin in Meppen oder Lingen, das wusste Marion nicht mehr so genau, galt als sehr gut, wurde aber zurzeit von einer hoch-ansteckenden Gürtelrose geplagt. Das war die Chance für Marion, sich zu profilieren.

Marion saß mit dem Laptop neben Fabian Link. Weller hockte ihnen gegenüber.

Rieke Gersema wollte gerne zusehen. Sie fand als Pressesprecherin, das sei doch mal eine schöne Geschichte für die Zeitung. Falls das hier zu einem Fahndungserfolg führen sollte, wollte sie die Geschichte der Presse anbieten. Sie stand mit dem Rücken an die Wand gelehnt da und konnte über Marions Schultern auf den Bildschirm schauen.

Marion Wolters und Fabian Link waren vollständig auf den Bildschirm konzentriert. Ihre Köpfe waren so nah beieinander, dass Marions Haare in Fabians Gesicht kitzelten.

»Also«, fragte Marion und bot zahlreiche gesichtslose Frisuren an, »Geheimratsecken sind klar, aber Seitenscheitel links oder rechts?«

»Links, glaube ich. Aber insgesamt die Haare noch ein bisschen kürzer.«

»Die Koteletten länger?«

»Ja, die gingen in den Bart über.«

Sie klickte auf der Tastatur herum. »So?«

Weller glaubte nicht wirklich daran, dass dabei etwas herauskommen würde, aber es musste halt gemacht werden, damit man hinterher nicht sagen konnte, sie hätten nicht alles versucht.

Früher hatte man für Phantombilder richtige Künstler gebraucht. Zeichner. Illustratoren. Es war eine sehr langatmige Sache mit viel Bleistift- und Radiergummieinsatz gewesen. Heute waren Radiergummis überflüssig geworden. Ein Mausklick reicht aus.

Vielleicht aus reinem Trotz lagen auf Wellers Schreibtisch immer noch ein Bleistift, ein Anspitzer und ein zweifarbiger Radiergummi.

Er hatte die Arbeit von Polizeizeichnern früher bewundert, denn als Kind hatte er seine eigenen Comics gemalt. Er schaffte es nicht, den Figuren die Gesichter seiner Lehrer zu geben, doch seine Lehrer machten es ihm mit ihren Namen leicht. Da waren eine Frau Scholle, ein Herr Wolf und ein Herr Spitzkopf. Für einen Comic hatte er nachsitzen müssen. Angeblich hatte er das Lehrerkollegium beleidigt. Er nahm es wie einen Literaturpreis. Er war noch keine zehn Jahre alt und bereits ein verbotener Autor. Konnte man mehr erreichen?

Sein Kunstlehrer fand seine Zeichnungen damals sehr gut und ermutigte ihn, trotz Verbot weiterzumachen. Das wiederum rief Wellers Vater auf den Plan, der Angst hatte, der langhaarige Kunstlehrer würde seinem Sohn Flausen vom Künstlerleben in den Kopf setzen.

Der kleine Frank begriff damals, wie kompliziert die Welt war. Die einen sagten so und die anderen so. Inzwischen war er erwachsen und hatte den Wunsch aufgegeben, Comics zu zeichnen. Er wollte aber nicht in einer Welt leben, die von Computerprogrammen, Apps und Logarithmen beherrscht wurde. Manchmal sprach er von einer digitalen Diktatur.

Einen richtigen Diktator konnte man wenigstens noch per Attentat erledigen, aber das Internet ließ sich schlecht abschalten.

Er malte, während Link erzählte. Es war gedankenlos, kein ernsthafter Versuch, Links Beschreibungen aufzuzeichnen. Mehr eine spielerische Beschäftigung, um sich nicht zu langweilen.

Auf den Bildschirm sah er nicht. Er zeichnete ein Gesicht, das dem vermutlich dienstältesten Disney-Bösewicht glich: dem großen, bösen Ede Wolf, der die drei kleinen Schweinchen jagte.

Marion Wolters rückte nervös auf ihrem Stuhl herum. Sie drehte sich um und fragte sich, ob von außen ein Blick auf den Bildschirm möglich war. Auch Rieke Gersema war irritiert, sagte aber noch nichts.

Weller malte Ede Wolf aus.

Marions Sorgen waren berechtigt. Die Tür flog auf, und Elisabeth Schwarz stand mit statisch aufgeladenen Haaren im Raum. Seit sie dieses neue Kostüm trug, passierte das immer öfter. Sie konnte es nicht verhindern. Wenn sie sich aufregte und dabei dieses Kostüm anhatte, standen plötzlich ihre Haare sprichwörtlich zu Berge.

Sie zog die Jacke aus. Es war eh zu warm. Aber nun sah man die Schweißflecken unter ihren Achseln. Doch was spielte das jetzt noch für eine Rolle?

Sie stellte sich hinter Marion Wolters und legte beide Hände auf deren Rückenlehne, was Marion nervös machte. Frau Schwarz sah mit ihr auf den Bildschirm. Fabian Link störte das überhaupt nicht.

Mit einer Stimme, als müsse sie sich sehr beherrschen, nicht zu husten oder zu schreien, sagte die Polizeidirektorin:

»Kann es sein, Herr Link, dass die Lippen nicht so schmal waren, sondern voller? Fast weiblich?«

»Hm«, hustete Link, und Marion veränderte am Bildschirm die Lippen. »So?«

Fabian Link zeigte auf eins von den zur Auswahl stehenden Lippenpaaren: »Nein, mehr so.«

Marion klickte es an.

»Und das Kinn? War das so fließend wie hier oder mehr …«, Frau Schwarz zeigte auf ein Kinn, »so?«

»Das konnte ich nicht so genau sehen, weil der doch einen Bart …«

Frau Schwarz wollte gar nicht mehr wissen. Sie strebte ein bestimmtes Ziel an.

Marion und Rieke hatten schon begriffen, worauf alles hinauslief. Fabian Link war viel zu sehr darauf konzentriert, im Mittelpunkt zu stehen, um zu merken, was gerade passierte.

»Und die Haare, waren die nicht vielleicht viel voller?«, insistierte die Polizeidirektorin.

Marion war empört. Rieke sah eine Menge Ärger auf sich als Pressesprecherin zukommen. Was sich hier gerade abzeichnete, lief auf einen Albtraum hinaus. Das Bild des Verdächtigen ähnelte immer mehr Frank Weller.

Rupert kam runter und fragte: »Hey, wo seid ihr denn alle, verdammt?« Er roch die dicke Luft sofort. Es fiel ihm schwer, im Raum überhaupt zu atmen. Er wunderte sich: »Was ist denn hier los?«

Weller klärte ihn auf: »Wir machen ein Phantombild vom Täter.«

Rupert guckte auf Wellers Zeichnung und lachte laut: »Na klar! Wusste ich es doch. Der große, böse Ede Wolf! Na, jetzt aber rasch eine Fahndung raushauen, Leute, bevor der Schweinchen Schlau frisst!«

Weller grinste und ließ das Papier rasch in seiner Hosentasche verschwinden.

Jetzt ging Rupert um den Tisch und guckte auf den Bildschirm. Er sprach aus, was sie alle dachten, aber nicht zu formulieren wagten: »Der Typ sieht ja genauso aus wie du, Frank!«

Weller zuckte zusammen.

Fabian Link wurde erst jetzt klar, was geschehen war. Er sah abwechselnd auf Weller und dann auf den Bildschirm.

Frau Schwarz verschränkte die Arme vor der Brust und nickte. »Ihr Freund Rupert erkennt Sie, Herr Weller.«

Rupert begriff erst jetzt, welch monströsem Verdacht sein Kumpel Weller ausgesetzt war. Er versuchte, aus der Situation herauszukommen. Er wollte nicht dabei mitmachen, Weller zu beschuldigen. »Ich meine, der Typ hat ein viel männlicheres Gesicht als du, Frank. Ganz markante Züge, nicht so … Hamsterbacken.« Rupert blähte seine Wangen demonstrativ auf.

»Ich habe keine Hamsterbacken«, verteidigte Weller sein Aussehen.

Rupert versuchte trotzdem zu retten, was noch eben zu retten war: »Na ja, der Typ sieht aus, als könnte der bei den Chippendales strippen und Frauen zum Kreischen bringen, während unser Weller doch wohl eher so ein Backgroundsänger beim Shantychor ist, den kein Schwein beachtet.«

»Danke«, motzte Weller. »Schön, einen Freund zu haben.«

Rupert zeigte auf den Bildschirm: »Der da guckt ja auch mehr so böse und intelligent. Unser Weller eher wie … ein Dackel, der sich von Herrchen ein Leckerchen erbetteln möchte.«

Weller schlug zornig mit der flachen Hand auf den Tisch.

Fabian Link wusste nicht, was er machen sollte. Er guckte von einer Person zur anderen, als würde hier Tischtennis gespielt, und als jagten sich die Schmetterbälle. »Was läuft hier?«, fragte er überfordert.

»Ihre Waffe und Ihre Dienstmarke«, forderte Elisabeth Schwarz.

Rupert knallte seine Heckler & Koch auf den Tisch und kramte nach seiner Dienstmarke, die er eigentlich in Norden nicht brauchte, weil ihn sowieso jeder kannte, zumindest alle, die schon mal Schwierigkeiten mit der Polizei gehabt hatten.

Marion drehte den Computer so, dass Weller das Bild sehen konnte. Außer ihm war niemandem zum Lachen zumute.

Weller grinste: »Ja, das bin ich. Ganz eindeutig!« Er stand auf und zeigte auf Frau Schwarz: »Aber ich habe ein Alibi! Ich war bei Ihnen. Sie haben mich verdächtigt, da kam der Anruf …«

Die Gesichtszüge entglitten Frau Schwarz. »Ich … äh … ich …«

Rupert steckte seine Dienstwaffe wieder ein. »Dann hat sich das ja wohl erledigt.«

Marion Wolters atmete erleichtert auf.

Elke Sommer hielt es vor dem Verhörraum nicht mehr aus. Sie mischte sich ein. Sie versuchte, die Situation zu entspannen, und sagte: »Herr Link hat einfach während des Gesprächs Frank Weller die ganze Zeit gegenübergesessen und dann wohl unbewusst …«

»Nein«, trotzte Marion Wolters mutig. Sie zeigte auf ihre Chefin: »Frau Schwarz, Sie haben das Ergebnis beeinflusst. Sie haben unseren Zeugen in eine bestimmte Richtung gedrängt. Das war völlig unprofessionell. Von wegen, waren die

Lippen nicht vielleicht doch eher so und das Kinn weniger fließend …«

Frau Schwarz erkannte ihre Niederlage. »Ich … Es tut mir leid, ich …« Weil sie befürchtete, gleich entweder zu explodieren oder zu heulen, rannte sie raus. Elke Sommer folgte ihr.

Fabian Link rief: »Ich wollte Sie nicht beschuldigen, Herr Weller!« Er zeigte auf Frank. »Der Mann sah ganz anders aus. Er hatte nicht so ein …« Er suchte den richtigen Ausdruck und wollte nicht noch mal etwas Falsches sagen.

»Allerweltsgesicht wie unser Frankie-Boy?«, half Rupert ihm.

Frau Schwarz lief die Treppen hoch. Rupert sah ihr nach und feixte: »Da läuft dein Alibi, Alter. Hoffentlich stolpert sie nicht und bricht sich den Hals … Du brauchst sie ja noch!«

Auf dem Schlauchboot war es viel wackliger als auf der Fähre. Tarek behauptete Annika gegenüber, er hätte gestern wohl das Softeis besser nicht essen sollen. »Ich konnte die Salmonellen praktisch darin schwimmen sehen, aber ich hatte so eine Lust auf Eis und dachte, mein Magen wird schon damit fertig. Es war so verdammt schwül und …«

Sie amüsierte sich über seine Ausreden. Sie waren mit dem Schlauchboot kaum aus dem Yachthafen raus, da hing Tarek auch schon über der Reling aus poliertem rostfreiem Edelstahl und fütterte die Fische. Er klammerte sich aus Angst, in die Nordsee zu fallen, am Geländer fest.

Siggi grenzte sich bewusst gegen Tarek ab. Er gab sich, als hätte er nichts mit ihm zu tun, streckte die Beine weit von sich und lümmelte sich flegelhaft hinten auf die Sitzbank, um zu zeigen, wie sehr er, im Gegensatz zu Tarek, die Überfahrt genoss.

Die Yacht *Paradies* lag schon, beleuchtet wie ein Partyschiff, das Urlauber erwartet, vor ihnen, da stoppte Annika das Boot und ließ es eine Weile treiben. Zunächst empfand Tarek das als kurze Verschnaufpause für sein überfordertes Gleichgewichtssystem. Er dehnte sich, bog den Rücken durch und wischte sich den Mund mit dem Handrücken ab und bat um ein Glas Wasser.

Annika hielt ihm stattdessen eine Flasche Bier hin.

Siggi griff zu.

Tarek wurde es gleich wieder übel. Eine Welle, die ins Boot geklatscht war, hatte seinen Gips erwischt.

»So. Bevor wir an Bord gehen, brauche ich eure Waffen«, sagte Annika freundlich.

Siggi gab seinen Elektroschocker und seine Glock 17 ab. Sie bestand fast zur Hälfte aus Kunststoff und war dadurch trotz der siebzehn Schuss im Magazin leicht. Praktisch nur der Lauf und der Waffenverschluss waren aus Metall.

Annika betrachtete die Pistole mit Respekt. Sie kannte sich mit Waffen aus. Sie nickte, als Siggi überflüssigerweise damit prahlte: »Die Glock 17 hat die GSG9 benutzt, als die Grenzschutztruppe die Geiseln aus der Landshut in Mogadischu befreit hat.«

»Ich weiß«, sagte sie, »aber ich muss euch trotzdem bitten, euch auszuziehen.«

Sie legte seine Glock und seinen Elektroschocker in eine wasserdichte Kiste, aus der sie zwei Bademäntel nahm. Sie warf Siggi und Tarek die flauschigen Mäntel vor die Füße.

Tarek gab widerwillig seinen Colt ab.

Sie betastete die Kerben. So etwas machte ihrer Meinung nach nur ein Anfänger oder ein Angeber.

»Kein Messer?«, fragte sie. Nach ihrer Erfahrung trugen Profis immer mindestens eine Reservewaffe bei sich.

Tarek verzog den Mund und fingerte einen Dolch hervor.

»Ausziehen. Alle beide«, befahl Annika.

»Was?«

»Seid ihr schwerhörig? Ausziehen! Nun macht mal zackzack, Jungs. Ich bin verantwortlich dafür, dass ihr an Bord die Kleiderordnung einhaltet. Wenn ich euch zurückbringe, bekommt ihr eure modischen Accessoires zurück. Versprochen.«

Der Spott in ihrer Stimme war unüberhörbar. Vielleicht gerade deshalb zögerten beide.

Das Motorboot wankte. Gischt spritzte ins Boot.

Gelangweilt und gleichzeitig genervt forderte Annika: »Nun macht schon. Ich hab so was echt schon mal gesehen, Jungs. Ziert euch nicht wie jungfräuliche Pastorentöchter.«

Die beiden Ganoven standen immer noch da und starrten sie an.

Sie lachte: »Ja, soll ich mich umdrehen oder was?«

Die zwei begannen zögerlich, sich auszuziehen. Annika sah zu. Ein besonderer Genuss für sie war es nicht gerade, aber doch eine notwendige Sicherheitsmaßnahme.

Es waren Bademäntel für schlanke Frauen, nicht für stattliche Männer. So amüsiert, wie Annika aussah, war das nicht versehentlich passiert.

»Was habt ihr denn da für interessante Tattoos auf den Armen? Was steht da?«

Siggi las es ab. Tarek konnte es schon auswendig: »Die Starken sind auf der Welt, um die schwachen zu beschützen, nicht um sie zu unterdrücken!«

An Bord der *Paradies* stand Christine. Sie beobachtete die Szene durch das Zielfernrohr mit vierundzwanzigfacher Vergrößerung. Sie trug jetzt nicht die Pumpgun, sondern ein Scharfschützengewehr. Die als M40 bekannte Waffe wurde von den Scout Snipers der U.S. Marines benutzt, um gegnerische Aufklärer oder Anführer gezielt zu töten. Die Scout Sniper waren in die Kritik geraten, weil sie SS-ähnliche Symbole verwendet hatten. Nachdem die Presse groß darüber berichtet hatte, war das verboten worden, trotzdem sagte man einigen die Nähe zu rechtsradikalem Gedankengut nach.

Erst als die zwei ihre Bademäntel trugen, fuhr Annika sie zur Yacht. Sie forderte die beiden Dealer mit dem Satz: »*Ladies first*«, auf, die Leiter der Yacht hochzuklettern. Ihre Bademäntel flatterten dabei malerisch im Nordwestwind.

Annika blieb zunächst unten im Motorboot. Wortlos wartete Christine mit ihrem M40. Der Lauf war bedenklich auf Tareks Bauchnabel gerichtet – fand Tarek.

Sie senkte die Waffe und sagte: »Es war vereinbart, dass Sie nackt kommen.«

»Das sind nur Bademäntel«, beteuerte Siggi.

»Und das da?« Sie deutete mit dem Lauf des Gewehrs auf Tareks Gips.

»Ich hab mir das Bein gebrochen.«

»Das kann jeder behaupten. Darin haben genug Waffen Platz, um eine Menge Ärger anzufangen. Man kann darin nicht nur Drogen schmuggeln, sondern auch Sprengstoff.«

Tarek versuchte zu lächeln. »Heißt das, ich soll diesen Scheißverband abmachen?«

Christine hängte sich das Gewehr über den Rücken und zog ein Messer hervor, dessen Klinge Crocodile Dundee alle Ehre gemacht hätte.

Tarek ging einen Schritt zurück.

»Bleib stehen! Keine Fisimatenten«, verlangte Christine. »Oder soll ich dir das Ding vom Bein schießen?«

Tarek stand starr und schloss die Augen. Er presste die Lippen aufeinander. Er hoffte, den Schmerz ohne Schrei auszuhalten. Er spürte, wie die Klinge zwischen Gips und Haut fuhr. Mit einer einzigen ruckartigen Bewegung sprengte Christine den Gipsverband auf.

Er glaubte, es ganz gut hingekriegt zu haben. Ein bisschen war er froh, den Verband los zu sein. Am liebsten hätte er sich gekratzt, aber das traute er sich nicht.

Erst jetzt sah er an Bord einen Stahlkäfig stehen und wäre am liebsten wieder ins Wasser gesprungen, um zurückzuschwimmen. Er kannte solche Käfige aus Filmen über Haie. Forscher ließen sich in diesen Käfigen ins Wasser absenken, um die gefürchtetsten aller lebenden Kreaturen beobachten zu können.

»Aber«, fragte er erstaunt, »wir sind doch nicht in Südafrika. Wer braucht denn hier einen Haikäfig?«

»In München im Sea Life kann man auch mit Haien tauchen«, antwortete Christine gelassen scherzhaft.

»Ja klar. Im Aquarium. Aber hier? Vor Borkum?«

Hinter ihnen kam jetzt Annika hoch. Sie befestigte in Ruhe das Schlauchboot.

Siggi hoffte, gleich bei Klempmann die richtigen Worte zu finden. Es war leichter, im Straßenanzug harte Forderungen zu verhandeln als im flauschigen, zu kurzen Bademantel.

»Taucht der alte George nach Haien?«, wollte Siggi wissen. Er konnte sich das durchaus vorstellen. Nicht in der Nordsee, aber der alte Gangsterkönig schipperte bestimmt auf allen Weltmeeren herum. Er machte ja auch überall Geschäfte.

Siggi, der keine Ahnung von so etwas hatte, schätzte die Yacht durchaus als hochseetauglich ein.

»Für dich immer noch Herr Klempmann«, schimpfte Christine. »Nicht George und erst recht nicht Willi, ist das klar?!«

Siggi nickte eingeschüchtert.

»So. Und jetzt ab in den Käfig«, verlangte Christine und deutete mit ihrem Gewehrlauf in die Richtung.

»Das ist … das ist ein Scherz«, hoffte Siggi.

Tarek blickte sich um. Er konnte Klempmann nicht sehen. Keinen Kapitän. Keinen Steward und auch keinen Koch. Es machte alles den Eindruck, als seien sie mit den beiden Frauen allein an Bord. Vermutlich, so hoffte Siggi, hockte Klempmann in seinem Salon und sah ihnen von dort aus zu. Bestimmt amüsierte er sich köstlich. Gleich würde er mit Lachtränen in den Augen erscheinen und ihnen auf die Schultern klopfen. Er war ja für seinen schwarzen Humor bekannt.

»Ich werde nicht in diesen Käfig steigen«, behauptete Tarek und zog den weißen Bademantel enger um seinen Oberkörper.

»Die machen sich einen Witz mit uns«, lachte Siggi und rief laut: »Hahaha! Wie witzig! Wir wären fast drauf reingefallen!«

Tarek stieg auf das Spiel ein. Er reckte den Hals und brüllte zum Steuerhaus: »Ja! Ich hätte mir fast vor Angst in die Hose gemacht, aber ich hab ja gar keine mehr an, hahaha! Darauf trinken wir aber gleich mal einen zusammen!«

Christine guckte Annika mit versteinertem Gesicht an. »Was glauben die beiden eigentlich, was das hier wird?«, fragte sie.

»Eine Orgie«, antwortete Annika knapp. »Sie denken, es läuft alles auf eine Orgie hinaus.«

»Ja«, freute Siggi sich demonstrativ, »wann haben wir überhaupt die letzte richtige Orgie gefeiert? Die Zeiten sind so verdammt prüde, verklemmt und lustlos geworden.«

Er war kurz davor, seinen Bademantel aufzureißen, um sich in voller Pracht zu zeigen. Was ihn daran hinderte, war die Sorge, dass der Nordwestwind seinen runzligen Penis auf Fingernagelgröße geschrumpft haben könnte.

»Die denken echt, dass wir uns gleich die Klamotten vom Körper reißen, und dann geht's los, weil sie so sexy sind, oder was?«, spottete Christine.

»Macht uns jetzt keine Schwierigkeiten, Jungs«, sagte Annika. »Wir wollen doch nicht, dass hier noch einer verletzt wird.«

Siggi, der hoffnungslose Optimist, glaubte selbst noch im Haikäfig, dass sich alles als Scherz entpuppen könnte.

Tarek hatte es längst begriffen: »Die haben Mihailo umgelegt, Doc Holliday und Lodwijk. Die machen hier reinen Tisch.«

Siggi griff die Gitterstäbe und schlug mit dem Kopf dagegen. »Aber verdammt, wir gehören doch zur Familie! Wir haben uns jahrelang für euch den Arsch aufgerissen! Im Grunde ist das hier unsere Yacht. Wir haben die Kohle verdient! Wir haben den ganzen gepantschten Dreck auf Schulhöfen verkauft! Wir!«

»Ja, und das ist jetzt der Dank«, stöhnte Tarek.

»Was habt ihr mit uns vor?«, fragte Siggi.

Annika sah ihn an. Es fiel ihr schwer, ihm in die Augen zu gucken. Im Gegensatz zu Christine genierte sie sich für das, was sie hier taten.

Hatten sie es hier mit zwei Männer hassenden Frauen zu tun, die ihre Chance nutzten, um sich für erfahrenes Leid zu rächen, fragte Tarek sich.

Siggi forderte tapfer: »Ich will sofort den Boss sprechen. Willi Klempmann soll kommen. Sofort!«

Christine lachte laut und machte mit der Klinge des Messers Geräusche an den Gitterstäben, als würde sie den Käfig mit einem Musikinstrument verwechseln.

»Wir sind allein an Bord, ihr Helden. Hier ist niemand. Nur ihr beide und wir beide. Die Mannschaft hat frei. Und wenn George wiederkommt und gut gelaunt ist, wird er euch vielleicht anhören. Wenn's nach mir ginge, würde ich euch einfach so versenken. Das ist kein Knast, in dem man alt wird, Jungs.«

Sie drehte dem Käfig den Rücken zu und sprach in Richtung Annika: »Die nächste Flut wird dann vor Borkum zwei Leichen anspülen. Herrje – unerfahrene Touristen. Zu weit rausgeschwommen. Passiert ständig ...«

Christine spürte Annikas Schwäche genau. Sie empfand es als unprofessionell. Sie hatte seit langem ein Auge auf Annika und befürchtete, dass es mit ihr noch Schwierigkeiten geben könnte. Am Ende, dachte Christine, wird Annika doch Hausfrau und Mutter werden. Sie ist für diesen Job hier einfach nicht hart genug.

»Was habt ihr mit uns vor?«, schrie nun auch Tarek. »Was verdammt?« Er trat gegen die Gitterstäbe, was für seine Zehen gar nicht gut war. Der kleine an seinem linken Fuß brach und schwoll an.

Tarek wusste nicht, ob er vor Wut weinte oder vor Schmerzen. Aber er weinte, und das, fand Siggi, ging überhaupt nicht.

Sie hatten gut im Restaurant Südhauk gegessen und sahen sich die Urnengemeinschaftsgrabanlage auf dem Friedhof in der Süderstraße an.

Frauke mochte diesen friedlichen Ort, ganz in der Nähe des Restaurants. Sie erzählte etwas von Biodiversität auf dem Friedhof.

Sommerfeldt genoss den Geruch der blühenden Grabfelder. Bunte Blumenwiesen und Strauchbeete lockten ein summendes und surrendes Insektenheer an. Lavendel und Salbei erkannte Sommerfeldt am Duft. Gelb leuchtende Blumen, die mit der Sonne um die Wette zu strahlen schienen, hatten einen kräftigen roten Kranz in der Mitte. Sie brachten Sommerfeldt dazu sich hinzuknien, um an ihnen zu riechen.

»Wunderbare Pflanzen. Weißt du, wie sie heißen?«, fragte er.

Frauke freute sich, es ihm erklären zu können: »Manche nennen sie Mädchenaugen. Ich kenne sie auch als Sonnenkind.«

»Sonnenkind gefällt mir besser.«

»Mir auch.«

Ein Schmetterling setzte sich in Sommerfeldts Haare.

In der Mitte des Friedhofs stand ein Boot aus Lärchenholz. Darin Bänke, auf denen man dem Sonnenuntergang zusehen konnte. Als Mast ein Holzkreuz. Ein großer Anker fehlte auch nicht. Darauf bildeten Ameisen eine lange Kolonne. Sie transportierten mit vereinten Kräften eine tote Hummel.

Frauke und Sommerfeldt setzten sich im Holzschiff nebeneinander auf eine Bank.

»Welch ein zauberhafter Ort«, schwärmte Sommerfeldt, der sich an den Details nicht sattsehen konnte. Der Schmetterling fühlte sich in seinen Haaren wohl.

»Ich habe hier mal einen Wahnsinns-Regenbogen gesehen«,

sagte Frauke. »Es war ein kompletter Bogen. Er sah so stabil aus, als könne man auf ihm spazieren gehen.«

»Ich habe«, sagte Sommerfeldt, »Friedhöfe schon als Kind gemocht. Damals in Bamberg habe ich mich oft dahin zurückgezogen, wenn es mir zu Hause zu blöd wurde. Friedhöfe waren für mich immer wunderbare Gärten. Dort konnte ich mit meinen Gedanken alleine sein oder auf einer Bank im Schatten sitzen und lesen. Aber dieser Ort hat wirklich etwas ganz Besonderes.«

Sie hörten den Insekten zu.

»Hier ist so viel Leben«, freute Frauke sich.

Nach einer Weile des Riechens, Schauens und Lauschens tippte sie auf ihre Uhr. »Der Vortrag.«

Sie erhoben sich und gingen satt und erfüllt zur Kulturinsel. Auf dem Weg dorthin sahen sie Detlef Perner, den Chef vom Markant-Supermarkt, mit seiner Frau Bettina. Auch sie hatten zuvor im Südhauk gegessen. Die Paare nickten sich zu wie flüchtige Bekannte.

Beim BKA war man auf die Idee gekommen, die Suche nach dem entflohenen Häftling Dr. Bernhard Sommerfeldt zu intensivieren. Sein Name wurde in der Presse häufig in Zusammenhang mit der neuen Mordserie in Ostfriesland genannt. Die Fahndungsplakate versprachen für Hinweise auf seinen Aufenthaltsort 10 000 Euro. In Ostfriesland waren besonders viele Plakate aufgehängt worden. Das Ganze wirkte fast wie eine PR-Aktion.

Vor einem dieser Plakate vor dem Eingang zur Kulturinsel ließ sich gerade Susanne Kaminski von ihrem Mann Martin mit erhobenem Daumen fotografieren. Sie sagte: »Sommerfeldt – Bester Serienkiller ever.«

Frauke und Sommerfeldt beobachteten die Szene amüsiert,

und Frauke lästerte: »Ich würde auch gerne so ein Foto haben.«

Sommerfeldt staunte: »Mit dir und dem Plakat?«

»Ja«, lachte sie. »Ich finde, der Mann auf dem Foto sieht umwerfend gut aus. Leider ganz anders als du.«

Sommerfeldt wollte das Foto mit Frauke machen. Er suchte noch die passende Position, da fragte Susanne Kaminski: »Wollen Sie vielleicht mit drauf? Ich mache das Bild gerne für Sie.«

»O ja, bitte!«, rief Frauke.

Sommerfeldt willigte ein. Er hielt seinen Kopf links neben das Fahndungsfoto, Frauke rechts daneben. Eingerahmt von ihnen, schien der Gesuchte zu grinsen.

Kaum gingen Frauke und Sommerfeldt zur Seite, stand auch schon ein anderes Pärchen da und bat ebenfalls um ein Bild. Susanne Kaminski lachte: »Alle wissen, dass der gute Doktor wieder aktiv ist, und viele drücken ihm die Daumen.«

»Wir auch«, verriet die junge Frau, und ihr Freund nickte. »Der ist mein Vorbild. Ich habe seine Bücher gelesen«, behauptete er. »In der Liebe zart, gegen Bösewichte knallhart.«

Detlef Perner mischte sich ein: »Seine Romane – oder sollte ich besser sagen, seine Biographie – verkaufen sich bei mir im Markant-Markt immer noch wie geschnitten Brot.«

»Sie könnten ihn ja zu einer Signierstunde nach Borkum einladen«, grinste Susanne.

»Wir kommen bestimmt«, versprach die junge Frau.

»Ich fürchte nur«, sagte Detlef Perner, »die Polizei ebenfalls.«

Frauke und Sommerfeldt kauften sich Eintrittskarten und spendeten großzügig, aber nicht zu auffällig, für Silvia Schuberts Projekt. Der Saal war nur zu einem Drittel gefüllt, aber die durchsichtige Spendenbox schon gut zur Hälfte.

Sommerfeldt wies Frauke unauffällig darauf hin, dass Klempmann tatsächlich im Publikum saß. Er trug einen Sommerhut und eine große Brille, die ihm ständig von der Nase rutschte und mehr auf seinen verquollenen Augenringen hing als auf seiner Nase. Er hielt ein Glas Weißwein in der Hand und wirkte gut gelaunt. Von seinen Leibwächterinnen war nichts zu sehen.

Schräg hinter Klempmann flegelte sich ein junger Mann um die dreißig im Sitz, mit einer Phantasiekapitänsjacke und einer ebensolchen Mütze. Passte der auf, dass niemand Klempmann von hinten ein Messer in den speckigen Rücken stieß? Oder fühlte Klempmann sich auf Borkum so sicher, dass er auf Personenschutz völlig verzichtete, fragte Sommerfeldt sich.

Auf Klempmanns Handy kam eine Nachricht an. Es summte leise. Er zog es hervor und blickte verschämt darauf. Er wollte die Veranstaltung nicht stören. Doch die Nachricht ließ ein Lächeln über seine Lippen huschen.

An Bord wartet ein Geschenk auf Sie. Besuch im Haifischkäfig. Gruß, Christine.

Das Licht im Saal wurde runtergedimmt. Auf der dunklen Bühne erschien Silvia Schubert im langen, weinroten Kleid. Ein Scheinwerferkegel verfolgte sie zu ihrem Platz. Ihr Lächeln bezauberte die Menschen vom ersten Moment an. Sie wurde mit heftigem Applaus begrüßt, obwohl sie noch gar nichts gesagt hatte. Es war ein wohlwollendes Dankeschön für ihre bisherigen Taten und ein herzlicher Willkommensgruß gleichzeitig.

Mit einer Geste der Bescheidenheit nahm sie die Ovationen entgegen.

Vier Leute erhoben sich sogar von ihren Plätzen und klatschten stehend Beifall. Silvia deutete ihnen an, dass sie sich doch wieder setzen sollten. Sie breitete die Arme aus und zeigte ins Publikum, als wolle sie alle Zuhörer umarmen. Sie sprach stehend, ein Wasserglas vor sich auf dem Rednerpult, das aber nicht gefüllt war.

Sie begann: »Wir haben alle etwas gemeinsam. Wir wurden alle geboren, und wir werden alle sterben.«

Sie machte eine kurze Pause und sah in den Zuschauerraum. Sie suchte zu Einzelnen Blickkontakt.

»Warum feiern wir eine Geburt als natürlichen Teil des Lebens, tabuisieren aber unseren eigenen Tod, als könnten wir ihn so aus dem Leben verbannen? Es ist die Angst vor unserer eigenen Endlichkeit!«

Man konnte zwar die sprichwörtliche Stecknadel nicht fallen hören, wohl aber ein Weinglas. Eine Stimme, vor Peinlichkeit zum Wispern unterdrückt, war in der ersten Reihe zu hören: »Typisch. Wärst du doch besser im Hotel geblieben!«

Silvia lächelte in Richtung der Störung und fuhr fort: »Die Gesellschaft versucht, den Tod auszublenden. Das ist ein Grund, warum es so schwierig ist, Hospize zu bauen und zu finanzieren. Sterbende Menschen haben keine politische Lobby. Sie brauchen uns! Ich will hier gar nicht über den Tod reden, sondern über ein menschenwürdiges Leben bis zum letzten Moment.«

Sommerfeldt beugte sich zu Frauke und flüsterte: »Sie ist gut. Sie ist richtig gut.«

Annika half noch, den Käfig am Schwenkkran zu befestigen. Christine ließ ihn langsam über dem Wasser baumeln.

Tarek und Siggi kreischten. Siggi rief: »Ihr könnt uns doch hier nicht einfach so ertränken wie Mäuse!«

»Ihr seht aus wie ein Geschenkpaket für George«, freute Christine sich. »Das wird ein Spaß!«

Annika fuhr mit dem Schlauchboot zurück nach Borkum, um ihren Chef und seine Frau abzuholen. Hinter ihr schrien Siggi und Tarek um Hilfe.

Christine ließ den Käfig kurz in die Nordsee plumpsen, schraubte ihn dann aber gleich wieder hoch. Die nassen Gangster darin prusteten und schnaubten.

Christine ermahnte sie: »Wenn ihr Stress macht, erlebt ihr Klempmanns Ankunft gar nicht mehr. Wenn ihr um Hilfe ruft, ersäufe ich euch sofort. Ich kann nicht riskieren, dass euch jemand entdeckt. Also nervt besser nicht.«

Der Abendwind frischte auf. Tarek jammerte: »Mir ist kalt! Ich friere mir hier den Arsch ab, verdammt!«

»Ja«, bestätigte Christine, »stimmt. Die Fußbodenheizung ist leider kaputt.«

»Hol uns wieder an Bord«, schlug Siggi vor. »Hier direkt über den Wellen zu baumeln ist echt kein Vergnügen.«

»Das geht nicht«, sagte Christine. »Wenn sich uns ein Boot nähert und euch jemand sieht, was dann? Mir bleibt dann gar nichts anderes übrig, als euch einfach zu versenken.« Sie zeigte jetzt auf die zwei: »Übrigens, ihr habt klasse Tattoos. Voll schön. Hab ich euch das schon gesagt?«

»Bitte«, flehte Siggi. »Wir können uns doch einigen.«

Tarek saß auf den unteren Gitterstäben. Seine Beine baumelten herab. Die Yacht schwankte, und die Gischt der Wellen traf seine Füße.

»Ich bin reich«, log er. »Wenn du uns aus dieser Lage heraushilfst, brauchst du nie wieder zu arbeiten!«

Christine zeigte auf seine Füße: »Du hast Beine wie Pommespicker«, lachte sie. »Dünn, krumm und zerbrechlich.«

Immerhin sprach sie mit ihm. Er versuchte es noch einmal: »Ich bin echt reich! Wirklich!«

»Ach«, sagte sie, fast ein bisschen resignierend, »du glaubst, es geht um Geld?!«

Härter hätte die Abfuhr kaum sein können.

Lang anhaltender Applaus krönte Silvia Schuberts Rede. Sie hatte die seltene Gabe, über Tod, Sterben und Hospize reden zu können, ohne dass sich die Menschen danach schlechter fühlten. Das Gegenteil war der Fall. Es ging ihnen danach besser.

Einige wirkten wie befreit, als seien sie die ganze Zeit mit viel zu schweren Gepäckstücken herumgelaufen, und endlich hätte ihnen jemand gezeigt, wie sie all das Zeug bequem zu ihren Unterkünften transportieren lassen könnten. Mit Hilfe einer kleinen Spende.

Sie schlug im letzten Drittel ihrer Ausführungen einen geschickten Bogen zu dem Haus für alleinerziehende Mütter. Das Wort *minderjährig* fiel mehrfach und es gab allen so eine Hoffnung darauf, dass die Welt sich weiterdrehen würde. Der ewige Kreislauf von Geburt, Tod und Geburt hatte etwas ungeheuer Tröstliches.

Klempmann klatschte lange und laut und rief sogar zweimal »Bravo!«

Frauke beugte sich zu Sommerfeldt und fragte leise: »Willst du ihn dir hier holen?«

Er reagierte nicht, sondern klatschte ebenfalls.

»Mach keine Dummheiten«, raunte sie.

Er grinste. »Wie lautet die erste Golfregel?«

»Man muss den Ball spielen, wie er liegt. Aber bitte nicht hier. Hier sind zu viele Menschen.«

Sommerfeldt lächelte. »Ja, hier ist er unspielbar … Aber …«

Sie verstand ihn sofort. Er musste sein *Aber* nicht weiter ausführen. Entweder würden Silvia Schubert und Willi Klempmann hier in ihrer Wohnung übernachten oder zurück aufs Schiff fahren. Frauke tippte auf Letzteres.

Eine Fahrt bei sternenklarer Nacht über die ruhige Nordsee zu seiner Yacht würde er sich bestimmt gönnen.

Es war eine absurde Situation. Desiree und Johann Baptist flegelten sich nebeneinander auf dem Sofa. Die Füße hochgelegt, mit Chipstüten, gesalzenen Erdnüssen, Schokolade und Cola, sahen sie sich in der Mediathek einen Krimi an, der in London spielte. Was hier in Ostfriesland gerade in Wirklichkeit abging, übertraf die Handlung des Films sowohl an Spannung als auch an Brutalität.

Johann Baptist kommentierte jeden Mord als stümperhaft und behauptete, der Schauspieler hätte noch nie eine richtige Waffe abgefeuert. »So, wie der sie hält, sieht es vielleicht gut aus, aber sie würde ihm aus der Hand fliegen. Vermutlich mitten ins Gesicht. Eine 45er hält man mit beiden Händen und zwar so.« Er machte es vor. »Außerdem«, lachte er, »würden die tagelang taub herumlaufen. Der Knall ist ohrenbetäubend. Deshalb benutzt man einen Ohrenschutz oder zumindest Schalldämpfer … Die kleinen Idioten da unterhalten sich sogar und verhandeln ihre Probleme, während sie sich beschießen. Das ist doch alles nur Mist.«

Es amüsierte sie, wie sehr er sich beim Fernsehen aufregen

konnte. Aber die Stellen, über die er meckerte, stimmten sie bedenklich. War der Mord an Felix Einholz etwa nicht sein erster? War er überhaupt Handelsvertreter? Oder versuchte er nur, für sie den coolen Killer zu spielen? Hatte er vielleicht gar keine Ahnung von Waffen, sondern gab nur vor ihr an? War Felix einfach das Opfer eines Raubüberfalls geworden? Und Johann Baptist brüstete sich jetzt damit, um vor ihr nicht als der harmlose Spießer dazustehen, der zu Wohlstand gekommen war? Sagte er das alles nur, damit er in ihren Augen zu einem gefährlichen Mann wurde?

Sie wurde nicht schlau aus ihm. Aber manchmal durchrieselte sie ein Schauer in seiner Nähe…

Ihre Hände berührten sich in der Chipstüte. Sie lachte. Er, dachte sie, akzeptiert mich so, wie ich bin. Der ist sogar richtig verknallt in mich. Der will nicht nur Sex. Der möchte vor mir gut dastehen. Dem ist wichtig, was ich von ihm denke.

Sie beschloss, ihm zu geben, was er brauchte: das Gefühl, ein gefährlicher Mann zu sein, dabei aber auf dem Sofa zu sitzen, Chips und Nüsse zu knabbern und Spielfilme zu gucken.

Sie suchte als Nächstes einen Film über einen Serienkiller aus. Sie wettete mit sich selbst, dass Johann Baptist auch an dem einiges herumzunörgeln hatte. Bestimmt hätte er das alles viel besser gemacht und wäre auch nicht gefasst worden.

Er erinnerte sie an einen Ex, mit dem sie manchmal Fußballspiele geguckt hatte. Der wäre auch besser Trainer der Nationalmannschaft geworden. Er wusste alles besser, er kannte jeden Fehler und bezeichnete die Spieler oft als *faule Millionäre*. Faul war er selbst auch, aber leider kein Millionär. Er lebte von ihrem Geld, bis sie ihn an die Luft setzte.

Das würde jetzt anders ablaufen. Johann Baptist hatte selbst genug Kohle und wollte nicht einmal, dass sie arbeiten ging.

Ihr Fußballkenner dagegen hatte ihr Geld mit anderen Frauen durchgebracht, während sie fleißig im Apartment zahlende Freier bediente. Seine Affären hatten alle Kleidergröße 36, höchstens 38.

»Ich mache uns einen Schokoladenpudding«, schlug sie vor. Er hielt den Film an und sah ihr dabei zu, als gäbe es nichts Aufregenderes.

Die Schrotflinte lehnte im Wohnzimmer an der Wand, direkt neben dem Fenster, von wo aus man den Zugang zum Hof beobachten konnte. Dort saß eine Amsel.

Sommerfeldt machte jetzt vier Personenschützer aus. Annika stand vor der Kulturinsel und holte Klempmann und Silvia ab. Ihnen folgten die ganze Zeit der Kapitän mit der Phantasieuniform, außerdem zwei weitere Männer. Einer mit Wohlstandsbauch und Pausbacken und ein anderer, wesentlich jüngerer, mit militärischem Haarschnitt. So, wie sie sich verhielten, waren die Männer keine Profis. Der eine war viel zu auffällig angezogen, der andere zu unsportlich und eigentlich auch schon gut zehn Jahre zu alt. Der junge Mann wirkte unkonzentriert. Er hatte mehr Augen für Frauenbeine als für Gefahrenzonen.

Sommerfeldt folgerte, dass es sich einfach um Klempmanns Schiffsbesatzung handelte. Der Chef hatte ihnen freigegeben. Die Yacht ankerte wahrscheinlich nicht weit weg, vor Borkum.

Die Besatzung hatte sich, wohl mehr aus Pflichtgefühl, den Vortrag angehört, und jetzt wollten sie das Borkumer Nachtleben genießen.

Klempmann, Silvia und Annika suchten eher die Einsamkeit an der Wasserkante. Sie spazierten barfuß, ihre Schuhe locker in der Hand haltend, durch den Sand am Strand entlang. Eine Weile wurden sie noch von Susanne Kaminski und ihrem Mann Martin begleitet, dann zogen die zwei sich in ihre Ferienwohnung zurück.

In einiger Entfernung folgten Sommerfeldt und Frauke den dreien. Sie blieben im Schutz der Dünen, um nicht entdeckt zu werden.

»Die haben da irgendwo ein Boot …«, folgerte Frauke, noch bevor sie es gesehen hatte.

»Wir sollten sie fragen, ob sie uns einladen mitzufahren«, schlug Sommerfeldt ironisch vor.

»Die Blonde ist eine Kampfmaschine«, prophezeite Frauke und bat: »Überlass sie mir.« Er war einverstanden.

Das Schlauchboot war gar nicht weit. Sie warfen ihre Schuhe ins Boot, hoben es zu dritt an und brachten es zu Wasser.

Silvia raffte ihr langes Kleid und ging mit in die Wellen. Klempmann hatte Spaß daran, sein weißer Leinenanzug wurde nass. Er stand schon bis zum Bauchnabel in der Nordsee.

Frauke und Sommerfeldt stürmten gebückt hin. Es sah aus, als würden große Hunde über den Strand huschen.

Annika entdeckte die zwei als Erste und stellte sich ihnen sofort entschlossen entgegen. Sie rief Klempmann und Silvia zu: »Steigt ins Boot und haut ab! Ich erledige die zwei!«

Frauke stürzte sich auf Annika.

Silvia rief: »Aber bitte! Wir werden uns doch wie zivilisierte Personen unterhalten können! Wir müssen doch hier nicht …«

Annika versuchte einen Handkantenschlag gegen Fraukes Hals, doch Frauke fing ihre Hand ab und drehte ihren Arm um. Die beiden klatschten ins Wasser. Es sah aus, als würden dort Fische oder Seehunde miteinander kämpfen. Gischt schäumte auf.

Sommerfeldt rechnete damit, dass Klempmann eine Waffe ziehen würde. Dies war aber nicht so. Stattdessen erhob er die Arme, als würde er sich ergeben wollen, und sagte: »Meine Frau hat völlig recht. Was soll das hier? Benehmen wir uns doch nicht wie betrunkene Seeleute.«

Sommerfeldt griff nach Klempmann. Der machte einen Schritt rückwärts, hielt weiterhin die Arme hoch und rief: »Um Himmels willen! Wir werden uns doch jetzt nicht prügeln!«

»Warum nicht? Ich hätte große Lust, Ihnen die Fresse zu polieren. Auf die Gelegenheit warte ich schon ziemlich lange …«

»Das werden Sie nicht tun«, bestimmte Silvia und kam näher. Inzwischen hatte sie ihr hochgerafftes Kleid losgelassen. Es umflatterte sie, als hätte sie Flügel.

Annika und Frauke tauchten prustend auf. Sie waren ineinander verkeilt und würgten sich gegenseitig. Ihre Haare peitschten das Wasser.

Sommerfeldt zog sein Einhandmesser und zeigte die schwarze Klinge vor. Die frisch geschliffene Schneidfläche glitzerte silbern. Sommerfeldt drehte das Messer, als sei es ein lebendiges Wesen in seiner Hand, dem er die Sterne und den Mond zeigen wollte. Es erinnerte Silvia an eine bissige, giftige Schlange.

»Man nennt mich«, sagte Sommerfeldt stolz, »Sommerfeldt. Dr. Bernhard Sommerfeldt. Und ich bin gekommen, um Sie zu töten.«

Silvia äffte ihn nach: »Man nennt mich Sommerfeldt. Dr. Bernhard Sommerfeldt. Klingt ein bisschen wie: Mein Name ist Bond. James Bond.«

Klempmann hob seine Arme noch ein Stück höher. Es schien ihm schwerzufallen, lange so zu stehen. Der ehemalige Boxer war nicht gerade sportlich. »Dann muss ich mich jetzt wohl geehrt fühlen«, sagte er. »Sommerfeldt kommt höchstpersönlich zu mir … Sie haben sich verändert, Herr Doktor. Sie sahen mal besser aus … Verzeihung, noch besser.«

»Bitte tun Sie meinem Mann nichts«, flehte Silvia. »Sie sind doch Akademiker. Ein gebildeter Mann!«

»Wenn denn meine Zeit gekommen ist«, sagte Klempmann, »bin ich bereit zu gehen. Es ist immer noch besser, als in irgendeinem Gefängnis zu verrotten und auf ein Revisionsverfahren zu warten.«

»Was redest du denn da?!«, kreischte Silvia.

Frauke bekam Annika in den Griff. Die beiden Frauen standen jetzt nach Luft japsend nah am Schlauchboot. Frauke hinter Annika. Sie hielt Annika im Würgegriff. Beide Frauen bluteten aus der Nase.

»Hört auf«, befahl Klempmann in Richtung der beiden kämpfenden Frauen, ganz so, als könne er auch entscheiden, was Frauke zu tun hatte.

Sommerfeldt wendete sich an Annika, die versuchte, sich aus dem Würgegriff zu befreien. »Sie könnte Ihnen das Genick brechen, oder sie lässt Sie noch ein bisschen strampeln. Gleich wird der Sauerstoffmangel im Gehirn Sie ohnmächtig werden lassen.«

Annika klatschte dreimal gegen Fraukes Unterarm. Das Zeichen der Kämpferinnen: *Ich gebe auf.*

Doch dies war kein fairer Kampf auf der Judomatte. Eigentlich gab es hier keine Regeln. Trotzdem ließ Frauke los, nutzte aber die Situation aus, um vom Boot ein Seil zu ziehen, mit dem sie Annikas Arme auf dem Rücken zusammenband. Annika sah aus, als könne sie sich selbst nicht verzeihen, diesen Kampf verloren zu haben. Das Abklopfen erschien ihr jetzt als große Schande. Sie hatte vor den Augen ihres Chefs versagt. Doch der stand da und sah sie mit gütigen Augen an, als sei das alles nur ein Spiel, aufgeführt zu seiner Unterhaltung.

»Lassen Sie uns verhandeln«, schlug Silvia vor. »Es gibt doch zwischen vernünftigen Menschen immer einen Weg …«

»Okay«, willigte Sommerfeldt ein, stellte sich dabei aber hinter Klempmann und hielt ihm das Messer an den Hals. »Fahren wir zu Ihrer Yacht und reden wir in Ruhe. Es gibt in der Tat ein paar Dinge, die ich gerne von Ihnen hätte.«

»So?«, fragte Silvia. »Was denn?«

Frauke war noch aufgeputscht und voller Adrenalin. Sie brüllte: »Wir wollen, dass die Scheiße aufhört! Kein Heroin mehr auf Schulhöfen! Mit dem Dreck muss endgültig Schluss sein.«

»Da laufen Sie bei mir offene Türen ein«, behauptete Silvia.

Klempmann fand seine Lage unbequem. Er versuchte, sich anders hinzustellen. Sommerfeldt hinderte ihn daran und drückte ihm ein Knie in den Rücken. Klempmanns Körper bog sich durch. Die Klinge an seiner Halsschlagader machte ihm Sorgen. Er stöhnte: »Ich bin keine Gummipuppe, Herr Doktor, und auch keine fünfunddreißig mehr. Mein Rücken macht das nicht mit.«

»Wir haben alle so unsere Probleme«, zischte Sommerfeldt.

»Es tut mir leid, Chef«, sagte Annika mit unterwürfigem Blick. Sie deutete mit ihrem Kopf auf Frauke und behauptete: »Das ist nicht irgend so eine Tussi. Die ist total hart drauf. Eine bestens ausgebildete Nahkämpferin.«

»Das kannst du wohl laut sagen«, bestätigte Frauke. Als

wolle sie das unter Beweis stellen, packte Frauke die gefesselte Annika, hob sie hoch und warf sie ins Schlauchboot.

Silvia nickte, als sei das eine Einladung: »Ja, lasst uns zur Yacht fahren und über alles in Ruhe reden.«

Frauke sprang ins Boot und widmete sich ihrer Gefangenen. Jetzt verschnürte sie Annika richtig.

Klempmann schaffte es gar nicht alleine. Sommerfeldt und Silvia mussten mithelfen. Es war ihm unangenehm, aber es ging nicht anders. Als er endlich ein Bein im Boot hatte, konnte er auf dem Bauch liegend hineingleiten.

An Bord kümmerte sich Silvia sofort um ihn. Sommerfeldt begriff, dass diese Frau den fetten alten Verbrecher wirklich liebte. Was sieht sie in ihm, fragte er sich …

Sie trocknete sein Gesicht ab und kämmte mit ihren Fingern seine Haare, als hätte er gleich einen Fototermin und müsste gut aussehen.

Er griff sich ans Herz und japste.

Frauke warf das Motorboot an. Annika deutete ihr, dankbar, dass sie sie nicht getötet hatte, die Richtung an.

Die glucksende Schiffsschraube im Wasser und die Geräusche des Benziners wirkten beruhigend.

»Man sagt«, begann Silvia, »dass Sie jedem eine zweite Chance gegeben haben, Herr Sommerfeldt. Ich habe Ihre Bücher gelesen. Ich bewundere Ihr Werk. Sie sind ein beeindruckender Mann.«

»Ja, das finde ich auch«, zischte Frauke zornig, »aber glauben Sie ja nicht, dass er sich von Ihnen zusülzen und einwickeln lässt.«

Als die Umrisse der Yacht in der Ferne zu sehen waren, fragte Frauke: »Wer sagt uns, dass von dort nicht gleich das Feuer auf uns eröffnet wird?«

Sommerfeldt nahm ihre Worte ernst und brachte Klempmann so in Position, dass er mit seinem massigen Körper Schutz bot.

»Wer«, fragte Sommerfeldt, »befindet sich an Bord?«

»Auf der Yacht befindet sich nur noch eine Person. Meine Leibwächterin. Eine sehr gute«, sagte Klempmann mit Seitenblick auf die gefesselte Annika. Der Blick tat ihr weh.

»Und dann zwei Gefangene, die ich Ihnen gerne schenke, Herr Sommerfeldt. Ich wette, Sie haben sie ohnehin auf Ihrer Abschussliste.«

»Ich schieße nicht«, betonte Sommerfeldt, »das ist überhaupt nicht meine Art.«

Als sie nah genug an die Yacht herangekommen waren, erblickten sie Christine mit der Pumpgun und den Käfig, in dem Siggi und Tarek saßen. »Was«, fragte Frauke, »ist das?«

»Das Gastgeschenk für euch«, lachte Klempmann, als würde er wirklich hoffen, so billig davonzukommen.

Sommerfeldt sprach von hinten in Klempmanns Ohr: »Sagen Sie Ihrer Leibwächterin, wenn sie ihren Chef lebend wiedersehen möchte, soll sie uns waffenlos, mit erhobenen Händen, erwarten.«

Klempmann rief: »Nicht schießen, Christine, nicht schießen! Es ist alles in Ordnung. Stell dich mit erhobenen Händen an die Reling. Mach die Scheinwerfer an, damit sie deine Hände sehen können!«

»Das ist eine Finte«, belehrte Frauke ihren Partner. »Die kann eine Knarre hinterm Kopf haben und ziehen.«

»Ich weiß«, lächelte Sommerfeldt. »Früher habe ich ein Messer zwischen den Schulterblättern getragen, um ziehen zu können, wenn jemand sagte: *Hände hoch.* Aber es wurde mir im Laufe der Zeit einfach zu unbequem.«

Christine zögerte, ob sie ihre Pumpgun wirklich aus der Hand legen sollte. Bei den Lichtverhältnissen und dem schwankenden Boot auf dem Wasser, war es undenkbar, mit der schweren Waffe eine Person gezielt zu töten und eine andere nicht zu gefährden. Sie befürchtete, dass ihr Chef später sagen würde: *Ich habe das, was ich da gesagt habe, nicht so gemeint. Ich musste es sagen.* Er verlangte ja, dass man nicht nur Befehlen folgte, sondern einen eigenen Kopf zum Denken hatte. Er unterschied genau zwischen Menschen, die selbständig Entscheidungen trafen, und denen, die nur in der Lage waren, Anweisungen zu befolgen.

Tarek und Siggi riefen: »Hilfe! Hilfe! Wir sind hier oben!«

Siggi schlug gegen die Gitterstäbe, und Tarek zappelte mit den Füßen, als wollte er im Käfig übers Meer laufen.

Da niemand auf sie reagierte, wurden sie immer lauter. Frauke schnauzte in ihre Richtung. Sie tat es ohne Absprache gleichzeitig mit Klempmann und Sommerfeldt: »Schnauze!!!«

»Sie soll das Gewehr ins Boot reichen«, forderte Frauke. »Den Kolben voran. Sie hält den Lauf in der Hand, ist das klar? Versuch nicht, uns zu verarschen!«

Klempmann forderte von Christine: »Tu, was sie sagt!« Sommerfeldts Messer an seinem Hals diente als Meinungsverstärker.

Christine sah noch einmal in Klempmanns Gesicht und versuchte, darin zu lesen, ob er vielleicht das Gegenteil von dem meinte, was er gesagt hatte, aber sie wurde nicht schlau aus ihm. Er war nicht mehr so feist und selbstsicher wie sonst, sondern zutiefst erschüttert.

Silvia dagegen wirkte fast, als hätte sie die Führung übernommen. Sie nickte Christine zu. Christine hielt die Waffe hoch, fasste die Mündung mit beiden Händen an und beugte sich über die Reling, um die Pumpgun nach unten zu geben.

Frauke nahm sie an und richtete sie augenblicklich auf Christine. »So, und jetzt mit erhobenen Armen rückwärts. Immer schön so, dass ich deine Hände sehe.«

Sommerfeldt ging zuerst an Bord. Von dort half er Klempmann hoch. Frauke blieb bis zuletzt unten und sicherte mit dem Gewehr die Aktion ab. Vor ihren Füßen lag die gedemütigte Annika, die sich überhaupt nicht mehr vorstellen konnte, dass es nach dieser Niederlage hier für sie noch irgendein normales Leben geben könnte.

»Was machen wir mit der hier?«, fragte Frauke, und Sommerfeldt antwortete von oben: »Lass sie im Boot liegen. Da richtet sie im Moment am wenigsten Schaden an.«

Rupert hätte vieles getan, um sich vor diesem Termin zu drücken. Er war zwei Stunden zu spät gekommen, entsprechend vorwurfsvoll waren die Blicke seiner Schwiegermutter. Eigentlich brauchte sie gar keinen Grund, ihn zu hassen, sie lehnte ihn grundsätzlich ab. Er war in ihren Augen ein Versager, ein Dummkopf, und hatte ihre Tochter Beate nicht verdient. Für die hatte sie sich etwas Besseres vorgestellt, zum Beispiel Herrn von Oertzen. Sie ließ bei keinem Zusammentreffen unerwähnt, was Herr von Oertzen für ein feiner Mann sei.

Das Ärgerliche an dem Rheinischen Sauerbraten, den sie für ihn warm gestellt hatte, war, dass er wirklich hervorragend schmeckte. Rupert wollte aber nichts gut finden, was seine Schwiegermutter gemacht hatte. Sie fand schließlich auch an ihm nichts Gutes.

Er tat so, als sei ihm die Soße zu fad und der Braten auch schon etwas trocken. Er bat um die Pfeffermühle. Von dem vielen Pfeffer musste er niesen.

Es war einer dieser Abende, an denen er sich am liebsten sinnlos betrunken hätte, nur um nichts mehr mitzukriegen.

»Von Oertzen, von Oertzen«, sagte Rupert.

Beate schüttelte den Kopf und bat ihn mit Blicken, doch ruhig zu sein, aber er ließ den Spruch zum hundertsten Mal los: »Woher kenne ich den Namen bloß? Aus unserer Fahndungskartei?« Er kratzte sich die linke Geheimratsecke. »Oder nein, warte: aus dem Lied von Hildegard Knef. Da ist das doch so ein Heiratsschwindler, oder?« Rupert tat, als würde er nach der Melodie suchen, und summte.

Zum Nachtisch hätte er sich ein Eis mit heißen Kirschen gewünscht oder, besser noch, mit Rumrosinen. Noch lieber wäre ihm ein Scotch gewesen, mindestens zwölf Jahre alt. Aber sie bot ihm die verhasste Buttercremetorte an, die vom nachmittäglichen Kaffeetrinken übrig geblieben war.

»Buttercremetorte ist kein Nachtisch«, behauptete Rupert.

»Für dich schon«, sagte Edeltraut. »Du hattest es ja nicht nötig, zum Kaffee vorbeizukommen.«

»Ich habe einen Beruf, verdammt! Ich bin nicht reich geboren und verwalte jetzt nur die Güter meiner Vorfahren. Ich sorge dafür, dass wir in Ostfriesland sicher schlafen können.«

»Na«, lachte seine Schwiegermutter höhnisch, »gut schlafen kann ich schon lange nicht mehr. Eine Mördergrube ist aus unserer Heimat geworden! Kein Wunder, wenn man sie Versagern wie dir anvertraut. Haben die denn«, fragte sie ihre Tochter, »keine richtigen Polizisten, um die Mörder zu fangen?«

»Ich bin ein richtiger Polizist«, protestierte Rupert.

Beate schlug vor, das Gesprächsthema zu wechseln und fragte ihre Mutter, ob sie eine Ahnung hätte, warum in diesem Jahr die Kirschernte so miserabel ausgefallen sei. »Im letzten Jahr hatten wir eine richtige Pracht. Ich wusste gar nicht wohin mit dem ganzen Obst und dieses Jahr …«

Bevor seine Schwiegermutter antworten konnte, stellte Rupert klar: »Daran habe ich aber ausnahmsweise mal keine Schuld.« Er sah Edeltraut an: »Oder?«

Sie guckte unentschieden, als stünde das für sie noch nicht ganz fest.

Am liebsten wäre Rupert jetzt ein erlösender Anruf aus der Dienststelle gewesen. Er schielte immer wieder hoffnungsvoll zu seinem Handy hin.

Warum schlugen Mörder immer dann zu, wenn er gerade eine tolle Party feierte, sich mit einer schönen Frau im Bett amüsierte oder ein spannender Film im Fernsehen lief? Warum nicht jetzt?

Beate schlug vor, man könne ja eine Partie Canasta spielen. Edeltraut rieb sich grinsend die Hände. Sie hatte beim letzten Mal den großen Topf abgeräumt. Die Niederlage steckte Rupert noch in den Knochen. Er fand es unfassbar peinlich, von seiner Schwiegermutter beim 17 und 4 abgezockt zu werden. Deshalb hatte Beate ein anderes Spiel vorgeschlagen. Skat mochte ihre Mutter nicht, aber 17 und 4 war seit neuestem ihr Spiel. Es funktionierte so ähnlich wie Black Jack, das in den Casinos gespielt wurde.

Rupert wurde das Gefühl nicht los, dass seine Schwiegermutter schummelte und in ihren breiten Ärmeln oder in ihrer Schürze Karten versteckte. Mit dieser Behauptung hätte er aber zweifellos einen Riesenfamilienstreit ausgelöst. Er stimmte dem Kartenspiel also zu und schwor sich, auf ihre

Hände aufzupassen. Wenn sie von irgendwo ein Blatt zog, dann wollte er sie bloßstellen.

Sie verschwand ins Nebenzimmer, um das Kartenspiel zu holen. Rupert flüsterte seiner Beate zu: »Ich wette, sie hat mehrere Kartenspiele von der gleichen Sorte und wenn sie gleich wiederkommt, dann hat sie sich schon ein, zwei gute Blätter untergemischt.«

»Du willst doch nicht ernsthaft behaupten, dass meine Mutter betrügt!«

Rupert zeigte auf sein linkes Auge und zwinkerte damit. »Ich bin bei der Kripo, Liebste. Schon vergessen? In meinem Beruf merke ich ganz schnell, wenn jemand versucht, mich reinzulegen.«

Sie hatten sich trocken gerubbelt, ja, sogar die Haare geföhnt und mit frischen Sachen am Kapitänstisch Platz genommen. Christine saß an einen Stuhl gefesselt im Nebenraum, Annika lag im Motorboot. Auf Silvias Vorschlag hin hatte Frauke ihr eine Wolldecke gebracht, denn es konnte bei dem Wind nachts ganz schön kalt werden.

Sommerfeldt trug einen von Klempmanns flauschigen Bademänteln, darauf die Initialen *WK* für Willi Klempmann, eingebettet in ein großes *G* für George.

Frauke hatte von Silvia einen hellblauen seidenen Bademantel bekommen, der ihr so gut stand, dass Silvia sagte: »Das ist wirklich Ihre Farbe. Sie sollten so etwas öfter tragen«, und Sommerfeldt bestätigte: »Stimmt, das Teil sieht scharf an dir aus.«

Klempmann schlug vor, ein Fläschchen Champagner zu öffnen, doch Sommerfeldt wehrte ab: »Für mich keinen Alkohol. Das hier ist keine Party. Wir haben etwas sehr Ernstes zu erledigen.«

»Sie haben«, stellte Klempmann fest, »Lodwijk van Eeden getötet.«

Sommerfeldt nickte. »Es war mir eine Ehre. Der Mann hat für Sie gearbeitet.«

»Ja«, sagte Klempmann, »und die beiden da draußen im Käfig ebenfalls. Wir müssen uns nichts vormachen, Herr Sommerfeldt, meine Geschäfte waren nicht immer die saubersten. Aber mit diesen Schulhofgeschichten wollte ich nie etwas zu tun haben.«

»Klar«, bestätigte Sommerfeldt, »Sie haben natürlich auf Ihrer schönen Yacht gesessen und immer eine saubere Weste gehabt, während die Jungs für Sie draußen die Drecksarbeit gemacht haben. Sie haben versucht, aus dreizehnjährigen Mädchen Crack-Nutten zu machen. Da sind nicht nur Körper zerstört worden, sondern auch Seelen.«

»Was wollen Sie?«, fragte Klempmann.

»Ich will es beenden. Wenn ich Sie töte, wird der Rest der Bande kopflos sein.«

»Was kann ich tun, um Ihre Wut zu besänftigen, Herr Sommerfeldt? Abgesehen davon, dass wir die beiden Versager da draußen einfach im Meer versenken können. Die Leichen entsorge ich dann schon.«

»Sie haben Millionen gemacht, mit Drogen, Waffenschmuggel und Prostitution«, stellte Frauke klar.

»Es bleibt nicht so viel bei mir hängen, wie alle denken«, schränkte Klempmann ein, »aber wie Sie sehen, bin ich kein armer Mann. Was Al Capone für den Drogenhandel zu Zeiten der Prohibition in den USA war, das, so darf ich wohl, ohne zu übertreiben, sagen, bin ich für den Drogenhandel in Deutschland.«

Silvia fürchtete, dass das Ganze in eine falsche Richtung lief. Sommerfeldt schien zu verhärten. Er spielte mit seinem Messer, als würde er darüber nachdenken, ob er es werfen oder lieber seinen berühmten Herzstich ausführen sollte.

Sie räusperte sich, setzte sich gerade hin und versuchte, aus dem Ganzen so etwas wie ein Geschäftsgespräch zu machen: »Lassen Sie mich doch ein paar Fakten klarstellen, Herr Sommerfeldt. Ich glaube, Sie schätzen das alles falsch ein. Ja, mein Mann verdient auf eine sehr unanständige Weise viel Geld.« Sie musterte ihn, als sei sie tatsächlich nicht damit einverstanden. »Aber vergessen Sie nicht, wie viel Gutes er auch tut. Er unterstützt damit wohltätige Projekte auf der ganzen Welt. Es werden Brunnen ausgehoben, wir versorgen ganze Dörfer mit Trinkwasser. Die Leseförderung in Deutschland würde ohne die Gelder meines Mannes sehr schlecht aussehen. Davon leben auch zahlreiche Schriftsteller, die mit unseren finanziellen Mitteln auf Lesereisen durch Schulen geschickt werden. Übers Hospiz habe ich ja gerade gesprochen, und nun werden wir noch ein Heim für minderjährige …«

Sommerfeldt unterbrach: »Wollen Sie mir erzählen, all diese schlimmen Dinge werden nur gemacht, um Gutes zu tun?«

»Nein, ich möchte Sie nur darauf hinweisen, wie kompliziert diese Welt ist. Wie viel hast du im letzten Jahr gespendet?«, fragte sie Klempmann, und er wusste es, ohne nachzudenken: »12 860 000 Euro und ein paar Zerquetschte.«

Frauke pfiff beeindruckt.

»Andere«, fuhr Silvia fort, »finanzieren mit kriminellen Geschäften korrupte Regierungen oder Terroristen … Das hat mein Mann nie getan.«

»Ja«, spottete Sommerfeldt, »sollen wir ihn jetzt für den Friedensnobelpreis vorschlagen?«

Silvia lächelte milde. »Ich möchte nur, dass Sie das in Ihre Überlegungen mit einbeziehen. Wenn Sie meinen Mann töten – und dazu wären Sie sicherlich in der Lage –, dann werden verschiedene Hospize nie gebaut werden, das Heim für minderjährige Alleinerziehende wird es nicht geben, in einigen Dörfern werden die Brunnen vertrocknen, und über die Leseförderung in Deutschland will ich erst gar nicht weiter nachdenken. Sie haben jedem eine zweite Chance gegeben, Herr Sommerfeldt, selbst den größten Drecksäcken. Ich weiß es aus Ihren Büchern. Ich bitte Sie um nicht mehr als um eine zweite Chance für meinen Mann.«

Klempmann sah sie liebevoll an, küsste seine Handinnenfläche und pustete den Kuss dann von seiner Handfläche zu ihr hinüber. Die beiden sahen aus wie ein verliebtes pubertierendes Pärchen.

Sommerfeldt hob das Messer hoch und ließ es hart heruntersausen. Es schnitt durch die Luft und schlug in das Holz des Kapitänstisches. »Also gut«, sagte er. »Eine zweite Chance.« Er zeigte auf Klempmann: »Sie werden mir helfen, dem Drogenhandel einen entscheidenden Schlag zu verpassen und der Polizei ein Erfolgserlebnis zu bescheren.«

»Was heißt das?«, fragte Klempmann.

»Wo sind Ihre Lager, und wie sind die Verteilerwege?«

Klempmann sah seine Silvia an, und sie nickte ihm zu. Er walkte sein Gesicht durch und stöhnte. »Das können Sie nicht von mir verlangen! Ich spende gerne noch mal zehn, zwanzig Millionen extra, aber …«

»Wo?«, fragte Sommerfeldt.

»Es gibt«, sagte Klempmann, und ihm brach der Schweiß

aus, »entlang der ganzen Küste direkt hinterm Deich Sandlager. Falls eine Sturmflut kommt, kann dadurch die Küstenverteidigung gewährleistet werden.«

Sommerfeldt war baff. Er saß mit offenem Mund da. War es wirklich so einfach?

Klempmann lachte, weil er Sommerfeldts Verblüffung sah. »Das sind ideale Lager für uns. Direkt an der Küste. Tonnen von Sand. Leichter kann man seinen Stoff nicht verstecken, unter gewaltigen Bergen. Das füllen wir auf, wann immer Ladungen ankommen, und von dort aus verteilen wir es ins ganze Land. Zum Beispiel in Norddeich, auf der Straße Richtung Neßmersiel …«

»Über welche Mengen reden wir?«

Klempmann schluckte. »Ich bin jetzt kein Buchhalter, aber fünf, sechs Zentner Heroin …«

Sommerfeldt lächelte beeindruckt und wollte sich schon zufriedengeben, doch Frauke hakte nach: »Dann brauchen wir noch die Adressen von den Crystal-Meth-Fabriken.«

»Eine ist in Meppen und eine in Wilhelmshaven. Ich habe die Adressen nicht im Kopf, kann euch aber die Koordinaten schicken.«

»Wer sagt uns, Bernhard«, fragte Frauke, »dass er nicht lügt?«

Sommerfeldt sah sich nach einem Telefon um. Es gab sogar eins mit richtigem Hörer und einer Wählscheibe, ganz auf alt gemacht. Es sollte so aussehen, als sei es ein Gerät aus den Dreißigern. Sommerfeldt wählte Ruperts Handynummer.

Ruperts Handy spielte *Born to be wild.* Für seine Schwiegermutter nur ein weiterer Beweis dafür, was für ein rüpelhafter Prolet er war.

»Du willst doch da jetzt nicht rangehen?«, fragte sie. »Hält wieder eine deiner Liebschaften es nicht länger ohne dich aus?«

Rupert war völlig egal, wer da am Apparat war, Hauptsache, eine Abwechslung.

Während die Schwiegermutter die Karten durchmischte und Beate einen alkoholfreien Drink anrührte, lauschte er in sein Handy und stocherte dabei in der Buttercremetorte herum. Er erkannte Sommerfeldts Stimme sofort.

»Hallo, alter Freund. Ich wollte dir für deine Karriere ein bisschen Luft unter die Flügel pusten.«

»Nur zu«, antwortete Rupert.

»Wenn ich dir verraten könnte, wo zwischen Norddeich und Neßmersiel ein paar Zentner Heroin verbuddelt sind, damit würdest du doch ganz gut dastehen, oder?«

Rupert pfiff anerkennend. »Hallo! Ich will nicht wissen, wie du draufgekommen bist. Sag's mir einfach. Wo finde ich den Dreck?«

»Habt ihr eigentlich jemals in den Lagerstätten für Sand gesucht? Direkt hinterm Deich?«

Rupert klatschte sich mit der flachen Hand gegen die Stirn. »Da könnte man einen Lastwagen voller Heroin unterbringen! Und niemand überwacht die Läden. Wer klaut denn schon Sand?!«

»Dann besorg dir eine große Schippe und grab da um.«

»Verrate mir noch«, sagte Rupert, »wie ich draufgekommen bin.«

»Nun, wie ein guter Kripomann es eben macht: durch Kombinieren.«

»Wer außer mir weiß das noch?«

»Nur die Leute, die es da untergegraben haben«, grinste Sommerfeldt.

»Ich bin dir was schuldig, Alter.«

»Ich könnte dir auch noch zwei Crystal-Meth-Fabriken liefern. Sagen wir, morgen oder übermorgen. Buddel jetzt erst mal das Heroin aus.«

Rupert legte auf. Seine Schwiegermutter sah ihm an, dass es ihm großartig ging, und das gefiel ihr überhaupt nicht. Er hatte den Brustkorb aufgebläht, er strahlte übers ganze Gesicht. So sahen Sieger aus. Dabei hatte das Kartenspiel doch noch gar nicht begonnen.

»Ich fürchte«, sagte Rupert, »ihr müsst ohne mich spielen. So gerne ich euch Gesellschaft geleistet hätte, aber ich muss meinen Beitrag zur Rettung der Welt leisten.«

Diese Sache wollte Rupert sich nicht kaputtmachen lassen. Jetzt bloß keine bürokratischen Wege, dachte er. Wenn ich jetzt damit rausrücke, nehmen mir die Jungs von der Drogenfahndung die Sache sowieso aus der Hand, und hinterher behaupten sie, es schon ewig gewusst zu haben und den Laden seit Monaten zu beschatten. Nein, das muss ganz anders gehen. Wir holen den Stoff da raus und knallen ihn auf den Tisch des Hauses.

Er fuhr bei Weller und Ann Kathrin im Distelkamp vorbei und berichtete ihnen von dem Tipp, verschwieg aber, woher der Tipp kam. Er nannte Sommerfeldt *einen meiner Informanten.*

Sie klingelten den Maurer Peter Grendel aus dem Bett und baten ihn, genügend Schaufeln und Schubkarren mitzubringen. Außerdem den Freund und Konditor Jörg Tapper, den Journalisten Holger Bloem, den pensionierten Buchhändler

Heinz Edzards. Alle kamen sofort. Rupert ernannte sie zu seinen Hilfssheriffs.

Mit Taschenlampen und Schaufeln zogen sie los. Der Rest war gar nicht gut für ihre Rücken. Rupert ärgerte sich, so viel von dem Sauerbraten gegessen zu haben, denn Peter Grendel schlug vor, Pizza zu bestellen, und kurz vor Mitternacht, nach der dritten Flasche Bier, als Rupert das Gefühl hatte, sein Rücken müsse gleich durchbrechen, wurden Jörg Tapper und Peter Grendel gleichzeitig fündig.

»Jungs«, sagte Peter, »ihr könnt nicht von mir verlangen, dass ich das probiere. Aber eins kann ich euch sagen: Was hier aus dem Beutel herausquillt, ist kein Sand.«

Rupert führte einen Tanz auf, kletterte auf den höchsten Punkt der Halle und ließ sich in den Sand fallen. Er quiekte und sang: *»We are the champions!«*

Alle stimmten in den Song mit ein: *»No time for Losers, cause we are the champions.... of the world!«*

Sommerfeldt und Frauke standen an Deck und sahen zum Käfig hinüber. Sommerfeldt leuchtete die beiden Gefangenen mit dem Kegel einer Taschenlampe ab. Sie sahen jämmerlich aus, verängstigt und verfroren.

»Was steht auf euren Tattoos?«, fragte er.

Sie schrien es beide heraus: »Die Starken sind auf der Welt, um die schwachen zu beschützen, nicht um sie zu unterdrücken!«

»Und«, fragte er, »haltet ihr euch daran?«

»Natürlich! Natürlich! Aber sicher doch, Chef! Wir wollen doch nicht, dass uns der Teufel holt!«

Klempmann stand mit dem Gefühl, noch mal mit dem Leben davongekommen zu sein, neben Sommerfeldt. Er ging sicher davon aus, dass die beiden nun im Meer ertränkt werden würden. Doch Frauke sagte: »Ihr habt Glück. Er hat heute seinen freundlichen Tag.«

Sommerfeldt sah Klempmann fest an. Der erschauderte unter dem Blick. Es war ihm lange nicht mehr passiert, dass ihm jemand allein durch die Art seines Auftretens Angst gemacht hatte. Vor Jahrzehnten, als junger Boxer, hatte er so etwas zum letzten Mal erlebt. Ein kubanischer Kämpfer hatte ihn mit Blicken niedergerungen.

»Sie wollten«, sagte Sommerfeldt ruhig, »diese Männer töten. Wenn ich weg bin, werden Sie sie ohnehin im Meer versenken, weil Sie alle Brücken hinter sich abbrechen wollen, um den Ermittlern jede Möglichkeit zu nehmen, Sie …«

Silvia schüttelte sich und stupste Klempmann an. »Das ist doch nicht dein Ernst, mein Schnuckelhase?!«

Das Wort *Schnuckelhase* im Zusammenhang mit Klempmann war so absurd, dass Sommerfeldt grinste. Er wurde aber sofort wieder ernst.

»Ich muss«, verteidigte Klempmann sich seiner Frau gegenüber, »vorsichtig sein. Versteh das doch! Ich habe viele Feinde.«

»Wenn wir seinem Plan folgen«, behauptete sie und zeigte auf Sommerfeldt, »wirst du mehr Freunde haben als Feinde.«

Klempmann schien plötzlich zwanzig Kilo leichter zu sein. Er blies heftig Luft aus. »Herrje, was soll das? Wollt ihr einen völlig anderen Menschen aus mir machen? Soll ich völlig umgekrempelt werden? Ich werde im Knast enden!«

»Herkules am Scheideweg«, lästerte Frauke.

»Was auch immer geschieht«, versprach Sommerfeldt, »ich

werde Sie dafür verantwortlich machen, Herr Klempmann.« Er betonte das *Herr*. »Und ich werde Sie mir holen.«

Er schob ihm die Klinge des Einhandmessers in die Nase. Klempmann bewegte sich nicht.

»Die Menschen«, sagte Sommerfeldt, »können selbst entscheiden, auf wessen Seite sie stehen wollen. Es gibt einen freien Willen. Kommen Sie auf die gute Seite.«

Klempmann schluckte schwer. Sommerfeldt zog das Messer aus Klempmanns Nase und steckte es wieder ein.

Frauke kletterte schon runter ins Motorboot. Sie sagte zu Annika: »Gleich hast du es hinter dir, Schätzchen. Keine Sorge, du kannst mit dem Boot wieder zurückfahren.«

»Nehmt uns mit«, forderte Tarek. »Nehmt uns mit!«

Sommerfeldt sah Klempmann an und bestätigte: »Ja, vielleicht ist das besser. Unser Freund hier braucht noch ein bisschen Zeit, um nachzudenken, auf welcher Seite er gerne stehen möchte.«

Er kniff in Klempmanns Wange und tätschelte sein Gesicht, als sei er ein kleiner Junge, dem Mut gemacht werden musste, damit er es schaffte, vom Drei-Meter-Brett zu springen.

Dann half er Tarek und Siggi aus dem Käfig. Bei jedem streichelte er einmal übers Tattoo, als sie zitternd vor Kälte und Angst die Yacht betraten.

Als die beiden zu Frauke ins Motorboot geklettert waren, versprach Klempmann mit dramatischem Gesichtsausdruck: »Ich werde ab jetzt auf Ihrer Seite stehen.«

»Bravo«, rief Silvia, »bravo, Liebster! Kämpfen wir gemeinsam für eine bessere Welt!«

Sommerfeldt richtete seinen Zeigefinger wie eine Pistole auf Klempmann und rief: »Bravo, Schnuckelhase! Das nenne ich die richtige Entscheidung!«

»Ich habe noch«, rief Klempmann hinter Sommerfeldt und Frauke her, »mehr als zwanzig Millionen Schweizer Franken auf einem Nummernkonto! Ich könnte das auch für wohltätige Zwecke zur Verfügung stellen. Aber bitte lasst mir die Yacht – ich brauche doch ein Zuhause!«

Frauke ließ den Motor des Schlauchboots an.

Sommerfeldt winkte, und Klempmann und Silvia winkten tatsächlich zurück. Von Ferne sah es aus, als würden sich hier Freunde trennen.

Silvia küsste ihren Mann und flüsterte: »Ich wusste immer, dass du einen guten Kern hast und ein ganz wunderbarer Mensch bist.«

»Du warst im wahrsten Sinne des Wortes immer meine bessere Hälfte«, sagte er zu ihr.

Silvia hielt ihn im Arm und versprach, ihm beizustehen, was auch immer geschehen würde.

»Ich habe«, sagte er, »sogar Panzer brechende Waffen an Bord. Und dann ist das alles so jämmerlich. Der kommt mit meinem eigenen Boot hier angefahren …«

»Und das Schlimmste ist«, gestand sie, »mit allem, was er gesagt hat, hat er doch recht.«

Frauke befreite Annika von ihren Fesseln. Die rieb sich die Handgelenke und bedankte sich sogar.

»Hier«, sagte Sommerfeldt, »trennen sich jetzt unsere Wege.«

Tarek humpelte, auf Siggi gestützt, in Richtung der letzten Lichter. Annika fuhr mit dem Motorboot zurück.

Sommerfeldt und Frauke verschwanden in der Dunkelheit. Unabsichtlich schreckten sie ein Pärchen auf.

Sophia war fünfzehn, Leon siebzehn. Sie knutschten und fummelten ziemlich heftig. Er hatte sich schon bis zu ihren Brustwarzen vorgearbeitet, da sah er Sommerfeldt kommen.

Sophia hatte ihm viel von ihrem eifersüchtigen Vater erzählt, vor dem er eine Menge Angst hatte. Jetzt fürchtete er, dass genau dieser Mann auf ihn zu stampfte.

»Ist das«, fragte er schockstarr, »dein Vater?«

Sie wurde ganz steif und bekam kein Wort heraus.

Sommerfeldt rief: »Ich bedaure es zwar, aber ich bin nicht der Vater der jungen Frau. Aber benehmen Sie sich so, als wäre ich es, das schadet bestimmt nicht!«

Frauke lachte.

Sie hatten ein Hotelzimmer mit Badewanne gebucht, und genau da legten sie sich jetzt rein. Ein heißes Bad mit viel Schaum.

Im Schaumbad fragte Sommerfeldt, während sie mit ihrem dicken Zeh an seiner Nase herumspielte: »Warum wolltest du nicht, dass er stirbt? Du hast doch mehr Grund als alle anderen, ihn zu hassen.«

Sie pustete Schaum in die Luft. Es sah aus, als würde es schneien. Ihr Gesicht hatte etwas Kindliches, und sie sagte: »Er spielt auch nur eine Rolle, und ich glaube, er fühlt sich verdammt unwohl darin. Vielleicht habe ich einfach die Hoffnung, dass alles gut wird. Ich finde, wir haben das prima gemacht. Heute ist die Welt ein bisschen besser geworden.«

Rupert hatte selten eine Pressekonferenz so sehr genossen wie diese, und auch die Pressesprecherin Rieke Gersema war glücklich, eine solche Heldentat verkünden zu können. Die ostfriesische Kripo hatte dem organisierten Drogenhandel einen enormen Schlag versetzt.

Aus fahndungstechnischen Gründen wollte man natürlich nicht zu viel bekannt geben. Man habe die Handys Verdächtiger ausgewertet und sei im Rahmen der Ermittlungen zum Todesfall Lodwijk van Eeden schließlich fündig geworden.

»Unser Ziel ist«, so formulierte es Ann Kathrin Klaasen, »die Drogenszene auszutrocknen.«

Polizeidirektorin Elisabeth Schwarz saß nicht vorne mit auf der Bühne, sie stellte sich auch nicht den Fragen der Presse. Sie stand zwischen den Pressevertretern, als sei sie eine Beobachterin. Pressekonferenzen, bei denen Beifall aufbrandete, hatte sie bisher auch noch nicht erlebt.

Lasse Deppe von der Nordwestzeitung fragte: »Es geht das Gerücht, an der Suchaktion nach dem Heroin seien auch ganz normale Bürger beteiligt gewesen. Ein Maurer, ein Konditor …«

Holger Bloem grinste verschmitzt.

»Ist da etwas dran?«, wollte Lasse Deppe wissen.

Jörg Tapper, der für die anwesenden Presseleute und die übernächtigten Akteure belegte Brötchen und Pflaumenkuchen brachte, lachte: »Das ist eben Ostfriesland. Man hilft sich halt.«

Nein, Willi Klempmann kündigte seinen beiden Leibwächterinnen nicht. Im Gegenteil, er forderte sie auf, weiterhin wachsam zu sein.

Silvia hatte es sich nicht nehmen lassen, für alle ein großes Frühstück zuzubereiten, mit vielen Eiern und Meeresfrüchten. Manchmal machte es ihr Spaß, andere zu bemuttern und die Hausfrau zu spielen. Nicht oft, aber jetzt war genau der Moment dafür, fand sie.

Während sie frische Fruchtsäfte mixte, zog Klempmann sich in sein Büro zurück. Er rief Johann Baptist Reichhart an: »Meine Pläne haben sich geändert. Die Brücken hinter mir werden nicht abgebrochen. Betrachten Sie den Auftrag als erledigt.«

Reichhart befürchtete, ihm könne ein Riesenauftrag durch die Lappen gehen, und er wollte schon protestieren, aber da war etwas in Klempmanns Stimme, das versprach noch Größeres. Also ließ er ihm erst mal Zeit.

»Der als Dr. Bernhard Sommerfeldt bekannte Hochstapler und Serienkiller wird unser Zielobjekt. Er sieht anders aus als damals. Die Fahndungsplakate, mit denen nach ihm gesucht wird, sind ein Witz. Er ist in Begleitung einer Frau, möglicherweise einer Berufskillerin. Zunächst mal muss ermittelt werden, wo er sich überhaupt aufhält, und dann – ich setze zehn Millionen auf seinen Kopf aus. Ich will ihn und das Flintenweib auf einem Silbertablett.«

»Zehn Millionen?«, hakte Johann Baptist nach.

»Ja, zehn Millionen. Aber Sie sind nicht der Einzige, der diesen Auftrag erhält. Ich will ihn haben! Diese Welt ist zu klein für uns beide.«

Frauke und Sommerfeldt sahen sich, im Bett aneinandergekuschelt, die Pressekonferenz der ostfriesischen Kriminalpolizei an. Sie wollten später in einer Milchbude frühstücken. Sommerfeldt hatte Lust, ein bisschen Golf zu spielen. Er hatte das

Gefühl, heute sei das Glück auf seiner Seite und er könne ein paar Bälle gut einlochen.

»Heute«, sagte er, »ist ein Tag, um einen Birdie zu spielen.«

Frauke lächelte und zeigte auf den Bildschirm: »Wir haben einen Birdie gespielt, Liebster. Wir waren besser als die Polizei erlaubt.«

Er sah, dass Frauke stolz auf ihren Rupert war, der da neben Ann Kathrin Klaasen im Fernsehen glänzte und irgendwie unverhofft zum Helden geworden war. Ein bisschen, dachte Sommerfeldt, ist sie immer noch verliebt in ihn. Aber was soll's.

»Wir können jetzt«, sagte er, »mit den Hochzeitsvorbereitungen ernsthaft beginnen.«

Er hatte auch nichts mehr gegen Rupert als Trauzeugen. Vielleicht war das gut so, denn es stellte noch einmal klar, zu wem Frauke gehörte.

ENDE

Leseprobe

Klaus-Peter Wolf
EIN MÖRDERISCHES PAAR

DER VERDACHT

Der zweite Band erscheint im Juni 2024.

Markus Baumann hatte viele Methoden ausprobiert, Frauen rumzukriegen. Keine war so erfolgreich wie die Sommerfeldt-Masche. In letzter Zeit hatte es drei Fernsehsendungen über den Serienkiller gegeben, eine Reportage über die Misserfolge bei der Fahndung nach seinem Ausbruch und mögliche Helfershelfer in Ostfriesland, eine Sondersendung von *Aktenzeichen XY … ungelöst*, mit dem die aktuelle Fahndung nach ihm befeuert werden sollte. Dann unterhielten sie sich auch noch im *Literarischen Quartett* über ihn und seine Biographie. Zum ersten Mal hatte die Sendung mehr als drei Millionen Zuschauer und wurde in der Mediathek zigmal aufgerufen. Angeblich drehte das ZDF einen Spielfilm auf der Grundlage seiner Biographie *Totenstille im Watt*, aber wer die Hauptrolle, also Dr. Bernhard Sommerfeldt, spielen sollte, wurde wie ein Staatsgeheimnis gehütet.

Er hatte sich viel mit Sommerfeldt beschäftigt, und seitdem er auf Sommerfeldt machte, legte er reihenweise Frauen flach. Sie vertrauten ihm sofort, waren bereit, ihn zu verstecken, boten ihm Geld an und liebten ihn bis zur Erschöpfung.

Er selbst war ein Jäger. Er war auf keinen Frauentyp festgelegt. Für ihn war es ein Sieg, wenn sie mit ihm ins Bett stiegen, und genau darum ging es.

In frühester Kindheit schon hatte er erlebt, dass er nicht um seiner selbst willen geliebt wurde, sondern höchstens für Leistungen, die er vollbrachte. Also gab er für seinen Vater den tollen Torwart, obwohl er es ziemlich bescheuert fand, sich mit dem Kopf voran auf einen Ball zu stürzen, nach dem andere traten. Vier Finger waren ihm beim Spiel gebrochen worden und einmal auch die Nase.

Für seine Mutter wollte er das musische Genie geben, doch Torwart und Klavierspielen, das passte nicht zusammen. Mit gebrochenen Fingern spielt sich Mozart schlecht.

In sich drin war er weder ein Fußballer noch ein Musiker, und auch den braven Schüler spielte er nur. Er wollte geliebt werden und strampelte sich ab. Um die Liebe seiner Eltern kämpfte er schon lange nicht mehr, das war Schnee von gestern. Jetzt sammelte er Erlebnisse mit Frauen, am besten an jedem Wochenende eine andere. Und mit der Sommerfeldt-Masche war das überhaupt kein Problem.

Zu seiner Ausstattung gehörte ein helles Leinenjackett. Aus der rechten Tasche ragte immer ein Buch von Dr. Bernhard Sommerfeldt.

Baumann fand die Frauen in Bibliotheken, bei Krimilesungen, bei Spaziergängen im Park, und besonders viele von ihnen machten gern Urlaub an der Nordsee. Sie besuchten die Plätze, an denen Sommerfeldt sich laut seiner Bücher aufgehalten hatte. Welcher Sommerfeldt-Fan wollte nicht mal im Café ten Cate Baumkuchen gegessen haben? Natürlich besuchten sie den Lütetsburger Park, wollten auf Langeoog in einem Anna-See-Apartment wohnen, am liebsten mit Blick auf die Eisdiele Venezia.

Er wusste, wie er sie fand, und er wusste, wie er sie ansprechen musste. Dazu waren keine Verrenkungen in Diskotheken notwendig, und er musste auf keiner Skipiste mit dem Skilehrer konkurrieren. Er begann ein lockeres Gespräch über Ostfriesland und über Sommerfeldt und wenn er den Glanz in ihren Augen sah, dann verriet er nach nicht allzu langer Zeit, er sei Dr. Bernhard Sommerfeldt. Natürlich nicht mehr ganz so schön wie auf den Fahndungsplakaten, denn er habe sich umoperieren lassen, sonst könne er sich ja nicht an seinen Lieblingsorten aufhalten. Er sei verpfiffen worden und brauche dringend eine sichere Wohnung für die Nacht.

Bei zehn Versuchen hatte es achtmal funktioniert. Zweimal hatte er die Geschichte selbst abgebrochen, weil sie ihm freiheraus sagte, ihr Mann hätte bestimmt nichts dagegen, der sei auch Sommerfeldt-Fan.

Besonders angenehm an der Sommerfeldt-Methode fand er auch, dass er danach nicht großartig Schluss machen musste und es keine schrecklichen Abschiedsszenen gab, keine *Ich-hasse-dich*-Schreie, sondern jede verstand doch, dass er weiterziehen musste und ihr weder eine Telefonnummer geben konnte noch eine Adresse.

Er ging mit einem Augenzwinkern und versprach, sich wieder zu melden. Das war es dann auch schon.

Er arbeitete als Verwaltungsangestellter in Meppen. So konnte er jedes Wochenende einen kurzen Trip nach Ostfriesland machen. Am Anfang buchte er sich noch ein Zimmer, gern im *Smutje*, weil dort viele Leserinnen von Dr. Sommerfeldt übernachteten, inzwischen sparte er sich das Geld. Meist brauchte er ja gar kein eigenes Zimmer, weil er die Nacht sowieso in einem anderen Bett verbrachte. Das erhöhte für ihn sogar noch den Spaß bei der Jagd und den Druck, es auch hinzukriegen. Wenn alles schiefging, konnte er immer noch nach Hause fahren und es am andern Tag noch mal versuchen.

Die neu gestaltete Wasserkante in Norddeich, *das Deck,* war ein magischer Anziehungspunkt für Sommerfeldt-Fans. Dazu das Meer, die Sonne, die entspannte Stimmung, vielleicht noch ein Glas Weißwein vor dem *Haus des Gastes* – was sollte da schiefgehen?

Doch diesmal lief nicht alles so gut für ihn. Er glaubte, noch in der glücklichsten Phase seines Lebens zu sein. Er sah einer vollbusigen Fünfzigjährigen in die Augen, die sogar ganze Stellen aus der Sommerfeldt-Trilogie wörtlich zitieren konnte. Sie tranken Weizenbier und rieben sich gegenseitig mit Sonnencreme ein, doch keine drei Meter von ihnen entfernt saß Johann Baptist Reichhart, auch *der Henker* genannt. Inzwischen hatte es sich bis zu ihm herumgesprochen, dass Sommerfeldt zum Frauenhelden mutiert war, der gern in Norddeich, Bensersiel und Greetsiel auf die Jagd ging.

Für Johann Baptist war Sommerfeldt zehn Millionen wert, denn genau so viel hatte Willi Klempmann auf seinen Kopf ausgesetzt.

Die beiden Turteltäubchen sahen nicht so aus, als ob sie sich heute noch trennen würden. Mir wird gar nichts anderes übrigbleiben, dachte Johann Baptist und spielte mit der rechten Hand in seiner Jackentasche mit der Stahlschlinge. Ich muss beide töten. Zuerst ihn – der gefährlichste Gegner muss immer sofort ausgeschaltet werden – und danach sie. Zeugen kann ich wahrlich nicht gebrauchen.

Zur gleichen Zeit heiratete der echte Dr. Bernhard Sommerfeldt unter dem Namen Dr. Ernest Simmel seine geliebte Frauke Winterberg im Alten Leuchtturm auf Wangerooge. Hauptkommissar Rupert und seine Frau Beate waren Trauzeugen.

Jörg und Monika Tapper hatten die Hochzeitstorte persönlich nach Wangerooge gebracht.

Das dreistöckige Kunstwerk wartete jetzt im Apartment Anna Düne mit Meerblick darauf, angeschnitten zu werden.

Als Klinikleiter wollte Simmel keine große Hochzeit. Er hatte Angst, alle einladen zu müssen, und eine Riesenfeier mit all den Offiziellen stellten die beiden sich eher unromantisch vor. Nicht mal Freunde aus dem Lütetsburger Golfclub hatten sie eingeladen. Es sollte ein ganz intimes, kleines Fest werden.

Sommerfeldt bestand darauf, seine Braut, die natürlich in Weiß geheiratet hatte, jetzt über den Sand in die Nordsee zu tragen. Jörg machte Fotos. Viele Menschen verließen ihre Strandkörbe, um zuzusehen und Beifall zu klatschen. So eine Hochzeit bei herrlichem Wetter direkt am Strand lockte einfach immer viele Menschen an.

Der Wind blies in Fraukes Kleid und ließ sie schwanger erscheinen. Die Wellen leckten an ihren Füßen. Sie kreischte vor Freude, und Sommerfeldt tauchte mit ihr gemeinsam vollständig unter. Es sah ein bisschen aus wie eine Taufe.

Im freudigen Überschwang, angestachelt von der Meeresluft und dem Applaus, packte Rupert seine Beate und kreischte: »Nach so vielen Jahren Ehe machen wir das jetzt auch mal! Davon hab ich schon immer geträumt!« Er rannte mit Beate ins Wasser.

»Du bist verrückt!«, schrie sie.

»Ja«, antwortete er, »deshalb hast du mich doch geheiratet.«

Monika Tapper sah ihren Mann an, der Fotos machte, breitete die Arme aus und sagte: »Ja, nun, und was ist mit mir?«

Er gab einem Kind sein Handy und sagte: »Pass gut drauf auf, Kleiner.« Dann schnappte er seine Frau und trug sie wie eine Beute zu den anderen ins Wasser.

Als sie klatschnass, aber glücklich, wieder im Sand standen und die drei Pärchen sich beklatschen und fotografieren ließen, lud Sommerfeldt die Umstehenden ein, mit ihnen zum *Friesenjung* zu kommen.

»Da oben«, sagte er, »habe ich eine Hochzeitstorte, die ist eh zu groß für uns. Wer möchte, bekommt ein Stück.«

»Und falls es Beschwerden gibt«, rief Jörg Tapper, »ich bin der Konditor.«

»So etwas«, sagte ein Mann zu seiner Frau, »erlebst du nur in Ostfriesland, Hilde. Ich hab's dir doch gesagt: Lass uns wieder hin. Hier fühle ich mich immer zwanzig Jahre jünger.«

Sie küsste ihren Mann auf die Wange und bestätigte: »Ich mich auch!«

Beim Anschneiden der Torte achteten Monika und Beate darauf, dass Sommerfeldt und Frauke gemeinsam den ersten Schnitt machten, und als Frauke ihre Hand oben hatte, lachte Beate: »Jetzt wissen wir auch, wer in der Ehe die Hosen anhat!«

Das Brautpaar verteilte Tortenstücke an alle Anwesenden. Sommerfeldt hatte schon Sorge, selbst nichts mehr abzubekommen, zumal Rupert bereits das dritte Stück aß. Schließlich war es ja auch eine dreistöckige Torte mit drei verschiedenen Geschmacksrichtungen.

Pfirsich-Maracuja fand Rupert ganz klasse, aber sein Favorit war Whisky-Sahne. Auf Himbeer-Sahne fuhr besonders Beate ab. Echte Früchte konkurrierten mit Marzipangebilden.

Dazu gab es Ostfriesentee und heißen Kaffee, doch wirklich warm wurde ihnen nicht davon. Zum Glück gab es unten im Anna-Düne-Gebäude eine Sauna, und die hatten sie vorsichtshalber anwerfen lassen. Die sechs zogen sich dorthin zurück.

Monika Tapper wagte nicht, es auszusprechen. Sie hatte es nur einmal ihrem Mann erzählt und sich dann entschieden, den Mund zu halten. Dieser Ernest Simmel hatte manchmal etwas von ihrem alten Stammgast Dr. Bernhard Sommerfeldt. Er sah völlig anders aus, aber er liebte die gleichen Speisen, er lachte über die gleichen Scherze, er konnte leidenschaftlich über Literatur reden, und in seiner Nähe bekam jede Frau das Gefühl, etwas ganz Besonderes zu sein. Ein schützenswertes Kulturgut, wie sie es mal genannt hatte, ja geradezu ein göttliches Wesen.

Sommerfeldt verehrte die Literatur, die Kunst und die Frauen auf eine fast schon religiöse Weise. Bei Ernest Simmel erlebte sie etwas Vergleichbares. Dazu diese Lebensgier, dieser Wille, Spaß zu haben und aus der Zeit, die einem auf Erden blieb, das Beste herauszuholen. Und die Art, wie er Torte aß, als würde er sie einatmen … Er hatte ein fast erotisches Verhältnis zu Sahne und Marzipan, als würde er mehr riechen und schmecken als andere. Auch darin glich er Sommerfeldt. Diese Hingabe an Gaumenfreuden hatte sie nicht bei vielen Menschen erlebt.

Sie grinste. Ihr Mann war so ähnlich.

Rupert aß einfach gierig, als wollte er die Energie haben, die darin enthalten war. Sommerfeldt und ihr Mann hatten sich stattdessen immer ganz dem Genuss hingegeben.

Die Marzipanröschen auf der Torte waren nicht einfach Verzierung, sondern Ernest Simmel aß sie wie eine Offenbarung, ließ die einzelnen Blätter mit geschlossenen Augen auf der Zunge zergehen.

Vielleicht, dachte Monika, ist er ja wirklich Sommerfeldt. Aber ich werde ihn nicht fragen. Und ich werde diesen Gedanken nicht äußern.

Sie schaute sich ihren Mann Jörg an. Hegte der etwa auch einen Verdacht? War es die feine Anspielung eines Konditors, dass er blutrot gefärbte Schokolade von der Torte tropfen ließ, als hätte er sich beim Herstellen der Torte verletzt? War das seine Art, Dr. Ernest Simmel zu sagen: *Ich weiß, wer du wirklich bist, Kumpel. Aber ich werde dich nie verraten.*

Leseprobe

Klaus-Peter Wolf
OSTFRIESENHASS

Der neue Fall für
Ann Kathrin Klaasen

Der neue Roman erscheint am 31. Januar 2024

Ann Kathrin Klaasen war schon auf dem Heimweg, als der Hilferuf eintraf. Im Muschelweg, nahe beim Krabbenkutter, seien die Schreie einer Frau gehört worden. »Hilfe, er bringt mich um!«, habe sie mehrfach gerufen.

Ann Kathrin fuhr gerade über die Norddeicher Straße. Sie wollte eigentlich noch einen Spaziergang an der Wasserkante machen, um nach diesem stressigen Tag runterzukommen.

Sie brauchte keine zwei Minuten bis zum Muschelweg. Sie parkte vor dem geschlossenen Imbiss und stieg aus. Lauschte in die Nacht.

Ein gutes Dutzend Spatzen stritt auf der Straße um die Krümelreste eines Fischbrötchens, das eine Möwe gestohlen und im Flug verspeist hatte.

Ann Kathrin sah sich nach den Touristen um, die angerufen hatten und angeblich auf der Straße vor dem Haus warteten. Das Ehepaar Ehrlich. Herr Ehrlich war Mitte sechzig, stand da in Badelatschen und knielangen Boxershorts. Er trug ein olivfarbenes T-Shirt mit der Aufschrift: *Freigänger.*

Seine Frau war, im Gegensatz zu ihm, warm angezogen. Dicke Windjacke, Wanderschuhe, Wollmütze mit Ohrenschutz.

»Haben Sie angerufen?«, fragte Ann Kathrin Klaasen.

Die Frau nickte und deutete auf ein Ferienhaus. »Da!«

Herr Ehrlich wunderte sich: »Fährt die Polizei hier in Ostfriesland Twingo?«

»Nein«, antwortete Ann Kathrin, »normalerweise kommen wir mit dem Rad oder zu Fuß.«

Sie stieg über das Gartentor und ging auf die Haustür zu. Die Rollläden waren heruntergelassen, aber zwischen den Lamellen schien noch Licht.

Ann Kathrin klingelte zweimal. Eine Männerstimme schimpfte: »Bist du bescheuert? Warum klingelst du? Ich hab gut eine Stunde gebraucht, um den Kleinen schlafen zu legen.«

Ann Kathrin klopfte und rief: »Aufmachen! Polizei!«

Sie war nicht bereit, sich abwimmeln zu lassen. Sie kannte die Tricks gewalttätiger Männer, die Polizei loszuwerden.

Ann Kathrin klingelte noch einmal und klopfte gleichzeitig: »Aufmachen! Polizei!«, wiederholte sie laut und deutlich.

»Verarschen kann ich mich selber! Hau ab, du blöde Ziege!«

Es wurde also ernst. Ein Adrenalinschub vertrieb Ann Kathrins Müdigkeit. Sie war von der einen auf die andere Sekunde wieder hellwach.

Die Ehrlichs traten näher ans Tor, um alles mitzubekommen.

Ann Kathrin forderte bei Marion Wolters in der ihr eigenen Art Verstärkung an: »Ich glaube, hier bittet jemand um ein Zimmer für die Nacht. Haben wir noch eines in den gekachelten Räumen frei?«

Das Übernachtungsangebot wurde durchaus als Drohung verstanden. Der Schlüssel drehte sich im Schloss.

Noch bevor die Tür sich öffnete, brüllte jemand: »Ich hab

die Faxen dicke! Penn doch bei deinen versnobten Single-Freundinnen!«

Ann Kathrin blickte in das verblüffte Gesicht eines zornigen Mannes. Er hatte klare, blaue Augen, trug ein Muscle-Shirt und Flipflops. Sein Atem roch nach Rotwein, er hielt ein halb volles Glas in der Hand.

»Wer sind Sie? Was wollen Sie? Wenn Sie zu Ingrid wollen, die ist nicht da.«

»Sehen Sie«, sagte Ann Kathrin selbstsicher, »genau das glaube ich nicht.«

Sie zeigte ihren Ausweis vor und schob ihren rechten Fuß so in den Türspalt, dass der Mann ihr die Tür nicht vor der Nase zuknallen konnte. Er registrierte das, und es gefiel ihm nicht.

»Der Mädelsabend findet nicht hier, sondern bei Meta oder Wolbergs oder in irgendeinem anderen Baggerloch statt.«

Er wirkte, als hätte er Lust, ihr den Rotwein ins Gesicht zu kippen.

»Bitte machen Sie mir keine Schwierigkeiten. Lassen Sie mich rein. Ich möchte mich nur mal umsehen.«

Er zeigte auf das Touristenpaar. »Gehören die auch zu Ihnen?«

Ann schüttelte den Kopf. »Nein.«

Er rief zu den Ehrlichs rüber: »Was glotzt ihr so? Wir sind hier nicht im Zoo!«

»Lebt die Frau noch?«, fragte Herr Ehrlich besorgt.

Seine Frau wollte Ann Kathrin beistehen: »Brauchen Sie Hilfe?«

Ann Kathrin reagierte nicht darauf, deshalb ergänzte sie triumphierend: »Mein Mann kann Judo!«

»Bitte machen Sie mir keine Schwierigkeiten«, wiederholte

Ann Kathrin. »Man hat Hilferufe gehört, und ich würde mich gerne davon überzeugen, dass alles in Ordnung ist.«

Der Mann im Muscle-Shirt fragte: »Sind Sie wirklich von der Polizei?«

Ein Kind weinte laut. Für Ann Kathrin war dies ein klares Signal. Sie drängte sich an dem Mann vorbei ins Haus.

»Keine Sorge, wir warten hier, Frau Kommissarin!«, rief der Judo-Kämpfer.

Schon stand Ann Kathrin im Wohnzimmer. Der Hausherr nippte an seinem Wein und witzelte: »Ach, kommen Sie doch rein.« Er schloss die Tür, was Ann Kathrin nicht gefiel, und kommentierte: »Bevor noch die ganze Nachbarschaft rebellisch wird …«

Das Kinderweinen ging in ein Schreien über.

»Ich nehme mal an, Sie haben keinen Hausdurchsuchungsbeschluss. Ich bin aber bereit, das zu vergessen, wenn es Ihnen gelingt, Paul in den Schlaf zu singen.«

»Wo ist seine Mutter?«

Er lachte: »Das wüsste ich auch gerne. Mädelsabend. Sagte ich doch. Schon der dritte in diesem Urlaub. Sie ist nicht wirklich gerne verheiratet. Zumindest nicht mit mir.«

Er ging voraus ins Kinderschlafzimmer und gestikulierte: »Sie holt gerade ihre Pubertät nach oder so was in der Art.«

Mit Ann Kathrin ging sofort die Mutter durch, als sie Paul sah. Ihr Sohn Eike war längst erwachsen, aber Paul in seinem durchgeschwitzten Schlafanzug erinnerte sie sehr an ihn. Gleich meldete sich wieder das schlechte Gewissen, weil sie als berufstätige Mutter viel zu wenig für Eike da gewesen war.

Sie stellte fest, dass Paul ganz glasige Augen hatte.

»Haben Sie mal Fieber gemessen?«

»Ach, Fieber. Der ist bloß übermüdet.«

Er stellte sein Weinglas auf einer Anrichte neben einem Kampfroboter ab und hob seinen Sohn aus dem Bett.

»Das ist eine richtige Polizistin«, sagte er. »Die fragt sich dasselbe wie wir beide: Wo treibt sich die Mama mal wieder herum?«

Der Kleine schrie lauter und bäumte sich auf.

»Hör jetzt auf mit dem Scheiß, sonst nimmt dich die Tante von der Polizei mit.«

Ann Kathrin reagierte allergisch darauf, wenn Erwachsene Kindern mit der Polizei Angst machten.

»Wir holen keine Kinder ab, nur weil sie nicht brav sind«, erläuterte sie. »Wir helfen Kindern in der Not aber gerne.«

Sie öffnete jede Tür, ging in jedes Zimmer. Manchmal versteckten verprügelte Frauen sich aus Scham oder gar, um ihren Mann zu schützen. Sie hatte schon Frauen hinter Sofas, unterm Ehebett oder im Kleiderschrank gefunden. Sie war einiges gewohnt.

Ingrid entdeckte sie aber nicht. Dafür half sie, Pauls Windeln zu wechseln und dem Jungen einen frischen Schlafanzug anzuziehen. Er stellte sich dabei als Edgar Leymann vor.

Paul beruhigte sich und trank noch einen kalten Tee. Er war gerade drei Jahre alt geworden und spürte genau, dass seine Eltern dabei waren, sich zu trennen.

Der Kleine mochte Ann auf Anhieb und als er sie bat, ihm noch eine Geschichte vorzulesen, nahm sie kurzentschlossen eines seiner Bilderbücher und begann.

Sie saß vor dem Bett und las. Edgar hockte bei ihr, als plötzlich Pauls Mutter im Türrahmen stand, die direkt loslästerte: »Ich dachte, du stehst mehr auf junge Dinger. Bist du so notgeil, oder haben die anorgastischen Gymnasiastinnen die Nase voll von dir?«

Er verzog den Mund und brummte: »Das ist meine Noch-Ehefrau Ingrid. Sie trinkt gern mehr Wein, als sie vertragen kann.«

Paul weinte wieder.

Ann Kathrin klappte das Bilderbuch zu, reichte es dem Vater und stand auf. »Das hier ist wohl eher ein Fall für die Eheberatung als für die Kripo«, sagte sie mehr zu sich selbst als zu den Anwesenden. Paul tat ihr leid, doch ihre Müdigkeit meldete sich zurück. Sie unterdrückte ein Gähnen.

Als sie das Haus verließ, hörte sie Ingrids laute Stimme hinter sich: »Na, wie ist sie so im Bett? Mehr das devote Mäuschen, oder lässt sie die Domina raushängen?«

Herr Ehrlich und seine Frau hatten alles mitbekommen. »Hab ich dir doch gleich gesagt, dass die nicht von der Polizei ist. Guck dir mal das Auto an, das fällt doch schon auseinander.«

Ein silbergrauer Polizeiwagen rollte in den Muschelweg.

»Da, jetzt kommen die Echten«, freute er sich.

Ann Kathrin ging auf den Wagen zu. »Falscher Alarm, Kollegen«, sagte sie.

Sie lauschte in die Nacht und blickte zu den anderen Häusern. Alles schien ruhig zu sein. Nur ein paar Wildgänse schnatterten aufgeregt.

Er war einer der Auserwählten. Er trug diese Last. Er hatte die Gabe. Er konnte sie erkennen und durchschaute ihren Plan. Er musste diese Teufelsbrut vernichten. Die einfachen Menschen würden es nicht verstehen. Sie waren bedroht. Sie alle. Besonders die Küstenbewohner.

Er musste es heimlich tun. Er war ein Held. Wie ein edler Ritter, der den Drachen tötet, um die Dorfbewohner zu retten. Nur sah diesmal der Drache nicht furchterregend aus wie im Märchen. Die richtigen Monster stanken nicht und spuckten auch kein Feuer. Im Gegenteil. Sie waren schön, rochen gut, sahen aus wie Menschen und flirteten gern. Sie tarnten sich als harmlose Urlauberinnen, doch ihn konnten sie nicht täuschen. Ihn nicht.

Ja, er hatte die Gabe. Es machte ihn stolz. Er war sich der Verantwortung bewusst. Er musste töten und dabei unerkannt bleiben. Die Menschheit ahnte ja nicht, in welcher Gefahr sie sich befand.

Heute hatte er eins dieser Monster vernichtet.

Er stand unter dem Sternenhimmel am Deich und atmete tief durch. Es war, als würden die Sterne heute nur für ihn leuchten. Sie luden ihn mit neuer Energie auf. Er brauchte viel Energie. Er hatte eine große Aufgabe vor sich …

Er hatte beide töten wollen, aber nur eine erwischt. Er kam sich als Versager vor, und er durfte nicht versagen!!!

Er saß jetzt in der künstlich angelegten Dünenlandschaft und ritzte sich mit der Klinge in den linken Unterarm. Der Schmerz sollte ihn daran erinnern, dass er besser werden musste. Viel besser! Er durfte sie nicht entkommen lassen.

Als Ann Kathrin Klaasen nach Hause kam, hatte ihr Mann Frank Weller auf der überdachten Terrasse gedeckt. Es roch fruchtig und ein bisschen säuerlich.

Sie freute sich und registrierte mit einem kurzen Blick, dass er für vier Personen eingedeckt hatte.

»Bekommen wir Besuch?«

»Sag bloß, du hast es vergessen?«

»Nein, natürlich nicht«, behauptete sie.

Er durchschaute ihre Lüge: »Wer kommt?«

»Rita und Peter?«

»Falsch.«

»Moni und Jörg?«

»Falsch.«

»Ach, klar, wie konnte ich das nur vergessen – Angela und Holger natürlich.«

Er schüttelte den Kopf.

Ein bisschen kleinlaut riet sie weiter: »Bettina und … Komm, mach's mir nicht so schwer.«

Er half ihr: »Meine Tochter Sabrina und ihr Neuer.«

»Sie stellt ihn uns vor?«

»Hm.«

»Na, du klingst ja begeistert. Ist sie schwanger?«

Weller lief in die Küche und rührte im Topf.

»Was gibt's denn?«

»Alte Seefahrerkost. Gut gegen Skorbut.«

»Sauerkraut?«, fragte sie lang gedehnt.

Er ließ Ann probieren. »Das ist nicht einfach Sauerkraut«, schwärmte er, »sondern Sauerkraut mit geriebenen Äpfeln, Ananas und Mangostückchen.«

Sie sah das Messer auf dem Tisch und die Obstschalen.

»Natürlich nicht aus der Dose«, sagte sie und tat so, als hätte sie es geschmeckt. Sie schmatzte bewusst, um ihm eine Freude zu machen.

Im siedenden Wasser lagen Bockwürstchen. Vier Sorten Senf standen auf dem Terrassentisch.

»Das ist«, sagte Ann, »wirklich gut …«

Er hatte das Gefühl, dass es ihr überhaupt nicht schmeckte und sie nur nett sein wollte. Er probierte selbst noch einmal. Er fand es köstlich. Außerdem vitaminreich und gesund.

Weller ordnete die Senfgläser neu, als wisse er schon genau, wer süßen Senf, wer mittelscharfen und wer extrascharfen essen würde. Dann hatte er noch selbstgemachten Senf von Rita Grendel, den er heute zum ersten Mal probieren wollte.

Es klingelte an der Tür.

»Das sind sie schon! Nur knapp eine Stunde zu spät«, lachte er. »Darin ist Sabrina dir ähnlich.«

Norden
Norddeich
Scan den QR-Code für mehr Informationen
Der Tourismus-Service Norden-Norddeich präsentiert
Klaus-Peter Wolf
und die Welt der Ostfriesenkrimis
AUSSTELLUNG IN NORDEN-NORDDEICH
Foto: Gaby Gerster

DU spielst Kommissar Frank Weller!

Gelingt es dir, deine Tochter zu retten?

Klaus-Peter Wolf,
Jens Schumacher, Hauke Kock
Ostfriesenspiel
Box / 50 Karten
15,00 €
GTIN 4014489127666

Ein Straftäter, den du vor Jahren hinter Gitter gebracht hast, gelangt wieder auf freien Fuß – und nimmt auf perfide Weise Rache: Er entführt deine Tochter Sabrina. Exakt sechs Stunden Zeit lässt er dir, seinen Hinweisen zu folgen und alle Rätsel zu knacken, andernfalls muss sie sterben.
Eine tödliche Schnitzeljagd beginnt …

Ein Krimi-Game nach Motiven der Bestseller von Klaus-Peter Wolf: mit Ann Kathrin Klaasen und vielen anderen bekannten Figuren.

Mehr Herausforderungen und Nervenkitzel unter: **arsedition.de/escape-room**

arsEdition

Jeder Mensch sollte ein
selbstbestimmtes und
würdevolles Leben bis zum letzten
Augenblick führen können.
Sterben ist ein Teil des Lebens.

Unser Hospiz am Meer steht. Es war ein weiter Weg von der Idee – wir hatten noch nicht einmal ein Grundstück – bis jetzt. Ich bedanke mich bei den vielen Menschen, die uns mit ihren Spenden geholfen haben. Es macht mich stolz und glücklich, dass so viele meiner Fans dabei mitgeholfen haben. Natürlich sind wir auch weiterhin auf Spenden angewiesen.

Hier unser Spendenkonto:

FÖRDERVEREIN
HOSPIZ
AM MEER

Förderverein Stationäres Hospiz Norden e.V.
Spendenkonto: IBAN DE 04 2835 0000 0145 4027 98
BIC BRLADE21ANO Sparkasse Aurich-Norden

Klaus-Peter Wolf
Totenstille im Watt
Sommerfeldt taucht auf
Roman

Band 29764

Der neue Held von Kult-Autor Klaus-Peter Wolf

»Es ist viel schwieriger, eine gute Fischsuppe zu kochen, als an eine neue Identität zu kommen. Meine ist perfekt. Ich heiße neuerdings Dr. Bernhard Sommerfeldt. Ich bin praktischer Arzt. Ich habe mich in dem schönen Städtchen Norddeich niedergelassen. Die Leute kommen gerne zu mir. Ich höre ihnen zu. Behandele nicht nur ihre Wunden, sondern entsorge auch schon mal den gewalttätigen Ehemann. Ich bin ein Mann mit Prinzipien. Und ich scheue vor Mord nicht zurück.« Ostfriesland ist noch gefährlicher geworden, und Ann Kathrin Klaasen hat einen neuen, raffinierten Gegenspieler.

Das gesamte Programm gibt es unter
www.fischerverlage.de

fi 29764 / 1

Klaus-Peter Wolf
Todesspiel im Hafen
Sommerfeldt räumt auf

Nur, wer sich selbst aufgibt, ist verloren. Als Dr. Bernhard Sommerfeldt stieg ich in Ostfriesland zu einem geachteten und beliebten Mann auf. Nun, da Ann Kathrin Klaasen mich verhaftet hat, werde ich einen Weg finden, um aus diesem Gefängnis herauszukommen. Denn ich habe noch einige Rechnungen offen, die ich begleichen möchte.

»Erhellend wie ein Experiment, aber fesselnd wie das wahre Leben.« *Oliver Schwambach, Saarbrücker Zeitung*

384 Seiten, broschiert

Weitere Informationen finden Sie auf
www.fischerverlage.de

AZ 596-29920/1